Loreen June

AF191287

Ohne Dich mag ich nicht sein.

Roman

Bibliografische Information der Deutschen Nationalbibliothek: Die Deutsche Nationalbibliothek verzeichnet diese Publikation in der Deutschen Nationalbibliografie; detaillierte bibliografische Daten sind im Internet über dnb.dnb.de abrufbar. Die automatisierte Analyse des Werkes, um daraus Informationen insbesondere über Muster, Trends und Korrelationen gemäß §44b UrhG („Text und Data Mining") zu gewinnen, ist untersagt.

© 2025 Loreen June

Verlag: BoD · Books on Demand GmbH, Überseering 33, 22297 Hamburg, bod@bod.de

Druck: Libri Plureos GmbH, Friedensallee 273, 22763 Hamburg

ISBN: 978-3-7693-1306-2

Loreen June

Unter dem Pseudonym Loreen June entführt sie ihre Leser in die fesselnde Welt romantischer und oft verzwickter Beziehungen. Ihre Leidenschaft gilt dem Lesen und Schreiben gleichermaßen, und es erfüllt sie mit tiefer Freude, wenn ihre Worte Menschen in eine Welt voller intensiver Gefühle und Romantik tragen.

Die Geschichten, die Loreen June erschafft, sind dabei ein kleines Wunder für sich. Sie entspringen nicht ihren persönlichen Erfahrungen oder Wünschen, sondern entwickeln sich organisch im Schreibprozess. Oft ist sie selbst überrascht von den Wendungen und dem finalen Ausgang ihrer Erzählungen – es ist, als hätten sie ein Eigenleben.

Zusammen mit ihrer wunderbaren Familie lebt sie in der Nähe von Ulm. Ihr größter Wunsch? Ihrer liebsten Tätigkeit – dem Erfinden und Festhalten von Geschichten – so lange nachgehen zu können, bis ihre Fingerspitzen keine Gefühle mehr in sich tragen.

Widmung.

Für all diejenigen,

die an mich geglaubt haben, auch wenn ich selbst manchmal ge-
zweifelt habe.

Vorwort

Liebe Leserinnen und Leser,

Dies ist eine Geschichte von zwei Menschen, deren Leben durch eine verbotene Liebe auf den Kopf gestellt wird.

Joenn und Dante sind zwei Menschen, die eine verbotene Liebe verbindet. Eine Liebe, die ihnen alles abverlangt und sie an ihre Grenzen bringt. Werden sie stark genug sein, um allen Widrigkeiten zu trotzen? Oder werden sie an der Last der Geheimnisse und Intrigen zerbrechen?

Einleitung

Joenns Leben nimmt eine gefährliche Wendung, als sie sich in eine verbotene Liebe verstrickt. Ein Strudel aus Leidenschaft, Eifersucht, Intrigen und dunklen Geheimnissen droht sie und Dante zu verschlingen.

Dante, hin- und hergerissen zwischen seiner Zuneigung zu Joenn und den Erwartungen seiner Familie, versucht, seine Gefühle zu unterdrücken.

Doch ihre Zusammenarbeit wird zur Zerreißprobe, als der Verdacht auf Veruntreuung von Firmengeldern aufkommt und ein lang gehütetes Geheimnis ans Licht tritt, das ihre beider Leben für immer verändern wird.

Kapitel 1

Im Morgengrauen, als die aufgehende Sonne einen goldenen Schimmer über die prächtigen Anwesen des Nobelviertels von Shelter Cove warf, huschte eine dunkel gekleidete Gestalt lautlos durch die schattigen Palmenalleen. Ihre Bewegungen waren so geschmeidig und geräuschlos, dass sie fast mit den Schatten der Palmen verschmolzen. Sie glitt dahin, bis sie das Ende der Machi Road erreichte. Dort, am Ende der stillen Straße, verharrte sie einen Moment. Ein kurzer, prüfender Blick huschte nervös umher, als fürchtete sie, in der Stille der Morgendämmerung entdeckt zu werden. Ihr Blick schien wie magisch von dem letzten Haus der Straße angezogen zu werden. Unter dem kühlen Schatten einer hochgewachsenen Palme, kurz vor den Stufen, legte die Gestalt vorsichtig ein Bündel ab, das sie eng an sich gepresst hielt. Es wirkte, als würde sie etwas Kostbares, Verletzliches ablegen. Dann, ebenso lautlos und plötzlich, wie sie gekommen war, löste sie sich wieder in den Schatten der Palmenallee auf, als wäre sie nie dagewesen.

Die Sonne malte den Horizont in zarten Farben, als Armanda Brocks, wieder einmal von Schlaflosigkeit geplagt, die Kaffeemaschine in Gang setzte. Während die ersten Strahlen die Küche erhellten und das vertraute Rattern des Mahlwerks die Stille durchbrach, verlor sie sich in ihren Gedanken. Das Geräusch nahm sie kaum wahr, als sie hinaustrat, um die Morgenzeitung zu holen. Der Rasen glänzte noch vom Morgentau, als sie die Zeitung aufhob. Gewohnheitsmäßig las sie als Erste darin, noch bevor ihr Mann erwachte. Auf dem Rückweg zur Haustür, fast schon an den Stufen, fiel ihr Blick plötzlich auf etwas Ungewöhnliches: ein Bündel, das auf der untersten Stufe lag. Sie musterte es kurz, ohne es zunächst wirklich zu registrieren, und ging hinein. Erst am Küchentisch, den Duft des frisch gebrühten Kaffees in der Nase, durchfuhr es sie wie ein Blitz. Ein plötzliches Gefühl, eine Art unsichtbarer Zugkraft, ließ ihren Blick zur Haustür schnellen. Sie zuckte zusammen. Ruckartig sprang sie auf, der Stuhl schabte laut und protestierend über den Fliesenboden. Erschrocken über den plötzlichen Krach, den sie selbst verursacht hatte, hielt sie für einen Moment inne. Ihr Blick huschte zur Treppe, die in den oberen Stock führte. Sie lauschte angestrengt in die Stille des Hauses, doch es blieb ruhig. Dann wandte sie sich wieder der Tür zu. Mit schnellen, fast eiligen Schritten stürmte sie hinaus, die drei Stufen hinunter zu dem Bündel. Es fühlte sich überraschend leicht an, als sie es aufhob. Mit zitternden Fingern schlug sie ein Stück der blauen Decke zurück. Ihr Atem stockte. Der Anblick raubte ihr den Atem. Tränen stiegen ihr in die Augen und rannten unaufhaltsam über ihre Wangen, Tränen der Rührung, gemischt mit ungläubigem Staunen. Langsam, fast ehrfürchtig, trug sie das Bündel zurück ins Haus. In der Küche bettete sie es vorsichtig und behutsam in die Spüle. Ein leises, zartes, fast ungläubiges Lächeln umspielte ihre Lippen, während sie es betrachtete.

Der Duft von Pfannkuchen, Eiern und Speck weckte Tom Brocks sanft aus dem Schlaf. Ein Anflug von Erleichterung huschte über sein Gesicht. Vielleicht wendet sich jetzt alles zum Guten, dachte er, und schwang die Beine aus dem Bett. Während er die Treppe hinunterging, versuchte er sich zu erinnern, wann er sich das letzte Mal so unbeschwert gefühlt hatte. Doch in der Küche angekommen, wich die fröhliche Stimmung einer tiefen Verunsicherung. Dort stand Amanda, seine wunderschöne Frau, die er über alles liebte, mit einem Bündel in den Armen, das sie sanft wiegte. Mit einer einladenden Geste deutete sie auf den reich gedeckten Tisch. Er musste anerkennen, dass sie sich Mühe gegeben hatte – wie in alten Zeiten. Aber was hatte es mit dieser Decke auf sich? Seine Frau strahlte ihn an, doch in ihren Augen sah er die Spuren frischer Tränen. Zögernd setzte er sich auf den bereitgestellten Stuhl und warf verstohlene Blicke auf das Bündel, welches sie nun fester an sich drückte. Es wirkte wie ein kostbares Gut, welches sie beschützen wollte.

»Amanda, warum trägst du diese Decke spazieren?«

Er kommt gleich auf den Punkt, so wie es der Arzt ihm empfohlen hat, wenn es die Situation verlangt. Er denkt an das Gespräch mit dem Arzt zurück. War es möglich, dass der Arzt bereits geahnt hat, dass es so weit kommen wird?

»Das ist mein Baby!« Ihre Stimme bebte leicht bei diesen Worten.

Tom ließ die Gabel, mit dem köstlich riechenden Speck darauf, den er gerade zum Mund führen wollte, klappernd auf den Teller fallen. Langsam faltet er seine Hände im Schoß zusammen. In wenigen Augenblicken wirkte er um Jahre gealtert. Seine Augen zeigten Spuren der

Traurigkeit, seine Schultern hingen schlaff herab, als habe ihn seine ganze Kraft verlassen.

»Amanda… Ich weiß, es ist schwer für dich. Auch ich habe mir immer ein Kind gewünscht. Aber eines Tages…nach dem sechsten Versuch…«, seine Stimme stockte, »…habe ich mich langsam mit dem Gedanken abgefunden, dass es uns nicht vergönnt sein würde. Dir zuliebe sind wir das letzte Jahr durch die Welt gereist, haben die besten Ärzte und Spezialisten konsultiert. Liebling, du musst der Realität ins Auge sehen. Wir können keine Kinder bekommen. Und ich... ich bin am Ende meiner Kräfte. Ich kann nicht mehr.«

Seine Schultern sinken noch tiefer. »Amanda, bitte!«, flüsterte er flehend und schaute zu seiner Frau auf. »Gib mir die Decke. Ich sage im Büro Bescheid und bleibe heute hier bei dir. Wenn du möchtest, fahren wir später zusammen zu Dr. Roswveld. Ich kümmere mich sofort um einen Termin bei ihm.« Amanda trat näher. Ihr Lächeln wich nicht von ihren Lippen.

»Tom, mein über alles geliebter Mann. Ich weiß, ich habe dir im letzten Jahr viel zugemutet. Ich bewundere dich. Und dann dieses wunderschöne Haus…«, mit einer ausladenden, weiten Geste deutete sie auf das Haus. Sie kam noch näher.

Tom wollte dieser Auseinandersetzung nicht im Sitzen begegnen. Er wollte ihr auf Augenhöhe begegnen, ihr ruhig und direkt in die Augen sehen, während dieses Gespräch unvermeidlich wurde. Bemüht, lässig lehnte er sich an den Tisch hinter ihm.

»Dass du bisher nicht einmal verlassen hast, seitdem wir hier wohnen.«

»Ich weiß.« Amanda zuckte nur mit den Schultern. »Und ich liebe dich dafür. Ich liebe dich wirklich. Aber jetzt musst du ruhig sein und mir zuhören. Bitte.«

Tom nickte zustimmend.

»Das hier in der Decke ist ein Baby. Jemand hat es eingewickelt und vor unsere Tür gelegt. Ich habe es gefunden, als ich die Zeitung holte. Es ist wie ein Geschenk des Himmels«

Sie präsentierte ihm das Bündel. Der obere Teil der Decke war zurückgeschlagen und gab den Blick auf das rosige Gesicht eines friedlich schlafenden Babys frei. Tom konnte es kaum fassen. Zitternd streckte er eine Hand aus, um die winzige Wange des Kindes zu berühren. Er brauchte diese Bestätigung, um nicht selbst an seinem Verstand zu zweifeln. Die Wärme und Weichheit der Haut ließen ihn schockiert zu Amanda aufblicken. Dabei hatte er das Gefühl, sich von Neuem in seine schon so lange verheiratete Frau zu verlieben. So strahlend und glücklich hatte er sie seit Jahren nicht mehr gesehen. Er hatte fast vergessen, wie schön ihre Augen leuchten konnten. Wie sollte er ihr nur erklären, dass sie dieses Kind nicht behalten konnten? Wie sollte er diesen Zauber zerstören? Amanda drückte das schlafende Baby sanft an sich. Zögernd nahm Tom ihr das Bündel ab und begann, mit dem kleinen Wesen im Arm, im Raum auf und ab zu gehen. Seine Gedanken überschlugen sich. Was sollte er tun? Was nur? Ein Blick auf die Uhr zwang ihn, das Baby zurück in die Arme seiner Frau zu legen. Er musste zur Arbeit. Für eine Absage war es zu spät. Mit einem kurzen Kuss auf ihre Lippen, verabschiedete er sich und eilte mit einem Pfannkuchen in der Hand aus dem Haus.

Im Büro konnte sich Tom überhaupt nicht konzentrieren. Krampfhaft suchte er nach einer Lösung für diese unerwartete Situation. Ihm war Amandas aufmerksamer Blick nicht entgangen, als er das Baby gehalten hatte. Er spürte noch immer die Wärme der kleinen Wange an seinen Fingerspitzen. Kurz entschlossen sagte er alle Meetings ab, sehr zum Entsetzen und zur sichtlichen Irritation seiner Sekretärin. Ein solches Verhalten war gänzlich untypisch für ihren Boss, doch sie wagte nicht nachzufragen. Stundenlang saß er in seinem Büro, von ihrer neugierigen Beobachtung hinter den Glastüren begleitet, während er verzweifelt nach einer Antwort suchte. Toms Gedanken überschlugen sich und langsam macht sich ein ganz anderer Gedanke, man könnte es auch schon fast eine Idee nennen, in seinem Kopf breit. Der Gedanke; *Vielleicht... Vielleicht könnten wir das Kind doch behalten?* Dieser Gedanke schlug Wurzeln und ließ ihn nicht mehr los. Seine Hände zitterten leicht, als er zum Telefon griff. Er rief vier seiner engsten Freunde und Vertrauten an und bat sie inständig, noch am selben Abend zu ihm nach Hause zu kommen. Er unterstrich die Dringlichkeit seines Anliegens mit der Betonung, dass er dieses heikle und sensible Thema unmöglich am Telefon besprechen könne. Obwohl er wusste, dass sie zusagen würden, atmete er nach jedem Telefonat erleichtert auf. Er versuchte krampfhaft, sich wieder auf die Arbeit zu konzentrieren, doch es kristallisierte sich schnell als unmöglich heraus. Seine Gedanken kreisten unablässig um das Baby. Ein Blick auf seine Richard Mille verriet ihm, wie viel Zeit er noch im Büro absitzen musste. Früher nach Hause zu gehen kam nicht infrage; er fürchtete, Amandas Misstrauen zu begegnen. Diese Konfrontation wäre anstrengender, als sich hier in seinem Sessel in seinem Büro die Zeit totzuschlagen. Die Heimfahrt am Abend bestätigte seine Befürchtung: Der Tag in der Firma war reine Zeitverschwendung gewesen. Zu Hause angekommen, suchte er nach Amanda, er fand sie schlafend auf der Couch. Ein Blick ins Wohnzimmer genügte, um festzustellen, dass sie das Haus verlassen hatte – wenn auch nur zum Einkaufen. Das Zimmer hatte sich verwandelt: Ein Wickeltisch stand mitten im Raum, bereits aufgebaut. Der Glas- und Granittisch war mit Babysachen überladen: Windeln, Puder, Babyöl und -creme. Sogar eine Wiege wurde aufgebaut, in der das Baby friedlich schlief. Ein leichtes Lächeln huschte über Toms Gesicht, als er die Tür vorsichtig und leise schloss.

Unruhig tigerte Tom im Flur seines Hauses auf und ab, während er ungeduldig auf die Ankunft seiner engsten Freunde und Vertrauten wartete. Die Minuten zogen sich wie Kaugummi, die Zeit schien stillzustehen. Dann durchbrach das Geräusch eines heranfahrenden Autos endlich die angespannte Stille. Noch bevor jemand auch nur daran denken konnte, die Klingel zu betätigen, riss Tom die Tür auf. Er konnte beobachten, wie alle vier Autos hintereinander pünktlich zum Stehen kamen und einer nach dem anderen ausstieg, um zu Tom an die Eingangstüre zu kommen. Sie begrüßten sich alle herzlich mit einem Klopfen auf dem Rücken. Wortlos führte Tom seine Freunde in sein Arbeitszimmer. Dort nahmen sie mit besorgten Mienen auf den verschiedenen Sitzgelegenheiten im Raum Platz.

Cloud Rosweld, der rothaarige Psychologe mit den unzähligen Sommersprossen, suchte die Nähe des Polizeichefs auf dem tiefbraunen Ledersofa. Kevin Bold überragte fast alle Anwesenden; seine imposante Statur und sein autoritäres Auftreten – verstärkt durch seine Uniform – sorgten für eine fast ehrfürchtige Atmosphäre. Er war ein wahres Tier von einem Mann, hinter dessen breitem Kreuz sich fast jeder hätte verstecken können. Allein sein Äußeres flößte schon den nötigen Respekt ein, verstärkt noch durch seine Position als Polizeichef, was zusätzlich zu Ehrfurcht seiner Person gegenüber führte. John Sparks, ein gut aussehender, hochgewachsener Mann mittleren Alters, Freund und Anwalt des Ehepaars sowie der Steuerberaterfirma der Brocks, ließ sich mit einem gewinnenden und professionellen Lächeln auf dem passenden Lederdreh-stuhl hinter dem massiven Schreibtisch nieder. Dr. Niclas Bays nahm mit übergeschlagenen Beinen und ineinander verschränkten Händen auf dem Ledersessel Platz und richtete seine volle und durchdringende Aufmerk-samkeit auf den sichtlich nervösen Tom. Als dieser die gespannte Erwar-tung in den Augen seiner Freunde spürte und registrierte, dass alle bereit waren zuzuhören, begann er zögernd und mit belegter, fast zitternder Stimme zu sprechen.

»Freunde, ich habe euch aus einem dringenden Grund hierher ge-beten. Heute hat sich ein Problem in mein Leben geschlichen, was ich allein nicht zu lösen vermag.« Ohne Umschweife fuhr er fort: »Wie ihr wisst, können Amanda und ich keine Kinder bekommen.«

Stille Zustimmung in Form von schweigendem Nicken durchlief die Runde.

»Auch nach anderthalb Jahren voller Untersuchungen und Hoff-nungen hat sich daran nichts geändert. Wir haben diese Tatsache nie öf-fentlich gemacht; nur ihr wisst von dieser persönlichen Herausforde-rung.« Wieder nickten alle einvernehmlich und zustimmend Tom zu, dieser fuhr fort. »Vor drei Monaten habe ich dieses Haus gekauft, in der Hoffnung auf einen Neuanfang. Doch Amanda hat es in dieser Zeit kaum verlassen, sie benötigte Zeit, mit dem Thema ins Reine zu kommen. Ich dachte, die Rückkehr in diese vertraute Gegend, in der wir vor etwa acht Jahren schon einmal gelebt haben und wo noch viele unserer damaligen Freunde wohnen, würde ihr guttun. Bisher haben wir es jedoch nicht geschafft, jemanden von ihnen zu uns einzuladen. Warum ich euch das erzähle, werdet ihr gleich verstehen, aber es ist wichtig, dass ihr das vor-ab wisst.«

Tom hielt kurz inne und blickte in die Runde. Was er nun anspre-chen wollte, nein, eher musste, war riskant und heikel. Er wog seine Wor-te sorgfältig ab, er musste sich ganz genau überlegen, wie er anfing und wie er sich ausdrückte. Alles hing von seiner Wortwahl ab. Er atmete tief ein, bevor er anfing, zu sprechen. Die Nervosität in seiner Stimme war unüberhörbar, er konnte sie beim besten Willen nicht verbergen.

»Heute Morgen ist etwas Unglaubliches, nein, etwas Erstaunliches passiert. Amanda fand in den frühen Morgenstunden ein Baby vor unse-rer Haustür auf der Treppe.«

Ein ungläubiges Murmeln und Raunen durchzog den Raum. Tom fuhr rasch fort: »Mein Problem besteht jetzt darin, dass Amanda das Kind aufgenommen hat. Sie hat es an sich genommen, betrachtet es als ihr eigenes. Wie soll ich ihr schonend beibringen, wie soll ich ihr begreiflich machen, dass wir es nicht behalten können, ohne sie dadurch völlig zu zerbrechen, ohne sie danach in eine Klinik einweisen zu müssen, ohne sie zu zerstören?«

Er blickte seine Freunde flehend an, suchte in den Gesichtern seiner Freunde nach einer Antwort. Ratlosigkeit spiegelte sich in ihren Gesichtern wieder. Alle senkten den Kopf dabei. Sie alle kannten Amandas Zustand, sie wussten um Amandas fragile Verfassung. Doch dann durchbrach Kevin Bold, der Polizeichef, das Schweigen. Seine tiefe Stimme hallte durch den Raum.

»Ich bezweifle, dass du uns nur deshalb zusammen gerufen hast, um uns diese Frage zu stellen. Mich beschleicht das ungute Gefühl, dass du einen Plan verfolgst, dass du mit dem Gedanken an etwas spielst…, dass uns nicht gefallen wird.«

Tom biss sich nervös auf die Innenseite seiner Wange. Seine Freunde kannten ihn zu gut, sie durchschauten ihn.

»Ich habe mich gefragt«, begann er zögernd und leise, »muss ich Amanda das wirklich antun? Muss ich Amanda diesen Schmerz wirklich zufügen? Oder gibt es vielleicht einen Weg, eine Möglichkeit… dass wir das Kind behalten können?«

»Was willst du uns damit sagen, Tom?«

Kevin Bold betrachtet seinen Freund mit zusammen gekniffenen Augen.

»Kevin, ich weiß, was du denkst, ich verstehe deine Bedenken, aber dieses kleine Mädchen…, dieses Kind … es wurde ausgesetzt. Niemand wollte sie. Jemand hat sie vor unsere Tür gelegt.« Tom unterbrach sich und legte eine kleine Pause ein, bevor er weitersprach.

»Und was passiert, wenn wir sie abgeben? Was dann? Was passiert dann mit ihr? Auch wenn wir einen Adoptionsantrag für sie stellen, dauert es ewig, bis der durch ist, es würde im dümmsten Fall Jahre dauern. Und was ist mit Amanda? Ich kann ihr das nicht antun. Ich kann es keinem von beiden antun. Kannst du es?«

Kevin schwieg, er senkte den Kopf. Er kannte Amanda und Tom seit der Highschool. Ihm war bewusst, dass Amandas fragile Psyche, keine weitere Enttäuschung mehr verkraften würde.

»Okay, gut, nehmen wir an, es gäbe eine Möglichkeit. Wie wolltest du das denn anstellen? Wie soll das aussehen?«

Tom knetete nervös seine Hände. »Ich habe mir den ganzen Tag den Kopf darüber zerbrochen und ich glaube, ich habe eine Lösung gefunden. Allerdings bräuchte ich dafür eure Hilfe. Ich weiß, dass ihr euch damit straffällig machen würdet, dass ich euch damit in eine gefährliche Situation bringe. Aber bevor ich euch meine Gedanken und meinen Plan erläutere, würde ich sie euch gerne erst einmal vorstellen.«

Ein zustimmendes Nicken ging durch die Runde. Eine gespannte Erwartung lag in der Luft. Tom verließ eilig den Raum, kurz darauf kehrte er mit dem kleinen Bündel auf dem Arm zurück, welches der Grund für dieses Treffen war. Behutsam legte Tom das Baby in Kevins Arme.

»Sie ist ja wach!«, rief dieser überrascht aus, als das Kind gurgelnd nach seiner Hand griff und spielerisch daran zog.

Kevin musterte das kleine Wesen, ohne den Blick abzuwenden, richtete er sein Wort wieder an seinen Freund.

»Das ist clever, Tom, muss ich zugeben. Du spielst mit ihrer Unschuld, du nutzt dieses zuckersüße Kind, um uns zu beeinflussen. Ich bin gespannt, was du von mir möchtest. Ich höre dir zu.«

Tom lächelte gequält, kaum merklich.

»Ich benötige deine Hilfe, Kevin. Ich bitte dich, diskrete Nachforschungen anzustellen, ob dieses Baby woanders vermisst wird.«

Kevin blickte von dem Kind in Toms hoffnungsvolles Gesicht.

»Das kann ich machen, allerdings dauert so etwas ein bis zwei Monate, bis man sich einigermaßen in Sicherheit wiegen kann. Aber bedenke, was machst du, wenn dann doch jemand auftaucht?«

Tom schüttelte den Kopf, bevor er antwortete: »Dann vernichte ich jede Spur, alles, was damit zu tun hat. Jedes Foto, jede Unterlage, jedes Dokument.«

Kevin versuchte, Tom die Komplexität und Tragweite seines Handelns anders klarzumachen.

»Was ist, wenn jemand erst nach ein paar Jahren auftaucht?«

Tom atmete schwer, er holte tief Luft.

»Dann leugne ich alles. Dann gehört sie zu uns, und niemand kann sie uns wegnehmen.« Er bemerkte die besorgten und angespannten Gesichter seiner Freunde und fügte hinzu:

»Ich übernehme die volle Verantwortung. Amanda wird für unzurechnungsfähig erklärt, ich trage alle Konsequenzen. Ich habe euch offiziell im Unklaren gelassen und einige von euch sogar getäuscht. Das ist meine Geschichte. Etwas anderes wird nicht aus meinem Mund kommen, das verspreche ich euch.«

Kevin schüttelte mitleidig den Kopf, sein Blick war voller Mitgefühl.

»Wenn es so weit käme, mein Freund, weiß ich, dass du dein Wort halten würdest. Aber es geht nicht nur um uns. Es geht nicht nur darum, was wir denken oder was mit uns geschieht. Es geht um dieses kleine Mädchen. Ihre Welt ist jetzt schon zerbrochen. Ihr und der Öffentlichkeit die Wahrheit zu sagen, würde ihr einen noch größeren psychischen Schaden zufügen. Ob sie sich jemals davon erholen könnte, ist fraglich. Denn letztlich wäre sie von allen betrogen worden.« Er brach ab, seine Worte hingen schwer in dem Raum.

Wissend senkte Tom den Blick, er nahm das Baby vorsichtig wieder in seine Arme, wiegte sie kurz hin und her, bevor er es weiter gab, an den Psychologen Cloud Rosweld. Fragend und mit einer gewissen Erwartung in den Augen sah er seinen alten Freund an:

»Was hältst du von der ganzen Sache, Cloud?«

Cloud, der dem Kind gerade seinen kleinen Finger gereicht hatte, an den es glucksend zog und mit kleinen Händchen umfasste, wandte sich wieder Tom und den anderen Männern im Raum zu. Ein leichtes Lächeln umspielte seine Lippen.

»Zunächst einmal muss ich sagen, dass die Kleine wirklich bezaubernd ist. Es ist zweifellos ein kluger und geschickter Schachzug von dir, sie jedem in die Arme zu geben. Du weckst damit unweigerlich starke Gefühle, du versuchst, uns alle emotional einzubinden. Es ist... effektiv. Ich glaube auch, deine Absicht zu erahnen, dazu muss ich sagen, ich ziehe meinen Hut vor deinem Mut – und dem Mut jedes Einzelnen hier im Raum, der daran teilnimmt. Ich bin wohl hauptsächlich hier, um euch noch einmal das vor Augen zu führen, was ihr ohnehin schon wisst.«

Tom nickte zustimmend. Mit einem leichten Seufzer begann Cloud, seine Sicht der Dinge aus psychologischer und menschlicher Perspektive darzulegen.

»Was du vorhin über Amanda angedeutet hast … da muss ich dir leider zustimmen. Würden wir ihr dieses Kind wegnehmen, würde sie das höchstwahrscheinlich nicht verkraften. Betrachten wir ihren Zustand realistisch, so wie er momentan ist, bezweifle ich ernsthaft, dass sie nach dieser erneuten, tiefgreifenden Enttäuschung ohne intensive professionelle Betreuung überhaupt noch hier leben könnte. Ihr Zustand ist so labil, dass ich bezweifle, ob sie diese weitere Enttäuschung ohne Hilfe überstehen könnte.«

Er wiegte das Baby sanft in seinen Armen, schaukelte es ein wenig und fuhr dann fort: »Aber wir sollten auch an das Kind denken. Abgesehen davon, dass sie wirklich entzückend ist, was würde mit ihr geschehen, wenn wir sie einfach so weggeben? Zuerst das Kinderheim und dann, seien wir ehrlich, eine Pflegefamilie nach der anderen. Ein Leben zwischen Heim und wechselnden Pflegefamilien. Der Weg vieler Heimkinder in die Kriminalität ist fast schon eine traurige Gewissheit, fast wie eine Tradition. Und welche Grausamkeiten und Misshandlungen sie in diesem Fall eventuell erfahren muss, wenn ihr euch für diese Option entscheiden solltet… Darüber möchte ich gar nicht nachdenken.«

Cloud ließ seinen Blick langsam und nachdenklich durch die Runde schweifen. »Ich bin überzeugt, dass Tom und Amanda dieses wundervolle und reizende Geschöpf aufziehen und aufwachsen sehen sollten. Ich glaube, es wäre das Beste für alle Beteiligten. Aber diese Entscheidung liegt hier definitiv an euch und nicht an mir. Es ist eure Entscheidung, nicht meine.« Mit einem Anflug von Widerwillen reichte Cloud Tom das Baby zurück an Tom, das dieser mit betretener Miene entgegennahm. Insgeheim war Tom seinem Freund ausnahmsweise dankbar dafür, einen Hang zum Theatralischen zu haben.

»John, du bist unser Anwalt.« Er legte John Sparks das munter strampelnde und aufgeweckte Baby vorsichtig in die Arme. »Du bist auch der Anwalt der Firma. Ich bitte dich inständig, alles Juristische in die Wege zu leiten, um uns abzusichern. Das bedeutet Verträge, die jeden Mitwisser zur absoluten Verschwiegenheit verpflichten, sowie eine detaillierte und eidesstattliche Erklärung, in der ich detailliert beschreibe, wie ich meine Freunde hinters Licht geführt, getäuscht und manipuliert habe, um mein Ziel zu erreichen. Alles muss so ausgerichtet und so wasserdicht sein, dass alle Beteiligten als unschuldig und ahnungslos dastehen und im schlimmsten Fall höchstens mit einer geringen Geldstrafe oder nach einem schlechten Scherz aus der Sache herauskommen. Es muss ausdrücklich mein alleiniges Verschulden und mein alleiniges Werk sein. Und bitte«, fügte er mit Nachdruck hinzu, »verwende keine mir unbekannten oder komplizierten juristischen Fachausdrücke, keine Fachbegriffe, die mich oder dich belasten könnten, damit auch du nicht mit der Sache in Verbindung gebracht werden kannst.«

John nickte zustimmend. Das war für ihn Routine, das kleinste Problem. Ohne auf Tom zu warten, reichte er das Baby wortlos an Dr. Bays weiter. Erleichtert und zugleich verzweifelt, schaute Tom seinen Anwalt an, bevor er sich mit zitternder Stimme und nun mit voller Aufmerksamkeit an Niclas Bays wandte.

»Niclas, mein Freund, was ich jetzt von dir verlange…, es fällt mir unendlich schwer. Es ist ungeheuerlich.« Dr. Bays nickte ihm aufmunternd zu, sein Blick war verständnisvoll. Tom holte tief Luft, seine Hände fühlten sich eiskalt und klamm an, und seine Stimme zitterte stärker als je zuvor, unkontrolliert. »Ich bitte dich…, ich benötige eine Geburtsurkunde…, und die entsprechenden Unterlagen, die belegen, dass Amanda eine Hausgeburt hatte.«

Niclas zog scharf die Luft ein, doch bevor er etwas sagen konnte, unterbrach ihn Tom mit einer flehenden Geste »Ich weiß, dass du damit deine Approbation, deine Zulassungspapiere, deine gesamte Existenz, deine Rente, alles riskierst. Es tut mir unendlich leid, dich um so etwas bitten zu müssen, dich in diese Situation zu bringen. Aber ich schwöre dir, ich werde alles in meiner Macht Stehende tun, dass dieses Geheimnis niemals ans Licht kommt. Ich nehme alle Schuld auf mich, alles auf meine Kappe. Ich bitte dich darum.« Flehend sah er Niclas an. Dieser ließ seinen Blick langsam durch die Runde wandern. In den Gesichtern seiner Freunde las er Zustimmung und gespannte Erwartung. Würde er es tun? Mit einem einzigen Wort würde er alles riskieren, was er sich aufgebaut und erarbeitet hatte. Er senkte den Blick auf das Baby, das ihn ruhig und mit unschuldigen Augen ansah.

Leise, fast unhörbar, murmelte er: »Hoffentlich geht das gut.«

Nur Tom schien diese Worte gehört zu haben. Als Niclas wieder aufblickte und die flehende Hoffnung und Verzweiflung in Toms Augen sah, konnte er nicht anders, als seinem Freund zustimmend zuzunicken.

»Gut, ich werde es tun. Aber es darf erst bekannt werden, wenn Kevin grünes Licht gibt, dass niemand diese süße Maus vermisst. Sollte sich wieder Erwarten doch jemand melden, müssen alle Unterlagen unverzüglich vernichtet werden, alle Spuren verwischt sein. Und Tom...«, sein Blick verhärtete sich, »sollte meine Beteiligung, sollte meine Fälschung jemals ans Licht kommen, werde ich alles abstreiten und dich der Lüge, des Diebstahls und der Urkundenfälschung beschuldigen. Ich werde alles abstreiten.«

Tom nickte. Erleichterung überflutete ihn.

»So habe ich es mir gewünscht, Doc. Anders hätte ich es gar nicht gewollt.«

Niclas lächelte zaghaft in die Runde.

»Gut. Dann gehe ich mit der Kleinen nach nebenan und untersuche sie jetzt mal richtig und gründlich.«

Dankbar nickte Tom ihm zu. Anschließend fiel er erst einmal erleichtert in die Arme seiner Freunde, die alle ihm den Rücken stärkten und ihm Mut zusprachen. Es dauerte nicht lange, da kehrte Niclas zu ihnen zurück, er übergab Tom das kleine Baby.

»Sie ist putzmunter und kerngesund ...«, begann Niclas und sah Tom eindringlich und direkt an. »Im Moment schläft sie tief und friedlich, aber in ihrem zarten Alter – sie ist schätzungsweise ungefähr einen Monat alt, das heißt, sie wird nicht lange ruhen, die Schlafphasen sind kurz. Sie wird bald wieder erwachen und Hunger und Durst haben.« Er fixierte Tom mit seinem Blick, um seine Worte zu unterstreichen: »Ich habe gesehen, dass Amanda eingekauft hat. Sie hat Babynahrung und Ergänzungsmittel für verschiedene Altersstufen besorgt. Bitte sorge dafür, dass der Kleinen altersgerechte Nahrung übergeben wird, alles ab einem Monat. Ihr hattet Glück, dass ihr Zuhause wart und Amanda so früh aufgestanden ist. In diesem zarten Alter wachen sie vielfach auf, um zu trinken und zu essen, sie benötigen regelmäßige Mahlzeiten.«

Tom nickte verstehend. Behutsam trug er das friedlich schlummernde Baby zurück in sein Bettchen, bevor er sich dankbar von seinen Freunden verabschiedete. Sie versicherten ihm, sich um alles Besprochene und die vereinbarten Angelegenheiten zu kümmern. Kevin mahnte

Tom noch einmal eindringlich und mit Nachdruck, mindestens zwei Monate zu warten, bis er sein Okay gab, bevor Tom mit dem Kind das Haus verließ oder irgendjemandem von seinem vermeintlichen Vaterglück erzählte. Der Doc flüsterte ihm, an der Eingangstüre angekommen, ins Ohr, dass er morgen einen Boten ins Büro schicken würde, der ihm die notwendigen Unterlagen persönlich übergeben würde, damit er Amanda so bald wie möglich mit der frohen Botschaft beglücken könne. Beim Abschied, während er seinen Klienten und besten Freund herzlich und freundschaftlich umarmte, erwähnte John noch, dass er auch für Amanda eine Verschwiegenheitserklärung verfassen würde. Diese würde er ihm mit der E-Mail, in der auch die anderen notwendigen Dokumenten und Verträgen sowie die detaillierte Erklärung beiliegen wird, mit angehängt sein. Tom nickt seinem Freund verstehend zu. An den Türrahmen gelehnt winkte Tom seinen Freunden nach, als diese ihre Autos die Auffahrt hinunterfuhren. Eine tiefe Welle der Erleichterung durchströmte ihn, als er noch einmal nach seiner Frau und seiner hoffentlich baldigen Tochter sah. Sie schliefen immer noch beide friedlich, ein Anblick, der sein Herz ungemein erwärmte. Im Schlafzimmer angekommen, bezweifelte Tom, auch nur eine Minute Schlaf in dieser Nacht zu finden. Doch kaum hatte sein Kopf das Kopfkissen berührt, entspannten sich seine Nerven wie von selbst und er sank in einen tiefen, traumlosen, ruhigen sowie erholsamen Schlaf.

Als die Sonne aufging, wurde er wieder mit dem köstlichen Geruch von frisch gebrühtem Kaffee geweckt. Beschwingt vor Vorfreude und Aufregung machte er sich eilig fertig. Wie ein Jugendlicher stürzte er die Treppe hinunter. Kurz vor der Küche verlangsamte er jedoch abrupt seine Schritte und spähte vorsichtig hinein. Wie jeden Morgen war Amanda tadellos und adrett gekleidet, ihre Hüften wiegten sich im Takt eines mitreißenden Elvis-Songs, der beschwingt aus dem Radio dröhnte, während sie den Herd abstellte, auf dem der letzte Pfannkuchen in der Pfanne brutzelte. Seine Frau spürte wohl instinktiv seine Anwesenheit, denn sie drehte sich augenblicklich ruckartig zu ihm um, das Baby wiegend und schützend in ihrem linken Arm haltend. Als sie ihn erblickte, presste sie die Kleine fester an ihre Brust. In ihren Augen konnte er einen flüchtigen Ausdruck von Angst erkennen, doch sie zwang sich sogleich zu einem breiten, aber unsicheren Lächeln, ihre Lippen zitterten dabei fast unmerklich. Tom war sich sicher, dass seine Frau sich heute Morgen im Geiste bereits alles genaustens überlegt hatte – eine ganze Strategie mit stichhaltigen Argumenten, möglichen Antworten und passenden Erwiderungen, um ihn mit allen Mitteln davon zu überzeugen, das Baby zu behalten. Er sah, wie sie den Mund öffnete, wie sie nervös mit der Zunge über ihre Lippen fuhr. Er musste sofort verschwinden, bevor diese Frau eine Debatte oder gar eine Konfrontation mit ihm anfangen konnte, auf die er so noch nicht vorbereitet war. Noch nicht! Er wusste genau, sie würde kämpfen wie eine Löwenmutter, die ihr Junges mit aller Macht beschützt. Doch ihm fehlten noch die passenden Unterlagen, die Argumente, um ihren Herzenswunsch zumindest vorübergehend erfüllen zu können. Schnell drehte er sich um, ein stummes Zeichen seiner Ablehnung, um ihr deutlich zu signalisieren, dass er weder bereit war, ihr zuzuhören, geschweige denn ein Gespräch mit ihr zu führen. Ohne sie anzuschauen, murmelte er hastig: »Ich muss los. Hab gleich ein wichtiges Meeting. Darf nicht zu spät kommen.« Ohne eine Antwort abzuwarten, stürmte er hinaus, auf sein Auto zu. Als er endlich im sicheren Inneren des Wagens saß, atmete er tief ein und aus. Das war knapp. Hoffentlich klappte alles wie geplant. Hoffentlich würde alles nach Plan verlaufen.

*

In seinem Büro angekommen, erteilte er seiner Sekretärin mit schroffer Stimme einen unmissverständlichen Befehl:

»Alle heutigen Meetings und Termine mussten unverzüglich abgesagt werden.«

Als seine Sekretärin, die es gewohnt war, professionell zu agieren, Einwände vorbringen wollte, heftete er seinen Blick so streng und durchdringend auf sie, dass sie hörbar kräftig schluckte, sie verstummte augenblicklich. Er fügte hastig hinzu, dass er unter keinen Umständen gestört werden dürfe, komme, was wolle. Sie nickte nur stumm, ohne ein weiteres Wort zu sagen. In seinem Büro fand er keine Ruhe, keine Sekunde Frieden. Jede Minute kam ihm vor wie eine Stunde. Die Zeit kroch unerträglich langsam. Er starrte manisch auf sein E-Mail-Postfach, kontrollierte es wieder und wieder, überprüfte sogar mehrmals die Internetverbindung, als hinge sein Leben davon ab. Nach kaum zehn quälend langen Minuten durchfuhr ihn plötzlich ein kalter Schreck: der erwartete wichtige Anruf! Er hatte seiner Sekretärin ja Störungen untersagt. Mit feuchten

Händen und klopfendem Herzen drückte er den Knopf, um seine Sekretärin zu sich hineinzurufen.

Schweißperlen traten ihm auf die Stirn. Ihm dämmerte mit wachsender Besorgnis, dass auch der erwartete Bote, der die wichtigen Dokumente persönlich überbringen sollte, möglicherweise abgewiesen worden war.

»Miss Tails, seien Sie bitte so freundlich, ich erwarte drei Anrufe. Einen von einem gewissen Mr. Bold, einen von Mr. Bays und einen von Mr. Sparks. Diese Anrufe haben höchste Priorität!«

Miss Tails nickte rasch, sie notierte eifrig die genannten Namen auf ihrem stets griffbereiten Notizblock, den sie immer bei sich führte. Schweigend zog sie sich zurück. Doch kaum war sie draußen, fiel Tom noch etwas ein. Er riss die Tür zu seinem Büro so stürmisch wieder auf, dass seine Sekretärin einen spitzen Schrei losließ, wobei sie vor Schreck von ihrem Stuhl aufsprang. Verunsichert, verwirrt und etwas ängstlich blickte sie zu ihrem Boss.

Unwillkürlich musste er lächeln, zu seinem Erstaunen sah er, wie sich seine Sekretärin daraufhin sofort entspannte.

»Bitte entschuldigen Sie vielmals. Es tut mir leid, Miss Tails. Ich wollte Sie nicht erschrecken. Haben sie heute Morgen bereits einen Boten gesehen? Er hat wichtige Dokumente, die ich dringend benötige.«

»Nein, Mr. Brocks. Bisher ist noch nichts dergleichen eingetroffen. Aber ich schicke den Boten sofort in Ihr Büro, sobald er hier eintrifft.«

»Ausgezeichnet. Danke« zwinkerte er ihr aufmunternd mit einem Lächeln auf seinen Lippen zu, bevor er die Tür wieder hinter sich schloss. Die Unruhe ließ ihn jedoch nicht los. Wieder begann er unruhig in seinem Büro auf- und abzugehen, als plötzlich ein Signalton mit einem „Blob" einen Posteingang ankündigte. Ohne auch nur einen flüchtigen Blick auf den E-Mail-Text oder den Inhalt des E-Mail-Anhangs zu werfen, betätigte Tom mit einem entschlossenen Klick den Druckknopf. Gespannt verfolgte er, wie der Drucker mit leisem Surren Blatt für Blatt auswarf. Hastig, aber dennoch sorgfältig ordnete Tom die frisch gedruckten Dokumente: Anlage A, Anlage B (Teil 1, 2, 3 und 4) und Anlage C. Er lehnte sich in seinem Bürostuhl zurück. Tom überflog die nun sorgfältig sortierten Unterlagen. Er war überwältigt, was für eine hervorragende Arbeit John Sparks, sein Anwalt, geleistet hatte. Ihm war bewusst, dass sein Anwalt die ganze Nacht durchgearbeitet haben musste. Eine tiefe und unsagbare Dankbarkeit erfüllte ihn.

Kurzentschlossen griff er zum Telefon, er wählte die Nummer eines seiner engsten Freunde.

»John.«

»Tom. Ist alles angekommen? Ist alles zu deiner Zufriedenheit?« Kam es prompt vom anderen Ende der Leitung.

»Mehr als das. Du hast exzellente Arbeit geleistet. Ich danke dir. Vor allem gefällt mir Anlage A. Somit trage ich die volle und alleinige Verantwortung. Anlage B werde ich euch allen zusammen mit den jeweiligen Verträgen zukommen lassen. So sind wir alle abgesichert.«

»Das ist richtig. Alle außer du, Tom. Bist du dir wirklich sicher, dass du das durchziehen willst? Ich meine, wenn das jemals durch einen blöden Zufall herauskommt, dann… nun ja, dann bist du ganz allein schuld. Mit diesen Verträgen, dieser ganzen Lügen, kann dich keiner vor dem Gefängnis bewahren. Wirklich keiner! Du kannst nicht einmal auf mildere Umstände plädieren, geschweige denn auf Unzurechnungsfähigkeit. Und…« Johns Stimme überschlug sich förmlich bei seinem schnellen Gerede.

»John… John, bitte beruhige dich. Die Tragweite dieses Unterfangens ist mir bewusst, ebenso die Konsequenzen. Die Verantwortung dafür, kann ich tragen. Weißt du, dadurch mach ich so viele Menschen glücklich, die mir so am Herzen liegen. Wo bitte, sag mir, kann das ein Fehler sein?«

»Ich hoffe, du behältst recht.«

»Ich danke dir, John. Jetzt beginnt ein neues Leben. Und du wirst ein Teil davon sein.«

»Wenn alles gut geht…«

»Das wird es schon. Auf Wiedersehen, John. Ach, und vergiss nicht: In ein paar Wochen, wenn das Warten ein Ende hat, vorbeizukommen. Es gibt eine Einweihungsparty.« John lachte laut und herzlich in den Hörer.

»Nein, das vergesse ich nicht, das lasse ich mir nicht entgehen. Ich freue mich schon darauf. Viel Glück, Tom. Melde dich. Bye.«

»Das mache ich. Bye.«

Kaum hatte Tom aufgelegt, ertönte auch schon die Stimme seiner Sekretärin aus der Gegensprechanlage:

»Mr. Brocks? Mr. Bold ist auf Leitung drei, und der Kurier wäre auch da.«

»Bitte schicken Sie den Kurier sofort herein. Mr. Bold werde ich gleich entgegennehmen. Bitte informieren Sie ihn.« Sein Herz begann bereits schneller zu schlagen.

»Das mache ich. Ich schicke ihn sofort rein.«

Toms Herz schlug ihm nun bis zum Hals. Seine Hand zitterte leicht, als er dem Kurier die Annahme des Umschlags quittierte. Er gab dem Boten ein üppiges Trinkgeld, in der verzweifelten Hoffnung, dass der junge Mann seine innere Unruhe nicht bemerkte. Jede unvorhergesehene Begegnung, jede Kleinigkeit, die im Gedächtnis des Kuriers haften bleiben könnte, war jetzt eine potenzielle Gefahr, welche er absolut nicht gebrauchen und hervorbeschwören wollte. Während Tom zusah, wie der junge Mann mit einem breiten Grinsen, das zweifellos dem üppigen Trinkgeld geschuldet war, sein Büro verließ, schaltete er sich innerlich dafür, offensichtlich schon unter Verfolgungswahn zu leiden. Er holte noch einmal tief Luft, dann nahm er das Gespräch auf Leitung drei entgegen, wo sein Freund Kevin Bold bereits ungeduldig wartete.

»Kevin, was gibt es Neues? Was hast du für mich herausgefunden?«

Jeder Muskel in seinem Körper war vor Anspannung schmerzhaft angespannt, während er sich wieder auf seinen Bürostuhl fallen ließ.

»Ich habe eine gute Nachricht, eine Warnung und eine Frage für dich.«

»Dann lass uns mal hören.«

»Die gute Nachricht ist, es gibt keine Einträge in den Datenbanken, die auf ein vermisstes Kind hindeuten. Die Warnung ist, dass du oder besser gesagt ihr nichts überstürzen dürft. Ihr müsst mindestens zwei Monate warten, bis ihr euch einigermaßen in Sicherheit wiegen könnt. Und vergesst nicht: Es kann auch passieren, dass nach Jahren jemand bei euch vor der Türe steht und sagt, ich bin die Mutter oder der Vater. Vergesst das bitte nie.«

»Nein, dessen bin ich mir bewusst. Und auch Amanda wird sich dessen bewusst sein.«

»Mh…«

»Kevin. Was war die Frage?«

Tom strich sich nervös mit der Hand über sein Gesicht. Die Angst, Kevin hat eine nicht zu beantwortende Frage, ließ ihn aus allen Poren seines Körpers schwitzen.

»Ob du dir wirklich sicher bist. Mit all dem hier.« Ein erleichtertes Seufzen entfuhr ihm.

»Das Gleiche hat mich John auch schon gefragt. Übrigens, die Verträge sind da. Ich werde dir morgen einen Boten schicken, der ihn euch zur Unterschrift bringt. Eine Kopie liegt natürlich bei. Zurück zu deiner Frage: Ja, ich bin mir absolut sicher. Ich bin mir der Verantwortung, die damit auf mir lastet, so wie die Folgen, die daraus entstehen können, bewusst. Ich bin bereit, die Schuld auf mich zu nehmen, falls alles herauskommt. Aber weißt du was, Kevin? Ich nehme all das sehr gerne auf mich, weil ich damit die Menschen, die ich über alles liebe und vergöttere, unendlich glücklich mache. Koste es, was es wolle.«

»Mh… Ich wünsche euch nur das Beste, das weißt du doch, oder? Ich will doch nur nicht, dass ihr etwas macht, was ihr eines Tages zutiefst und bitter bereuen müsstet.«

Tom hörte die Besorgnis in der Stimme seines Freundes, er wollte ihn keinesfalls mit einem schlechten Gewissen belasten.

»Kevin, bitte sag mir ehrlich, wie könnten wir es jemals bereuen? Joenn wurde uns anvertraut, sie wurde uns in die Hände gelegt. Wie könnten wir ein solches Wunder, ein so wundervolles Geschöpf, wieder hergeben?«

»Stimmt schon. Sie ist wirklich bezaubernd, eine süße Maus.«

Tom konnte sich Kevins breites Grinsen lebhaft durch den Hörer vorstellen.

»Joenn also. Ein wunderschöner Name. Er passt perfekt zu ihr.«

Auch Tom musste nun lächeln.

»Ja, finde ich auch. Wenn wir Gewissheit haben, wenn wir uns sicher sind, feiern wir eine kleine Einweihungsparty. Nur im engsten Kreis.«

»Ich bin auf jeden Fall gerne dabei. Ich freue mich jetzt schon darauf, die kleine Joenn richtig kennenzulernen, zu sehen, wie die Kleine sich entwickelt.«

»Ihr werdet an allem teilhaben. An jedem wichtigen Moment in Ihrem Leben, an jeder Schulaufführung, jedem Geburtstag und allen anderen wichtigen Ereignissen und Geschehen. Ihr seid schließlich ihre Onkel«

Kevin lachte herzlich laut auf. »Wie stellst du dir das denn vor?«

»Ganz einfach. Wir sagen es ihr von Anfang an. Wenn sie später Fragen stellt, erklären wir es ihr so. Es war einfacher, es so zu handhaben, als dir alles zu erklären.«

Kevin lachte wieder, ein tiefes, vibrierendes Lachen.

»Das könnte tatsächlich funktionieren.«

»Dann sehen wir uns in ein paar Wochen?«

»Natürlich.«

»Ach, Kevin?«

»Ja?«

»Deine Frau und die Kinder sind jederzeit herzlich willkommen.«

»Das bedeutet mir viel, alter Freund. Ich drücke euch die Daumen. Bis bald.«

Unmittelbar nach dem Ende des Gesprächs, kaum hatte Tom aufgelegt, riss er hastig und ungeduldig den Umschlag auf, den ihm der Kurier zuvor gebracht hatte, um den Inhalt der Dokumente zu studieren. Er spürte, wie sich die fieberhafte Vorfreude, Amanda all dies zu zeigen, in ihm ausbreitete. Er verstaute sämtliche Unterlagen eilig in seinem Aktenkoffer und stürmte aus dem Büro. Zu seiner Sekretärin, die ihm einen fragenden Blick zuwarf, murmelte er nur über seine Schulter und im vorbeigehen ein knappes:

»Ich bin weg. Komme heute nicht wieder. Bis morgen.«

Er registrierte ihr stummes Kopfschütteln, doch es kümmerte ihn wenig, was sie dachte. Schließlich bezahlte er sie dafür, solche Eskapaden zu ertragen. Zu Hause angekommen, fand er seine Frau Amanda im Wohnzimmer, wo sie das friedlich schlafende Baby in einer Wiege mit einem verträumten Lächeln auf den Lippen wiegte. Er fragte sich kurz, woher sie die Wiege auf einmal hatte, doch der Gedanke verflog schnell wieder. Schließlich gab es momentan Wichtigeres zu klären, als die banale Frage, wo sie das schaukelnde Ding herhatte. Als er sich räusperte, drehte sich seine Frau langsam zu ihm um. Er bemerkte, dass sie ihn eigentlich freudig begrüßen wollte, doch seine Haltung und sein ernster Gesichtsausdruck mussten ihr verraten haben, dass er etwas Wichtiges mit ihr zu besprechen hatte. Er beobachtete, wie sich ihre Pupillen weiteten, wie ihr Gesichtsausdruck sich schlagartig von diesem fröhlichen, mit leuchtenden Augen, in ein ängstliches und zerbrechliches wandelte.

»Amanda, Liebling, wir müssen reden.« Amanda nickte zustimmend, sie bat ihn mit einer Geste, ihr in die Küche zu folgen. Dort bereitete sie routiniert, mit ruhigen Bewegungen, Kaffee für sie beide zu. Während sie seine Tasse mit Zucker und Milch, ganz nach seinem Geschmack verfeinerte, bereitete sie auch ihre eigene vor. Mit den dampfenden Tassen kehrte sie an den Esstisch zurück. Sie setzte sich ihm gegenüber. Als sie ihm seine Tasse reichte, bemerkte er ein leichtes, kaum merkliches Zittern ihrer Hand. Er spürte die aufkommende Angst, die sie gerade erfasst hatte. Tom beschloss, ihr diese aufkommende Angst zu nehmen und nicht lange, um den heißen Brei herumzureden.

»Liebling, es geht um das Baby. Wir sollten uns unterhalten.«

Dabei deutete er mit einem leisen Nicken und dem Zeigefinger in Richtung Wohnzimmer, wo das Kind friedlich in seiner Wiege schlief. Ihre Augen folgten seiner Geste.

»Ja, ich weiß.«

Sie faltete ihre Hände in ihrem Schoß, als würde sie sich innerlich auf eine weitere schmerzhafte Niederlage wappnen.

»Ich mache es kurz. Gestern Abend gab es ein… sagen wir… ein diskretes Treffen mit unseren Freunden.«

Amanda neigte den Kopf, sie musterte ihren Mann mit misstrauischen Augen. Tom fuhr unbeirrt fort, ohne auf ihre Reaktion einzugehen.

»Um genauer zu sein, gestern waren John Sparks, Kevin Bold, Cloud Rosweld und Niclas Bays hier bei uns.«

»Wann?«

»Du hast schon geschlafen. Es war ziemlich spät.«

Verwundert und ungläubig schüttelte Amanda den Kopf, die Worte „diskretes Treffen" hallte in ihren Gedanken wieder.

»Aber warum? Und warum hast du mich nicht geweckt? Warum hast du mich nicht dazu geholt?«

»Das will ich dir doch gerade alles erklären. Kannst du mich bitte ausreden lassen und erst dann ein Kommentar von dir geben, wenn ich fertig bin? Ich möchte auch deine Meinung dazu hören.«

Sein Ton wurde leicht gereizt, worauf Amanda schweigend reagierte. Sie presste ihre vollen Lippen fest zu einer schmalen Linie zusammen.

»Also, sie waren alle da, weil wir zusammen eine Lösung finden wollten. Für das… Babyproblem.«

Amanda holte schockiert tief Luft.

»Das ist kein Babyproblem!«, zischte sie, worauf sie im selben Moment ihre Hand auf ihren Mund legte, um sich selbst zum Schweigen zu bringen, als hätte sie etwas Verbotenes gesagt. Tom schüttelte den Kopf.

»Wenn du mich ständig unterbrichst, kann ich dir die guten Neuigkeiten nicht erzählen.«

Nun war Amanda hellhörig. Ihre Augen weiteten sich. Gute Nachricht? Das klang vielversprechend. Sie nahm einen kleinen Schluck Kaffee, um ihrem Mann so zu signalisieren, dass er ihre vollkommene Aufmerksamkeit hatte. Tom ließ in einem ruhigen Tonfall den Abend Revue passieren. Je mehr sie verstand, worauf ihr Mann hinauswollte, desto öfter hielt sie den Atem an.

»Wir haben uns überlegt, wie wir es schaffen könnten, dass wir das Baby behalten können. Ich habe unseren Anwalt John beauftragt, Verträge aufzusetzen, in denen erklärt wird, dass ich das Kind gefunden habe. Aus rein egoistischen Motiven und Gründen, die nur ich selbst erklären könnte und die ich dir noch erklären werde, habe ich Dr. Bays besucht. Ich habe ihm eine Geburtsurkunde gestohlen und diese im Anschluss gefälscht. Und dass niemand außer meiner Persönlichkeit das alles zu verschulden hat. Ich habe es so arrangiert, dass ich allein die Verantwortung trage. Ich möchte vermeiden, dass meine Freunde dafür büßen müssen, sollte dieser Schwindel jemals zutage kommen. Unsere Freunde haben alle zugestimmt, uns dabei zu helfen und zu beteuern, nichts davon gewusst zu haben. Sie decken mich. Alle vier würden aussagen, dass sie mich immer als einen wahren Freund betrachtet haben und mir so etwas nie zugetraut hätten. Kevin bat uns allerdings, dass wir die kommenden zwei Monate noch die Füße stillhalten müssten. Denn wir müssten warten, ob sich nicht doch jemand melden würde, der sein Baby vermisste.«

Als Tom aufhörte zu reden, blieb ihre ursprüngliche Frage noch immer unbeantwortet. Entnervt, weil er nicht weitersprach, kam sie zu dem Entschluss, dass da etwas schiefgelaufen sein muss. Bittere Tränen brannten hinter ihren Lidern. Sie beobachtete mit zitterndem Herzen, wie Tom seinen Aktenkoffer mit einem leisen Klicken auf den Küchentisch stellte und ihn öffnete. Er zog ein einzelnes Blatt Papier heraus, welches er ihr entgegenhielt. Da ihr Blick bereits von einer Flut von Tränen getrübt war, die sie verzweifelt und krampfhaft zurückzuhalten versuchte, nahm sie die Buchstaben, die sich vor ihr auftaten, nur verschwommen wahr. Die Buchstaben verschwammen vor ihren Augen wie im Nebel. Fragend blickte sie in das Gesicht ihres Mannes. Zu ihrer großen Überraschung lächelte er sie warm und breit an. Ein Hoffnungsschimmer keimte in ihr auf. Sie wusste, dass ihr Mann sie niemals bei einem so ernsten Thema ohne triftigen Grund, ohne einen Hoffnungsschimmer zu geben, anlächeln würde. Sie fixierte das Papier in ihrer Hand erneut. Nun liefen die Tränen ungehindert über ihre Wangen, in der vergeblichen Hoffnung, dass die Klarheit ihrer Sicht mit dem freien Lauf der Tränen zurückkehren und sie die Schrift endlich entziffern und erkennen könnte. Doch nein, es waren und blieben unleserliche Buchstaben, die vor ihren Augen tanzten. Wieder suchte sie seinen Blick, der ihr Starren jedoch offensichtlich als Ausdruck von Verwirrung oder Unverständnis interpretierte.

»Joenn heißt sie. Was hältst du von dem Namen? Gefällt er dir? Ich dachte, er würde perfekt zu ihr passen«, sprudelte Tom aufgeregt hervor.

Das Einzige, was Amanda in diesem Moment erfasste, war, dass ihr Name Joenn war. Alles andere prallte an ihr ab. Ihr Mann redete weiter, doch sie war unfähig, ihm zuzuhören. Mit dem Ärmel wischte sie sich die Tränen aus dem Gesicht und den Augenwinkeln. Langsam gewann ihre Sicht wieder an Schärfe. Nun betrachtete sie den Papierschein, in ihrer Hand genauer. Es war eine Geburtsurkunde, auf der der Name eines Säuglings stand.

»Joenn«, flüsterte sie den Namen. Dann entdeckte sie ihren eigenen Namen neben der Bezeichnung „Mutter". Sie schloss kurz die Augen, öffnete sie wieder. Ihr Name stand immer noch dort, bei der Angabe „Mutter". Fassungslos sah sie zu ihrem Mann auf, der jetzt plötzlich neben ihr kauerte. Sie hatte gar nicht bemerkt, wie er von seinem Stuhl aufgestanden war, um zu ihr herumzukommen. Er nahm ihr Gesicht sanft in seine Hände und zwang sie mit liebevollem Druck, ihm in die Augen zu sehen. Sie hörte seine wiederholten Worte wie durch einen Schleier.

»Das ist unser Kind, Amanda. Liebling, hörst du? Es ist unser Kind!«

Plötzlich, wie von einer unsichtbaren Kraft getrieben, sprang sie von ihrem Stuhl auf, während Tom sich bedächtig erhob. Ihr Blick war immer noch ungläubig. Unermüdlich und wie ein Mantra wiederholte er immer wieder dieselben Worte, in der Hoffnung, sie würden endlich zu ihr durchdringen.

»Unser Kind! Das ist unser Kind!«

Nun strömten die Tränen der Erlösung wie zwei Bäche ungehindert über ihre Wangen. Ihre Augen fingen an zu leuchten, ein zaghaftes Lächeln zuckte an ihren Lippen und breitete sich langsam auf ihren Lippen aus, als sie endlich die Bedeutung seiner Worte verstand. Mit einem einzigen langen Schritt fiel Amanda ihrem Mann um den Hals. Erleichtert und voller Liebe schloss er seine Arme um ihre Taille, um sie näher an sich drücken zu können. Tom hielt seine wundervolle Frau, seine ganze Welt, fest umschlungen. Als er spürte, dass sie sich wieder etwas gefangen hatte, lockerte er vorsichtig seine Umarmung um ihre Taille, um ihr zu ermöglichen, sich wieder auf ihren Stuhl zu setzen. Tom nahm ihr gegenüber am Tisch Platz, er ging ohne Umschweife zum Kern der Sache über. Amanda musste sich des Risikos bewusst sein, welches sie hier gerade heraufbeschworen hatten. Sie musste die Tragweite ihres Handelns begreifen. Sie musste verstehen, was der Inhalt der Verträge besagte, die sie alle unterzeichnen würden, und welche Konsequenzen ihnen drohten, wenn die Wahrheit jemals ans Licht käme.

Amanda hörte ihrem Mann aufmerksam zu. Sie ließ die Verträge aufmerksam durch. Die Absätze und Passagen, auf die Tom ihr mit dem Finger zeigte, las sie sogar zweimal. Die Tragweite dieser niedergeschriebenen Worte durchdrang sie mit voller Wucht. Voller Liebe und Dankbarkeit sah sie zu ihrem Mann auf.

»Liebling, Schatz, ich weiß, was für Opfer du für mich bringen willst. Ich liebe dich dafür umso mehr, aber deine Erklärung ist mir weiterhin nicht ganz schlüssig. Da steht, du hättest die Dokumente gestohlen, auf denen du im Nachgang die Unterschriften gefälscht hast. Dass du alles allein getan hast und dass du dafür definitiv in das Gefängnis wandern wirst.«

»Ja, ich weiß.«

»Ich verstehe, dass du deine Freunde schützen musst und willst, dagegen sage ich nichts, aber was ist mit mir?«

Tom lächelte seine Frau liebevoll an. Ihm war klar, dass sie ihn schützen wollte. Er spürte ihre Sorge um ihn, ihre Liebe. Ihre Worte machten ihm klar, dass er ihr wichtiger ist als alles auf der Welt. Die Liebe, die er schon die ganzen Jahre für sie empfand, wuchs noch ein

Stück mehr, etwas, das er nie für möglich gehalten hätte. Er strich ihr mit der Hand sanft über ihre weiche Wange, seine Lippen drückten einen zärtlichen Kuss auf ihre Stirn.

»Mein Schatz, es ist doch ganz klar, dass ich all die Schuld auf mich nehme. Einer muss sich doch um unsere Tochter kümmern, wenn das jemals herauskommen sollte. Und wer wäre in so einer Situation wichtiger als je zuvor? Ihre Mutter natürlich. Du brauchst dir keine Sorgen zu machen, ich bin mir diesbezüglich ganz sicher, dass sie es mit der Zeit auch verstehen wird. Vertrau mir.«

»Unsere Tochter?«

Tom lächelte bei den geflüsterten Worten seiner Frau.

»Ja, unsere Tochter. Ich will sie genauso behalten wie du. Sie ist ein wunderschönes Kind und sie wird eine tolle und wundervolle Tochter sein. Auf dem Papier sind wir ihre Eltern. Aber wir dürfen die Möglichkeit nicht vergessen, dass eines Tages jemand auftauchen und sie beanspruchen könnte. Jemand, der behauptet, ihre ‚Mutter‘ oder ihr ‚Vater‘ zu sein!«

Amanda lachte laut auf, ein schrilles, fast hysterisches Lachen voller Verzweiflung, das durch die Küche hallte.

Ihre Stimme war wieder leise, aber von fester Entschlossenheit getragen, als sie fragte:

»In zwei Monaten, nicht wahr? Das hat Kevin gesagt, oder?«

Tom bestätigte es mit einem zustimmenden Nicken. Nun war ihre Stimme nicht mehr leise. Im Gegenteil, sie sprach lauter, ihr Ton war bestimmt, ihre Stimme sogar etwas tiefer, als er es von ihr gewohnt war.

»In zwei Monaten also ist das unser Kind, und niemand wird sie uns entreißen können. Niemand kann sie uns dann noch nehmen. Man müsste uns erst das Gegenteil beweisen, dass dies nicht unser Kind ist. Joenn nimmt uns dann niemand mehr weg. Außerdem wollte man sie doch offensichtlich nicht mehr, sonst hätte man sie nicht vor unserer Tür ausgesetzt wurde. Punkt. Sie gehört zu uns. Das ist unser Kind. In zwei Monaten.«

Tom stand auf, er ging wieder zu ihr herum, um seine Frau in die Arme zu nehmen, in die sie sich glücklich schmiegte.

*

Zwei Monate zogen ereignislos ins Land, ohne dass etwas geschah. Für die Brocks und alle Eingeweihten stand nach Ablauf dieser Frist unmissverständlich fest: Die kleine Familie hatte nun offiziell Zuwachs bekommen. Joenn gehörte jetzt fest zur Familie.

Die folgenden Jahre vergingen wie im Flug, wie im Rausch der Freude und des gemeinsamen Erlebens, so schien es allen. Tom hielt sein Versprechen. Er teilte jedes wichtige Ereignis, jeden bedeutenden Moment in Joenns Leben, mit ihren „Onkeln und Tanten". Er ließ sie an allem teilhaben. Als Joenn eines Tages auf der Bühne stand, um ihre Diplome – ja, richtig Diplome und Zeugnisse – entgegenzunehmen und anschließend sogar eine bewegende und inspirierende Abschlussrede hielt, waren sie alle anwesend, um mit ihr zu feiern. Von ihrem Rednerpult aus, suchte Joenn während ihrer Abschlussrede den Blick ihrer Eltern, Onkel, Tanten und deren Kinder, die alle gespannt und erwartungsvoll im Publikum saßen. Ein warmes strahlendes Lächeln umspielte ihre Lippen, als sie dem Ende ihrer Rede entgegenging und gleichzeitig zusah, wie die stärksten Männer in ihrem Leben – ihr Vater und ihre Onkel – sich verstohlen und heimlich mit Taschentüchern die Augen trockneten. Ihre starken liebevollen Ehefrauen saßen neben ihnen, legten tröstend ihre Hände auf ihre Arme, die sie liebevoll tätschelten, wobei sie lächelnd den Kopf schüttelten. Wer konnte schon von sich behaupten, eine so wunderbare und tolle Familie zu haben? Mit einem breiten, von Liebe und Stolz erfüllten Lächeln beendete Joenn ihre Rede. Sie lief danach geradewegs in die offenen Arme ihrer Familie, die sie mit Freudentränen in den Augen und tränenfeuchten Wangen mit einem breiten, stolzen Lächeln auf den Lippen empfing.

Kapitel 2

Die ersten Sonnenstrahlen des Morgens malten goldene Streifen auf dem Boden von Joenns Zimmer. Eine leichte, kühle Brise wehte durch das offene Fenster und trug den Duft von taufrischem Gras herein. Doch Joenn bemerkte all das kaum. Ihr Blick war starr auf ihr Spiegelbild gerichtet, ihre Augen suchten dort nach einer Antwort auf die quälende Frage, die sie seit Tagen begleitete: Was nun? Drei Abschlüsse hatte sie in der Tasche, Zeugnisse ihres Fleißes, doch welcher Weg sollte sie nun einschlagen? In diesem Moment klopfte es leise an ihrer Tür. Im nächsten Augenblick steckte ihr Vater Tom den Kopf zur Tür herein.

»Guten Morgen, mein Spatz. So früh schon auf? Ich habe dein offenes Fenster vom Garten aus gesehen und dachte, ich schaue mal bei dir herein.«

»Guten Morgen, Dad. Natürlich, du weißt doch, der Morgen ist das Beste vom ganzen Tag.«

Joenn schmunzelte ihren Vater an, der anscheinend keine Anstalten machte, ihr Zimmer richtig zu betreten. Er stand im Türrahmen, als zögerte er, sie in ihren Gedanken zu stören.

»Was hältst du davon, wenn ich schon mal das Obst klein schneide und den Joghurt auf den Tisch stelle? Dann könnten wir zusammen frühstücken?«

Begeistert über diesen Vorschlag nickte sie ihrem Vater zu. Durch ihr intensives Studium war es noch seltener geworden, mit ihrem Vater mal alleine zu sein, geschweige denn alleine zu frühstücken. Nichts gegen ihre Mum, aber Mum war eben immer da. Dad war oft früh auf der Arbeit und an den Wochenenden frühstückten sie eigentlich immer zu dritt oder manchmal auch mit Gästen. Eine ungestörte Vater-Tochter-Zeit war selten und wurde von beiden als etwas sehr Kostbares betrachtet.

»Oh, das hört sich wunderbar an. Ich bin gleich unten!«

»Okay. Ach, und Joenn…« Tom schenkte seiner Tochter ein leicht verschmitztes Lächeln.

»Ja?«

»Mach dir keinen Kopf über deine Zukunft. Du hast so hart für deine Abschlüsse gearbeitet, die du mit Bravour abgeschlossen hast. Ich, nein, wir sind so unglaublich stolz auf dich. Jetzt hast du erst mal Urlaub verdient. Wenn du dich erholt hast, setzen wir uns zusammen und überlegen gemeinsam, was du mit deinen Abschlüssen anstellen kannst und wobei wir dich unterstützen können. Wäre das so in deinem Sinne? Ich warte unten auf dich.«

Tom wollte gerade die Tür hinter sich schließen, ohne wirklich eine sofortige Antwort auf seine Frage zu erwarten.

»Dad?«

Er blieb stehen, öffnete die Tür wieder so weit, dass er seine Tochter sehen konnte.

»Ich muss sagen, deine telepathischen Kräfte machen mir langsam Angst.«

Tom lachte herzlich.

»Nein, mein Spatz, ich kenne dich einfach nur zu gut. Du bist mir einfach zu ähnlich.« Mit diesen Worten schloss er die Tür endgültig. Er ließ seine Tochter mit einem warmen Gefühl im Herzen zurück. Joenn fand ihren Vater im Garten wieder, siemusste unwillkürlich lächeln, als sie sah, was er dort „angerichtet" hatte. Mitten auf dem perfekt getrimmten, smaragdgrünen Rasen hatte er zwei Liegestühle gerückt. Auf jeder Liege lag einladend eine dicke, kuschelige Wolldecke bereit, ein Schutz gegen die noch leicht frische Morgenbrise, die den Garten durchzog. Zwischen den beiden Liegestühlen thronte Mutters heiß geliebter Mahagoni-Vasentisch aus dem Wohnzimmer, auf dem bereits zwei Schalen mit cremigem Joghurt und eine große Schüssel mit mundgerecht geschnittenem, farbenfrohem Obst standen. Beschwingt von der Aussicht auf diesen wunderschönen Morgen mit ihrem Vater, ließ Joenn die wenigen Schritte zu den Liegestühlen fast hüpfend zurücklegen. Gemeinsam kuschelten sie sich in die warmen Decken und machten es sich mit ihrem Frühstück auf den bequemen Liegen gemütlich. Eine lange Weile herrschte Stille zwischen ihnen. Es war kein unangenehmes Schweigen, sondern vielmehr ein angenehmes, beruhigendes Schweigen, erfüllt von der stillen Vertrautheit zwischen Vater und Tochter. Nach einer weile brach ihr Vater Tom diese idyllische Ruhe.

»Also, erzähl mal. Wo waren deine Gedanken so früh am Morgen?«

Joenn legte den Kopf in den Nacken, sie dachte angestrengt über die richtigen Worte nach, während sie die leichten Schleierwolken am Himmel beobachtete, wie sie sich Stück für Stück durch die aufgehende Sonne ins Nichts auflösten.

»Ich weiß auch nicht recht«, begann sie schließlich. »Mir ist klar geworden, dass jetzt, wo ich mit der Uni fertig bin, mit all den Abschlüssen, die ich unbedingt haben wollte, na ja, da kommt jetzt die große Frage auf: und nun?« Joenn machte eine kurze Pause, bevor sie lächelnd fortfuhr: »Im Übrigen, du weißt, Mutter wird einen Tobsuchtsanfall bekommen, wenn sie ihren guten Mahagoni-Vasentisch hier draußen im feuchten Gras stehen sieht.«

Sie wandte ihren Blick vom Himmel ab, um ihren Vater anzusehen. Er zuckte auf ihre Bemerkung nur lächelnd mit den Schultern, ohne den Blick vom Himmel abzuwenden.

»Mh… Meinst du nicht, darüber zu sinnieren ist noch ein wenig zu früh?«

Joenn wandte ihren Blick ebenfalls wieder dem Himmel zu, sie schloss für einen Moment die Augen.

»Ich glaube nicht. Wenn ich jetzt nicht darüber nachdenke, wann soll ich es dann tun? Wie soll man einen Urlaub genießen, wenn man nicht weiß, wie es danach weitergehen soll? Und vor allem wann? Oder wo?«

»Du kannst dich also absolut nicht entscheiden, welchen dieser Abschlüsse du letztlich ausüben und richtig erlernen möchtest?«

»Ja, genau so sieht es bei mir gerade aus.«

Joenn öffnete ihre Augenlider wieder. Sie starrte in den mittlerweile strahlend hellblauen Himmel.

»Mh… Hast du mal daran gedacht, in den verschiedenen Bereichen Praktika zu machen?«

»Ja, Dad, das habe ich. Dann habe ich mir aber überlegt, dass ich das im Grunde auch schon gemacht habe, ob es Steuerrecht bei dir in der Firma war oder bei Onkel Sparks in der Kanzlei. Ich war auch bei einem der berühmtesten Innenarchitekten von New Orleans ein halbes Jahr tätig.«

»Und was hat dir am meisten Spaß gemacht?«

»Genau das ist mein Problem, Dad.« Joenn seufzte. Sie streckte ihren Rücken durch und schwang ihre Füße herum, sodass sie nun vor ihrem Vater saß. Er tat es ihr gleich. Mit ernster Miene versuchte Joenn, ihre Empfindungen ihrem Vater klarzumachen.

»Weißt du, am liebsten wäre es mir, wenn es einen Job gäbe, wo all diese Bereiche, die ich gelernt habe und die mir so viel Spaß machen, in einem zusammengeschmolzen sind.«

Ihr Vater nickte bedächtig. Er schien endlich zu verstehen, was seine Tochter wirklich wollte. Langsam erhob sich Tom Brocks von der Liege.

»Spatz, ich muss noch mal rein. Ich muss noch ein wichtiges Telefonat führen. Bitte vergiss nicht, dass du deine Oma heute Mittag vom Flughafen abholen sollst.«

Joenn stieß einen tiefen Seufzer aus. »Och, Dad, bitte. Ich meine, ich liebe Oma wirklich, aber sie in der Mittagszeit vom Flughafen abzuholen, bedeutet mit ziemlicher Sicherheit eine Stunde im Stau zu stehen, was mir gerade wirklich zu viel ist. Komm schon, du weißt doch, sie kann schimpfen wie ein Bauarbeiter, vor allem wenn sie warten muss. Das ist dann jedes Mal fast wie ein kleiner Kampf.«

Tom schüttelte lachend den Kopf.

»Es tut mir leid, Joenn. Sie hat ausdrücklich verlangt, dass du sie abholst. Da gibt es leider kein Drumherum.« Joenn war klar, dass sie an dieser Entscheidung nichts mehr ändern konnte. Denn obwohl ihr Vater lachte, hatte er sie „Joenn" genannt, was er nur tat, wenn er keine Widerrede duldete. Mit einem weiteren tiefen Seufzer ließ sie sich noch einmal in den Liegestuhl zurückfallen, um die verbleibende halbe Stunde im Garten wenigstens noch etwas zu genießen. Insgeheim bedauerte sie den schnellen Abschied ihres Vaters. Sie waren nicht einmal dazu gekommen, ihr gemeinsames Frühstück richtig zu genießen. Die Gespräche, die sie nur selten zu zweit führten, waren ihr sehr wichtig. Es gab in Joenns Augen keinen aufrichtigeren und weiseren Mann als ihren Vater. Als es Zeit wurde, ihre Oma am Flughafen abzuholen, fing ihr Vater sie an der Eingangstür ab.

»Joenn, Spatz, komm doch bitte mal kurz mit in die Küche.«

Am großen runden Esstisch setzte sie sich ihrem Vater gegenüber. Es musste ziemlich wichtig sein, wenn er freiwillig den möglichen Tobsuchtsanfall seiner Mutter in Kauf nahm, falls diese auf ihre Chauffeurin warten musste. Tom räusperte sich, er hatte sichtlich Mühe, ein Grinsen zu unterdrücken, das sich hartnäckig auf seine Lippen schleichen wollte. Er hatte einen Plan, wie er all die kleinen Probleme seiner Tochter auf einmal lösen konnte.

»Also, pass auf. Du weißt doch noch, worüber wir uns heute Morgen beim Frühstück unterhalten haben?« Joenn nickte.

Natürlich wusste sie das noch. Die Gedanken, die sie laut ausgesprochen hatte, waren noch immer präsent in ihrem Kopf wie ein leises Echo.

»Ich habe einen Neffen. Ich weiß nicht, du warst noch so klein, als er das letzte Mal hier war. Dante, Dante Brown.«

Joenn schüttelte verneinend den Kopf. An einen Cousin namens Dante konnte sie sich beim besten Willen nicht erinnern.

»Nun gut, das macht nichts. Ich habe ihn gestern angerufen. Er wird uns für ein paar Tage besuchen kommen. Ich bitte ihn schon seit Langem, uns mal wieder zu besuchen. Morgen früh beabsichtigt er anzukommen.«

Joenn war überrascht. Einen Verwandten an einem Wochenende zu Besuch zu bekommen, war ungewöhnlich. Sie war es gewohnt, dass ihr Vater übers Wochenende Geschäftsleute bei ihnen daheim einquartierte, um sie auf einer Spendengala, einer Wohltätigkeitsveranstaltung oder einer anderen gesellschaftlichen Zusammenkunft zu begleiten. Bei diesen Treffen wurden meist die Grundsteine für eine zukünftige Zusammenarbeit gelegt oder bestehende Kooperationen auf diese Weise gestärkt. Daher fragte sie normalerweise nicht weiter nach, wenn er beiläufig erwähnte, dass wieder Besuch im Haus stand. Aber wenn ein Verwandter oder ein alter Freund der Familie zu Besuch kam, machte er dies immer auf besondere Weise kund, er kündigte es freudig und lautstark an. Also, was stimmte nicht an diesem Bild? Joenn wartete gespannt darauf, dass ihr Vater weitersprach.

»Dante ist ein guter, sehr intelligenter junger Mann. Er ist erst Anfang dreißig und hat jetzt schon Erstaunliches geleistet. Wir haben uns vor ein paar Monaten in New York getroffen. Da hat er mir erzählt, dass er ein neues Projekt starten will. Etwas ganz Neues. Er meinte, seine Firma läuft auch ohne ihn hervorragend, sodass er sich nun rundum auf etwas Neues konzentrieren kann.«

»Also ist das ein Verwandter, mit dem du auch geschäftlich zu tun hast?«

»Ja, aber warum fragst du das?«

Joenn lächelte verschmitzt. »Ich habe mich nur gefragt, warum du nicht, wie sonst auch, laut durchs Haus gerufen hast, dass ein Verwandter oder ein alter Freund zu Besuch kommt, was du natürlich nicht tust, wenn es sich um geschäftliche Besuche handelt«

Tom Brocks musste daraufhin herzlich lachen. Seine Augen leuchteten belustigt, aber auch mit einem Hauch von Geheimnis.

»Nein, aber du kennst doch deine Mutter. Dante ist wie ein verlorener Sohn für sie. Wenn ich seinen Besuch im Voraus angekündigt hätte, wäre sie in solche helle Aufregung geraten, dass wir beide wahrscheinlich einen kollektiven Nervenzusammenbruch mit dieser unbezähmbaren Frau erlitten hätten.« Joenn lachte herzlich auf.

Ihr Vater hatte vollkommen recht. Wenn ihre Mutter nervös wurde, verwandelte sich das Haus in Windeseile in eine Baustelle. Es kam nicht selten vor, dass der Garten innerhalb von vierundzwanzig Stunden eine komplette Metamorphose durchmachte. Farben an den Wänden im und am Haus wurden kurzerhand geändert, Möbel umgestellt oder gar ausgetauscht, als handelte es sich um ein simples Puppenspiel. Daher hatte man im Stillen, fast schon konspirativ, beschlossen, ihr solche Neuigkeiten immer erst im letzten Moment mitzuteilen, sodass der „Schaden" – im übertragenen Sinne natürlich – klein und überschaubar blieb.

»Und warum hast du deinen Neffen jetzt überhaupt angerufen, wenn er doch ohnehin morgen früh bei uns eintreffen soll?«

Joenn beobachtete skeptisch, wie ihr Vater mit einer Hand durch sein mittlerweile elegant grau meliertes Haar strich. Diese Geste war etwas untypisch für ihn und verstärkte Joenns Neugier nur noch.

»Ach so, ja. Also, sein neues Projekt wird gigantisch, etwas wirklich Großes. Ich dachte mir nach unserem Gespräch vorhin, ich könnte ihn fragen, ob er dich nicht mit ins Boot holen möchte. Du könntest die Arbeitsverträge, Pachtverträge und alle anderen juristischen Fragen und Aufgaben übernehmen. Du wärst sozusagen seine rechte Hand in allen rechtlichen und steuerlichen Belangen bezüglich dieses Projekts. Natürlich nur, wenn du das auch wirklich möchtest.« Tom machte eine kurze, dramatische Pause, um seiner Tochter die Möglichkeit zu geben, das Gesagte zu verarbeiten. Sie starrte ihn mit weit aufgerissenen Augen an, ihr Blick voller Ungläubigkeit. Tom sprach ruhig und bedächtig weiter.

»Das Beste kommt aber noch. Er hat eine renommierte Innenarchitektenfirma für das Projekt engagiert. Und Dante hat sich bereit erklärt, dir den Großteil dieses Projekts bezüglich der Inneneinrichtung zu überlassen – natürlich alles in enger Absprache mit ihm –, wenn du ihn im Vorfeld davon überzeugen kannst, dieser anspruchsvollen Aufgabe gewachsen zu sein.« Erneut hielt Tom inne, um seiner Tochter Zeit zum Nachdenken zu geben. Sie starrte ihn immer noch mit ungläubig großen Augen an. Tom erklärte weiter. »Der einzige kleine Haken an der ganzen Sache wäre allerdings, dass deine wohlverdienten Urlaubspläne zumindest vorerst auf Eis gelegt wären. Aber sieh es mal so: Das ist eine absolute Win-win-Situation für euch beide. Du bekommst die einmalige Chance, all die Bereiche, wie hast du es heute Morgen so treffend formuliert? ‚Zusammengeschmolzen‘, in einem einzigen, umfassenden Projekt zu bearbeiten. Und für Dante würde es bedeuten, deutlich weniger Rennerei und zeitaufwendige Termine zu haben, was zu einem nicht zu verachtenden Zeitersparnis führt. Deine Leistungen werden selbstverständlich auch angemessen honoriert.«

Joenn starrte ihren Vater immer noch mit ungläubig leuchtenden Augen an. Das war mehr als eine Chance, es war die Erfüllung eines langgehegten Wunsches, genau das, was sie sich insgeheim erhofft hatte. Ein breites, strahlendes Grinsen erhellte ihr Gesicht. Sie sprang von ihrem Stuhl auf und fiel ihrem Vater mit einem leisen, freudigen Kreischen um den Hals.

»Ich danke dir, Daddy! Das ist genau das, was ich mir immer gewünscht habe. Ich werde mein Bestes geben! Ich danke dir, danke dir!«

Tom lächelte warm, er klopfte ihr leicht mit der Hand auf den Rücken.

»Du musst jetzt los, mein Spatz. Du willst doch nicht, dass Oma noch länger auf dem Flughafen auf dich wartet, denk an die armen Angestellten an der Information, die in der Zwischenzeit von ihr ‚tyrannisiert‘ werden.«

Lachend löste sich Joenn von ihrem Vater.

»Nein, natürlich nicht! Es wird höchste Zeit, die arme Menschheit vor meiner Oma zu retten.«

*

Am Flughafen angekommen, lenkte Joenn ihren Wagen zielsicher direkt vor den Ausgang B. Ihr Vater hatte ihr genau diese Anweisung gegeben. Dort würde ihre Oma bereits auf sie warten. Erleichtert stellte sie fest, dass ihre Verspätung minimal war. Sie hatte noch nicht einmal den Schlüssel aus dem Zündschloss gezogen, als auch schon die Beifahrertür mit einem Ruck aufgerissen wurde. Eine junge Frau mit einem überdimensionalen, leuchtend orangefarbenen Hut, steckte ihren Kopf ins Wageninnere. Joenn starrte entgeistert auf das monströse Hutfabrikat; mehr als diesen farblichen Exzess und eine leicht krächzende Stimme konnte sie von der Person darunter zunächst nicht ausmachen.

»Entschuldigen Sie die Störung.« krächzte es. »Wären Sie vielleicht so freundlich, eine allein reisende Dame mit in die Stadt zu nehmen, damit sie sich dort dem ausgiebigen Shoppingvergnügen hingeben kann?«

Joenn riss entsetzt die Augen auf. Bevor sie jedoch eine Antwort geben konnte, war die Frau wieder verschwunden. Ein Ruck folgte, die hintere Tür wurde aufgerissen, ein kleiner Handgepäckkoffer auf die Rückbank geworfen darauf hin wurde die Tür sofort wieder zugeknallt. Joenn schaute noch auf ihre Rückbank zu dem Koffer, als sich die Fremde auf den Beifahrersitz setzte. Ihre Stimme überschlug sich fast und klang eine ganze Oktave höher als gewöhnlich, als Joenn die Junge Frau in ihrem Auto halb schrie:

»Also, ich bitte Sie! Steht da etwa ein Taxischild auf meinem Auto?«

Die junge Frau mit dem überdimensionalen Hut lachte laut auf. Völlig unbeeindruckt von Joenns entrüsteter Reaktion schwang sie sich mit einer eleganten Bewegung auf den Beifahrersitz, nachdem sie ihre Handtasche achtlos auf den Rücksitz geworfen hatte. Auch der monströse Hut landete mit einem leisen Plopp auf der Rückbank. Joenns Augen weiteten sich noch mehr. Das war keine zufällige Fremde, die da plötzlich in ihrem Auto saß, sondern ihre beste Freundin Bella, die erst in jüngster Vergangenheit nach New York gezogen war, um einen Job bei einer regionalen Zeitung anzunehmen. Ein lauter Schrei der Freude entfuhr Joenn, im nächsten Moment fielen sich die beiden jungen Frauen überglücklich in die Arme.

»Aber…« begann Joenn ungläubig, wurde aber von Bella lachend unterbrochen.

»Deine Eltern und ich wollten dich überraschen! Ich bin deine ‚Oma‘!«

Joenn schüttelte lachend den Kopf.

»Also, Süße, willst du jetzt hier Wurzeln schlagen oder fahren wir endlich in die Stadt zum Shoppen? Ich dachte nämlich, wir könnten heute

Abend auf die alljährliche Party der Stevensons gehen. Übrigens bin ich nur übers Wochenende hier, denn am Montag muss ich wieder in meinem New Yorker Büro am Schreibtisch sitzen.«

Am Abend saßen die beiden jungen Frauen in Joenns Zimmer. Sie tauschten Neuigkeiten aus, erzählten sich von den Ereignissen der letzten Zeit, die seit ihrem letzten Wiedersehen vergangen war, während sie sich mit viel Vorfreude für die bevorstehende Party bei den Stevensens zurechtmachten. Joenn war gerade dabei, Bella von dem außergewöhnlichen Arrangement ihres Vaters zu erzählen, als plötzlich Miss Brocks, ihre Mutter, ins Zimmer kam.

»Oh, ihr seht aber bezaubernd aus!«

»Danke, Miss Brocks.«

Bella lächelte Joenns Mutter liebevoll an. Sie mochte diese warmherzige Frau von ganzem Herzen. Da sie fast in diesem Haus aufgewachsen war, so oft hatte sie hier ihre Zeit verbracht, fühlte sie sich fast wie ein Familienmitglied.

»Wir gehen schon mal voraus zu den Stevensens. Wir werden sicher nicht so lange bleiben wie ihr. Du weißt ja, Joenn, dass wir morgen Besuch von deinem Cousin bekommen. Nur schade, dass dein Vater mir erst heute davon erzählt hat.«

Joenn nickte, allerdings nicht ohne ein vielsagendes, verschmitztes Lächeln auf den Lippen.

»Ja, ich weiß, Mum!«

»Schön, dann sehen wir uns später bei den Stevensens, ja?«

Miss Brocks warf einen letzten prüfenden Blick in den Spiegel in Joenns Zimmer.

»Natürlich, Mutter. Bis später. Amüsiert euch gut!«

»Danke, ihr auch!«

Bella sah ihre Freundin mit großen, neugierigen Augen an und wartete gespannt, bis Miss Brocks die Tür hinter sich geschlossen hatte, bevor sie ihre Freundin befragte.

»Er kommt hierher? Soll das etwa heißen, dass ich morgen in den Genuss komme, deinen Chef persönlich kennenzulernen?«

»Ja, genau so sieht es aus.« Joenn grinste verschmitzt. »Ich bin auch schon sehr gespannt darauf. Aber jetzt sollten wir uns wirklich fertig machen, sonst kommen wir nie rechtzeitig auf die Party der Stevensens.

Außerdem wollen wir doch Steve Stevensons besten Freund, den unwiderstehlichen Brian, nicht verpassen, oder?«

Joenn betonte das Wort „unwiderstehlich" mit einem Augenzwinkern zu ihrer Freundin. Amüsiert beobachtete Joenn, wie eine zarte Röte Bellas Wangen überzog. Sie wusste um die heimliche Schwärmerei ihrer Freundin für Brian, die schon seit ihrer gemeinsamen Studienzeit bestand und sich hartnäckig hielt. Blabbernd und lachend, machten sich die beiden jungen Frauen schließlich auf den Weg zur Party. Kurz vor dem prächtigen Anwesen der Stevensens blieben sie noch einmal stehen.

»Es ist jedes Mal aufs Neue überwältigend, wie festlich das hier immer wieder dekoriert ist. Man kann das Geld gewissermaßen schon von außen riechen.«

Bella ließ einen anerkennenden Blick zwischen den glitzernden Lichtern und der prunkvollen Fassade hin und her wandern. Joenn nickte zustimmend. Es war in der Tat jedes Mal wieder ein beeindruckendes Schauspiel, wie sich dieses ohnehin schon sehr elegante Haus in ein funkelndes Festjuwel verwandelte. Es thronte majestätisch über dem gesamten Viertel, das größte und zweifellos schönste sowie auch jüngste Anwesen in der Umgebung. Auch im Inneren setzte sich dieser Eindruck nahtlos fort. Eine Aura von kultivierter Eleganz durchströmte jeden Raum, doch was hier in erster Linie in die Augen fiel, war der unübersehbare Reichtum. Champagnerfarbene Sockel, verziert mit filigranen Echtgoldapplikationen, ragten imposant zur hohen Decke empor und schienen sie mit ihrer Pracht zusätzlich zu stützen. Der normalerweise so stilvolle und gemütliche Wohnbereich mit seinem direkten Zugang zum atemberaubenden Wintergarten – dem wohl prachtvollsten, den Joenn jemals gesehen hatte – war kaum wiederzuerkennen. Statt der einladenden, fast endlos langen Couch, die sonst den Mittelpunkt des Raumes bildete, wirbelten und tanzten nun zahlreiche Gäste. An der Fensterwand erstreckte sich eine geschwungene, sehr lange Bar, hinter der drei geschickte Barkeeper mit flinken Händen farbenfrohe Cocktails mixten. Der gigantische Kristalllüster, der normalerweise schon für funkelnde Akzente sorgte, war für diesen besonderen Anlass extra auf Hochglanz poliert worden. Inzwischen fingen seine tropfenförmigen Swarovski-Steine das bunte Licht der Scheinwerfer ein und reflektierten es in unzähligen, dezenten Lichtpunkten zurück in die tanzende Menge, wodurch ein faszinierendes und dynamisches Lichtspiel entstand. Die Flügeltüren zu den angrenzenden Salons und Gesellschaftszimmern standen weit offen und luden die Gäste ein, sich frei zu bewegen und den Trubel der Tanzfläche auch mal hinter sich zu lassen. Es wurden stilvolle Sitzgruppen arrangiert, die mit ihren weichen Polstern und eleganten Bezügen zum Verweilen und Ausruhen einluden. Wie jedes Jahr war alles bis ins kleinste Detail durchdacht und in einem wahrhaft grandiosen Stil inszeniert, der die Gewissheit mit sich brachte, dass man über diese legendäre Party noch weit über den Abend hinaus sprechen würde. Joenn und ihre beste Freundin Bella steuerten zielstrebig durch die festliche Menschenmenge in Richtung der eleganten Bar, fest entschlossen, sich mit einem Glas prickelndem Champagner auf den Abend einzustimmen. Mit den eleganten Gläsern in der Hand drehten sie sich zur tanzenden Menge um, um einen ersten Blick auf die anwesenden Gäste zu werfen und nach bekannten Gesichtern Ausschau zu halten. Kaum hatten sie ihren ersten Schluck des edlen Getränks genossen, näherte sich der Sohn der Stevensens, Steve. Sowohl Joenn als auch Bella tauschten einen missbilligenden Blick und ein kaum hörbares Stöhnen zueinander aus.

»Oh, guten Abend, meine Damen. Wie sagt man doch so schön? Je später der Abend, desto schöner die Gäste.« Begrüßte Steve sie mit einem breiten, selbstgefälligen Grinsen, das sich auf seinen Lippen ausbreitete, als er Joenn entdeckte. Joenn verspürte einen Anflug von Übelkeit bei seinem Anblick. Zum Glück übernahm Bella geistesgegenwärtig das Kommando über die Unterhaltung.

»Steve! Immer noch der unausstehliche kleine Nervtöter von damals? Hat sich denn noch keine Frau gefunden, die dich endlich zähmen konnte?« Steve wandte sich nun ihr zu.

»Oh, Bella, wie ich sehe, bist du immer noch so charmant wie eh und je.«

Bella konterte mit einem süffisanten Lächeln und hielt ihm demonstrativ ihre perfekt manikürte Hand vor die Nase, eine unmissverständliche Geste, die signalisierte, dass seine Gegenwart hier alles andere als erwünscht war. Steve starrte einige Sekunden lang auf Bellas Hand, bevor er schnaubend abdrehte und sich wieder in die tanzende Menge zurückzog. Sobald die beiden Freundinnen wieder unter sich waren – soweit dies in dem dichten Gedränge überhaupt möglich war –, begann Bella, auf wenig damenhafte Art und Weise über Steve zu schimpfen, sodass Joenn nur noch lachen konnte. Während Joenn noch über die amüsante Schimpftirade ihrer Freundin kicherte, entdeckte sie Brian in der Menge, der anscheinend zielstrebig auf sie zusteuere. Bella folgte dem Blick ihrer Freundin und verstummte augenblicklich, als sie Brian ebenfalls auf sich zukommen sah. Sprachlos und mit leicht erhöhtem Puls starrten beide den jungen Mann an, der unbeirrt weiter auf sie zukam, bis er schließlich direkt vor ihnen stehen blieb. Die Spannung in der Luft war fast greifbar.

»Guten Abend, die Damen. Schön, euch beide hier anzutreffen. Wie ist es euch im letzten Jahr ergangen?«

Da Bella wie versteinert wirkte und kein Wort über die Lippen brachte, übernahm Joenn geistesgegenwärtig die Konversation, in der stillen Hoffnung, dass Bella ihre Sprache wiederfinden würde, bevor das Gespräch abrupt enden würde.

»Hallo, Brain. Was für eine charmante Begrüßung.« Joenn lächelt ihn aufrichtig an.

»Da scheinst du mit dieser Meinung ja ganz alleine dazustehen.«

Doch dieser Satz war eigentlich nicht an Joenn gerichtet, denn Brains Augen ruhten unverwandt auf Bella, die ihren Blick starr auf den glänzenden Parkettboden gerichtet hielt. Joenn räusperte sich dezent, um Brains Aufmerksamkeit wieder auf sich zu lenken und Bella hoffentlich so einen kleinen Schubs zu geben, sich endlich zu fassen.

»Brain, du musst Bella entschuldigen. Sie ist gerade erst Steve über den Weg gelaufen. Das war, sagen wir mal, keine sehr angenehme Begegnung. Das muss sie erst einmal verdauen.«

Brain schüttelte leicht den Kopf, seine Miene verfinsterte sich leicht.

»Nein, Joenn, damit hat das nichts zu tun. Sie ignoriert mich doch absichtlich. Für sie bin ich seit Jahren Luft.«

Mit diesen Worten drehte er sich ab, bereit, wieder in der Menschenmenge zu verschwinden. Doch Bella konnte diese Behauptung nicht einfach so stehen lassen.

»Das stimmt doch gar nicht!« Ihre Stimme zitterte leicht. Ein leichtes, kaum merkliches Schmunzeln zeichnete sich auf seinen Lippen ab, als er stehen blieb und sich langsam wieder zu ihnen umdrehte. Mit zwei entschlossenen Schritten war er wieder bei ihnen, er blieb dicht vor Bella stehen. Joenn fühlte sich wie im Kino, als würde sich vor ihren Augen eine Szene aus einem romantischen Film abspielen. Er nahm seine Brille ab, die er sorgfältig im V-Ausschnitt seines schneeweißen Hemdes verstaute. Dann schob er sanft seine Hand unter Bellas Kinn, hob es leicht an und zwang sie so, ihm direkt in die Augen zu sehen. Joenn sah das tiefe, sehnsuchtsvolle Funkeln in seinen Augen und hoffte inständig, dass auch Bella dieses Glänzen bemerken würde.

»So, Bella. Dann erzähl mal. Was stimmt nicht?«

Bellas Augen funkelten trotz ihrer Verlegenheit.

»Ich ignoriere dich nicht.«

Brain zog überrascht die Augenbrauen hoch. »Wirklich? Dann sag mir doch, warum du jedes Mal wegschaust, wenn ich zu euch komme? Warum du kein Wort mit mir wechselst? Diesen Part muss immer Joenn übernehmen.«

Bella schloss kurz die Augen. Brain ließ seine Hand wieder sinken und wandte seinen Blick von Bella ab. Frustriert schüttelte er den Kopf. Dann packte er sie sanft an den Schultern, er schüttelte sie leicht, als wollte er sie aus ihrer Starre befreien.

»Bitte sag mir, was ich falsch gemacht habe. Du bist so anders geworden, so abweisend, seit unserer Bootsfahrt. Kannst du mich wenigstens ansehen, wenn ich mit dir rede?«

Wieder schüttelte er sie sanft, was endlich Wirkung zeigte. Bella hob den Kopf und blickte ihm direkt in die Augen. Seine Stimme wurde ganz weich, als er, versunken in ihrem Blick, weitersprach:

»Bella, ich verstehe es einfach nicht. Es war damals so ein schöner Tag. Es war das erste Mal, dass wir ganz alleine waren. Wir hatten so viel Spaß. Doch auf dem Boot ist dann etwas geschehen und ich wüsste so gerne, was ich falsch gemacht habe, dass ich dich so verärgert habe. Ich habe absolut keine Ahnung, was es gewesen sein könnte.«

Verzweifelt und mit geröteten Wangen schüttelte Bella den Kopf, ohne jedoch den Augenkontakt zu ihm abzubrechen. Brain versuchte die Situation damals auf dem Boot wiederzugeben.

»Wir haben nur herumgealbert. Du hast mich nass gespritzt. Weil mein T-Shirt durchnässt war, habe ich es ausgezogen, und dann…« Er stockte und brach ab. Sein Gesichtsausdruck wechselte von Verwirrung zu einem Anflug von Entsetzen, der sich jedoch schnell in Ärger verwandelte. Er ließ ihre Schultern los und trat einen Schritt zurück.

»Du hast also nur so getan. Du wolltest den Tag gar nicht wirklich mit mir verbringen, es hat dir überhaupt keinen Spaß gemacht. Dass wir uns da nähergekommen sind, habe ich mir dann wohl auch nur eingebildet. Als ich mein durchnässtes T-Shirt ausgezogen habe, hast du mich so… So angestarrt. Erst dachte ich, dir gefällt vielleicht, was du siehst. Ja, jetzt verstehe ich. Das hat dir dann wohl endgültig den Rest gegeben.«

Bella packte ihn verzweifelt am Arm, um ihn aufzuhalten. Seine Miene war nun wie versteinert, als er auf sie herabsah. Bella flüsterte fast.

»Nein, so war es nicht. Wirklich nicht. Aber ich kann es dir nicht erklären. Dieser Tag… Dieser Tag war wunderschön. Es hat mir unendlich viel Spaß gemacht. Ich war so gerne mit dir zusammen.« Wieder senkte sie ihren Blick auf den Boden.

Brains Gesichtszüge wurden allmählich weicher, in seiner Stimme lag jetzt ein rauer, fast flehender Unterton.

»Dann beweis es mir.«

Erschrocken und mit großen Augen starrte sie ihn an, ein leichtes, hoffnungsvolles Lächeln umspielte seine Lippen.

»Tanz mit mir, Bella.«

Er streckte ihr seine Hand entgegen, ohne zu zögern, legte sie ihre Hand in seine. Joenn sah, wie seine Augen aufleuchteten, obwohl seine Miene ansonsten unbewegt blieb. Er wirkte entschlossen. Joenn atmete erleichtert auf. Lächelnd beobachtete sie, wie ihre beste Freundin mit ihrem Schwarm, wortlos, aber mit einer spürbaren Verbindung, die Tanzfläche eroberte.

»Diese Frau hat es dem Mann aber jetzt wirklich nicht leicht gemacht.« Hörte Joenn eine tiefe, männliche Stimme direkt neben sich sagen. Sie zuckte leicht zusammen und drehte sich um. Vor ihr stand ein ihr gänzlich unbekannter Mann. Er war gut aussehend, nein, um ehrlich zu sein, er war mehr als das. Er war sexy, unglaublich attraktiv, mit einer Ausstrahlung, die sofort ins Auge fiel. Ein breites, gewinnendes Lächeln umspielte seine Lippen, als er sie musterte. Joenn, leicht überrascht, aber keineswegs unbeeindruckt, erwiderte das Lächeln, sie nahm ihre Freundin instinktiv in Schutz.

»Sie hat es ihm keineswegs schwer gemacht.« Korrigierte sie ihn bestimmt. »Sie ist einfach nur schüchtern.«

Der Mann lachte daraufhin laut auf, ein warmes, resonantes Lachen, das ihr einen unerwarteten, aber angenehmen Schauer über den Rücken jagte.

»Also wirklich, das kann ich nun beim besten Willen nicht glauben.«

Amüsiert schüttelte er leicht den Kopf. Joenn musterte ihn mit einem fragenden Blick, was sein Grinsen nur noch breiter werden ließ.

»Ich wollte Sie vorhin keineswegs belauschen.« Er hob entschuldigend die Hände hoch. »Aber ich stand nun mal direkt neben euch, es war schlichtweg unvermeidlich, eure lebhafte Unterhaltung mitzubekommen.«

Joenn nickte verstehend; wenn er tatsächlich schon die ganze Zeit so nah bei ihnen gestanden hatte, war es in der Tat schwer zu überhören gewesen. Sie fand seine offene Art amüsant, weswegen sie sich lässig an die Bar lehnte, eine Geste, die er spiegelte.

»Und was lässt Sie zu der Annahme gelangen, dass meine Freundin keine schüchterne Person ist?«

Wieder lachte er, doch dieses Mal schien sein Lachen sie noch tiefer zu berühren.

»Nun, so wie sie vorhin mit diesem… Wie hieß er doch gleich? Steve, glaube ich, gesprochen hat. So etwas tut doch im Grunde keine schüchterne Person, oder?«

Joenn musste unwillkürlich schmunzeln.

»Ich glaube nicht, dass man so etwas nur anhand eines einzelnen Gesprächs beurteilen kann, das man zufällig am Rande mitbekommen hat.«

»Nein, das stimmt wohl, aber man hat ihre selbstsichere Aura förmlich gespürt, als Sie beide den Raum betreten haben. Dieses sichere Auftreten und die Art und Weise, wie Sie sich miteinander unterhalten haben, lassen doch stark darauf schließen, dass Ihre Freundin alles andere als schüchtern ist.«

Joenn stutzte. Er stand schon seit ihrer Ankunft an dieser Bar direkt neben ihr? Wie hatte sie ihn nur so lange übersehen können? Sie sah ihn nun genauer an.

»So, Sie haben also Interesse an meiner Freundin?«

Der Mann lächelte sie breit an und zeigte dabei zwei Reihen perfekt geformter, weißer Zähne. Seine Augen, die eine warme, bernsteinähnliche Farbe hatten, wie der edle Whiskey in seinem Glas, versanken tief in ihren.

»Nun ja, Sie müssen zugeben, Ihre Freundin ist mit ihrem auffallend hochgesteckten, naturroten Haar und ihrer anmutigen Figur einfach ein absoluter Hingucker.« Er ließ seine Worte einen kurzen Moment im Raum stehen, ohne den Blick von Joenns Augen abzuwenden. Dann nahm er den Faden wieder auf: »Aber als ich sie dann neben ihr gesehen habe, dachte ich nur bei mir: Da schreitet wahrhaftig ein Engel die Treppen herab.«

Joenn schluckte und musste dann doch lachen.

»Na, Sie sind mir ja ein charmanter Spaßvogel.«

Er lächelte über ihre Bemerkung. »Gut, dann sagen Sie mir etwas, das mich vom Gegenteil überzeugt – etwas, das beweist, dass Ihre Freundin tatsächlich schüchtern ist.«

»Sie liebt diesen Mann.« Joenn deutete mit einem kaum merklichen Kopfnicken zur Tanzfläche. Der Mann mit dem bezaubernden Lächeln folgte ihrem nicken. Auch Joenn wandte ihren Blick dorthin. Schweigend betrachteten beide das tanzende Paar, das sichtlich jede Sekunde in vollen Zügen genoss, ohne auch nur ein Wort miteinander zu wechseln. Die Szene sprach für sich. Nach einem langen, bedeutungsvollen Augenblick wandte er sich wieder Joenn zu.

»Gut, Sie haben mich überzeugt.«

Joenn lächelte ihn daraufhin mitleidig an, woraufhin er fragend die Augenbrauen hob.

»Warum habe ich das Gefühl, dass Sie mich bemitleiden?«

»Nun ja, weil es mir für Sie leidtut, dass Sie erkennen mussten, dass diese Frau, die Sie offensichtlich so sehr fasziniert, wohl doch nicht die Richtige für Sie ist.«

Wieder suchte sein Blick ihren.

»Warum? Stehen meine Chancen denn wirklich so schlecht?«

Joenn blickte ihn überrascht an. War er wirklich so blind für die Dynamik auf der Tanzfläche? Oder so von sich selbst eingenommen, dass er Brain als ernst zu nehmende „Konkurrenz" gar nicht wahrnahm?

»Na ja, sie tanzt gerade mit einem anderen und steht nicht hier bei Ihnen.«

Joenn unterstrich ihre Anmerkung mit einem leichten Achselzucken.

»Ja, darüber bin ich sogar ganz erleichtert. Denn wenn sie jetzt dort auf der Tanzfläche mit einem anderen tanzen würde, müsste ich mir schleunigst einen ausgeklügelten Plan zurechtlegen, wie ich der Mann sein könnte, der sie zum nächsten Tanz auffordert.« Joenn spürte, wie ihr die Röte ins Gesicht stieg.

»Aber ich dachte...« Er unterbrach sie galant.

»Da haben Sie sich wohl getäuscht.«

Ein warmes Lächeln umspielt seine Lippen.

»Ich wäre gerade nirgendwo anders lieber als genau hier, mit Ihnen. Mit einem so engelsgleichen Wesen zu sprechen grenzt ja schon fast an eine Fantasie.«

Joenn lachte daraufhin herzlich auf. Sie als eine Fantasie zu bezeichnen, darauf war bisher noch niemand gekommen.

»Sie sind wirklich ein begnadeter Redner.«

»Ich hoffe, ich bin so gut, dass ich Sie zu einem Tanz einladen darf.«

Joenn starrte ihn einen Moment lang überrascht an, woraufhin er leise lachen musste.

»Meinen Sie, Sie könnten mir einen Tanz auf Ihrer Tanzkarte freihalten?« Ein verlegenes Lächeln auf seinen Lippen ließ sie ahnen, was er darauf sagen wird.

»Ich sollte noch kurz für freche Jungs, aber ich hoffe, dass ich sie wieder treffe und mit ihnen einen Tanz habe, bevor einer von uns geht.«

Joenn lächelt ihn mit ihrem, wie sie hoffte, schönstem Lächeln an.

»Ich würde mich sehr freuen, wenn ich Sie später wieder treffen würde. Ich habe Sie auch schon fest auf meiner imaginären Tanzkarte notiert.« Er lächelte daraufhin warm und sie zwinkerte ihm verschmitzt zu. Dann dreht er sich um und verschwand in der Menge. Sie schaute ihm nach, bis die Menge ihn verschluckte, doch er schaute sich nicht noch einmal um. Leicht enttäuscht widmet sie sich wieder ihrem Getränk. Sie bezweifelte insgeheim, ihn an diesem Abend noch einmal an der Bar anzutreffen.

»Wie ich sehe, bist du alleine.«

Joenn zuckte zusammen, so heftig, dass sie sich an ihrem Champagner verschluckte.

»Ja, Steve, das bin ich.« hustete sie leicht und versuchte, ihre Fassung wiederzufinden. »Was willst du?«

»Na, einen Tanz mit dir, was denn sonst?«

Er deutete eine einladende Bewegung an, doch Joenn hob abwehrend die Hand.

»Ich möchte wirklich gerade nicht tanzen.«

»Papperlapapp, komm schon.«

Steve zog energisch an ihren Arm, bis er sie auf die Tanzfläche gezerrt hatte. Joenn widerstrebte es, eine Szene zu machen und die Aufmerksamkeit der anderen Gäste auf sich zu ziehen. Daher beschloss sie widerwillig, Steve den Gefallen zu tun, in der Hoffnung, er würde sie danach in Ruhe lassen. Doch nachdem sie ihm durch angedeutete Schritte und deutliche Signale zu verstehen gegeben hatte, dass es genug war, merkte sie, dass er sie ohne Aufsehen kaum gehen lassen würde. Seine Hand umschloss ihre Hand so fest, dass der Ring, den sie trug, sich bereits unangenehm in ihr Fleisch schnitt. Seine andere Hand lag mit solchem Druck auf ihrem Rücken, dass sie sich schon dagegen lehnen musste, um nicht an seinen Körper gepresst zu werden. Als ihr Blick über die Bar wanderte, sah sie ihn – ihren geheimnisvollen Unbekannten. Er stand dort, mit seinem Glas Whisky in der Hand, den Blick fest auf sie und Steve gerichtet. Ein unangenehmes Gefühl beschlich Joenn, und sie versuchte erneut, sich aus Steves Griff zu befreien. Sie bat ihn inständig, sie endlich loszulassen, doch er grinste sie nur süffisant an und ignorierte ihre Bitte. Als sie wieder zur Bar blickte, war der Mann verschwunden. Unruhig suchte sie mit ihrem Blick die Bar ab, doch er war nirgends zu sehen. Enttäuscht und wütend zugleich – enttäuscht, dass er einfach gegangen war, und ihr keine Chance gegeben hatte, zu ihm zu gehen, und wütend über Steves aufdringliches Verhalten – beschloss sie, dass sie Steve eine Ohrfeige verpassen würde, wenn er sie nicht sofort losließ. Sie hatte sich getäuscht, wenn sie geglaubt hatte, eine erneute Bitte würde etwas bewirken. Sie holte aus, bereit, ihre flache Hand mit einem lauten Knall auf Steves Wange landen zu lassen. Doch mitten in der Bewegung, noch bevor ihre Hand ihr Ziel erreichen konnte, wurde ihr Arm von einer starken, unerwarteten Hand festgehalten. Ihr Kopf schnellte überrascht zu der Person, die sie berührte. Er war es. Ihr Herz setzte für einen Moment aus, und ihre Pupillen weiteten sich unwillkürlich, als sie ihn erkannte. Er sah sie mit einem ernsten, fast besorgten Blick an. Sanft ließ er ihren Arm wieder los, sie ließ ihn langsam sinken. Steve schien alles andere als erfreut über die plötzliche Intervention des Mannes, der nun neben ihnen stand. Seine Miene verfinsterte sich augenblicklich.

»Ich habe da noch einen Tanz mit der Dame offen.« Verkündete der Unbekannte mit einer tiefen, ruhigen Stimme, die im Gegensatz zum lauten Treiben der Party eine bemerkenswerte Autorität besaß. Steve runzelte die Stirn. Im direkten Vergleich zu diesem Mann wirkte er fast unbedeutend. Hinter diesen breiten Schultern, die eine Stärke und Präsenz ausstrahlten, die Steve sichtlich beeindruckte, hätte er sich ohne Weiteres verstecken können. Dennoch versuchte er, seinen Widerstand aufrechtzuerhalten.

»Wirklich? Wie kommen Sie denn zu dieser… Anmaßung?«

Der attraktive Mann zog ebenfalls die Stirn in Falten, jedoch wirkte es bei ihm eher nachdenklich als verärgert. Ein leichtes Schmunzeln spielte um seine Lippen.

»Ich stehe auf ihrer Tanzkarte.« Verwirrt starrte Steve jetzt Joenn an, als suchte er bei ihr nach einer Erklärung.

»Was für eine Tanzkarte?« Seine Augen wanderten zwischen Joenn und dem Unbekannten hin und her. Joenn öffnete daraufhin mit einer theatralischen Geste ihre kleine, mit Pailletten besetzte Abendhandtasche und tat so, als würde sie sorgfältig nach einer Karte suchen. Mit einem unschuldigen Lächeln präsentierte sie Steve schließlich ihre leere, offene Handfläche.

»Diese hier.«

Steve starrte ungläubig auf ihre leere Hand. Der Unbekannte grinste inzwischen breit. Ihm gefiel Joenns Humor offensichtlich sehr gut, es schien, als teilten sie eine ähnliche Wellenlänge. Mit einer sanften, aber bestimmten Bewegung drehte er ihre Handfläche zu sich um, er tat so, als würde er sorgfältig etwas darauf lesen, dabei fuhr er mit dem Zeigefinger langsam und bedächtig eine imaginäre Linie über ihre Handfläche nach. Joenn spürte diese leichte Berührung wie ein elektrisches Prickeln, das sich wie ein Lauffeuer unter ihrer Haut ausbreitete.

»Sehen Sie? Da steht mein Name. Und soweit ich das beurteilen kann, bin ich auch der Einzige, der auf ihrer Liste steht. Daher steht sie mir mit dem Tanzen den ganzen Abend zur Verfügung – solange sie das natürlich selbst möchte.«

Steve schüttelte immer noch verwirrt den Kopf, er warf abwechselnd Blicke auf Joenns leere Handfläche und den Mann neben ihr, unfähig, diese surreale Situation zu begreifen. Joenn drehte ihre Handfläche wieder zu sich.

»Wirklich nur ein Name?« Dabei blickte sie mit einem verschmitzten Lächeln in das markante attraktive Gesicht des Mannes, bevor ihr Blick wieder auf ihre vermeintliche „Tanzkarte" fiel. Laut lachend, als hätte sie gerade eine überraschende Entdeckung gemacht, bestätigte sie.

»Tatsächlich, da steht wirklich sein Name. Das ist wirklich verwunderlich!«

Steve gab schließlich auf. Er schien die aussichtslose Situation erkannt zu haben und übergab widerwillig Joenns Hand in die des Unbekannten. Dieser nahm sie sanft entgegen. Seine freie Hand legte er behutsam auf ihre Taille. Sie nahmen den Tanz wieder auf, als wäre Steve nie dagewesen. Vorsichtig bettete er ihr Gesicht auf seiner Schulter, sodass er ihr ungestört ins Ohr flüstern konnte.

»So, so, mein Name stand also auf deiner Liste. Darf ich denn erfahren, wie du meinen Namen erraten hast?«

»Ich musste improvisieren, aber ich würde sagen, wir machen einen fairen Tausch. Ich sage dir meinen, dann sagst du mir deinen.«

»Aber ich weiß deinen doch schon.« Er schenkte ihr ein geheimnisvolles Lächeln. Joenn stutzte. Sie überlegte fieberhaft, ob sie ihren Namen nicht doch versehentlich erwähnt hatte, aber sie konnte sich absolut nicht daran erinnern. Ein leises, vibrierendes Lachen drang an ihr Ohr. Wieder flüsterte er leise:

»Du bist mein Engel.«

Joenn spürte augenblicklich, wie ihre gesamte Haut zu kribbeln begann, eine warme Welle der Erregung durchfuhr ihren Körper.

»Nun sag mir bitte, welcher Name auf deiner Karte steht.«

Joenn vergrub ihre Nase spielerisch in seiner Halsbeuge. Sie nahm ganz zart seinen Aftershave wahr, eine maskuline, holzige Note, die ihr auf unerklärliche Weise gefiel. Er roch himmlisch.

»Brandy.«

Er blieb stehen und schob sie sanft ein wenig von sich weg, um ihr direkt ins Gesicht zu sehen. Joenn sah ihm tief in die Augen.

»Warum Brandy?«

»Weil deine Augen die Farbe von diesem edlen Getränk haben. Ich habe an der Bar gerochen, dass es Whisky ist, und dann… Deine Augen« Das attraktive Grinsen breitete sich wieder auf seinen Lippen aus, und die feinen Linien auf seiner Stirn glätteten sich. Sein Arm glitt langsam ihren Rücken hinauf und endete in ihrem Haar. Seine Finger verfingen sich in ihren mühsam eingedrehten Locken. Mit einem leichten, kaum spürbaren Druck führte er ihren Kopf wieder zurück an seine breite Schulter. Schweigend tanzten sie weiter, im perfekten Einklang mit der Musik. Joenn nahm jede kleinste Bewegung seiner Muskeln wahr, spürte die angenehme Wärme seines Körpers durch den Stoff seiner Kleidung. Ihr ganzer Körper schien auf seine Nähe zu reagieren, ein angenehmes Kribbeln durchfuhr sie von Kopf bis Fuß. Und plötzlich war die magische Stimmung vorbei. Bella platzte mit einem tränenüberströmten Gesicht mitten in ihren Tanz. Hinter ihr stand ein sichtlich verwirrt dreinschauender Brain mit einem deutlichen, roten Handabdruck auf der linken Wange. Bella zerrte leicht, aber dennoch energisch an Joenns Arm. Joenn blickte fragend in das Gesicht des Mannes, mit dem sie gerade so wunderbar harmoniert hatte. Er nickte ihr verstehend zu und gab sie somit frei. Bella zerrte Joenn ohne ein Wort aus dem Haus der Stevensens, hinaus in die kühle, sternenklare Nacht. Joenn wurde schmerzlich bewusst, dass sie diesen faszinierenden Mann wahrscheinlich nie wiedersehen würde. Doch was sollte sie tun? Sie konnte ihre beste Freundin nicht im Stich lassen, nur wegen eines Mannes, dessen Namen sie nicht einmal kannte. Schließlich war Bella extra ihretwegen aus New York gekommen. Kopfschüttelnd und mit einem schweren Herzens folgte sie ihrer Freundin. Während ihres schweigenden Spaziergangs zurück nach Hause wechselten sie kein einziges Wort. Bella war ganz in ihrem Selbstmitleid versunken. Joenn nutzte die Zeit, um sich in ihren Gedanken wieder in die Arme des geheimnisvollen Mannes auf der Tanzfläche zurückzuversetzen, die Wärme seiner Umarmung und den Duft seines Aftershaves in ihrer Erinnerung festzuhalten. Später in der Nacht hörte Joenn, wie Bella sich leise in den Schlaf weinte, ohne auch nur ein Wort über das Geschehene mit ihr zu wechseln. Joenn wusste, dass sie morgen noch alle Zeit der Welt haben würden, um darüber zu sprechen, aber in diesem Moment überwog die bittersüße Erinnerung an den Tanz mit dem unbekannten, sehr attraktiven Mann.

*

Am nächsten Morgen erwachten beide fast zeitgleich, von den warmen Strahlen der aufgehenden Sonne sanft geweckt. Eine angenehme Stille lag über dem Haus, während sie sich in aller Ruhe für den Tag fertig machten. Sie kämmten sich die Haare, erfrischten ihr Gesicht mit kühlem Wasser und putzten sich die Zähne. In der Küche bereiteten sie gemeinsam einen frischen Obstsalat mit cremigem Joghurt zu. Mit ihren Schüsseln in den Händen und einer kuscheligen Wolldecke bewaffnet, machten sie es sich anschließend auf den bequemen Liegestühlen auf der Terrasse gemütlich. Die Morgensonne wärmte ihre Gesichter, der Duft von blühenden Rosen und Lavendel lag in der Luft. Die Vögel zwitscherten fröhlich in den Bäumen und vervollständigten die idyllische Morgenstimmung.

Als Joenn genüsslich das erste Stück saftige Papaya mit Joghurt auf der Zunge zergehen ließ, durchbrach Bella endlich das Schweigen der letzten Nacht.

»Es tut mir wirklich leid, dass ich dich gestern so abrupt von diesem… Durchaus attraktiven Mann weggeholt habe. Ich hoffe, du bist mir deswegen nicht böse.«

Überrascht blickte Joenn zu ihrer Freundin hinüber.

»Aber nein, überhaupt nicht. Du wirst deine Gründe gehabt haben. Vielleicht erzählst du sie mir ja irgendwann einmal.«

»Wenn ich es dir erzähle, erzählst du mir dann auch, wer dieser faszinierende Mann war, mit dem du getanzt hast?«

Bella grinst ihre Freundin neugierig an.

»Natürlich. Ich erzähle dir alles, was ich weiß.«

»Mh, okay.« Bella holte tief Luft. »Weißt du, als wir da tanzten, es war wirklich schön und… Dann kam plötzlich so ein blondes, lockiges Ding. Sie hat sich als Stella vorgestellt.«

Joenn zog fragend die Augenbrauen hoch. Sie verstand bis jetzt nicht, worauf Bella hinauswollte.

»Und was ist daran so aufwühlend?«

Bella schluckte schwer, ein deutlicher Kloß hatte sich in ihrem Hals gebildet, was Joenn natürlich nicht entging.

»Na ja… Zusätzlich stellte sie sich auch noch als seine Freundin vor, also als Brains Freundin.«

»Wie hat Brain darauf reagiert?«

Ihr Blick war nun voller Mitgefühl. Bella lachte bitter auf.

»Gar nicht. Ich habe ihm eine Backpfeife gegeben, und anschließend habe ich dich in der Menge gesucht.«

Joenn schüttelte verzweifelt den Kopf. So wie sie ihre impulsive Freundin kannte, hatte Brain mit aller Wahrscheinlichkeit überhaupt keine Chance gehabt, überhaupt etwas zu erwidern oder zu erklären.

»Meinst du nicht, du hättest vielleicht erst einmal abwarten sollen, was Brain dazu zu sagen hat?«

Bella schüttelte jedoch entschieden den Kopf.

»Darüber zu debattieren bringt jetzt auch nichts mehr, denn ändern können wir es ohnehin nicht.«

Sie ließ einen resignierten Seufzer von sich. »Aber jetzt mal was ganz anderes. Was ist eigentlich mit dem unglaublich gut aussehenden Mann, mit dem du getanzt hast?« Joenn spürte, wie ihr die Röte ins Gesicht stieg, ein verträumtes, seliges Lächeln breitete sich auf ihren Lippen aus. Die Erinnerung an den Tanz mit dem Unbekannten war noch immer lebendig und warm in ihr.

»Im Grunde warst du schuld, dass ich ihn überhaupt kennengelernt habe.«

Joenns Augen funkelten bei der Erinnerung an den gestrigen Abend. Überrascht und mit leicht geöffnetem Mund starrte Bella ihre Freundin an.

»Na ja, er hat unsere Unterhaltung mitbekommen und mich dann gefragt, warum du es diesem Mann – er meinte damit Brain – denn so schwer machen würdest.«

Bella schnaubte verächtlich, während Joenn bei der Erinnerung an die Situation erneut schmunzeln musste.

»Nachdem er euch beide eine Weile auf der Tanzfläche beobachtet hatte, kam er dann glücklicherweise zu dem Schluss, meine Erklärung zu akzeptieren. Dann musste er sich kurz entfernen, er hat mich aber vorher noch gefragt, ob ich mit ihm tanzen würde, wenn er zurückkommt. Ich habe natürlich freudig zugestimmt. Und dann kam Steve und hat mich kurzerhand auf die Tanzfläche gezerrt. Allerdings hat er mich auch partout nicht mehr gehen lassen, bis ER wieder auftauchte. Mit vereinten Kräften haben wir Steve dann so lange aufgezogen, bis er freiwillig das Feld geräumt hat. So konnte ich mein Versprechen mit dem Tanz dann doch noch einlösen.«

»Oh, das klingt wirklich sehr romantisch! Sag mal, wie heißt er denn eigentlich?«

Joenn zuckte mit den Schultern.

»Das weiß ich leider nicht. Er hat mich immer nur Engel genannt.«

»Oh, das ist aber blöd! Habt ihr wenigstens eure Nummern ausgetauscht oder ein neues Treffen vereinbart?«

Joenn lächelte ihre Freundin zwar breit an, doch die Enttäuschung in ihren Augen war dennoch deutlich zu erkennen.

»Nein, dazu sind wir ungünstigerweise nicht mehr gekommen. Ich wurde sehr kurzfristig… Verhindert.« Bella war das schlechte Gewissen nun deutlich anzusehen.

»Das tut mir wirklich leid. Ich wollte dir da wirklich nichts zerstören.«

»Nein, Bella, mach dir keine Sorgen. Du hast nichts ruiniert.« Versicherte Joenn ihr, obwohl ihr Herz etwas anderes sagte. Sie wusste, dass sich ihre Freundin diese Unterbrechung niemals verzeihen würde, wenn sie ihr die Wahrheit über ihre Gefühle in diesem Moment gestand.

»Bist du dir da wirklich ganz sicher?« Bellas Augen suchten Joenns Blick.

»Natürlich. Es war ein schöner, kurzer Flirt. Und wenn ich es darauf anlege, bekomme ich seinen Namen auch heraus. Du weißt doch, dass die Stevensens niemals ungeladene Gäste auf ihren Partys akzeptieren oder tolerieren würden.« Bella nickte zustimmend. Joenn entging nicht, wie Bella erleichtert aufatmete.

»Da bin ich aber froh!« Bella strahlte Joenn an: »Ich hole mir schnell ein Glas Orangensaft. Soll ich dir eins mitbringen?«

»Oh ja, sehr gerne.« Erleichtert lächelte ihrer Freundin ihr dankbar zu. Die unangenehme Stimmung schien sich vorerst verflüchtigt zu haben.

Kapitel 3

Joenn lehnte sich in ihrem Liegestuhl zurück, sie wollte gerade die Augen schließen, als Bella leise ihren Namen rief. Die Verunsicherung, die in Bellas Stimme mitschwang, verursachte Joenn eine Gänsehaut. Sie stand auf, um ihrer Freundin zu folgen. Zu ihrer Überraschung stand Bella direkt neben ihr und starrte wie gebannt zur Terrassentür. Joenns Blick folgte ihrem. Ihr war, als würde der Boden unter ihren Füßen schwanken. Da stand er. Der atemberaubende Mann von gestern Abend, nun in lässigen Shorts und einem strahlend weißen T-Shirt, welches seine trainierte Brust sowie seine sonnengebräunte Haut betonte. Er wirkte noch eindrucksvoller im hellen Tageslicht. Mit ein paar schnellen, entschlossenen Schritten überquerte er die Terrasse und blieb vor ihnen stehen. Sein Lächeln wirkte zunächst überrascht, wich dann aber einem Ausdruck ehrlicher Freude.

»Guten Morgen, Ladys.«

Joenn erkannte sofort die tiefe, angenehme Stimme wieder. Er wandte sich Bella zu und reichte ihr galant die Hand.

»Die rothaarige Schönheit von gestern. Du bist sicherlich Joenn Brocks. Ich bin Dante Brown. Es ist eine Freude, dich kennenzulernen.«

Joenn stockte der Atem. Ihr wurde plötzlich ganz anders, sie fixierte ihn mit einem ungläubigen Blick, betend, sich verhört zu haben. Bella hingegen riss die Augen weit auf, ihre smaragdgrünen Augen blitzten vor Überraschung. Die Worte, die sie sonst so mühelos formte, wollten ihr nun nur schwer über die Lippen kommen.

»Hhhi… ähm… ich… ich bin nicht… ich bin nicht Joenn, ich bin Bella.« Sie deutete mit zitternder Hand auf ihre Freundin. »Ä… Aber danke… für… für das Kompliment. Das neben mir hier, das ist Joenn.« Dante wandte seinen Blick nun Joenn zu, sein Lächeln verschwand augenblicklich. Sein Gesichtsausdruck verfinsterte sich, er wirkte eher verärgert als erfreut, als er ihren richtigen Namen hörte. Joenn verstand seinen Unmut nur allzu gut. Bella, die ihre Sprache wiedergefunden hatte, stupste Dante leicht an, um seine Aufmerksamkeit zurückzugewinnen.

»Darf ich fragen, wieso du dachtest, ich sei Joenn?«

Sein Blick wanderte widerwillig von Joenn ab und traf wieder Bellas. Mit zusammengebissenen Zähnen und einem leisen Knurren, das kaum hörbar war, beantwortete er ihre Frage:

»Wunschdenken.« Damit drehte er sich abrupt um, ohne ein weiteres Wort oder einen weiteren Blick in ihre Richtung, und verschwand im Haus. Die Terrassentür fiel mit einem leisen Klicken ins Schloss. Bella drehte sich langsam zu ihrer Freundin um. Der schockierte und fassungslose Ausdruck in Joenns Gesicht ließ sie sich sofort an ihr Gespräch in Joenns Zimmer vor der Party erinnern, an die neckenden Bemerkungen über ihren unbekannten Cousin. Langsam legte Bella ihre Handfläche vor ihren Mund, um ein entsetztes „OH MEIN GOTT" zu unterdrücken.

»Scheiße, Joenn, das… Das…« stammelte sie, unfähig, einen vollständigen Satz zu bilden. Joenn nickte nur langsam und zustimmend. Ganz gleich, was Bella sagen wollte, es stimmte. Dieser Mann, der gerade so abrupt in ihrem Elternhaus verschwunden war, war derselbe Mann, der sie gestern Abend einen „Engel" genannt hatte. Dieser Mann war ihr Cousin Dante Brown. Das Einzige, was Joenn in diesem Moment ein ganz klein wenig beruhigte, war die Tatsache, dass er genauso schockiert zu sein schien wie sie selbst. Der Schock stand ihm genauso deutlich ins Gesicht geschrieben, wie es bei ihr der Fall war.

Bella unternahm mit aller Kraft den Versuch, ihre Freundin auf andere Gedanken zu bringen. Doch während sie sich angestrengt bemühte, Joenn aufzuheitern, nagte ihr schlechtes Gewissen unaufhörlich an ihr. Nicht nur wegen des Vorabends, sondern auch wegen der Ereignisse am heutigen Morgen. Nach dem unerwarteten Wiedersehen mit Dante war sie sich nicht mehr sicher, ob ihr schlechtes Gewissen überhaupt noch berechtigt war. Im Grunde war es doch gut so, wie es gelaufen ist, redete sich Bella ein. Joenn stand lediglich unter Schock, mehr war es nicht. Außer einem einzigen Tanz zwischen den beiden war schließlich nichts weiter passiert. Irgendwie musste Joenn sich nun mit ihrem neuen Chef arrangieren, ohne ständig zurückzublicken. Bella schüttelte wehmütig den Kopf. Wenn das nur gut gehen würde… Ihre Freundin war eigentlich immer eine rational denkende Frau gewesen, aber Bella hatte dieses besondere Leuchten in ihren Augen gesehen, als Joenn ihr heute Morgen von dem gestrigen Abend erzählt hatte. Dieser Mann hatte sie im Innersten berührt, dessen war sich Bella absolut sicher. Er besaß die Macht, sie zu verletzen, sie zu brechen. Dieses Wissen zermürbte Bella, die Hilflosigkeit, nicht zu wissen, wie sie ihrer Freundin in dieser Situation helfen und Schlimmeres verhindern konnte. Als ob die Ereignisse des Morgens nicht schon genug gewesen wären, lastete noch eine weitere schlechte Nachricht auf Bella. Sie musste noch am selben Abend zurück nach New York fliegen. Die Redaktion hatte darauf bestanden. Mit einem tiefen Seufzer setzte sie sich wieder zu ihrer Freundin, deren Gesicht nach dieser Beichte noch blasser geworden war. Wie sollte Joenn nur alleine mit all dem, was auf sie zukam, zurechtkommen? Diese Frage quälte Bella. Nachdem Joenn sich von der Nachricht einigermaßen erholt hatte, beschlossen die beiden, ihre kostbare verbleibende Zeit nicht länger mit Grübeleien zu verschwenden. Sie fuhren in die Stadt, in ihr damaliges Lieblingscafé, um die gemeinsame Zeit so gut wie möglich zu nutzen und dem drohenden unausweichlichen Gespräch für einen kurzen Moment zu entfliehen. Sie wollten die letzten Stunden zusammen genießen, bevor Bella wieder abreisen musste und Joenn sich den neuen Herausforderungen stellen musste.

*

Als Joenn am Abend wieder in ihrem Elternhaus eintraf, wurde sie bereits erwartet. Der Esstisch war reichlich gedeckt, mit feinstem Porzellan und glänzendem Silberbesteck, doch Joenn befürchtete, keinen Bissen hinunterzubekommen. Sie saß diesem einen Mann direkt gegenüber. Diesem Mann, der sie vor nicht einmal 24 Stunden auf der Tanzfläche an seinen muskulösen Körper gedrückt und ihr dabei Komplimente mit rauer Stimme ins Ohr geflüstert hatte. Joenns Wangen röteten sich bei der bloßen Erinnerung daran, wie nah er ihr gewesen war. Während des Essens blieb sie glücklicherweise von direkten Konfrontationen verschont. Ihre Eltern schienen geradezu versessen darauf zu sein, alles aus Dantes Leben herauszuquetschen, wobei er jedoch jede Frage, die sein persönliches Privatleben betraf, geschickt umschiffte.

Joenn erhob sich schließlich, um höflich allen eine gute Nacht zu wünschen, sie wollte sich schleinigst unauffällig zurückzuziehen. Der Blick ihres Vaters traf sie wie ein Schlag. Er blickte sie mit einer Mischung aus Enttäuschung und Vorwurf an, die so deutlich war, dass Joenn ihre vorbereiteten Worte und ihren sorgfältig ausgearbeiteten Plan, sich endlich in ihr Zimmer zurückzuziehen, schweigend herunterschluckte. Unbeholfen mit einem Kloß im Hals, setzte sie sich widerwillig wieder auf ihren Platz. Ihr Vater erhob sein Weinglas, um seine Freude über Dantes Besuch nochmals lautstark zu verkünden und ihn herzlich in der Familie willkommen zu heißen. Tom richtete seine Aufmerksamkeit auf Joenn, das ungute Gefühl, das sie den ganzen Abend in ihrer Magengrube verspürt hatte, verdichtete sich zu einem beklemmenden Knoten, als ihr Vater sie direkt ansprach.

»Joenn, wir sprachen doch erst kürzlich über deine berufliche Zukunft. Du warst dir bislang nicht ganz sicher, welchen Weg du einschlagen möchtest, nicht wahr?« Unsicher nickte sie. »Nun, ich hatte gestern Abend die wunderbare Gelegenheit, mich noch ausführlich mit Dante zu unterhalten. Wir sprachen über dich, über sein neuestes, sehr vielversprechendes Projekt und natürlich auch über deinen kürzlich absolvierten Studienabschluss, oder sollte ich vielleicht Abschlüsse sagen?« Tom Brocks lachte herzlich, während seine Frau ihn mit einem liebevollen, fast vergötternden Blick ansah, als wäre sie frisch verliebt. Joenn ahnte jetzt endgültig Unheil.

Tom fuhr fort: »Nun, um es kurz zu machen: Dante hat sich einverstanden erklärt, dich mit an die Ostküste zu nehmen. Deine Aufgaben werden darin bestehen, ihn bei diesem Projekt umfassend zu unterstützen. Du wirst für ihn die juristischen Aufgaben übernehmen sowie alle notwendigen Genehmigungen einholen. Du wirst nach Absprache Verträge abschließen, um das Projekt voranzutreiben. Auch an der Inneneinrichtung wirst du dich beteiligen, von den Bodenbelägen über die Bäder bis hin zur kompletten Ausstattung der Zimmer, den Wandgestaltungen und so weiter. Du weißt doch am besten, was dabei alles zu beachten ist.« Er machte eine kurze Pause und sah Joenn erwartungsvoll an. »Mit deiner Hilfe kann Dante sein Projekt deutlich früher fertigstellen, als er es ursprünglich geplant hatte. Und sobald du dich ausreichend in das Projekt eingearbeitet hast, wird er dir sogar die Verantwortung dafür übertragen. Aufgrund seiner Hotelkette kann Dante nicht immer vor Ort sein, um die Bauarbeiten zu überwachen oder die zahlreichen Fragen zu beantworten, die immer wieder auftauchen werden. Diese Aufgaben würdest du dann übernehmen.«

Fassungslos und mit weit aufgerissenen Augen starrte Joenn ihren Vater an. Er bot ihr den perfekten Job an, eine Chance, von der sie immer geträumt hatte. Allerdings mit einem gewaltigen, alles überschattenden

Haken: ihrem Cousin Dante. Joenn schüttelte bereits innerlich den Kopf, um dieses unglaubliche und zugleich unerwünschte Angebot entschieden abzulehnen, sie blickte zu Dante, der ihr direkt gegenüber saß. Er musterte sie mit einem unleserlichen, professionellen Ausdruck im Gesicht, ganz der distanzierte Geschäftsmann. Als er ihr leichtes Kopfschütteln bemerkte, hob sich seine rechte Augenbraue nur minimal, aber dennoch unmissverständlich. Joenn, die sich in diesem Moment plötzlich wie ein kleines, unbedeutendes Kind vorkam, schüttelte erneut den Kopf – und sagte dann zu ihrer eigenen völligen Überraschung und zum Entsetzen ihrer inneren Stimme:

»Das ist einfach unglaublich! Solch eine fantastische Chance kann man ja wirklich nicht ausschlagen. Wann soll es denn losgehen?«

Unsicher wandte Joenn ihren Blick wieder Dante zu. Doch er schien keineswegs über ihre plötzliche Zustimmung erfreut zu sein. Sein Blick, der auf ihr ruhte, war düster und durchdringend, fast schon bedrohlich, ein gefährliches Glitzern lag in seinen Augen. Dante schwieg beharrlich. Tom Brocks schien die sich im Raum ausbreitende, fast greifbare Spannung nicht zu bemerken, er ergriff erneut das Wort.

»Das freut mich sehr zu hören! Am Dienstag geht euer Flieger. Also, genauer gesagt, Dantes Flieger. Ich werde mein Bestes tun, auch für dich noch einen Platz in dieser Maschine zu reservieren. So habt ihr noch genügend Zeit, in der Dante dich schon einmal ein wenig in die Materie einführen kann.«

Auch wenn es Joenn überhaupt nicht behagte, nickte sie zustimmend mit einem gezwungenen Lächeln, das hoffentlich Freude und Begeisterung vortäuschte.

»In diesem Sinne würde ich euch dann schon einmal verlassen. Schließlich kommen diese Neuigkeiten doch recht kurzfristig. Für eine längere Zeit zu packen, ist immer eine kleine Herausforderung.«

Tom Brocks lächelte seiner Tochter aufmunternd zu. »Mach das, mein Spatz. Bis morgen früh. Und schlaf gut.«

Als Joenn aufstand, erhob sich auch Dante. Sie blickte ihn erwartungsvoll an, in der stillen Hoffnung auf eine kurze Bemerkung, einen Blick der Bestätigung oder zumindest ein Zeichen der Anerkennung. Doch er schien es sich im letzten Moment anders überlegt zu haben. Er presste die Lippen zu einer festen Linie zusammen und setzte sich langsam wieder auf seinen Stuhl, ohne Joenn auch nur einen Blick zu würdigen. Die Stille, die sich daraufhin im Raum ausbreitete, war beinahe unerträglich. Joenn spürte, wie ihr Herz schneller schlug, ein kalter Schauer lief ihren Rücken hinunter. Die Situation war mehr als nur unangenehm; sie war beklemmend. Mit einem kaum hörbaren:

»Gute Nacht.« Verabschiedete sie sich. Sie floh förmlich aus dem Esszimmer, froh, dieser drückenden Atmosphäre endlich entkommen zu sein. Dantes abweisendes Verhalten und sein düsterer, fast feindseliger Blick verhießen nichts Gutes für die bevorstehende Zusammenarbeit.

Am nächsten Morgen war Joenn noch vor Sonnenaufgang auf den Beinen. Schlaf fand sie keinen mehr. Wie sollte sie auch? Sie hatte die Chance ihres Lebens bekommen. Wie viele Menschen erhielten schon so eine unglaubliche Gelegenheit, auch noch so kurz nach ihrem Abschluss? Nur der Gedanke an Dante jagte ihr jedes Mal einen Schauer über den Rücken, besonders wenn sie an sein intensives Funkeln in den Augen dachte, das sie gestern Abend während des Essens kurz aufgefangen hatte. Es wirkte nicht bedrohlich im Sinne von Gewalt, aber im Hinblick auf die sexuelle Anziehungskraft, die sie am Abend zuvor so deutlich gespürt hatte, bereitete ihr dieses Glitzern eine beunruhigende Angst. Im Wohnzimmer bemerkte Joenn einen ordentlich gestapelten Stoß Unterlagen. Offensichtlich handelte es sich um Dokumente zu Dantes neuestem Hotelprojekt. Am Abend zuvor hatte sie im Internet recherchiert, um mehr über die Hotelkette dieses Dante Brown zu erfahren. Die Ergebnisse ihrer Nachforschungen verblüfften sie. Dante war noch keine 25 Jahre alt gewesen, als er sein erstes Hotel eröffnete. Die darauffolgenden Hotels ließen nicht lange auf sich warten und schossen wie Pilze aus dem Boden. Die Presse beschrieb Dante Brown als einen ehrgeizigen, selbstbewussten und zielstrebigen Mann, der sich von nichts und niemandem aufhalten ließ. Seine Hotels waren alle im luxuriösen Stil gehalten: Marmorböden im Foyer, elegante schwarze Ledersessel, die zum Verweilen einluden. Die Zimmer waren für Joenns Geschmack jedoch etwas zu kühl und minimalistisch, meist in Schwarz-Weiß oder dunklem Braun mit weißen Akzenten gehalten. Abstrakte Gemälde hingen an den Wänden, das gesamte Ambiente wirkte sehr nüchtern und modern, fast schon steril. Sie nahm den Stapel Unterlagen vom Wohnzimmertisch, mit ihnen unter dem Arm trat Joenn hinaus auf die Terrasse. Die Sonne ging gerade auf. Sie machte es sich auf einem der bequemen Stühle gemütlich, wo die aufgehende Sonne langsam angenehme Wärme auf ihrer Haut verbreitete. Zu ihrer Überraschung handelte es sich bei diesem neuen Projekt nicht um eines der typischen Hotels, die sich alle so ähnelten. Nein, dieses Hotel war anders. Es verströmte eine ganz besondere, fast romantische Atmosphäre. Es gab sogar einen weitläufigen, wunderschön angelegten Garten. Sofort begannen Ideen in Joenns Kopf zu sprudeln. Mit schnellen Schritten holte sie ihre Mappe mit Skizzen und ihren Laptop aus ihrem Zimmer. Sie breitete alles auf dem großen Terrassentisch aus. Beflügelt von ihrer Kreativität verteilte sie die Bilder, die ihre Visionen für das Hotel darstellten, auf dem Terrassenboden. Ihr Laptop lief auf Hochtouren, und der Farbdrucker ihres Vaters in seinem angrenzenden Arbeitszimmer ratterte unaufhörlich Seite um Seite. Zu den Bildern legte sie sorgfältig Farbbeispiele, Muster von edlen Bodenbelägen, Bilder von verspielten Designelementen, Teppichentwürfe und Möbelkataloge. Immer wieder ging sie um ihr improvisiertes „Atelier" herum, nahm ein Motiv weg, fügte ein anderes hinzu und ordnete alles neu an. Mittlerweile war es schon später Vormittag. Joenn hatte das Zeitgefühl völlig verloren, so sehr war sie in ihre Arbeit vertieft. Als Dante plötzlich aus dem Schatten des Gebäudes auf die Terrasse trat, erschrak sie so heftig, dass sie einen kleinen, überraschten Schrei ausstieß. Er musterte sie kühl, dann lenkte er seine Aufmerksamkeit auf das kreative Durcheinander zu seinen Füßen, die verstreuten Skizzen, Farbmuster und Pläne. Anscheinend gefiel ihm, was er sah, denn er ging in die Hocke, um sich einzelne Blätter und Skizzen genauer anzusehen. Als er sich wieder aufrichtete, wandt er sich Joenn zu. Sie biss immer noch nervös auf ihrer Unterlippe herum. Sie spürte förmlich, wie sein Blick darauf ruhte, bevor er sich endlich ihren Augen zuwandte, was die Situation jedoch nicht unbedingt angenehmer machte. Unter seinem strengen, prüfenden Blick fühlte sich Joenn, als würde sie innerlich zusammenschrumpfen, doch dann nickte er ihr anerkennend zu.

»Das ist nicht schlecht. Ich sehe Potenzial. Vielleicht könnte das doch noch etwas werden mit uns.« Er machte eine kurze Pause, als würde er seine Worte abwägen, bevor er fortfuhr: »Ich gehe jetzt joggen. Wenn ich wiederkomme, können wir uns gerne zusammensetzen und uns detaillierter über das Projekt, deine genauen Aufgaben und deinen Vertrag unterhalten.«

Ohne eine Antwort abzuwarten, drehte er sich um und lief los. Joenn konnte ihm nur nachsehen. Ihr Blick blieb an seinen breiten, muskulösen Schultern hängen. Insgeheim freute sie sich sogar darauf, ihn bald wiederzusehen. Nassgeschwitzt, das T-Shirt wie eine zweite Haut an seinem durchtrainierten Körper klebend… Joenn zwang sich erschrocken, diesen Gedanken zu verdrängen, sich auf etwas anderes zu konzentrieren.

Nervös spielte Joenn mit den mittlerweile wieder ordentlich zusammengetragenen Unterlagen auf dem Tisch herum, während sie auf die Rückkehr ihres Cousins wartete. Dante musste die Vordertür benutzt haben, denn als er wieder auf die Veranda trat, hatte er sich umgezogen. Seine kurzen Shorts betonten seine braun gebrannten, muskulösen Beine, und das hellblaue, verwaschene T-Shirt ließ seine sonnengebräunte Haut noch dunkler wirken. Sein Haar war noch feucht und sah aus, als hätte er es nur kurz mit einem Handtuch durchgerubbelt, was er wahrscheinlich auch getan hatte. Joenns Herz machte bei diesem Anblick einen kleinen Sprung. Gleichzeitig wurde ihr jedoch bewusst, dass ihre Entscheidung, diesen Job anzunehmen, vielleicht die falsche gewesen sein könnte. Dante gesellte sich zu ihr auf die Terrasse. Bis zur einsetzenden Dämmerung schmiedeten sie gemeinsam Pläne für das neue Hotel. Dante erzählte ihr von seinen Visionen eines Hotels, das vor Romantik schier überfließen, aber dennoch einen gehobenen Stil bewahren sollte. Bei der Gestaltung der Außenanlage sprudelte Joenn förmlich über vor Ideen. Dante hörte ihr aufmerksam zu und notierte sich vereinzelt etwas in seinem Notizblock. Plötzlich hielt Joenn mitten in ihrem Redefluss inne. Dante zog daraufhin fragend die Augenbrauen hoch, sein Blick ruhte erwartungsvoll auf ihr.

»Was ist los?«

Dante unterbrach damit die Stille, die sich zwischen ihnen ausgebreitet hatte.

»Nun ja, du sagst gar nichts dazu. Du starrst nur auf deinen Block und schreibst ununterbrochen etwas nieder.« Ein spitzbübisches Grinsen breitete sich auf seinem markanten Gesicht aus, was seine Augen aufblitzen ließ.

»Ja also….. Alles, was mir an deinen Vorschlägen gefällt und was ich für umsetzbar halte, notiere ich mir hier stichpunktartig, damit ich – oder besser gesagt, damit wir – später nichts vergessen oder außer Acht

lassen. Wir wollen doch schließlich das Beste aus diesem Projekt herausholen, nicht wahr?« Mit seinen langen Fingern strich er sich durch sein
dichtes, hellbraunes Haar. »Du bist allerdings so in deinem Element, dass
ich ernsthaft Schwierigkeiten habe, mit deinen Ideen mitzuhalten.« Mit
einem verlegenen Lachen reichte er sein Notizblock an sie weiter. Dass
sie ihn verlegen gemacht hatte, glaubte sie ihm zwar keineswegs, doch
ihre Gedanken behielt sie lieber für sich.

»Ich kann langsam meine eigene Schrift nicht mehr lesen.«

Joenn blickte mit zusammengekniffenen Augen auf die dicht be-
schriebene Seite des Blocks. Sie musste zugeben, dass auch sie kaum ein
Wort entziffern konnte. Dantes Handschrift war kaum lesbar, eine Mischung aus schnellen Kritzeleien und kaum erkennbaren Kürzeln.

Dante beobachtete sie dabei genau, wie sie ihre Nase krauszog und
ihr feines, helles Haar weich über ihre Schultern fiel. Der leichte Wind
spielte mit einer einzelnen Strähne, die sich frech in ihr Gesicht
schob. Ein unbändiger Impuls überkam Dante, die verirrte Strähne hinter
ihr Ohr zu führen, unabsichtlich ihren Nacken zu berühren, um zu sehen,
wie sie reagieren würde. Als er bemerkte, wie sich seine Hand wie von
selbst in diese Richtung bewegte, um diese unzüchtigen Gedanken in die
Tat umzusetzen, sprang er abrupt von seinem Stuhl auf. Düster, mit einem ernsten Ausdruck blickte er auf Joenn herab, die ihn mit großen,
fragenden Augen anstarrte. Sie war die reinste Versuchung für ihn. Er
durfte sie auf keinen Fall mit an die Ostküste nehmen. Die Situation war
zu gefährlich, zu explosiv, die Anziehungskraft zwischen ihnen zu stark.

»Ich muss jetzt wirklich packen und noch ein paar dringende Anrufe tätigen.« Er wich ihrem Blick aus, während er mit ihr sprach. »Ich
würde sagen, wir verschieben das alles auf einen späteren Zeitpunkt.«

Verwundert und etwas irritiert schaute Joenn zu, wie Dante in Win-
deseile alle Papiere zusammenraffte. Mit schnellen, entschlossenen
Schritten verschwand er im Haus. Als die Dämmerung längst der tiefen
Nacht gewichen war und die Sterne am Himmel funkelten, rief Tom mit
fester, lauter Stimme zum Abendessen. Am stilvoll gedeckten Tisch, über
dem der verlockende Duft der zubereiteten Speisen lag, verlor Tom
Brocks keine Zeit, er fragte Dante direkt, um welche Uhrzeit er am
Dienstag seine Abreise plante. Dante blickte seinem Onkel mit ernstem
Gesichtsausdruck in die Augen.

»Morgen früh muss ich leider schon abreisen. Ich hatte heute ein unangenehmes Telefonat, das mich zu dieser frühen, kurzfristigen Abreise zwingt.« Mit einem kaum merklichen Seitenblick zu Joenn fügte er schnell hinzu: »Joenn kann natürlich nachkommen, sobald sie es einrichten kann.«

Unter Toms durchdringendem Blick fühlte sich Dante plötzlich unwohl, fast wie ein ertapptes Kind, das er verzweifelt versuchte, Haltung zu bewahren. Ein ungutes Gefühl breitete sich in Dantes Magengegend aus, als er zusah, wie sein Onkel sein Smartphone aus der Hosentasche zog. Mit leicht zusammengekniffenen Augen beobachtete Dante, wie Toms Finger flink über das Display seines Smartphones huschten. Das ungute Gefühl verstärkte, langsam dehnte es sich in seinem Magen aus. Er spürte, wie sich kleine Schweißperlen auf seiner Stirn bildeten. Hilfesuchend suchte er Joenns Blick, doch sie stocherte nur ganz konzentriert in ihrem Essen herum. Sie schien seine innere Anspannung nicht zu bemerken.

»Also, das ist doch sinnfrei!« Murmelte Tom, während seine Finger weiterhin flink über das Smartphone huschten. »Wann genau geht denn dein Flug morgen?«

Dantes Hände begannen nun merklich zu schwitzen.

»Ähm, morgen früh um sechs.« Tom hob den Blick von seinem Handy. »Flug 360 mit der Delta Air Lines?« Dante stimmte zögerlich zu. Glaubte sein Onkel ihm etwa nicht?

»Welche Gangnummer?«

»H«

»Sehr gut«, verkündete Tom mit fester Stimme, ein triumphierendes Lächeln huschte über sein Gesicht. »Im Arbeitszimmer wird gerade Joenns Bordticket gedruckt. Amanda und ich bringen euch selbstverständlich persönlich zum Flughafen.« Alle am Tisch starrten Tom überrascht an. Tom musste daraufhin herzhaft lachen. »Ich habe euch beide heute Mittag auf der Terrasse gesehen. Ihr habt stundenlang über den Unterlagen gebrütet. Als ich wenig später wieder vorbeischaute, sah es aus, als wäre ein kleiner Tornado durch eure Papiere und meine Terrasse gefegt. Ihr wart so vertieft in eure Arbeit, dass ihr mich gar nicht bemerkt habt. Das hat mir gezeigt, dass ihr hervorragend zusammenarbeitet, und ich glaube nicht, dass es förderlich wäre, euch jetzt schon wieder zu trennen.«

In Dantes Kopf schrie es förmlich: „Du hast ja absolut keine Ahnung!" doch bevor diese unbedachten Worte den Weg zu seinen Lippen fanden, entschied Dante, sein Abendmahl mit einem gezwungenen Lächeln zu beenden.

»Ich bitte um Entschuldigung.« Er stand auf. »Ich sollte wirklich noch packen. Ich habe mein Ticket selbst erst kurz vor diesem Essen gebucht. Amanda, das Essen war vorzüglich. Vielen Dank dafür.«

Amanda lächelt ihm wortlos liebevoll zu.

»Natürlich, mein Junge« An Joenn gewandt fügte Tom hinzu: »Ich glaube, du solltest dann auch langsam deine Sachen fertig packen gehen. Der Flug geht sehr früh, und dir bleibt nicht mehr viel Zeit.«

Amanda legte besorgt ihre Hand auf den Arm ihres Mannes. Ihr ging das alles viel zu schnell. Es kam ihr fast so vor, als würde ihr Mann ihre gemeinsame Tochter vor die Tür setzen. Ihr war zwar bewusst, dass ihr Mann einen bestimmten Plan verfolgte, aber sie war noch nicht bereit, ihre Tochter schon wieder gehen zu lassen. Sie war doch gerade erst wieder nach Hause gekommen. Tom legte beruhigend seine Hand auf ihre. In seinem Blick erkannte sie den sturen Kopf, den sie vor so vielen Jahren geheiratet hatte. Er würde nicht nachgeben.

In ihrem Zimmer angekommen, begann Joenn sofort mit dem Packen. Während sie Bella anrief, um sich über die Entscheidungen zu beschweren, die über ihren Kopf hinweg getroffen wurden, klemmte ihr Smartphone zwischen Kopf und Schulter.

»Ernsthaft? Das ist absolute Wahnsinn!« Bella, am anderen Ende der Leitung, war hörbar schockiert. »Aber ich glaube, Joenn, er sieht darin einfach die Chance deines Lebens. Ich glaube, er wollte dir einfach nicht ermöglichen, irgendwie auszusteigen oder dich aus der Situation herauszuwinden.«

»Vielleicht hast du ja recht.« Joenn seufzte, wobei sie sich erschöpft auf ihren Frisierstuhl fallen ließ. »Er meint es sicher nur gut.«

»Bestimmt. Aber jetzt mal im Ernst, Süße, du machst doch nur so ein Theater wegen des Abends bei den Stevensons, oder? Ich meine, arbeitstechnisch harmoniert ihr doch super, so wie du erzählt hast.«

»Ja, das stimmt auf jeden Fall. Du hast wahrscheinlich recht. Ich interpretiere wahrscheinlich viel zu viel in die Situation hinein, als es in

Wirklichkeit ist. Er ist schließlich mein Cousin. Der Sohn des Bruders meines Vaters.«

»Dein absolut heißer Cousin.«

»Bella!«

Sie hörte, wie ihre Freundin am anderen Ende der Leitung lauthals kicherte.

»Also, Joenn, Maus, du wirst auf jeden Fall morgen fliegen, dafür wird dein Vater schon sorgen. Mach dir nicht allzu viele Sorgen. Das wird schon gut gehen. Ich erwarte mindestens einmal pro Woche einen kompletten, detaillierten telefonischen Bericht. Okay?« Jetzt musste auch Joenn grinsen.

»Natürlich, das mache ich. Jetzt muss ich aber wirklich weiterpacken. Der Flug geht schon um sechs Uhr früh, was bedeutet, dass wir um fünf Uhr losfahren müssen, was noch viel schlimmer ist, denn dann muss ich um halb vier aufstehen. Oder noch schlimmer: Ich muss in knapp vier Stunden aufstehen!«

Wieder vernahm Joenn das Kichern ihrer Freundin.

»Dann geh jetzt besser gleich schlafen.«

»Das mache ich auch. Ich melde mich wieder, und dann erzählst du mir mal, wie es bei dir und Brain weitergegangen ist, oder wie du gedenkst weiterzumachen.«

»Oh, mhhhh… Na gut. Also, bis dann… Vergiss nicht, das Ganze auch etwas zu genießen. Ach, und Joenn… Finger weg von diesem heißen Typen, der sich Dante schimpft!« Joenn lachte herzlich und legte auf. Was für eine wunderbare Freundschaft sie doch mit Bella hatte!

*

Als der Wecker klingelte, war Joenn sofort hellwach. Sie fühlte sich erstaunlich erholt, als hätte sie zehn Stunden tief und fest geschlafen. Natürlich schob sie dieses ungewohnte Gefühl der Ausgeruhtheit auf die Aufregung der letzten Tage. Als sie mit ihrem gepackten Koffer die Treppe hinunterkam, wartete Dante bereits im Flur auf sie. Er sah geradezu atemberaubend aus. Er trug einen perfekt sitzenden Business-Smoking in einem eleganten Grau-Schwarz, der seine maskuline Figur betonte. Sein Aftershave musste er erst frisch aufgetragen haben, denn

Joenn hatte den Eindruck, dass dieser schwere Duft das ganze Haus erfüllte.

»Darf ich dir deinen Koffer abnehmen?« Ohne ihre Antwort abzuwarten, nahm er ihr den Koffer aus der Hand. »Im Übrigen warten deine Eltern bereits im Auto auf uns.« Seine Stimme war tonlos, sein Blick, den er ihr zuwarf, während er ihr den Koffer abnahm, wirkte jedoch leicht verärgert. Die Fahrt zum Flughafen verlief in bedrückender Stille. Nicht einmal ihre Eltern versuchten, ein Gespräch in Gang zu bringen. Joenn war nur froh, dass ihre Mutter darauf bestanden hatte, mit ihr auf dem Rücksitz zu sitzen. Während der gesamten Fahrt tätschelte sie immer wieder beruhigend ihre Hand. Ihre Mutter wirkte ungewöhnlich nervös und angespannt, was Joenn nicht ganz verstand. Schließlich reiste sie nicht für immer weg, es war auch nicht das erste Mal, dass sie verreiste. Normalerweise begleitete ihre Mutter sie auch nicht zum Flughafen, wenn sie unterwegs war. Aus einem unbekannten Grund war alles sehr eigenartig und beunruhigend. Am Flughafen angekommen, hatte Joenns Mutter dann tatsächlich Tränen in den Augen. Nach einer innigen Umarmung und unzähligen Versprechungen, sich regelmäßig zu melden, damit sie sich keine Sorgen machen musste, begaben sich Joenn mit Dante in das Innere des Flughafengebäudes. Die Verabschiedung von den Brocks hatte doch länger gedauert als geplant, sodass sie sich nun beeilen mussten, um ihren Flug nicht zu verpassen. Zum Glück war morgens um diese frühe Stunde noch nicht viel Betrieb auf dem Flughafengeländ, die meisten Schalter waren noch geschlossen. Beim Einchecken sprach Dante sie zum ersten Mal an diesem Morgen an.

»Ist deine Mutter immer so anhänglich, wenn du verreist? Ich habe gesehen, wie sie dir immer wieder auf der Rückbank die Hand gedrückt hat, so als wollte sie dich nicht gehen lassen. Oder bist du noch nie ohne deine Eltern verreist?«

Joenn schaute ihn verwundert an. Er stand ihr nahe, aber nicht so nahe, dass sie sich berührten. Trotzdem musste sie ihren Kopf leicht in den Nacken legen, um ihn ins Gesicht zu sehen. Hatte er das wirklich bemerkt? Sie fragte sich, warum sie es nicht bemerkt hatte, dass er sie beobachtete, schließlich saß sie direkt hinter ihm, eingehüllt in seinen schweren, intensiven Aftershave-Duft.

»Nein, das macht sie sonst nie. Normalerweise begleitet sie mich nicht weiter als bis zur Haustür, um mich zu verabschieden, wenn ich mal verreise oder zurück zur Universität musste. Ich glaube, es liegt nur daran, dass ich nicht lange genug zu Hause war. Ich habe gerade erst meinen Abschluss gemacht und bin nach einer gefühlten Ewigkeit wieder nach Hause gekommen. Wahrscheinlich dachte sie, sie hätte mehr Zeit mit mir als nur diese paar Tage.«

Dante nickte verstehend.

Als sie beide endlich im Flugzeug auf ihren Plätzen saßen, dank Joenns Vaters auch noch nebeneinander, leuchtete auch schon das Signal zum Anschnallen auf. Das Flugzeug rollte auf die Startbahn und hob ab. Joenn schaute flüchtig aus dem Fenster, doch der atemberaubende Anblick verschlug ihr fast die Sprache. Mit dem Ellenbogen stupste sie Dante an.

»Schau mal! Wie wunderschön! Die Sonne geht gerade auf, es sieht aus, als ob sie die ganze Stadt langsam mit Gold überzieht.«

Dante beugte sich zu ihr hinüber, um das Naturschauspiel, das sie so sehr zu faszinieren schien, ebenfalls zu beobachten. Doch alles, was er wirklich wahrnahm, war ein warmer, betörender Duft von Maiglöckchen, der von Joenn ausging. Diesen Duft hatte er bereits an ihr bemerkt, als sie zusammen über den Papieren auf der Terrasse gebrütet hatten. Dante fluchte leise in sich hinein. Er hatte sich heute Morgen gewissermaßen in seinem Aftershave gebadet, nur um auf Nummer sicher zu gehen, dass dieser schwere, maskuline Geruch ihren zarten, blumigen Duft den ganzen Flug übertönen würde. Das war dann wohl völlig umsonst gewesen. Anstatt dem Naturschauspiel zu folgen, weshalb er sich eigentlich über sie gebeugt hatte, beobachtete er nun fasziniert, wie sich die aufgehende Sonne in ihrem blonden Haar verfing, das ihr locker über die Schulter fiel und in goldenen Strähnen leuchtete. Dieser zarte Maiglöckchenduft, der von ihr ausging, war so subtil und doch so intensiv, dass er das unbändige Bedürfnis verspürte, noch näher an sie heranzurücken. Dante war Joenn inzwischen so nahe, dass sie seinen warmen Atem an ihrem Nacken spürte. Sie getraute sich nicht, sich zu bewegen, die Angst, diesen prickelnden, magischen Moment zu zerstören, ließ sie wie versteinert aus dem Fenster schauen. In ihrem Kopf konnte Joenn Bella förmlich hören: „Genieße es, Mädchen. Näher wird er dir auf keinen Fall kommen." Eine einzelne Haarsträhne, die Joenn sich zuvor achtlos hinter ihr Ohr gelegt hatte, löste sich und streifte sanft Dantes Wange, bevor sie vor ihren Augen hängen blieb. Er zuckte leicht zusammen, als er die feine Berührung der Haarsträhne auf seiner Haut spürte. Es fehlte nicht viel, und seine Nase hätte ihren Nacken berührt. Das darf nicht passieren! Dachte Dante mit einem inneren Aufschrei und zog sich abrupt auf seinen Platz zurück. Zurückgelehnt in seinem Sitz versuchte Dante mit geschlossenen Augen, sich unauffällig zu beruhigen. Das Beste wäre wohl, wenn er jetzt eine Runde schlafen könnte, doch diesen Gedanken belächelte er innerlich nur höhnisch. An Schlaf war jetzt nicht mehr zu denken. Joenn wandte ihren Blick erst wieder vom Fenster ab, als das Flugzeug bereits sicher in der Luft lag und sie die Lichter der Stadt unter ihnen wie ein funkelndes Lichtermeer zurückließen. Sie schaute zu Dante hinüber, der mit geschlossenen Augen in seinem Sitz saß. Ein leichtes Lächeln huschte über Joenns Lippen, als sie seine gleichmäßigen, flachen Atemzüge bemerkte. Kurzerhand knüllte Joenn ihre leichte Übergangsjacke zu einer improvisierten Rolle zusammen, um sie als Kopfkissen zu benutzen. Sie legte ihren Kopf bequem am Fenster darauf, während sie den vorbeiziehenden, von der Sonne langsam in goldenes Licht getauchten Schleierwolken zusah. Das leise Brummen der Triebwerke wirkte beruhigend, bald darauf schlief sie ein. Als das Flugzeug zum Landeanflug ansetzte und die ersten sanften Stöße zu spüren waren, öffnete Dante langsam seine Augen. Ein leichter Druck auf seiner Schulter weckte seine Aufmerksamkeit vollständig. Er spürte das Gewicht von Joenns Kopf, der sanft auf seiner Brust ruhte. Ihr blondes Haar kitzelte leicht an seinem Kinn. Ihr Duft umhüllte ihn und vernebelte für einen Moment seine Sinne. Der Arm, den er unbewusst um sie gelegt hatte, als er eingeschlafen war, als sie sich unbemerkt an ihn gekuschelt hatte, kribbelte nun unangenehm, da er langsam einschlief. Doch er dachte nicht im Traum daran, ihn wegzunehmen. Lieber nahm er dieses unangenehme Kribbeln in Kauf, denn die gesamte Situation, diese intime Nähe, die ihn auf so unerwartete Weise umgab, wollte er in vollen Zügen genießen. Das Flugzeug geriet kurz in leichte Turbulenzen, was Joenn schließlich aus ihrem friedlichen Schlaf weckte. Dante schnaufte kurz verärgert auf, bevor er sich wieder schlafend stellte, was ihm jedoch etwas schwerfiel, da er ihr Gesicht gerne sehen wollte, wenn sie bemerkte, wo sie sich gebettet hatte. Er konnte es sich nicht verkneifen, ein leises Schmunzeln umspielte seine Lippen. Joenn benötigte einen kurzen Moment, um sich zu orientieren und zu realisieren, wo sie war und auf wessen Brust ihr Kopf geruht hatte. Mit noch geschlossenen Augen spürte er, wie sie vorsichtig eine ihrer schmalen Hände auf seine Brust legte, um sich langsam und behutsam von ihm wegzudrücken. Joenn saß wieder aufrecht in ihrem Sitz, als er die Augen öffnete. Er schaute zu ihr hinüber, immer noch mit diesem belustigten Grinsen im Gesicht. Er konnte es sich einfach nicht verkneifen, sie ein wenig zu necken.

»Na, hat die Lady gut geruht?«

Joenn stieg sofort die Röte ins Gesicht. Dante spürte bei diesem Anblick eine leichte Genugtuung, ein kleines Gefühl des Triumphs.

»Du bist schon länger wach? Hast du dich eben nur schlafend gestellt?« Es war keine Frage, sondern eher eine Feststellung. Dante fing an, sich köstlich über ihre Reaktion zu amüsieren.

»Hey, hey, hey.« Mit einem breiten Grinsen, das seine Züge noch attraktiver machte, bedachte er sie einen Moment. »Das hört sich ja fast wie ein Vorwurf an. Ich habe mich keineswegs schlafend gestellt. Ich habe lediglich die angenehme Ruhe genossen, während ich die Augen geschlossen hatte.«

Das breite Lächeln auf seinen Lippen und der neckische Glanz in seinen Augen ließen Joenns Wangen noch röter werden. Sie beschloss, diese Unterhaltung, in der er sie zweifellos nur noch aufziehen wird, nicht weiterzuverfolgen. Schweigend verbrachten sie den Rest der Reise, die sich für Joenn in eine gefühlte Unendlichkeit hinzog. Jedes Mal, wenn sie im Mietwagen, dessen Fahrt zweieinhalb Stunden dauerte, verstohlen zu Dante hinübersah, hatte er immer noch dieses dämliche, breite Grinsen auf seinen Lippen, das sie innerlich zur Weißglut trieb.

Die Fahrt des Schweigens endete abrupt vor einer riesigen, weitläufigen Baustelle. Staub wirbelte auf, und das Geräusch von Hämmern und Bohrmaschinen erfüllte die Luft. Fragend blickte Joenn zu Dante hinüber. Mit einem verschmitzten Zwinkern beantwortete er ihre unausgesprochene Frage.

»Ich will nur kurz nach dem Rechten sehen.«

Er stellte den Motor mit einem Knopfdruck ab.

»Wir fahren gleich weiter ins Hotel, damit wir auspacken und uns frisch machen können.« Die Autotür war bereits offen, und er war im Begriff auszusteigen, als er sich noch einmal zu ihr umdrehte. »Wenn du magst, kannst du gerne mitkommen, dann könnte ich dir alles zeigen. Allerdings…«, seine Augen wanderten prüfend an ihrem eleganten dunkelblauen Businesskleid hinunter und blieb schließlich an ihren sündhaft teuren, cremefarbenen High Heels hängen. »Allerdings würde ich dir doch lieber davon abraten. Hier ist es recht staubig, was dein Kostüm beschmutzen oder sogar ruinieren könnte. Deine Schuhe sind auch nicht wirklich geeignet für eine Baustelle.«

Mit einem entschlossenen Lächeln, das etwas Trotziges verriet, stieg Joenn aus dem bequemen Ledersitz des Wagens. Alleine der Gedanke, diese neuen, heiß geliebten Schuhe, die sie erst vor wenigen Tagen erstanden hatte, durch den Baustellenschmutz zu ruinieren, ließ sie innerlich zusammenzucken. Allerdings fiel es ihr im Traum nicht ein, zuzulassen, dass er sie wie eine zerbrechliche Barbiepuppe behandelte, die man vor Schmutz beschützen musste. Sie beschloss, in den sauren Apfel zu beißen und die mögliche Verschmutzung ihrer Schuhe vorerst zu ignorieren. Um ihre Schuhe trauern konnte sie immer noch, wenn sie alleine in ihrem Hotelzimmer war. Sie zwinkerte Dante keck zu, in der Hoffnung, selbstbewusst und unbeeindruckt zu wirken, während sie auf ihren hochhackigen Schuhen über den unebenen Untergrund der Baustelle stolzierte. Dante nahm ihre Haltung nur am Rande wahr. Seine Aufmerksamkeit war vielmehr auf Joenns wohlgeformte Silhouette gerichtet, die ihr figurbetontes Businesskostüm aufreizend umschmeichelte. Als sie im Inneren der Baustelle verschwand, schlug er die Autotür zu und eilte ihr rasch hinterher. Im provisorischen „Foyer", das eher einer kahlen, zugigen und staubigen Halle glich, holte er sie wieder ein. Seine Augen folgten ihren Bewegungen wie gebannt. Für ihn war das, was er sah, eine Katastrophe. Zwar nahm alles langsam Struktur an, aber so wie es aussah, hinkten sie dem Zeitplan gewaltig hinterher. In seinem Kopf ratterte es bereits, er überlegte fieberhaft, worum er sich alles kümmern musste, sobald er Joenn im Hotel abgeliefert hatte. Er blickte zu ihr hinüber. Er musste sich beeilen, ihr alles schnell und oberflächlich zu zeigen, um sie so schnell wie möglich wieder loszuwerden.

Dante wollte gerade seine Hand auf ihren Rücken legen, um sie leicht, aber bestimmt durch die Baustelle zu führen, doch sie kam ihm zuvor. Sie lief zielstrebig zu einem provisorischen Tisch, auf dem Bauhelme, oder auch Schutzhelme genannt, in verschiedenen Größen und Farben lagen. Sie schnappte sich kurzerhand einen leuchtend gelben Helm und setzte ihn ohne großes Zögern auf ihren Kopf. Er bewunderte sie in diesem Moment für ihre Unbekümmertheit. Er wusste, dass ihre Frisur jetzt ruiniert war, aber sie tat es scheinbar, ohne groß nachzudenken. Er beobachtete, wie sie kurz in Erwägung zog, ihre Schuhe auszuziehen, sich dann aber doch anders entschied. Neben ihr angekommen, klopfte er spielerisch gegen ihren Helm. Daraufhin schenkte sie ihm ein leicht verlegenes, aber dennoch gewinnendes Lächeln. Mit einem leichten Schulterzucken streckte sie auch ihm einen gelben Helm entgegen.

»Sicherheit geht schließlich vor.«

Mit leicht zusammengekniffenen Augen und einem widerwilligen inneren Seufzer stimmte er ihr mit einem knappen Nicken zu. Dante hasste diese Helme. Man wusste nie, wie viele verschwitzte Köpfe schon darin gesteckt hatten. Doch vor Joenn konnte er jetzt nicht kneifen. Widerwillig setzte er den gelben Helm auf seinen Kopf. Joenn drehte sich langsam im Kreis, ihr Blick wanderte ungläubig durch die riesige Halle. Sie war erstaunt, geradezu überwältigt von der schieren Länge des Foyers. Es schien kein Ende zu nehmen. Aus den Unterlagen, die sie mit Dante durchgegangen war, kannte sie die eigentlichen Maße. Hier musste etwas gewaltig schiefgelaufen sein. Das, was sie bis jetzt sah, entsprach in keiner Weise den Darstellungen auf den Blaupausen, die sie sich gestern Abend mit Dante zusammen angesehen hatte. Die Proportionen stimmten nicht, die Dimensionen schienen völlig aus dem Ruder gelaufen zu sein. Joenn wurde schnell bewusst, dass sie hier momentan nur im Weg stehen würde, eine unbeteiligte Zuschauerin in einem Chaos aus Stahlträgern, Beton und Bauarbeitern. Sie beobachtete Dante, wie er die Stirn in tiefe Falten legte, seine Augenbrauen zusammenzog und sein Blick ernst und konzentriert wirkte. Sie wusste, was jetzt zu tun war. Vorsichtig legte sie ihm ihre Hand auf die angespannte Schulter. Er zuckte leicht zusammen, er drehte sich mit noch immer gerunzelter Stirn zu ihr um.

»Ich sehe, dass hier sehr viel Arbeit auf dich wartet. Was hältst du davon, wenn ich schon mal ins Hotel fahre? Du bleibst hier und kümmerst dich um die dringenden Angelegenheiten.«

Mit weit ausgebreiteten Armen machte sie eine ausladende Geste, die die chaotische Baustelle mit einschloss. »Ich werde dafür sorgen, dass dein Gepäck auf dein Zimmer gebracht und auch verräumt wird. Den zweiten Leihwagen werde ich dir direkt hierher bestellen. In der Zwischenzeit werde ich unsere Unterlagen von gestern weiterbearbeiten. Wir beide sehen uns heute Abend dann beim Dinner.«

Dante war für einen Moment sprachlos. Er konnte sie nur ungläubig anstarren, überrascht von ihrem Angebot und ihrer pragmatischen Herangehensweise. Doch dann wich die Überraschung einem breiten, dankbaren Lächeln. Er brauchte nichts weiter zu sagen, sie verstand ihn auch ohne Worte. Mit einem kurzen, aber bestimmten Nicken verabschiedeten sie sich. Im eleganten Hotel eingecheckt, verräumte Joenn in aller Ruhe ihre persönlichen Gegenstände. Danach gönnte sie sich eine entspannende Auszeit in ihrer kleinen, exklusiven Zwei-Personen-Sauna, die sich in ihrem großzügigen Badezimmer befand. Dort ließ sie die Eindrücke des Tages und den offensichtlich fehlerhaften Bau noch einmal Revue passieren. Auch als sie anschließend unter der erfrischenden Regendusche stand, ließen ihre Gedanken sie nicht los. Sie hatte ihre blonden Haare zu einem lockeren Turban mit einem flauschigen, weißen Handtuch auf den Kopf gewickelt, ihren Körper hüllte sie in den weichen, luxuriösen hoteleigenen Bademantel. Barfuß lief sie über den weichen, eierschalenfarbenen Teppich im Zimmer zu den sorgfältig ausgebreiteten Unterlagen. Das, was sie heute auf der Baustelle gesehen hatte, war das genaue Gegenteil von dem, was hier aufgezeichnet vor ihr lag. Es sah eher so aus, als sollte das Hotel statt zweihundert Meter hoch, zweihundert Meter lang werden, ein flaches, weitläufiges Gebäude. Wenn Dante Pech hatte, wurde hier sogar benachbartes, bislang nicht erworbenes Grundstück unerlaubt bebaut, ein schwerwiegender Fehler mit potenziell gravierenden rechtlichen Konsequenzen. Auf ihrem Kugelschreiber kauend, verfolgte sie konzentriert ihre Gedanken, während sie die Pläne studierte. Eine Idee jagte die nächste, ihre Hände konnten gar nicht so schnell tippen, markieren und zeichnen, wie sich ihre Gedanken überschlugen und neue Lösungsansätze formten. Plötzlich klopfte es an der Tür, sie zuckte leicht zusammen. Ein Blick aus dem Fenster ließ sie verwundert auf die Uhr schauen. Draußen war es bereits stockdunkel, die Lichter der Stadt funkelten wie unzählige kleine Sterne. Die Lichter in ihrem Zimmer schienen sich automatisch mit der einsetzenden Dämmerung langsam einzuschalten, eine ausgezeichnete Idee, die sie sich sofort auf ihren Block der vielversprechenden Ideen notierte. Es klopfte erneut an der Tür, dieses Mal etwas dringlicher. Genervt von der unliebsamen Störung ihrer konzentrierten Arbeit, eilte sie zur Tür. Dante stand vor ihr.

»Ich habe noch Licht durch deine Zimmertür scheinen sehen, da dachte ich mir, dass du vielleicht noch wach bist.« Dantes tiefe warme

Stimme hallte in dem Hotelflur wieder. Er ließ seinen Blick unwillkürlich an ihrem Bademantel hinuntergleiten, der locker um ihre Gestalt fiel und nur wenig ihrer darunter verborgenen Konturen erahnen ließ. Eine leise, knisternde Spannung lag in der Luft.

»Das Licht geht automatisch mit der einsetzenden Dämmerung an.« Stellte sie nun laut fest, während sie unbewusst eine Hand fester um den seidigen Kragen ihres Bademantels schloss. Dennoch spürte sie den intensiven Blick von Dante, der wie magisch von dem weichen Stoff angezogen schien.

»Oh, entschuldige, dann hast du also doch schon geschlafen. Ich wollte dich auf keinen Fall wecken.«

Er vermied es weiterhin, ihr direkt in die Augen zu sehen. Joenn spürte den plötzlichen Drang, den Knoten ihres Bademantels zu überprüfen, so stark schien seine Aufmerksamkeit darauf fixiert zu sein. Wie auf einen Befehl hin richtete er den Kopf und hielt ihren Blick fest. Joenn war sich nicht sicher, ob der intensive Blick angenehmer war als die vorherige Situation, seine Augen wirkten durchdringend, beinahe hypnotisch, die geheimnisvoll funkelnden.

»Ich habe nicht geschlafen. Ganz im Gegenteil.«

Joenn trat unwillkürlich einen Schritt zur Seite, um ihm mehr Raum zu geben, obwohl der Flur breit genug war. »Die Zeit ist wie im Flug vergangen, ohne dass ich es bemerkt habe. Ich hatte da eine… Sagen wir… Unkonventionelle Idee bezüglich deines Hotels, das anscheinend stark im Rückstand zu sein scheint. Hier muss ein großer Fauxpas passiert sein. Ich kann mich erinnern, dass die ursprüngliche Planung, die wir gestern zusammen angeschaut haben, ganz anders aussah.«

Seine Augen schienen Joenn regelrecht zu durchbohren, als suchten sie nach einer Erklärung in ihrem Inneren.

»Einiges ist schiefgelaufen. So gut wie alles ist schiefgelaufen!« Mit unterdrückter Zorn wedelte er mit seinen Händen in der Luft. »Da stehen Wände, wo keine stehen sollten, und da, wo ein Gebäude mittlerweile fast fertiggestellt sein sollte, wächst noch ein Baum.« Er schüttelte den Kopf, unfähig, die Absurdität der Situation zu fassen.

»Ich weiß.«

Joenn nahm seine rechte Hand in beide ihre Hände. Seine Haut fühlte sich warm und rau an im Kontrast zu ihren weichen Händen. Diese unerwartete Berührung schien ihn für einen kurzen Moment aus seiner düsteren Stimmung zu reißen, er wich auch ihrem Blick nicht aus.

»Was wäre, wenn du das verwendest, was bereits gebaut ist? Ich hatte da so eine Idee. Ich habe sie skizziert und ein paar eigene Ideen eingebaut... Ich dachte nur, es wäre kostensparender, den bereits errichteten Teil in die neue Planung zu integrieren. Du kannst, wenn du am ursprünglichen Plan festhältst, den Zeitplan auf keinen Fall einhalten. Wenn... Wenn du magst, kannst du gerne hineinkommen, damit ich es dir zeigen kann.«

Joenn ging einen Schritt zurück, um Dante den Eintritt in ihr Zimmer zu erleichtern. Er aber starrte sie weiterhin an, sein Blick wanderte noch einmal kurz zu ihrem Bademantel, bevor er dann wieder ihren Blick suchte. Mit einem kurzen Blick auf seine elegante Montblanc-Armbanduhr, deren silbernes Gehäuse im gedämpften Licht schimmerte, meinte er schließlich:

»Ich glaube, das verschieben wir lieber auf morgen. Ich habe nur geklopft, um mich bei dir für dein Verständnis heute zu bedanken und dir eine gute Nacht zu wünschen. Wir sehen uns morgen zum Frühstück.«

Mit diesen Worten, die eine Mischung aus formeller Höflichkeit und spürbarer Zurückhaltung enthielten, machte er auf dem Absatz kehrt, seine Schritte hallten leise auf dem Teppich wieder. Joenn blieb einen Moment alleine an der offenen Tür stehen, verwirrt von seiner plötzlichen Kehrtwende. Mit einem leichten Achselzucken schloss sie die Tür und machte sich, wie geraten, bettfertig.

Kapitel 4

Am kommenden frühen Morgen wurde Joenn unsanft durch das schrille Klingeln des Telefons geweckt, das auf dem Nachttisch neben ihrem Bett stand. Es war die Rezeption, die ihr mitteilte, dass ein gewisser Mr. Brown sie im hoteleigenen Restaurant erwartet. Mit einem Seufzen schälte sie sich aus dem warmen Laken. Nach einer hastigen Dusche, ohne dass die Haare dabei nass wurden, und dem Anlegen eines schlichten, aber stilvollen Kleides betrat sie etwa eine halbe Stunde später das einladende Restaurant, in dem es köstlich nach frisch gebratenem Speck, Rührei und aromatischem Kaffee duftete. Im hintersten Eck, am Fenster mit Blick auf den langsam erwachenden Tag, entdeckte sie Dante, der konzentriert mit seinem Laptop beschäftigt war. Neben dem Gerät, auf dem seine Finger flink über die Tastatur huschten, stand eine dampfende Tasse Kaffee, wie sie annahm. Als sie sich seinem Tisch näherte, bemerkte Dante ihre Anwesenheit und blickte auf. Ein warmes Lächeln huschte über sein Gesicht.

»Guten Morgen, hast du Hunger? Ich habe bewusst auf dich gewartet.«

Joenn nickte begeistert. Sie hatte einen Bärenhunger. Während sie sich noch setzte, winkte Dante nach der Kellnerin, die wie ein geölter Blitz zu ihnen an den Tisch eilte. Er fragte Joenn gar nicht erst, was sie zu essen gedenkt. Er bestellte einfach für sie mit. Anfänglich ärgerte sie sich über seine Dreistigkeit, doch er schien leicht aufgebracht zu sein, deswegen entschied sie, ihren Ärger einfach herunterzuschlucken. Dante beschäftigte sich, ohne auch nur ein weiteres Wort an Joenn zu richten, mit seinem Laptop, bis die Kellnerin das Frühstück brachte. Sobald das Essen auf dem Tisch stand, klappte er den Laptop einfach zu, stellte ihn auf die Seite, um Platz für seinen Teller zu schaffen, den er mit den bestellten Leckereien belud. Bevor er anfing zu essen, schaute Dante Joenn erwartungsvoll an. Joenn verschluckte sich fast an ihrem heißen Kaffee bei seinem durchdringenden, auffordernden Blick.

»Wie hast du geschlafen?«

Dante schmunzelte bei der Frage in seine Kaffeetasse.

»Um ehrlich zu sein, war meine Nacht nicht wirklich erholsam. Der ganze Bau ist eine Katastrophe. Mein Kopf hat einfach nicht abschalten können.«

Nicht nur das Projekt ist daran schuld gewesen, dachte er sich nebenbei. Er merkte, dass Joenn zappelig wurde.

»Wie war das gestern? Du sagtest, du hast eventuell eine Lösung gefunden für dieses katastrophale Projekt?«

Joenn nickte, ihr Teller war immer noch leer und unberührt, was Dante nicht entging, doch er störte sich erst einmal nicht daran. Er war neugierig.

»Was würdest du sagen, wenn du nicht alles wieder abreißen lässt, sondern dich mit dem Gedanken arrangierst, das bereits gebaute mitzuverwenden?«

Dante schüttelte den Kopf. »Wie meinst du das?«

Er schob sich eine weitere Gabel Rührei in den Mund, er kaute genüsslich, während er darauf wartete, dass sie weitersprach.

»Wenn du möchtest, könnte ich es dir auf deinem Laptop zeigen. Ich müsste mich nur über einen VPN-Tunnel auf meinem Laptop verbinden. Dann können wir auf die überarbeiteten Entwürfe zugreifen. Außer du möchtest, dass ich meinen Laptop schnell holen gehe.«

Bewundernd, dass sie sich auch im Hinblick auf Computer so gut auskennt, schüttelte er den Kopf.

»Nein, du hast recht, wir können das gerne über meinen machen. Doch möchtest du nicht erst mal was frühstücken?« Damit deutete er auf ihren immer noch unbenutzten Teller. Ungläubig starrte sie ihn an.

»Ähm, es tut mir leid, ich habe gerade wirklich keinen Hunger«, gestand sie mit leicht geröteten Wangen. »Mein Magen ist zu sehr in Aufruhr. Ich muss erst wissen, was du von all dem hältst, bevor ich etwas essen kann.«

Dante kniff die Augen leicht zusammen, nickte aber dann verständnisvoll. Er kannte dieses Gefühl nur zu gut. Bei seinem allerersten Hotelprojekt war es ihm nicht anders ergangen. Er hatte in diesem Jahr fast fünfzehn Kilo abgenommen. Er sah schrecklich aus, und sein gesundheitlicher Zustand war zu dieser Zeit sehr bedenklich. Damals war sein Onkel Tom Brocks extra zu ihm geflogen. Als er ihn in diesem Zustand sah, sagte er kurzerhand alle seine Geschäftstermine ab und blieb ganze zwei Monate bei ihm im Hotel. Er kümmerte sich rührend um ihn, sorgte dafür, dass er wieder regelmäßig aß und unterstützte ihn dabei, Ruhe zu bewahren und seine Nerven zu schonen. Tom lehrte ihn, Verantwortung an seine Angestellten abzugeben. Wie hatte Tom damals zu ihm gesagt?

Schließlich bezahlst du die Leute dafür, dass sie ihre Arbeit machen, und nicht dafür, dass sie dir zusehen, wie du ihre Arbeit verrichtest.

Diese Worte hallten noch immer in Dantes Kopf nach. Joenn stand auf, um ihren Platz zu wechseln. Sie setzte sich direkt neben ihn, um gemeinsam auf den Monitor schauen zu können. Damit hatte Dante keinesfalls gerechnet. Ein unwillkürliches Zucken durchfuhr seinen Körper, er versteifte sich unmerklich neben ihr. Ohne Notiz von seiner Reaktion zu nehmen, loggte sie sich über seinen Laptop auf ihren eigenen ein, der in ihrem Zimmer stand. Sie öffnete, wie es ihm schien, Hunderte von Fenstern und Ordnern auf dem Bildschirm. Immer wieder streifte ihr Arm seinen, so nah saß sie neben ihm. Dante hatte Mühe, nicht verzweifelt aufzustöhnen. Sein Körper reagierte auf die kleinsten ihrer Bewegungen mit einer Intensität, die ihn selbst überraschte. Ihm war schleierhaft, warum er so stark auf sie reagierte. Angestrengt versuchte er, sich auf die angezeigten Dateien zu konzentrieren. Er sah nun zwei offene Fenster. Auf dem einen war das gesamte Grundstück so zu sehen, wie es momentan aussah: eine chaotische Ansammlung von Beton, Stahl und Baumaschinen. Auf dem nächsten Fenster erschien das Projekt so, wie er es ursprünglich mit den Architekten geplant hatte, mit nachgetragenen Veränderungen von Joenn: Das Hotel mit seinen stolzen zweihundert Metern Höhe, genauso, wie er es sich vorgestellt hatte. Das bereits gebaute Gebäude war links an seinen geplanten Wolkenkratzern angeschlossen. Die oberste Etage dieses Anbaus war komplett verglast und versprach einen atemberaubenden Panoramablick über die Stadt. Auf der rechten Seite seines Hotels befand sich ebenfalls ein Anbau, allerdings nur einstöckig und in einem modernen, flachen Design gehalten. Dieses Gebäude grenzte an ein weiteres Grundstück, das ihm nicht gehörte und auf dem sich, wie es schien, ein gepflegter Achtzehn-Loch-Golfplatz erstreckte. Das linke Gebäude war von üppigen Büschen umgeben, die, wie es aussah, in einen idyllischen Garten führten. Das alles sah auf den ersten Blick wunderbar und harmonisch aus. Sie musste den ganzen gestrigen Tag und die halbe Nacht daran gearbeitet haben. Hatte sie überhaupt geschlafen? Dante sah ihr ins Gesicht. Jetzt erst bemerkte er die leichten, dunklen Ringe unter ihren Augen, die sie geschickt mit Make-up zu kaschieren versucht hatte. Mit großen, erwartungsvollen Augen starrte sie ihn an. Er deutete mit dem Finger auf den Monitor, auf das rechte, einstöckige Gebäude.

»Was ist das, oder besser gesagt, was soll darin sein?«

Joenn machte ausladende Gesten mit ihren Händen, als wollte sie das gesamte Gebäude im Raum darstellen.

»Das sind eine Art Ruheräume, exklusiv für die männlichen Gäste. Sie bestehen aus einer stilvollen Sportsbar mit edlen Ledersesseln und einer gut sortierten Bar sowie einem sehr großen, hochmodernen Fitnesscenter mit modernen Cardiogeräten, Muskelaufbaugeräten und einem abwechslungsreichen Angebot an Fitnesskursen. Hier...« Joenn zeigt mit dem Mauszeiger auf einen zusätzlichen Raum »Das hier könnte ein wundervolles sehr elegantes Bad werden, mit einem entspannenden Whirlpool, einem kleinen, beheizten Schwimmbad, einer Bio-Sauna, einem erfrischenden Eisbad und einem wohltuenden Wärmebad. Eine exklusive Zigarren- und Cognac-Lounge für den Abend mit gemütlichen Kaminen und bequemen Chesterfield-Sofas befindet sich an der Vorderseite des Gebäudes. Das Fitnessstudio ist nach hinten ausgerichtet und bietet einen atemberaubenden Ausblick auf den angrenzenden Golfplatz. Von dort aus gelangt man auch direkt auf den Golfplatz. Der Abstellplatz für die Golfcarts befindet sich direkt am Gebäude in praktischen, überdachten Carports. Allerdings solltest du dafür das angrenzende Grundstück eventuell noch erwerben.«

Joenn hielt unwillkürlich die Luft an, während sie Dante erwartungsvoll ansah, gespannt auf seine Reaktion wartend. Innerlich wappnete sie sich mit angehaltenem Atem auf eine mögliche, niederschmetternde Argumentation. Schließlich war Dante nicht dumm. Er hatte längst durchschaut, dass sein Hotel, auch wenn sie es auf elegante Weise umgeplant hatte, niemals die geplante Wolkenkratzerhöhe oder die ursprüngliche Anzahl an Zimmern erreichen würde, wenn er sich auf diesen Kompromiss einlassen würde. Abgesehen davon würde das Hotel von außen einen ungewöhnlichen, asymmetrischen Eindruck machen. Doch er tat nichts dergleichen. Langsam ließ Joenn die angespannte Luft aus ihren Lungen weichen. Sie beschloss, die Situation weiterhin wie ein Verkaufsgespräch zu betrachten und ihre Argumente so überzeugend wie möglich zu präsentieren.

»Das linke Gebäude könnte Folgendes beinhalten. Im Erdgeschoss erstreckt sich ein über circa dreitausend Quadratmeter großer, stilvoller Wellnessbereich, eine wahre Oase der Ruhe und Entspannung. Er könnte sechs großzügige Pools und Whirlpools mit unterschiedlichen Temperaturen und Sprudeleffekten, ein erfrischendes Felstauchbecken mit einem sanft plätschernden Wasserfall, einen Fußreflexzonen-Meditationspfad und einen belebenden Kneippbecken umfassen. Für die weiblichen Gäste gibt es eine separate, exklusive Damensauna mit einem intimen und eleganten Ambiente, das absolute Privatsphäre garantiert.« Ihre Stimme nahm einen träumerischen Ton an. »Darüber hinaus könnten wir eine vielfältige Saunalandschaft mit einer duftenden Kräutersauna, einer rustikalen Erdsauna, einer klassischen finnischen Sauna, einem sinnlichen orientalischen Dampfbad, einem luxuriösen Kleopatra- oder Schlammbad, einer wohltuenden Salz-Sauna und belebenden Aromatherapie-Duschen an bitten. Ein großzügiger Ruhebereich mit bequemen Liegen, gedämpftem Licht und sanfter, beruhigender Musik lädt zum Verweilen und Entspannen ein. Abgerundet wird das Angebot durch ein breites Spektrum an professionellen Massagen, Schönheits- und Wellnessbehandlungen, die Körper und Geist verwöhnen.« Joenn machte eine kurze Pause, um Dante Zeit zu geben, die Fülle der Informationen zu verarbeiten, bevor sie fortfuhr: »Im oberen Stockwerk, oder der oberen Etage, befindet sich ein exklusiver Ruheraum mit direktem Zugang zu einer außergewöhnlichen, weitläufigen Terrasse, die mit einer eleganten Tee-Lounge ausgestattet ist. Vom Wellnessbereich aus, aber auch direkt vom Hotel aus, gelangt man in den großzügigen, nach den harmonischen Prinzipien des Feng-Shui gestalteten Garten, der mit viel Liebe zum Detail angelegt werden soll. Ein etwas breiterer, geschwungener Weg lädt sowohl zum entspannten Spazierengehen als auch zum Joggen ein. Im Herzen des Gartens befindet sich ein charmanter, offener Pavillon, in dem die Gäste die Natur in vollen Zügen genießen können. Gelegentlich könnten dort auch wunderschöne kleine Konzerte oder andere kulturelle Veranstaltungen zur Unterhaltung besonderer Gäste stattfinden. Das Besondere an dem Pavillon ist, dass man auch davor sitzen und den Blick auf einen kleinen, idyllischen Teich mit ausgewählten, farbenprächtigen Fischen und zarten Seerosen genießen kann. Im Teich mündet ein leises, natürlich wirkendes Bächlein, das sich sanft durch den gesamten Garten schlängelt und eine beruhigende und harmonische Atmosphäre schafft.

Der Weg wird gesäumt von einer üppigen Bepflanzung, bei der die Blüten Ton in Ton blühen und sanft ineinander übergehen. Quasi läuft man von einem Blütenmeer in zartem Rosa langsam ins kräftigere Pink hinüber, dann in ein sanftes Lilablasblau, weiter ins tiefe Blau, zum frischen Grün und schließlich in ein reines Weiß. Den Abschluss dieses Farbenspiels könnte man mit den intensiven Farben Blutrot und Feuerrot ausklingen lassen, um einen dramatischen Akzent zu setzen. Ansonsten ist der großzügige Garten nach den harmonischen Prinzipien des Feng-Shui gestaltet, um ein Gefühl von Ausgeglichenheit und Wohlbefinden zu schaffen. Einen kleinen, abwechslungsreichen Trimm-dich-Pfad mit verschiedenen Übungsstationen gibt es ebenfalls.«

Gespannt sah sie wieder zu Dante auf, ihre Augen funkelten vor Begeisterung. Ungeduldig tippte sie im abwechselnden Takt mit ihren lackierten Fingernägeln neben dem Laptop auf dem Tisch herum. Sie konnte es kaum erwarten, seine Reaktion zu hören. Die Spannung war fast greifbar.

»Und was sagst du?«

Dante war überwältigt. Er selbst hätte es niemals so hinbekommen, obwohl es im Grunde genau das war, was er sich innerlich vorgestellt hatte – nur viel besser, viel detaillierter und mit einem Blick für das Besondere, den er selbst nicht gehabt hatte.

»Das Grundstück ist zu klein«, murmelte er schließlich, doch seine Stimme klang eher nachdenklich als ablehnend. Joenn ließ daraufhin entmutigt den Kopf sinken und fixierte einen imaginären Punkt auf ihrem Schoß. Sie hatte mit einer solchen Reaktion gerechnet und spürte nun einen Anflug von Enttäuschung. Mit einem schiefen, fast neckischen Lächeln stupste Dante die Frau neben sich sanft mit seiner Schulter an.

»Ich glaube, das werden wir größtenteils alles verwenden. Das sind wirklich ausgezeichnete Ideen. Ich würde sagen, du fängst jetzt endlich mit deinem Frühstück an. Danach werden wir zur Baustelle fahren und die Pläne mit dem Bauleiter durchgehen. Sobald ich überzeugt bin, euch alleine lassen zu können, kümmere ich mich um die Grundstückserweiterung. Ich muss dir dann auch noch unsere Inneneinrichterin vorstellen, mit der du eng zusammenarbeiten wirst. Die Landschaftsgärtner dürfen wir natürlich auch nicht vergessen, ebenso wie den Statiker, der den gesamten Umbau absegnen muss. Ich würde sagen, es liegt eine Menge Arbeit vor uns.« Joenn nickte ihm zustimmend zu, ihre anfängliche Anspannung wich inzwischen einer spürbaren Erleichterung. Sie ließ sich von der aufmerksamen Kellnerin frischen Kaffee nachschenken, was Dante ihr gleichtat. Dann beobachtete Dante amüsiert, wie seine Tischnachbarin sich ein knuspriges Buttercroissant nahm, es in Windeseile verzehrte und anschließend energiegeladen aufstand.

Die Innenarchitektin sagte ihre Zusammenarbeit mit Joenn erfreulicherweise sofort zu und versprach, bereits in der kommenden Woche mit der Arbeit beginnen zu können. Dante versuchte zwar, sie mit all seinem Charme und Überredungskunst davon zu überzeugen, früher anzufangen, doch alle seine Schmeicheleien fruchteten nicht. Innerlich verfluchte er sie, denn das bedeutete, dass er jetzt ganze fünf Tage eng mit Joenn zusammenarbeiten musste – eine Vorstellung, die ihn gleichzeitig freute und beunruhigte. Sie lenkte ihn mit ihrer bloßen Anwesenheit und dieser subtilen, knisternden Spannung zwischen ihnen viel zu sehr ab, was es ihm schwer machte, sich vollends auf die Arbeit zu konzentrieren. Doch es half nichts, da musste er jetzt durch. Die kommenden fünf Tage arbeiteten die beiden Hand in Hand, Tag für Tag bis spät in die Nacht hinein. Sie ernährten sich hauptsächlich von chinesischem Essen und Pizza, die sie sich von verschiedenen Lieferdiensten bringen ließen. Dante achtete penibel darauf, dass Joenn mindestens dreimal am Tag etwas aß, auch wenn es manchmal nur ein kleiner Salat war. Er war sich sicher, dass Joenn ohne ihn das Essen komplett vergessen würde, was sein ausgeprägtes Verantwortungsgefühl nicht zuließ.

Ende der Woche rief sein Onkel Tom Brocks auf seinem Handy an, um sich nach ihrem beider Befinden und dem Stand der Dinge beim Hotelprojekt zu erkundigen. Dante verließ das provisorische Büro auf der Baustelle, das er sich nun schon seit einigen Tagen mit Joenn teilte. Er zückte sein Handy und nahm das Gespräch entgegen. Auf die Nachfrage von seinem Onkel, berichtet Dante ihm, von den anfänglichen Schwierigkeiten mit dem Bau, die sich dank Joenns außergewöhnlichen Talents und Ihre unkonventionelle Herangehensweise als überraschend nützlich erwiesen hatten. Während er so mit seinem Onkel telefonierte, legte er den Kopf in den Nacken, die warmen Sonnenstrahlen fielen ihm direkt ins Gesicht.

»Ich muss zugeben, Onkel, Joenn ist eine wahre Bereicherung für mich und dieses Projekt. Sie ist klug, unglaublich schnell im Denken und voller wirklich ausgefallener, inspirierender Ideen.«

Den unüberhörbaren Stolz in der Stimme seines Onkels nach diesem Lob für Joenn konnte Dante förmlich spüren. Er lächelte in sich hinein. Er hatte schließlich nur die Wahrheit gesagt. Kurz darauf beendete Dante das Gespräch mit seinem Onkel, der ihm versicherte, sich bald wieder zu melden, um sich nach dem Fortschritt zu erkundigen. Nach dem Telefonat blieb er noch eine Weile so stehen, sein Gesicht weiter der Sonne zugewandt, die Hände lässig in seinen Hosentaschen vergraben. Seine Gedanken kreisten um Joenn und die intensive Zusammenarbeit der letzten Tage. *Wir benötigen eine Pause*, dachte er bei sich, dabei nickte er sich selbst zustimmend zu. Mit diesem Entschluss ging er zurück ins Büro.

»Ich hole dich dann um sieben vor deiner Zimmertür ab!« verkündete er bestimmt, ohne es als Frage zu formulieren. Joenn blickte überrascht auf. Die ganze Autofahrt zurück zum Hotel hatten sie sich wie jeden Tag nur über den bisher erreichten Fortschritt des Projekts unterhalten. Eine Verabredung zum Abendessen war dabei mit keinem Wort gefallen. Eine unerklärliche Nervosität machte sich in ihr breit, als sie ihre elegante Hotelsuite betrat. Warum bin ich auf einmal so nervös? Fragte sie sich selbst im Stillen. Sie hatten nun die ganze Woche intensiv und professionell zusammengearbeitet. Gut, sie musste sich eingestehen, dass sie den Mann neben ihr immer wieder verstohlen beobachtet hatte. Sie hatte unbewusst versucht, sich seine markanten Gesichtszüge, seine durchdringenden Augen und sein gewinnendes Lächeln einzuprägen, doch es klappte nie ganz, da sie immer wieder neue, faszinierende Details an ihm entdeckte. Wie die feinen Lachfältchen um seine Augen, die je nach Anlass seines Lachens unterschiedliche Muster bildeten. Seine Augen waren fast das Faszinierendste an ihm. Wenn er aufgebracht war, wurden sie fast schwarz, undurchdringlich. Was ihr aber besonders gut gefiel, war der ganz besondere Ausdruck in seinen Augen, den er bekam, wenn sie sich versehentlich einen Moment zu lange in die Augen schauten. Dieser flüchtige Moment, in dem etwas in seinen Augen aufblitzte, etwas, das sie noch nie zuvor gesehen hatte, kurz bevor seine Kiefermuskeln sich anzuspannen begannen und er den Blick abwandte. Diesen kurzen Augenblick liebte sie. Mittlerweile hatte sie es sich fast zur Gewohnheit gemacht, jeden Tag nur dafür zu leben, nur für diese eine magische Sekunde.

Mit Bedacht lackierte Joenn ihre Nägel in einem eleganten Nude-Ton, der perfekt zu ihrem Hautton passte. Anschließend drehte sie ihre blonden Haare mit geübten Handgriffen zu einer lockeren, aber dennoch eleganten Hochsteckfrisur, aus der einige Strähnen ihr Gesicht umspielten. Vor dem offenen Kleiderschrank stehend, verzweifelte sie beinahe an der Auswahl ihrer Kleidung. Elegante Abendgarderobe hatte sie für diese Reise kaum eingepackt, zumindest kein passendes Abendkleid, das sie sich in diesem Moment so sehr wünschte. Ein kurzer Blick auf die edle Armbanduhr an ihrem Handgelenk verriet ihr, dass sie noch etwas mehr als eine halbe Stunde Zeit hatte, bevor Dante sie vor ihrer Zimmertür erwarten würde. Blitzartig erinnerte sie sich an eine schicke Boutique, die nur eine Straße weiter war und ein atemberaubendes Abendkleid im Schaufenster ausgestellt hatte. So schnell sie konnte, schlüpfte sie in eines ihrer eleganten Kostüme und eilte in Richtung der Boutique. Dort angelangt, wurde ihr auf amüsante Weise bewusst, dass alle Frauen das gleiche Problem hatten: Sie waren schlichtweg nicht entscheidungsfreudig beim Shoppen, insbesondere nicht, wenn es schnell gehen musste. Zwischen Kleiderständern und Spiegeln herrschte reges Treiben. Doch dann weckte ein wunderschönes Etui-Linien-Kleid sofort Joenns Interesse. Es bestand aus fließendem Chiffon in einem edlen Champagner-Ton und war mit zarter schwarzer Spitze verziert. Es reichte bis knapp unterhalb des Knies und hatte einen eleganten U-Ausschnitt, der ihr Dekolleté vorteilhaft betonte. Sie lächelte erleichtert. Zu diesem Kleid hatte sie sogar die perfekt passenden High Heels dabei. Ohne zu zögern, probierte sie es an, sie drehte sich prüfend vor dem großen Spiegel in der Umkleidekabine. Es saß wie angegossen und betonte ihre Figur auf elegante Weise. Ohne es auszuziehen, bezahlte sie das Kleid. Im Schnellschritt eilte sie zurück zu ihrem Hotelzimmer. Dort angekommen, legte sie noch einen leichten Hauch von Make-up auf, betonte ihre Lippen mit einem dezenten, roséfarbenen Lippenstift und tupfte ihr Lieblingsparfüm, einen sinnlichen Duft aus Jasmin, je einen Tropfen unter ihre Ohrläppchen. Dann schlüpfte sie in ihre eleganten High Heels, die wirklich hervorragend zu dem Kleid passten. Mit schnellen trippelnden Schritten steuerte sie auf ihre Zimmertür zu. Dante lehnte lässig an der Wand gegenüber ihrem Zimmer, als sie die Tür hinter sich schloss. Er sah unglaublich attraktiv aus in seinem strahlend weißen Hemd, das er ohne Krawatte trug. Sein dunkles Jackett hing locker über einer seiner breiten Schultern, den linken Ärmel seines Hemdes hatte er lässig hochgekrempelt, was seine trainierten Unterarme betonte. Es wirkte so lässig, gefährlich und unglaublich heiß, wie er so an der Wand lehnte, während er auf sie warte-te. Joenn ermahnte sich innerlich mehrmals, ruhig und gleichmäßig zu atmen, da sie das Gefühl beschlich, es zu vergessen. Sie spürte förmlich, wie seine Augen intensiv über ihre Figur glitten. Hoch konzentriert versuchte sie, selbstbewusst zu wirken, als sie langsam auf ihn zuging. Dante stieß sich mit einer gewissen Leichtigkeit von der Wand ab, als sie näher kam. Sein Lächeln war verschmitzt, was Joenn ein leichtes Kribbeln im Bauch so wie weiche Knie verursachte. Dankbar nahm sie seinen Arm entgegen, den er ihr galant entgegenhielt, sodass sie etwas hatte, woran sie sich festhalten konnte. An seiner Seite, sicher in seinen Arm einge-hakt, musterte sie ihn verstohlen von der Seite. Wenn Joenn ehrlich zu sich selbst war, musste sie zugeben, dass sein Hemd ein Knopfloch zu weit aufgeknöpft war, denn es klaffte ein wenig auf, so das es einen ver-führerischen Blick auf ein Stück seiner muskulösen Brust freigab. Beina-he, aber auch nur beinahe, hätte es schlampig ausgesehen, doch so wirkte es einfach nur unglaublich anziehend. Joenn merkte, wie sie leicht erröte-te, schnell wandte sie ihren Blick von seiner Brust ab, hinauf zu seinem Gesicht, was jedoch keine wirkliche Verbesserung darstellte, wie sie schnell feststellen musste. Seine Haare wurden mit Gel zu einem elegan-ten Seitenscheitel frisiert. Er war frisch rasiert, und seine Augen hatten einen unerklärlichen, fast hypnotischen Glanz, der sie in seinen Bann zog. Dante sah so anders aus als in den letzten Tagen, in denen er immer dunkle Jeans und eines seiner teuren, schlichten T-Shirts getragen hatte, die seine trainierte Oberarmmuskulatur so schön zur Geltung brachten. Auch hatte er immer einen leichten, charmanten Bartschatten im Gesicht gehabt. Heute wirkte er, wie verwandelt, elegant, verführerisch und noch anziehender. Im Aufzug, der sie sanft nach unten beförderte, standen sie nur wenige Zentimeter voneinander entfernt, fast wie von einem unsicht-baren Magneten angezogen. Sie waren zwar nicht alleine im Aufzug – ein älteres Ehepaar und ein Geschäftsmann teilten den kleinen Raum mit ihnen –, doch Joenn und Dante nahmen ihre Anwesenheit kaum wahr. Ihre Aufmerksamkeit war wie von einem unsichtbaren Band gefesselt. Joenn sah zu ihm auf, spürte die Wärme, die von ihm ausging. Sie hörte, wie er tief durch die Nase einatmete und die Luft langsam und kontrol-liert wieder durch den Mund entweichen ließ. Der warme Luftstrom streifte ihre Haare und ließ ihre Kopfhaut angenehm prickeln. Plötzlich spürte sie seine Hand, die sich sanft, aber bestimmt auf ihrem Rücken niederließ. Eine leichte, aber deutliche Berührung, die eine Welle der Wärme in ihr auslöste. Dante beugte sich leicht zu ihr hinunter, um ihr etwas ins Ohr zu flüstern.

»Du siehst heute wirklich außergewöhnlich gut aus. Dieses Kleid schmeichelt dir ungemein.«

Eine angenehme Röte stieg Joenn langsam aber sicher am Hals empor. Sie hoffte inständig, dass es niemand bemerkte, obwohl es ihr im Grunde egal war, was die anderen dachten. Wie er es getan hatte, flüsterte nun auch sie mit leicht belegter Stimme zurück:

»Oh, danke, das Kompliment kann ich nur zurückgeben.« Dante zeigte daraufhin seine strahlend weißen Zähne in einem breiten, gewinnenden Lächeln. Schlagartig spürte Joenn, wie sich ein aufregendes Ziehen in ihrer Bauchgegend ausbreitete, ein flatterndes Gefühl, das sie so bislang nicht kannte. Erschrocken sah sie zu Dante auf, der ihr kurz zuzwinkerte, um sich dann wieder der sich öffnenden Aufzugtür zuzuwenden. Die fünf bis sechs Schmetterlinge, die sie eben noch in ihrer Magengrube gespürt hatte, hatten sich gefühlt um das Zehnfache vermehrt und tanzten nun wild in ihrem Bauch. Als sich die Aufzugtüren mit einem leisen Surren öffneten, nahm Dante galant ihren Arm, er führte sie aus dem Aufzug in die Hotellobby. Sein glänzend schwarzer BMW stand bereits direkt vor dem Hoteleingang bereit.

»Wo fahren wir denn hin?«

Neugierig schaute sie zu Dante rüber, während sie sich auf dem Beifahrersitz anschnallte. Dantes Augen leuchteten auf, als er ein breites, strahlendes Lächeln zeigte, das feine Lachfältchen um seine Augenwinkel hervorbrachte.

»Ich verrate dir nur so viel: Es wird dir gefallen.«

Das Restaurant war ihm von seinem Bauaufseher empfohlen worden, einem freundlichen Mann, der oft in ihr provisorisches Büro kam, manchmal auch nur, um ein wenig zu plaudern. Deswegen konnte er Joenn die Frage nach dem genauen Ziel auch nicht detailliert beantworten, denn er hatte von ihm nur eine Adresse erhalten, unter der er einen Tisch reserviert hatte. Auch welche Art von Küche dort serviert wurde, hatte er in der Eile komplett vergessen zu fragen. Die Fahrt dauerte nicht lange, da meldete sich auch schon das Navigationssystem mit einer ruhigen Stimme: „Sie haben Ihr Ziel erreicht. Ihr Ziel liegt auf der rechten Seite." Von außen wirkte das Restaurant einladend. Es hatte einen stilvollen Look. Als sie eintraten, befanden sie sich zunächst in einem eleganten Foyer mit einer einladenden Bar, wo sie sich anmelden mussten. Das stilvolle Ambiente des Foyers mit der verschlossenen Türe zum Restaurant machte Dante stutzig. Eine sehr adrett gekleidete junge Frau mit einer eigenartig aussehenden, überdimensionalen Sonnenbrille auf der Nase kam lächelnd auf sie zu. Sie bat Dante und Joenn mit einer freundlichen Geste, sich an den Händen zu nehmen und ihr langsam zu ihrem Tisch zu folgen. Joenns fragender Blick wurde von Dantes Schulterzucken beantwortet, was ihr signalisierte, dass er genauso wenig wusste, was vor sich ging. Als er ihre zarte Hand in seine nahm, wie es die junge Frau verlangt hatte, spürten sie beide ein leichtes, elektrisierendes Zucken, das wie ein feiner Stromstoß durch ihre Handflächen floss. Joenn versuchte, die Hand wieder wegzuziehen, Dante spürte ihre Reaktion. Er verstärke seinen Griff. Die junge Frau nahm nun auch Dantes Hand, was er als sehr unpassend empfand, dennoch ließ er es zu, dass sie ihn mit Joenn hinter sich herzog. Sie folgten ihr durch eine schwere Holztür, wonach sie sofort wieder vor einer weiteren, massiven Tür zum Stehen kamen. Sie warteten bis die Tür hinter innen wieder ins Schloss fiel, dann standen sie auf einmal im Dunkeln. Die Tür vor ihnen wurde geräuschlos geöffnet, doch sahen sie kein Licht. Leises Murmeln von anderen Gästen konnten sie wahrnehmen. Dante spürte, wie Joenn unsicher seine Hand mit beiden Händen fester umklammerte. Er wusste zwar selbst nicht genau, was hier vor sich ging, doch auf eine seltsame Weise gefiel es ihm bisher. Sie stolperten im Dunkeln der Frau hinterher, bis sie plötzlich stehen blieb, was Joenn allerdings verpasste. Sie lief in Dante hinein, der instinktif einen Arm um ihre Teile schlang, um sie zu halten. Mit leichtem, aber bestimmtem Druck zog er sie näher an seine Seite. Sein maskuliner Duft, eine angenehme Mischung aus frisch geduscht, einem Hauch von edlem Aftershave und einem passenden, dezenten Parfüm, stieg ihr in die Nase; es ließ ihren Atem für einen Moment stocken. Sie genoss unwillkürlich die Wärme, die durch seine Kleidung zu ihr durchdrang. Vorsichtig, ertastete er mit der freien Hand einen Stuhl, mit der anderen Hand drückte er Joenn immer noch an sich. Als er einen gefunden hatte, legte er behutsam beide Hände auf ihre Hüften, um sie sicher zu dem Stuhl zu führen und sie davor zu bewahren, sich im Dunkeln anzustoßen.

Um sich zu vergewissern, dass sie auch wirklich sicher auf dem Stuhl saß, fühlte er kurz mit seiner Hand über ihren Kopf. Als er sich sicher war, tätschelte er ihren Kopf, wie man es bei einem kleinen Kind tun würde. Hätten sie das Gesicht der Kellnerin sehen können, wären beide wahrscheinlich am liebsten im Erdboden versunken, denn diese trug eine Nachtsichtbrille und konnte all das mit einem ganz bestimmten breiten Schmunzeln beobachten.

Dante setzte sich auf den Stuhl, zu dem die Kellnerin ihn geführt hatte. Er ertastete vorsichtig den Tisch vor sich und stellte erleichtert fest, dass anscheinend jedes Paar seinen eigenen, separaten Tisch in diesem stockdunklen Raum hatte. Eine leise Stimme direkt hinter ihm warnte die beiden, sich nicht zu erschrecken, wenn man ihnen jetzt die Essschürze umlegte. Dante runzelte leicht die Stirn. So hatte er diesen Abend wirklich nicht geplant. Es war höchste Zeit, genauer zu erfahren, was er da eigentlich gebucht hatte. Er versuchte mit einer unauffälligen Handbewegung auf sich aufmerksam zu machen. Er hoffte inständig, dass die Kellnerin seine Zeichen, falls sie sie denn in der Dunkelheit sah, richtig deutete und sich zu ihm hinunterbeugte, denn er wollte auf keinen Fall, dass Joenn seine offensichtliche Unwissenheit mitbekam.

»Ja, Herr Brown, wie kann ich Ihnen helfen? Oder haben Sie eine Frage?« raunte die Kellnerin ihm fast direkt ins Ohr. Sie musste ihm gerade sehr nahe sein, denn er spürte ihren warmen Atem, während sie sprach. Dante beschloss, sein Vorhaben aufzugeben und die Situation offen anzusprechen.

»Bitte entschuldigen Sie, Ma'am«, flüsterte er zurück, »ich habe diesen Tisch gewissermaßen blind bestellt. Sie wurden mir wärmstens empfohlen. Nur, ich habe offen gestanden keine Ahnung, was ich jetzt genau gebucht habe.«

Das leise Kichern der Kellnerin drang an sein Ohr. Es war leise und doch so nah, dass es ihm eine Gänsehaut verursachte. Unwillkürlich musste er sich leicht schütteln.

»Mr. Brown, wir sind ein Candle-Light-Dark-Dinner-Restaurant. Bevorzugt von Leuten wie Ihnen! Und zwar Pärchen, die mal etwas Besonderes erleben wollen. Und keine Sorge, Mr. Brown, unsere Küche ist hervorragend.« fügte sie mit einem Augenzwinkern hinzu, das Dante natürlich nicht sehen konnte. Mit diesen Worten verschwand die Kellnerin wieder in der Dunkelheit. Zumindest ging Dante davon aus. Er seufzte leise.

»Bitte Joenn, glaub mir, ich hatte keine Ahnung.«

Er hörte, wie Joenn leise kicherte.

»Das macht nichts«, erwiderte sie mit einem amüsierten Unterton. »Ich glaube, das wird ganz lustig.«

Wieder kicherte sie, woraufhin sich auch auf Dantes Lippen ein breites Schmunzeln ausbreitete. Das Essen, das ihnen in der Dunkelheit serviert wurde, war überraschend köstlich. Beide mussten zugeben, dass es eine faszinierende Erfahrung war, im Dunkeln zu speisen. Die Sinne waren auf unerklärliche Weise geschärft, jede Textur, jeder Duft, jeder Bissen, den sie zu sich nahmen, entfachte eine unerwartete Geschmacksexplosion auf ihrer Zunge. Doch das wirklich Interessanteste für Dante war das Gespräch mit Joenn.

»Erzähl mir, wie es dazu kam, dass du mehrere Abschlüsse gemacht hast? Freizeit hattest du in deinen Studienjahren ja nicht wirklich.«

»Im Grunde sind die Studienfächer gar nicht so verschieden. Ich konnte einige Fächer zusammenlegen, weil es sich um denselben Stoff handelte. Mein Studium dauerte dadurch zwar etwas länger als bei den meisten anderen. Meine beste Freundin hat beispielsweise ihr Studium schon zwei Semester vor mir abgeschlossen.«

»Erzähl mir mehr darüber, insbesondere über die Praktika, die du machen musstest. Was hast du da erlebt und wo warst du überall?«

Er lächelte innerlich, während sie lebhaft über ihre Studienzeit sprach. Ihre Stimme war leise, aber voller Energie. Es tat wirklich gut, einmal nicht über die Arbeit zu reden. Es war schön, so viel Persönliches von ihr zu erfahren. Als Dante nach dem Essen zum Zahlen winkte, war er überrascht, wie schnell eine andere Kellnerin als zuvor zur Stelle war. Es war eine andere Stimme als zuvor, doch auch sie kam ihm unangenehm nahe, als sie ihm erklärte, dass er im Foyer bezahlen müsse. Er spürte ihren warmen Atem an seinem Nacken, während sie sprach. Ihre Hand in seiner fühlte sich ebenfalls unpassend an, obwohl er wusste, dass sie ihn im Dunkeln nur sicher nach draußen führen wollte. Er zog Joenn mit einem Arm um ihre Taille fest an sich. Sie war ihm so nah, und es fühlte sich unglaublich gut an, sie so dicht an seinem Körper zu spüren. Er verkleinerte unwillkürlich seine Schritte, um diese verbotene Wärme noch einen Moment länger genießen zu können. Im hell erleuchteten

Foyer löste sich Joenn von ihm, die plötzliche Abwesenheit ihrer Wärme ließ ihn für einen kurzen Moment innerlich frösteln. Die Kassiererin im Foyer klärte die beiden beiläufig darüber auf, dass sich ein Stockwerk tiefer eine Cocktailbar befand, die im Gegensatz zum Restaurant hell erleuchtet war und laut der jungen Dame einen ganz besonderen Charme besaß. Joenn und Dante grinsten sich an. Sie nickten sich zustimmend zu; diesen besonderen Charme wollten sie nun ebenfalls kennenlernen. Erneut erlebten sie eine angenehme Überraschung. Sie betraten einen lichtdurchfluteten Raum. Dieser Raum wirkte überwältigend. Überall ragten echte Palmen empor, dazwischen gruppierten sich kleine Zweiersofas im karibischen Stil der 50er Jahre. Die Cocktails auf den Tischen der anderen Gäste präsentierten sich mit üppiger Fruchtdekoration sowie bunten Schirmchen. Joenns Absätze klapperten leise auf den sandfarbenen Fliesen, während sie nach einer freien Sofagruppe suchten. Sie nahmen Platz und bestellten von der umfangreichen, dreiseitigen Karte zwei Cocktails. Der erste Cocktail, den sie probierten, war ausgesprochen süß, der zweite fruchtig-sauer. Beim Dritten angekommen, waren beide bereits in heiterer Stimmung. Dante erzählte amüsante Anekdoten von seinen „Schandtaten", die er mit seinen Kommilitonen während seines Studiums erlebt hatte. Joenn konnte sich vor Lachen kaum halten. Auch der dritte Cocktail neigte sich dem Ende zu, da begannen sie bereits, leise zur Musik mitzusummen. Plötzlich sprang Dante auf und reichte ihr galant die Hand. Joenn lachte laut los.

»Oh nein! Nein! Nein! Nein! Auf diese Musik kann man doch unmöglich tanzen!« rief sie amüsiert. Dante tat so, als würde er kurz nachdenken, dann zwinkerte er ihr verschmitzt zu.

»Das kann ich ändern.«

Mit einem vielversprechenden Grinsen verließ er sie. Sie beobachtete amüsiert, wie dieser wundervolle Mann, der sie schon den ganzen Abend zum Lachen gebracht hatte, lässig zur Bar schlenderte, um ein kurzes Gespräch mit dem dort hinter der Theke stehenden Barkeeper zu führen. Kurz darauf kam er zurück, verbeugte sich theatralisch vor ihr wie ein wahrer Gentleman und reichte ihr abermals die Hand. Joenn konnte sich vor Kichern kaum halten. Sie wollte ihn jedoch keinesfalls enttäuschen, deshalb legte sie mit gesenktem Blick ihre Hand in seine. In dem Moment, in dem sich ihre Hände berührten, fühlte sie sich plötzlich wieder hellwach. Sie blickte zu Dante auf, dessen Lächeln aus seinem

Gesicht verschwunden war. Als er spürte, dass sie ihre Hand wieder aus seiner ziehen wollte, schloss er seine Finger fester um ihre und zog sie ruckartig nach oben. Sie geriet kurz ins Schwanken, er zog noch einmal leicht an ihrem Arm, sodass sie sicher an seiner Brust landete. Er schlang seine Arme um ihre Hüfte, ihre Körper berührten sich nun fast vollständig. Wie auf ein unsichtbares Kommando begann genau in diesem Moment, sein bestelltes Lied zu spielen. Es war ein Klassiker von Elvis Presley. Joenn vergaß für einen kurzen Moment den intensiven Körperkontakt zwischen ihnen und kicherte los. Sie fand ihre Reaktion selbst albern, um ihr Kichern etwas zu dämpfen, vergrub sie ihr Gesicht instinktiv an seiner Brust. Schnell wurde ihr bewusst, was sie tat, vor allem bei wem sie es tat, doch bevor sie ihren Kopf wieder zurückziehen konnte, spürte sie seine große, warme Hand auf ihrem Hinterkopf, die ihren Kopf mit leichtem, bestimmtem Druck sanft an seine Schulter bettete.

Leise flüsterte sie ihm entgegen:

»Das geht nicht, das dürfen wir nicht.«

Sein Druck auf ihrer Taille verstärkte sich unmerklich. Er neigte den Kopf zu ihr hinunter, um ihr besser ins Ohr flüstern zu können.

»Uns kennt hier niemand, mein Engel, wir tun nichts Verbotenes. Wir genießen lediglich den Abend.« Nach einer kurzen Pause fügte er leise hinzu: »Als Freunde.«

Dies akzeptierte Joenn innerlich. Sie vergrub ihre Nase sanft in seiner Halsbeuge, um seinen warmen, maskulinen Duft besser aufnehmen zu können. Sie hörte ein leises Brummen aus seiner Kehle entweichen, dann spürte sie, wie er sich langsam im Takt der Musik zu bewegen begann. Eng umschlungen bewegten sie sich über die Tanzfläche. Sie müssen dem DJ aufgefallen sein, denn auf das erste Lied folgten zwei weitere im gleichen langsamen, sinnlichen Rhythmus. Als die drei Songs verklungen, wechselte die Musik wieder in ihren üblichen, lebhaften hawaiianischen Rhythmus. Dante ließ Joenn langsam, fast zögernd los, ein Anflug von Wehmut lag in seiner Bewegung. Einen Augenblick lang standen sie voreinander, ihre Blicke tief ineinander versunken. Vorsichtig streckte er seine Hand nach ihrem Gesicht aus, um sanft über ihre zarte Wange zu streichen, wobei er spürte, wie sich ein heftiges Verlangen wie ein unkontrollierbares Feuer in ihm ausbreitete. Doch er wollte ihr die Entscheidung überlassen, was der nächste Schritt sein sollte.

Mit leicht gesenkten Augenlidern war ihr Wunsch, ihn zu küssen, so stark, dass sie sich unwillkürlich leicht auf ihre Zehenspitzen stellte. Ihr rationales Bewusstsein meldete sich jedoch langsam wieder zurück, was sie dazu veranlasste, instinktiv einen kleinen Schritt zurückzutreten, als Dante sich ihr vorsichtig näherte, sodass sie vollständig aus seiner Umarmung gelöst wurde. Dante ließ seine Arme langsam sinken. Er beugte sich noch ein Stück weiter zu ihr hinunter, suchte ihren Blick. Er wollte ihre Reaktion sehen, ein Zeichen, denn sein ganzer Körper verlangte nach ihrer Nähe.

»Ich glaube, wir sollten jetzt gehen.« Joenn nickte zustimmend. Sie beobachtete, wie er zu ihrem Platz zurückging, sein Jackett holte, es sich jedoch nicht anzog, sondern über den Arm legte. Wieder mit seiner Hand sanft auf ihrem Rücken verließen sie die stimmungsvolle Cocktail-Lounge. Draußen vor dem Hotel legte er ihr galant sein Jackett um die Schultern, öffnete ihr aufmerksam die Beifahrertür seines Wagens und wartete geduldig, bis sie eingestiegen war, bevor er ihre Tür schloss. Die kurze Fahrt zurück zum Hotel verlief schweigend. Im Hotel begleitete er sie noch bis direkt vor ihre Zimmertür. Dort blieben sie stehen. Sie drehte sich zu ihm um. Eigentlich wollte sie sich nur bedanken, doch in dem Moment, als Joenn zu ihm aufsah, spürte sie erneut seine warme Hand an ihrer Wange. Sie konnte nicht anders, als ihren Kopf in seine Hand zu legen, sie schloss für einen kostbaren Augenblick die Augen. Als sie ihre Augen wieder öffnete, sah sie, wie er sich langsam zu ihr hinunterbeugte. Er hauchte ihr einen kurzen, flüchtigen Kuss auf die Lippen. Einen kurzen Augenblick lang fixierte er sie mit seinen hellen, unergründlichen braunen Augen, dann drehte er sich abrupt um und ging zielstrebig zu seiner eigenen Zimmertür, die sich direkt neben ihrer befand. Ohne sich noch einmal nach ihr umzusehen, verschwand er in seinem Zimmer. Joenn brauchte einen Moment, in dem sie nur auf die geschlossene Tür starrte, bevor auch sie sich schließlich umdrehte und ihr eigenes Zimmer betrat. Ihr Kopf drehte sich. *War das wirklich gerade geschehen? Hatte er sie tatsächlich eben flüchtig auf die Lippen geküsst?* Ja, es war Realität, denn sie spürte die Nachwirkung seiner Berührung noch immer, so flüchtig sie auch gewesen sein mochte. Das durfte nicht sein. Er war ihr Cousin. Gesellschaftlich gesehen bedeutete dies eine potenzielle Katastrophe, rechtlich war diese Verbindung in einigen Bundesstaaten der USA ebenfalls problematisch. Trotz dieser beunruhigenden Gedanken, obwohl sie mit Tränen in den Augen zu Bett ging, nahm sie sein Jackett mit, um ihre Nase tief in den Stoff zu vergraben. Mit den lebhaften Erinnerungen an diesen besonderen Abend, mit seinem unverwechselbaren Duft, den sie selbst ohne sein Jackett niemals vergessen könnte, glitt sie schließlich in einen unruhigen Schlaf. Keine fünf Stunden später wurde sie unsanft vom Klingeln des Telefons auf ihrem Nachttisch geweckt. Verschlafen hob sie ab.

»Hallo?«, hauchte sie in den Hörer. Einen kurzen Moment herrschte Stille am anderen Ende der Leitung. Ihr Herz begann augenblicklich schneller zu schlagen, als sie seine tiefe, vertraute Stimme vernahm.

»Guten Morgen. Ich wollte dich lediglich daran erinnern, dass heute Mittag die Inneneinrichterin kommt. Bitte sei pünktlich!«

Ohne weitere Worte legte er auf. Joenn ließ sich erschöpft zurück aufs Bett fallen. Er hatte kein einziges Wort über den gestrigen Abend verloren. Seine Stimme klang rein professionell, als würde der gestrige Abend in keiner Weise existieren. Verzweifelt presste sie das Kissen auf ihr Gesicht. Lange verharrte sie in dieser Position, die widerstreitenden Emotionen in ihrem Inneren bekämpfend, bis sie schließlich zu einem festen Entschluss gelangte: Sie würde es ihm gleichtun. Dies schien ihr die beste, vielleicht sogar einzig mögliche Lösung. Frisch geduscht, sorgfältig geschminkt in ihrem elegantesten, marineblauen Businesskleid stand sie nur zwei Stunden später mit zwei dampfenden Pappbechern Kaffee „to go" vor seinem provisorischen Büro auf der Baustelle. Sie wollte bereits die Türklinke umfassen und öffnen, als sie Dantes Stimme in ungewohnter Lautstärke hörte. Sie ließ ihre Hand wieder sinken. Für diesen Moment schien es ihr ratsamer, seine offensichtlich hitzige Auseinandersetzung nicht zu stören. Im Inneren des Büros fixierte Dante seinen Vorarbeiter mit einem zornigen Blick, dieser starrte ihn mit einem Ausdruck blanken Unverständnisses an.

»Sind Sie von allen guten Geistern verlassen? Was haben Sie sich nur dabei gedacht?«, donnerte Dante. Völlig unbeeindruckt von der verbalen Attacke seines Chefs zuckte der Vorarbeiter lediglich mit den Schultern.

»Ich bin mir leider keiner Schuld bewusst. Wären Sie bitte so freundlich, mir wenigstens den Grund für Ihren Ausbruch mir gegenüber zu nennen?«

Sein Vorarbeiter sprach in ruhigem Ton mit Dante, ganz im Gegensatz zu ihm. Wütend funkelte Dante seinen Vorarbeiter an. Immer wieder fuhr er sich mit den Händen durch sein dichtes Haar.

»Dieses Restaurant, das Sie mir so ›wärmstens‹ empfohlen haben… Wissen Sie eigentlich, was das für eine Art von Restaurant ist?«

Nun musste sein Vorarbeiter schmunzeln.

»Aber natürlich. Es ist speziell für Verliebte vorgesehen. Deshalb habe ich es Ihnen ja empfohlen.«

Dante blieb wie erstarrt stehen, fixierte ungläubig das grinsende Gesicht seines Mitarbeiters.

»Wie zum Teufel kommen Sie darauf, dass ich in Miss Brocks verliebt bin, geschweige denn sie in mich?«

Jetzt war es am Vorarbeiter, Dante mit offenem Mund anzustarren.

»Wirklich nicht? Ich dachte, Sie beide wären ein Paar. Ihre Zusammenarbeit, Ihre Blicke, Ihr Umgang miteinander… Sind Sie sich da absolut sicher?«, stammelte er. Dantes Stimme wurde noch bedrohlicher.

»Ja, da bin ich mir absolut sicher. Sie ist nämlich meine Cousine. Wir sind verwandt, keine Liebenden. Können Sie sich vorstellen, was Sie da angerichtet haben?«, zischte er. Der Vorarbeiter benötigte einen Moment, bevor er leise wiederholte:

»Ihre Cousine?« Ein vorsichtiges Lächeln breitete sich langsam auf seinen Lippen aus.

»Haben Sie wenigstens bei dem Restaurant gefragt, welche Art von Küche dort angeboten wird?«

Dante knurrte nur: »Nein, das habe ich nicht.«

Sein Vorarbeiter begann laut zu lachen.

Dante ballte instinktiv seine Fäuste in den Hosentaschen.

»Bitte entschuldigen Sie, aber ich kann mir lebhaft vorstellen, welch unerwartete Überraschung dies für Sie gewesen sein muss.«

Dantes Geduld war am Ende, der anfängliche Impuls, den Mann zu packen, verwandelte sich in die deutliche Vorstellung davon. Mit leiser Stimme, die die unterschwellige Drohung nur noch verstärkte, sagte er:

»Ich rate Ihnen dringend, Ihre Arbeit wiederaufzunehmen, bevor ich die Beherrschung verliere.«

Immer noch leicht lachend, winkte der Vorarbeiter ab, verließ aber unverzüglich Dantes Büro. Beim Öffnen der Tür erblickte er Joenn, die mit zwei dampfenden Kaffeebechern in den Händen davorstand. Sein Lachen verstummte abrupt.

»Oh, guten Morgen, Miss Brocks.« Anerkennend ließ er seinen Blick an ihrem eleganten Kostüm hinabgleiten. »Sie sehen heute Morgen wieder bezaubernd aus. Wirklich sehr bezaubernd.«

Er hielt ihr galant die Tür zum provisorischen Büro auf, er musterte sie bei ihrem Eintritt noch einmal flüchtig von Kopf bis Fuß, bevor er die Tür hinter ihr ins Schloss fallen ließ. Joenn betrachtet Dante amüsiert. Seine Haare standen in alle Richtungen ab, tiefe Sorgenfalten zeichneten sich in seinem Gesicht ab, sein Anzug wirkte verknittert, seine Krawatte hing schief. Er bot einen wahrhaft chaotischen Anblick.

»Was willst du denn hier? Dein Termin ist doch erst in…«, er warf einen Blick auf seine Armbanduhr, »…drei Stunden.«

Joenn streckte ihm einen der dampfenden Kaffeebecher entgegen, dabei lächelte sie ihn versöhnlich an.

»Ich weiß, aber ich dachte, da du auch wenig Schlaf bekommen hast, benötigst du vielleicht einen kleinen Koffeinschock. Deswegen bringe ich dir diesen Kaffee vorbei.«

Dante nahm ihr den Becher ab, er knurrte leise:

»Ich habe überhaupt nicht geschlafen. Es ging einfach nicht.« Er nahm vorsichtig einen Schluck, um bitter festzustellen: »Der ist nur noch lauwarm.«

Eine leichte Röte stieg Joenn in die Wangen.

»Ich habe dich draußen mit lauter Stimme sprechen hören, da wollte ich dich nicht stören.«

Dante stellte den Kaffeebecher mit einem leisen Geräusch auf dem Schreibtisch ab. Mit zwei schnellen Schritten stand er direkt vor ihr. Er beugte sich leicht nach vorn, um sie auf Augenhöhe anzusehen. Mit beiden Händen fasste er sie an den Schultern, verhinderte so, dass sie zurückweichen konnte. Mit großen Augen und leicht geröteten Wangen blickte sie zu ihm auf.

»Willst du mir etwa sagen, du hast das ganze Gespräch vor dieser Tür mit angehört?«

Sie konnte das Vibrieren seiner tiefen Stimme bis in ihr inneres Spüren. Vorsichtig nickte sie, unfähig, ein Wort hervorzubringen, da wieder dieses gefährliche, fast animalische Glitzern in seinen Augen aufblitzte. Er ließ ihre Schultern los. Kopfschüttelnd ging er zurück zu seinem Schreibtisch. Er ließ sich in seinen Bürostuhl fallen, verschränkte die Finger ineinander und verwandelte sich so direkt vor Joenns Augen wieder in den konzentrierten, pflichtbewussten Dante Brown, den sie aus dem Arbeitsalltag kannte.

»Also gut, dann wollen wir die Arbeit wieder aufnehmen.«

Joenn schmunzelte. *Der gestrige Abend ist also auch an dir nicht spurlos vorübergegangen*, freute sie sich im stillem. Sie nutzten die verbleibende Zeit, um noch einmal die Punkte durchzugehen, die Joenn zuerst mit der Inneneinrichterin besprechen sollte. Sie waren so vertieft in ihre Besprechung, dass sie das Klopfen an der Tür zunächst gar nicht wahrnahmen. Erst als die Tür sich öffnete, schreckten beide auf. Im Türrahmen stand sie: die Inneneinrichterin, Elisa Mc Rain. Joenn erstarrte. War das wirklich real? Die Frau, die dort stand, hätte auch einem Hochglanzmagazin entsprungen sein können - ein Topmodel, wie aus dem Bilderbuch. Groß, schlank, mit endlos langen Beinen, das dunkelbraune Haar in seidigem Glanz. Ihr schmales Gesicht mit den markanten Wangenknochen unterstrich ihre außergewöhnliche Schönheit, und ihre Lippen waren perfekt geformt, weder zu voll noch zu schmal. Als sie Dante erblickte, funkelten ihre braunen Augen auf. Joenn fühlte sich plötzlich wie ein unscheinbares, graues Entlein neben dieser strahlenden Erscheinung. Insgeheim hoffte sie auf eine unangenehm hohe Stimme, doch als die Frau Dantes Namen freudig ausrief, entströmte ihrem Mund eine samtig-weiche Melodie. Joenn hatte noch nie eine perfektere Frau gesehen.

»Dante, mein Lieber, schön, dich wiederzusehen!«

Dante sprang sofort von seinem Stuhl, er eilte auf sie zu, um sie herzlich in seine Arme zu schließen. Noch während der Umarmung bemerkte Elisa Joenn. Joenn spürte sofort eine spürbare Veränderung in Elisas Ausstrahlung, eine gewisse Distanz machte sich breit. Der Glanz in ihren Augen verblasste. Elegant löste sich Elisa aus der Umarmung, in der Dante sie noch hielt. Während sie mit eleganten Schritten auf Joenn zuging, musterte sie diese mit einem kühlen, abschätzenden Blick. Joenn war sofort klar, dass sie mit dieser Frau niemals warm werden würde. Mit höflicher Distanz, sodass Joenn gezwungen war, einen Schritt auf sie zuzugehen, blieb Elisa stehen und reichte ihr die Hand.

»Guten Tag, Sie müssen Miss Brocks sein. Ich bin Elisa Mc Rain, die Innenarchitektin, die das Vergnügen hat, unter anderem mit Dante zusammenzuarbeiten.«

Dabei warf diese Frau ein strahlendes Lächeln ihrem Arbeitgeber zu. Dante winkte verlegen ab. Joenn nahm die ihr entgegengestreckte Hand zögerlich in ihre eigene und schüttelte sie kurz.

»Guten Tag, ja, das stimmt. Ich bin Joenn Brocks, aber Sie dürfen mich gerne einfach Joenn nennen, da wir ab jetzt bestimmt viel zusammenarbeiten werden.«

Dabei versuchte Joenn mit einem freundlichen Lächeln zu punkten. Doch sie musste mit ansehen, wie die Frau ihr gegenüber ihre Hand, die sie gerade noch geschüttelt hatte, so unauffällig wie möglich an ihrem figurbetonten, knielangen Rock abwischte. Dante stand hinter Elisa Mc Rain, sodass er diese unhöfliche Geste nicht bemerkte. Er trat nun ebenfalls näher, legte einen Arm um Elisas Schulter und grinste Joenn breit an.

»Ich befürchte fast, hier könnte sich eine Freundschaft entwickeln, die eines Tages sogar zu meinem Verhängnis werden könnte«, bemerkte Dante mit einem leisen Kichern, in das die beiden Frauen prompt einstimmten. Dabei meinte er es genau genommen bitterernst, doch das brauchten die beiden Damen ja nicht zu wissen.

Dante führte Elisa an den Schreibtisch, an dem er noch vor wenigen Minuten mit Joenn Seite an Seite gearbeitet hatte. Elisa ließ sich elegant auf dem mittleren Stuhl nieder, sodass Joenn und Dante links und rechts von ihr Platz nahmen. Beide erläuterten abwechselnd ihre Pläne, um Elisa auf den neuesten Stand zu bringen. Dante, der das Wort ergriff, um seine Vision für die Gestaltung des Hotelinterieurs zu schildern, welche Aufgaben er Elisa für die Umsetzung zudachte, wandte sich Elisa ihm direkt zu und blendete Joenn dabei beinahe vollständig aus.

Dante wollte Elisa etwas zeigen, das Joenn seiner Meinung nach am verständlichsten erklären konnte, da sie die Details ausgearbeitet hatte. Es ging um die Gestaltung der Ruheräume, einen speziell für die männlichen Gäste konzipiert, den anderen für die weiblichen, ebenso wie er den Frauen die detaillierte Planung des gesamten Wellnessbereichs anvertrauen wollte. Hierfür benötigte er nun Joenns direkte Unterstützung. Er winkte sie zu sich heran. Joenn zögerte einen kurzen Moment, erhob sich dann jedoch, sie ging um den Schreibtisch herum, um sich neben Dante zu positionieren. Der Platz war recht beengt, sodass sie sich von hinten über Dantes breite Schulter beugen musste, um den Laptop und die Maus bedienen zu können. Sie versuchte, sich vollkommen auf die Präsentation zu konzentrieren, um vor dieser perfekten Elisa Mc Rain keinen Fehler zu machen. Dies erwies sich jedoch als unerwartet schwierig, da sie seine unmittelbare Nähe spüren konnte, seinen markanten Aftershave-Duft in Verbindung mit seiner angenehmen Körperwärme wahrnehmen konnte. Versehentlich öffnete sie den falschen Ordner, was sie erst nach einigen Augenblicken bemerkte. Ihr Redefluss stockte kurz. Sie benötigte einen Moment, um ihren Fehler zu korrigieren. Verlegen schloss sie den geöffneten Ordner und öffnete sogleich den korrekten. Sie nahm den Faden ihrer Präsentation wieder auf, um diese fehlerfrei zu beenden. Währenddessen spürte sie, wie Dante unmerklich etwas näher an sie heranrückte, sodass ihre Schultern sich nun leicht berührten. Ihre Haare fielen ihm dabei in den Nacken. Innig hoffte sie, dass ihr Haar seinen markanten Aftershave-Duft nicht annahm, da sie sonst den restlichen Tag unweigerlich an ihn denken würde. Sie ahnte zu diesem Zeitpunkt noch nicht, wie sehr sich diese Befürchtung bewahrheiten sollte. Elisa Mc Rain nickte während der Präsentation wiederholt, machte sich Notizen in ihren eleganten Terminplaner, der anscheinend über einige zusätzliche Seiten verfügte. Als Joenn ihre Präsentation beendet hatte, blickte sie zu Elisa auf.

»Also, mit alldem lässt sich wirklich gut arbeiten. Ich muss sagen, ihr beide habt bereits hervorragende Vorarbeit geleistet.«

Elisas Aufmerksamkeit galt inzwischen ausschließlich Joenn, die wieder eine stehende Position eingenommen hatte.

»Ich muss gestehen, dass ich heute Nachmittag noch einen anderen Termin habe. Daher würde ich vorschlagen, dass du schon einmal die Fliesen-Steinmuster anschaulich vorbereitest. Sofern es zeitlich noch passt, würde ich es sehr begrüßen, wenn du auch den Plan für den Empfangsbereich überarbeiten könntest, sodass wir morgen früh unsere jeweiligen Ideen in Ruhe besprechen und gegebenenfalls direkt in die Tat umsetzen können.«

Joenn erkannte sofort, dass dies lediglich eine fadenscheinige Ausrede war, um sie loszuwerden. Sie beschloss, diesen deutlichen Wink zu akzeptieren. Ihr fiel kein plausibler Grund ein, der ihre weitere Anwesenheit rechtfertigen würde. Sie griff nach ihrer Handtasche und bereitete sich darauf vor, sich ihren zugewiesenen Aufgaben zu widmen. Ein be-klemmendes Gefühl breitete sich in ihrer Magengrube aus, als sie die Bürotür hinter sich schloss. Den gesamten restlichen Tag über versuchte sie vergeblich, dieses unangenehme Gefühl abzuschütteln. Ihre Gedanken kreisten unaufhörlich um Dante, um die Tatsache, dass Elisa Mc Rain, diese außergewöhnlich schöne Frau, nun in seiner Nähe war. Ihr eigenes Haar verströmte unaufhörlich Dantes Duft, eine subtile Erinnerung an die kurze, intensive Nähe. Sie hatte das Gefühl, jeden Moment den Verstand zu verlieren.

Kapitel 5

Als der Wecker am nächsten Morgen klingelte, stand Joenn bereits unter der Dusche. Sie war gut eine Stunde früher erwacht, als der Wecker sie normalerweise aus dem Schlaf riss. Pünktlich fuhr sie mit ihrem Leihwagen, den Dante für sie organisiert hatte, auf den Parkplatz vor Elisa Mc Rains Büro. Voll bepackt betrat sie das stilvolle Gebäude. Elisa saß perfekt gestylt hinter ihrem makellosen Schreibtisch. Ohne ihr entgegenzugehen oder eine andere Form der Begrüßung zu zeigen, deutete sie lediglich mit einer knappen Handbewegung an, dass Joenn eintreten solle. Joenn platzierte ihren Laptop und die mitgebrachten Unterlagen ordentlich vor Elisa auf dem großen Konferenztisch. Mit großen Augen musterte Elisa den beachtlichen Stapel Papier.

»Ist das alles?«

Joenn blickte in das selbstgefällige Gesicht ihrer neuen Kollegin.

»Nein, das ist keineswegs alles. Mein Kofferraum ist noch voll mit Musterfliesen und diversen Bodenbelägen. Auf der Rückbank befinden sich zudem vier Ordner mit Stoff- und Ledermustern.« Joenn achtete darauf ihre Antwort in einem ruhigen Tonfall zu packen, auch wenn diese Elisa es bei sich nicht für nötig hielt. In diesem Moment öffnete sich die Tür hinter ihnen. Dantes Vorarbeiter stand vor Joenn. Überrascht starrte sie ihn an. Er schenkte ihr ein offenes, freundliches Lächeln, was Elisa veranlasste, genervt die Augen zu verdrehen. Um seine Aufmerksamkeit auf sich zu lenken, sagte sie mit scharfer Stimme:

»Mr. Low! Wie gut, dass Sie da sind. Miss Brocks benötigt etwas Hilfe. In ihrem Kofferraum befinden sich Muster von Fliesen und verschiedenen Bodenbelägen. Seien Sie bitte so freundlich und entladen Sie das Fahrzeug. Ich habe zusätzlich Staffeleien draußen aufstellen lassen. Diese sind für die Präsentation der Bodenbeläge gedacht. Ich nehme nicht an, dass es allzu viele sind, schließlich fährt sie nur einen Kleinwagen.«

Joenn ignorierte die Spitze, die eindeutig gegen sie gerichtet war. Sie legte ihre Hand auf seinen Oberarm, um mit ihm zum Auto zu gehen. Mr. Low schaute auf die Hand, danach zu Elisa, die aussah als würde sie vor Wut gleich explodieren. Breit lächelnd zwinkert er ihr zu, um dann den Druck auf seinem Oberarm zu gehorchen. Er entlud den Kofferraum, drapierte die Fliesen und die anderen Bodenbeläge sorgfältig auf den bereitgestellten Staffeleien. Als er Joenn sah wie sie wackelig auf ihren High Heels die dicken Ordner Richtung Büro balancierte, las er alles stehen und liegen um zu ihr zu eilen. Er nahm ihr die Ordner mit einem breiten Lächeln ab, wobei er seine perfekten weißen Zähne zeigte, dabei macht er eine elegante Bewegung, welche ihr signalisierte vorauszugehen. Im Büro stellte er die Ordner auf Elisas Tisch. Anschließend nahm er einen Umschlag von ihr entgegen. Freudig verschwand er wieder, jedoch nicht ohne Joenn noch einmal zuzuzwinkern. Elisa räusperte sich demonstrativ. Nachdem sie Joenns Aufmerksamkeit wiedererlangt hatte, deutete sie mit einem ihrer mitgebrachten Ordner auf den Tisch. Seufzend setzte sich Joenn ihr gegenüber. Die Besprechung begann. Sechs Stunden lang gingen sie sämtliche Ordner durch. Sie einigten sich darauf, mit der Gestaltung der Empfangshalle zu beginnen. Die ersten Fragen betrafen die Farben und Muster für die Wände. Welche Art von Sitzgruppen sollte gewählt werden? Welcher Stoff welcher Lederbezug passte am besten zum Gesamtkonzept? Welche Beistelltische harmonierten mit dem Ambiente vor allem, wie sollte der Bodenbereich gefliest werden? Ihre „Ernährung" bestand an diesem langen Vormittag ausschließlich aus starkem Kaffee. Nach diesen sechs Stunden angeregter Diskussionen diversen Änderungen an den Skizzen seufzte Elisa hörbar genervt auf.

»Ich würde sagen, wir gehen jetzt nach draußen und sehen uns an, was Sie mitgebracht haben.« Joenn nickte zustimmend.

Sich die Füße zu vertreten, erschien ihr in diesem Moment als der beste Gedanke der letzten Stunden. Draußen inspizierte Elisa die präsentierten Bodenbeläge. Verzweifelt schüttelte sie den Kopf. Mit einer ausladenden Geste, die alle ausgestellten Materialien umfassen sollte, fragte sie stöhnend:

»Das ist alles?« Ihr Blick wanderte zu Joenns kleinem Leihwagen. Kopfschüttelnd beantwortete sie ihre eigene Frage: »Natürlich ist das alles. Was hat sich dieser Mann nur dabei gedacht, so eine kleine ‚Knutschkugel' zu ordern? Nun gut, ich habe eine Lösung. Komm, wir gehen wieder hinein.«

Sie bedeutete Joenn mit einer Handbewegung, ihr zu folgen, was diese auch tat. Wieder im Büro beobachtete Joenn, wie Elisa das schnurlose Telefon nahm und eine Nummer, die sie aus ihrem kleinen schwarzen Heftchen heraus las, hineintippt. Elisa tigerte unruhig im Raum auf ab, während sie freundlich, jedoch mit bestimmtem Unterton, um eine Lieferung bat, die spätestens in zwei Stunden vor ihrem Büro aufgebaut sein sollte. Joenn konnte dem Gesprächsinhalt nicht folgen, worum es sich bei dieser geheimnisvollen Lieferung handelte. Als Elisa das Gespräch beendete, lächelte sie Joenn zum ersten Mal aufrichtig freundlich an.

»Komm, wir haben jetzt wirklich lange genug die Köpfe rauchen lassen. Wir gehen jetzt etwas essen, wenn wir zurückkommen, ist meine Lieferung bestimmt aufgebaut, dann können wir mit frischer Energie weiterarbeiten.«

»Was ist das für eine Lieferung, wenn ich fragen darf? Hat sie etwas mit unserem Projekt zu tun?«

Während sie auf eine Antwort wartete, nahm sie ihre Handtasche, sie bereitete sich darauf vor, Elisa zu folgen. Elisa reagierte jedoch nicht auf Joenns Fragen, sondern fuhr in aller Seelenruhe mit Joenn in ihrem Wagen zu einem eleganten Restaurant, das sie für ihr gemeinsames Mittagessen ausgewählt hatte. Sie bestellten beide einen leichten Salat mit frischen Schalentieren und zartem Lachs. Nach dem zweiten Bissen ergriff Elisa das Wort und beendete damit die kurze, aber spürbare Stille.

»Erzählen doch mal, Joenn, wie hast du Dante kennengelernt? Wie bist du zu diesem Job gekommen? Du arbeitest bestimmt noch nicht lange für ihn, er hat mir noch nie von dir erzählt.«

Joenn musterte die Frau ihr gegenüber. Sie wusste instinktiv, welche Antwort den Schlüssel zu einer besseren Beziehung zu Elisa darstellen würde.

»Nun ja, ich kenne Dante im Grunde schon sehr lange, wir haben uns nur selten gesehen. Mein Vater war nach meinem Studienabschluss der festen Überzeugung, dass ich für Dante Brown arbeiten sollte. Dante konnte meinem Vater diesen Wunsch natürlich unmöglich abschlagen.« Joenn machte eine Paus, um ihren kleinen Triumph zu genießen. Sie überlegte einen kurzen Moment, ob sie den wichtigsten Teil ihrer Geschichte enthüllen sollte. Elisa musterte sie mit leicht zusammengezogenen Augenbrauen. Sie ahnte, welche Gedanken in Elisas Kopf vor sich gingen, daher beschloss sie, sich zu offenbaren.

»Mein Vater ist Tom Brocks, er ist der Bruder seines Vaters. Kurz gesagt: Ich bin Dantes Cousine. Wir stehen uns so nah, wie man es sich unter Verwandten eben ist.«

Elisas Augen weiteten sich überrascht, ein kleines Stück Rucola ragte aus ihrem Mundwinkel, was sie jedoch in ihrer Verblüffung gar nicht bemerkte. Leise wiederholte sie:

»Ihre Cousine? Unglaublich. Ihr beide seit verwandt? Stimmt das wirklich? Warum habt ihr dann unterschiedliche Nachnamen, wenn eure Väter doch Brüder sind?«

Joenn zuckte unschuldig mit den Achseln.

»Das weiß ich leider nicht. Aber das ist eine gute berechtigte Frage. Dieser Sache muss ich wirklich einmal auf den Grund gehen.« Elisa musste daraufhin herzhaft lachen.

»Ich denke, das könnte eine äußerst interessante Familiengeschichte werden«, bemerkte Elisa mit einem vielsagenden Lächeln, das ihre anfängliche Distanz etwas aufweichte. Nach dieser unerwarteten Offenbarung entspannte sich die Atmosphäre beim Mittagessen spürbar. Sie plauderten angeregt über Gott und die Welt, über alles, was gerade in den Sinn kam, vermieden jedoch sorgsam das heikle Thema ihrer familiären Verbindung zu Dante.

Nach dem Lunch kehrten sie zurück zu Elisa Mc Rains Büro. Joenn traute ihren Augen kaum, als sie den Umfang der Lieferung erblickte. Der gesamte Vorplatz des Büros, der eigentlich als Kundenparkplatz gedacht war, war nun mit einer beeindruckenden Auswahl verschiedenster Bodenbeläge auf eigens dafür angefertigten Ständern regelrecht übersät. Elisa lächelte breit, als sie Joenns ungläubiges Gesicht sah.

»Ich arbeite mit einem festen Lieferanten zusammen, der einen Großteil meiner Aufträge abwickelt. Sie sind nicht nur freundlich und zuvorkommend, sondern haben auch bisher immer absolut pünktlich geliefert.« Dabei grinst sie Joenn stolz an. Joenn musste unwillkürlich lachen.

»Das ist einfach der Wahnsinn! Ich glaube, ich gehe kurz hinein und bereite uns zwei Kaffee zu, dabei bringe ich gleich die passenden Unterlagen für die Materialauswahl mit.«

Joenn und Elisa verteilten daraufhin Musterstücke der Fliesen, Holzdielen des Laminats auf dem Boden, um die optimale Verwendung für die einzelnen Räume zu visualisieren. Bei der Planung des Wellnessbereichs herrschte erstaunlich schnell Einigkeit. Die folgenden Tage gestalteten sich immer produktiver. Joenn freute sich über jeden kleinen Erfolg, den sie gemeinsam erzielten. Besonders gespannt war sie jedoch auf die kommende Woche, in der sie ihre fertige Präsentation Dante vorstellen sollten.

Sie war fest von der Qualität ihrer Zusammenarbeit mit Elisa Mc Rain überzeugt. Als dieser Tag schließlich eintraf, war Joenn ein einziges Nervenbündel. Sie beneidete Elisa um ihre natürliche Selbstsicherheit, ihre ruhige Ausstrahlung, zumal diese auch noch tadellos aussah. Auch Dante schien dies zu bemerken, als die beiden Frauen vor ihm standen. Die Präsentation selbst verlief äußerst erfolgreich. Dante zeigte sich sehr angetan von allem, was sie ihm präsentierten. Seine Kommentare folgten im Grunde immer demselben Muster: Zuerst stellte er unzählige detaillierte Fragen, die zumeist Elisa mit beeindruckender Präzision beantwortete. Sie schien stets blitzschnell zu reagieren. Anschließend besiegelte er die jeweilige Entscheidung mit seinem knappen, aber effektiven „So machen wir das." Elisa fixierte Dante mit einem erwartungsvollen Blick. Die Präsentation war beendet, sie war innerlich bereit, den verdienten Applaus entgegenzunehmen. Doch zur Überraschung beider Frauen richtete Dante seine ersten anerkennenden Worte direkt an Joenn.

»Ich muss sagen, ihr beide habt eine wirklich hervorragende Arbeit geleistet. Ich hatte anfangs die leise Befürchtung, dass ihr beide nicht gut miteinander harmonieren würdet, doch nachdem ich eure Präsentation bewundern durfte, bin ich mehr als angenehm überrascht. Ich bin froh, dass dein Vater diese glückliche Fügung initiierte, dich in mein Team zu holen. Aber vor allem bin ich froh, seiner Idee zugestimmt zu haben.«

Dantes lobende Worte ließen Joenn die Röte ins Gesicht steigen. Elisa hingegen sah nun den Moment gekommen, selbst das Wort zu ergreifen.

»Du hast meine Dienste bereits mehrfach für deine Projekte in Anspruch genommen, was ich stets sehr geschätzt habe. Dieses Projekt inzwischen mit dir gemeinsam gestalten zu dürfen, empfinde ich als etwas ganz Besonderes, da es sich deutlich von allem unterscheidet, was wir bisher zusammen realisiert haben. Ich danke dir für Joenn, die mir eine unschätzbare Hilfe war, meine Visionen so effizient umsetzen zu können.«

Sie strahlt Dante an, ein Lächeln, welches jedoch nicht ganz ihre Augen erreichte. Dante zog überrascht die Augenbrauen hoch, er verschränkte die Arme vor der Brust, während er sich ihr zuwandte.

»Ich muss gestehen, jetzt bin ich wirklich überrascht. Ich habe den Eindruck, dass Joenn weit mehr geleistet hat, als dir lediglich bei der Umsetzung DEINER Pläne zu assistieren. Du bist zwar schon länger mit dem Projekt vertraut, aber deine bisherigen Vorschläge und Präsentationen… Bitte versteh mich nicht falsch… Sie haben mich offen gestanden nicht gerade vom Hocker gerissen. Diese Einschätzung muss ich nach dem heutigen Tag allerdings revidieren, denn das, was ihr mir jetzt präsentiert habt, haut mich nicht nur vom Hocker, es überwältigt mich regelrecht. Es ist schlichtweg herausragend. Du solltest daher nicht versuchen, die gesamte Anerkennung für dich allein zu beanspruchen, sondern ehrlich zu dir selbst sein. Ihr beide bildet ein ausgezeichnetes Team. Ich hoffe inständig, dass ihr auch in Zukunft so exzellente Arbeit für mich leistet, damit wir gemeinsam dieses Hotel zu seinem wohlverdienten Erfolg führen können.«

Elisa nickte leicht, obwohl man in ihrem Gesichtsausdruck deutlich erkennen konnte, dass ihr Dantes offene Worte keineswegs behagten.

»So war das doch gar nicht gemeint. Ich habe mich bisher sehr über die Zusammenarbeit mit Joenn Brocks gefreut.«

Dante lächelte zufrieden, er überging ihre leicht gereizte Reaktion elegant.

»Genau das wollte ich hören.«

Joenn spürte deutlich, wie unangenehm diese Situation für Elisa war. Es überraschte daher niemanden, als Elisa sich kurz darauf mit einem wenig überzeugenden Vorwand entschuldigte und sie beide allein ließ. Joenn hatte Dante nun seit über einem Monat nicht mehr gesehen. Obwohl sie im selben Hotel wohnten und am selben Projekt arbeiteten, hatten sich ihre Wege nicht gekreuzt. Sie beobachtete ihn verstohlen. Er sah aus, als würde er weiterhin täglich trainieren, wobei sie sich fragte, woher er dafür die Zeit nahm. Sie hatte das Licht unter seiner Zimmertür oft noch weit nach zwei Uhr morgens brennen sehen. Wie oft sie schon nachts vor seiner Tür gestanden hatte, von Schlaflosigkeit geplagt, den schwachen Lichtschein unter der Tür angestarrt, den Atem angehalten, um Geräusche beliebiger Art aus seinem Zimmer wahrzunehmen, konnte sie längst nicht mehr zählen. Sie machte sich ernsthafte Sorgen, dass er zu wenig Schlaf bekam, doch ihr wollte nie ein glaubwürdiger Grund einfallen, der es rechtfertigte, ihn zu dieser späten Stunde an seiner Tür zu stören. Jetzt, wo sie ihn endlich wiedersah, bemerkte sie besorgt die tiefen Schatten unter seinen Augen, die seine Müdigkeit verrieten. Dieses Hotel war sein Herzensprojekt, sein ganzes Herzblut floss hinein. Dante drehte sich plötzlich zu ihr um, riss sie so aus ihren tiefen Gedanken. Er reichte ihr eine Hand, die sie einen kurzen Moment lang anstarrte, bevor sie sie zögerlich ergriff.

»Du warst lange nicht mehr hier. Komm, ich zeige dir, was sich bisher getan hat.«

Er führte sie an der Hand aus seinem kleinen Büro. Draußen ließ er ihre Hand wieder los, sie folgte ihm jedoch unaufgefordert weiter. Während sie gemeinsam über das Gelände gingen, erklärte er ihr detailliert die Baufortschritte. Er berichtete von den bereits abgeschlossenen Arbeiten und den Veränderungen, die er noch plante. Joenn bemerkte deutlich, wie sehr sie es genoss, ihn wiederzusehen, seine präsente Nähe zu spüren, seiner vibrierenden Stimme zu lauschen, seinen vertrauten Aftershave-Duft einzuatmen. Dabei fiel ihr plötzlich wieder ein, dass sie ja immer noch sein Jackett in ihrem Besitz hatte. Es lag achtlos auf ihrem Bett. Die einzige plausible Ausrede, die sie hatte, um ihn wiederzusehen, doch sie hatte sich bisher innerlich nicht davon trennen können. Jeden Morgen, wenn sie aufwachte, lag sie unweigerlich auf diesem Jackett, ganz gleich, wo sie es auf dem monströs großen Bett abgelegt hatte. Sie liebte es, mit diesem vertrauten Geruch in der Nase aufzuwachen. Ihr war es jedoch auch peinlich. Die nagende Befürchtung, er könnte sich wieder an das Jackett erinnern, legte sich wie eine kalte Hand um ihren Hals. Sie konnte es ihm unmöglich so zurückgeben, nicht bevor sie es in der Reinigung hatte, denn es roch ganz sicher auch nach ihr. Sein Duft war bereits fast verflogen. Dantes Handy klingelte unerwartet und riss Joenn unsanft aus ihren Gedanken. Er warf einen kurzen Blick auf den Bildschirm, hob entschuldigend eine Hand in ihre Richtung, während er ein paar Schritte vorausging, bevor er das Gespräch annahm. Joenn blieb stehen. Sie wollte das Gespräch keinesfalls belauschen, sie widmete ihre Aufmerksamkeit stattdessen den Bauarbeiten dem noch unfertigen Garten zu. Eine Stimme hinter ihr holte sie jedoch schnell wieder aus ihren Gedanken. Mark Low kam mit schnellen Schritten auf sie zu.

»Hallo, Miss Brocks. Schön, dich wiederzusehen. Du hast dich aber lange von hier und von uns ferngehalten.« begrüßte Mark Low sie mit überschwänglicher Herzlichkeit und nahm Joenn schwungvoll in die Arme. Überrascht von dieser stürmischen Begrüßung lachte Joenn herzlich auf. Dies schien für Mark wie eine willkommene Aufforderung gewesen zu sein. Er drückte ihr kurzerhand einen schnellen Kuss auf die Wange, bevor er sie wieder losließ und einen Schritt zurücktrat. Mit einem breiten, gewinnenden Lächeln den Kopf leicht schief gelegt, startete er einen charmanten Flirtversuch.

»Also, ich muss schon sagen, so lange darfst du uns nicht mehr fernbleiben. Wenn ich dich nicht mindestens einmal am Tag sehe, bekomme ich regelrecht Sehnsucht und muss immerzu an dich denken. Dies behindert mich erheblich bei meiner Arbeitseffizienz, was mir wiederum einen schlecht gelaunten Chef einbringt.«

Joenn musste kichern. Obwohl ihr auffiel, dass er ohne Umschweife zum vertraulichen „Du" übergegangen war, empfand sie dies keineswegs als unangenehm.

»Das können wir natürlich auf keinen Fall zulassen.«

»Nein, das können wir wirklich nicht. Wenn Sie das noch einmal tun, einfach mehr als vierundzwanzig Stunden fernbleiben, werde ich Sie am kommenden Abend um neun Uhr zum Essen abholen«, kündigte er mit einem verschmitzten Lächeln an. Joenn bemühte sich, ernst zu bleiben, obwohl ihre Stimme unwillkürlich eine Oktave tiefer klang, als sie zustimmte. In diesem Moment beendete Dante sein Telefonat. Er hatte die überschwängliche Begrüßung der beiden aus der Ferne mit leicht zusammengezogenen Augenbrauen beobachtet daher versuchte er, das Gespräch so schnell wie möglich zu beenden. Elisa hatte angerufen, den genauen Grund des Anrufes erfuhr er jedoch nicht mehr, da er ihr nach der stürmischen Begrüßung seines Vorarbeiters gegenüber Joenn nicht mehr wirklich aufmerksam zugehört hatte. Er konnte sie lediglich abwimmeln, indem er ihr für den Abend ein gemeinsames Abendessen zusagte. Diese allzu vertraute Begegnung zwischen Joenn und seinem Vorarbeiter missfiel ihm zusehends. Seit Dante, Mark mitgeteilt hatte, dass Joenn seine Cousine war, fragte dieser ihn immer wieder, wann sie denn erneut vorbeikommen würde. Diese Frage hatte er sich insgeheim auch schon oft genug selbst gestellt, andererseits war es ihm auch ganz recht, wenn sie sich fernhielt. Der Sommer näherte sich mit großen Schritten, seine Bauarbeiter waren immer öfter der Ansicht, ohne T-Shirt freier arbeiten zu können. Was ihm normalerweise nichts ausmachte, da die meisten von ihnen einen mehr oder weniger ausgeprägten Bierbauch vor sich hertrugen. Die meisten… Mark Low jedoch nicht. Das musste er ihm neidlos zugestehen, sein Körper war durchtrainiert und muskulös. Eigentlich wunderte es ihn, dass sein Vorarbeiter bislang nicht verheiratet war oder zumindest eine feste Freundin hatte, schließlich war er auch nicht mehr der Jüngste. Er ging stramm auf die Vierzig zu, was man ihm jedoch keineswegs ansah. Insgeheim verfluchte er solche Menschen, die den beneidenswerten Anschein erweckten, ewig jung zu bleiben.

Ihm selbst war dieses jugendliche Aussehen nicht vergönnt. Die ersten Krähenfüße hatten sich um seine Augen gebildet und auch in seinem Haar machten sich langsam die ersten graue Strähnen bemerkbar. Dieser Mark Low mit seinem verfluchten Milchbubigesicht wickelte Joenn mit einem einzigen charmanten Lächeln um den Finger. Er würde mit allen Mitteln verhindern, dass seine Joenn auf diesen Mann hereinfiel. Als Dante zu den beiden trat, beschlich ihn das unangenehme Gefühl, etwas Entscheidendes verpasst zu haben. Mit einem auffordernden, leicht missbilligenden Blick auf seinen Vorarbeiter vermittelte er ihm stumm, sich wieder seiner Arbeit zuzuwenden. Mit einer, wie Dante fand, übertriebenen Verabschiedung ließ Mark Low sie schließlich wieder allein.

Dante gab sein Bestes, seine gereizte Stimmung zu verbergen, doch seine Laune war spürbar im Keller. Er beendete die gemeinsame Begehung der Baustelle vorzeitig mit dem Vorwand, noch einmal einige Punkte bezüglich der geplanten Änderungen in der Empfangshalle mit ihr durchgehen zu wollen. Die anschließende Besprechung nahm glücklicherweise nicht viel Zeit in Anspruch. Nach knapp drei Stunden waren die wichtigsten Details geklärt. Dante empfand eine wachsende Frustration. Er hatte ihren vertrauten Duft so schmerzlich vermisst. Jetzt, wo sie wieder so nah bei ihm saß, er von ihrem warmen, frühlingshaften Maiglöckchenduft umhüllt wurde, machte sich eine tiefe Unzufriedenheit in ihm breit. Er wollte diesen stickigen Büroraum nicht länger mit ihr teilen. Sie hatten beide genügend gearbeitet. Er sehnte sich nach unbeschwertem Lachen nach unbeschwerter Leichtigkeit, er wusste genau, dass er dies nur in ihrer Gesellschaft wiederfinden konnte. Dante lehnte sich in seinem Bürostuhl zurück, ein Bein lässig über das andere geschlagen, fixierte er Joenn mit einem durchdringenden Blick.

»Was hältst du von einem gemütlichen Restaurantbesuch, mit stimmungsvoller Beleuchtung und wirklich gutem, warmem Essen?«

»Sehr gerne«, antwortete sie prompt. Dante sprang energiegeladen von seinem Stuhl auf und reichte ihr galant eine Hand, um ihr aus ihrem Bürostuhl zu helfen.

»Dann lass uns zusammenfahren. Wir fahren zurück ins Hotel. Wir treffen uns in einer Stunde vor unseren Zimmern.«

Sie fuhren in seinem eleganten tiefschwarzen BMW zurück zum Hotel. Während der kurzen Fahrt versicherte Dante lächelnd, dass er bereits wusste, welche kulinarischen Köstlichkeiten das Restaurant an diesem Abend zu bieten hatte. Joenn genoss die Annehmlichkeiten, die dieser luxuriöse Wagen bot, natürlich war auch der Luxus, chauffiert zu werden, keineswegs zu verachten. Zurück im Hotel beeilte sich Joenn mit dem Duschen. Sie entschied sich für ein elegantes schwarz-blau gepunktetes Kleid mit einem schwungvollen Glockenrock, dass ihre Figur vorteilhaft betonte, ohne dabei zu aufreizend zu wirken. Nachdem sie ein leichtes, blumiges Parfüm aufgetragen hatte, drehte sie sich vor dem Spiegel in ihrem Zimmer und betrachtete ihr Spiegelbild mit einem anerkennenden Nicken. Daraufhin lief Joenn zu Dantes Zimmer, sie konnte es kaum erwarten, schon viel zu lange sehnte sie sich nach einem weiteren so schönen Abend, wie sie ihn vor einiger Zeit mit diesem faszinierenden Mann verbracht hatte. Wenn sie ihn schon nicht ganz für sich gewinnen konnte, durfte sie doch wenigstens seine angenehme Gegenwart genießen. Sie klopfte an seine Zimmertür. Gespannt auf diesen Abend hielt sie unwillkürlich mit einem breiten, erwartungsvollen Lächeln auf den Lippen den Atem an, als sich die Tür öffnete. Das Lächeln gefror Joenn augenblicklich im Gesicht, es fühlte sich an, als hätte ihr jemand mit eiserner Faust in die Magengrube geschlagen, als sich die Tür öffnete. Elisa stand in einem kurzen, atemberaubenden roten Cocktailkleid mit den perfekt darauf abgestimmten Accessoires, vor ihr. Sie trug funkelnde, runde Ohrringe, die wie glühende Rubine leuchteten. Eine hauchdünne, zarte Kette um den Hals, die mit winzigen roten Perlen bestickt war, eine elegante Clutch in demselben intensiven Rot wie das Kleid, welches von einem breiten, schwarzen Samtband umrandet wurde, das in einer koketten Schleife endete. Selbst die eleganten High Heels harmonierten perfekt mit dem verführerischen Kleid. Der rot-rosafarbene Lippenstift glänzte verführerisch, ein Effekt, der ihre blendend weißen Zähne noch mehr strahlen ließ. Joenn spürte einen stechenden Schmerz, der sich wie ein Dolchstoß direkt in ihr Herz bohrte. Dante tauchte nun hinter Elisa auf, während Joenn diese immer noch fassungslos anstarrte. Auch er war für einen kurzen Moment sprachlos. Er hatte völlig vergessen, dass er mit Elisa zum Abendessen verabredet war, als er Joenn eingeladen hatte. Bevor er reagieren konnte, nach der Ankunft von Elise, er war bereits wieder im Bad, um Joenn anzurufen, klopfte diese schon an seiner Türe. Joenn blickte ihn mit großen, vorwurfsvollen Augen direkt an. Er sah den unausgesprochenen Vorwurf darin deutlich. Verlegen nestelte er an seinem Krawattenknoten herum. Joenn schüttelte ihre Starre ab. Zwei entschlossene Schritte führten sie, an der wie erstarrt wirkenden Elisa vorbei, direkt zu Dante. Dort tat sie etwas, das niemand erwartet hätte. Als wäre es die selbstverständlichste Geste der Welt, griff sie mit sicherer Hand nach seinem Krawattenknoten, sie öffnete ihn geübt, um ihn dann mit flinken Fingern neu zu binden. Dante hob den Kopf leicht an, um ihr die Arbeit zu erleichtern, dabei schielte er verstohlen auf ihren goldenen Haarschopf hinunter. Er konnte den betörenden Duft ihres leichten Parfüms wahrnehmen, weshalb er seine Hände instinktiv hinter seinem Rücken verschränkte, um der Versuchung zu widerstehen, sie zu berühren. Als sie zwei kleine Schritte zurücktrat, um ihr Werk kurz zu begutachten, kribbelte es unangenehm in seinen Fingerspitzen. Er konnte sich in diesem Moment so vieles mit ihr vorstellen, nur eben nicht, dass sie sich wieder von ihm abwenden würde. Er sah zu, wie sie zufrieden nickte. Ein leichtes, bittersüßes Lächeln breitete sich auf ihren Lippen aus. Sie trat an seine Seite, bevor er sich entschuldigen oder sich bedanken konnte, tat sie etwas noch Unerwarteteres. Mit einem leichten Lachen und einem Klaps auf seinen Po, rief sie ihm zu:

»Auf geht es, Tiger. Ich wünsche euch einen wunderschönen Abend. Ich hole nur noch die Unterlagen von heute Nachmittag, die wir noch einmal durchgehen müssen.« Sie wandte sich an Elisa. »Seid anständig. Pass gut auf ihn auf bring ihn nicht zu spät nach Hause. Wir haben morgen sehr früh einen wichtigen Termin wahrzunehmen.« Dabei zwinkerte sie Elisa verschwörerisch zu, die leicht kicherte, zustimmend nickte. »Wir sehen uns dann morgen Nachmittag. Ich bringe alles mit zu dir ins Büro.«

Sie schob Dante mit Nachdruck vor seine eigene Zimmertür und schlug diese dann geräuschvoll vor seiner Nase zu. Elisa hakte sich daraufhin wie selbstverständlich bei Dante unter und zog ihn zielstrebig in Richtung Aufzug. Er warf noch einen verdutzten Blick zurück auf seine verschlossene Zimmertür. *Was zum Teufel war das gerade gewesen?* Er konnte es kaum fassen. Er lässt sie in seinem Zimmer zurück. Allein! Er hatte sich so sehr auf den Abend mit Joenn gefreut. Als Elisa dann plötzlich vor seiner Tür gestanden hatte, konnte er sie nur mit offenem Mund anstarren. Sie hatte seine Sprachlosigkeit fälschlicherweise als Kompliment interpretiert, und er hatte es versäumt, das Missverständnis aufzuklären. Das schlechte Gewissen, ein nagendes, ungutes Gefühl begleiteten ihn den gesamten Abend. Die Zeit mit Elisa verging im Schneckentempo. Immer wieder wanderte sein Blick unauffällig zu der Uhr, die hinter ihm im Restaurant an der Wand hing. Verdammt, erst zehn Minuten vergangen… Mist, jetzt sind es gerade mal zwanzig Minuten… Er überließ es notgedrungen Elisa, die Konversation zu führen. Er selbst gab immer nur knappe, einsilbige Kommentare von sich. Seine Gedanken waren ganz woanders, nicht bei diesem Abendessen mit Elisa, obwohl sie sich sichtlich Mühe gab, die Unterhaltung aufrechtzuerhalten, was er ihr innerlich hoch anrechnen musste. Nach dem Essen schlug sie vor, noch an der Bar etwas trinken zu gehen. Verlegen, so hoffte er zumindest, strich sich mit der Hand durch sein Haar.

»Lass uns das bitte auf ein anderes Mal verschieben. Joenn hatte recht, als sie vorhin diesen wichtigen Termin erwähnte.«

Er hoffte eine halbwegs glaubwürdige Miene zur Schau zu stellen. Elisa zog daraufhin einen Schmollmund akzeptierte dann aber doch seine Ausrede, sie bestand jedoch darauf, ihn zum Hotel zurückzufahren, da sie ja ohnehin mit ihrem Auto gekommen war. Ein Nein duldete sie nicht, das Wort Taxi wollte sie erst recht nicht hören. Es waren knapp fünfundzwanzig Minuten Fahrtzeit bis zu dem Hotel, in dem er residierte. Die gesamte Fahrt wurde unaufhörlich von Elisas angeregtem Geplauder begleitet. Dante musste unweigerlich an Joenn denken. Daran, wie angenehm es mit ihr war, in einem Auto zu sitzen, wo sie beide schon des Öfteren eine Fahrt in einem wohltuenden, stillen Einverständnis verbracht hatten, besonders wenn sie wieder einmal von der vorbeiziehenden Landschaft fasziniert war. Joenn war so anders. Sie war eine Person, die den Eindruck erweckte, jede Situation mit Bravour zu meistern, die auch die Stille zu schätzen wusste und ihre Umgebung mit allen Sinnen wahrnahm. Am Hotel angekommen, war sein erster Blick, als er aus dem flachen Cabrio, das Elisa fuhr, ausstieg, nach oben zu Joenns Zimmer gerichtet. Dort war es dunkel. Elisa bestand darauf, ihn noch bis hinein in die elegante Empfangshalle zu begleiten. Dante wusste genau, dass Elisa insgeheim hoffte, dass er sie noch mit auf ihr Zimmer nehmen würde. Doch daraus würde definitiv nichts werden. Das Erste, was er tun wollte, war, an Joenns Zimmertür zu klopfen, um sich bei ihr aufrichtig zu entschuldigen. Dabei war es ihm vollkommen gleichgültig, ob sie schon schlief oder nicht. Vor der diskreten Rezeption erkundigte er sich pflichtgemäß, ob etwas für ihn hinterlegt worden sei. Elisa hing immer noch wie eine Klette an ihm. Der freundliche Herr hinter dem Tresen verneinte seine Frage, nickte ihm allerdings mit einem leicht bewundernden Blick auf seine attraktive Begleitung zu. Als er Elisa sanft von sich schob, um sich endgültig zu verabschieden, küsste sie ihn plötzlich leidenschaftlich. Er wollte nicht unhöflich sein, deswegen erwiderte er ihren Kuss kurz. Er war keineswegs unangenehm, unter anderen Umständen hätte sie ihn mit diesem Kuss überzeugen können, seine Meinung zu ändern. Die Nacht, dessen war er sich sicher, würde noch lange nicht vorbei sein. Er löste sich sanft von ihr. Direkt an ihren Lippen hauchte er mit tiefer, ehrlicher Stimme:

»Du bist wunderschön.« Er log nicht. Elisa war zweifellos eine atemberaubend schöne Frau, eine Frau, die er jedoch nicht für diese Nacht in sein Bett ziehen wollte. Er blickte ihr tief in die strahlenden Augen, in denen ein unverkennbares Verlangen aufblitzte. »Wenn ich dich jetzt mitnehme«, fuhr er mit leiser, aber bestimmter Stimme fort, »werde ich morgen versagen. Wir beide würden nicht den nötigen Schlaf bekommen, den wir benötigen.« Er zog sich langsam aus ihrer Umarmung zurück, er trat einen Schritt zurück, raus aus ihrem Raum. »Ein andermal, versprochen.«

Elisa nickte leicht, sie versuchte nicht noch einmal, ihn umzustimmen. Ein verschmitztes, fast schon herausforderndes Lächeln umspielte ihre vollen Lippen, als sie flüsterte:

»Dieses Versprechen werde ich einfordern, Mister Brown.«

Mit elegant schwingenden Hüften verließ sie das Hotel. Dante blickte ihr noch kurz nach, bis sie durch die sich schließenden Schwingtüren des Hotelflurs verschwunden war. Dann drehte er sich wieder zu dem jungen Mann an der Rezeption um, der immer noch etwas irritiert zum Ausgang starrte, wo seine Begleiterin eben verschwunden war, ohne Umschweife fragte er ihn:

116

»Hat Miss Brocks sich etwas zu essen aufs Zimmer bringen lassen?«

Der Rezeptionist blickte ihn kurz an, tippte dann einige Male auf seiner Computertastatur herum, schließlich schüttelte er verneinend den Kopf, nachdem er einen prüfenden Blick auf den Monitor geworfen hatte. Dante nickte dankend. Er wollte sich gerade in Richtung Aufzug bewegen, als ihm plötzlich eine Idee kam. Wieder an den jungen Mann gewandt, fragte er mit fester Stimme:»Meinen Sie, Sie könnten mir schnell etwas Kleines zubereiten lassen, etwas, das ich Miss Brocks aufs Zimmer bringen könnte? Sie hat heute noch nicht viel gegessen.«

Der junge Mann lächelte ihn an. Dante empfand dieses Lächeln jedoch keineswegs als freundlich, und sein ungutes Gefühl sollte ihn nicht täuschen. Der Mann hinter dem Empfangstresen antwortete mit einem leicht boshaften Lächeln;

»Das kann ich gerne veranlassen, Mr. Brown, allerdings gäbe es da eventuell ein kleines Problem.«

Dante zog fragend die Augenbrauen hoch.

»Und das wäre?«, fragte er mit leichtem Misstrauen in der Stimme.

»Miss Brocks hat vorhin das Hotel mit einem blonden Mann verlassen, der sie abgeholt hat. Vielleicht wollte sie nicht warten, bis Sie von Ihrer… Liebelei zurückkommen.«

Dante wusste genau, wer Joenn abgeholt hatte, auch wusste er genau, was dieser Kerl jetzt über ihn denken musste. Doch das war ihm in diesem Moment gänzlich egal. Seine Stimme nahm einen bedrohlichen, tiefen Ton an, wodurch dem Gegenüber das breite Grinsen augenblicklich aus dem Gesicht wich.

»Und wissen Sie auch, wohin sie gehen wollten?«

»Ja, sie unterhielten sich über das französische Restaurant ‚La Flör‘. Das ist gleich um die Ecke in der Spring Street«, antwortete der Mann nun deutlich kleinlauter, seinen Blick abwendend. Dante wusste genau, wo sich dieses elegante Restaurant befand. Ohne ein weiteres Wort an den Rezeptionist zu verlieren, verließ er das Hotel mit schnellen, entschlossenen Schritten. Er überlegte nur kurz, ob er mit dem Auto fahren oder den Weg zu Fuß zurücklegen sollte. Das Restaurant war nicht allzu weit entfernt. Er beschloss, den kurzen Weg zu Fuß zurückzulegen. Eine kochende Wut stieg in ihm auf, und er hoffte inständig, dass der zügige Spaziergang helfen würde, seine aufwallenden, widersprüchlichen Emotionen etwas zu beruhigen. Im eleganten Ambiente des Restaurants entdeckte Dante sie sofort. Sie trug immer noch das atemberaubende Kleid. Sein Vorarbeiter hatte sich, wie er sah, richtig in Schale geworfen. So elegant hatte er Mark Low noch nie gesehen. Er musste widerwillig zugeben, dass er gut aussah, so gut, dass er durchaus verstehen konnte, wenn Joenn Gefallen an ihm fand. Sie lachten gerade beide herzlich über etwas, das Mark gesagt hatte. Er wollte nicht, dass sie mit ihm lachte, nicht so unbeschwert und aus tiefstem Herzen, wie sie es gerade tat. Kurzerhand, getrieben von einem plötzlichen Impuls, beschloss er, sich unaufgefordert einen Stuhl von einem anderen Tisch zu nehmen und sich damit an ihren für zwei Personen gedachten Tisch mit der einzelnen, romantisch flackernden Kerze in der Mitte zu setzen. Beide starrten ihn ungläubig an.

»Hi. Der nette junge Mann an der Rezeption hat mir verraten, wo ich euch finden kann«, sagte Dante mit gespielter Lässigkeit, während er den Stuhl zwischen die beiden schob. Er sah, wie Mark sich schnell von seiner anfänglichen Erstarrung erholte. An dem finsteren Blick, mit dem sein Vorarbeiter ihn anstarrte, wusste Dante, dass Mark Low ihn, ob er nun sein Chef war oder nicht, am liebsten zum Teufel schicken würde. Seine Gedanken überschlugen sich fieberhaft auf der Suche nach einer halbwegs vernünftigen Ausrede für sein plötzliches und ungebetenes Auftauchen.

»Ich war gerade mit Miss Mc Rain essen, und wir sprachen den ganzen Abend über die doch etwas schleppend voranschreitenden Arbeiten auf der Baustelle. Wir haben uns dann eine kleine Beschleunigungstechnik ausgedacht, die wir eigentlich gleich mit euch beiden besprechen wollten. Wir haben an Miss Brocks' Zimmertür geklopft, doch sie öffnete nicht. Unten verriet man mir dann, wo ich euch beide finden kann. Ich rufe gleich Miss Mc Rain an. Sie sitzt bestimmt noch im Auto. Sie soll kehrtmachen, dann können wir das Ganze gleich hier besprechen und eure Meinung dazu einholen.«

Dante tat so, als wolle er sein Handy aus der Tasche ziehen. Da schnaubte Mark Low verächtlich auf, seine Miene verfinsterte sich.

»Wir haben Feierabend. Kann das nicht bis morgen warten? Miss Brocks und ich hatten uns auf einen entspannten Abend gefreut, an dem es ausnahmsweise mal nicht nur um die Arbeit geht.«

Dante gab sich überrascht, seine Augen weiteten sich gespielt.

»Wollt ihr mir jetzt etwa sagen, dass ihr ein Date habt?«

Dante fing langsam an sich schwer zu tun ruhig zu bleiben, während er innerlich kochte. Mark Low biss sich kurz auf die Unterlippe.

»Nein, wir wollten einfach nur mal raus aus diesem Trott.«

Dante nickte verstehend, während Mark Joenn mitleidig ansah.

»Joenn, ich glaube, ich fahre dich jetzt besser nach Hause. Ich bezweifle stark, dass Mr. Brown uns noch einmal allein lässt, und noch mehr zweifle ich daran, dass er dieses leidige Thema „Arbeit" ruhen lässt.«

Bevor Joenn überhaupt etwas erwidern konnte, übernahm Dante mit fester Stimme wieder das Wort.

»Also, ich muss schon sehr bitten, Mr. Low. Allerdings befürchte ich, dass Sie doch Recht behalten könnten. Im Übrigen geht euer Essen selbstverständlich auf die Firma. Schließlich war es ja, wie Sie sagten, kein Date.« Dante sah zufrieden zu, wie sein Vorarbeiter langsam anfing, innerlich zu kochen. Er wollte ihn um jeden Preis loswerden, koste es, was es wolle. Er unterdrückte sein siegessicheres Lächeln und fügte mit nüchternem, kühlem Ton hinzu;

»Ich glaube, Sie brauchen Joenn nicht nach Hause zu bringen. Schließlich bin ich ja jetzt hier. Wir wohnen im selben Hotel, da versteht es sich ja von selbst, dass sie mit mir zurückfährt.«

Mark Low blickte Dante wütend an.

»Sie ist heute in meiner Begleitung!« Er sprach lauter als er eigentlich beabsichtigt hatte, doch in diesem Moment war ihm seine Zurückhaltung gleichgültig. Dante beugte sich leicht zu Mark Low hinüber und wiederholte ruhig und eindringlich, fast schon drohend;

»Es versteht sich von selbst, Mr. Low!«

Mark wollte gerade etwas erwidern, da meldete sich Joenn endlich zu Wort. Sie legte ihre Hand flach auf Marks Hand, die sich zu einer Faust geballt auf dem Tisch befand. Sie sah nur ihn an, während sie sprach:

»Es war ein wunderschöner Abend, er war eine hervorragende Ablenkung. Ich danke dir dafür. Ich hoffe wirklich sehr, wir können ihn bei passender Gelegenheit wiederholen.« *Diese Gelegenheit werde ich euch mit Sicherheit nicht geben*, dachte Dante sich innerlich, während er die Szene mit Argusaugen verfolgte. »Aber ich glaube, Dante hat recht. Wir haben den gleichen Weg. Ich werde mich bei dir melden. Schließlich habe ich ja mittlerweile deine Nummer.«

Joenn lächelt Mark versöhnlich an. Marks Gesichtszüge entspannten sich daraufhin spürbar, zu einem freundlichen Ausdruck. Er stand auf, ging um den Tisch herum, beugte sich zu ihr hinunter und flüsterte ihr etwas ins Ohr, was sie hinter vorgehaltener Hand kichern ließ. Sie nickte ihm zustimmend zu, woraufhin er ihr einen kurzen Abschiedskuss auf die Wange gab. Dante beachtete er beim Verlassen des Restaurants keines weiteren Blickes mehr. Dante zuckte gelassen über dieses Verhalten mit den Schultern und winkte dann den Oberkellner herbei. Als dieser an ihren Tisch kam, drückte er ihm wortlos seine schwarze Kreditkarte in die Hand, bat ihn, großzügig aufzurunden, woraufhin der Ober fast zum Kassentresen rannte. Kurz darauf stand er wieder neben Dante, er bedankte sich übertrieben höflich, während er ihm seine Karte wieder zurückgab. Dante und Joenn verließen das nun leerer werdende Restaurant. Joenn schritt mit entschlossenen Schritten voraus. Vor dem eleganten Restaurant blieb sie abrupt stehen, um nach Dantes vertrautem BMW Ausschau zu halten. Als er direkt hinter sie trat, musterte sie ihn mit hochgezogenen Augenbrauen und einem fragenden Ausdruck.

»Wir müssen laufen. Ich habe mein Auto nicht dabei. Aber es ist nicht weit.«

Er rechtfertigte seine Antwort auf ihre unausgesprochene Frage mit einem leichten Achselzucken, als wäre die Situation vollkommen nebensächlich. Instinktiv wollte er Joenn sein Jackett um die Schultern legen, doch sie wies die Geste mit einer abwehrenden Handbewegung zurück. Mit verschränkten Armen, die ihr in der kühlen Abendluft wenigstens ein bisschen Wärme spendeten, stolzierte sie los, in Richtung des Hotels, das sie momentan beide bewohnten. Dante schüttelte nur den Kopf, er zog sein Jackett wieder an und folgte ihr mit einigen Schritten Abstand. Er achtete sorgfältig darauf, eine gewisse Distanz zu wahren, doch die aufkeimende Wut kroch langsam, aber unaufhaltsam wieder in ihm hoch. Er befürchtete, dass er sie nicht mehr lange würde zügeln können. Sie liefen knappe zwanzig Minuten zurück zum Hotel, doch die aufgestaute Wut wollte bei Dante einfach nicht abklingen. Ganz im Gegenteil, je näher sie dem Hotel kamen, desto stärker wurde sie, sie brodelte wie ein Vulkan kurz vor dem Ausbruch unter seiner Oberfläche. Ihr beharrliches Schweigen ihr stures Voranschreiten stachelten ihn nur noch mehr an. Vor ihrer

Zimmertür angekommen, vernebelte die aufwallende Wut bereits sein rationales Denkvermögen. Ohne auch nur ein einziges Wort mit ihm zu wechseln, drehte sie sich in ihrem Zimmer abrupt zu ihm um. Das unmissverständliche Funkeln in ihren Augen, diese offene, unverhohlene Wut gab ihm den Rest. Er stemmte eine Hand gegen die Tür, um sie daran zu hindern, sie vor seiner Nase zuzuschlagen. Er drängte sich selbst in ihr Zimmer, er ignorierte ihren schockierten, zugleich wütenden Gesichtsausdruck einfach. Missmutig schloss sie die Tür hinter ihm und folgte ihm dann widerwillig in das große, geräumige Zimmer, in dem er sich gerade umsah. Sie wollte gerade etwas sagen, doch Dante kam ihr erneut zuvor, seine Stimme bebte vor unterdrücktem Zorn.

»Was fällt dir eigentlich ein, mit einem meiner Angestellten auszugehen?«

Wütend wollte er gerade einen Schritt auf sie zugehen, als plötzlich das Telefon auf dem Nachttisch klingelte. Joenn ließ ihn abrupt stehen, sie lief mit schnellen Schritten zum Nachttisch und nahm den Hörer ab. Am anderen Ende der Leitung meldete sich der junge Mann von der Hotelrezeption.

»Guten Abend, Miss Brocks. Ich habe gerade gesehen, dass Sie und Mr. Brown wieder im Hotel eingetroffen sind. Leider kann ich ihn auf seinem Zimmer gerade nicht erreichen, da dachte ich, ich versuche es vielleicht bei Ihnen. Ist er denn bei Ihnen?«

Joenn warf Dante einen wütenden Blick zu.

»Nein, er ist nicht bei mir. Kann ich ihm denn etwas ausrichten?«

Der junge Mann atmete hörbar erleichtert auf. Am anderen Ende der Leitung herrschte einen kurzen Moment Stille, als würde der Rezeptionist abwägen, wie er nun weiter vorgehen sollte.

»Hören Sie, er ist bestimmt gleich auf seinem Zimmer, vielleicht versuchen Sie es einfach noch einmal bei ihm.«

Joenn hörte ein leises Aufkeuchen.

»Nein, nein, ich möchte ihn nicht stören. Wissen Sie, diese… Frau war wieder da. Sie hat ein Handy abgegeben. Das soll anscheinend ihm gehören. Es liegt hier unten bei uns an der Rezeption.«

»Was für eine Frau?«

Ihr Blick wanderte wie von selbst zu Dante, der durch diesen Satz ebenfalls stutzig geworden war und jetzt aufmerksam lauschte.

»Oh, die in dem roten Kleid, die .... Die sich so innig geküsst haben. Wenn Sie ihm das ausrichten, weiß er sicher, wer gemeint ist.«

Dante bemerkte, wie das Blut aus Joenns Wangen wich, bevor es mit voller Wucht zurückkehrte und ihre Wangen in einem tiefen Rot erglühen ließ. Er entriss ihr kurzerhand das Telefon. Wütend bellte er in den Hörer:

»Brown hier!«

Der junge Mann stotterte daraufhin das Gleiche noch einmal herunter, was er Joenn soeben berichtet hatte. Erschrocken darüber, Dante jetzt tatsächlich am Apparat zu haben, vergaß er jegliche Zurückhaltung bei seiner Wortwahl. Dante starrte Joenn mit zusammengekniffenen Augen an. Das war ganz und gar nicht gut. Wieder bellte er ins Telefon, er solle das Handy unverzüglich auf sein Zimmer bringen lassen, ohne auf ein weiteres Wort des Mannes zu warten, legte Dante auf. Er ließ das Telefon achtlos auf Joenns Bett fallen und beobachtete argwöhnisch, wie sie langsam auf ihn zukam. Dantes Blick war wie hypnotisiert auf ihre Lippen fixiert, als würde er jeden Moment erwarten, Schaum daraus quellen zu sehen. Einen Schritt vor ihm blieb sie stehen. Mit ihrem spitzen Zeigefinger piekste sie mehrmals drohend gegen seine Brust. Ihre Stimme war nur ein gefährliches Flüstern, er beugte sich leicht vor, um sie besser zu verstehen. Warum er das tat, wusste er selbst nicht genau, denn eigentlich wollte er ihre drohende Standpauke gar nicht hören.

»Wie kannst du es wagen, uns eine solche Szene zu machen? Im Gegensatz zu dir haben wir uns lediglich unterhalten. Wie kannst du es wagen, mit einer Angestellten anzubandeln und unseren harmlosen Abend auf diese Weise zu zerstören? Wie kannst du es überhaupt wagen, dich in mein Leben oder in das anderer einzumischen?«, zischte sie mit einer Intensität, die ihm eine Gänsehaut über den ganzen Körper jagte. Ihr pieksender Zeigefinger bohrte sich immer wieder in Dantes Brust. Mit einer schnellen, entschlossenen Handbewegung ergriff er ihre Hand mit dem verhassten, pieksenden Finger in seiner, sie musste endlich aufhören, ihn weiter auf diese Weise aufzuspießen. Sie versuchte sofort, ihre Hand aus seinem festen Griff zu befreien, doch das ließ er nicht zu.

»Ich hatte nichts mit ihr. Sie hat mich einfach überraschend geküsst.« verteidigte sich Dante, obwohl er wusste, dass seine Worte in diesem Moment kaum Gewicht hatten. Joenn verdrehte nur genervt die

Augen. Dante zog sie an ihrer Hand näher an sich heran, seine Stimme war nun ebenfalls nur ein kaum hörbares Flüstern.

»Es geht hier nicht um mich, sondern um dich! Ich kann tun und lassen, was ich will!«

Joenns Kopf schnellte hoch, ihre Augen funkelten vor Zorn, als sie Dante anfauchte;

»Und ich etwa nicht? Was gibt dir dieses verdammte Recht?«

Dante war von diesem intensiven Funkeln in ihren Augen so überrascht und gleichzeitig fasziniert, dass sich sein fester Griff um ihre Hand für einen winzigen Augenblick lockerte. Joenn nutzte diese winzige Chance blitzschnell, um sich aus seinem Griff zu befreien. Sie machte auf dem Absatz kehrt und lief mit schnellen Schritten in Richtung Badezimmer, während sie sich im Laufen ihre High Heels auszog, die soeben klappernd auf dem Boden landeten. Kurz vor dem Badezimmer blieb sie abrupt stehen, sie drehte sich noch einmal zu ihm um und sagte mit eisiger Stimme:

»Es ist jetzt besser, wenn du gehst. Ich mag keine Heuchler, insbesondere keine in meinem Zimmer!«

Kurz bevor sie im Badezimmer verschwinden konnte, holte Dante sie mit wenigen schnellen Schritten wieder ein. Er drehte sie mit einer entschlossenen Bewegung zu sich um. Da sie damit überhaupt nicht gerechnet hatte, geriet sie leicht ins Schwanken. Reflexartig drückte Dante sie gegen die kalte Wand, wo sie ihr Gleichgewicht wiedererlangen konnte. Eigentlich hatte er sie nur vor einem Sturz bewahren wollen, doch diese unerwartete Nähe, diese angespannte Situation amüsierte ihn auf eine seltsame Weise. Mit beiden Händen stützte er sich jetzt an der Wand links und rechts von ihrem Kopf ab, schloss sie so förmlich ein. Wieder beugte er sich leicht zu ihr herunter, um ihr noch tiefer in die Augen sehen zu können. Er roch den betörenden Duft ihres Parfüms, spürte die Wärme, die sie ausstrahlte, so nah war er ihr jetzt. Ihre Augen funkelten ihn wütend an, sie waren so dunkelblau, dass er sich darin verlieren könnte.

»Ich habe eine gewisse Verantwortung für dich!«

»Ich bin kein kleines Kind!«, zischte sie zurück, ihr Atem ging schnell. Es kam ihr so vor, als wäre Dante noch ein Stück näher gekommen, während sie ihm diese Worte ins Gesicht fauchte.

»Nein, das bist du wahrlich nicht. Aber du bist… Gefährlich.« Das letzte Wort flüsterte er mit heißerer Stimmer, seine Augen verdunkelten sich dabei. Joenns Wut schien wie mit einem Schlag verflogen zu sein. Sie konnte nicht wütend auf ihn sein, wenn er ihr so nahe war, dass sie seinen warmen Atem auf ihrer Haut spürte, wenn sein maskuliner Duft, vermischt mit dem leicht verflogenen Aftershave des Abends, ihre Sinne benebelte. Sie spürte das tiefe Vibrieren seiner Stimme bis tief in ihr Innerstes. Überrascht fragte sie leise:

»Wie meinst du das?«

Dante schnaubte verächtlich, atmete tief ein, den betörenden Duft ihrer Haut vermischt mit ihrem Parfüm. Seine Wut wandelte sich in ein tiefes, ungestümes Verlangen. Er konnte nicht anders, als seinen Blick zwischen ihrem sinnlichen Mund und ihren funkelnden Augen hin und her wandern zu lassen.

»Du hast eine unglaubliche Wirkung auf Männer.«

Joenn schüttelte leicht den Kopf.

»Nein. Ich meine… Du bist doch auch ein Mann. Bist du…« Joenn schluckte den Rest, von dem, was sie sagen wollte, runter. Dannte schaute nur noch aus Augen, die zu schlitzen geworden sind, zu ihr.

»Eben, Joenn, ich bin auch nur ein Mann! Also überlege dir das nächste Mal gut, was du tust. Es gibt Momente bei einem Mann, da ist einem der Rest… Verdammt egal.«

Damit stieß er sich abrupt von der Wand ab, um sich von ihr abzuwenden. In diesem Moment, als Dante ihr den Rücken zukehrte, erinnerte sich Joenn wieder an das, was der Mann am Telefon zu ihr gesagt hatte.

»Hat Elisa auch diese Wirkung auf Männer? Oder besser gesagt, auf dich?«

Er drehte sich langsam wieder zu ihr um. Er hatte nun etwas Abstand zwischen sich gebracht, genug, um seine Fassung halbwegs wiederherzustellen. Eigentlich wollte er gehen, er traute sich im Moment selbst nicht über den Weg. Diese Frau, die da vor ihm stand, brachte ihn dazu, an seiner eisernen Selbstdisziplin zu zweifeln. Er schüttelte leicht den Kopf.

»Nicht auf mich, zumindest nicht in dieser Weise.«

Joenn neigte den Kopf leicht zur Seite, ihr fiel es schwer, ihm diese Aussage uneingeschränkt zu glauben, doch gleichzeitig wollte sie die Wahrheit herausfinden.

»Mir wurde gesagt, du hättest sie geküsst. Dann muss sie doch etwas an sich haben, das anziehend wirkt. Ich empfinde sie als hübsch.«

Dante lachte kurz auf. »Ja, hübsch ist sie, da muss ich dir recht geben. Ich glaube, ich habe diesen Kuss nur erwidert, weil sie in diesem Moment die perfekte Ablenkung für mich war.«

Joenn machte einen entschlossenen Schritt auf ihn zu. Würde sie jetzt endlich etwas aus seinem verborgenen Leben erfahren? Er redete praktisch nie über sich selbst, weder über seine Person noch über seine Vergangenheit, ausgenommen seiner Studienzeit.

»Wovon musstest du dich auf diese Weise ablenken?«

Dante wich ihrem Blick aus und konzentrierte sich auf eine winzige Fussel auf dem Teppich zu seinen Füßen. Als er bemerkt, dass sie einen Schritt auf ihn zugegangen war, zog er erschreckt die Luft ein. Verstand sie wirklich überhaupt nicht, worauf er hinauswollte? Auch er machte jetzt einen Schritt auf sie zu. Eigentlich hatte er vorgehabt, diesen sofort wieder rückgängig zu machen, aber als er merkte, dass Joenn keinen Anstoß daran nahm, blieb er stehen. Er fixierte ihr Gesicht.

»Von dir!« Joenn schnappte nach Luft.

Dante bewegte sich langsam in Richtung Tür. Als er die kalte Türklinke in der Hand hielt, wurde Joenns Stimme etwas lauter, ihre Fassung drohte zu bröckeln.

»Was soll das alles? Glaubst du wirklich, du könntest mich mit solch einer unverschämten Lüge dazu bringen, deinen Hampelmann zu spielen? Du erzählst mir solch einen Unsinn, weil du darauf spekulierst, dass ich deine Gefühle nicht verletzen würde? Du bist ein guter Schauspieler, Dante, aber nicht gut genug. Du kannst mit Elisa machen, was du willst, es geht mich nichts an. Aber lüg mich nie wieder so dreist an!«

Ungläubig starrte Dante sie an, seine Hand lockerte sich langsam um den Türgriff, bis er ihn schließlich ganz losließ. Mit festen, entschlossenen Schritten kam er wieder auf sie zu. Leise flüstert Joenn mehr zu sich selbst

»Scheiße.«

Sie wich einen Schritt zurück und wappnete sich innerlich darauf, gleich noch ein paar blaue Flecken davonzutragen, sollte er sie gleich wieder gegen die kalte Wand pressen. Überrascht starrte Joenn ihm mit weit geöffneten Augen in sein Gesicht, als er sie mit einem Arm um ihre Hüfte fest an sich zog. Mit der freien Hand hob er sanft ihr Kinn an. Er blickte ihr tief in die Augen, während sich seine andere Hand in ihrem Haar am Hinterkopf vergrub. Sie spürte seinen muskulösen Körper an ihrem eigenen, seine Wärme umhüllte sie wie eine Decke. Ihr Kopf war wie leer gefegt. Nichts warnte sie vor dem, was nun geschah. Alles in ihr kribbelte, selbst ihre Kopfhaut schien zu prickeln. Langsam senkte er seinen Kopf. Sie spürte seinen warmen Atem auf ihren Lippen, bevor sein Mund sanft auf ihren lag. Seine Zunge neckte zärtlich ihre Lippen, forderte sie heraus, bis sie ihm schließlich widerstrebend Einlass gewährte. Sein Kuss war fordernd, leidenschaftlich, Joenn konnte nicht anders, als sich an dem sinnlichen Spiel seiner Zunge zu beteiligen. Ein tiefes, raues Stöhnen löste sich aus seiner Kehle, sein Griff um ihre Hüfte wurde fester, er hielt sie fest umschlungen, sodass sie ihm unmöglich hätte entkommen können. Auch wenn sie nicht einen einzigen Funken lang daran gedacht hätte, sich diesem intensiven Gefühl zu entziehen. Er drückte sie noch fester an sich, ihre Brust an seinen breiten Brustkorb gepresst. Sein Kuss wurde immer leidenschaftlicher, noch fordernder, er raubte ihr den Atem. Wie von selbst wanderte Joenns eine Hand auf seine breite Brust, während die andere sich in seinem vollen, dichten Haar verfing. Dante spürte sein eigenes, unaufhaltsam wachsendes Verlangen, das sich wie ein Lauffeuer in seinem Körper ausbreitete. Ihm war mehr als bewusst, dass dieses Verlangen auch Joenn nicht verborgen geblieben sein konnte. Er löste sich nur widerwillig von ihr, der Abstand zwischen ihren Körpern war minimal. Mit jedem einzelnen Wort, das er sprach, berührte er zärtlich ihre Lippen mit seinen eigenen, als wollte er die eben entfachte Glut noch weiter anfachen. Seine Stimme war heißer und sein Atem ging schwerer.

»Fühlt sich das wie eine Lüge an?«

Joenn konnte nicht antworten, sie war wie gelähmt von seinen Berührungen. Er besiegelte ihre Lippen erneut mit seinen, der Kuss war dieses Mal noch intensiver, noch fordernder als zuvor. Sie spürte, wie ihr ganzer Körper in seinen Händen zu brennen begann. Als Dante sich dieses Mal von ihr löste, sagte er nichts. Er blickte ihr nur tief in die Augen, sein Blick war ernst, langsam ließ er seine Hände von ihrer Hüfte sinken. Als er einen Schritt zurücktrat, sah Joenn deutlich, wie sich sein Gesichtsausdruck veränderte. Das tiefe Verlangen, das sie eben noch darin gesehen hatte, war verschwunden. Ihr wurde langsam bewusst, was sie gerade getan hatte, und vor allem mit wem. Es war nicht nur Dante, der

Mann, der sie soeben geküsst hatte, es war auch ein Mitglied ihrer Familie, eine Person, die sie eigentlich respektieren sollte. Erschrocken hob sie ihre mittlerweile zitternde Hand an ihre noch immer pochenden Lippen. Als sie instinktiv einen Schritt zurückgehen wollte, stolperte sie unglücklich gegen die Bettkante. Sie drehte sich kurz um, um fassungslos auf das große Bett zu starren, ihr Kopf schnellte dann wieder zurück zu Dante.

Wann sind wir zum Bett gegangen? Dantes Hände waren nun wieder fest zu Fäusten geballt, seine Stimme klang hart.

»Halt dich fern von mir! Und solange wir zusammenarbeiten, auch von anderen Männern, wenn du das hier nicht wiederholen möchtest.«

Damit nickte er ihr kurz zu und verschwand endgültig aus ihrem Zimmer. Joenn ließ sich erschöpft auf ihr Bett plumpsen. Der letzte Satz hallte immer wieder in ihrem Kopf wieder, verfolgte sie wie ein Echo:

Halt dich fern von mir und von anderen Männern, wenn du das nicht wiederholen möchtest.

*

Für Dante war diese Nacht eine einzige Qual gewesen. Es war vollkommen egal, wie oft er unter der Dusche stand oder wie oft er seine Zähne putzte – er roch sie noch immer und er schmeckte sie noch immer auf seinen Lippen. Seinen Kuss, den sie mit solcher Leidenschaft erwidert hatte, brannte sich in seine Sinne ein. Er hatte eine fast volle Flasche Mundwasser dabeigehabt, doch inzwischen war sie leer, und trotzdem schmeckte er noch immer den Nachhall ihres Kusses. Er war ganze dreimal duschen gewesen, hatte sich die Haut am Hals fast wund geschrubbt, und trotzdem konnte er ihren Duft noch immer deutlich an seinem Körper wahrnehmen. In seinem Bett wälzte er sich unruhig hin und her, er fand keine Ruhe. Seine eigenen Gedanken verspotteten ihn, quälten ihn mit bohrenden Fragen. Was zum Teufel hatte er sich nur dabei gedacht? Er hätte einfach gehen und sie in ihrem Glauben lassen sollen. Hatte er etwa wirklich geglaubt, dass ein Kuss, eine Handlung, die er vom ersten Moment an hatte ausführen wollen, seit er sie das erste Mal in diesem Saal hatte eintreten sehen, spurlos an ihm vorübergehen würde? Er schalt sich selbst einen Narren. Er hatte sie unbedingt küssen wollen, er hatte dieser quälenden Versuchung einfach einmal nachgeben müssen. Es hätte doch nur ein Kuss sein sollen, ein kurzer, unbedeutender, vielleicht sogar enttäuschender Kuss – und nicht diese explosive Offenbarung voller Leidenschaft, die alles veränderte. Bei diesem Kuss hatte er alles um sich herum vergessen, die gesamte Realität war für einen kurzen Moment verschwommen. Sogar wer sie war und vor allem, *was* sie war, hatte er in diesem Augenblick ausgeblendet. Erst als sein Fuß unabsichtlich gegen den harten Bettpfosten stieß, bemerkte er, dass er sie quer durch das Zimmer geleitet hatte, ohne dass es einem von ihnen bewusst gewesen war. Dieser Stoß hatte ihn abrupt in die Realität zurückgeholt. Es war ihm extrem schwergefallen, der Versuchung zu widerstehen, sie auf diesem wunderschönen, weichen Bett abzulegen. In seiner Fantasie war es so einfach gewesen: Dort neben ihr zu liegen, sie bis in alle Ewigkeit zu küssen, ihren Kopf dabei sanft zu heben und zu spüren, wie all ihre Sinne nur auf ihn gerichtet waren, nur auf ihn und auf keinen anderen. Das hätte sie ihm niemals verziehen. Würde sie ihm überhaupt das verzeihen, was heute Nacht geschehen war? Würde sie ihm allein die Schuld dafür geben? Oder würde sie die Problematik auch bei sich selbst suchen? Wenn Dante etwas aus dieser Nacht mitnahm, dann die unmissverständliche Erkenntnis, dass er sich von Joenn fernhalten musste. So etwas durfte sich unter keinen Umständen wiederholen! Noch bevor der Wecker überhaupt klingeln konnte, stand Dante auf. Er hatte lange genug die monotone Decke seines Hotelzimmers angestarrt, seine Gedanken hatten ihn um den Schlaf gebracht. Er war fest entschlossen, dieses delikate Thema nun ruhen zu lassen, und er hoffte inständig, dass Joenn ebenso dachte.

Kapitel 6

Um dies herauszufinden, beschloss er, sie zum Frühstück abzuholen. Er klopfte an ihre Tür, lauter, als er es eigentlich beabsichtigt hatte. Erschrocken blickte er sich auf dem ruhigen Flur um, ob jemand seine Unruhe bemerkt hatte. Niemand öffnete seine Tür, auch Joenn reagierte zunächst nicht. Ungeduldig warf er einen Blick auf seine Armbanduhr. Kurz nach sechs Uhr morgens. Gleichgültig zuckte er mit den Schultern und klopfte dann wiederholt und nun noch etwas energischer an ihre Tür. Er hörte, wie sich etwas im Zimmer regte, ein leises Rascheln und Trippeln. Schließlich öffnete Joenn die Tür, noch in ihren seidenen Morgenmantel gehüllt. Allerdings sah sie alles andere als ausgeschlafen aus. Dante bemerkte sofort die tiefen, dunklen Schatten unter ihren Augen, und es erfüllte ihn mit einer gewissen, unwillkommenen Genugtuung, dass es ihr in dieser Nacht anscheinend nicht viel besser ergangen war als ihm selbst. Dante trat ohne Umschweife und ohne auf Joenns Zustimmung zu warten in ihr Zimmer. Er sah wohl, dass es ihr missfiel, doch das kümmerte ihn in diesem Moment herzlich wenig. Er nahm auf einem der beiden Stühle Platz, die vor dem kleinen Holztisch standen, auf dem die Hotels üblicherweise ihre allgemeinen Geschäftsbedingungen für die Gäste auslegten. Verschmitzt grinst er sie an.

»Ich hole dich zum Frühstück ab. Ich warte hier, während du dich fertig machst.«

Joenn zwang sich ein Lächeln auf. Sie spürte, dass er sie nicht aus den Augen ließ, während sie ihre Habseligkeiten, die sie für diesen Tag zum Anziehen brauchte, zusammen suchte. Als sie schließlich noch einmal an ihm vorbeimusste, um ins Badezimmer zu gelangen, blieb sie kurz stehen, um ihm ins Gesicht zu schauen. Er erwiderte ihren Blick mit einem noch breiteren, fast schon triumphierenden Grinsen. Bis sie im Badezimmer hinter der verschlossenen Tür in den Spiegel blickte, war es ihr ein Rätsel, warum seine Augen so spitzbübisch zu funkeln begannen, und warum er sie den ganzen Morgen so breit angrinste. Sie fand, er sah schrecklich aus, wie jemand, der keine einzige Stunde geschlafen hatte, jemand, der unter enormem Stress litt. Deswegen verwunderte sie sein seltsames Verhalten umso mehr. Doch jetzt, als sie ihr eigenes Spiegelbild betrachtete, wurde ihr schlagartig klar, warum er sie so hämisch angrinste. Dieser leidenschaftliche Kuss gestern Nacht war keineswegs spurlos an ihr oder ihrem Körper vorübergegangen. Sein rauer Bartschatten hatte deutliche, verräterische Spuren ober- und unterhalb ihrer Lippen hinterlassen, kleine rote Male. Er hatte sie mit seinem leidenschaftlichen Kuss förmlich „gekennzeichnet". Unter der warmen, beruhigenden Dusche ließ Joenn die Ereignisse der vergangenen Nacht noch einmal kurz Revue passieren. Er war hier in ihrem Zimmer, hatte sich ohne zu fragen Zutritt verschafft. Sein Verhalten war oberflächlich betrachtet normal, fast schon beiläufig. Also würde er sicherlich genau beobachten, wie sie nun mit dieser delikaten Situation umging. Sie brauchte nicht lange darüber nachzudenken. Sie waren eindeutig zu weit gegangen. Außer ihnen beiden hatte niemand etwas von diesem intimen Moment mitbekommen. Dante hatte ihr auf unmissverständliche Weise zu verstehen gegeben, was er von ihr erwartete, vor allem aber, welche Konsequenzen es haben würde, wenn sie sich nicht unter Kontrolle bekäme. Etwas, das sie sich beide niemals verzeihen könnten. Wut kochte in ihr hoch, als sie die deutlich sichtbaren roten Flecken sah und bemerkte, wie der Mann, der so lässig auf einem Stuhl in ihrem Zimmer saß, sich offensichtlich über sie lustig machte. Mit präziser Sorgfalt kaschierte sie die verräterischen Spuren unter ihrem Make-up, bis sie spurlos verschwunden waren. Sie ließ sich ausgiebig Zeit dabei. Wenn er unbedingt warten wollte, dann sollte er das ruhig auch richtig lange tun, dachte sie trotzig. Als sie schließlich frisch geduscht, perfekt gerichtet und in ihre Kleidung für den Tag gekleidet aus dem Badezimmer kam, sah sie Dante immer noch gemütlich auf dem Stuhl sitzen. Ein Bein lässig über das andere geschlagen, war er vertieft in die Lektüre der aktuellen Tageszeitung. Woher er diese so früh am Morgen hatte, wusste sie nicht, allerdings hatte sie auch keine Lust, diese nebensächliche Frage zu stellen. Dante legte die Zeitung erst beiseite, nachdem er den Artikel, in den er so vertieft gewesen war, fertig gelesen hatte. Schweigend erhob er sich von seinem Stuhl, um sie aus dem Zimmer zu geleiten. Eine beklemmende Stille senkte sich zwischen ihnen herab, die sich auch im Auto auf dem Weg zum Dinner fortsetzte und immer unangenehmer wurde. Joenn räusperte sich leise, entschlossen, das unangenehme Thema des gestrigen Abends noch einmal kurz anzuschneiden. Doch zu ihrer Überraschung begann Dante von selbst über die

Ereignisse der letzten Nacht zu sprechen, noch bevor sie überhaupt ein Wort hatte sagen können.

»Ich wollte mich noch einmal für das Geschehene gestern Abend entschuldigen. Ich wollte es wirklich nicht so weit kommen lassen. Mir sind einfach die Argumente ausgegangen, wie ich dir etwas begreiflich machen sollte, was du mir mit Worten offenbar nicht geglaubt hättest. Ich hatte das Gefühl, dass daraus ein unnötiger Streit entstehen könnte, der in die gänzlich falsche Richtung gehen würde. Für mich war das in diesem Moment die schnellste und, zugegebenermaßen, angenehmste Art, dir klarzumachen, was ich dir eigentlich sagen wollte.«

Sie beobachtete Dantes strenges Seitenprofil, während er sprach. Seine gesamte Konzentration war auf die Straßenverhältnisse gerichtet, er schien sich vollkommen auf das Fahren zu konzentrieren. Er würdigte ihr während seiner Erklärung keinen einzigen Blick. Selbst als sie das Wort ergriff, sah er sie nicht einmal für einen Bruchteil einer Sekunde an.

»Ich habe verstanden, was du mir gestern damit sagen wolltest. Und was mich betrifft, ist das Zwischenmenschliche, was zwischen uns passiert ist, nie passiert.«

Dante lenkte das Auto nun auf den Parkplatz des Dinners. Den Arm, den er zuvor lässig auf der Mittelkonsole zwischen ihnen abgelegt hatte, legte er jetzt auf die Rückseite ihres Sitzes, fast schon bedrohlich nah hinter ihren Nacken. Obwohl er sie nicht direkt berührte, kam es ihr so vor, als würde seine Nähe sie förmlich einhüllen, ihr die Luft zum Atmen nehmen. Seine Gesichtszüge waren angespannt.

»Dem kann ich leider nicht zustimmen. Ich kann es auch nicht einfach vergessen. Das, was vorgefallen ist, hat im Grunde nur gezeigt, wie gefährlich wir beide aufeinander reagieren. Daher empfehle ich dir wiederholt und eindringlich, solchen Situationen in Zukunft aus dem Weg zu gehen.«

Joenn starrte ihn mit zusammengebissenen Zähnen an. Es schien ihn allerdings überhaupt nicht zu interessieren, wie sie auf seine Worte reagierte. Er hatte seinen Standpunkt klar und deutlich gemacht. Für ihn war dieses unangenehme Thema damit erledigt. Er stieg aus dem Auto, lief um den Wagen herum, um ihr höflich die Tür zu öffnen. Er half ihr mit einer formellen Geste aus dem Auto, indem er ihr die Hand reichte, die sie gedankenverloren annahm. Sie spürte eine plötzliche Hitzewelle, die sie bei seiner Berührung durchströmte, ein unwillkürliches Zucken durchfuhr ihren Körper. Sobald sie festen Boden unter den Füßen hatte, entzog sie ihm ihre Hand so schnell wie möglich und blickte ihn mit großen, Augen an. Ein flüchtiges Lächeln huschte über seine Lippen.

»Gutes Mädchen. Du lernst schnell.«

Joenn spürte, wie die mittlerweile nur allzu bekannte Wut, ihn empört anzuschreien, wieder die Oberhand gewinnen wollte. Sollte das jetzt ewig so weitergehen? Sie atmete mehrmals tief durch, um ihre Fassung zu bewahren, bis sie schließlich schweigend an ihrem Tisch im Restaurant Platz nahmen. Im Dinners lenkte Dante die Unterhaltung wieder auf das Hotelprojekt. Sein Handy klingelte nun zum zweiten Mal in der Innentasche seines Jacketts. Eigentlich hatte er vorgehabt, es während des Frühstücks zu ignorieren, doch das penetrante Klingeln nervte ihn zunehmend. Er kramte es schließlich aus der Tasche und nahm den Anruf entgegen. Das Gespräch war kurz. Danach schaltete er das Handy aus und verstaute es wieder an seinem gewohnten Platz. Wieder Joenn zugewandt, erklärte er ihr, wer ihn gerade angerufen hatte.

»Das war eben Elisa. Sie lässt sich entschuldigen. Sie musste einen dringenden Termin außerhalb der Stadt wahrnehmen. Sie meinte, dass sie es diese Woche wahrscheinlich nicht mehr schaffen wird, zurückzukommen.«

Joenn wirkte sichtlich überrascht.

»Aber heute ist doch erst Dienstag.«

»Das ist doch kein Problem. Dann nimmst du dir einfach die restlichen Tage frei.«

Joenns ungläubiger Gesichtsausdruck brachte ihn dazu, kurz aufzulachen. Er lehnte sich auf der Bank zurück und hob ergeben die Arme in die Luft.

»Okay, okay, ich habe verstanden. Du hast keine Lust, ein paar Tage freizumachen, deinen Körper zu entspannen und vielleicht ein bisschen Wellness zu betreiben? Du könntest nebenher ein bisschen unauffällige Spionage betreiben.«

Joenn schüttelte energisch den Kopf, was sein Schmunzeln nur noch verstärkte.

»Zugegeben, deine Reaktion erfreut mich sogar. Um ehrlich zu sein, kommt mir das sogar ganz gelegen. Ihr seid schon ziemlich weit gekommen mit den Vorbereitungen, und ich würde am liebsten, auch wenn wir uns noch mitten in der Bauphase befinden, schon mal im Innenbereich anfangen.«

Überrascht unterbrach Joenn ihn. »Im Innenbereich?«

»Stimmt, ich kam noch gar nicht dazu, dir zu erzählen, dass wir den rechten Flügel des Hotels schon fast fertiggestellt haben. Sie haben sogar schon die Fenster eingesetzt. Es ist alles verputzt, und die Maler müssten bereits an der Fassade beschäftigt sein.«

»Was willst du mir damit sagen?«

»Ich werde mir heute den restlichen Tag freinehmen, damit wir zusammen den linken Flügel durchgehen können. Wir würden mit den Fliesenarbeiten, der Deckenfarbe und der Planung der Beleuchtung in Bezug auf die Elektriker, die morgen im Haus sein, werden anfangen. Ab morgen könntest du dann alles dort plangerecht umwandeln und betreuen. Eurem letzten Bericht zufolge ist dieser Bereich in eurer Planung bereits abgeschlossen. Es gibt also keinen Grund, nicht sofort anzufangen. Was sagst du dazu?«

Dante war selbst über sich schockiert.

Wo kam dieser plötzliche Sinneswandel her? Gestern noch hatte er ihr mit kalter Stimme gesagt, sie solle sich von ihm fernhalten, und heute Morgen plante er bereits ihre baldige Rückreise in die vermeintlich sicheren Arme seines Onkels. Er hatte ihr Flugticket sogar schon auf seinem Handy gebucht, als er an ihre Tür geklopft hatte. Und dann stand sie vor ihm.

Sie musterte ihn mit schmalen, misstrauischen Augen, und ihre noch immer leicht geröteten, empfindlichen Lippen, die er nur wenige Stunden zuvor mit seinem leidenschaftlichen Kuss in diesen Zustand gebracht hatte, brachten ihn völlig aus dem Gleichgewicht. Er konnte seinen Blick einfach nicht von ihren Lippen abwenden. Gebrandmarkt von ihm! Selbst jetzt, nachdem sie den verräterischen Beweis des Verbotenen so sorgfältig mit Make-up vertuscht hatte, konnte er nicht wegschauen. Er empfand eine tiefe, fast schon urzeitliche Genugtuung dabei, ihre perfekten Lippen zu beobachten, mit dem geheimen Wissen, diese Lippen mit seinem Kuss gebrandmarkt zu haben. Egal, wie viel Mühe sie sich geben würde, sie würde sich den ganzen Tag immer wieder an diesen atemberaubenden Kuss von gestern und an ihre eigene heftige Reaktion darauf erinnern. Er sollte sich von ihr fernhalten, das wusste er genau. Aber er konnte es einfach nicht. Auch wenn es sich selbst in seinen eigenen Gedanken krank anhörte, er wollte bei jedem einzelnen dieser Momente dabei sein, wenn sie sich aufgrund ihrer noch immer leicht schmerzenden Lippen an seinen Kuss erinnerte. Wie vorhin, als sie ihren ersten Schluck Kaffee trank. Er hatte es genau gesehen, ihre Mundwinkel zuckten unwillkürlich zusammen, die Erinnerung ließ ihren Hals für einen kurzen Moment erröten, und dabei warf sie ihm einen verstohlenen Blick zu, wobei sich ihre Augen kurz verdunkelten. Dieser Blick erfüllte ihn auf eine seltsame Art mit einer tiefen, freudigen Genugtuung.

»Der linke Flügel ist wirklich schon fertig?«

»Ja, tatsächlich! Und was sagst du dazu?«

Joenns Augen waren groß. Ihre Pupillen geweitet, immer noch in diesem dunklen glitzernden Blau.

»Natürlich gerne! Wie habt ihr das denn so schnell geschafft?«

Dante seufzte leise, ein Hauch von Erleichterung schwang in seiner Stimme mit.

»Es scheint, als hätte unser Vorarbeiter ausnahmsweise mal gute Arbeit geleistet. Er war überzeugt, dass es vorteilhafter sei, zuerst die Seitenflügel fertigzustellen. So könnten wir eventuell doch noch den ursprünglichen Bautermin einhalten. Die Grundstückserweiterung verlief ebenfalls reibungslos. Entweder hatte der Besitzer tatsächlich ein finanzielles Problem, oder mein erstes Angebot hat seine kühnsten Vorstellungen weit übertroffen. Dadurch kann nun auch die Gestaltung des Gartens problemlos in Angriff genommen werden. Die engagierten Landschaftsgärtner werden noch heute am späten Nachmittag für ihre erste Einweisung vorbeikommen. Bitte halte dich hierbei so weit wie möglich an die von dir bis jetzt so sorgfältig ausgearbeitete Planung. Sollte dir das alles dennoch zu viel werden, kannst du dich jederzeit an mich wenden. Ich kann auch den Vorarbeiter darum bitten, dich zu unterstützen. Er ist bestens in alle Pläne involviert.«

Abwehrend fuchtelte Joenn mit ihren Händen in der Luft herum.

»Nein, nein, bitte nicht. Mir ist das wirklich nicht zu viel. Und wenn du trotzdem Bedenken hast, kann ich jeden Tag zu dir ins Büro kommen und dir detailliert berichten, wie wir vorankommen und wo sich eventuell Probleme aufgetan haben.«

Dante unterdrückte nur mühsam sein aufkeimendes Lächeln.

»Und wenn es dir *doch* zu viel werden sollte?«

Joenn lächelte ihn ergeben an.

»Dann verspreche ich dir hoch und heilig, mich an Mike zu wenden und seine Hilfe in Anspruch zu nehmen.«

Das war ganz und gar nicht das, was er von ihr hören wollte. Er wollte, dass sie *zu ihm* kam, egal wie unbedeutend ihr Problem auch sein mochte. Dante sah sie mit hochgezogenen Augenbrauen an, seine Miene verfinsterte sich leicht. Joenn tippte unwillkürlich mit ihrem Zeigefinger auf ihre Lippen, die bei dieser leichten Berührung fast unmerklich zuckten. Wieder stieg ihr eine leichte, verlegene Röte den Hals hinauf. Sie bemerkte ihren Fehler, die plötzliche Erinnerung an Dantes eindringliche Worte vom Vorabend – *Halt dich fern von mir und von anderen Männern, wenn du das nicht wiederholen willst* – deswegen fügte sie schnell hinzu, um die Situation zu entschärfen:

»Natürlich nicht, bevor ich bei *dir* war. Ich sagte doch bereits, dass ich dich über alles auf dem Laufenden halten werde.«

Zufrieden nickte er, seine Gesichtszüge entspannten sich wieder etwas. Für eine kleine Ewigkeit rührte Dante nun schweigend mit einem kleinen Löffel in seinem Kaffee herum, er musste sein aufkeimendes Lächeln mit aller Kraft unterdrücken, *zwei.*

»Nun gut, dann würde ich sagen, wir versuchen es. Ich werde alles im Hintergrund überwachen.«

Joenn musste sich mit aller Kraft zusammenreißen, um Dante nicht freudig über den Tisch hinweg in die Arme zu fallen.

Am Ende dieses ereignisreichen Tages breitete sich ein zufriedenes Lächeln auf Dantes Gesicht aus, als er sich auf sein Bett legte. Er hatte akribisch Buch geführt, jede einzelne ihrer Reaktionen genau beobachtet und mitgezählt: Dreiundsechzig Mal hatte Joenn sich im Laufe des Tages an ihren leidenschaftlichen Kuss erinnert. Anfangs war sie bei jeder Erinnerung noch rot geworden, doch nach einer Weile schien sich ihre Verlegenheit etwas zu legen. Ihre Augen verdunkelten sich jedoch immer wieder auf eine Weise, die Dante tief im Inneren berührte und gleichzeitig aufwühlte. Er musste sich selbst eingestehen, dass er bei dieser „Erinnerungsarbeit" auch ein wenig nachgeholfen hatte, und es hatte ihm ein unbeschreibliches, fast schon sündhaftes Vergnügen bereitet. Immer wenn er den Eindruck hatte, dass sie schon zu lange nicht mehr an ihren Kuss gedacht hatte, stellte er ihr gezielte Fangfragen, die sie unweigerlich an den intimen Moment erinnerten. Dabei tippte sie sich jedes Mal unbewusst mit ihrem Zeigefinger an die Lippen, als sie angestrengt darüber nachdachte, wie sie antworten sollte, ohne in seine geschickt gestellten Fallen zu tappen. Dreimal hatte er es sich nicht nehmen lassen, auf ganz subtile und beiläufige Weise persönlich für eine weitere, intensive Erinnerung zu sorgen, indem er unter einem harmlosen Vorwand – sei es ein imaginärer Fussel oder Krümel – ihre Lippen mit seinem Daumen berührte. Der durchdringende Blick ihrer tiefblauen Augen, in denen er so gerne versank, stockte ihm jedes Mal den Atem und ließ sein Herz schneller schlagen. Es war eine Mischung aus Sehnsucht, Verlangen und einer fast schon schmerzhaften Erkenntnis, dass dies etwas war, das niemals sein durfte.

*

Die Woche verging wie im Flug, eine rasante Abfolge von Terminen und Baubesprechungen. Joenn überwachte mit wachsamen Augen die Arbeiten im zukünftigen Wellnessbereich des Hotels, gab Anweisungen und koordinierte die verschiedenen Gewerke. Mehrmals täglich suchte sie Dantes Büro auf, um ihm detailliert über den Fortschritt der Arbeiten zu berichten, wie sie es ihm versprochen hatte. Anders als sie es ursprünglich erwartet hatte, bereiteten nicht der komplexe Wellnessbereich oder die elegante Tee-Lounge die größten Schwierigkeiten, sondern der Außenbereich, der Garten.

Die engagierten Gärtner kamen immer wieder mit neuen, unerwarteten Problemen auf sie zu, die Joenn zunehmend zur Verzweiflung trieben. Gewisse Pflanzen seien zu dieser Jahreszeit schlichtweg nicht beschaffbar, erklärten sie ihr. Andere Pflanzenarten würden sich untereinander nicht vertragen und sich gegenseitig im Wachstum behindern. Wieder andere Pflanzen wiesen Blütezeiten auf, die sich nicht mit den anderen Pflanzen im geplanten Arrangement deckten, was das Gesamtbild der Gartengestaltung erheblich beeinträchtigen würde. Der idyllische kleine Teich mit seinem sanft plätschernden Rinnsal konnte an der vorgesehenen Stelle vor dem Pavillon aufgrund der unerwarteten Bodenverhältnisse nicht realisiert werden. Und der majestätische, alte Baum, den Dante hatte fällen lassen wollen, konnte aufgrund der aktuellen Jahreszeit und des damit verbundenen starken Saftflusses nicht gefällt werden, ohne das umliegende Ökosystem unnötig zu schädigen. Das Projekt, das eigentlich so vielversprechend begonnen hatte, zog sich nun ganz unerwartet in die Längen und bis jetzt war noch kein einziger Teil der ursprünglichen Planung tatsächlich umgesetzt worden. Am Ende dieser turbulenten Woche kapitulierte Joenn schließlich und stand mit einer Mischung aus Frustration und Resignation vor Dante in seinem Büro. Sie legte ihm eine überarbeitete Skizze vor, die jetzt zeigte, wie der Garten unter den gegebenen Umständen aussehen würde. Dante begutachtete die neue Planung mit missbilligendem Blick, seine Stirn legte sich in nachdenkliche Falten.

»Was ist mit dem passiert, was wir ursprünglich geplant hatten?«

Hilflos hob und senkte Joenn die Schultern.

»Anscheinend vertragen sich die meisten der ursprünglich ausgewählten Pflanzen nicht miteinander. Der kleine Teich mit seinem sanften Rinnsal kann aufgrund der ungünstigen Bodenverhältnisse nicht vor dem Pavillon errichtet werden. Der Baum, den du fällen lassen wolltest, kann zu dieser Jahreszeit nicht gefällt werden, ohne die Natur unnötig zu belasten. Irgendwie zieht sich dieses Projekt inzwischen ganz anders als gedacht in die Länge. Bis jetzt konnte noch nichts von der ursprünglichen Planung umgesetzt werden.«

Dante nickte verstehend, sein Blick wurde jedoch nicht milder, sondern eher nachdenklich.

»Hast du dich denn nicht zuerst gründlich schlau gemacht, zu welchen Jahreszeiten welche Pflanzen blühen, bevor du sie in den mir vorgelegten, detaillierten Plan eingeplant hast?«

»Natürlich habe ich mich erkundigt und gründlich recherchiert. Wenn man den Informationen im Internet Glauben schenken darf, ist die Anordnung der Pflanzen, wie sie auf der ursprünglichen, gemeinsam besprochenen Planung vorgesehen war, genaustens aufeinander abgestimmt und perfekt für diese Region geeignet.«

Das war genau das, was er hören wollte. Es gab für Dante nichts Peinlicheres, als unwissend, eine möglicherweise unangenehme Diskussion mit Fachleuten zu führen und sich dabei womöglich zu blamieren. Er gab Joenn mit einer kurzen, bestimmten Handbewegung ein Zeichen, ihm zu folgen. Gemeinsam suchten sie die Landschaftsgärtner auf, um die Angelegenheit direkt mit ihnen zu besprechen. Sie fanden sie sitzend auf der Ladefläche ihres Transporters, wo sie gerade genüsslich eine Dose Bier nach getaner Arbeit schlürften, dazu verzehrten sie ihre mitgebrachten Brote. Dante stellte sich mit verschränkten Armen vor die Gruppe von Gärtnern, Joenn deutete er unauffällig an, sich direkt neben ihn zu stellen.

»Wer von Ihnen ist hier derjenige, der das Sagen hat?«

Dantes Stimme war kalt, als er sprach. Ein Mann Mitte fünfzig kam gemächlich um den Lieferwagen geschlendert. In seinem rechten Mundwinkel glühte eine Zigarette, die er achtlos in den Kies warf, als er direkt vor Dante stehen blieb. Leicht angewidert machte Dante unmerklich einen Schritt zur Seite, um mit der Ferse seines makellosen Armani-Schuhs die noch immer glimmende Zigarette auszudrücken. Dann wandte er sich wieder dem grauhaarigen Mann zu, sein Blick war nun von deutlicher Verachtung durchzogen.

»Wie mir soeben berichtet wurde, sind Sie und Ihre Mitarbeiter offenbar nicht in der Lage, mit den vereinbarten Arbeiten zu beginnen, und das aufgrund von Problemen, von denen Ihre Firma, für die Sie tätig sind, mir im Vorfeld versichert hat, dass es sie überhaupt nicht geben würde. Zunächst möchte ich mich Ihnen gerne persönlich vorstellen. Ich bin Dante Braun, Ihr Auftraggeber und derjenige, der dieses Projekt finanziert. Ich habe zu diesen angeblichen Problemen einige – nennen wir es – Anmerkungen zu machen. Erstens, und das sei ganz deutlich gesagt, verstehe ich diese Situation schlichtweg nicht. Zweitens zahle ich für erstklassige Arbeit auch einen entsprechenden Preis und erwarte daher, da Ihre Firma den Auftrag mit allen damit verbundenen Verpflichtungen angenommen hat, dass meine detaillierten Wünsche, so wie sie im Vorfeld ausführlich besprochen und vertraglich festgehalten wurden, auch ohne Wenn und Aber erfüllt werden. Drittens, das dürfte selbsterklärend sein, werde ich die Zeit, die Sie und Ihre Mitarbeiter bisher untätig verbracht haben, ganz sicher nicht vergüten. Sollten Sie wieder Erwarten immer noch überzeugt sein, dass diese angeblichen Problemchen nicht zu beseitigen sind, werde ich unverzüglich den mit Ihrer Firma abgeschlossenen Vertrag mit sofortiger Wirkung aufheben und eine andere, nachweislich kompetentere Firma mit der termingerechten Umsetzung dieses für mich wichtigen Projekts beauftragen. Was meinen Sie dazu? Denken Sie, wir können hier und jetzt zu einer konstruktiven und für beide Seiten zufriedenstellenden Einigung kommen?«

Der Mann vor ihm schien förmlich zu schrumpfen, seine anfängliche Lässigkeit war wie weggeblasen. Dennoch versuchte er, sich mit einer Mischung aus Unsicherheit und aufkeimender Verzweiflung zu rechtfertigen.

»Mr. Brown, wir wussten nicht, dass Sie das Projekt persönlich betreuen«, stammelte er. »Uns wurde ausdrücklich versichert, dass wir Sie gar nicht zu Gesicht bekommen würden. Man sagte uns, Sie seien bereits in einer anderen Stadt bei einem Ihrer anderen Hotelprojekte…«

»Wollen Sie mir damit etwa unterschwellig sagen, dass Sie meinen Auftrag absichtlich in die Länge ziehen, weil Sie fälschlicherweise dachten, ich könnte ohne meine persönliche Anwesenheit vor Ort die Fortschritte meines Auftrages an Ihre Firma nicht angemessen beurteilen?«, unterbrach Dante ihn mit einem Tonfall, der so scharf war, dass man damit die Luft hätte durchschneiden können. Der Mann vor ihm wurde unter diesem eisigen Blick noch ein Stück kleiner, er wirkte nun sichtlich eingeschüchtert.

»Nein, nein, Herr Brown, bitte, Sie missverstehen mich völlig. Die Pflanzen blühen nun mal zu verschiedenen Zeiten im Jahr und sind zudem derzeit auch noch schwer zu beschaffen…«

Dante neigte seinen Kopf leicht zur Seite, sein Blick war durchdringend.

»Und weshalb genau habe ich Sie dann überhaupt hier engagiert? Wenn es so einfach wäre, könnte ich auch ein paar meiner Männer, die gerade mit dem Bau des Hotels beschäftigt sind, für diese Aufgabe abstellen und diese Arbeit von ihnen erledigen lassen. Wir haben den Auftrag an Ihre Firma weitergegeben, damit wir uns eben *nicht* selbst um die oftmals zeitaufwendige und komplizierte Beschaffung sowie die fachgerechte Bepflanzung kümmern müssen. Ihre Firma hat sich vertraglich mit der professionellen und termingerechten Umsetzung der ihr übertragenen Aufgaben verpflichtet. Die detaillierte Planung wurde in enger Zusammenarbeit mit einer renommierten, namentlich bekannten Agentur erstellt, für die eine ansprechende und funktionale Gartengestaltung ein alltägliches Geschäft ist. Sollte das nun tatsächlich eintreffen, was Sie befürchten, dann sollte das ganz bestimmt nicht *ihr* Problem sein. Dafür tragen Sie keinerlei Verantwortung, da Sie lediglich im Auftrag mit den Ihnen vorliegenden Plänen handeln. Also bitte teilen Sie mir jetzt unmissverständlich mit, wie Sie sich entschieden haben, wie Sie gedenken, diese Angelegenheit nun anzugehen.«

Der Mann, der Dante immer noch direkt gegenüberstand, nickte eifrig.

»Natürlich, Mr. Brown, das bekommen wir selbstverständlich hin. Wir werden uns ab sofort ganz genau an den vorgelegten Plan halten.«

»Gut, sehr gut. Ich würde vorschlagen, Sie fangen am besten sofort mit der Arbeit an. Vergessen Sie dabei bitte nicht, dass Sie bereits ein paar wertvolle Tage hinter dem Zeitplan zurückliegen. Miss Brocks ist von mir angewiesen, alle Fortschritte genau im Auge zu behalten und mir jeden Tag detailliert Bericht zu erstatten. Ihr Wort bei Ihnen ist ab sofort wie mein eigenes Wort, denn sie ist in dieser Angelegenheit mein direktes Sprachrohr und …«, er legt eine kleine Pause ein »meine unumstrittene Vertreterin vor Ort. Sollten wieder Erwarten doch noch unerwartete Probleme auftreten, wenden Sie sich bitte umgehend und ausschließlich an Miss Brocks, auf, keinesfalls direkt an mich. Miss Brocks wird mich dann schon unterrichten, wenn sie es für angebracht hält.«

Der Mann nickte wieder eifrig, was Dante mit einem nun zufriedenen Lächeln zur Kenntnis nahm. Die Angelegenheit schien vorerst geklärt. Dankbar für seinen Einsatz wollte Joenn Dante zurück in sein Büro begleiten, doch er winkte ab. Er deutete an, dass sie im Garten momentan dringender gebraucht würde als bei ihm im Büro. Joenn beobachtete mit leicht zusammengekniffenen Augen, wie Dante mit festen, entschlossenen Schritten in Richtung seines provisorischen Büros schritt. Sie hatten seit jenem einen Tag nach ihrem Kuss nicht mehr viel Zeit miteinander verbracht. Sie arbeiteten jeden Tag von Sonnenaufgang bis tief in die Nacht hinein, ohne sich großartig über den Weg zu laufen. Abgesehen von den täglichen, kurzen Besprechungen, in denen sie ihm von den Fortschritten berichtete, ging er ihr geschickt aus dem Weg. Dieses distanzierte Verhalten war vollkommen untypisch für ihn. Joenn war stets der festen Überzeugung gewesen, dass er ihre Gesellschaft genoss. Er liebte es, sie auf spielerische, charmante Weise zu necken, ihr auf subtile Art und Weise zu zeigen, wer das Sagen hatte. Dieser plötzliche eigenartige Sinneswandel musste einen anderen, tieferliegenden Grund haben. Sie war fest entschlossen, diesen Grund herauszufinden. Zielstrebig ging sie in Richtung seines Büros. Sie würde ihn einfach direkt fragen. Schwungvoll, ohne anzuklopfen, öffnete sie die schwere Bürotür. Doch an der Türschwelle blieb sie wie erstarrt stehen, ihr Blick war wie angenagelt. Ihre Augen weiteten sich vor Schreck, ihr Magen zog sich entsetzt zusammen. Dieses Bild würde sich für immer in ihr Gedächtnis brennen: Dante saß in seinem Lederschreibtischstuhl und funkelte sie mit einem finsteren Blick an. Die obersten drei Knöpfe seines eleganten Hemdes waren achtlos aufgeknöpft. Direkt hinter ihm stand Elisa, ihr Mund lag sanft auf seinem Hals, eine ihrer Hände ruhte unter seinem aufgeknöpften Hemd auf seiner Brust. Joenn stockte der Atem, als sie das volle Ausmaß dessen begriff, was sie gerade sah. Nur wenige Augenblicke später, und sie hätte die beiden in flagranter Intimität erwischt. Dante saß regungslos in seinem Stuhl, wie gelähmt von Joenns schockiertem Gesichtsausdruck. Er konnte seinen Blick nicht abwenden, er war wie gefesselt. Er sah zu, wie die Zahnräder in ihrem wunderschönen Kopf eins und eins zusammenzählten, wie sich die einzelnen Puzzleteile zu einem schmerzhaften Gesamtbild zusammensetzten. Die plötzliche Erkenntnis ließ sie vor Entsetzen mit der Hand ihren Mund verschließen, als wollte sie einen aufschreienden Schmerz unterdrücken. Obwohl er nichts tat, was er im Grunde nicht hätte machen dürfen, rutschte ihm sein Herz in die Hose. Die steigernde Lust, die er noch vor wenigen Sekunden empfunden hatte, war mit einem Schlag wie ausgelöscht. Eine tiefe, lähmende Angst, die ihm ein lautes Rauschen in den Ohren verursachte, machte sich in seinem ganzen Körper breit. Die Hand auf seiner Brust spürte er plötzlich nicht mehr, sein Körper fühlte sich taub an. Seine Gedanken malten ihm im Sekundentakt die schlimmsten, katastrophalsten Bilder in seinem Kopf aus. Er hatte Joenn belogen. Er hatte etwas mit einer Angestellten angefangen, was ihr nun einen Freifahrtschein gab, ihn zu verlassen. Sie könnte ohne zu zögern zurück nach Hause fliegen, wo sie vielleicht bald einen anderen Mann kennenlernen würde, den sie eines Tages stolz ihren Eltern vorstellen würde. Tom würde ihn dann anrufen, jetzt, wo er diese wichtige Verbindung zu seinen Familienangehörigen wiederaufgebaut hatte, um ihm diese freudige Neuigkeit mitzuteilen. Ohne es zu wissen, würde Tom ihm damit sein ganzes, sorgsam aufgebautes Leben unter den Füßen wegreißen. Wenn Joenn ging, würde er ihr nie wieder so nah kommen können, dass er ihren einzigartigen, betörenden Duft einatmen konnte. Sie würde ihn nie wieder mit diesem intensiven, fast schon hypnotischen Blick ihrer wunderschönen, funkelnden blauen Augen ansehen, die ihn jedes Mal aufs Neue in ihren Bann zogen. Dante wurde übel. Er spürte, wie ihm die Farbe aus dem Gesicht wich, sein Körper fühlte sich plötzlich kraftlos an. Elisa war schon vor einigen Tagen überraschend zurückgekommen, obwohl sie ihm noch versichert hatte, dass sie frühestens in der kommenden Woche wieder da sein würde. Sie besuchte ihn seitdem fast täglich in seinem Büro. Er fand es anfangs praktisch, eine willkommene Ablenkung von seinen quälenden Gedanken. Er wehrte sich nicht mehr gegen ihre offensichtlichen Avancen. Im Gegenteil, wenn sie bei ihm war, dachte er deutlich weniger an Joenn. Er mochte Elisa. Er empfand ihren Duft als angenehm. Sie war eine intelligente, sehr attraktive Frau. Zwar hatte sie nichts, was ihn wirklich tiefgreifend faszinierte oder emotional berührte, aber das brauchte sie auch nicht. Sie erfüllte ihren Zweck. Sie diente als willkommene Zerstreuung. Joenn gegenüber erwähnte er die frühzeitige Rückkehr von Elisa jedoch mit keinem Wort. Schließlich hatte er schon mehr als genug damit zu tun, seinen halb nackten Vorarbeiter von Joenn fernzuhalten, ohne dass sie davon Wind bekam. Noch bevor Dante sich innerlich gefasst hatte, war seine Bürotür bereits wieder geräuschlos ins Schloss gefallen. Joenn war spurlos verschwunden. Elisa, die von der kurzen Unterbrechung ihrer intimen Annäherung nicht einmal etwas bemerkt hatte, setzte ihre Bemühungen, ihn zu betören, unbeirrt fort. Missmutig schloss Dante für einen Augenblick die Augen. Jede andere Frau hätte in einer solchen Situation zumindest die Tür mit einem lauten Knall hinter sich zugeworfen, nicht so Joenn. Mit einer leichten, fast schon widerwilligen Drehung befreite sich Dante aus Elisas Umarmung, die ihn daraufhin verdattert mit großen Augen ansah. Verwirrt mit einem Anflug von schlechtem Gewissen fuhr er sich mit einer unruhigen Hand durch sein Haar.

»Liebste, bitte sei mir nicht böse, aber ich kann das heute wirklich nicht«, murmelte er mit zusammengebissenen Zähnen.

»Habe ich etwas falsch gemacht?«

Sie betrachtete ihn, wobei ihre Enttäuschung nicht zu übersehen war. Dante nahm ihr makelloses Gesicht sanft in seine Hände. Sie sah ihn voller unerfülltem Verlangen an. Sie war zweifellos eine wunderschöne Frau, doch Dante spürte keinerlei Regung in sich, kein Verlangen, diese attraktive Frau jetzt zu küssen.

»Du bist so schön« hauchte er mit leiser Stimme, »aber ich kann heute wirklich nicht. Bitte verstehe das.«

Elisa trat einen Schritt zurück, ihr Blick verfinsterte sich leicht. Das leidenschaftliche Verlangen, das eben noch in ihren Augen gebrannt hatte, war nun wie ausgelöscht. Vor ihm stand jetzt eine Frau, deren Oberflächlichkeit sich in ihrer ganzen Größe zeigte. Mit wiegenden Hüften ging sie zur Tür.

»Wenn du meinst.« Ihre Stimme war zuckersüß, aber gleichzeitig von eisiger Kälte durchzogen. Ihre Augen strahlten keinerlei Wärme aus. Die Bürotür schloss sich laut und vibrierend hinter Elisa. Dante wartete angestrengt, bis er das Geräusch von aufwirbelndem Kies hörte, der gegen das Blech ihres Wagens schlug, bevor er sich auf die Suche nach Joenn machte. Er suchte den gesamten linken Flügel des Hotels ab, jeden Raum, jede Ecke, doch er konnte sie nirgends finden. Verzweifelt versuchte er, sie über ihr Handy zu erreichen, doch wie erwartet nahm sie seinen Anruf nicht entgegen. In seiner wachsenden Panik keimte der beängstigende Gedanke auf, dass sie sich bereits auf dem Weg zum Flughafen befinden könnte. Er fuhr zurück ins Hotel, dort rannte er vom Aufzug aus bis zu ihrer Tür, er klopfte wie wild dagegen, der Gedanke sie könnte bereits abgereist sein, ließ ihm das Blut in den Adern gefrieren. Schließlich öffnete sie ihm die Tür, ihre Haare waren noch tropfnass. Den anklagenden, fast schon vernichtenden Blick, den Joenn ihm zuwarf, ignorierte er gekonnt, als er sich an ihr vorbei in ihr Zimmer drängte. Sie schloss die Tür hinter ihm. Ohne ihn einen weiteren Blick zu würdigen, ging sie an ihm vorbei ins Badezimmer. Sie schloss die Badtür hinter sich nicht, so konnte er ihr Spiegelbild durch die offene Badezimmertür von seinem Platz an der Wand aus beobachten. Während er durch ihr Spiegelbild zusah, wie sie geschickt ihre Haare in ein Handtuch zu einem Turban drehte, bettet er seinen Körper an sich zu beruhigen. Der vorwurfsvolle Blick den Joenn ihn geschenkt hatte, erlöste ihn von der Kälte, die sich in seinen Adern breit gemacht hatte. Dafür schlug ihm nun sein Herz bis zum Hals. Was zur Hölle war nur mit ihm los? Er vergrub seine Hände tief in seinen Hosentaschen, um seine zitternden Hände zu verbergen, als Joenn, die Hände in ihre Hüften gestemmt, nur mit einem Handtuch auf dem Kopf und dem hoteleigenen, weißen Bademantel bekleidet, der mit einer einfachen Schleife notdürftig zugebunden war, vor ihm auftragte. Er ballte seine Hände in den Hosentaschen unwillkürlich zu Fäusten. Sie stand keine Armlänge entfernt vor ihm, ungeschminkt in dieser leichten, fast schon leichtsinnigen Bekleidung – zumindest in seiner Gegenwart. Sie starrte ihn mit hochgezogenen, perfekt geschwungenen Augenbrauen und einem intensiven, durchdringenden Blick an. Aus dem Augenwinkel beobachtete er, wie sich ein einzelner, glitzernder

Wassertropfen langsam an ihrem Ohr entlang in Richtung ihres Halses seinen Weg bahnte. Er wollte instinktiv einen Schritt zurücktreten, stieß aber sogleich mit einem dumpfen Geräusch gegen die harte Wand hinter ihm. Er war gefangen.

»Du bist so plötzlich weg gewesen, ich habe mir ernsthaft Sorgen gemacht.«

Joenn rang sich ein Lächeln ab. Dante erkannte sofort, dass es nicht echt war, es wirkte aufgesetzt.

»Das hättest du nicht müssen. Ich bin nur kurz in dein Büro gekommen, um dir mitzuteilen, dass ich heute früher Feierabend mache.«

Er spürte instinktiv, dass sie log, er wusste nicht genau warum, aber er spürte es einfach.

»Dann ist ja gut. Ich dachte schon, du hättest vielleicht diesen einen Abend bisher nicht ganz verdaut.«

Joenn tat überrascht.

»Welchen Abend?«

Er wusste genau, worauf sie hinauswollte, er mochte es, dass sie für ihn wie ein offenes Buch war. Er sah ihr immer sofort an, wenn etwas nicht stimmte oder wenn sie versuchte, ihn anzulügen. Dante bewegte leicht seine Schultern, nur um die angespannte Atmosphäre ein wenig aufzulockern, doch Joenn wich unwillkürlich einen Schritt zurück. Ratlos starrte er sie an. In diesem angespannten Moment klingelte sein Handy laut in seinem Jackett, was die beklemmende Stille zwischen ihnen für einen kurzen Moment zu durchbrechen schien. Entschuldigend nickte er Joenn zu, und zog sein nun in seiner Hand befindliches, klingelndes Handy hervor. Er schaute kurz auf den Bildschirm, dann drehte er das Handy so, dass Joenn sehen konnte, wer gerade anrief. Es war Tom Brocks, ihr Vater. Dante nahm das Gespräch entgegen. Nach nur zwei kurzen, einsilbigen Sätzen, die Dante lediglich mit einem knappen „Ja" beantwortete, wandte er seinen Blick abrupt von Joenn ab. Mit großen, schnellen Schritten, das Telefon fest an sein Ohr gepresst, eilte er aus ihrem Zimmer dabei, schob er Joenn ungeduldig zur Seite, um an ihr vorbeizukommen. Joenn starrte wie versteinert auf die ins Schloss gefallene Tür. Was auch immer es war, es ging sie offensichtlich nichts an, sonst wäre er nicht so überstürzt, ohne ein weiteres Wort aus ihrem Zimmer gestürmt. Sie ging langsam zurück ins Badezimmer, eine bleierne Müdigkeit überkam sie. Schlaf war das Einzige, wonach ihr heute noch der Sinn stand.

Wie jeden Abend nahm Joenn kurz vor dem Schlafengehen ihr Handy zur Hand, um den Wecker für den nächsten Morgen zu stellen, der sie in etwa acht Stunden bereits wieder wecken sollte. Doch plötzlich war sie hellwach. Die bleierne Müdigkeit wich einem plötzlichen Adrenalinstoß. Ihr Vater hatte mehrfach versucht, sie zu erreichen, was in der Regel nichts Gutes bedeutete. Es war bereits nach zehn Uhr abends, aber sie versuchte es dennoch, ihren Vater auf seinem Handy anzurufen. Es klingelte nur einmal, dann nahm er auch schon ab.

»Joenn, wie geht es dir?«

»Wie es mir geht? Gut, warum fragst du? Ich meine, du rufst mich doch nicht fünfmal an, nur weil du wissen möchtest, wie es mir geht.«

Am anderen Ende der Leitung hörte sie ihren Vater deutlich schlucken. Es musste etwas Ernstes passiert sein, schoss es ihr wie ein Blitz durch den Kopf. Eine Welle der Panik breitete sich in ihr aus.

»Dad, was ist los? Ist etwas Schlimmes passiert? Geht es euch gut?« Ihre Stimme zitterte dabei leicht.

»Ja, mach dir keine Sorgen. Uns geht es gut. Es geht um Dante.«

Bei diesem Satz setzte Joenns Herz für einen kurzen Moment aus, ein kalter Schauer lief ihr über den Rücken.

»Um Dante? Du hast ihn doch gerade erst angerufen.«

»Das stimmt. Woher? Ist er im Augenblick bei dir?«

Joenn überlegte kurz, ob sie in dieser Situation ehrlich sein sollte. Doch was sollte ihr Vater schon groß denken, wenn sie ihm sagte, dass Dante gerade erst bei ihr im Zimmer gewesen war? Schließlich waren sie ja Verwandte.

»Dante war soeben bei mir im Zimmer. Als er das Gespräch angenommen hat, hat er es wie von einer Tarantel gestochen verlassen.«

»Was macht Dante um diese späte Uhrzeit in deinem Zimmer?« Joenn entging der misstrauische Ton in der Stimme ihres Vaters nicht.

»Dad, bitte. Erzähl mir einfach, was vorgefallen ist. Es war nur beruflich bedingt. Bitte sag mir, was los ist.«

»Dantes Vater, mein Bruder, ist gestorben.«

Joenn setzte sich wie von einem Schlag getroffen auf ihr Bett. Ihr Vater ließ ihr einen Moment Zeit, um diese schockierende Nachricht zu verarbeiten. Nach einem kurzen, bedrückenden Schweigen fragte sie hilflos:

»Was soll ich jetzt tun?«

»Du könntest versuchen, ihn davon zu überzeugen, zur Beerdigung seines Vaters zu kommen.«

»Er will nicht zur Beerdigung gehen? Von seinem eigenen Vater?«

»Sie standen sich nicht wirklich nahe. Aber er sollte ihm dennoch den letzten Respekt erweisen und sich gebührend, wie es sich gehört, an seinem Grab verabschieden.«

»Wann ist denn die Beerdigung?«

»Heute in einer Woche. Joenn, frag ihn bitte nicht direkt nach seinem Vater! Überzeug ihn einfach irgendwie, dorthin zu gehen!«

»Warum soll ich ihn nicht fragen?«

»Weil er dir ohnehin nichts erzählen wird. Er wird höchstwahrscheinlich verärgert oder sogar wütend darauf reagieren. Du musst mir in dieser Sache einfach vertrauen. Wenn ihr einigermaßen einen Draht zueinander aufgebaut habt, ist diese Beziehung zwischen euch beiden die einzige Möglichkeit, die du nutzen kannst, um ihn dazu zu bewegen, auf dieser Beerdigung zu erscheinen. Spatz, dieses Thema ist sehr heikel, achte genau darauf, was du sagst. Wenn Dante sich erst einmal verschließt, wird eure zukünftige Zusammenarbeit fast unmöglich sein. Ein verschlossener Dante ist ein sehr schwieriger Dante. Das kannst du mir glauben. Ich kenne ihn auch anders, anders als du ihn kennengelernt hast.«

»Okay, ich werde es versuchen. Vergiss bitte nicht, dass er ein ganz schön verfluchter Dickkopf ist.«

»Ja, das weiß ich nur zu gut. Bei mir hat er schon komplett dichtgemacht. Du bist seine letzte Chance.«

Joenn verflucht innerlich diesen Satz von ihrem Vater, der sie dazu zwingt, sich mit Dante auseinanderzusetzen.

»Mhh. Und wie geht es Mum dabei?«

»Sie erträgt es mit erstaunlich guter Fassung. Allerdings muss man dazu sagen, dass sie meinem Bruder gegenüber noch nie besonders Wohlgesinnt war.«

Jetzt wurde Joenn stutzig, sie kannte ihre Mutter gut, solch ein Verhalten war sehr untypisch für sie.

»Warum? Ich weiß fast nichts über deinen verstorbenen Bruder. Was hatte Mutter gegen ihn?«

Tom Brocks stöhnte am anderen Ende der Leitung verzweifelt auf.

»Spatz, es ist wirklich besser, wenn ich dir im Moment nichts Genaueres erzähle. Je weniger du weißt, desto größer sind die Chancen, Dante davon zu überzeugen, die Beerdigung seines Vaters nicht zu verpassen. Du solltest dieses sensible Thema unvoreingenommen behandeln können. Ansonsten würde Dante sich hinters Licht geführt fühlen, er würde dir gegenüber eine Mauer aufziehen, die du nicht mehr einreißen könntest. Bitte vertrau mir. So ist es im Moment einfach besser.«

Joenn nickte in sich hinein, somit beendeten sie das Gespräch. Minuten später stand Joenn unschlüssig, mit gemischten Gefühlen vor Dantes Zimmertür. Sie wusste immer noch nicht genau, was sie ihm sagen sollte, doch sie wollte mit dieser schwierigen Aufgabe nicht bis zum nächsten Tag warten. Zögerlich hob sie die Hand und klopfte leise an die Tür. Im nächsten Moment wurde die Tür bereits aufgerissen, und Dante stand mit einem ernsten, unleserlichen Ausdruck im Gesicht vor ihr.

»Was willst du hier?« Sein Tonfall war barsch, weshalb sich Joenn sofort wieder angegriffen fühlte.

»Und wo willst *du* gerade hin?«

Sie verschränkte ihre Arme vor ihrer Brust. Dante versuchte, sich an Joenn vorbeizuschieben, doch sie versperrte ihm entschlossen den Weg, ihre Augen funkelten herausfordernd.

»Das geht dich ja wohl überhaupt nichts an, oder?«

Eingeschnappt konterte sie: »Oh, entschuldige, dass ich frage und mir vielleicht Sorgen gemacht habe. Aber wenn du dich jetzt lieber mit Elisa vergnügen willst, will ich dir natürlich keinesfalls im Weg stehen.«

Mit einer demonstrativen Geste trat sie einen Schritt zur Seite, um ihm widerwillig den Weg freizugeben.

»Du kannst auch mitkommen!«

Ein verbittertes dreckiges lächeln spiegelt sich in seinem Gesicht wieder. Joenn drehte sich daraufhin abrupt auf dem Absatz um. Vielleicht war es wirklich besser, ihn für heute in Ruhe zu lassen.

»Was wolltest du denn um diese späte Stunde noch in meinem Zimmer? Ich dachte, wir hätten eine Absprache getroffen?«

Joenn konnte es nicht fassen. Was fiel diesem eingebildeten Kerl überhaupt ein? Stürmisch dreht sie sich zu ihm um.

»Na klar möchte ich mitkommen! Ich will sehen, wie du dich über sie hermachst, nachdem du gerade erfahren hast, dass dein Vater verstorben ist!«, fauchte sie ihn an. Dantes Gesichtsausdruck veränderte sich schlagartig. Er fühlte sich wie vor den Kopf gestoßen, seine Miene verdunkelte sich. Seine Stimme klang nun enttäuscht.

»Tom hat dich angerufen. Deswegen bist du hergekommen.« Das war eher eine Feststellung von ihm als eine Frage. Joenn nickt stumm. Vorsichtig ging sie auf ihn zu. Sie wusste nicht genau, ob er es zulassen würde, aber sie versuchte es trotzdem und nahm ihn sanft in den Arm. Er erwiderte die Umarmung, wobei er sein Gesicht in ihrem Haar vergrub. So standen sie eine Weile schweigend mitten auf dem Gang des Hotels. Schließlich löste sich Dante langsam aus ihrer Umarmung. Mit einer stillen, einladenden Geste deutete er ihr an, sein Zimmer zu betreten. Sie trat langsam an ihm vorbei in sein Zimmer, nachdem sie die Türschwelle zu seinem Zimmer betreten hatte, blieb sie unwillkürlich stehen. In seinem Zimmer herrschte ein heilloses Chaos. Überall lagen Papiere, Kleidungsstücke und persönliche Gegenstände verstreut herum. Joenn wurde in diesem Moment bewusst, dass er den Schock über die Nachricht nur auf diese Weise, durch diese äußere Unordnung, zu verarbeiten versuchte. Man konnte seine Reaktion nur allzu deutlich ansehen, dass ihn der Tod seines Vaters doch viel mehr mitnahm, als er nach außen hinzugab. Da sie keinen freien Platz fand, setzte sie sich vorsichtig auf die Bettkante. Dante stand schweigend vor ihr, seine Hände waren dabei tief in seinen Hosentaschen vergraben. Joenn selbst saß mit gefalteten Händen ganz ruhig da. Es wunderte ihn, dass allein ihre Anwesenheit eine tiefe, innere Ruhe in ihm auslöste. Er setzte sich schließlich neben sie auf das Bett. Beide schwiegen eine Weile. Als er spürte, dass sie kurz davor war aufzustehen, um wieder zu gehen, legte er seine Füße auf das Bett, seinen Kopf bettete er ungefragt in ihren Schoß. Sie sagte nichts dazu, sondern begann daraufhin, mit ihrer Hand beruhigend durch sein Haar zu gleiten. Er genoss diese sanfte Berührung so sehr, dass er unwillkürlich seine Schuhe auszog. Während sie ihm so durch die Haare fuhr, fragte sie leise,

»Wolltest du nicht eigentlich zu Elisa gehen? Du solltest sie vielleicht anrufen, wenn du es dir doch anders überlegt hast.«

Dante versteckte sein aufkeimendes, leichtes Lächeln in ihrem Schoß. Mit geschlossenen Augen antwortet er ganz leise, da er ihre Streicheleinheiten wie ein sabbernder Hund genoss.

»Um ehrlich zu sein, wollte ich eigentlich nur in die Hotelbar hinuntergehen, um mir eine Flasche Whiskey mit aufs Zimmer zu nehmen.«

Was Dante in diesem Moment jedoch nicht sehen konnte, war das zarte Lächeln, das sich unwillkürlich auf Joenns Lippen stahl. Dante war versucht, in dieser Position einzuschlafen, doch er wusste, dass die Haltung, die Joenn ihm zuliebe einnahm, auf Dauer nicht bequem sein konnte. Mit einer langsamen, bedächtigen Bewegung richtete er sich auf. Joenn ließ ihre Hände wieder in ihrem Schoß ruhen. Sie beobachtete ihn dabei aufmerksam. Als sie sah, wie er seine Socken auszog, fragte sie mit großen, fragenden Augen, die auf seine nun nackten Füße gerichtet waren:

»Was machst du da?«

Dante hielt in seiner Bewegung inne. Er blickte ihr tief in die Augen.

»Ich mache mich bettfertig. Bleibst du? Bitte?«

Joenn öffnete den Mund, um etwas zu erwidern, schloss ihn dann aber wieder. Vielleicht brauchte er in diesem Moment einfach nur die Nähe eines anderen Menschen, jemanden, der bei ihm war.

»Wie stellst du dir das genau vor?«

Dante blickte sie nachdenklich an. Er wollte unbedingt, dass sie blieb. Wie genau, war ihm in diesem Moment egal.

»Ich mache mich bettfertig, und du legst dich einfach zu mir, wie alte Freunde es tun würden. Bitte versteh mich nicht falsch, aber aus irgendeinem unerklärlichen Grund tust du mir gerade unendlich gut. Ich würde diesen Moment gerne festhalten.«

Joenn starrte Dante ungläubig an, während er sein Hemd aus seiner Hose zog. Unwillkürlich hielt sie den Atem an, während sie zusah, wie er seinen durchtrainierten Oberkörper entblößte. Sie war fasziniert von dem Spiel seiner Muskeln, wenn er sich bewegt. Als er Anstalten machte, seine Hose zu öffnen, blickte er entschuldigend zu ihr hinüber.

»Ich schlafe am liebsten in meinen Shorts. Ich hoffe, das ist in Ordnung für dich. Wenn du möchtest, suche ich mir auch schnell meine Jogginghose heraus.«

Joenn schüttelt den Kopf dreht sich aber um, um ihm ein bisschen Privatsphäre zu lassen. Sie spürte, wie sich eine leichte Röte der Verlegenheit auf ihren Wangen ausbreitete. Dante überlegte kurz, ob er noch schnell seine Zähne putzen gehen sollte, doch das Risiko, dass Joenn bis zu seiner Rückkehr wieder gegangen sein könnte, war ihm zu groß. Er legte sich auf das weiche Bett, mit der flachen Hand klopfte er neben sich auf den freien Platz. Sie schaut ihn mit großen Augen an.

»Ich beiße nicht.«

Dante merkte die Ironie, sein kurzes Auflachen vibrierte in ihrem Inneren, dann fügte er noch hinzu »Versprochen.« Joenn tat, wie Dante es ihr angeboten hatte. Sie zog ihre eleganten, hohen Schuhe aus und legte sich neben ihn auf das Bett. Sie selbst war noch vollständig bekleidet, in einer leichten, kakifarbenen Businesshose und einem schlichten, weißen T-Shirt. Mit einer leichten Bewegung zog Dante die Bettdecke über sie beide. Sie wehrte sich nicht, als er seinen Arm sanft um ihre Hüfte legte. Sie versteifte sich auch nicht, als er seine Hand unter ihr T-Shirt auf ihren flachen Bauch legte. Er zog sie behutsam an seine Brust, während er mit seinem anderen Arm unter ihr Kopfkissen glitt. Sein Gesicht vergrub er in ihrem duftenden Haar. Sie konnte den warmen Hauch seiner Lippen an ihrem Nacken spüren, als er ihr ohne ein weiteres Wort, auf diese Weise seinen stillen Dank aussprach. Er liebte ihren einzigartigen Duft, vorsichtig sog er immer wieder tief diesen vertrauten Duft an ihrem Nacken in seine Nase ein. An Schlaf war für ihn im Moment, nicht zu denken; ihr so nah zu sein, tat ihm auf eine seltsame Art fast schon weh. Sorgfältig achtete er darauf, einen respektvollen Abstand zwischen ihren Hüften zu wahren. Es tat ihm so unendlich gut, sie so nah bei sich zu haben, ihre stille, tröstende Präsenz zu spüren. Sie fragte nichts, sondern war einfach nur für ihn da. Als spürte sie intuitiv, dass er im Moment nicht reden wollte. Jede andere Frau hätte ihn wahrscheinlich mit unaufhörlichen Fragen gelöchert, aber Joenn schwieg. Sie war zwar komplett begleitet, aber ihm reichte momentan auch einfach nur das Gefühl ihr nahe zu sein. Ihre Wärme zu spüren, sich in ihrem Geruch verlieren zu dürfen. Sie kuschelte sich unwillkürlich noch etwas näher an ihn heran, ihre Hüfte presste sich gegen seine, ihr Atem ging flach und regelmäßig. Joenn war friedlich in seinen Armen eingeschlafen. Ein leises, zufriedenes Grunzen entfuhr Dante. Nun empfand er es nicht mehr als Qual, neben ihr zu liegen, sondern als ein tiefes Gefühl von Geborgenheit. Mit kleinen, behutsamen Bewegungen streichelte er mit seinem Daumen ihren Bauch, bis auch er schließlich einschlief. Am nächsten Morgen erwachte Dante aus einem tiefen, ungewöhnlich erholsamen Schlaf, wie er ihn schon seit einer gefühlten Ewigkeit nicht mehr erlebt hatte. Die Erinnerung an die vergangene Nacht kehrte langsam zurück. Joenn war in seinen Armen eingeschlafen, vollständig bekleidet in seinem Bett. Er hatte sie so nah an seinen Körper gepresst, bis auch er, das Gesicht in ihrem duftenden Haar vergraben, in den Schlaf gefunden hatte. Vorsichtig öffnete er die Augen, um nach ihr zu sehen. Ihr Platz neben ihm war leer. Mit einer Bewegung strich er mit der Hand über das verlassene, noch warme Laken. Er rollte sich auf ihren Platz. Sein Gesicht vergrub er dabei in ihr Kissen, welches immer noch nach ihr roch. Tief sog er diesen vertrauten Geruch ein, als wollte er den Moment für immer festhalten. Nach einer Weile fühlte er sich jedoch wie ein perverser Stalker. Das war seine Cousine. Mit einem leichten Seufzer stand er auf, als es an der Tür klopfte. Es war einer, der Hotelpagen, dem er öffnete. Dieser hielt ihm einen eleganten, cremefarbenen Umschlag entgegenhielt. Nachdem er die Tür hinter dem Pagen wieder geschlossen hatte, öffnete er den Umschlag. Er zog ein Flugticket heraus, an dem ein kleiner Zettel befestigt war. Darauf war eine kurze Nachricht von Tom notiert:

Wir hoffen, dich an diesem schweren Tag in unserem Haus begrüßen zu dürfen.

In Dante stieg eine plötzliche, heftige Wut auf. Er war sich sicher, dass Tom gestern seine Tochter angerufen hatte. Tom war der Grund, weshalb sie die ganze Nacht bei ihm geblieben war. Nicht aus echter Sorge um ihn, sondern weil ihr Vater sie darum gebeten hatte. Er wollte diese bittere Wahrheit aus ihrem eigenen Mund hören. Die Wut brannte wie Säure in seiner Brust. Hastig schlüpfte er in eine dunkle Jeans, warf sich eines seiner dunklen Hemden offen über und klopfte barfuß an ihre Zimmertür. Sie öffnete ihm, in einem himmelblauen, figurbetonten, luftigen Sommerkleid. Sie war dezent geschminkt, ihre blonden Haare waren zu einem praktischen Zopf zusammengebunden, so wie sie es in letzter Zeit öfter auf der Baustelle trug. Bei ihrem Anblick verflog seine aufkeimende Wut schlagartig. Sein Blick wanderte zu einem identisch aussehenden Umschlag in ihrer Hand, mit dem sie ungeduldig in ihre andere Hand klopfte. Sie bemerkte seinen Blick und fragte mit hochgezogenen Augenbrauen:

»Ist der etwa von dir?«

Sie fuchtelte leicht mit dem Umschlag vor seinem Gesicht herum.

»Hast du etwa noch nicht hineingeschaut?«

»Nein, er wurde mir gerade erst abgegeben.«

Joenn machte ihm Platz, damit er eintreten konnte. Sie schloss die Tür, drehte sich zu ihm um, ihren Kopf legte sie in ihren Nacken, um ihm ins Gesicht sehen zu können.

»Flugtickets. Tom hat sie uns zukommen lassen.«

Sie öffnete ihren Umschlag, um ihr eigenes Ticket herauszuziehen.

»Vater bat mich gestern zwar, den Versuch zu starten, mit dir zu reden, doch er konnte unmöglich wissen, dass ich es gleich nach unserem Gespräch in der Nacht versuchen würde.«

Dante wich unwillkürlich zwei Schritte zurück. Seine Hände wanderten zu seinen Hemdknöpfen, um sie langsam zu schließen. Eine plötzliche Nervosität beschlich ihn.

»Dein Vater kennt dich wohl besser, als du selbst denkst.«

Joenn nickte zustimmend, ihre Augen verfolgten aufmerksam seine Finger, wie sie Knopf für Knopf die Sicht auf seine gebräunte Brust verdeckten. Sie schluckte leicht, was Dante unwillkürlich schmunzeln ließ. Sie schaute ihm mit ernsten Augen ins Gesicht, er ließ von dem letzten Knopf ab. Sein Lächeln erstarb unwillkürlich.

»Und wirst du dein Ticket nutzen?«

»Nein. Es ist wirklich nett gemeint von Tom, aber ich sehe keinen zwingenden Grund dafür.«

Joenn starrte ihn fassungslos an. »Keinen zwingenden Grund? Herrgott! Dein Vater ist gestorben und wird beerdigt! Ich glaube, du solltest dich von ihm verabschieden!«

»Das habe ich schon vor Jahren getan.«

»Wie meinst du das?«

Dante schüttelte nur den Kopf. Er machte sich wieder auf den Weg zurück in sein Zimmer. An Joenns Zimmertür blieb er jedoch noch einmal kurz stehen, um ihre Frage zu beantworten, bevor er die Tür leise hinter sich ins Schloss fallen ließ.

»Ich habe mich vor Jahren mit ihm getroffen, um mich persönlich von ihm zu verabschieden. Denn auch wenn ich jetzt nicht näher darauf eingehen möchte, ist er für mich schon vor vielen Jahren gestorben.«

Ihr Vater hatte ihr am Telefon gesagt, sie müsse dieses sensible Thema äußerst behutsam angehen. Auch wenn Joenn nicht wusste, was genau zwischen Dante und seinem Vater vorgefallen war, war ihr klar, dass sie heute definitiv keine Antworten bekommen würde.

Sie verwendete ihre Energie den ganzen Tag darin, Gespräche mit Dante in ihrer Fantasy zu gestalten, Argumente abzuwägen und Strategien zu entwickeln, wie sie ihn dazu bewegen könnte, doch auf die Beerdigung seines Vaters zu gehen. Währenddessen hatte sie in ihrem Hotelzimmer auf dem Bett gelegen, ziellos durch verschiedene Sitcoms gezappt und sich bemüht, das warme Gefühl seiner Umarmung in seinem Bett zu verdrängen, als er Trost gesucht hatte. In ihren Augen war es unerlässlich, dass er sich gebührend verabschiedete. Am Abend unterbrach ein Anruf von Dante ihre Grübeleien. Er lud sie zum Essen ein. Überrascht von dieser unerwarteten Einladung entschied sie sich, trotz eines leichten Unbehagens in der Magengrube, anzunehmen. Sie wählte ein Kleid aus, das sie kürzlich in einer kleinen Boutique entdeckt hatte. Es gefiel ihr außerordentlich gut, und da es bisher kaum passende Gelegenheiten gegeben hatte, es auszuführen, erschien ihr dieser Abend wie gerufen. Sie wollte gut aussehen, wenn sie ihn wiedersah. Die Frage jedoch, wie sie ihn dazu bringen sollte, mit ihr und ihrer – nein, seiner Familie zur Beerdigung zu gehen, blieb weiterhin ein ungelöstes Rätsel.

Dante hatte einen Tisch im hoteleigenen Restaurant reserviert, das in der Stadt einen exzellenten Ruf genoss. Es war ungewohnt für Joenn, nicht von Dante abgeholt zu werden. Er saß bereits an dem reservierten Tisch, als Joenn von der freundlichen Empfangsdame durch das gut besuchte Restaurant zu ihm geführt wurde. Eine Flasche Wein und frisch gebackenes Tomaten-Ciabatta standen bereits bereit, ebenso wie ein Teller mit verschiedenen Antipasti und dampfenden, ofenfrischen Minibrötchen. Joenn ließ sich Wein in ihr Glas einschenken, ihr Blick ruhte auf den appetitlich angerichteten Vorspeisen. Sie hatte an diesem Tag das Essen komplett ausgelassen, oder besser gesagt, es schlichtweg vergessen. Angesichts der feinen Köstlichkeiten konnte sie sich nun kaum noch zurückhalten. Dante beobachtete amüsiert Joenns funkelnde Augen, die auf die kleinen Leckerbissen der Vorspeise gerichtet waren, die er in weiser Voraussicht bereits bestellt hatte.

»Joenn, weißt du schon, was du essen möchtest?«

Joenn starrte ihn mit großen Augen an, wie aus einem Tagtraum gerissen. Dante grinste verstehend, er winkte den Oberkellner herbei. Joenn bekam nicht genau mit, was Dante bestellte, sie war sich aber sicher, dass er ihren Geschmack mit hundertprozentiger Sicherheit treffen würde. Immer wieder nahm sie sich etwas von den Antipasti auf ihren Teller, bis sie bemerkte, dass nur noch die eingelegten, getrockneten Tomaten übrig waren. Da sie diese nicht besonders mochte, beschloss sie, ihren restlichen Hunger für den von Dante bestellten Hauptgang aufzusparen. Sie wollte gerade das Wort an Dante richten, als ihr Blick auf seinen unberührten Teller fiel. Verlegen schaute sie zu ihm auf. Nun konnte er sein Lachen nicht mehr zurückhalten. Ein leises, tiefes Lachen drang an ihr Ohr.

»Mach dir keine Gedanken. Ich dachte mir schon fast, dass du vor Hunger umkommen müsstest, deswegen hatte ich diese Kleinigkeiten bereits vorbestellt. Ich kann noch eine Weile warten, bis das richtige Essen aufgetischt wird.«

Kaum hatte er diese Worte ausgesprochen, wurde auch schon das Hauptgericht gebracht, während die Vorspeisen abgeräumt wurden. Joenn wurde ein Teller mit zartem, weißem Fisch serviert, dazu gab es duftenden Gemüsereis in einer leichten, cremigen Soße und frischen Spargel. Für sich selbst hatte Dante eine Art herzhaftes Gulasch mit knusprigen Kartoffelecken bestellt. Es duftete herrlich. Joenn genoss ihr Abendmahl in vollen Zügen. Ein leises, genussvolles Stöhnen entwich ihr bei dem vorzüglichen Essen. Dante musste Joenns Verhalten einfach belächeln. Er sah genau, wie sehr sie sich bemühte, nicht alles in sich hineinzuschaufeln. Dieses Restaurant genoss einen ausgesprochen guten Ruf, weshalb es ihn eine ordentliche Summe gekostet sowie seinen ganzen Charme gefordert hatte, überhaupt einen Tisch reserviert zu bekommen. Mit einem leichten Räuspern lenkte Dante ihre Aufmerksamkeit auf sich. Joenn blickte auf, sie schenkte ihm ein dankbares Lächeln, wobei sich sein inneres zusammenzog. Er beobachtete fasziniert, wie sie die Gabel mit einer eleganten Bewegung zu ihrem Mund führte, während ihr Blick fragend auf ihm ruhte. Er verfolgte jede kleine Nuance, wie sich ihre Lippen um die Gabel schlossen und wie sie diese langsam und genüsslich wieder aus ihrem Mund zog. Diese scheinbar banale Beobachtung gab ihm plötzlich zu denken.

Wieso zum Teufel faszinierte ihn das so? Warum reagierte sein Körper auf dieses völlig normale Verhalten auf diese Weise? Verflucht, sie war doch nur... Was war nur mit ihm los?

Er schüttelte unmerklich den Kopf, um diese verwirrenden Gedanken zu vertreiben.

»Joenn, ich wollte mich noch für gestern bei dir bedanken. Deine Gegenwart tat mir unheimlich gut. Besser, als es jeder Rum der Welt hätte bewirken können.«

Sie schenkte ihm ein leichtes Lächeln.

Besser, als es jeder Rum hätte bewirken können? Was war das denn für eine Aussage? dachte sie irritiert. *Ich habe mich die ganze Nacht um ihn gesorgt, bin bei ihm geblieben, obwohl ich wusste, dass es für mich nicht einfach ist, und er vergleicht mich mit einer Flasche Rum?*

»Wie hast du dich eigentlich entschieden?«

Dante legte sein Besteck zur Seite, der Appetit war ihm plötzlich vergangen.

»Tom rief mich heute Morgen an, um mir dieselbe Frage zu stellen«, er seufzte »Wir werden zurückfliegen, allerdings bin ich immer noch der Ansicht, dass dieses Unterfangen nichts für mich ist. Er wollte, dass wir früher kommen. Nur unter der Bedingung, dass keiner von euch versucht, mich zu überreden oder davon zu überzeugen, dass ich mit meinem Entschluss einen Fehler mache, bin ich seiner Bitte nachgekommen. Die Tickets sind bereits umgebucht.«

»Kommt er deiner Bitte wirklich nach?«

Dante musste leise lachen und zwinkerte Joenn verschmitzt zu.

»Natürlich, schließlich hat er so die Chance, seine geliebte Tochter ein Weilchen länger um sich zu haben.«

Joenns Gesichtszüge hellten sich daraufhin auf, eine Welle großer Vorfreude überflutete sie. Jetzt erst bemerkte sie so richtig, wie groß ihr Heimweh tatsächlich war.

»Auf wann konntest du denn den Flug verschieben?«

»Übermorgen. Na erfreut?«

Er lächelte sie breit an, ein Lächeln, das sie direkt ins Herz traf. Es war ein ehrliches, ungestelltes Lächeln, ein Lächeln, das nur für sie bestimmt zu sein schien. Ihr Magen zog sich bei dem Gedanken zusammen. Wie es ihm wohl gehen musste mit dem Wissen, dass er jetzt schon übermorgen mit ihr zurückfliegen und dann zwangsweise vier Tage früher mit der Beerdigung seines Vaters konfrontiert werden würde – ein Thema, das er offensichtlich zutiefst verabscheute. Sie schaute ihm ins Gesicht. Sie studierte sich dieses Lächeln genau ein, wie es seine Augen erreichte, die sie anschaute als wäre sie gerade das Wertvollste, was er besaß. Die feinen Lachfältchen um seine Augen, die sein Gesicht nur noch attraktiver machten. Die geraden, schneeweißen Zähne, die bei seinem Lächeln leicht hervorblitzten. Er war zweifellos der attraktivste Mann, dem sie je begegnet war. Die Richtung, in die ihre Gedanken sich entwickelten, begann beängstigend zu werden. *Themenwechsel*, ermahnte sie sich innerlich. Sie wollte die positive Stimmung des Abends nicht mit einem Schatten trüben, sondern ihn weiter genießen, solange es noch ging.

Kapitel 7

»Wenn wir schon übermorgen fliegen, dann sind wir ja rechtzeitig zurück zur alljährlichen Stiftungsfeier im Stock-Haus in der Stadt.« Joenn hielt sich erschrocken die Hand vor den Mund. »Bitte entschuldige. Das war jetzt taktlos.«

Dante winkte mit einer lockeren Handbewegung ab.

»Nein, gar nicht. Amanda hat im Hintergrund dasselbe erfreut gerufen. Tom war das ziemlich unangenehm. Deine Mama scheint es kaum erwarten zu können, dich wieder in ihre Arme schließen zu dürfen, so sehr, dass Tom schon die Befürchtung ausgesprochen hat, Schlaftabletten besorgen zu müssen, damit Armanda in den nächsten zwei Tagen wenigstens ein bisschen Schlaf bekommt.«

Dante schien dieses Gespräch mit ihrem Vater, seinem Onkel genossen zu haben, so wie er es auch genoss, Joenn immer wieder nur mit kleinen Brocken aus diesem Gespräch zu füttern. Ihr machte es jedoch nichts aus. Ihr war es allemal lieber, diesen entspannten Dante vor sich zu haben, als wieder dem mürrischen, verschlossenen gegenüberzusitzen.

»Magst du noch ein Dessert? Sie sind hier in der Gegend bekannt für den besten Schokoladenkuchen aller Zeiten mit einer Vanille-Zimt-Soße. Der Kern des Kuchens soll flüssige weiße Schokolade enthalten, und die Soße ist mit frischen Heidelbeeren verfeinert.«

Joenn kicherte leise.

»Das hört sich aber sehr mächtig an. Ich glaube, das schaffe ich nicht.«

Mit einem Lächeln winkte Dante den Oberkellner herbei, um dieses besagte Dessert zu bestellen. Der Kellner hatte den Tisch kaum verlassen, als er schon mit dem bestellten Dessert zurückkam. Zu Joenns fragendem Blick erklärte der Oberkellner mit einem freundlichen Lächeln:

»Mister Brown hat dieses Dessert bereits bei der Reservierung vorbestellt«, bevor er sie wieder an ihrem Tisch alleine ließ. Dante schien es überhaupt nichts auszumachen, dabei „erwischt" worden zu sein. Er grinste nur breit und zufrieden. Ihnen wurde ein kleiner, aber kunstvoll verzierter Schokoladenkuchen gebracht, der aussah, als wäre er mit viel Liebe zubereitet worden. Dazu wurden zwei Gabeln gereicht.

»Ich dachte, ich helfe dir bei dem Dessert.«

Joenn nickte ihm zustimmend mit einem breiten, ehrlichen Lächeln zu. Dante teilte den noch warmen Kuchen mit seiner Gabel, sodass die flüssige, weiße Schokolade verführerisch aus dem dunklen Schokoladenkern floss. Er spießte ein Stück auf seine Gabel, tauchte es in die duftende Vanille-Zimt-Soße und spießte noch zwei saftige Heidelbeeren auf. Genüsslich ließ er diese perfekte Geschmackskombination auf seiner Zunge zergehen. Ein leises, zufriedenes „Mmmmh" konnte Joenn von ihm vernehmen, während sie gespannt sein Tun beobachtete. Sie tat es ihm gleich. Bei dieser Geschmacksexplosion in ihrem Mund schloss sie unwillkürlich die Augen. So etwas Fantastisches hatte sie noch nie zuvor gekostet. Dante beobachtete sie aufmerksam, wie sie ihm mit geschlossenen Augen gegenübersaß. Er wusste genau, was sie in diesem Moment empfand. Er konnte nicht anders, als sie weiterhin zu beobachten. Ihre Lippen glänzten leicht, als hätte sie gerade erst Lipgloss aufgetragen, obwohl er es besser wusste. Ganz langsam bewegte sie ihren Mund, der plötzliche, überwältigende Wunsch, sie zu küssen, übermannte ihn fast. Es kostete ihn große Mühe, sich zurückzuhalten. Er wollte nichts tun, was diesen schönen Abend zerstören könnte. Er wollte ihn einfach nur genießen, in der Gesellschaft dieser wundervollen Frau, ohne an Komplikationen oder Verpflichtungen zu denken. Einfach nur den Moment genießen, denn er wusste tief in seinem Inneren, dass er ohne sie abreisen würde, sobald sie wieder bei seinem Onkel waren.

Dante ließ die Rechnung auf sein Zimmer schreiben. Er reichte Joenn die Hand, um ihr beim Aufstehen behilflich zu sein. Mit einer leichten, aber bestimmten Hand auf ihrem Rücken führte er sie zurück in die elegante Lobby zu den Aufzügen. Sie wehrte sich nicht gegen seine Berührung, nein, insgeheim genoss sie die Wärme seiner Hand auf ihrem Rücken. Es fühlte sich so vertraut und aus einem unbekannten Grund richtig an. Im Aufzug neigte er den Kopf leicht zu ihr hinunter.

»Magst du noch mit auf mein Zimmer kommen? Ich könnte uns eine Flasche Wein bringen lassen, und wir könnten den Abend ganz gemütlich ausklingen lassen.«

Sie wusste genau, dass sie diesem Angebot eigentlich nicht annehmen sollte, doch der Abend hatte ihr so gut gefallen, dass sie ihn bislang nicht beenden wollte. Ein schüchternes, fast unmerkliches Lächeln huschte über ihre Lippen, sie nickte zustimmend. Wie selbstverständlich legte er ihr wieder seine Hand auf den Rücken, um sie aus dem Aufzug den kurzen Gang entlang zu seinem Zimmer zu führen. Während sie ihre Schuhe auszog, rief Dante den Zimmerservice an, um eine Flasche erlesenen Wein zu ordern. Eine Frage, die Joenn schon den ganzen Abend beschäftigt hatte, brannte ihr nun unter den Nägeln.

»Warum hast du dir eigentlich gestern Abend den Rum oder was auch immer du an alkoholischen Getränken zu dir nehmen wolltest, nicht auch über den Zimmerservice bestellt?«

Dante lächelte leicht verlegen, wobei er sich mit einer nervösen Bewegung über den Nacken strich.

»Ich wollte nicht, dass du das mitbekommst. Wenn ich es über den Zimmerservice bestellt hätte, wäre es auf die Zimmerrechnung gegangen. Ich wollte nicht das Risiko eingehen, irgendwann einmal von dir mit der Frage *warum* konfrontiert zu werden, wenn du zufällig bei der Buchhaltung darüber stolpern würdest.«

Das konnte Joenn gut verstehen. In diesem Fall hätte sie wahrscheinlich auch nicht anders reagiert. Der Zimmerservice in diesem Hotel war bemerkenswert effizient, denn es klopfte schon wenige Minuten später an der Tür. Dante gab dem Pagen ein großzügiges Trinkgeld. Joenn beobachtete aufmerksam, wie er mit seinen schlanken, eleganten Händen die edlen Weingläser befüllte. Ihr Blick wanderte unwillkürlich über seine breiten Schultern und das perfekt sitzende Hemd, das ihr jedoch keine Möglichkeit gab, die muskulöse Figur darunter auch nur zu erahnen. Er reichte ihr ein Glas.

»Ich habe morgen eine kleine Überraschung für dich.«

»Wirklich? Darf ich erfahren, welche das ist?«

Dante tat so, als müsse er angestrengt darüber nachdenken, dann lächelte er sie verschmitzt an. Joenn konnte sich in dem Moment vorstellen, wie er als kleiner Lausbub ausgesehen haben musste.

»Vielleicht später, wenn du ein braves Mädchen bleibst.«

Joenn zog amüsiert die Augenbrauen hoch.

»Ein braves Mädchen?«

»Ja, genau. Du weißt ja, ich sagte es dir schon einmal, ich bin auch nur ein Mann. Doch das soll jetzt nicht heißen, dass der Abend schon vorbei sein soll. Du sollst einfach nur brav sein.«

Er zwinkerte ihr zu, worauf sie unwillkürlich lachen musste. Sie wusste genau, was er damit meinte. Er sagte es zwar im Scherz, doch für sie stellte er tatsächlich eine gewisse Gefahr dar. Sie blickte zu Dante dem das nichts auszumachen schien. Er griff wieder zu der Flasche, um ihr nachzuschenken. Joenn nahm noch einmal einen kräftigen Schluck.

»Sag mal, Dante, was ist eigentlich bei den Landschaftsgärtnern herausgekommen?«

»Sie meinten heute zu mir, dass sie dich unbedingt aufsuchen müssten, da es ein Problem gäbe, welches sie mir nicht anvertrauen wollten.«

Dante stand nun direkt vor ihr, seine Hand ruhte auf ihrer Schulter.

»Lass uns heute Abend nicht über die Arbeit reden. Es ist ein so schöner Abend, den sollte man nicht mit solchen Dingen trüben. Ich sage nur so viel: Ich habe mich darum gekümmert. Sieh es einfach als erledigt an.«

Dante prostete ihr zu. Mit dem Weinglas in der Hand drehte er sich von ihr weg, ging zur Balkontür, öffnete sie und verschwand in der Dunkelheit der Nacht. Joenn überlegte kurz, nahm dann die halb volle Flasche Wein und betrat ebenfalls den Balkon. Es dauerte einen Moment, bis sich ihre Augen an die Dunkelheit gewöhnt hatten. Schließlich konnte sie Dante mit seinem Weinglas in der Hand an der Reling ausmachen. Sie wusste, dass er sie bemerkt hatte, trotzdem drehte er sich nicht zu ihr um, sondern blickte weiterhin auf die Lichter der Stadt hinunter, wo das Leben pulsierte. Die Lichter in den verschiedensten Farben flackerten, gedämpfte Musik stieg von den umliegenden Bars und Clubs empor. Ohne ein Wort an Dante zu richten, stellte sie sich schweigend neben ihn an die Reling. Vorsichtig schenkte sie Wein in sein Glas nach, das er locker in der Hand über der Reling hielt. Dante beobachtete aufmerksam, wie sich sein Glas langsam mit der dunkelroten Flüssigkeit füllte. Sie stellte die Flasche neben sich auf den Boden. Dante musste nicht zu ihr hinübersehen, er spürte ihre unmittelbare Nähe, der leichte Abendwind trug ihren betörenden, blumigen Duft zu ihm herüber. Der Balkon sollte ihm eigentlich als kurze Zuflucht dienen, ihre bloße Anwesenheit schien seine körperliche Verfassung auf beunruhigende Weise zu beeinflussen. Wenn er dann noch ihr Lachen hörte, sah, wie sie ihre vollen Lippen mit ihrer rosigen Zunge befeuchtete, wie sie ihr langes, blondes Haar nach hinten warf, und wenn er das „Pech" hatte, ihren Duft einzuatmen, schrie sein Körper förmlich nach ihrer Nähe. Jede noch so unabsichtliche Berührung von ihr hinterließ tiefe, brennende Spuren auf seiner Haut. Sie stellte die größte Gefahr dar, der er jemals in seinem Leben begegnet war. Noch nie zuvor hatte er etwas so dringend und unbedingt gewollt, obwohl er genau wusste, dass er es nicht durfte. Joenn machte einen kleinen, unbewussten Schritt nach links, näher an Dante heran. Ihm war klar, dass sie dies höchstwahrscheinlich nicht absichtlich tat, sondern ihr Unterbewusstsein sie lediglich in Richtung der Wärmequelle lenkte. Er verwarf den Gedanken, ihr etwas Wärmendes zu holen, da er insgeheim hoffte, dass sie dadurch vielleicht noch näher an ihn heranrücken würde. Aus dem Augenwinkel sah er, wie der leichte Wind ihr zartes Kleid immer wieder eng an ihren wohlgeformten Körper schmiegte. Ihre Brüste schienen die Kühle deutlich zu spüren, was sich unter dem feinen Stoff des Kleides deutlich abzeichnete. Ohne lange nachzudenken, trat er einen Schritt zurück, legte seine Hände sanft auf ihre Hüften und führte sie mit einem leichten Druck näher an sich heran. In dem Moment, als er seine Arme um ihre Hüfte schlang, verfluchte er sich innerlich sofort für diese impulsive Handlung. Für Joenn kam diese Berührung völlig unerwartet, doch was noch unerwarteter auf sie einbrach, waren die intensiven Gefühle, die sie augenblicklich durchströmten. Sie zog hörbar scharf die Luft ein. Die Wärme, die sich in ihrem ganzen Körper ausbreitete, irritierte sie zutiefst. Ihr Körper schien nicht mehr auf ihren Verstand zu hören. Erschrocken bemerkte sie, wie sie sich unwillkürlich zurücklehnte um sich an diese warme, feste Wand aus Muskeln zu schmiegen. Seine Wärme umhüllte sie wie ein schützender Kokon. Mit geschlossenen Augen lehnte sie ihren Kopf nach hinten an seine Schulter, dabei spürte sie, wie sich sämtliche Verspannungen in ihr lösten. Ihr Verstand schien für einen Moment auszusetzen, sie nahm nur noch seine Wärme wahr. Seine Hände ruhten sanft auf ihrem Bauch, wo er mit einem seiner Daumen – sie konnte nicht genau sagen, mit welchem – kleine, beruhigende Kreise auf ihrer Haut zeichnete. Sie spürte, wie sich sein Brustkorb bei jedem Atemzug hob und senkte. Beide genossen diesen stillen, intimen Moment. So standen sie schweigend eine Weile da, ihre Körper eng aneinander geschmiegt, bis Dante seinen Kopf sanft zu ihr hinunterneigte. Er wollte ihr etwas ins Ohr flüstern. Sie kam ihm unwillkürlich entgegen, richtete sich ein wenig auf, wobei sie ihre Hüfte leicht mit bewegte. Dantes Umarmung wurde fester, aus seinem Mund, der nun ganz dicht an ihrem Ohr war, entwich ein leises, tiefes Stöhnen. Insgeheim freute sie sich über seine Reaktion. Er löste eine Hand von ihrem Bauch, um ihr auf der rechten Seite, die seidigen Haare hinters Ohr zu streichen, was ihren Hals freigab. Sie spürte seinen warmen Atem an ihrer empfindlichen Haut, als er begann, ihr leise ins Ohr zu hauchen, wie sehr sie ihn verrückt machte. Er hauchte ihr flüchtig einen zarten Kuss auf ihren Hals. Sie konnte nicht anders, als sich noch enger an ihn zu schmiegen. Er reagierte darauf mit einem tiefen, animalischen Knurren, das tief aus seiner Brust kam. Mit leichten, zärtlichen Bewegungen strich sie mit ihren Fingernägeln an seinem Unterarm entlang, fasziniert davon, wie sich unter diesen leichten Berührungen seine Muskeln anspannten. Sie konnte einfach nicht damit aufhören. Mit einem tiefen Brummen nahm er ihre Hände und hielt sie beide fest auf ihrem Bauch. Bevor Joenn überhaupt darauf reagieren konnte, spürte sie erneut seine zarten, gehauchten Küsse auf ihrem Hals. Sie konnte sich diesen intensiven Gefühlen einfach nicht entziehen. Während er ihren Hals weiterhin mit federleichten Küssen erkundete, wanderte seine freie Hand langsam an ihrem Bauch hinauf. Er umschloss sanft eine ihrer Brüste mit seiner großen, schlanken Hand. Mit dem Daumen strich er immer wieder zärtlich über ihre aufgerichtete, empfindliche Brustwarze. Die Hitzewelle, die ihren Körper durchflutete, raubte ihr fast den Verstand. Sie drängte ihren Unterleib unwillkürlich an sein kräftiges, erregtes Glied. Er biss sie vor Entzückung in die Halsbeuge. Joenn stöhnte leise auf bei diesem gleichzeitig angenehmen und schmerzhaften Gefühl. Sie wollte mehr, sie wollte alles, was er ihr bieten konnte. Er drehte sie zu sich herum, ohne dass sich ihre Körper auch nur einen Millimeter voneinander entfernten. Sie spürte seine deutliche Erregung nun genau dort, wo sie, sie am meisten spüren wollte. Mit leichten, kaum merklichen Bewegungen heizte sie ihn noch weiter an. Seine Hände ruhten inzwischen oberhalb ihrer Hüfte und drückten sie sanft nach hinten, sodass sie in ihren Bewegungen innehalten musste. Sie konnte seinem intensiven Blick nicht standhalten, seine Augen waren so voller Verlangen. Mit nur noch einer Hand behielt er sie weiter in dieser Position, während er mit der anderen Hand ihr Kinn umfasste, sodass sie gezwungen war, ihm weiterhin tief in die Augen zu schauen. Um den Halt nicht zu verlieren, klammerte sie sich mit ihren Händen an seiner Hüfte fest. Sie spürte seinen stockenden Atem an ihrem Mund, den sie nur zu gerne geküsst hätte. Jedes Wort, das er sprach, fühlte sich an wie ein leichter, zarter Kuss auf ihren Lippen – die reinste Folter.

»Ich wollte dir eigentlich heute Abend nur sagen, dass wir morgen Mittag zurückfliegen. Ich habe die Flugtickets vorhin im Restaurant umbuchen lassen. Das war meine Überraschung für dich.«

Joenn antwortete auf seine geflüsterten Worte, indem sie mit einer Hand über seinem Hemd seine Brust erkundete, wobei sie ihm weiter tief in die Augen schaute. Sie beobachtete, wie bei ihrer Berührung ein dunkles, rauchiges Flackern in seinen Augen aufstieg. Augenblicklich wurde ihr klar, dass sie dieses gefährliche Spiel niemals gewinnen würde. Sie wollte ihn küssen, ihn mit jeder Faser ihres Körpers spüren, doch er hielt sie weiterhin auf Distanz.

»Du spielst ein Spiel, das du verlieren wirst, aber das weißt du, nicht wahr?«

Es war eher eine Feststellung als eine Frage, die er immer noch in diesem rauchigen Flüstern auf ihre Lippen haucht. Joenn nickte, er konnte es nicht sehen, dazu war sie ihm zu nahe, aber er konnte es an seinen Lippen spüren, wie sie nickte, es war wie ein neckendes Spiel ihrer Lippen auf seinen, mit kurzen flüchtigen Berührungen. Sie beobachtete, wie sich ein jungeshaftes, leicht verkniffenes Lächeln auf seine Lippen stahl.

»Du bist kein braves Mädchen.« hauchte er ihr an ihren Lippen. Dieses Mal schüttelte sie leicht den Kopf, ohne den intensiven Augenkontakt mit ihm zu verlieren.

»Gefällt dir das? Willst du das wirklich?«

Er stieß mit seiner Hüfte langsam vor und zurück, sodass sein hartes Glied ihr Glück nur leicht streifte. Zur Antwort bekam er ein leises, unwillkürliches Stöhnen von ihr. Vor Überraschung flackerten kurz ihre Augenlider. Ihre Hand, die eben noch seinen Oberkörper erkundet hatte, krallte sich unwillkürlich in sein Hemd. Dante richtete sie auf, eng umschlungen küsste er sie. Es war ein intensiver, leidenschaftlicher Kuss, der pure Verzweiflung und Sehnsucht ausdrückte. Dieser Kuss trieb Joenn die Tränen in die Augen. Dante spürte nur zu deutlich, wie ihm seine mühsam aufgebaute Selbstbeherrschung langsam entglitt. Vorsichtig drückte er sie von sich weg. Seine Miene war nun vollkommen verschlossen, sein Kiefer angespannt. Sie wollte nicht, dass es schon vorbei war. Sie wollte mehr. Ganz gleich, welche Konsequenzen dies alles mit sich bringen würde. Sie ließ ihre Hände zögerlich durch sein Haar gleiten, was ihn erneut leise stöhnen ließ. Doch er schüttelte nur stumm den Kopf.

»Ich werde dir nicht ewig widerstehen können, Joenn. Doch jetzt ist noch nicht der richtige Zeitpunkt dafür. Wir werden nur diese eine Chance haben. Danach werde ich aus deinem Leben verschwinden. Für immer. Bitte beschwöre es jetzt noch nicht herauf. Die Zeit, die uns bliebe, wäre viel zu kurz.«

Mit diesen Worten ließ er endgültig von ihr ab. Die Hotelzimmertüre fiel ins Schloss, was Joenn schlagartig in die Realität zurückholte. Sie spürte plötzlich den kalten Wind, vor dem Dante sie eben noch so beschützend gehütet hatte. Sie spürte die weichen Knie, die sie seinetwegen hatte, ihre Lippen, die leicht von seinen intensiven Küssen brannten, und ihr Höschen, das voller Erwartung nach ihm schwer unter der Feuchtigkeit gelitten hat. Zitternd mit einer tief sitzenden Unruhe kehrte Joenn in ihr eigenes Zimmer zurück, in ihr leeres Bett – ganz alleine.

*

Der nächste Morgen brachte Joenn keine neuen Erkenntnisse, keine Klarheit. Nur die bittere Gewissheit, dass sie Dante in allem, was er gesagt hatte, recht geben musste. Mit dem einzigen, schmerzlichen Unterschied: Sie bezweifelte zutiefst, dass ihre einmalige Zusammenkunft, wie er es ihr versprochen hatte, jemals ausreichen würde, ganz gleich, wie viel Zeit sie auch umfassen mochte. Es würde niemals genug sein. Eines war ihr mit erschreckender Deutlichkeit bewusst geworden, sie hatte ihr Herz verloren. Verloren an jemanden, der diese tiefen Gefühle erstens niemals erwidern würde. Zweitens, noch viel schlimmer, an jemanden, an den sie es auch niemals *dürfte*. Sie war verloren. Jeder Gedanke an Dante war wie ein Stich ins Herz, eine bittersüße Erinnerung an die Momente der Nähe, die sie so intensiv erlebt hatte.

»Ihr seid wieder zurück! Wie schön, dass ihr hier seid! Ich freue mich ja so!«

Amanda schloss ihre Tochter, mit strahlendem Gesicht, in die Arme. Währenddessen schüttelte Tom seinem Neffen zur Begrüßung herzlich die Hand.

»Dante, mein Junge, es freut mich sehr, dich wieder bei uns zu Hause willkommen zu heißen.«

»Nun, ich bin zwar hier, Tom, doch das heißt noch lange nicht, dass ich auch zur Beerdigung gehen werde.«

Tom bedachte seine Tochter mit einem vielsagenden Blick. Dante war sich sicher, dass Tom all seine Hoffnungen auf Joenn setzte, doch er wusste, dass dies nichts nützen würde. Er würde auf keinen Fall an der Beerdigung seines Vaters teilnehmen. Tom legt Dante die Hand auf den Rücken, den Druck, den er dabei ausübte, machte Dante klar, wo sein Onkel dieses Gespräch weiterführen wollte. Mit einem hilflosen Blick suchte er Joenns Blick. Ihre Augen ruhten auf seinem Gesicht. Sie schenkte ihm ein unsicheres, aber dennoch ermutigendes Lächeln, bevor sie sich ihrer Mutter zuwandte, deren Augen vor Freude feucht glänzten. Dante wusste, was für eine Triade er sich jetzt von Tom übergehen lassen musste. Mit hängenden Schultern folgte er seinem Onkel ins Wohnzimmer, wo dieser ihn auf die gemütliche, cremefarbene Couch dirigierte. Joenn empfand tiefes Mitleid mit dem armen Dante. Sie kannte ihren Vater zur Genüge, sie wusste, dass er nicht lockerlassen würde. Ihre Mutter saß, wie immer perfekt frisiert, auf Joenns Bett in ihrem Zimmer. Während Joenn ihren Koffer auspackte, berichtete Amanda ihr mit lebhaften Gesten den neuesten Klatsch und Tratsch aus der Nachbarschaft. In dieser Hinsicht, war dieses kleine Fleckchen Erde wirklich ein Phänomen. Wenn einem im eigenen Haus eine Tasse herunterfiel, wusste es schon das letzte Haus in der Straße, bevor man überhaupt dazu kam, die Scherben zusammenzukehren. Ihre Mutter, Amanda Brocks, saß gewissermaßen im Vorsitzenden-Komitee dieses inoffiziellen, aber äußerst effizienten „Nachrichten-Verbreitungs-Vereins". Amanda war jedoch nicht immer so gewesen. Erst als Joenn beschlossen hatte, ihr Studium knapp zweihundert Meilen entfernt von ihrem Elternhaus zu absolvieren, hatte sich dies geändert. Ihr Vater war der festen Überzeugung, dass sie sich unter die Nachbarn gemischt hatte, um sich abzulenken, um sich nicht allzu viele Sorgen um ihre geliebte Tochter zu machen. Joenn erinnerte sich nur zu gut daran, wie ihre Mutter in Tränen ausgebrochen war, als sie ihr stolz die Zusage der Universität ihrer Träume unter die Nase hielt. Immer wieder hatte sie verzweifelt versucht, ihre Tochter davon zu überzeugen, dass die nahegelegene Universität doch viel angenehmer wäre und die gleichen Studiengänge und den gleichen Komfort böte wie die weit entfernte Universität ihrer Wahl. Mit einer Frage, deren Sinn

Joenn im ersten Moment nicht ganz erfassen konnte, holte Amanda ihre Tochter abrupt aus ihren tiefen Gedanken.

»Bitte verzeih mir, Mum, was hast du gesagt?«

»Du hörst mir ja gar nicht zu!«

»Ich habe dich gefragt, wie lange ihr beiden zu bleiben gedenkt?«

Joenn schenkte ihrer Mutter, die sie mit leicht vorwurfsvollem, aber liebevollem Blick musterte, ein leichtes Lächeln.

»Ich weiß es bis jetzt nicht genau, Mum. Das liegt ganz in Dantes Händen.«

»Dann werde ich ihn beim Abendessen später mal genauer ins Verhör nehmen und herausfinden, wie seine genauen Pläne aussehen.«

Joenn nickte lächelnd, und wandte sich wieder ihrem Koffer zu, um die letzten Kleidungsstücke ordentlich zu verstauen.

»Hast du schon gehört, was die Stevensons seit längerem wieder planen?«, fuhr Amanda fort »Die sind einfach unglaublich! Sie wollen ihren Kristallhochzeitstag in ganz großem Stil feiern. Es ist allgemein bekannt, dass die beiden für ganze zwei Jahre getrennt, ja sogar geschieden waren, und dann haben sie sich ganz plötzlich wieder neu ineinander verliebt, ausgerechnet als John Stevenson diesen Autounfall hatte, den sie im Nachhinein viel größer dargestellt haben, als er wirklich war. Lena hat damals einen riesigen Wind darum gemacht. Sie hat so getan, als ob sein Leben am seidenen Faden hing, dabei hatte er nur eine leichte Gehirnerschütterung. Obwohl man fairerweise sagen muss, dass er zum Glück in seinem Mercedes angeschnallt war. Diese ganzen Airbags haben wohl schlimmeres verhindert. Egal, was ich eigentlich sagen wollte… Jetzt feiern sie also ihren fünfzehnten Hochzeitstag, also die Kristallhochzeit, in ganz großem Stil. Sie wollen alles dem Thema entsprechend gestalten. Kannst du dir vorstellen, dass alles mit Kristallen dekoriert sein soll? Für meinen Geschmack ist diese Planung absolut übertrieben. Außerdem verlangen sie auf der Einladung – wir sind natürlich auch eingeladen –, dass die Garderobe, so wie auch die Mitbringsel, dem Motto entsprechen sollen. Kannst du dir das vorstellen? Ich kann dir sagen, ich habe gedacht…«

Joenn ließ ihre Gedanken wieder abschweifen. Ihre Mutter würde ohnehin so schnell nicht mit ihrem Redefluss aufhören. Ihre Gedanken wanderten eine Etage tiefer, zu Dante, der mit hundertprozentiger Wahrscheinlichkeit gerade von ihrem Vater bearbeitet wurde, der ihn inständig bat, an der Beerdigung seines Vaters teilzunehmen. Ein Anflug von tiefem Mitleid durchzog ihre Gedanken. Der Arme hatte noch gar keine Gelegenheit gehabt, diese schockierende Nachricht vom Tod seines Vaters auf eine Weise zu verarbeiten. Er wurde zwar permanent ohne Pause damit konfrontiert, doch sie kannte Dante mittlerweile gut genug, um zu wissen, dass er Ruhe und Zeit für sich benötigte, um in dieser Hinsicht einen klaren Gedanken fassen zu können. Joenn klappte ihren nun leeren Koffer zu. Eine Idee blitzte in ihrem Kopf auf. Jetzt musste sie nur noch sehen, ob sie diese auch in die Tat umsetzen könnte. Sie holte tief Luft.

»Mum! Du sagtest doch, die Stevensons hätten euch auch eingeladen?«

»Aber ja, natürlich, mein Kind. Warum fragst du?«

»Sind wir, also ich und Dante, auch eingeladen?«

Amanda zögerte einen kurzen Moment, bevor sie antwortete.

»Aber natürlich. Ich meine, sie haben euch beide natürlich nicht direkt eingeladen. Ich meine, es wusste ja auch keiner, dass ihr genau zu diesem Zeitpunkt nach Hause kommen würdet. Du weißt doch, dass du immer willkommen warst und bist, im Hause der Stevensons. Sie würden es uns nie verzeihen, wenn sie erfahren würden, dass ihr wieder da seid und ihre große Party boykottieren würdet.«

»Das ist schön zu hören. Komm, lass uns runter zu Dad und Dante gehen. Wir sollten zumindest Dante Bescheid geben. Wann steigt die besagte Party denn eigentlich?«

Amanda verschränkte ihre zierlichen Arme empört vor ihrer Brust.

»Hast du mir denn gar nicht zugehört, Kind? Kommendes Wochenende! Wieso willst du denn überhaupt jetzt schon runter? Ich dachte, wir unterhalten uns noch ein wenig.«

Schmollend schob ihre Mutter ihre Unterlippe leicht nach vorn. Joenn setzte sich neben sie auf das Bett. Sie schaute ihrer Mutter, in ihr leicht faltiges Gesicht, mit diesen strahlenden Augen.

»Mama, Dante ist da unten, ganz alleine mit Vater. Er hatte noch überhaupt keine Zeit gehabt, diese schreckliche Nachricht auch nur ansatzweise zu verdauen. Glaubst du nicht, er könnte ein bisschen Unterstützung gebrauchen, während Vater seine erschütternde Meinung kundtut?«

»Nein, das glaube ich nicht! Er ist alt genug. Er kann sich sicher sehr gut selbst verteidigen.«

»Glaubst du wirklich, dass er das kann? Ich meine, klar, er ist kein kleiner Junge mehr und er ist weder dumm noch auf den Kopf gefallen, aber sein Vater ist gestorben. Er hatte noch keine Zeit, sich wirklich mit diesem Gedanken auseinanderzusetzen. Mum, kurz bevor wir hierher aufgebrochen sind, habe ich sein Hotelzimmer gesehen. Glaub mir, es war kein schöner Anblick.«

Amanda schlug erschrocken die Hände vor den Mund, ein leises:

»Oh mein Gott, der arme Junge«, entfuhr ihren Lippen. Wie ein junges Reh und nicht wie eine fast sechzigjährige Dame sprang sie vom Bett auf. »Du hast vollkommen recht! Schnell, wir müssen den Jungen aus Vaters Klauen befreien!«

Joenn konnte ihrer Mutter kaum folgen, so schnell stürmte sie die Treppe hinunter. Über die plötzliche, unerwartete Reaktion ihrer Mutter musste sie unwillkürlich grinsen. Im Wohnzimmer bestätigte sich Joenns schlimmste Befürchtung. Dante saß tief eingesunken auf dem Sofa, während ihr Vater ununterbrochen, mit Nachdruck auf ihn einredete. Hilfesuchend blickte sie zu ihrer Mutter, die ihr wissend zunickte.

»So, genug diskutiert! Joenn und ich haben Hunger! Wir haben uns gedacht, wir könnten eine Kleinigkeit essen gehen.«

Tom blickte seine Frau fassungslos an, während Dantes Blick eher wie der Ausdruck eines unerwarteten Geschenks wirkte.

»Etwa jetzt?«

Amanda bedachte ihren Mann mit einem strengen Blick.

»Ja, genau jetzt! Oder wann hattest du beliebt zu speisen? Es ist weder zu spät noch zu früh. Wir wollten sofort los.«

Tom starrte seine Frau immer noch fassungslos an. Nie nahm sie sonst so entschieden das Zepter in die Hand. Etwas musste vorgefallen sein, dass seine geliebte Frau zu diesem ungewöhnlichen Handeln veranlasst hatte. Er beschloss, sich dem Willen seiner Frau zu beugen. Mit einer kurzen, kaum merklichen Geste zu Dante machte er sein Einverständnis deutlich. Während der ganzen Autofahrt sprach niemand außer Amanda, die sich unaufhaltsam über die Stevensons ausließ, jedoch nicht ohne immer wieder zu betonen, dass sie doch im Grunde ihres Herzens und hinter all dieser Oberflächlichkeit, die sie manchmal zur Schau trugen, sehr liebenswerte Menschen seien, weswegen sie auch so gute Freunde seien. Tom verdrehte bei dieser Leier, die er anscheinend öfter hörte, als ihm lieb war, die Augen, was Joenn und Dante nicht entging, sie schmunzelten breit. Amanda ließ sich jedoch nicht stoppen. Im Restaurant, einem beliebten Mexikaner in der Gegend, amüsierte Amanda die beiden mit Anekdoten aus ihrem Leben und dem turbulenten Leben in der Nachbarschaft. Dante wusste genau, dass er diese willkommene Wendung des Abends Joenn zu verdanken hatte. Dankbar nahm er unauffällig unter dem Tisch ihre Hand in seine, um sie kurz zu drücken. Der Stromschlag, der seinen Körper bei dieser flüchtigen Berührung durchzuckte, kam völlig unvorbereitet. Vorsichtig schielte er zu Joenn hinüber. Ihre Augen verrieten ihm, dass es ihr nicht anders erging. Sie zog ihre Hand schnell, aber unauffällig wieder aus seiner. Sein Körper verlangte nach ihr, mehr als er es je bei einer anderen Frau erlebt hatte. Er wusste, dass er sie nicht haben konnte, doch er nahm jede noch so kleine Chance, die sich ihm bot, dankbar an. Entweder berührten sich ihre Finger flüchtig, wenn er ihr das Brot reichte, obwohl sie noch welches auf ihrem Tellerrand liegen hatte, oder sein Schenkel lehnte sich „zufällig" an ihren, er dachte nicht im Traum daran, sich dieser köstlichen Berührung zu entziehen. „Versehentlich" berührte er sie immer wieder mit dem Ellenbogen, nur um diesen prickelnden, bittersüßen Schmerz zu spüren, der ihn bei jeder noch so kleinen Berührung durchfuhr. Dante bemerkte erst, dass er Joenn unverhohlen anstarrte, als er Toms misstrauischen Blick spürte. Um seine Verlegenheit nicht allzu deutlich zu zeigen, auch wenn er sich ertappt fühlte, erwiderte er standhaft und ohne mit der Wimper zu zucken den prüfenden Blick seines Onkels.

*

Dante erwachte am nächsten Morgen von einem leisen, aber deutlichen Gekicher, das aus dem Garten durch sein geöffnetes Fenster zu ihm drang. Verwirrt warf er einen Blick auf seine Armbanduhr, die auf dem Nachttisch in dem Gästezimmer lag, das er für die Dauer seines Aufenthalts bewohnte. Er stellte überrascht fest, dass er seit Jahren nicht mehr so lange geschlafen hatte. Es war bereits nach zehn Uhr, dem Klang nach zu urteilen, saß die ganze Familie lachend und angeregt plaudernd auf der sonnigen Terrasse. In bequemer Sportkleidung trat er ihnen schließlich entgegen. Tom musterte ihn mit einem leicht tadelnden, aber dennoch liebevollen Blick.

»Wenn du gedacht hast, du könntest jetzt ungestört laufen gehen, muss ich dir leider mitteilen, dass dieser Plan gestrichen ist, mein Sohn.«

Tom deutete mit einer einladenden Handbewegung auf einen leeren Stuhl, vor dem bereits ein leerer Teller bereitstand.

»Wir haben mit dem Frühstück auf dich gewartet. Ich habe mir bewusst heute Morgen freigenommen. Wir wollten dich nicht wecken, daher beschlossen wir, geduldig auf dich zu warten. Das Laufen musst du also auf morgen verschieben. Ich glaube nicht, dass das deinem Körper allzu sehr schaden wird.«

Dante musste unwillkürlich lächeln. In seinem Kopf hallten die väterlich klingenden Worte „mein Sohn" und „bewusst freigenommen" nach. Ein kurzer, stechender Schmerz machte sich in seiner Brust breit, vermischt mit einem warmen Gefühl der Dankbarkeit. Und doch nahm er unwillkürlich den unvergleichlichen, zarten Maiblümchenduft wahr, der von Joenn ausging, als er an ihr vorbeiging, um seinen Platz am Tisch einzunehmen. Er konnte nicht anders, als ihr ein schiefes Lächeln zu schenken. Tom entging dieses Verhalten seines Neffen gegenüber seiner Tochter nicht. Es warf Fragen auf, deren Beantwortung er sich durch genaue Beobachtung erhoffte. Während sie zusammen aßen, wurde weiter gelacht. Die Unterhaltung am Tisch lief zwanglos weiter. Alle außer Tom beteiligten sich an den lustigen Neckereien. Tom beobachtete seine Tochter und seinen Neffen weiterhin mit Argusaugen. Es missfiel ihm zutiefst, wie vertraut und ungezwungen sie miteinander umgingen. Sein Neffe hatte sich in der Zeit, in der er mit seiner Tochter zusammengearbeitet hatte, sichtlich verändert. *Bei Gott*, dachte sich Tom besorgt, *hoffentlich ist es nicht mehr als nur Freundschaft.* Doch was sollte er tun? Sein Neffe war der talentierteste und erfolgreichste junge Mann, den er je kennengelernt hatte. Eine Frau an Dantes Seite konnte er sich aus unerfindlichen Gründen jedoch nie wirklich vorstellen. Dazu hatten seine Beziehungen nie lange genug gehalten. Man konnte nicht einmal behaupten, dass eine Frau ihn tief verletzt hatte, um dieses Verhalten zu rechtfertigen. Nein, so außergewöhnlich der Junge auch war, sein Herz schien verschlossen, fast lieblos zu sein. Doch was, wenn es Joenn geschafft hatte, seine inneren Mauern einzureißen? Die beiden dürften niemals zusammen sein. Jedes Gefühl, das sie füreinander entwickeln würden, würde einem langsamen Selbstmord gleichen. Sie waren verwandt. Zu eng, um dies zu ignorieren.

»Dante, ich würde gerne erfahren, wie lange ihr zu bleiben plant.«, unterbrach Tom schließlich die heitere Stimmung am Tisch. Dante schaute erst Tom an, dann mit einem fragenden Blick zu Joenn. Sie zuckte nur unentschlossen mit den Schultern. Zaghaft antwortete sie, indem sie Dante fragte:

»Vielleicht eine Woche?«

Amanda klatschte erfreut in die Hände, doch dann fiel ihr etwas ein.

»Ach, könnt ihr nicht etwas länger bleiben? Vielleicht so zehn Tage? Die Stevensons feiern doch diese Kristallhochzeit. Es wäre doch zu schön, wenn ich euch dorthin mitnehmen könnte. Ich würde so gerne ein wenig mit euch angeben.«

Verschwörerisch zwinkert sie Dante zu, der lachend zustimmte. Der Morgen verlief friedlich, sogar recht harmonisch. Dante war sich sicher, jeden Moment genießen zu müssen, bevor der Zeitpunkt da war, an dem Joenn auftauchen würde, um ihn bezüglich der Beerdigung seines Vaters umzustimmen. Doch sie kam nicht. Die Dämmerung brach herein. Sein Laptop konnte ihn nicht mehr ablenken. Wenn ihm die Arbeit schon keine Ablenkung mehr bot, war es vielleicht an der Zeit, einmal über alles nachzudenken. Er verließ sein Zimmer und somit den schützenden Raum der vier Wände, die ihn bisher vor den bohrenden Fragen seiner Familie bewahrt hatten. Im Garten fand er Joenn alleine auf einer Liege. Sie blätterte in einem monströsen Katalog, dabei lächelte sie versonnen. Als er sich ihr näherte, erkannte er, dass es kein Katalog, sondern ein Fotoalbum war. Neugierig ließ er sich neben ihr auf der freien Liege nieder.

»Was schaust du dir da an?«

Joenns Lächeln, das sie ihm schenkte, war aufrichtig, worüber er sich innerlich wie ein kleines Kind freute.

»Ich schaue mir gerade Kinderbilder von uns beiden an.«

Überrascht beugte er sich zu ihr hinüber, um nachzusehen, ob sie ihn vielleicht nur neckte. Doch es stimmte tatsächlich, er sah ein Foto, auf dem er splitterfasernackt über eine grüne Wiese rannte. Er war schätzungsweise etwa vier oder fünf Jahre alt. Er wusste gar nicht, dass sein Onkel und seine Tante Bilder aus seiner Kindheit besaßen. Vor allem aber überraschte es ihn, dass er in einem Familienalbum vorkam, das sichtlich liebevoll gestaltet worden war.

»Sind da noch mehr Bilder von mir?«

Joenn lachte hellauf.

»Ja, ein ganzer Haufen! Lass uns an den Tisch gehen, dann können wir sie uns zusammen ansehen.«

Dante tat, wie ihm gesagt wurde. Nebeneinandersitzend sahen sie sich die Bilder an, die ihn vom Babyalter bis in seine Jugend zeigten. Als sie an einem Bild ankamen, auf dem er mit seinem Vater abgebildet war, strich Joenn sanft mit dem Finger darüber.

»Ich glaube, er hat dich geliebt.«

Höhnisch lachte er auf. » Ja, er hat mich so sehr geliebt, dass er mich grün und blau geschlagen hat, wenn er mal wieder sein Geld am Spieltisch verloren hatte. Er hat mir die Knochen gebrochen, wenn auch noch zu viel Alkohol im Spiel war. Ja, du hast sicher recht, er hat mich geliebt.«

Joenn starrte ihn fassungslos an.

»So sieht das aber gar nicht auf dem Bild aus. Ihr seid beide am lachen.«

Bittere Erinnerungen stiegen in Dante hoch. Er konnte seine Magensäure schmecken.

»Das Bild wurde aufgenommen, kurz bevor sich meine Mutter umgebracht hat.«

Dante wollte dieses Gespräch nicht fortsetzen. Er beschloss, Joenn weiter in dem Album blättern zu lassen, allerdings ohne seine Gesellschaft. Als er aufstand, sah er seinen Onkel an der Terrassentür stehen. Wut stieg in ihm auf, als er an ihm vorbeiging, funkelte er Tom so wütend und von tiefem Hass erfüllt an, dass Tom nur den Kopf senkte und zur Seite trat, um ihn passieren zu lassen. Tom ging hinüber zu seiner Tochter, die Dante fassungslos nachschaute. Er setzte sich neben seine Tochter. Er erblickte das Bild, auf dem immer noch ihr Finger ruhte. Jetzt verstand er den tiefen Hass in den Augen seines Neffen, kam aber nicht umhin, sie zu fragen:

»Wie viel hat Dante dir bisher von seinen Eltern erzählt?«

»Nicht viel.« Joenn sprach leise, den Blick immer noch auf die Stelle gerichtet, wo Dante eben noch gestanden hatte. »Kannst du mir vielleicht seinen plötzlichen Ausbruch von eben erklären?« Tom nickte langsam. Er klappte das Fotoalbum zu.

»Dante stammt aus einem wahrhaft erschütternden familiären Umfeld.«

Tom schaute in die Ferne während die Erinnerungen, in ihm aufkamen.

»Mein Bruder war ein Spielsüchtiger, ein Mann, der von dieser zerstörerischen Sucht vollkommen besessen war. Alle Versuche, ihn davon abzubringen, waren leider zum Scheitern verurteilt. Und glaub mir, Joenn, wir haben wirklich *alles* versucht, was in unserer Macht stand, um ihm zu helfen, ihn aus diesem Teufelskreis zu befreien. Als seine Frau, Dantes Mutter, mit ihm schwanger wurde, beging sie den unglücklichen Fehler, es ihm an einem Tag zu erzählen, als er gerade von einem weiteren verlustreichen Pokerspiel nach Hause kam. Er behauptete steif und fest, er sei betrogen worden, obwohl er schlichtweg wieder einmal sein ganzes Geld verspielt hatte. Voller blinder Wut und aufgestauter Aggression kam er nach Hause, wo seine Frau, Gott habe sie selig, voller freudiger Erwartung auf ihn wartete. Er leerte daraufhin fast im selben Zug eine ganze Flasche Whiskey. Als sie ihm dann voller Stolz und Freude die Nachricht überbrachte, dass sie ein Kind erwartete, schlug er sie ohne jede Vorwarnung brutal nieder. Er schlug sie so heftig und unbarmherzig, dass sie das Bewusstsein verlor. Niemand hätte zu diesem schrecklichen Zeitpunkt geglaubt, dass das ungeborene Kind, insbesonders in diesem frühen Stadium der Schwangerschaft, diese brutale Attacke überleben würde. Aber der kleine Dante war von Anfang an ein Kämpfer, ein ungemein willensstarkes Kind. Wie durch ein Wunder überlebte er. Sobald wir von dem entsetzlichen Vorfall Wind bekamen, machten wir uns sofort auf den Weg zu ihr ins Krankenhaus. Als die Ärzte uns endlich versicherten, dass sowohl sie als auch ihr ungeborenes Baby außer unmittelbarer Lebensgefahr waren, nahmen wir sie kurzerhand mit zu uns. Wir kümmerten uns um sie, gaben ihr Schutz, um sich von diesem traumatischen Erlebnis zu erholen. Doch tief in ihrem Herzen liebte sie ihren Mann über alles, trotz all des unendlichen Leids, das er ihr unaufhörlich zufügte. Sie wollte eines Tages einfach nicht mehr ohne ihn sein. Sie überzeugte uns davon, dass er sich geändert hat, dass er so etwas Grausames nie wieder tun würde, dass ihm alles so leidtäte. Wir glaubten ihr widerwillig und teilten wieder besseres Wissens ihre Hoffnung. Denn mein Bruder rief sie in den darauffolgenden Tagen wirklich fast jeden Tag an. Er bat sie inständig, zu ihm zurückzukommen, zurück nach Hause in ihr vermeintlich gemeinsames Leben. Er entschuldigte sich unzählige Male inbrünstig, er betonte immer wieder seine tiefe Reue. So kam es, dass sie schließlich zu ihm zurückging. Zu diesem Zeitpunkt war sie bereits im siebten Monat schwanger. In den ersten zwei Wochen nach ihrer Rückkehr rief sie uns noch täglich an, um uns zu versichern, dass alles in bester Ordnung sei. Doch Amanda traute dem Frieden von Anfang an nicht. Sie spürte instinktiv, dass etwas nicht stimmte. Eines Tages kam dann der beunruhigende Tag, an dem sie nicht anrief. Deine Mutter drehte fast durch vor Sorge. Ich versuchte, sie so gut es ging zu beruhigen, ich sagte ihr, dass sie es sicher nur vergessen habe. Doch am darauffolgenden Tag rief sie wieder nicht an. Wir versuchten sie am späten Abend verzweifelt zu erreichen, doch niemand ging ans Telefon. Amanda geriet in Panik. Um sie einigermaßen zu beruhigen – ich muss zu meiner Schande gestehen, dass ich es selbst kaum glauben konnte, dass irgendein Mann eine hochschwangere Frau derart misshandeln würde –, rief ich schließlich das Krankenhaus an, aus dem wir sie das letzte Mal zu uns geholt hatten. Zu unserer Bestürzung wurde uns am Telefon mitgeteilt, dass sie erneut halb tot geschlagen und mit zwei schweren Rippenbrüchen eingeliefert worden war. Auf die bange Frage, was mit dem Kind sei, teilte man uns mit, dass sie eine sofortige Notoperation vornehmen mussten, sodass sie das Kind viel zu früh, per Notkaiserschnitt, zur Welt holen mussten. Über den genauen Zustand des Babys durften sie uns am Telefon jedoch keine Auskunft geben. Wir fuhren daraufhin sofort ins Krankenhaus. Amanda verlangte unter Tränen von der Frau in dem Krankenbett, die so übel zugerichtet war, dass wir sie ohne eine Krankenschwester, die uns versicherte, dass sie es tatsächlich sei, kaum wiedererkannt hätten, dass sie meinen Bruder endlich anzeigen sollte. Doch sie schüttelte nur stumm den Kopf. Amanda versuchte es daraufhin auf eine andere Weise, indem sie Dantes Mutter inständig unter Tränen zu überzeugen versuchte, sich wenigstens von diesem gewalttätigen Mann scheiden zu lassen. Sie bat sie flehentlich, an ihren kleinen, Sohn zu denken. Doch sie weigerte sich weiterhin standhaft. Deine Mutter verzweifelte fast daran, dass sie nichts, aber auch gar nichts tun konnte, um sie und den geborenen Dante vor diesem unberechenbaren Mann zu schützen. Wir machten es uns darauf hin zur gemeinsamen Aufgabe, ein wachsames Auge auf sie zu haben. Wir zogen sogar in unmittelbare Nähe, sodass sie oder später auch Dante uns im Notfall jederzeit zu Fuß erreichen konnten. In den Jahren, die darauf folgten, schlug mein Bruder seine Frau immer wieder krankenhausreif. Doch sie kam nie zu uns, um

Schutz zu suchen oder Hilfe anzunehmen. Immer wieder wiederholte sie mantraartig, es sei nicht seine Schuld gewesen. Um den unerträglichen Schmerz, den mein Bruder ihr zufügte, mehr oder weniger ertragen zu können, griff sie immer öfter zur Flasche. Es waren nicht die äußeren Schmerzen, gegen die sie mit dem Alkohol ankämpfen wollte. Es waren die tiefen seelischen Wunden, die mein Bruder ihr bereitete, die sie ohne den Alkohol nicht mehr zu bewältigen vermochte. Dante stand das erste Mal völlig verstört und verängstigt vor unserer Haustür, da war er gerade einmal fünf Jahre alt. Er war der festen Überzeugung, seine Mutter wäre nicht mehr am Leben. Wir schickten daraufhin sofort die Polizei und einen Krankenwagen zu ihrem Haus hinüber. Den kleinen Jungen behielten wir so lange bei uns, bis seine Mutter sich einigermaßen erholt hatte und ihn wieder zu sich holte. Mein Bruder wagte es in dieser Zeit nicht, sich bei uns blicken zu lassen. Er wusste genau, dass es ohnehin zwecklos gewesen wäre. Wir hätten ihm den Jungen niemals wiedergegeben, doch gegen den Willen seiner Mutter konnten wir nichts ausrichten. Du hättest sehen sollen, wie unendlich glücklich der kleine Dante war, als seine Mutter nach ihrer langen Zeit im Krankenhaus wieder vor ihm stand. Das nächste Mal, als er verzweifelt vor unserer Tür stand, war kurz vor seinem sechsten Geburtstag. Es grenzte an ein Wunder, dass er es überhaupt zu uns geschafft hatte. Völlig entkräftet brach er noch auf den Stufen vor unserer Haustür zusammen. Im Krankenhaus bestätigten die Ärzte unsere schlimmsten Befürchtungen. Mein Bruder war erneut betrunken nach Hause gekommen, er hatte seine Frau auf grausame Weise misshandelt. Der kleine Dante war von dem entsetzlichen Lärm aufgewacht. Aus panischer Angst, seine Mutter erneut zu verlieren, handelte er instinktiv mit einer Tapferkeit, die in diesem Alter kaum vorstellbar ist. Er biss seinen Vater in die Wade. Er biss so stark zu, dass einer seiner kleinen Milchzähne in der Wunde stecken blieb und meinem Bruder eine bleibende Narbe hinterließ – ein sichtbares Zeichen seiner Tat. Damit erreichte Dante auf tragische Weise, dass mein Bruder zumindest für diesen Moment von seiner Mutter abließ. Doch nun richtete sich seine unbändige Wut gegen seinen nicht einmal sechsjährigen Sohn. Amanda hyperventilierte fast vor Entsetzen, als sie den kleinen, verängstigten Jungen sah. Wir fuhren ihn sofort ins Krankenhaus. Dort rang er ganze drei qualvolle Wochen lang um sein junges Leben. Er blieb etwa sechs Wochen im Krankenhaus, bis er sich einigermaßen erholt hatte. In der Zeit, in der wir den Jungen in Sicherheit wussten, stellte ich meinen Bruder zur Rede. Es kam zu einer heftigen Auseinandersetzung, die in einem regelrechten Streit eskalierte. Ich musste sogar genäht werden, aber letztlich beugte er sich widerwillig unserem Willen. Amanda wollte Dante daraufhin am liebsten für immer bei uns aufnehmen, ihm ein sicheres und liebevolles Zuhause bieten. Doch ich wusste tief in meinem Herzen, dass der Kleine nicht dauerhaft bei uns bleiben würde, solange er wusste, dass er noch eine eigene Familie hatte. Er war schon in so jungen Jahren unglaublich stark. Er war einfach bewundernswert, ein kleiner Kämpfer mit einem unbezwingbaren Willen. Wir hatten jedoch ständig Angst, dass der Junge in Zukunft so schwer verletzt werden würde, dass er es entweder nicht überleben oder einen gravierenden seelischen Schaden davontragen würde, der ihn sein Leben lang begleiten würde. In meiner Verzweiflung, ihm ein besseres Leben zu ermöglichen, hörte ich mich um und fand schließlich ein Internat, das weit genug weg war, sodass der Kleine auf keinen Fall auf die Idee kommen konnte, abzuhauen, um nach Hause zurückzukehren. Also schickten wir ihn schweren Herzens dorthin. Wir besuchten ihn so oft wir konnten, um ihm zu zeigen, dass er nicht allein war, dass wir ihn nicht vergessen hatten. Und wenn er mal wieder etwas ausgefressen hatte, bei dem ein Erziehungsberechtigter auf den Plan treten musste, waren wir zur Stelle. Mit einer immer passenden Ausrede, versteht sich, um seine Eltern aus der Schusslinie zu nehmen. Ich meine, was glaubst du, wie der Junge von seinen Mitschülern und Lehrern behandelt werden würde, wenn es hieße: ‚Dein Vater ist ein spielsüchtiger Schläger und deine Mutter eine Alkoholikerin‘? Anfangs sorgte Dante unbewusst dafür, dass wir fast jede Woche zu ihm ins Internat fliegen mussten. Amanda wurde fast verrückt vor Sorge. Sie hatte ständig Angst, Dante hätte etwas von den Prügeln abbekommen, doch ich wusste genau, was das kleine Schlitzohr eigentlich wollte. Anfangs wollte er so erreichen, dass er wieder nach Hause konnte, zu seiner Mutter, die er so sehr liebte. Doch als er in den Sommerferien, als er wieder zu Hause war, feststellte, dass er dort nicht wirklich erwünscht war und sich auch, die Situation nicht verändert hatte, änderte sich alles. Den Rest der Ferien, nach dieser schmerzhaften Erkenntnis, verbrachte er dann lieber bei uns. Die Vorfälle in seinem Internat wurden daraufhin deutlich seltener, doch etwa alle vier Monate stellte er doch wieder etwas an. Die Abstände waren auffallend regelmäßig, daher nahm ich den Jungen eines Tages beiseite. Ich sprach Klartext mit ihm. Unter Tränen gestand er mir schließlich, dass er uns nur wiedersehen wollte, dass er sich nach uns sehnte. Nach diesem ehrlichen und berührenden Geständnis hatten wir nie wieder Scherereien mit ihm. Eines Tages jedoch fing er an, unsere Besuche nicht mehr willkommen zu heißen. Er verweigerte es sogar, seine Schulferien bei uns zu verbringen, er distanzierte sich zunehmend von uns. Bei der feierlichen Zeugnisübergabe seines Schulabschlusses waren wir dann aber wieder da. Amanda war zu Tränen gerührt, als sie ihn so stolz und erwachsen sah. Als er uns jedoch fragte, was wir dort überhaupt wollten, flippte deine Mutter aus. Er bekam eine schallende Ohrfeige und eine eindringliche Standpauke von ihr, bis der Junge, der nun bereits ein junger Mann war, schließlich weinte wie ein kleines Kind. Er berichtete uns unter Tränen, dass er der festen Überzeugung war, er wäre eine Last für uns, weswegen er uns nicht weiter belästigen wollte. Wir gingen daraufhin mit dem innigen Versprechen auseinander, enger in Kontakt zu bleiben, was wir auch gewissenhaft einhielten. Wir bezahlten sein Studium, verkauften ihm das Studium allerdings als Stipendium einer namhaften Organisation, um seinen Stolz nicht zu verletzen und ihm das Gefühl zu nehmen, uns etwas schuldig zu sein. Natürlich haben wir uns in den darauffolgenden Jahren kaum gesehen, sogar jahrelang überhaupt nicht. Aber wir wollten ihn auch nicht drängen oder bedrängen, sondern ihm den Raum geben, den er brauchte. Wir beobachteten stets aufmerksam, was er tat, wie er sich entwickelte und welche bemerkenswerten Leistungen er vollbrachte. Er war von einem unbändigen Willen getrieben, sich selbst und der ganzen Welt zu beweisen, dass er anders war als sein Vater, dass er nicht dessen Fehler wiederholen und ein anderes Leben führen würde. Was er auch zweifellos erreicht hat. Er hat sich mit aller Kraft gegen sein familiäres Erbe gestemmt und seinen eigenen Weg gefunden. Doch das Schicksal schlug erneut auf tragische Weise zu. Vor dreizehn Jahren, als die Narben der Vergangenheit noch lange nicht verheilt waren, stürzte sich seine Mutter von einer Klippe in den Tod. Bei der Beerdigung dieses geliebten Menschen vergoss er keine einzige Träne. Sein junges Gesicht war eine unbewegte Maske aus Stein. Die wenigen Blicke jedoch, die er seinem Vater zuwarf, sprachen Bände, sie machten auf schmerzhafte Weise deutlich, was er von ihm hielt: tiefe Verachtung, unendliche Wut und unversöhnlichen Hass. An diesem Tag verschloss er sich dann endgültig. Er errichtete eine hohe Mauer um sein Herz. Ich glaube fest, dass er seinem Vater die Schuld am Tod seiner Mutter gab, dass er ihn für ihren Selbstmord verantwortlich machte. Ich glaube auch, dass er zutiefst enttäuscht war, denn wir waren überzeugt, dass er seiner Mutter so gerne gezeigt hätte, was er aus seinem Leben gemacht hatte, welchen Weg er eingeschlagen und welche Erfolge er erzielt hatte. Nun aber würde sie es niemals erfahren, niemals seinen Erfolg sehen und niemals stolz auf ihn sein können. Deine Mutter versuchte ihm in all den Jahren, so gut sie konnte, Liebe, Geborgenheit, einfach alles zu geben, was er brauchte. Doch es reichte ihm einfach nicht. Sie war eben nicht seine Mutter, diese Leere in seinem Herzen konnte niemand füllen. Er verstand nie wirklich, wie sehr sie unter dieser Situation litt, dass sie ihm nicht mehr geben konnte, dass ihre Liebe und Fürsorge niemals ausreichten, egal, was sie auch versuchte. Fünf Jahre waren vergangen, eine lange Zeit der Stille, in der er kaum Kontakt zu uns hatte. Dann, eines Tages, stand er plötzlich vor unserer Tür. Völlig unerwartet. Seine Stimme war ruhig, doch in ihr lag eine unbarmherzige Entschlossenheit, als er von seinem letzten Besuch beim Vater erzählte, dem Abschied für immer. Mit fester Überzeugung erklärte er, dass sein Vater für ihn ab diesem Tag nicht mehr existierte. Er war gestorben, ausgelöscht aus seinem Leben. Er bat uns eindringlich, ihn unter keinen Umständen zur Beerdigung zu rufen, sollten wir jemals von dessen Tod erfahren. Er wollte dieses Kapitel endgültig abschließen.« Joenn war den Tränen nahe, ihre Augen füllten sich mit Feuchtigkeit. Jetzt verstand sie endlich. Sie verstand nun alles: seine hohe undurchdringliche Mauer, durch die er niemanden an sein Innerstes heranließ, seine abweisende und manchmal fast schon arrogante Art, wenn ihm jemand zu nahetrat, und seine kategorische und unnachgiebige Weigerung, an der Beerdigung seines Vaters teilzunehmen. All die Puzzleteile fügten sich inzwischen zu einem schmerzhaften Gesamtbild zusammen.

»Warum wollt ihr ihn denn unbedingt dorthin zwingen? Ich verstehe jetzt vollkommen, warum er es ablehnt. Ich würde sagen, wir müssen das einfach akzeptieren. Ihr könnt doch nicht so egoistisch sein und ihm den einzigen Wunsch, den er je an euch gerichtet hat, verwehren. Ihr kennt doch seine ganze Geschichte, all das Leid, das er durchleben musste. Wollt ihr wirklich seine tief sitzenden Narben ohne Not wieder aufreißen? Wenn man es doch so einfach verhindern kann, indem man seinen Wunsch einfach respektiert?«

Tom legte seiner Tochter beruhigend die Hand auf die Schulter.

»Wir haben einfach nur die aufrichtige Befürchtung, dass er es eines Tages bitter bereuen wird, sich nie gebührend von seinem Vater verabschiedet zu haben.«

»Vater, ich glaube, das hat er vor Jahren schon auf seine Weise getan.«

»Glaubst du nicht, dass eine solche Fehlentscheidung ihn sein ganzes Leben lang innerlich zerfressen könnte?«

Joenn lächelte ihren Vater, mit noch immer feuchten Augen, an.

»Nein, Vater, das glaube ich nicht. Ich glaube vielmehr, wenn ihr seinen Wunsch respektiert und es eines Tages doch zu diesem besagten Moment kommt, in dem er sich eine Aussöhnung wünscht, dann wird er zu dir kommen. Weil er sich hier bei uns verstanden fühlt, weil er weiß, dass er hier einen sicheren Hafen hat.«

Tom nickte ihr anerkennend zu, seine Gesichtszüge wirkten nun etwas milder.

»Diesen Sichtwinkel habe ich bislang nicht in Betracht gezogen. Ich muss dir da wirklich recht geben. Auch mir wäre diese Variante im Grunde lieber. Gut, ich denke, wir werden ihm morgen auf der Beerdigung etwas Anderes zu denken geben und das Thema ruhen lassen.«

»Ich halte das für eine ausgezeichnete Idee, Vater. Jetzt werde ich mal nach ihm sehen. Vielleicht kann ich ihn ja zu einem gemütlichen Familienspiel heute Abend überzeugen. Ich glaube, das könnte ihm auch ein wenig helfen, seine Gedanken abzulenken.«

Mit einem leisen Klopfen meldete sich Joenn an Dantes Tür. Er saß gerade über einigen komplizierten Ausgabezahlen, die partout nicht stimmten, er suchte angestrengt mit konzentriertem Blick nach dem Fehler. Joenns Klopfen kam ihm eher wie ein kaum hörbares Kratzen vor, trotzdem wusste er instinktiv, wer auf der anderen Seite der Tür stand. Widerwillig, mit einem tiefen Seufzer, ließ er sie eintreten. Mit großen, etwas glasig wirkenden Augen, die von Sorge und Mitgefühl erfüllt waren, fragte sie ihn, was er gerade macht. Er stöhnte genervt, dabei strich er sich mit einer ungeduldigen Bewegung mit seiner rechten Hand durch sein volles Haar.

»Ich sitze über diesen verdammten Zahlen und werde einfach nicht schlau daraus. Da muss irgendwo ein Fehler sein! Doch ich finde ihn beim besten Willen nicht.«

Joenn deutete mit einer Kopfbewegung zur Tür.

»Komm, lass die Zahlen, Zahlen sein und gesell dich zu uns. Wir haben beschlossen, einen kleinen Spielabend zu machen. Wir würden uns sehr freuen, wenn du dabei wärst. Glaub mir, es wird dir guttun. Wir bestellen uns etwas Leckeres zu essen und haben einfach ein bisschen Spaß zusammen.«

Skeptisch legte Dante den Kopf leicht schief, er musterte sie argwöhnisch.

»Mach dir keinen Kopf. Das Thema ist unter den Tisch gefallen, wir akzeptieren deine Entscheidung. Wir sind einfach nur froh, dass du hier bei uns bist und wir diese Zeit gemeinsam verbringen können.«

Dante traute dieser plötzlichen Wendung der Dinge nicht ganz. Mit einem leichten Erschrecken erkannte er, dass er angefangen hatte, den Brocks zu misstrauen. Er fragte sich innerlich, wann dieser Sinneswandel eingesetzt hatte.

»Sag Tom, ich werde auf den Friedhof gehen. Allerdings nicht zur eigentlichen Beerdigungszeremonie, und ich werde auch alleine dorthin gehen. Das mit dem Spielen…«, er zögerte einen Moment, »… Sag lieber danke, aber nein danke.« Joenn trat einen Schritt näher an ihn heran, sie sah ihm direkt in die Augen.

»Das werde ich ihm so ausrichten. Allerdings werden sie sehr enttäuscht sein, dass du nicht mit uns ‚Mensch ärgere Dich nicht‘ oder Dame spielen möchtest… Eigentlich, glaube ich, dürftest du dir das Spiel sogar aussuchen. Wir haben eine ganze Schatzkiste voller alter Familienspiele, die darauf warten, wiederentdeckt zu werden.«

Joenn tat bewusst so, als wüsste sie nichts von seiner schwierigen Vergangenheit. Sie wollte ihn unter keinen Umständen verletzen oder alte Narben aufreißen. Sollte das Thema jemals wieder zur Sprache kommen, wollte sie es lieber von ihm selbst hören, in seinen eigenen Worten und zu seiner Zeit.

»Mensch ärgere Dich nicht?«

»Ja, genau. Warum? Magst du das Spiel etwa nicht?«

Sie lächelte ihn gewinnbringend an.

»D… doch.«

»Na dann komm schon, sie bauen es bereits auf. Warte nicht länger!«

Sie deutete mit einer einladenden Geste in Richtung des Wohnzimmers. Der Abend entwickelte sich wieder Erwarten zu einem wirklich gelungenen und heiteren Beisammensein. Sie spielten ein Familienspiel nach dem anderen, versankten in kindischen Neckereien und lachten gemeinsam über Missgeschicke und glückliche Würfelwürfe. Sie zogen sich liebevoll auf, wie es nur Familien können, ohne dass auch nur der Hauch einer Beleidigung im Raum stand. Nebenbei genossen sie dampfenden gebratenen Reis mit zartem Hühnchenfleisch, dazu gab es noch delikates Sushi. Zu Dantes eigener Überraschung genoss er den Abend in vollen Zügen. Für einige Stunden konnte er die schwere Last, die auf seinen Schultern lastete, vergessen. Niemand erwähnte auch nur mit einem einzigen Wort das leidige Thema der bevorstehenden Beerdigung seines Vaters. Ganz im Gegenteil, es war, als wäre nichts dergleichen vorgefallen. Die unbeschwerte heitere Stimmung, die den Abend durchzogen, ließen nicht im entferntesten den Eindruck entstehen, dass am darauffolgenden Tag ein Familienmitglied beerdigt werden sollte.

*

Mit den ersten zarten Sonnenstrahlen, die durch die Vorhänge seines Zimmers huschten, erwachte Dante. Er lauschte angestrengt dem leisen, aber geschäftigen Treiben im Haus, das ihm für diese kurze Zeit Unterschlupf bot. Eine innere Unruhe nagte an ihm, er wagte es nicht, sein Zimmer zu verlassen. In seinen Boxershorts saß er unbeweglich auf der Bettkante, seine Augen starr auf die kleine, unscheinbare Uhr an der Wand. Er verfolgte hypnotisiert den gleichmäßigen Lauf des Sekundenzeigers, zählte die tickenden Momente, bis es endlich so weit sein würde, dass alle das Haus verließen, um auf den Friedhof zu fahren und seinem Vater die letzte Ehre zu erweisen. Schließlich hörte er das Klicken der Haustür, als sie ins Schloss fiel. Stille kehrte ein. Es war noch etwa eine Stunde, bis sein Vater mit Erde bedeckt und die Zeremonie beendet sein würde. Sein schlechtes Gewissen gegenüber Tom meldete sich mit aller Macht. Er wusste, dass er Tom enttäuscht hatte, weil er sich so strikt weigerte, diesem wichtigen Ereignis beizuwohnen. Eine leise Stimme in seinem Inneren mahnte ihn, dass es doch eigentlich seine Pflicht wäre, sich dem Willen der Familie zu beugen. Doch Dante konnte und wollte nicht an diesem Grab stehen und sich wie ein Heuchler fühlen. Er empfand keine Trauer. Es war, als ginge ihn das Ganze überhaupt nichts an. Wieder fixierte er den Sekundenzeiger der Uhr, der unbeeindruckt von dem heutigen Tag fröhlich und ohne jede Eile im gleichmäßigen Takt weitertickte. Dann war es so weit. Genau in diesem Moment begann die Beerdigung. Dante starrte wie gebannt auf den Sekundenzeiger. Es hätte ihn nicht gewundert, wenn dieser plötzlich zum Stillstand gekommen wäre, als wollte er ihm auf diese Weise seinen Fehler vor Augen führen. Doch nichts dergleichen geschah. Der Zeiger tickte unaufhaltsam weiter, so wie das Leben selbst, das unerbittlich seinen Lauf nahm, an dem es nichts zu rütteln gab. Ganz gleich, was in der Vergangenheit geschehen war, niemand konnte etwas daran ändern, und es würde sich dadurch auch rein gar nichts ändern. Dante stand abrupt von seinem Platz auf, eine plötzliche Entschlossenheit durchfuhr ihn. Ihm war klar, dass er unverzüglich handeln musste. Er durfte nicht länger in diesem Haus verweilen. Er wollte auf keinen Fall mit all den Emotionen konfrontiert werden, wenn die Brocks allesamt wieder in ihr Haus zurückkehren würden. Die möglicherweise vorwurfsvollen Blicke, die er dann ernten würde, konnte er einfach nicht ertragen. In Windeseile begann er, seinen Koffer zu packen. Er hatte nicht viel Zeit zu verlieren, um unbemerkt zu verschwinden. Der Friedhof war nur knappe zwanzig Minuten von hier entfernt, und die Beerdigung würde sicherlich nicht allzu lange dauern. Auf keinen Fall wollte er ihnen auf dem Weg begegnen oder ihnen gar direkt in die Arme laufen. Um seinen Flug oder ein mögliches Reiseziel, bis der nächste Flug gehen würde, wollte er sich erst kümmern, wenn er außer Reichweite war. Er benötigte keine zwanzig Minuten, um seine wenigen Habseligkeiten ordentlich in seine Tasche zu packen.

Kapitel 8

Mit dem Schlüssel seines Leihwagens in der Hand verließ er leise das Haus der Brocks, das ihn stets mit offenen Armen empfangen hatte. Mit gesenktem Kopf und einem schweren Gefühl in der Brust zog er die massive Eingangstür leise hinter sich zu. Wieder einmal würde er Tom enttäuschen, indem er einfach so ging, ohne sich richtig zu verabschieden. Tom, der Mann in seinem Leben, der so lange Zeit die wichtige Rolle einer Vaterfigur eingenommen hatte. Vor seinem Leihwagen blieb er abrupt stehen. Mit gesenktem Blick starrte er auf ein Paar perfekt polierte Barker Schuhe, die direkt vor ihm standen. Langsam hob er seinen Blick, er traute seinen Augen kaum. Direkt an seinem Leihwagen lehnte Tom Brocks. Was tat er nur hier? Er sollte doch eigentlich auf der Beerdigung seines Bruders sein, inmitten der Trauergemeinde. Dante öffnete den Mund, doch es kam kein einziges Wort über seine Lippen. Er schloss ihn wieder unfähig nur ein Wort zustande zu bekommen, starrte er Tom mit ungläubigem Blick an. Tom legte ihm, wie es ein besorgter, liebevoller Vater es tun würde, seine Hand mit einem leichten, aber bestimmten Druck auf eine seiner Schultern.

»Ich hatte mir schon fast gedacht, dass du so reagieren würdest. Komm, mein Junge, wir gehen zurück ins Haus.«

Dante wusste nicht, wie er sich gegen Tom wehren sollte. Im Flur nahm Tom Dante die gepackte Tasche ab, er ließ sie achtlos auf die Fliesen fallen. Mit einer Hand auf seinem Rücken geleitete er Dante in sein Arbeitszimmer. Dort drückte er ihn sanft, aber unmissverständlich auf den ledernen Bürostuhl. Er selbst setzte sich auf seinen massiven Mahagonischreibtisch, die Beine lässig übereinander geschlagen. Zeitweilig saßen sie sich schweigend gegenüber, die Stille war greifbar und schwer. Tom musterte Dante mit einem traurigen, aber dennoch liebevollen Blick. Dante spürte den Drang, das unangenehme Schweigen zu brechen, doch ihm wollte keine sinnvolle Kommunikation einfallen. Verzweifelt nach einem Gesprächseinstieg suchend, stellte er schließlich die naheliegendste Frage.

»Wieso bist du hier?«

»Weil ich wusste, dass du nicht mehr hier sein würdest, wenn wir von der Beerdigung zurückkehren.«

»Du hast meinetwegen die Beerdigung verpasst?« Dante war fassungslos, seine Stimme bebte leicht.

»Die Gefahr, dass du dich einfach aus dem Staub machst, war in meinen Augen größer als der Wunsch, der Beerdigung meines Bruders beizuwohnen.«

Ein tiefes, nagendes schlechtes Gewissen machte sich in Dantes Körper breit, es durchströmte ihn mit einer Welle der Scham.

»Woher wusstest du, dass ich gehen würde?«

»Du warst für mich immer wie ein Sohn. In all den Jahren habe ich gelernt, deine Handlungen zu verstehen. Deswegen bin ich hier.«

»Tom, ich wollte nicht, dass du die Beerdigung verpasst.«

»Dann hättest du mitkommen müssen.« Tom, seine Direktheit, war für Dante wie ein Schlag ins Gesicht. Er spürte ein brennendes Gefühl in seinen Augen, und daran war nicht der Tod seines Vaters schuld, sondern die Erkenntnis, Tom so verletzt zu haben.

»Er war doch dein Bruder.« Es war kaum mehr als ein Flüstern.

»Ja, das war er. Aber er war auch dein Vater, auch wenn er kein guter war.«

Tom stand von seinem Schreibtisch auf, er ging auf Dante zu und fasste ihn an den Armen, um ihn sanft, aber bestimmt auf die Beine zu ziehen. Bevor Dante überhaupt richtig realisieren konnte, was geschah, nahm Tom ihn in eine feste, väterliche Umarmung. Tränen bahnten sich ihren Weg über Dantes Wangen, auch Tom hatte sichtlich mit seinen eigenen Emotionen zu kämpfen. Mit belegter Stimme sprach Tom leise weiter, ohne Dante aus der Umarmung entfliehen zu lassen.

»Du gehörst zu meiner Familie, Dante. Ich verstehe, dass du nicht mitkommen wolltest. Für mich bist du wie ein Sohn. Deswegen bin ich hier. Weil du mir wichtiger bist als mein versoffener Bruder.«

Tom löste langsam die Umarmung, wobei er einen Schritt zurücktrat. Dante sank wie ein nasser Sack zurück in den Bürostuhl, überwältigt von seinen Gefühlen. Tom ließ ihm die Zeit, die er benötigte, um sich von diesem emotionalen Ausbruch zu erholen. In weiser Voraussicht hatte Tom seiner Frau und seiner Tochter gesagt, dass sie nach der Beerdigung noch etwas zusammen unternehmen sollten, um die Stimmung etwas aufzuhellen. Trotz Joenns anfänglichem Protest, dass Dante gar nicht mit zur Beerdigung gehen wollte, hatte er ihr das Versprechen abgerungen, dass sie danach nicht gleich nach Hause zurückkehren würde. Doch als er ihr dann mitteilte, dass er mit Dante alleine sein müsse, was ihm sehr wichtig war, wurde seine Tochter beinahe panisch. Sie brach in Tränen aus und bat ihren Vater flehentlich, Dante doch endlich zu verstehen. Sie versuchte ihn verzweifelt davon zu überzeugen, dass Dante noch da sein würde, wenn sie wieder zurückkämen. Doch Tom ließ sich nicht erweichen, schließlich ließ er sie fahren. Dabei erkannte er jedoch deutlich, dass zwischen seiner Tochter und seinem Neffen etwas vorgefallen sein musste, das tiefere Gründe dafür geben musste, warum sie ihn so vehement in Schutz nahm und ihm so bedingungslos vertraute. Langsam hob Dante seinen Blick zu seinem Onkel, sein Atem ging nun wieder gleichmäßiger.

»Komm, mein Junge, wir gehen raus an die frische Luft. Wir gönnen uns einen Whiskey, auch wenn es dafür vielleicht noch etwas früh am Tag ist. Aber heute ist nun einmal eine absolute Ausnahmesituation.«

Dante nickte zustimmend, dankbar für die Ablenkung und die Möglichkeit, dem beklemmenden Gefühl im Haus zu entfliehen. Gemeinsam traten sie auf die weitläufige Terrasse, sie setzten sich mit der geöffneten Flasche Whiskey und zwei schweren Kristallgläsern an den großen Holztisch. Die Sonne stand noch hoch am Himmel, warf aber bereits lange Schatten. Beide nahmen einen tiefen Schluck des bernsteinfarbenen Getränks, die Wärme breitete sich wohltuend in ihren Körpern aus. Tom ließ Dante dabei keinen Moment aus den Augen, sein Blick war von einer tiefen Besorgnis durchzogen.

»Bei deiner Geburt haben wir geweint. Wusstest du das?« Dante schüttelte den Kopf, überrascht von dieser unerwarteten Offenbarung. »Du bist auf eine sehr unglückliche und dramatische Art und Weise viel zu früh auf die Welt gekommen. Wir hätten damals niemals gedacht, dass du es schaffen würdest, dass du überleben oder dich gar so prächtig entwickeln würdest, wie du es getan hast. Dein Vater...«, Toms Stimme stockte kurz, »... Dein Vater hat dich geliebt, das weiß ich. Leider war er ein Mensch, der denjenigen, die er liebte, auf tragische Weise immer wieder wehtun musste. Weißt du, woher ich so sicher weiß, dass er dich wirklich geliebt hat?« Wieder schüttelte Dante den Kopf.

»Er hat es immer wieder auf seine ganz eigene Art und Weise gezeigt, auch wenn es oft im Verborgenen geschah. Da gab es so einige

Situationen…«, begann Tom zu erzählen, dabei versank er in seinen Erinnerungen. »Ich erinnere mich noch gut an eine Nacht, als du einen schlimmen Albtraum hattest und völlig verängstigt zu uns herübergekommen bist. Wir haben dich kurzerhand zu uns ins Bett genommen, wo du innerhalb kürzester Zeit wieder in einen ruhigen und friedlichen Schlaf gefallen bist. Dein Vater…«, Tom machte eine kurze Pause und schüttelte den Kopf, »… Dein Vater hat in dieser Nacht das ganze Viertel nach dir abgesucht. Am frühen Morgen stand er dann völlig erschöpft, außer sich vor Sorge, bei uns vor der Tür. Als wir ihn dich dann friedlich schlafend in seine Arme legten, hat er vor Erleichterung, dich wiedergefunden zu haben, fast geweint. Ich habe die Tränen in seinen Augen gesehen.«

Dante erinnerte sich vage an diese Nacht, doch damals hatte er geglaubt, es sei nur ein lebhafter Traum gewesen, dass er bei den Brocks im Bett eingeschlafen war. Er hatte sich in dieser Nacht so behütet und beschützt gefühlt wie schon lange nicht mehr. Doch als er am nächsten Morgen wieder in seinem eigenen Bett aufwachte, in seinem eigenen Zimmer, ging er automatisch davon aus, dass alles nur ein Traum gewesen war. Von diesem Tag an versuchte er über Jahre hinweg, jede Nacht in diesen tröstlichen Traum zurückzukehren, in dem er sich so wohl und geborgen gefühlt hatte. Jetzt, durch Toms Erzählung, verstand er endlich, warum dies niemals funktioniert hatte. Es war kein Traum gewesen, sondern eine kostbare Erinnerung. Hätte er das damals gewusst, dann wäre er sicherlich schon viel früher wieder bei ihnen vor der Tür gestanden, nur um dieses Gefühl der Geborgenheit noch einmal zu erleben. Tom versank immer tiefer in seinen Erinnerungen, er erzählte von weiteren Begebenheiten und Situationen, in denen seine Eltern ihm auf ihre Weise die nötige Liebe und Zuneigung gezeigt hatten. Während Tom sprach und Dante aufmerksam zuhörte, wobei er sich an längst vergessene Momente erinnerte, tranken sie ihren Whiskey weiter. Dante spürte, wie gut ihm diese offene Unterhaltung tat. Es fiel kein böses Wort gegen seine Eltern, es wurden nur die guten und schönen Erinnerungen hervorgeholt, die sie beide miteinander teilten. Es dämmerte bereits, als die beiden Damen nach Hause kamen. Tom und Dante hatten bereits die zweite Flasche Whiskey angebrochen und lachten gerade ausgelassen über eine Anekdote, als die Frauen auf die Terrasse traten. Beide lallten leicht, doch als sie die Frauen entdeckten, verstummte ihr Gespräch abrupt. Als Dante Joenn erblickte, hellte sich sein Gesicht augenblicklich auf. Er konnte seine Freude über ihr Erscheinen kaum verbergen. Seine Augen funkelten bei ihrem Anblick und das Lächeln, das er ihr schenkte, war weit mehr als nur freundschaftlich. Als Dante wie von einer Feder getrieben von seinem Stuhl aufsprang um sie zu umarmen, wirkte diese Umarmung einen Moment zu lang, zu innig. Tom beobachtete die Szene aufmerksam, unwillkürlich musste er schlucken. In diesem Moment war er sich vollkommen sicher. Er musste dem jungen Mann noch einmal einen Dämpfer verpassen, ihn auf den Boden der Tatsachen zurückholen. Er hoffte nur inständig, dass es noch nicht zu spät war. Er wollte nicht, dass diese notwendige Maßnahme die zarte Bande, die sich zwischen Dante und seiner Familie entwickelt hatte, zerreißt. Tom war überzeugt, dass es nun an der Zeit war, den Abend zu beenden. Er wünschte Dante und Joenn eine gute Nacht, verharrte aber dennoch demonstrativ an seinem Platz auf der Terrasse. Joenn und Dante verstanden die subtile Botschaft und verabschiedeten sich ebenfalls. Beide verließen die Terrasse in Richtung ihrer Zimmer. Tom beobachtete von seinem Platz aus aufmerksam, ob auch wirklich jeder in seinem eigenen Zimmer verschwand. Als er sah, dass seine Tochter alleine die Treppen hinaufging, atmete er erleichtert auf. Seine Frau Amanda, die die ganze Zeit stillschweigend beobachtet hatte, schaute ihn inzwischen fragend an.

»Amanda, ruf doch Bella mal an und frag sie, ob wir sie nicht für eine Woche zu einem kleinen Kurzurlaub hierher einladen könnten.«

Irritiert schaute sie ihren Mann an.

»Warum willst du Bella denn jetzt plötzlich hier haben?«

»Ich dachte, du wolltest Joenn noch eine Weile hier bei uns haben. Und Dante…« Tom zögerte kurz, er suchte nach den richtigen Worten »… Dante ist momentan recht sprunghaft. Wenn er auch nur die kleinste Chance wittert, wieder zurückfliegen zu können, dann wird er sie mit großer Wahrscheinlichkeit wahrnehmen. Aber wenn Bella da ist, wird Joenn ihn entweder alleine fliegen lassen und einfach später nachfliegen, oder sie wird Dante davon überzeugen, noch etwas länger zu bleiben. Beide Varianten wären für mich absolut akzeptabel. Wir beide, du und ich, bekommen die beiden im Moment nicht davon überzeugt, länger hierzubleiben, wir benötigen sozusagen etwas fremde Hilfe. Bella bringt immer frischen Wind ins Haus und sie verbringt auch sehr gerne

Zeit bei uns sowie mit uns. Ich halte das für die optimale Lösung für unsere Wünsche.«

Amanda zwinkerte ihrem Mann daraufhin verschwörerisch zu, ein Lächeln huschte über ihr Gesicht. Da sie Bellas Handynummer ohnehin in ihrem Telefon gespeichert hatte, zögerte sie nicht lange. Bella nahm die Einladung erfreut mit großer Begeisterung an, sie bedankte sich mehrmals herzlich bei Amanda Brocks für die großzügige Einladung.

»Sie ist so ein tüchtiges und dankbares Mädchen.« Bemerkt Amanda liebevoll zu ihrem Mann. Tom musste daraufhin schmunzeln.

»Sie kommt eben aus einer anderen Gesellschaftsschicht. Mich hat es immer wieder gewundert, dass die beiden Mädchen sich so gut verstanden haben, da sie ja aus so unterschiedlichen Welten kamen.«

Bella war in ihrem Haus immer herzlich willkommen gewesen. Sie war schon in jungen Jahren sehr bodenständig. Sie lebte nie auf Kosten anderer und stellte keine übermäßigen Ansprüche. Bella versuchte immer zu geben, anstatt zu nehmen, auch war sie stets zur Stelle, wenn man ihre Hilfe benötigte, oft sogar noch bevor man selbst überhaupt erkannte, dass man Hilfe brauchte. Bella hatte viele Jahre gebraucht, um ein Geschenk von ihnen anzunehmen, ohne von einem schlechten Gewissen geplagt zu werden.

*

An diesem Morgen vermochten selbst die hellsten Sonnenstrahlen die bedrückte Stimmung, die wie dichter Nebel über dem Hause Brocks lag, nicht aufzuhellen. Eine spürbare Schwere lastete auf allen, besonders auf Amanda und Joenn, die die Eindrücke der gestrigen Beerdigung, bei der die beiden Herren so demonstrativ gefehlt hatten, noch immer zu verarbeiten versuchten. Für Amanda war es eine regelrechte Tortur gewesen. Sie wusste genau, dass die gesamte Nachbarschaft dazu noch der weitere Bekanntenkreis diesen ungewöhnlichen Tag und das demonstrative Fernbleiben von Tom und Dante noch lange hinterfragen würden. Gerüchte würden sich wie ein Lauffeuer verbreiten und sich aufgrund ihrer fehlenden Stellungnahme und ihrer Unwissenheit über die Beweggründe der Männer verselbstständigen. Joenn kämpfte ebenfalls mit den Nachwirkungen des gestrigen Tages. Sie empfand es als äußerst befremdlich, an einer Beerdigung teilzunehmen, deren Hauptperson sie kaum gekannt hatte. Eine Beerdigung, bei der die engsten Blutsverwandten des Verstorbenen fehlten, eine Beerdigung, bei der keine einzige Träne vergossen wurde. Es fand nicht einmal ein traditioneller Leichenschmaus statt. Anstatt wie üblich nach einer Beerdigung nach Hause zurückzukehren, um in Stille zu trauern, waren ihre Mutter und sie stattdessen zum Shoppen gefahren. Am Abend hatten sie dann ihren Vater und Dante stark alkoholisiert und ausgelassen lachend auf der Terrasse vorgefunden. Dantes Umarmung für sie war so innig und voller unausgesprochener Gefühle gewesen, dass sie ihm am liebsten all seinen inneren Kummer weggeküsst hätte. Kurz nach dieser emotionalen Begegnung waren sie dann wie zwei unartige Kinder ohne Abendessen ins Bett geschickt worden. Immer wieder in genau dieser Reihenfolge ging ihr der gestrige Tag durch den Kopf. Tom und Dante litten am Morgen lediglich unter einem schweren Kopf, den sie verzweifelt mit literweise Wasser und Kopfschmerztabletten zu bekämpfen versuchten. Die zwei Herren stocherten lustlos auf ihren Tellern herum, ohne auch nur eine der köstlichen Speisen wirklich zu sich zu nehmen. Zur Überraschung aller Anwesenden stand Dante plötzlich auf, wandte sich an Tom und fragte ihn mit fester Stimme:

»Kommst du mit eine Runde laufen? Ich muss mir den gestrigen Tag aus meinem Körper schwitzen, all den Whiskey und die schweren Gedanken.«

Tom überlegte nicht lange, er willigte ein. Joenn und Amanda amüsierten sich prächtig über den plötzlichen sportlichen Elan der beiden Männer. Sie frühstückten gerade ausgiebig, dabei genossen sie die morgendliche Ruhe, als es unerwartet an der Haustür klingelte.

»Sie werden doch nicht schon wieder aufgegeben haben? So viel, wie die beiden gestern getrunken haben, sollten sie doch mindestens drei Stunden unterwegs sein.«

Ihre Mutter kicherte über ihre eigenen Worte, während sie sich auf den Weg zur Tür machte. Zu Joenns großen Freude und Überraschung kam sie mit Bella am Arm zurück in den Garten. Freudig fielen sich die beiden Freundinnen in die Arme, ein herzliches Wiedersehen nach langer Zeit. Joenn führte Bella sofort an den Frühstückstisch, damit sie gemeinsam mit ihnen frühstücken und Neuigkeiten austauschen konnten.

»Wie kam es denn, dass ihr sie eingeladen habt?«, fragte Joenn ihre Mutter, bevor sie sich eine Scheibe gebratenen Schinken auf ihren Teller lud.

»Dein Vater und ich hoffen, Dante und dich durch ihre Anwesenheit etwas länger hier behalten zu können.«

Joenn drehte sich neugierig zu Bella um.

»Wie lange bleibst du denn?«

»Eine Woche.«

Joenn grinste daraufhin breit, sie wandte sich wieder ihrer Mutter zu.

»Ihr seid wirklich gewitzt. Eine Woche also. Ich werde alles in meiner Macht Stehende versuchen, Dante davon zu überzeugen, unseren Aufenthalt bei euch noch ein wenig zu verlängern.«

Amanda zwinkerte ihrer Tochter verschwörerisch zu.

»Das war genau unser Plan, mein Kind.« Amanda und Joenn lauschten anschließend interessiert den amüsanten und spannenden Geschichten von Bella während des Frühstücks, die sie aus ihrem abwechslungsreichen Alltag im Journalismus erzählte. Sie berichtete mit viel Elan von ihren kreativen, wenn auch manchmal etwas unorthodoxen Methoden, um Interviews mit prominenten Persönlichkeiten zu ergattern, die ihr ursprünglich verweigert worden waren. Sie erklärte auch, wie sie es immer wieder schaffte, ihre Artikel ins Blatt zu bringen, obwohl der Chefredakteur es zunächst abgelehnt hatte. Ihre Erzählungen waren allesamt mit ihrem typischen, trockenen Humor gewürzt und sorgten für ausgelassene Stimmung am Tisch. Als Dante und Tom keuchend, komplett außer Atem von ihrer Laufeinheit zurückkamen, hörten sie das fröhliche Lachen der Damen schon von Weitem, weshalb Dante im Gehen kurz stockte. Doch Tom schlug ihm nur aufmunternd auf den Rücken, er deutete mit einem bestimmten Zeichen an, dass sie das letzte Stück im Spurt zurücklegen würden. Eigentlich entwickelte sich daraus ein kleines, spontanes Wettrennen, dessen Ziel der Tisch der Damen war. Tom ging als klarer Sieger hervor, denn als Dante um die Ecke geschossen kam, erblickte er Joenn sofort, für einen kurzen Moment verlor er die Orientierung, worauf er leicht ins Stolpern kam. Er musste seine Geschwindigkeit stark drosseln, um nicht das Gleichgewicht zu verlieren, was der agile „alte Mann" nutzte und nun wie Cäsar nach einem glorreichen Sieg die Hände triumphierend in die Luft faltete, während er dem imaginären

Volk lauthals zujubelte. Dante war so außer Atem, seine Kondition völlig erschöpft, dass er bei dem Anblick seines Onkels, der wie der leibhaftige Cäsar in seiner Siegespose seinen Triumph genoss, kaum vor Lachen auf seinen Beinen stehen bleiben konnte. Auf dem Rücken im Gras liegend, beobachtete er lachend, wie Amanda ihren Mann liebevoll schimpfend, mit neckenden Vorwürfen unter die Dusche schickte, wobei sie ihm ins Haus folgte und laut lachend verkündete, dass er sich mit seinen sportlichen Ambitionen eindeutig übernommen hatte, schließlich sei er auch nicht mehr der Jüngste. Joenn konnte ihren Blick nicht von Dante abwenden. Es faszinierte sie, wie der Schweiß aus seinem braunen Haar tropfte und sein T-Shirt wie eine zweite Haut an seinem durchtrainierten Körper klebte, als er sich mittlerweile nur noch kichernd aus dem Gras erhob. Seine Augen hefteten sich dabei auf ihr Gesicht, ein intensiver Blickkontakt entstand. Fasziniert beobachtete sie, wie sich einer seiner Schweißtropfen aus seinem dichten Haarschopf löste. Wie sich dieser mühelos einen Weg über seine Stirn bis zu seiner Augenbraue bahnte, um schließlich auf seine dichten Wimpern zu tropfen, die ihn beim nächsten Wimpernschlag wieder freigaben. Sie beobachtete weiter, wie der Tropfen langsam an seiner frisch rasierten Wange entlang bis zu seinem Mund rann. Da verlor sie ihn aus den Augen, denn sein Mund wirkte plötzlich unglaublich fesselnd auf sie. Durch sein schweres Atmen zeigte er einen Teil seiner strahlend weißen Zähne. Ein leichter Tritt gegen ihr Schienbein riss sie abrupt von diesen Gedanken von seinen Lippen los. Sie schaute auf und blickte in seine hellbraunen Augen, die sie spitzbübisch neckend anfunkelten. Wieder spürte sie einen leichten Tritt gegen ihr Schienbein. Das half, sie wieder in die Realität zurückzuholen. Sie schaute zu ihrer Rechten, von der die Tritte kamen, in Bellas amüsiertes Gesicht. Als Dante an ihr vorbeilief, schaute sie noch einmal kurz zu ihm hoch. Das funkelnde Leuchten in seinen Augen war immer noch da. Mit einem breiten, verschmitzten Lächeln zwinkerte er ihr zu, bevor er ebenfalls im Haus verschwand.

»Was war das denn eben?«

Bellas Augen waren weit aufgerissen.

»Was meinst du?«

Bella stöhnte genervt auf.

»Ich bitte dich, Joenn! Du hast ihn angeschaut, als ob du ihn am liebsten sofort ausziehen wolltest. Was ist passiert, als ihr beiden an der Ostküste wart?«

Joenn zuckte nur unschuldig mit den Schultern.

»Nichts Besonderes. Wir haben uns einfach nur ein wenig besser kennengelernt.«

»Du weißt aber schon, dass du ein Problem hast, oder?«

»Ja, das weiß ich leider.« Joenn lässt ein langes Seufzen von sich, mit dem sie diese Erkenntnis nur unterstrich.

»Weiß ER es?«

Joenn fasste sich unwillkürlich ans Herz. Bella war ihre beste Freundin, ihre engste Vertraute. Wenn sie jemandem vertrauen konnte, dann ihr.

»Ja, er weiß es… Na ja, eigentlich auch wieder nicht. Ach, es ist einfach so kompliziert. Wir haben wirklich sehr viel zusammengearbeitet, teilweise bis tief in die Nacht hinein. Es war, als hätten wir ein unsichtbares Band zueinander geknüpft, was an sich schon sehr widersprüchlich ist. Eines Abends hatten wir einen heftigen Streit. Er kam daraufhin zu mir ins Zimmer, um mir auf eindringliche Weise klarzumachen, dass ich mich von ihm fernhalten sollte. Er meinte, er sei auch nur ein Mann und dass er sich seinen Gefühlen nicht immer entziehen könne. Ich habe ihn zuerst überhaupt nicht verstanden. Ich dachte, er will mich einfach nur loswerden. Ihm gingen dann aber später die Argumente aus, und damit ich ihn endlich verstand, hat er mich plötzlich gepackt und geküsst. Bei diesem Kuss...« Joenns Stimme wurde leiser, ihre Erinnerungen kehrten zurück. »… Bei diesem Kuss habe ich alles um mich herum vergessen. Es war wie ein Sog, der mich in eine andere Welt zog. Und dann… Dann ließ er plötzlich wieder von mir ab. Ich hatte nun endlich verstanden, was er mir hatte sagen wollen, ich versuchte, mich von ihm fernzuhalten. Doch dann ist eine andere Frau ins Spiel gekommen. Wir arbeiten eng mit ihr zusammen. Sie hat ihn ganz offensichtlich angemacht, ich bin daraufhin völlig durchgedreht vor Eifersucht. Eines Tages haben wir uns dann aber wieder vertragen. Und dann… Dann führte eins zum anderen.« Joenn stockte erneut, ihre Stimme zitterte leicht, ihre Augen füllten sich mit Tränen der Erinnerung. »Sein Vater ist gestorben, er bat mich in der Nacht inständig, bei ihm zu bleiben. Wir haben uns daraufhin ein Bett geteilt, doch es ist nichts weiter passiert. Aber am nächsten Tag, war plötzlich so eine intensive Bindung zwischen uns, eine unbeschreibliche Nähe. Es kam erneut zu einem Kuss, der eindeutig länger und intensiver war als der erste. Auch die Berührungen, waren intimer, man könnte es auch vertrauter nennen. Bevor jedoch etwas Unverzeihliches passieren konnte, hat er sich abrupt zurückgezogen.«

Bella starrte ihre Freundin mit offenem Mund an, vollkommen sprachlos von dem, was sie gerade gehört hatte. Ungeduldig wedelte sie mit ihren Händen vor Joenns Gesicht herum.

»Erzähl weiter! Ich weiß genau, dass da noch etwas kommt.«

Leise und mit gedämpfter Stimme sprach Joenn weiter. Diese Geschichte war nicht für fremde Ohren bestimmt.

»Ich… Ich wollte ihn nicht gehen lassen. Ich wollte mehr von ihm. Doch er hielt mich weiterhin auf Abstand. Er schaute mir tief in die Augen, und dann… Dann gab er mir ein Versprechen.« Joenn stockte bei der Erinnerung an diesen bedeutungsvollen Moment. »Er… Er hat gesagt: ‚Ich werde dir nicht ewig widerstehen können. Doch jetzt ist einfach nicht die richtige Zeit dafür. Wir werden nur dieses eine Mal diese Möglichkeit haben. Danach werde ich aus deinem Leben verschwinden. Für immer. Bitte beschwöre es jetzt noch nicht herauf. Die Zeit, die wir hätten, wäre viel zu kurz.'« Joenn senkte den Blick zu ihren Füßen.

Mit der erneuten Erinnerung an diesen bedeutungsvollen Abend kehrten auch all die damit verbundenen, intensiven Gefühle mit voller Wucht zurück. Joenn spürte wieder die Scham, die sie empfunden hatte, weil sie sich Dante so unverhohlen an den Hals geworfen hatte. Bella rutschte mit ihrem Stuhl näher an ihre Freundin heran.

»Und dann? Was ist dann geschehen? Erzähl weiter!«

Joenn blickte ihrer besten Freundin fest in die Augen, ihre Miene war ernst.

»Dann… Dann hat er einfach sein eigenes Zimmer verlassen. Er ist wortlos gegangen.«

»Scheiße!«

»Seit dieser Nacht…«, begann Joenn erneut, ihre Stimme zitterte leicht, »… Seit dieser Nacht schlafe ich unruhig. Jedes Mal, wenn ich ihn sehe, gerät mein ganzer Körper in Aufruhr. Es ist, als würde ein Feuer in mir entfacht, welches ich kaum kontrollieren kann.«

Bella blickte ihre Freundin mitleidig an.

»Das hört sich wirklich schrecklich an, Joenn. Aber er hat recht. Wenn ihr es jemals so weit kommen lassen würdet, wenn ihr eure Gefühle ausleben würdet, dürftet ihr euch danach höchstwahrscheinlich nie wiedersehen. Das ist der Preis, den ihr dafür zahlen müsstet.«

»Ich weiß, Bella. Ich weiß das ja alles!«

»Nur mal ganz abgesehen von euch beiden, wie beabsichtigt ihr das deinen Eltern jemals klarzumachen? Wenn die das herausbekommen, ist die Hölle los.«

»Ich weiß, Bella. Verdammt, ich weiß das ja!«

Verzweifelt schlug Joenn mit der flachen Hand auf den Holztisch.

»Joenn, sei mal ganz ehrlich zu dir selbst und zu mir. Liebst du diesen Mann?« Mit Tränen in den Augen schaut Joenn sie an. Mit einem leichten Nicken bestätigt sie Bellas Befürchtungen, die sie so gleich in eine feste Umarmung schließt.

»Eigentlich hört sich das alles an wie eine wunderschöne und tragische Liebesgeschichte, die nur zwei gravierende Fehler hat. Der eine Fehler ist, dass sie real ist und nicht irgendwo in einem Roman geschrieben steht. Der andere, und das ist der wohl schwerwiegendste Fehler, ist, dass er dein Cousin ist. Was du aber wirklich niemals vergessen solltest, Joenn, ist die Tatsache, dass, wenn ihr es so weit kommen lassen würdet, Dante nicht nur aus deinem Leben, sondern auch aus dem Leben deiner restlichen Familie für immer verschwinden würde. Er würde den Kontakt zu allen abbrechen, um dich nein euch alle und auch sich selbst vor weiteren Verletzungen zu schützen.«

Soweit hatte Joenn in ihren Überlegungen noch gar nicht gedacht. Ihr wurde nun mit aller Deutlichkeit bewusst, dass, wenn sie sich nicht an seine Regeln hielt, ihm nicht zu nahezukommen, er jeden, der ihn liebte, für immer verlieren würde. Alleine der Gedanke daran schmerzte unerträglich. Der Gedanke, Dante nie wiederzusehen, war für sie absolut inakzeptabel.

»Ich weiß, Bella. Ich weiß es«, flüsterte sie leise und wischte sich mit dem Handrücken die Tränen aus dem Gesicht. »Lass uns bitte über etwas anderes reden. Lass uns das Thema Dante, soweit es in der kurzen Zeit, in der du hier bist, überhaupt möglich ist, hinter uns lassen. Es verdirbt uns nur unnötig die Laune, wofür wir wirklich keine Zeit haben.«

Bella grinste ihre Freundin daraufhin breit an.

»Ich würde sagen, ich rufe jetzt mal im Spa-Center an, vielleicht haben wir ja Glück und bekommen noch einen Termin. Ich würde nämlich behaupten, dass wir uns das nach all dem Trubel redlich verdient haben.« Joenn klatschte daraufhin begeistert in die Hände, sie stimmte ihrem Vorschlag sofort zu. Tatsächlich hatten sie Glück, sie bekamen kurzfristig einen Termin. Ohne lange zu zögern, machten sie sich sofort auf den Weg zum Spa.

*

Frisch geduscht und mit einem letzten prüfenden Blick in den Spiegel machte sich Dante auf den Weg zur Terrasse. Er freute sich darauf, den restlichen Tag in der angenehmen Gesellschaft von Joenn und Bella zu verbringen. Bellas offene, unkomplizierte Art empfand er als wohltuend erfrischend. Es faszinierte ihn beim letzten Mal, mit welcher Leichtigkeit die beiden Frauen miteinander lachten, auch wenn er oftmals den Grund für ihre Heiterkeit nicht ganz nachvollziehen konnte. Dieses ansteckende Lachen zauberte stets unweigerlich ein Grinsen auf sein Gesicht. Doch als er die Terrasse betrat, fand er sie leer vor. Statt der beiden Frauen saß nun Tom dort, wo Bella zuvor gesessen hatte. Bevor Dante sich überhaupt entscheiden konnte, ob er wieder gehen oder doch bleiben sollte, winkte Tom ihm mit einer einladenden Geste zu sich. Mit der flachen Hand klopfte er auf den Stuhl neben sich.

»Komm her, Junge, setz dich. Wir müssen reden.«

Dante blickte von dem Stuhl zum Tisch. Die Ordner, die er mitgebracht hatte, lagen vor Tom, der eine Hand auf ihnen ruhen ließ. Diese Ordner enthielten seine Buchhaltungsunterlagen, die er nach dem vermuteten Fehler durchsehen wollte, sobald er etwas Zeit dafür fand. Er tat, worum er gebeten wurde. Tom blätterte währenddessen weiterhin aufmerksam in den Unterlagen.

»Ist dir eigentlich aufgefallen, dass in deiner Buchhaltung etwas nicht stimmt?«

Überrascht sah er seinen Onkel an.

»Ja, das ist mir aufgefallen. Deswegen habe ich sie auch mitgenommen. Ich wollte sie in aller Ruhe noch einmal gründlich durchsehen. Die Zahlen kommen mir einfach nicht stimmig vor. Ich kenne die detaillierten Kalkulationen, die ich erstellt habe, bevor ich mit dem

Projekt angefangen habe, ganz genau. Es ist auch alles bis ins kleinste Detail aufgeführt. Trotzdem sagt mir mein Bauchgefühl, dass ich etwas Großes übersehe.«

»Darf ich dir bei der Suche behilflich sein?«

Dante starrt seinen Onkel ungläubig an.

»Das würdest du wirklich für mich tun?«

Tom musste daraufhin schmunzeln.

»Hast du denn von gestern gar nichts gelernt? Natürlich tue ich das für dich. Ich würde mich sogar freuen, wenn ich dir dabei helfen dürfte.«

Dante schluckte den Kloß der Rührung, der sich in seinem Hals gebildet hatte, mühsam hinunter.

»Das ist… Wirklich nett von dir, Tom. Tatsächlich würde ich es aufrichtig zu schätzen wissen, wenn ich auf deine Unterstützung zählen könnte. Vielleicht sehen vier Augen ja wirklich mehr als nur zwei.«

»Sehr gut. Ich würde vorschlagen, wir fahren morgen früh zusammen zu mir ins Büro. Nimm deinen Laptop mit, damit wir auch direkt auf die Planungen und Kalkulationen zugreifen können.«

Mit einem väterlichen Klaps auf Dantes Wangen verabschiedet sich Tom für die nächsten zwei bis drei Stunden von ihm. Dante sah zu, wie sein Onkel, der ihn gerade wie seinen eigenen Sohn behandelt hatte, mit seinem Handy am Ohr in Richtung seines Büros im Haus verschwand. Da sein Onkel noch einige geschäftliche Dinge zu erledigen hatte und Joenn und Bella wie vom Erdboden verschluckt schienen, beschloss er, einen Spaziergang am Strand zu machen. Er wollte ein wenig mit den Füßen durch das kühle Wasser waten, um seinen Kopf eine Weile freizubekommen. Vielleicht würde ihm dort ja die entscheidende Erleuchtung kommen, wo genau der Fehler in seiner Buchhaltung lag. Er hatte, bevor er duschen gegangen war, die Zahlen noch einmal kurz überschlagen, selbst dabei waren es schon enorme Summen, die nicht stimmen konnten. Wenn das so weiterging, befürchtete er ernsthaft, das gesamte Bauprojekt einstellen zu müssen. Er wollte auf keinen Fall das ohnehin schon hoch angesetzte Budget überschreiten. Das kühle Wasser an seinen Füßen und die salzige Meeresgischt taten ihm sichtlich gut, es halfen ihm, seine Gedanken zu ordnen. Plötzlich hörte er jemanden wiederholt „Hey!" rufen, was seine Gedankengänge immer wieder störte. Als er dieses Wort zum gefühlt dutzendsten Mal hörte, blieb er stehen, um sich umzusehen und herauszufinden, wer dieser hartnäckige Rufer war, vor dem es anscheinend kein Entkommen gab. Ein Mann in Shorts, mit einer Brille auf der Nase, kam mit schnellen Schritten auf ihn zu. Dante musste sich mit der Hand die Augen abschirmen, um den Mann in der hellen Sonne genauer betrachten zu können. Mehr oder weniger kam er ihm bekannt vor, aber er konnte ihn im Moment nicht richtig zuordnen.

»War das ‚Hey‘ für mich bestimmt?«

»Ja, allerdings, aber du hast einen verdammt flotten Schritt drauf. Leider habe ich deinen Namen vergessen, deswegen fiel mir nichts Besseres ein, als ‚Hey‘ zu rufen. Aber jedes Mal, wenn ich ‚Hey‘ gerufen habe, hatte ich das Gefühl, dass du noch schneller geworden bist, als ob du absichtlich vor mir flüchten würdest.«

»Das bin ich tatsächlich auch. Ich habe mich überhaupt nicht angesprochen gefühlt, da ich hier auch niemanden kenne. Ich wollte nur diesem schrecklich ‚Hey‘ rufenden Menschen hinter mir lassen und meine Ruhe genießen.«

»Oh, das tut mir wirklich leid, ich wollte dich keinesfalls stören.«

»Kein Problem. Ich bin Dante Brown, und du bist?«

Der Mann ihm gegenüber streckt ihm die Hand hin.

»Hi, ich bin Brain…«, begann der Mann sich vorzustellen, doch Dante unterbrach ihn mit einem breiten Grinsen

»Ja, natürlich, du bist der Typ, der die schallende Ohrfeige von Bella bekommen hat.«

Verlegen strich sich der Mann mit der Brille nervös sein Haar nach hinten.

»Richtig. Du kennst also Bella?«

»Natürlich kenne ich Bella, mir blieb ja auch gar nichts anderes übrig.«

Brain hob seine buschigen Augenbrauen fragend nach oben. Dante erinnerte sich daran, wie der junge Mann Bella damals mit einem verliebten Blick angesehen hatte, deswegen fügte er schnell hinzu:

»Ich bin Joenns Cousin. Bella habe ich im Garten meines Onkels kennengelernt.«

Seine Erklärung schien Brain sichtlich zu erleichtern.

»Bist du mit Joenn hierher zurückgekehrt?«

Dante wusste genau, worauf Brain hinauswollte, doch er wollte es ihm nicht so einfach machen. Bella hatte sicherlich gute Gründe für die Ohrfeige gehabt.

»Ja, das bin ich.«

»Ist Bella auch hier?«

»Du weißt aber auch nicht wirklich, wie man Verhandlungen führt, oder?«

»Es tut mir leid, aber du hast damals schon nicht den Eindruck auf mich gemacht, jemand zu sein, der gerne um den heißen Brei herumredet. Deswegen falle ich lieber gleich mit der Tür ins Haus und komme direkt zum Punkt.«

Dante fand diese offenen Worte des Mannes durchaus respekteinflößend. Der junge Mann wusste offenbar genau, was er wollte, dabei scheute er sich nicht, es auch auszusprechen.

»Ich hätte da mal eine Frage an dich.«

»Nur zu.«

»Warum hast du damals so eine schallende Ohrfeige von ihr bekommen?«

»Das ist eine verdammt gute Frage. Die Antwort darauf würde ich selbst auch gerne wissen.«

»Du weißt also wirklich nicht, was der Grund war?«

»Nein. Du etwa?«

Dante musste daraufhin lachen.

»Nein, tut mir leid, ich weiß es beim besten Willen auch nicht.«

Dante und Brain setzten nun ihren Spaziergang gemeinsam am Strand fort. Sie unterhielten sich angeregt wie alte Freunde, bis sich ihre Wege auf dem Heimweg wieder trennten. Bei den Brocks angekommen, folgte Dante dem Stimmengewirr ins Wohnzimmer, wo alle, inklusive Bella, gemütlich zusammen auf dem Sofa saßen, gemeinsam sahen sie sich alte Fotoalben an. Mit vergnügter Stimmung lehnte sich Dante an den Türrahmen, um das idyllische Familientreiben zu beobachten, in dem er sich so herzlich willkommen fühlte. Tom entdeckte ihn als Erster, er lächelte ihm freundlich zu.

»Dante, mein Junge. Komm doch herein, wo warst du denn so lange?«

Dante stieß sich von der Wand ab, an die er sich gelehnt hatte, mit einer leichten Bewegung trat er in den Raum.

»Ich war am Strand spazieren. Dort habe ich zufällig einen alten Freund getroffen, mit dem ich mich für heute Abend zum Essen verabredet habe. Ich wollte fragen, ob Joenn und Bella uns vielleicht begleiten möchten?«

Amanda zog überrascht die Augenbrauen hoch, doch bevor sie etwas sagen konnte, schaltete sich Tom ein.

»Ich glaube, das ist eine ausgezeichnete Idee. Amanda und ich sind für heute Abend ohnehin zum Essen in der Nachbarschaft eingeladen.«

»Aber…«, begann Amanda zu protestieren, doch Tom unterbrach sie.

»Amanda, das wirst du doch nicht etwa vergessen haben? Die jungen Leute benötigen auch Mal eine Auszeit von uns. Was haltet ihr zwei denn von Dantes Einladung?«

Joenn zuckte nur unentschlossen mit den Schultern, während Bella Dante neugierig anschaute.

»Sieht er denn auch nur halb so gut aus wie du?«

Dante zwinkerte Bella verschwörerisch.

»Ich würde fast behaupten, er sieht sogar noch ein wenig besser aus. Er ist auch ein paar Jährchen jünger als ich, was ihm einen gewissen Vorteil verschafft.«

Bellas Augen leuchteten bei diesen Worten auf, und sie rief begeistert,

»Also, wir sind dabei! Wann soll es denn losgehen?«

»So in etwa einer Stunde.«

Bella sah Joenn freudestrahlend an.

»Dann gehen wir mal nach oben, damit wir uns fertig machen können.«

Dante nickte ihr zustimmend zu, er beobachtete, wie die beiden Mädchen den Raum verließen. In Joenns Zimmer angekommen, wirkte Bella plötzlich leicht bedrückt.

»Was ist denn los? Gerade eben hast du dich doch noch so auf das Essen gefreut?«

»Schon, aber das war etwas egoistisch von mir. Es tut mir leid. Wir wollten uns doch eigentlich von Dante fernhalten, und jetzt musst du meinetwegen einen ganzen Abend mit ihm verbringen.«

Joenn lächelt ihre Freundin an.

»Das macht doch überhaupt nichts, Bella. Ich genieße seine Gesellschaft wirklich sehr. Ich freue mich sogar auf das Essen. Was mich nur etwas wundert, ist, wo dieser mysteriöse Freund plötzlich herkommt?

Nach meinem Kenntnisstand war Dante seit seiner Jugend nicht mehr hier in der Gegend. Ich bin wirklich gespannt darauf, seinen Freund kennenzulernen. Wenn wir Glück haben, bekommen wir vielleicht ein paar witzige Anekdoten aus seinem Leben erzählt. Das wird sicher ein amüsanter und unterhaltsamer Abend.«

Das war nicht einmal gelogen, dachte sich Joenn insgeheim. Sie freute sich tatsächlich auf den bevorstehenden Abend. Joenn lieh Bella eines ihrer Kleider, das ihr sogar noch besser zustehen schien als ihr selbst. Bella trug nun ein knöchellanges Kleid in einem hellen, leuchtenden Blau, das im Nacken elegant zusammengebunden wurde. Ihre natürliche Haarfarbe wurde durch das Kleid nur noch zusätzlich unterstrichen und brachte ihre Augen zum Strahlen. Eine Stunde war jedoch eindeutig zu wenig Zeit, um zwei Freundinnen in einem Badezimmer pünktlich für ein Abendessen fertig zu machen. Bella beschloss daher, ihre natürlich gelockten Haare offen zu tragen. Lediglich ein wenig Schaumfestiger gab sie hinein, damit ihre Locken mehr Schwungkraft erhielten. Joenn tat es ihr gleich. Auch sie trug ihr langes, blondes Haar offen, nur im Gegensatz zu Bella war ihr Haar glatt und seidig, weswegen sie keinen zusätzlichen Schaumfestiger benötigte. Joenn entschied sich für ein luftiges, weißes Sommerkleid mit einem farbenfrohen Aufdruck aus rosa und lilafarbenen Hibiskusblüten. Sie wollte sich nicht allzu sehr aufbrezeln, sondern eher einen lockeren, ungezwungenen Look kreieren. Dazu wählte sie passende, elegante High Heels aus. Auch für Bella suchte sie die passenden Schuhe heraus. Zum Glück hatten sie nicht nur die gleiche Kleidergröße, sondern auch die gleiche Schuhgröße. Das hatten sie schon in ihrer gemeinsamen Jugendzeit im bessonderem Mass zu schätzen gewusst und oft genutzt, um Kleidung und Schuhe untereinander zu tauschen. Während sie sich ihre High Heels anzogen, erzählte Bella Joenn ein Geheimnis aus ihrer gemeinsamen Jugend.

»Hast du eigentlich gewusst, dass es ganz schön harte Arbeit war, in unserer Jugend immer die gleiche Kleidergröße wie du zu haben? Immer wenn ich auch nur ein Pfund zugenommen habe, habe ich mich sofort auf Diät gesetzt, nur damit ich auch weiterhin in deine wunderschönen Kleider hineinpasse, wenn du mich mal wieder zu einer dieser exquisiten Partys mitgenommen hast.«

Joenn staunte nicht schlecht über dieses Geständnis.

»Aber warum denn?«

Bella lachte daraufhin laut auf.

»Was hätte ich denn sonst anziehen sollen? Deine Garderobe war nun mal unschlagbar!«

Auch Joenn musste jetzt kichern, sie schüttelte amüsiert den Kopf.

»Aber jetzt machst du das nicht mehr, oder?«

»Nein, dafür sehe ich dich ja viel zu selten, und ich kann es mir jetzt auch leisten, meine eigenen Kleider zu kaufen. Aber wie man sieht, muss ich mit Freude feststellen, dass wir immer noch die gleiche Größe haben. Also pass bloß auf und werde ja nicht vor mir schwanger!«

Joenn schüttelt lachend den Kopf.

»Ganz sicher nicht, das kannst du mir glauben.«

Joenn und Bella gingen gerade die Treppen hinunter, als es an der Haustür klingelte. Dante eilte zur Tür, um seinen neuen Freund hereinzulassen, als er die beiden Frauen auf der Treppe entdeckte. Er vergaß augenblicklich, was er ursprünglich vorhatte. Der Anblick der beiden Frauen faszinierte ihn zutiefst. Bella war zweifellos eine klassische Schönheit, doch Dante fand, dass Joenn sie mit ihrer natürlichen Ausstrahlung sie noch um Längen übertraf. Es klingelte erneut, wodurch er wieder daran erinnert wurde, warum er überhaupt an der Tür stand. Erfreut, mit einem breiten Lächeln schüttelte er die Hand von Brain, seinem neu gewonnenen Freund, und bat ihn herein. Bella stand wie vom Blitz getroffen auf der zweitletzten Stufe, als sie Brain erblickte. Auch er erstarrte für einen Moment. Bewundernd musterte Brain die schlanke Frau vor ihm mit dem fantastischen roten Haar. Er war Dante innerlich so dankbar, dass er dieses Treffen arrangiert hatte. Wie ein wahrer Gentleman reichte er Bella galant die Hand, um ihr die letzten Stufen hinunterzuhelfen. Als sie dann neben ihm stand, gab es für ihn keinen Grund, ihre Hand wieder loszulassen. Zu seiner freudigen Überraschung sträubte sie sich auch keineswegs dagegen. Dante zwinkerte Joenn übermütig zu, die die Szene ebenfalls amüsiert beobachtete. Mit einem Lächeln auf den Lippen hackte sich Joenn bei Dante freundschaftlich ein. Beim anschließenden Essen im nahegelegenen Restaurant herrschte zunächst eine etwas angespannte Stille. Bella sprach kaum ein Wort, was Dante ungemütlich auf seinem Stuhl hin und her rutschen ließ. Diese Stille drohte langsam in ein peinliches Schweigen überzugehen. Natürlich hätten er und Joenn sich angeregt unterhalten können, was allerdings den anderen beiden nicht viel gebracht hätte. Er musste die Atmosphäre unbedingt etwas auflockern. So fing er an, mit Brain zwanglos herum zu plänkeln, dabei sprachen sie über belanglose Dinge. Die beiden verstanden sich erstaunlich gut, sie unterhielten sich angeregt, als würden sie sich schon seit Ewigkeiten kennen. Joenn und Bella beobachteten die beiden zunächst etwas überrascht, beteiligten sich aber nach einiger Zeit ebenfalls aktiv am Gespräch. Es ging zwar meist um eher belanglose Themen, aber sie hatten alle zusammen sichtlich Spaß. Brain versuchte immer wieder, Bella in ein Gespräch zu verwickeln, doch sie konzentrierte sich fast ausschließlich auf Dante. Dante wiederum spürte ein wachsendes Missfallen ihm gegenüber bei seinem neuen Freund, der sich sichtlich um Bella bemühte. Um die etwas angespannte Situation zu entschärfen, schlug Dante schließlich vor, gemeinsam in das bekannte Varietétheater „Spektakel" zu gehen. Sie hatten dort ein stets wechselndes und abwechslungsreiches Programm, daher wussten sie im Vorfeld nicht genau, was sie an diesem Abend erwarten würde. Zu ihrem großen Glück stellte sich heraus, dass es eine Comedy-Nacht war. Dante lud alle ein. Er setzte Joenn und Bella nebeneinander auf das dreiviertelrunde bequemen Samtsofa im hinteren Bereich des Comedy-Klubs. Neben Bella platzierte er Brain, während er selbst neben Joenn Platz nahm. Obwohl er Cocktails eigentlich verabscheute, da er sie als viel zu süß und klebrig empfand, bestellte er kurzerhand vier farbenfrohe mit Schirmchen verzierte Getränke. Inständig hoffte er, dass Bella mit der Hilfe des Alkohols ihre offensichtliche Nervosität gegenüber seinem neuen Freund ein wenig abschwächen könnte. Die Komiker auf der Bühne waren an diesem Abend absolute Weltklasse. Ihre pointierten Witze und urkomischen Geschichten brachten das Publikum sowie auch die kleine Gruppe um Dante zum Lachen, bis ihnen die Tränen in den Augen standen. Immer wieder bestellte er für Bella einen neuen Cocktail nach, bis sie ihm schließlich mit lallender Stimme und roten Wangen erklärte, sie könne wirklich keinen mehr vertragen. Die Show wechselte von einem Komiker zum nächsten, jeder mit seinem eigenen Stil und Humor. Endlich gab es eine kurze Pause zwischen den Auftritten, eine willkommene Gelegenheit zum Durchatmen. Dante nutzte diese Chance, um endlich den Versuch zu starten, etwas mehr über Bella und ihre komplizierte Beziehung zu Brain zu erfahren. Er wartete den kurzen Moment ab, als Brain sich für „kleine Jungs" – wie er es scherzhaft nannte – entfernte, er nutzte die günstige Gelegenheit, seinen Platz neben Bella einzunehmen. Brain brauchte nicht lange, um von seinem kurzen Ausflug zurückzukehren. Als er Dante nun so vertraut neben Bella sitzen sah, stand er kurz unschlüssig mit leicht gerunzelter Stirn neben ihnen, bevor er sich schließlich widerwillig zu Joenn setzte. Er vertraute Dante zwar grundsätzlich. Insgeheim hoffte Brain, in Dante einen echten Freund gefunden zu haben, der nicht leichtfertig mit seiner Loyalität oder seinen Gefühlen spielte. Joenn und Brain, die sich schon seit ihrer gemeinsamen Kindheit kannten, hatten keinerlei Probleme, ein interessantes Gesprächsthema zu finden, in dem sie beide sofort aufgingen. Dante beugte sich währenddessen leicht zu Bella vor, um ihre ungeteilte Aufmerksamkeit zu erlangen.

»Sag mal, Bella, was genau ist eigentlich zwischen dir und Brain?«

»Und was ist zwischen dir und Joenn? Ich finde dieses Thema eindeutig viel interessanter als Brain und mich.«

Dante zog die Augenbrauen zusammen bei der schnippischen Antwort.

»Komm schon, Bella. Der Junge hat wirklich hart darum gekämpft, diesen Abend mit dir verbringen zu können.«

»Wirklich?«

Dante lächelt Bella an. »Ja, wirklich. Gib ihm doch einfach eine Chance. Oder hat er es schon so sehr verbockt, dass es keine Hoffnung mehr für ihn gibt?«

Bella schielte daraufhin kurz zu Brain hinüber, der sich immer noch angeregt mit Joenn unterhielt.

»Er will doch nur eins dieser typischen Spielchen spielen.«

Auch Dante schaute nun kurz zu Brain hinüber.

»Nein, das glaube ich wirklich nicht.«

»Ach nein? Glaubst du etwa, er könnte eifersüchtig sein?«

»Wie ein Stier, der ein rotes Tuch sieht. Ja, das glaube ich durchaus.«

Wie um diese Aussage auf provokante Weise bestätigt zu wissen, beugte sich Bella plötzlich unerwartet nah zu Dante vor. Sie streifte ihm mit einer fast schon zärtlichen Handbewegung durch sein dichtes Haar. Brain, dem diese kleine, aber bedeutungsvolle Geste natürlich nicht entging, sprang daraufhin augenblicklich von seinem Stuhl auf, seine Augen verengten sich zu Schlitzen, sein Gesichtsausdruck verfinsterte sich merklich. Bella zuckte leicht zusammen. Schnell legte sie ihre Hand wieder in ihren Schoß. Dante bedachte Brain mit einem warnenden Blick, der ihm unmissverständlich klarmachte, dass er die Situation im Griff hatte.

»Setz dich wieder, mein Freund!« Das Wort Freund betonte er besonders scharf. Mit zusammengekniffenen Augen setzte sich Brain zögerlich wieder auf seinen Platz. Er ließ sie nicht mehr aus den Augen. Lächelnd schaute Dante wieder in Bellas leicht glasigen Augen.

»Siehst du? Wie ein Stier. Bitte reize es jetzt nicht weiter aus. Ich möchte ihm wirklich nicht wehtun, nur weil ich mich verteidigen muss.«

Bella gluckste leise auf, nickte aber zustimmend, woraufhin Dante seinen Platz neben ihr verließ. Joenn blickte Dante nach, wie er sich durch die Menge drängte während er sich in die Richtung der Bar bewegte, um neue Getränke zu bestellen. Sie saß nun alleine zwischen Bella und Brain wie eine neutrale Mauer. Gespannt richtete sie ihre Aufmerksamkeit auf ihre Freundin, neugierig, wie sich die Situation weiterentwickeln würde.

»Stimmt es denn wirklich?«

Bella beugte sich bei ihrer direkten Frage zu Brain leicht über den kleinen Tisch, ihre smaragdgrünen Augen funkelten ihn herausfordernd an.

»Was?« Sein Tonfall war gereizt.

»Dass du gerade eifersüchtig reagiert hast?«

Brain war innerlich wirklich sehr wütend auf Dante, der es in seinen Augen eindeutig zu weit getrieben hatte.

»Wonach sah es denn gerade aus?«

Bella kicherte leise. »Als wolltest du Dante am liebsten eine verpassen.«

»Und was hätte dagegen gesprochen?«

Brain ballte unbewusst seine Hände zu Fäusten.

»Dass du wahrscheinlich nicht den Hauch einer Chance gegen ihn gehabt hättest.«

»So und das findest du jetzt auch noch amüsant? Du zwingst mich gewissermaßen dazu, tatenlos zuzusehen, wie du meinem Freund schöne Augen machst! Wie du ihn berührst, obwohl ich den ganzen Abend über, verzweifelt bemüht war, auch nur ein kleines bisschen von dieser ungeteilten Aufmerksamkeit von dir zu bekommen, die du Dante in den letzten Minuten so bereitwillig geschenkt hast. Dass mich das stört oder sogar verletzt, findest du wirklich so amüsant?« Brains Stimme erhob sich

204

fast zu einem Schreien. Bella legte daraufhin beschwichtigend ihre Hand auf seinen Schoß. Für Brain war diese Berührung wie eine plötzliche Verbrennung, die sich in seinem ganzen Körper ausbreitete. Jeder Muskel in seinem Körper verkrampfte sich im verzweifelten Bemühen, seine aufwallende Wut unter Kontrolle zu halten. Er wollte diesem überwältigenden Verlangen nicht nachgeben, dieser Frau einen so intensiven leidenschaftlichen Kuss auf ihre verlockenden Lippen zu drücken, welches ihr leichtfertiges Gekicher darin ersticken würde.

»Warum? Steve hat mir erzählt, dass…«

Immer noch verwirrt über ihre Berührung, hob er abwehrend die Hand.

»Moment mal. Du weißt doch ganz genau, dass Steve alles tun würde, um dir wehzutun, oder? Du hast ihn damals bloßgestellt, nicht nur einmal. Ich war gewissermaßen euer Spielball in diesem ganzen Drama. Doch es hat mir nichts ausgemacht, denn dadurch war ich wenigstens in deiner Nähe und konnte zumindest so ein bisschen auf dich aufpassen.«

»Spielball? Ich glaube, du hast zu viel getrunken.«

Brain beugte sich daraufhin noch weiter zu ihr vor, soweit es die räumliche Enge überhaupt zuließ. Joenn, die diesen hitzigen Dialog aus nächster Nähe und in unangenehmer Enge zwischen den beiden beobachtete, schaute Hilfe suchend in die Richtung der Bar. Es wurde höchste Zeit, dass Dante endlich zurückkam. Diese Situation schien langsam, aber sicher völlig aus dem Ruder zu laufen. Dante lehnte immer noch lässig an der Bar, sein Blick war jedoch konzentriert auf die Szene zwischen Brain und ihrer Freundin gerichtet. Egal, wie lange sie ihn auch anstarren würde, er schien sie in diesem Moment nicht zu bemerken. Hoffentlich erkannte er bald, wie dringend er seinem Freund jetzt beistehen sollte. Joenn selbst wagte es kaum, etwas zu sagen, geschweige denn zu laut zu atmen. Ihre Freundin musste langsam lernen, diesem Mann vor ihr zuzuhören und seine Gefühle ernst zu nehmen, auch wenn er seine Worte vielleicht manchmal unglücklich wählte.

»Nein, das habe ich ganz bestimmt nicht!«

Brain, sein Gesicht war Bellas ganz nahe. Seine Hände lagen, zu Fäusten geballt, vor ihren auf dem Tisch. Dante beobachtete die Szene weiterhin von der Bar aus. Obwohl er kein Wort verstand, erkannte er aus der Ferne deutlich, dass die Situation aus dem Ruder lief. Auch wenn es überhaupt nicht seinem Gemüt entsprach, sich in fremde Angelegenheiten einzumischen, wollte er nun doch eingreifen. Er mochte Brain wirklich gerne, und auch die rothaarige Schönheit war ihm ans Herz gewachsen. Am Tisch angekommen legte er Brain freundschaftlich, aber dennoch bestimmt einen Arm um die Schulter, mit leichtem, aber bestimmtem Druck zog er Brain ein kleines Stück von der rothaarigen Schönheit weg. Besorgt beobachtete er, wie langsam wieder etwas Farbe in Bellas zuvor blasses Gesicht zurückkehrte. Sein Freund neben ihm knirschte hörbar mit den Zähnen. Was auch immer an diesem Tisch gesagt worden war, es hatte diese Frau sichtlich erschreckt, was sie offensichtlich veranlasst hat, für einen Moment zu lang die Luft anzuhalten.

»Also, ich glaube, wir gehen jetzt.«

Kopfschüttelnd zog er Joenn aus ihrer sitzenden Position. Mit einer Hand auf ihrem unteren Rücken, eine Geste der Fürsorge, geleitet er sie zum Ausgang. Brain allerdings wagte es nach den Spannungen des Abends nicht, Bella zu berühren, wich ihr aber auch nicht von der Seite, als sie sich gemeinsam durch das immer noch dichte Gedränge im „Spektakel" in Richtung des Ausgangs bewegten. Auf der Rückbank des Wagens herrschte zwischen Brain und Bella betretenes Schweigen. Der Hilfe suchende Blick, den Joenn ihm die ganze Fahrt über immer wieder zuwarf, entging Dante leider nicht. Er lenkte den Wagen schließlich zum menschenleeren Strand, wo er den Motor abstellte. Leise, fast flüsternd, wandte er sich an Joenn:

»Spiel einfach mit. Vielleicht regelt es sich dann von ganz alleine.« Mit diesen Worten stieg Dante aus dem Auto. Alle Insassen beobachteten gespannt, wie Dante sich bis auf seine dunklen Shorts entkleidete. Mit seinem athletischen, perfekt trainierten Körper, der im Mondlicht glänzte, drehte er sich mit einem selbstbewussten Grinsen zu den im Auto Sitzenden um.

»Ich gehe jetzt eine Runde schwimmen. Ich glaube, die erhitzten Gemüter hier könnten eine kleine Abkühlung gut vertragen.«

Brain sah daraufhin unwillkürlich zu Bella, die Dante mit offenem Mund anstarrte. Das wollte er keinesfalls auf sich sitzen lassen.

»Warte, Dante, ich komme mit!«

Brain entledigte sich, Dante nacheifernd, schnell seiner Kleidung, während Dante geduldig neben ihm wartete. Bella beobachtete Brains Handlungen mit hochroten Wangen, wie er Stück für Stück seine Kleidung ablegte. Ohne ein weiteres Wort gingen die beiden Männer gemeinsam auf das dunkle, sanft rauschende Meer zu. Als sie außer Hörweite der beiden Frauen waren, zischte Brain vorwurfsvoll zu Dante.

»Ich dachte, wir seien Freunde.«

Dante bedachte ihn nur einen kurzen Moment mit einem nachdenklichen Blick, dann erwiderte er ruhig:

»Warte einfach ab. Vertrau mir.«

In diesem Moment hörten sie ein lautes Kreischen vom Ufer. Beide Männer blickten sofort zurück zum Meer. Joenn schien ihrem Beispiel zu folgen, sie lag bereits in den flachen Wellen, sie spritzte das warme Meerwasser lachend um sich. Dante und Brain spurten daraufhin los in Richtung Wasser. Im seichten Wasser stehend, sah Dante lächelnd zu, wie sich die Situation entwickelte. Dabei stupste er Brain mit seinem Ellenbogen spielerisch in die Rippen, genau in dem Moment, als auch Bella mit schnellen Schritten angerannt kam.

»Brain, sie ist etwas betrunken. Du musst etwas auf sie aufpassen. Ich kann mich unmöglich um beide Frauen gleichzeitig kümmern«, raunte Dante ihm zu. Jetzt verstand Brain endlich, welchen Plan Dante verfolgte. Mit einem breiten Lächeln auf den Lippen wandte er sich von Dante ab. Mit schnellen, kräftigen Zügen schwamm Brain zu Bella, um sie zu halten, zu unterstützen und, wenn nötig, vor der nächtlichen Kühle des Wassers zu schützen. Joenn protestierte lautstark, lachend:

»Ich bin überhaupt nicht betrunken!«

Dante packte sie daraufhin sanft, aber bestimmt an ihrer schmalen Hüfte, spielerisch zog er sie mit einem liebevollen Blick zu sich heran. Er umschlang sie fest mit seinen starken Armen, genau wie damals auf dem Balkon. Seine Lippen küssten sanft ihr blondes Haar, während er mit tiefer, heißerer Stimme flüsterte:

»Jetzt vielleicht schon ein wenig. Schau dich doch nur einmal um.«

Joenn sah daraufhin zu den anderen beiden. Sie sah, wie Bella sich lachend ausgelassen an Brains Hals klammerte, während er mit ihr in den flachen Wellen untertauchte. Lachend und johlend tauchten sie kurz darauf wieder aus dem Wasser auf. Joenn und Dante standen ganz ruhig, eng aneinandergeschmiegt in den sanften Wellen, die immer wieder versuchten, sie aus dem Gleichgewicht zu bringen. Doch Dante ließ dies nicht zu, er hielt sie sicher an sich gedrückt, fest. Beide genossen diesen seltenen Moment, wenigstens für kurze Zeit so nah beieinander sein zu können. Sie beobachteten gemeinsam, wie sich Brain und Bella irgendwann ihren Gefühlen nicht mehr länger verschlossen und aufhörten, nur albern herumzualbern. Bella strich ihm zärtlich die nassen Haare aus seiner Stirn nach hinten, was Brain dazu veranlasste, ihr Gesicht mit beiden Händen voller Zuneigung zu umfassen. Er senkte seinen Kopf und küsste sie endlich leidenschaftlich. Dante raunte Joenn daraufhin leise zu:

»So sehr ich diesen Anblick auch genieße, glaube ich, wir müssen diese kleine Vorstellung nun beenden. Bella hat eindeutig zu viel getrunken, wir müssen dafür Sorge tragen, dass sie ihn morgen immer noch will, vor allem aber auch, dass sie sich an alles Positiv mit Wehmut erinnert.«

Widerwillig löste sich Joenn von Dante. Sie wusste, dass er recht hatte. Wenn sie jetzt zulassen würde, dass die beiden zu weit gingen, dann würde Bella morgen mit allergrößter Wahrscheinlichkeit behaupten, Brain hätte ihre Alkoholisierung nur schamlos ausgenutzt. Am Strand rief Dante mit lauter Stimme, um den beiden im Wasser seine Worte zukommen zu lassen:

»Hey, mein Freund, lasst uns langsam zurückgehen! Sonst erkälten sich noch unsere Damen.« Brain war der Gedanke, die Nähe zu Bella bereits jetzt wieder aufgeben zu müssen, zwar gar nicht recht, doch er wusste instinktiv, dass Dante weiterdachte, er konnte die Situation besser einschätzen, als er es in diesem Moment selbst vermochte. Er drückte seiner Bella noch einen letzten, innigen und fast schon sehnsüchtigen Kuss auf, die inzwischen leicht fröstelnden Lippen, als würde er von ihr Abschied nehmen. Dann nahm er sie auf den Arm. Er wartetet bis sich seine Bella mit ihren Armen um seinen Hals an ihm festhielt, wobei sie ihren Körper an seinen drängte, dann trug er sie aus dem kühlen Wasser heraus. Dante ließ während der kurzen Rückfahrt zum Haus die Heizung im Auto auf Hochtouren laufen, um die durchnässten Kleider und Körper etwas zu trocknen. Kurz dachte er wehleidig daran, welche Kosten diese nächtliche Aktion verursachen würde, da jetzt alles voller Sand und nass war. Die Ledersitze in seinem Leihwagen waren ruiniert. Doch ein kurzer Blick in den Rückspiegel, der Brain und Bella eng umschlungen und glücklich zeigte, bestätigte ihm, dass es die richtige Entscheidung gewesen war. Als er schließlich vor Brains Haus anhielt, schüttelte er nur leicht den Kopf, Brain lächelte still in sich hinein. Dante verstand die stumme Botschaft im Rückspiegel nur zu gut, Bella lag wohlig eingekuschelt in Brains schützenden Armen, der diesen Zustand sichtlich in vollen Zügen genoss. So lenkte Dante das Auto wieder zurück auf die Straße in Richtung des Hauses der Brocks. Dante blieb im Auto sitzen, während Joenn den Anfang machte. Sie stieg als Erste aus, um die Haustür aufzuschließen. Bella folgte ihr dichtauf mit Brain an der Hand, beide immer noch leicht bibbernd von der nächtlichen Abkühlung im Meer. Vor der hell erleuchteten Eingangstür blieb Brain kurz stehen. Noch einmal zog er Bella sanft in seine Arme, er drückte ihr einen zärtlichen Kuss auf die Stirn. Brain hatte nur notdürftig seine Hose übergezogen, was die Nässe leider nicht vollständig abhielt und seine Kleidung unangenehm an seinem Körper kleben ließ. Bella ließ ihre Hand langsam an seinem nackten Oberkörper entlanggleiten. Den Kuss, den sie dafür von ihm erntete, kannte Dante nur zu gut aus eigener Erfahrung. Er war voller unterdrückter Zärtlichkeit und ungestümer Leidenschaft, die Brain in diesem Moment und in der Öffentlichkeit nicht ausleben konnte, da es einfach nicht der richtige Zeitpunkt, sowie der passende Ort dafür war. Als Brain schließlich zurück zum Auto kam, empfand Dante tiefes Mitgefühl mit seinem Freund. Er wusste genau, welche inneren Kämpfe Brain gerade auf sich nehmen musste, um diese Situation so gentlemanlike durchzuziehen.

Kapitel 9

Die kommenden Tage sahen Joenn und Bella Dante nur noch kurz am Abend beim gemeinsamen Essen, danach verschwand er meist mit Tom wieder in dessen Büro, um an den dringenden geschäftlichen Angelegenheiten zu arbeiten. Bella war die ersten beiden Tage nach dem nächtlichen Ausflug noch sichtlich aufgekratzt. Voller Begeisterung schilderte sie Joenn immer wieder jedes Detail des gemeinsamen Abends und ihres Strandabenteuers mit Brain. Am dritten Tag jedoch fing sie an, sich leise zu beschweren, dass sich Brain seitdem nicht mehr bei ihr gemeldet hatte. Sie beschwerte sich auch darüber, dass Dante keine Zeit fand, sich von ihr „ausquetschen" zu lassen, über das, was auf der Rückfahrt ohne ihre Anwesenheit mit Brain besprochen wurde. Einen Tag vor der großen mit Spannung erwarteten Kristallparty der Stevensons begaben sich die beiden Freundinnen in die Stadt, auf der Suche nach dem perfekten, zum Motto passenden Kleid sowie den dazugehörigen funkelnden Accessoires. Ihre ausgiebige Shoppingtour dauerte eine gefühlte Ewigkeit, bis sie endlich mit ihrer glitzernden Ausbeute zufrieden waren. Joenn hatte sogar noch eine kleine, funkelnde Überraschung für Dante im Gepäck. Dante und ihr Vater saßen gerade im gemütlichen, warm beleuchteten Wohnzimmer. Sie unterhielten sich angeregt über die aktuellen Geschehnisse, als die beiden gestylten sehr elegant gekleideten Frauen den Raum betraten. Dante fühlte sich von ihrem Anblick förmlich geblendet. Beide trugen das gleiche atemberaubende Kleid, doch es wirkte an jeder von ihnen wie ein vollkommen anderes, was die Individualität und Persönlichkeit der jeweiligen Trägerin auf wunderbare Weise unterstrich. Sie hatten sich für ein schulterfreies, weiß-blaues Kleid entschieden, das über und über mit unzähligen kleinen, funkelnden Steinchen bestickt war, die das Licht auf magische Weise reflektierten. Beide trugen ihr Haar elegant hochgesteckt, allerdings umschmeichelten bei Bella ein paar lockere, rote Haarsträhnen ihr wunderschönes Gesicht was ihrem Look eine verspielte Note verlieh. Er verfluchte innerlich Brain, der sich die ganzen Tage nicht bei Bella gemeldet hatte. Er hatte ihr somit unnötig Kummer bereitet. Selbst er hatte ihr wiederholtes Wehklagen deswegen durch das offene Fenster oft genug mitbekommen. Die Kleider schmeichelten den perfekten Figuren der beiden Frauen auf atemberaubende Weise. Bei Joenn fiel ihm sofort auf, dass sie einen mit funkelnden Brillanten besetzten Haarreif trug, der ihr blondes Haar perfekt in Szene setzte. Sie sah damit einfach königlich aus. Joenn kam mit einem strahlenden Lächeln auf ihn zu.

»Dante, als mein heutiger Begleiter für den Abend habe ich eine kleine, funkelnde Aufmerksamkeit für dich mitgebracht.«

»Ich begleite dich heute Abend?«

Hatte er da etwa etwas Wichtiges nicht mitbekommen? Joenn nickte ihm bestätigend zu.

»Ja, genau. Und du musst dich auch gar nicht extra umziehen. Du trägst schließlich schon einen passenden Anzug.«

Sie reichte ihm eine kleine, elegant verpackte Schachtel, in der eine wunderschöne, detailreich gearbeitete Kristallrose zum Anstecken lag. Er musste daraufhin lächeln. Jetzt hatte auch er ein passendes Accessoire für das Motto des Abends, es war auch noch dazu sehr schlicht, was ihm besonders gut gefiel. Er mochte es nicht, wenn es zu viel „Schnickschnack" war, aber mit dieser kleinen Aufmerksamkeit konnte er sich sehr gut anfreunden. In diesem Moment klingelte es an der Haustür. Joenn sah Dante fragend an, der nur mit den Schultern zuckte. Er hatte keine Ahnung, wer jetzt noch so kurz vor dem Aufbruch kommen könnte. Bella eilte daraufhin zur Tür. Ihr inständiges Wehklagen wurde offenbar erhört. Vor ihr stand Brain in einem eleganten, dunkelblauen Anzug, der ihm wie auf den Leib geschneidert war. Er trug sogar einen passenden Hut, der mit einem funkelnden, kristallbestickten Band geschmückt war. Er zeigte mit dem Finger auf seinen Hut.

»Den kann man übrigens abziehen.«

Bella fiel ihm daraufhin überglücklich um den Hals, was Brain dankbar, mit einem breiten Grinsen annahm. Als sie sich wieder von ihm löste, gab er ihr einen kurzen, aber innigen Kuss auf den Mund. Dann nahm er ihre Hand in seine, die er den Rest des Abends nicht mehr loslassen wollte, auch nicht zur Begrüßung der anderen Anwesenden. Bella strahlte daraufhin vor purem Glück. Dante flüsterte Joenn leise zu, während sie ihm gerade die funkelnde Kristallblüte an sein Revers heftete.

»Ich wusste wirklich nicht, dass er noch vorbeikommen würde, aber ich kann mir gut vorstellen, dass sein Auto bestimmt schon eine Ewigkeit vor der Tür stand, bis er sich endlich getraut hat, zu klingeln.«

Joenn kicherte leise, da sie sich gerade dasselbe gedacht hatte. Als Dante seinen Freund kurz zur Begrüßung in den Arm nahm, raunte er ihm anerkennend ins Ohr.

»Du hast alles richtig gemacht. Respekt!«

Bei den Stevensons angekommen, bot sich ein wahrhaft überwältigender Anblick. Alles war bis ins kleinste Detail dem glitzernden Motto angepasst, es funkelte und schimmerte in blassem Blau, wohin das Auge reichte. Dante empfand die Dekoration als absolut kitschig, doch zum Glück musste er ja nicht dauerhaft damit leben. Joenn an seiner Seite ließ ihn auftreten wie den stolzesten Mann auf Erden. So viel wie an diesem Abend hatte er noch nie in seinem Leben getanzt. Er genoss es in vollen Zügen, seine Hand sanft über ihren Rücken gleiten zu lassen, sie bei einer schwungvollen Drehung kurz von sich wegzustoßen und sie nach ihrer eleganten Pirouette wieder eng an sich zu spüren. Auch wenn diese Momente der körperlichen Nähe jedes Mal nur von kurzer Dauer waren, liebte er ihr befreites Lachen, die mühelose Harmonie, mit der sie sich im Takt der Musik bewegten, als hätten sie ihr ganzes Leben lang nichts anderes getan. Bella und Brain blieben für die beiden jedoch stets im Fokus ihrer Aufmerksamkeit. Sie beobachteten aufmerksam mit einem leichten Schmunzeln, wie sich die beiden immer wieder zärtlich über den Rücken oder einen Arm strichen. Es war für jeden im Raum unübersehbar, wie viele intensive und tiefgründige Gefühle bei beiden dabei im Spiel waren. Plötzlich wurde einer ihrer unzähligen Tänze jedoch auf unerfreuliche Weise unterbrochen. Steve war aufgetaucht. Dante, der seinem Freund in dieser Situation beistehen wollte, tanzte sich mit Joenn in seinen Armen geschickt durch die dichte Menschenmenge auf der Tanzfläche bis zu Bella und Brain. Sie kamen genau in dem Moment an, als Steve offensichtlich etwas Unangenehmes gesagt haben musste. Dante wiegte Joenn sanft im Takt der Musik hin und her, den Rücken den mitten auf der Tanzfläche stehenden Leuten zugewandt. So konnte er jedes Wort mithören, im Notfall konnte er so auch schnell einschreiten, falls sein Freund Brain seine Hilfe benötigen sollte. Brain richtete seine Brille auf seiner Nase, er drehte sich, ohne Bella aus seiner schützenden Umarmung zu entlassen, Steve zu.

»Ich habe gerade absolut keine Zeit für dich, Steve.«

»Ach nein? Was hast du denn Wichtigeres zu tun? Beabsichtigst du etwa deine alberne Wette jetzt endlich einzulösen und sie flachlegen?«

Steve nickte dabei abfällig zu Bella. Brains Umarmung um Bella wurde daraufhin augenblicklich fester, sodass Bella gar nicht erst auf die Idee kommen sollte, sich aus der Situation zu befreien oder wegzulaufen. Sie hielt sich instinktiv mit leicht zitternden Händen an seinem angespannten Bizeps fest. Brain schaute ihr kurz tief in die Augen. In diesem intensiven Blick lag so viel Zärtlichkeit, aber auch eine stumme Bitte um Unterstützung, die Bella nicht abschlagen konnte. Sie nickte ihm leicht unauffällig zu, ein stilles Einverständnis, dass sie an seiner Seite bleiben würde. Er schloss für einen kurzen Moment die Augen, um sich innerlich zu sammeln, seine aufwallenden Emotionen zu kontrollieren. Als er sie wieder öffnete, konzentrierte er sich abermals auf seinen ehemaligen Freund Steve, seine Augen voller Entschlossenheit waren eisblau. Sicherheitshalber legte er nun einen schützenden Arm um Bellas Hüfte, dabei drückte er sie so fest an seine Seite, dass sie mit Sicherheit blaue Flecken davontragen würde. Er wollte unter allen Umständen verhindern, dass sie ihm in dieser Situation entwischen konnte.

»Ich kann mich beim besten Willen nicht entsinnen, jemals so eine idiotische und respektlose Wette mit dir eingegangen zu sein. Außerdem möchte ich dich eindringlich warnen. Solltest du noch einmal ein unangemessenes oder abwertendes Wort an meine Freundin richten, wirst du mich von einer ganz anderen und wenig erfreulichen Seite kennenlernen.«

Freundin? Bei diesen unerwarteten Worten wurden Bellas Knie plötzlich ganz weich. Dankbar für seine feste, in diesem Moment eher stützende Umarmung, die sie vor einem möglichen Sturz bewahrte, legte sie ihm instinktiv eine Hand auf seine breite Brust. Sie spürte unter ihren Fingerspitzen deutlich, wie sein Herz unter ihrer Berührung schneller zu schlagen begann. In seinem Gesicht konnte sie von diesen Gefühlen nichts erkennen. Wie versteinert starrt er Steven an.

»Du nennst diese Schlampe tatsächlich deine Freundin?«

Dante ließ daraufhin augenblicklich von Joenn ab, die jedoch bereits mit einer solchen Reaktion gerechnet hatte, weshalb sie nicht ins Taumeln geriet. Brain reagierte genauso schnell wie Dante. Mit einem sicheren Griff um Bellas Hüfte übergab Brain sie in Sekundenschnelle in Dantes schützende Arme, der sie sofort auffing und eng umschlang, um zu verhindern, dass sie fiel. Steve sah, wie Dante sie festhielt, er wiederholte mit einem dreckigen, hämischen Grinsen auf seinem Gesicht:

»Diese Schlampe. Sieh sie dir doch nur an, sie ist und bleibt eben eine Schlampe.«

Brains Schlag kam so schnell, hart und gänzlich unerwartet, dass Steve rücklings auf der Tanzfläche zu Boden ging.

»Ich sagte doch, nie wieder! Und Dante ist mein Freund. Im Gegensatz zu dir würde er niemals versuchen, eine Frau, die einem anderen gehört, ins Bett zu bekommen. Und jetzt verschwinde endlich aus meinem Blickfeld!«, zischte Brain mit einer gefährlichen eiskalten Ruhe. Steve rappelte sich mühsam wieder auf, sein Gesicht war rot vor Wut. Er funkelte Brain böse an.

»Dies ist immer noch mein Haus. Wenn hier einer verschwindet, dann bist das du. Und nimm, wenn du schon gehst, diese Schlampe gleich mit!«

Brain ging daraufhin einen drohenden Schritt auf Steve zu, der daraufhin reflexartig gleich zwei Schritte zurücktrat. Kopfschüttelnd entschied Brain, dass es diese Auseinandersetzung nicht wert war. Er nickte Dante kurz zu, als er Bella wieder in seine Arme schloss und sie schützend an sich drückte. Nur um seinen Worten noch mehr Nachdruck zu verleihen, küsste er Bella innig vor den Augen von Steve und all den Gaffern, die stehen geblieben waren, um sich dieses unerfreuliche Spektakel aus nächster Nähe anzusehen. Einen Arm fest um Bella gelegt, geleitete er sie entschlossen, ohne ein weiteres Wort, in Richtung Ausgang. Dante schlug Steve daraufhin mit der flachen Hand wie bei einem Kumpel auf den Rücken, mit sarkastischem Unterton übermittelte Dante Steve, was er dachte.

»Das hast du wirklich gut gemacht, Steve. Du hast gerade deinen wahrscheinlich einzigen Freund für immer zum Teufel geschickt.«

Steve zischte ihn daraufhin wütend an: »Der wird schon wieder angekrochen kommen, warte nur ab.« Dante lachte laut auf.

»Nein, das glaube ich beim besten Willen nicht. Der Junge besitzt nämlich etwas, was du offensichtlich nicht hast! Und das nennt man Rückgrat.«

Ohne ihn eines weiteren Blickes oder einer weiteren Beachtung zu würdigen, schnappte er sich Joenns Hand, um Brains gutem Beispiel zu folgen. Er wollte es seinem Freund gleichtun und diesen unangenehmen Ort so schnell wie möglich verlassen.

Im Auto auf dem Heimweg erhielt Dante seinen verdienten Dank von Joenn. Sie gab ihm einen leichten, liebevollen Kuss auf die Wange.

»Ich danke dir.«

Dante erwiderte ihr Lächeln mit einem verschmitzten Grinsen.

»Was glaubst du, wie lange es dauern wird, bis deine Eltern von der kleinen Auseinandersetzung erfahren?«

Joenn verdrehte amüsiert die Augen.

»Ich glaube, ich habe sie sogar gesehen. Sie haben wahrscheinlich alles mitbekommen. Dein Glück ist, dass du unser Gast bist.«

»Wieso sollte das mein Glück sein?«

»Na, du genießt bei meinen Eltern absolute Narrenfreiheit.« Dante schaute sie daraufhin kurz nachdenklich an. Wie sehr er sich tatsächlich Narrenfreiheit bei den Brocks wünschte, konnte sich seine charmante Beifahrerin beim besten Willen nicht vorstellen. Denn wenn er diese wahrlich hätte, wüsste er genau, was er damit anfangen würde – und es hätte sicherlich etwas mit ihr zu tun.

Die Brocks trafen nur kurze Zeit nach ihnen zu Hause ein. Das Erste, was Tom mit besorgter Stimme fragte, war:

»Wo ist Bella?«

Joenn antwortete ihm beruhigend:

»Nicht hier, Dad. Ich bezweifle stark, sie heute Nacht noch einmal hier antreffen zu können.«

Tom nickte verstehend. Mit einem anerkennenden Lächeln wand er sich seinem Neffen zu.

»Wir fanden deinen Auftritt vorhin übrigens sehr sportlich, obwohl wir Brain natürlich am liebsten persönlich gratulieren würden. Er hat die Situation wirklich bravourös gemeistert. Aber jetzt sollten wir uns lieber ins Arbeitszimmer zurückziehen. Ich glaube, ich habe vor unserem Aufbruch zu den Stevensons endlich den entscheidenden Fehler in deinen Unterlagen gefunden. Ich bin mir sogar ziemlich sicher, dass ich heute, bevor wir aufgebrochen sind, das Rätsel gelöst habe, wo das fehlende Geld abgeblieben ist. Und noch etwas...« Tom bedachte Dante mit einem strengen Blick. »Ich finde, als Verwandte steht ihr euch beiden gerade etwas zu nahe.«

Dante registrierte in diesem Moment, dass er Joenn immer noch fest mit einem Arm an sich drückte. Ihre Hand ruhte immer noch vertraut auf seinem Oberarm. Peinlich berührt, mit geröteten Wangen sprangen beide schnell voneinander ab. Dante wagte es nicht, Joenn noch einmal anzuschauen. Er folgte seinem Onkel in sein Arbeitszimmer.

»Setz dich, mein Junge, wir müssen ein ernstes Gespräch führen.«

Dante ahnte nichts Gutes. Unruhig, mit einem mulmigen Gefühl im Magen, setzte sich Dante seinem Onkel in dessen Büro am massiven Mahagoni-Schreibtisch gegenüber.

»Wer ist dein Buchhalter?«

Verwundert und etwas irritiert schaute er seinen Onkel an, der dieses offensichtlich unangenehme Thema, dem er mit höchster Wahrscheinlichkeit nicht entkommen konnte, noch etwas weiter hinauszögerte.

»Ich habe damals eine sehr talentierte Innenarchitektin engagiert, die mittlerweile eng mit Joenn zusammenarbeitet. Sie hat mir damals einen sehr kompetenten Buchhalter empfohlen, der nebenbei auch noch ihr Bruder ist. Ich habe den Mann daraufhin persönlich kennengelernt. Anfangs habe ich seine Arbeit in regelmäßigen Abständen begutachtet. Wir sind dann schnell zu der Einigung gekommen, auch bei weiteren Projekten eng zusammenzuarbeiten. Niemals hätte ich auch nur im Entferntesten in Betracht gezogen, meinen Buchhalter auf jegliche Art und Weise zu verdächtigen. Er arbeitet schließlich für mich projektbezogen. Wenn er mich betrügen würde, würde er nicht nur eine lukrative und sichere Beschäftigung, sondern auch seinen guten Namen und Ruf in der Wirtschaft aufs Spiel setzen. Warum sollte er das also tun? Bei einer projektbezogenen Beschäftigung könnte er niemals genügend Geld abzweigen, zumindest nicht genug, als dass es sich für ihn wirklich lohnen würde.«

»Okay, das ist natürlich ein berechtigter Gedanke. Allerdings ist gerade dieser Mann auch einer derjenigen, der am leichtesten die Zahlen frisieren und manipulieren kann. Wie viel direkten Einfluss hat denn die besagte Innenarchitektin auf die Finanzen?«

Tom fixierte Dante mit seinem durchdringenden Blick.

»Anfangs war sie eigentlich dazu gedacht, einen Großteil des Budgets zu verwalten und zu kontrollieren, doch dann kam Joenn ins Spiel. Sie übernahm diese Aufgabe.«

»Meine Tochter halte ich da vollkommen raus. Sie hätte absolut keinen Grund, ihrer eigenen Familie Schaden zuzufügen«, unterbrach ihn Tom mit fester Stimme:

»Da sind wir uns absolut einig! Den Rest des Budgets, der nicht direkt mit der Inneneinrichtung zu tun hat, wo wir auch noch gar nicht sind, verwaltet mein Vorarbeiter. Er kennt sein zugewiesenes Budget ganz genau, natürlich hat er vollen Zugriff darauf, was das Ausstellen und Unterschreiben von Rechnungen betrifft. Ich wüsste beim besten Willen nicht, wie er daraus persönliche Profite ziehen sollte.«

»Was wäre mit dem verwegenen Gedanken, wenn die drei Personen, die insgesamt Zugriff auf das gesamte Budget haben, gemeinsam unter einer Decke stecken?«

»Das kann ich mir offen gestanden beim besten Willen nicht vorstellen. Mein Vorarbeiter und meine Innenarchitektin können sich buchstäblich nicht riechen. So gar nicht. Sie verhalten sich wie Katz und Maus, wenn sie aufeinandertreffen.«

»Was ist, wenn sie das vor dir nur spielen, um dich in falscher Sicherheit zu wiegen? Um dich auf diese Art von ihren tatsächlichen Machenschaften abzulenken?«

Kopfschüttelnd starrt Dante seinen Onkel an, der sich immer wieder nachdenklich mit seiner rechten Hand über seine markante Kinnpartie streicht.

»Dann wären sie verdammt gut darin. Ich habe ihnen diese Abneigung sofort und ohne jeden Zweifel abgekauft. Dazu kommt noch, dass Elisa, also meine Innenarchitektin, nicht gerade begeistert von Joenn ist.«

Unwillkürlich spielt Dante mit seinem Manschettenknopf.

»Woher willst du das denn so genau wissen? Seid ihr euch so nahe, dass sie ihrem Chef solche persönlichen Dinge anvertraut?«

Dante errötete leicht bei diesem direkten mentalen Schlag.

»Ich muss zugeben, wir hatten vor einiger Zeit ein, zwei kleine Techtelmechtel.«

»Dante, bleiben wir bitte ehrlich. Hier geht es um eine beträchtliche Summe Geld. Wie lange ging denn dieses besagte Techtelmechtel?«

»Circa zwei Wochen. Aber was ist daran so wichtig für die aktuelle Situation?«

»Dein Vorarbeiter ist doch Single, oder?«

Dante verstand weiterhin nicht, worauf sein Onkel mit diesen Fragen eigentlich hinauswollte.

»Ja, aber… Verdammt, ja, er ist Single. Jetzt verstehe ich langsam. Du meinst, die drei stecken tatsächlich unter einer Decke. Ich und Joenn wurden durch diese geschickt inszenierte Abneigung und meine kurze Liaison mit Elisa so sehr abgelenkt, dass sie ihre dunklen Pläne in aller Ruhe direkt vor unseren Augen verwirklichen konnten?«

»Das wäre zumindest eine plausible Möglichkeit, die wir in Betracht ziehen sollten. Die Frage stellt sich nun, wie ihr die drei, wenn es wirklich so sein sollte, überführen wollt. Ich denke, mit dieser Elisa werden wir es deutlich schwerer haben als mit deinem Vorarbeiter.«

»So sehe ich das leider auch.«

Tom kratzte sich nachdenklich am Kinn, während er angestrengt über die nächsten Schritte nachdachte. Minutenlang herrschte angespannte Stille im Raum. Beide versuchten angestrengt, eine zündende Idee zu entwickeln, wie sie diese Machenschaften aufdecken könnten.

»Du behauptest doch, diese Elisa sei zu clever, als dass sie sich, in die Karten schauen lassen würde. Ich nehme an, mit ihrem Bruder, deinem Buchhalter, verhält es sich nicht anders?«

Dante nickte zustimmend.

»Aber der Vorarbeiter scheint nicht zu dieser gerissenen Sorte Mensch zu gehören. Ich meine, sonst hätte er sicherlich einen anderen Beruf gewählt, den er mit mehr Geschick und Raffinesse ausüben würde.«

»Ich glaube, den sollten wir keinesfalls unterschätzen, Tom. Er macht seine Arbeit wirklich tadellos. Ich wäre im Leben nicht auf die Idee gekommen, ihn oder irgendjemand anderen in meinem Team zu verdächtigen«, fügte Dante leise hinzu. Tom schien jedoch plötzlich eine Idee zu haben, denn er richtete sich aufmerksam in seinen Chefsessel auf.

»Was hältst du davon, wenn ich als externer Wirtschaftsprüfer bei dir auftauche und deine Finanzen genauer unter die Lupe nehme? Joenn könnte sich währenddessen unauffällig um deinen Vorarbeiter kümmern. Er muss abgelenkt sein, damit wir ihn, wenn er tatsächlich etwas zu verbergen hat, auch unbemerkt überführen können.«

Dante raufte sich daraufhin unwillkürlich mit einem besorgten Gesichtsausdruck die Haare. Im Grunde war der Plan gar keine so schlechte Idee, allerdings passte ihm der Gedanke, Joenn mit in die Sache hineinzuziehen, überhaupt nicht.

»Ich weiß nicht, Tom. Bist du dir wirklich sicher, dass wir Joenn da unbedingt mit hineinziehen sollten?«

Tom bedachte ihn daraufhin mit einem mitleidigen Blick.

»Erst wenn es absolut keine andere Möglichkeit mehr gibt und es unumgänglich ist, werden wir sie natürlich aktiv hinzuziehen. Von unserem Plan sollten wir Joenn jedoch im Vorfeld informieren. Wir müssen ihr die Situation erklären. Es bringt schließlich überhaupt nichts, einen noch so ausgeklügelten Notfallplan auszutüfteln, wenn wir nicht im Vorfeld wissen, ob die beteiligten Personen überhaupt bereit wären, dabei mitzumachen.«

Widerwillig, mit einem unguten Gefühl im Magen, stimmte Dante schließlich zu. Es war bereits weit nach drei Uhr früh, als sie erschöpft, mit schweren Augen beschlossen, sich erst einmal zur Ruhe zu begeben und die restliche detaillierte Planung auf einen späteren geeigneteren Zeitpunkt zu verschieben.

*

Das Joggen im goldenen Licht des Sonnenaufgangs tat Dante einfach nur gut. Die frische Morgenluft füllte seine Lungen, und die ersten Sonnenstrahlen wärmten seine Haut. Er entschied sich dieses Mal dafür, sich den verdienten Schweiß am Strand zu holen. Der weiche Sand unter seinen Füßen dämpfte jeden Schritt, während er seine Runden am Ufer entlang zog. Als er sein morgendliches Lauftraining abgeschlossen hatte, gönnte er sich noch eine erfrischende Runde im kühlen Meerwasser, damit sich seine beanspruchten Muskeln ein wenig entspannen konnten. Bei seiner Rückkehr zu den Brocks musste er feststellen, dass sie bereits mit dem traditionellen, üppigen Frühstück auf ihn warteten. Er duschte sich nur flüchtig das salzige Meerwasser vom Körper, bevor er sich zu seinen Verwandten an den einladend gedeckten Tisch setzte. Tom zögerte nicht lange. Er lenkte das Gespräch geschickt unauffällig, wie ein erfahrener Diplomat, auf das Thema, das er am Abend zuvor mit Dante in seinem hauseigenen Büro besprochen hatte. Joenn war sichtlich überrascht über das, was sie da zu hören bekam. Obwohl sie immer wieder einen Blick auf die relevanten Zahlen geworfen hatte, war ihr nie ein signifikanter Fehler oder eine Unstimmigkeit aufgefallen. War sie denn wirklich so abgelenkt gewesen, dass ihr dieser wachsende Zustand der finanziellen Unregelmäßigkeiten nicht aufgefallen war? Sie schaute mit einem nachdenklichen Ausdruck von den ausgebreiteten Unterlagen auf zu Dante. Mit verbissener Miene und einem Anflug von Selbstvorwürfen musste sie sich eingestehen, dass es wohl tatsächlich so gewesen war. Seit Wochen kreisten ihre Gedanken fast unaufhörlich nur um Dante. Ihm schien es jedoch nicht so zu ergehen, schließlich war ihm diese schwerwiegende Unstimmigkeit aufgefallen. Ein Gedanke, der ihr einen kleinen, schmerzhaften Stich in die Magengrube versetzte. Tom erzählte seiner Tochter von dem am Vorabend ausgeheckten Plan in einem so sachlichen, professionellen Ton, wie er es normalerweise nur mit seinen Klienten tat. Seine Bitte an seine Tochter war vermeintlich leicht und unkompliziert: Sie sollte den Vorarbeiter Mike Low etwas mehr in ihr aktuelles Außenprojekt einbeziehen, um ihn so auf elegante Weise von Dantes Büro und den dortigen Nachforschungen fernzuhalten. Obwohl es Joenn überhaupt nicht gefiel, in dieser ganzen riskanten Scharade mitzuwirken, willigte sie dem Vorhaben schließlich widerwillig, mit gemischten Gefühlen ein. Amanda machte aus ihrer deutlichen Abneigung gegen den Plan, ihre Tochter auf diese Weise zu benutzen, kein Geheimnis. Trotz des wiederholten Versuchs von Tom, seine besorgte Frau von der Notwendigkeit des Plans zu überzeugen, weigerte sie sich strikt, ihre Zustimmung zu geben, auch wenn sie genau wusste, dass sie mit ihrer ablehnenden Meinung völlig alleine dastand. Ihr Mann tat grundsätzlich alles für das Wohl seiner Familie und seiner Firma, vor allem wenn er sich seiner Sache absolut sicher war. In solchen Fällen überging er ihre Einwände sowie ihren Bedenken meist ohne weitere Diskussion. Mit dem Wissen, dass sie nichts ausrichten konnte, um die drei von ihrem Vorhaben abzubringen, stellte sie schließlich mit einem besorgten Unterton die für sie wichtigste Frage.

»Wann hattet ihr denn gedacht, euren riskanten Plan in die Tat umzusetzen?«

Tom bedachte seine besorgte Frau mit einem aufmerksamen, nachdenklichen Blick.

»Ich dachte an morgen. Es wird einige Zeit in Anspruch nehmen, bis wir alle relevanten Zahlen miteinander verglichen und auf mögliche Unstimmigkeiten überprüft haben. Wir müssen Kopien von allen wichtigen Rechnungen beantragen. Gleichzeitig müssen wir penibel darauf achten, dass die potenziellen Verdächtigen nichts von unseren Nachforschungen mitbekommen.«

»Aber Joenn und Dante sind doch noch gar nicht so lange hier. Könnt ihr das Ganze nicht um ein paar Tage oder Wochen verschieben?«

Tom ging um den Tisch, er zog seine Frau sanft aus ihrem Stuhl, um sie tröstend in seine Arme zu schließen.

»Wenn wir mit dieser ganzen Angelegenheit fertig sind mein Darling, dass Verspreche ich dir, machen wir alle zusammen einen schönen erholsamen Familienurlaub.«

Dante stand ebenfalls auf. Er nickte Tom zustimmend zu. Tom und Dante hatten sich bereits am Vorabend darauf geeinigt, dass sie diesen Tag noch nutzen würden, um ihren riskanten Plan mit aller notwendigen Raffinesse auszustatten, sie wollten alle Eventualitäten berücksichtigen.

Joenn griff nach ihrem Handy, sie wählte Bellas Nummer. Ein kurzer Blick auf die Uhr verriet ihr, dass es ein guter Zeitpunkt für einen Anruf war. Vielleicht hatte ihre Freundin ja wieder Erwarten Zeit; wer wusste schon, wann sich ihre Wege das nächste Mal kreuzen würden? Zu ihrer großen Freude meldete sich Bella sofort am Telefon, sie stimmte einem Treffen im nahegelegenen Park zu. Als Joenn dort ankam, sah sie Bella bereits auf sich zukommen, Hand in Hand mit Brain. Sie gaben wirklich ein hinreißendes Paar ab, dachte Joenn anerkennend. Brain beugte sich liebevoll zu Bella hinunter, er gab ihr einen zärtlichen Kuss auf die Lippen, mit dem er sich eigentlich verabschieden wollte. Joenn hob jedoch ihren rechten Arm, um Brain aufzuhalten.

»Bleib doch noch etwas. Bella bleibt ja nicht mehr so lange. Ihr solltet die verbleibende Zeit miteinander genießen.«

»Das tun wir doch auch, Joenn. Doch ich glaube, ihr beiden solltet auch etwas Zeit zusammen verbringen. Ich will dabei wirklich nicht stören.«

Joenn lachte daraufhin herzlich.

»Nein, du störst überhaupt nicht. Ich würde mich sogar sehr freuen, wenn du noch ein wenig bleiben würdest. Was die geheimen Gespräche unter Frauen angeht«, fügte sie mit einem verschmitzten Augenzwinkern hinzu, »denke ich, können wir das wunderbar in der Zeit erledigen, in der du uns vielleicht zwei gekühlte Cola Light vom Imbissstand holst?«

Mit einem schiefen, aber zustimmenden Lächeln nickte er ihr zu, verabschiedete sich noch einmal kurz von Bella mit einem weiteren Kuss, dann machte er sich beschwingt auf den Weg zum nächstgelegenen Imbissstand, um die Erfrischungen zu besorgen. Kaum waren die beiden

Frauen alleine, widmeten sie sich wieder ihren Themen, von denen sie sich sicher waren, dass Brain sie nicht unbedingt mitbekommen sollte.

»Na, wie läuft es denn so zwischen dir und Brain?«

Bellas Backen bekamen augenblicklich einen leichten, rosigen Farbton.

»Wir haben den ganzen Abend, nachdem wir von der Party gegangen sind, bis in die frühen Morgenstunden hinein geredet. Ich habe sogar seine Hand verarztet, mit der er Steve diesen kräftigen Schlag verpasst hatte. Ich glaube, sie tat ihm wirklich ziemlich weh, doch er hat tapfer versucht, sich nichts anmerken zu lassen.« Bellas Augen leuchteten, während sie weitersprach. »Später sind wir dann erschöpft zusammen auf seinem gemütlichen Sofa eingeschlafen. Als ich aufgewacht bin, lag ich eng umschlungen in seinen starken Armen. Ich wollte diesen wunderschönen Moment noch etwas länger genießen, deshalb habe ich einfach die Augen noch einmal geschlossen. Dann musste ich aber doch aufstehen, um auf die Toilette zu gehen. Er lächelte mich an, als ich aufstand, dabei sah er überhaupt nicht verschlafen aus. Bestimmt hat er auch nur so getan, als ob, um die Situation noch ein wenig länger auszukosten.« Fügte sie mit einem verträumten Lächeln hinzu. »Als ich wieder zurückkam, drückte er mir ein Handtuch und ein frisches Hemd von sich in die Hand, damit ich bei ihm duschen gehen konnte. Ich gebe zu, ich habe heimlich seinen Rasierer benutzt, aber sag ihm das bloß nicht weiter«, flüsterte sie Joenn mit einem verschwörerischen Grinsen zu. Joenn lachte herzlich, sie nickte ihrer Freundin aufmunternd zu, da sie unbedingt wissen wollte, wie es weitergegangen war.

»Na ja, ich kam dann frisch geduscht, nur mit meinem Höschen und seinem Hemd bekleidet, in die Küche. Das Hemd reichte mir fast bis zu den Knien. Er starrte mich kurz an, dann kam er lächelnd um die Küchentheke gelaufen. Er gab mir einen leichten Kuss auf die Wange. Kannst du dir das vorstellen? Nur einen Kuss auf die Wange! Ich war so enttäuscht! Ich dachte wirklich, dieser Aufzug würde ihn zumindest etwas anreizen, aber nichts dergleichen. Er drehte sich einfach wieder um und ging zurück an den Herd, wo er gerade für uns köstliche Rühreier zubereitete. Die besten Rühreier, die ich jemals in meinem Leben gegessen habe, muss ich wirklich zugeben. Danach gingen wir ins Wohnzimmer auf sein gemütliches Sofa, sahen fern und gammelten einfach nur entspannt herum. Ich lag die ganze Zeit kuschelig in seinen Armen, er streichelte mir über den Bauch oder fuhr mir mit seinen Fingern durch meine Haare. Dann hast du angerufen.«

Bella seufzte leise, was Joenn nicht entging. Ein schlechtes Gewissen überkam sie.

»Oh Bella, das tut mir wirklich leid. Ich wollte euch keinesfalls stören.«

»Das macht überhaupt nichts. Er hat mich dann netterweise zu dir gefahren, wo ich mich schnell umgezogen habe, während er draußen im Auto geduldig auf mich gewartet hat. Im Übrigen war euer Haus wie ausgestorben. Niemand war zu sehen. Ich bin so froh, dass du ihn hierbehalten willst, denn ich weiß wirklich nicht, ob er sich wieder bei mir melden würde, wenn er erst einmal weg ist.« Joenn lachte daraufhin laut auf.

»Das glaubst du doch wohl selbst nicht wirklich? Die unglaubliche Chemie, die ihr beide habt, wenn ihr zusammen seid, ist fast greifbar.«

»Glaubst du wirklich? Ich meine, er hat absolut keine Anstalten gemacht, mich auf irgendeine Weise aktiv zu erobern oder mir den Hof zu machen.«

»Bella, bist du eigentlich blind? Er hat dich nicht gleich beim ersten Date ins Bett gezogen, weil er dich auf keinen Fall vergraulen oder verschrecken will. Wenn du ihm in den vergangenen Jahren etwas Wichtiges beigebracht hast, dann, dass er es mit dir ganz langsam und behutsam angehen muss. Wenn er dich wirklich behalten will und eine ernsthafte Beziehung mit dir möchte.«

»Wo ist er eigentlich gerade?«

Bella sah sich suchend nach Brain um. Sie zeigte auf eine Gruppe von Schatten spendenden Bäumen, wo er an einem lehnte und zu ihnen rübersah. Die Getränke hatte er ordentlich im Gras abgestellt. Bellas Augen begannen sofort an zu leuchten, ein verliebtes Lächeln breitete sich auf ihrem Gesicht aus. Sie winkte ihm mit einer einladenden Geste zu sich. Während sie beobachtete, wie er die Getränke nahm und mit gemessenen Schritten auf sie zu schlendert, flüsterte sie Joenn mit einem verträumten Unterton zu:

»Ist er nicht einfach wunderbar? Um uns ein bisschen Zeit für uns zu geben, hat er einfach diskret im Abseits gewartet.«

Joenn musste Bella innerlich zustimmen, das war in der Tat eine ausgesprochen rücksichtsvolle Geste von Brain. Sie konnte sich beim besten Willen nicht vorstellen, dass Dante jemals so aufmerksam sein würde. Brain gesellte sich kurz darauf lächelnd, mit den Getränken in der Hand zu ihnen. Er schnappte sich Bella mit einer liebevollen Geste und setzte sie vor sich auf die Wiese, sodass er seine Arme von hinten um sie schlingen konnte. Bella lächelte daraufhin versonnen. Joenn war nun neugierig, sie wollte mehr über die ungewöhnliche Freundschaft der beiden Männer erfahren.

»Sag mal, Brain, wie hast du es eigentlich geschafft, dich mit Dante anzufreunden?«

Brain richtete seine Brille mit einer für ihn typischen Bewegung auf seiner Nase zurecht, bevor er mit einem breiten Grinsen im Gesicht antwortete.

»Ich musste ihm ganz schön lange hinterherrennen, bevor ich ihn so weit hatte, doch ich glaube, es war mein unwiderstehliches, charmantes Wesen, das ihn schlussendlich für sich eingenommen hat.«

Die Damen kicherten amüsiert über seine selbstironische Bemerkung.

»Ich glaube, du wirst Dante ein wirklich guter Freund sein.«

»Ich hoffe, er lässt es auch zu. Ich muss gestehen, dass ich seine Gesellschaft als Kumpel sehr genieße. Aber Joenn, darf ich dich mal etwas ganz Persönliches fragen?«

»Na klar, schieß los.«

»Ist dir eigentlich schon einmal aufgefallen, wie Dante dich ansieht?«

Brain musterte Joenn aufmerksam.

»Ähm, nein, wie denn?«

»Wie soll ich das sagen? Ich finde, er schaut dich manchmal an wie ein ausgehungerter Wolf, der seine Beute fixiert hat.«

»Was willst du damit sagen?«

Joenn hörte, wie ihre eigene Stimme verräterisch brüchig klang.

»Nimm es mir bitte nicht krumm. Ich mag Dante wirklich aufrichtig, aber du musst ein wenig vor ihm aufpassen. Dieser Mann will dich. Und die Tatsache, dass seine ‚Beute‘ für ihn scheinbar unerreichbar ist, scheint ihn nur noch mehr anzutreiben.«

»Du spinnst ja komplett.«

Ungläubig schüttelte sie den Kopf.

»Nein, das tue ich ganz und gar nicht, und Bella ist da auch absolut meiner Meinung.«

Brain deutete auf Bella, die zustimmend nickte.

»Ihr redet also über mich, wenn ihr alleine seid?«

Sie starrte abwechselnd ihre Freundin und Brain ungläubig an.

»Ja, bitte verzeih mir. Du bist meine beste Freundin. Wir machen uns einfach nur Sorgen um dich. Es sieht so aus, als würdest du dich gerade in deinen eigenen psychischen Ruin stürzen, weil du die Situation mit Dante nicht richtig einschätzt.«

»Das ist nicht fair. Ihr hackt beide völlig unberechtigt auf mir und auf Dante herum, der nicht einmal hier ist, um sich selbst verteidigen zu können.«

»Du hast vollkommen recht. Ich würde vorschlagen, sobald ihr beide wieder zurück seid, werden wir vier uns zu einem gemeinsamen Essen treffen, wo sich Dante selbst zu den Vorwürfen äußern und sich verteidigen kann. Jetzt müsst ihr erst einmal zusammen zurückfliegen und euch um die dringenden Probleme in seinem aktuellen Projekt kümmern.«

Joenn starrte Brain ungläubig an.

»Woher zum Teufel weißt du das alles?«

»Dante hat mich heute Morgen angerufen und mir alles im Detail erzählt.«

Brain zuckte mit den Schultern.

»Aber… Aber das sollte doch eigentlich noch niemand wissen. Ich habe noch nicht einmal Bella davon erzählt. Wie viel weißt du denn noch?«

Brain schaute sie nachdenklich an.

»Ich glaube, Dante sieht in mir mittlerweile einen viel besseren Freund, als ich jemals geglaubt hätte. Ich glaube, in dieser Hinsicht weiß ich so ziemlich über alles Bescheid, was ihn betrifft.«

In Brains Augen machte sich ein Anflug von Stolz breit. Einen solchen Freund wie Dante hatte er sich schon immer gewünscht: Ein bodenständiger, loyaler Mensch, der ihn anrief, wenn er ein Problem hatte, ohne ihn direkt um Hilfe zu bitten. Ein Mann, der mit ihm Pläne schmiedete und sie dann auch ohne ihn zu hintergehen oder zu verpfeifen in die Tat umsetzte. Sie wechselte das Thema in ein weniger befangenes Gespräch. Joenn genoss den Anblick, wie liebevoll die beiden Turteltauben miteinander umgingen, bis ihr Handy, das im Gras vor ihr lag, plötzlich vibrierte. Ein Blick auf das Display verriet ihr, dass, wenn sie dieses Gespräch annahm, die kostbare Zeit mit ihren Freunden für heute vorbei sein würde. Sie blickte kurz zu Bella und Brain, die sich gerade verliebt in die Augen schauten. Vielleicht war es gar keine so schlechte Idee, den Anruf entgegenzunehmen, dann könnten die beiden ihre Zweisamkeit noch ungestört genießen. Das Gespräch war kurz und bündig. Sie wurde von ihrem Vater in einem Tonfall, der keinerlei Widerspruch duldete, nach Hause beordert. Sie entschuldigte sich bei Bella und Brain und ließ die beiden Turteltauben alleine auf der grünen Wiese zurück.

Joenn hatte noch nicht einmal ihre Tasche abgestellt, als ihr Vater sie mit einem unmissverständlichen Befehlston in sein Büro rief. Ihre Augen suchten instinktiv nach Dante, der ruhig etwas abseits auf dem Sofa saß. Ihre Blicke trafen sich für einen flüchtigen Moment, wieder einmal stockte ihr kurz der Atem. Eine unerklärliche Spannung lag in der Luft. Sie setzte sich zögerlich neben ihn. Sofort wurde sie von der angenehmen Wärme, die von seinem Körper ausging, und seinem dezenten, maskulinen Duft eingehüllt. Doch Dante stand sogleich wieder auf, er positionierte sich ihr gegenüber, direkt neben Tom, um das Wort zu ergreifen. Ihr Vater überließ normalerweise nie jemand anderen die Ansprache, wenn diese in seinem Büro erfolgte, warum also diese plötzliche Änderung?

»Ich weiß, normalerweise ist das hier Toms Part, doch er meinte, da es um meine Firma und mein aktuelles Projekt geht, sei dies auch meine Aufgabe, dir diese etwas unangenehme Bitte zu überbringen. Meiner Meinung nach drückt er sich nur vor der Schwierigkeit, die dieses Gespräch mit sich bringt.«

Joenn sah zu ihrem Vater hinüber, der nur schuldbewusst versucht ein leichtes Lächeln hinzubekommen. Langsam wendet sie sich wieder Dante zu. Der auch sofort fortfuhr. »Also, wir sind nach reiflicher Überlegung zu der gemeinsamen Einigung gekommen, dass wir nur mit deiner Mithilfe an die gewünschten Informationen gelangen können. Und zwar wollte ich dich fragen, ob du nicht… Man, das ist wirklich schwerer, als ich dachte«, stotterte Dante leicht, er raufte sich mit einer nervösen Bewegung kurz die Haare. »Tom und ich haben das bestimmt hundertmal durchdiskutiert, da wir dich eigentlich nicht in diese unangenehme Situation bringen möchten, doch uns fällt beim besten Willen keine andere plausible Lösung ein, ohne dass wir gleich durchschaut und unsere Pläne vereitelt werden. Daher dachten wir, ob es nicht vielleicht eine Möglichkeit gäbe, dass du dich mit unserem Vorarbeiter verabredest.«

Joenn runzelte die Stirn.

»Was genau hattet ihr euch denn dabei so vorgestellt?«

Dante schluckte heftig. Er hasste den Gedanken, dass sie das tun würde, er spürte instinktiv, dass sie zustimmen würde.

»Wir haben uns gefragt, ob es dir möglich wäre, mit unserem Vorarbeiter Mike Low auszugehen.«

Er vermied es weiterhin, Joenn direkt in die Augen zu sehen.

»Ein Essen mit Mike? Nein, das ist kein Problem.«

Joenn zuckte mit den Schultern, ohne die Tragweite des Vorschlags wirklich zu erfassen. Dante räusperte sich daraufhin nervös.

»Nein, eigentlich sollst du ihm in Aussicht stellen, eine Beziehung mit dir anfangen zu können. Natürlich sollst du dich nicht prostituieren, du sollst auf keinen Fall mit ihm ins Bett gehen! Du sollst ihm nur Hoffnung machen, sein Vertrauen gewinnen, sodass du dich unauffällig bei ihm umschauen und nach Hinweisen suchen kannst. Aber du sollst auf keinen Fall mit ihm ins Bett gehen!«

Tom mischte sich nun beschwichtigend in das Gespräch ein. Sein Neffe war für seinen Geschmack zu laut bei seinem letzten Satz, in dem er sich im Grunde nur wiederholte. Es war ganz offensichtlich, was er nicht wollte.

»Okay, Dante, ich glaube, Joenn hat es verstanden. Außerdem würde sie niemals etwas tun, was sie nicht wirklich will.«

Doch Dantes größte Befürchtungen waren gerade, dass sie es eventuell sogar gerne tun würde. Sein Vorarbeiter war kein hässlicher oder unsympathischer Kauz, man nannte ihn vielleicht paranoid, aber er hatte panische Angst davor, dass Joenn Gefallen an diesem Mike finden könnte.

»Also, Kinder. Der Flug geht morgen früh um acht los. Ich komme dann übermorgen nach. Wir beabsichtigen ja schließlich nicht sofort aufzufliegen.«

Ohne ihr noch eine weitere Chance zu geben, ein weiteres Wort dazu zu sagen oder Einwände zu erheben, schob Tom seine Tochter sanft, aber bestimmt aus seinem Büro. Die massive Holztür schloss er daraufhin direkt vor ihrer Nase von innen zu.

*

Es war einer dieser schwülen, fast erdrückend heißen Tage, als sie endlich in dem provisorischen Büro ankamen. Die Klimaanlage mühte sich vergeblich, eine angenehme Atmosphäre zu schaffen. Joenn setzte sich ihm gegenüber an den Konferenztisch. Dante zögerte nicht lange; er griff sofort zum Telefon und wählte Elisas Nummer. Joenn musste hilflos, mit einem mulmigen Gefühl zusehen und hören, wie Dante in das Telefon säuselte, in der er ihr versicherte, wie sehr er sie vermisst habe und wann sie endlich Zeit hätte, sich von ihm zum Essen ausführen zu lassen. Seine Stimme war weich und schmeichelnd, ganz anders als sonst. Als er anscheinend ihre Zustimmung in der Tasche hatte, legte er auf. Ohne Umschweife wählte er die nächste Nummer – die seines Vorarbeiters Mike Low. Nun war Joenn an der Reihe. Sie wusste instinktiv, dass sie diese Rolle niemals so überzeugend spielen konnte wie er. Während sie dem Freizeichen lauschte, beobachtete sie Dante aus dem Augenwinkel. Er hatte seine Körperhaltung verändert, er wirkte plötzlich angespannt, seine Augen waren verengt, sie fixierten sie mit einem intensiven Blick.

»Hallo?«, meldete sich eine freundliche Stimme am anderen Ende der Leitung.

»Oh, hallo. Ähm, hier ist Joenn.«

»Hallo, Miss Brocks. Was verschafft mir die Ehre, Ihre bezaubernde Stimme hören zu dürfen?«

Sie kicherte nervös, während sie gleichzeitig beobachtete, wie Dantes Kiefer sich immer wieder unwillkürlich zusammenzog.

»Ich wollte mich in erster Linie noch einmal dafür entschuldigen, dass Dante uns den Abend kürzlich etwas vermasselt hatte. Ich dachte daran, wenn dein freundliches Angebot noch gilt, wir vielleicht…«, begann sie zögerlich.

»Sie wollen also noch einmal mit mir ausgehen?«

»Ja, genau das würde mich sehr freuen.«

»Mich auch, Miss Brocks. Aber haben Sie denn den ehrenwerten Mr. Brown auch artig um Erlaubnis gefragt?«

Joenn versuchte ein Kichern zustande zu bekommen, was Dante dazu führte, die Hände zu Fäusten zu ballen. Ihm gefiel das nicht, das konnte sogar sie erkennen, was sie wiederum erfreute.

»Nein, das habe ich tatsächlich nicht! Allerdings wusste ich auch nicht, dass ich das überhaupt muss. Willst du denn, dass ich mir erst seine förmliche Zustimmung einhole?«

Auf der anderen Leitung hörte sie ein lautes, herzliches Lachen, das sicherlich auch Dante mithören konnte, dessen Gesichtszüge sich dadurch noch weiter verfinsterten.

»Nein, nein, ganz und gar nicht. Wie wäre es denn mit übermorgen?«

Joenn sah Dante fragend ins Gesicht und wiederholte leise:

»Übermorgen?«

Dante nickte ihr kaum merklich zu.

»Übermorgen hört sich hervorragend an. Holst du mich dann ab?«

»Mit dem größten Vergnügen, Miss Brocks. Wann darf ich Dich denn abholen? Ist acht Uhr abends in Ordnung?«

»Acht Uhr passt mir sehr gut.«

Sie beendete das Gespräch. Als sie aufgelegt hatte, stellte sie Dante die Frage, die sie eigentlich überhaupt nicht stellen wollte:

»Wann bist du denn mit Elisa verabredet?«

»Morgen Abend.«

Dante vermied es, ihr in die Augen zu sehen. Joenn schluckte den Kloß in ihrem Hals hinunter und sagte mit gedämpfter Stimme:

»Dann wünsche ich dir einen schönen Abend. Ich gehe jetzt mal ins Hotel und packe meine Sachen aus.«

»Gut, ich bleibe noch hier. Ich muss mich noch ein wenig umschauen, was sich in der Zeit getan hat, in der wir nicht hier waren.«

Joenn nickte nur stumm, als sie den Türknauf in der Hand hielt, hörte sie Dante plötzlich fragen:

»Gehen wir heute Abend noch zusammen essen? Ich hole dich um sieben ab?«

Joenn nickte erneut, ohne sich umzudrehen, verschwand sie eilig mit gemischten Gefühlen aus dem Büro. Pünktlich um sieben Uhr stand Dante vor ihrer Hoteltür. Sie hatten wieder im selben Hotel eingecheckt. Als Joenn ihm öffnete, stockte ihr wieder einmal bei seinem Anblick der Atem. Er hatte sich frisch rasiert und seine Haare leicht gegelt; er sah einfach umwerfend aus. Ohne eine Vorwarnung nahm er sie in seine Arme. Leise raunte er ihr ins Ohr:

»Es tut mir so leid, dass ich dich in diese unangenehme Situation mit hineingezogen habe. Du kannst immer noch einen Rückzieher machen, wenn du möchtest. Wir bekommen das auch ohne deine Mithilfe hin.«

Joenn löste sich aus seiner Umarmung, aus seiner Wärme.

»Nein, das kann ich nicht. Ich bin dabei. Auch ich will unbedingt wissen, wer wirklich dahintersteckt und für die finanziellen Unregelmäßigkeiten verantwortlich ist.«

Dante bedachte sie daraufhin mit seinen ernsten, durchdringenden Augen.

»Versprich mir bitte, nichts zu tun, was du nicht wirklich willst. Ruf mich sofort an, wenn du mich brauchst oder dich unwohl fühlst. Ich werde mein Handy immer bei mir haben.«

»Ist gut, das mache ich! Aber jetzt lass uns endlich etwas essen gehen. Ich habe einen Mordshunger.«

Dante folgte ihr aus dem Zimmer. Im Aufzug nahm er plötzlich ihre Hand in seine. Als sie ihn fragend ansah, zuckte er nur mit den Schultern.

»Das ist wohl das letzte Mal, dass ich dich so unbeschwert an die Hand nehmen kann.«

Joenn musste daraufhin schmunzeln. Es fühlte sich gut und so vertraut an, sie wollte diesen Moment festhalten, solange es noch ging.

Beim Abendessen, in dem gemütlichen Restaurant mit gedämpftem Licht und leiser Hintergrundmusik, erzählte Joenn von Bella und Brain, wobei sie den Teil, in dem ihre Freunde ihre aufrichtigen Bedenken bezüglich Dante und ihrer Beziehung zueinander geäußert hatten, taktvoll ausließ. Dante amüsierte sich prächtig über die Anekdoten, die Joenn erzählte, doch ein unterschwelliger Schatten lag dennoch über dem gesamten Abend. Er konnte ihn nicht wirklich unbeschwert genießen, ihm schien es so, als ob es Joenn ähnlich erging. Nach dem Essen begaben sie sich ohne weiteren Aufenthalt zurück ins Hotel. Dante hätte sie am liebsten noch auf sein Zimmer eingeladen, um die gemeinsame Zeit noch etwas zu verlängern, doch da er sich selbst nicht recht traute unterließ er es schweren Herzens. Er ließ es sich jedoch nicht nehmen, sie bis zu ihrer Zimmertür zu begleiten. Dort angekommen, schaute sie ihm tief in die Augen, ein Kloß bildete sich in seinem Hals. Er beugte sich langsam zu ihr hinunter. Ihre Nasen berührten sich fast zärtlich, als er leiser fragte:

»Darf ich ein letztes Mal sündigen? Nur noch einmal unserer unbändigen Anziehungskraft nicht länger widerstehen?«

Joenn wusste genau, was er damit meinte. Sie nickte zaghaft, mehr brauchte er nicht als Bestätigung. Er vergrub seine Hände in ihrem seidigen Haar, langsam zog er sie an sich. Sein Kuss war zunächst zaghaft, mit beiden Armen um seinen Nacken hielt sie sich an ihm fest, sie zog ihn noch etwas näher zu sich hinab. Dann übernahm sie mit einer plötzlichen Entschlossenheit die Führung, sie verwandelte den zarten Kuss in einen leidenschaftlichen, von tiefen Emotionen getriebenen Kuss. Dante stöhnte leise auf, als Joenn begann, ihn so leidenschaftlich küssen. Es fiel ihm so unendlich schwer, sich wieder von ihr loszureißen. Als er es schließlich tat, stand sie direkt vor ihm. Ihre Lippen waren leicht geschwollen von seinen Küssen, ihre Wangen rötlich gerötet, und in ihren Augen brannte noch immer die intensive Leidenschaft, die er gerade selbst schmecken durfte. Sein innerer Kampf, sich von ihr zurückzuziehen und professionell zu bleiben, verbrauchte fast seine gesamten Energiereserven. Auf seinem Zimmer angekommen, zwang er sich erst einmal, wieder ruhig und gleichmäßig zu atmen. Der Kuss hatte ihn völlig aus der Fassung gebracht. Jeder Kuss, den er sich von ihr holte, machte den bevorstehenden unausweichlichen Rückzug, den er aus Vernunftgründen antreten musste, umso schwerer. Der quälende Gedanke, dass sie sich nun an diesen Mike, seinen Vorarbeiter, „an den Hals hängen" würde, wie er es sich in seinen schlimmsten Albträumen ausmalte, machte ihn fast wahnsinnig vor Eifersucht. Er konnte nur inständig die Hoffnung hegen, dass er und Tom so schnell wie möglich an die gewünschten Ergebnisse ihrer Nachforschungen gelangen würden, bevor es endgültig zu spät war und er Joenn vielleicht für immer verlieren würde.

*

Am frühen Nachmittag meldete sich Tom in Dantes provisorischem Büro als Wirtschaftsberater an. Dante empfing ihn ganz professionell. Er begleitete ihn anschließend über die Baustelle, um ihm den aktuellen Stand der Arbeiten sowie die verschiedenen Bauabschnitte im Detail zu präsentieren. Unterwegs trafen sie unerwartet auf seinen Vorarbeiter Mike Low. Dante stellte Tom als Mr. Bronx vor, einen externen Wirtschaftsprüfer, der sich ein Bild von den laufenden Projekten machen sollte.

Mike reagierte zunächst mit einem kurzen Moment der Überraschung, fasste sich jedoch schnell und schüttelte Tom mit einem freundlichen, wenn auch etwas gezwungenen Lächeln die Hand. Zurück im Büro, nachdem sie die Baustelle inspiziert hatten, nahm Tom gegenüber von Dante Platz.

»Ich verstehe jetzt deine Bedenken in Bezug auf Joenn und deinen Vorarbeiter vollkommen. Das ist wirklich ein ausgesprochen attraktiver Mann. Er besitzt eine Spur zu viel Charme, als dass es mir ganz geheuer wäre. Ich möchte auf keinen Fall einen solchen Mann als Schwiegersohn bezeichnen müssen. Ich traue ihm irgendwie nicht so recht über den Weg. Solch ein Typ müsste entweder glücklich verheiratet sein, mit einer passenden Frau an seiner Seite, oder zumindest geschieden.«

»Und mir traust du, weil? Ich bin auch weder verheiratet noch geschieden. Ich dachte, mir würdest du vertrauen.«

Tom musste daraufhin herzlich lachen.

»Ja, mein Junge, doch du bist eine schwere Nuss, ein harter Brocken. Der andere hingegen nicht. Er ist offensichtlich bereit, Frauen den Hof zu machen, ihnen den Himmel auf Erden zu versprechen. Du dagegen bist einer, der die Frauen zwar auf fast magische Weise anzieht, ohne sich sonderlich anzustrengen, doch du bist gleichzeitig ein eher verschlossener Mann, der ganz genau weiß, was er will.«

Dante verstand, was Tom ihm damit sagen wollte. Sie setzten sich anschließend über die umfangreichen Bücher und Finanzunterlagen. Als Elisa unerwartet, ohne anzuklopfen, ins Büro kam, lehnte sich Tom entspannt in seinem Stuhl zurück. Er beobachtete aufmerksam, wie sein Neffe sich sichtlich bemühte, ein erfreutes Gesicht aufzusetzen. Doch er kannte Dante gut genug, um mit absoluter Sicherheit sagen zu können, dass er keinerlei wirkliche Lust verspürte, mit dieser Frau auszugehen. Tom fragte sich insgeheim, was sein Neffe wohl gegen sie hatte. Elisa war eine ausgesprochen hübsche Frau. Ihr beruflicher Werdegang verriet überdies, dass sie keineswegs dumm war, zusätzlich verfügte sie über einen vorzüglichen Geschmack. Für jeden anderen Mann musste diese Frau ein absoluter Glücksgriff sein. Doch sein Neffe wollte sie offensichtlich nicht. Die einzige Frau, die seinen Neffen wirklich zum Lachen brachte, die seine sonst so ernsten Gesichtszüge aufhellte, war seine eigene Tochter Joenn. Wenn sie einen Raum betrat, in dem auch Dante anwesend war, veränderte sich seine sonst so harte unnahbare Mimik augenblicklich; sein Gesicht wurde freundlicher, er lächelte sogar, was sonst nur sehr selten vorkam. Außer Joenn war niemand in der Lage, diese Reaktion bei ihm hervorzurufen. Sie setzte bei ihm einen starken Beschützerinstinkt frei, der anscheinend sehr stark ausgeprägt war, wenn er daran dachte, wie er immer instinktiv einen Arm um seine Tochter gelegt hatte, beispielsweise auf der turbulenten Stevensens-Party, oder wie er sich schützend vor sie gestellt hatte, wie ein Fels in der Brandung, wenn es auch nur ansatzweise gefährlich wurde, damit sie ja nichts abbekam. Könnte es also tatsächlich sein, dass die einzige Frau, die wirklich zu Dante durchdringen konnte, die sein Herz berührte, seine eigene Tochter Joenn war? Dante wäre der absolute Traum von einem Schwiegersohn. Wenn sich seine leisen Befürchtungen bewahrheiten sollten, dass sich zwischen den beiden mehr entwickelte, müsste er sich schleunigst etwas überlegen, sonst würde er womöglich mindestens ein wichtiges Familienmitglied verlieren. Dante entschuldigte sich kurz bei Tom, was ihn aus seinen tiefen, besorgten Gedanken riss. Aufmerksam beobachtete er seinen Neffen, wie er die elegant gekleidete junge Frau mit einer höflichen galanten Hand auf ihrem unteren Rücken aus dem Büro führte. Gegen späte Stunde, als die Dunkelheit bereits hereingebrochen war, öffnete Tom dem ungeduldig klopfenden Dante seine Zimmertür. Ohne ein einziges Wort an seinen Onkel zu richten, ließ er sich erschöpft in einen bequemen Sessel fallen, der am Fenster stand.

»Das war mal ein totaler Reinfall, das kann ich dir mit absoluter Sicherheit sagen.« Berichtete Dante mit einem genervten Unterton.

»Wieso? Was hast du denn herausbekommen?«

Tom zog sich einen Stuhl heran, um sich rücklings Dante gegenüberzusetzen.

»Eben nichts, gar nichts, das ist ja das Problem! Sie fragte nur kurz, wer du seist. Ich erklärte ihr, dass du ein Wirtschaftsprüfer bist, der sich die Zahlen ansieht. Dann fragte sie, ob du angemeldet wärst, was ich verneinte. Damit war das Thema dann für sie erledigt. Ich musste mir stattdessen endlose Anekdoten anhören über die neuesten Farbmuster, die sie in Mailand gesehen hatte, und wie unglaublich toll doch Italien sei. Und natürlich, was sie sich dort alles gekauft hat. Tom, ich schwöre dir, nicht einzuschlafen war eine absolute Kunstleistung.«

»Hast du denn gar nicht versucht, etwas Relevantes herauszufinden?«

Dante starrte seinen Onkel mit einem verzweifelten Ausdruck an. Trotz seiner Bemühungen, seine Stimme ruhig zu halten, war seine Lautstärke einen Tick zu laut.

»Natürlich habe ich es versucht! Aber sie hat einfach alles mit einer nonchalanten Handbewegung weggewischt. Wenn Elisa etwas nicht interessiert oder sie selbst etwas zu erzählen hat, dann hat man als Mann absolut keine Chance, zu Wort zu kommen oder das Thema auch nur ansatzweise zu wechseln.«

»Dann liegt nun also alles fürs Erste in Joenns Händen.«

Dante nickte mit einem angewiderten Gesichtsausdruck. Er nahm sich fest vor, trotz allem ein wachsames Auge auf Joenn zu haben. Daraus machte er auch keinen Hehl.

»Onkel, du weißt, dass ich mich nur schwer mit dem Gedanken anfreunden kann, was Joenn für meine Firma tun soll. Ich möchte daher absolut sichergehen, dass sie, nur um an Informationen zu gelangen, keine Dummheiten macht oder sich in Gefahr begibt. Daher habe ich beschlossen, alles genauestens zu planen, sodass wir sie immer im Blick haben und notfalls eingreifen können.«

»Glaubst du denn wirklich, dass du Joenn so wenig Vertrauen schenken kannst? Ich finde die Geschütze, die du hier auffahren willst, reichlich übertrieben. Ich vertraue ihrer Intelligenz und ihrem Urteilsvermögen.«

Dante sah seinem Onkel tief in die Augen, Tom erkannte darin eine Kälte, die er bei seinem Neffen schon seit Jahren nicht mehr gesehen hatte.

»Das hat absolut nichts mit Joenn persönlich zu tun, sondern schlichtweg damit, dass sie eine Frau ist. Dieser Mike weiß ganz genau, was er tut und wie er Frauen um den Finger wickelt.«

»Oh, mein Junge, das hört sich jetzt aber doch sehr drastisch an.«

»Wirklich? Gut, dann beantworte mir eine einfache Frage: Du streitest dich mit deiner Frau. Du bist im Unrecht, aber wie entschuldigst du dich, wenn du dich schnellstmöglich wieder mit ihr versöhnen willst? Auf dem schnellsten und effektivsten Weg natürlich.«

Tom lachte leicht.

»Na, das ist doch ganz einfach. Ich gehe mit ihr schick essen, schenke ihr einen schönen Blumenstrauß und hauche ihr eine kurze, aufrichtige Entschuldigung zu, die ich dann mit einem liebevollen Kuss besiegle! Und schon ist alles wieder vergessen, als wäre nichts gewesen.«

»Genau, aber was passiert, wenn *sie* im Unrecht ist? Wie entschuldigt sie sich bei dir?«

Jetzt verstand Tom endlich, worauf sein Neffe hinauswollte. Kleinlaut gab er zu:

»Wenn sie im Unrecht war und sich entschuldigte, egal, wie sehr sie sich auch bemühte, artete es meistens doch wieder in denselben Streit aus, in dem sie allerdings, anders als zuvor, mir permanent recht gab. Gut, du hast recht, wir müssen vorsichtig sein und auf sie aufpassen.«

»Also, wie hast du dir das denn genau vorgestellt, wie wir das anstellen wollen?«

»Ich dachte daran, mich um das Restaurant zu kümmern. Ein Tisch direkt am Fenster wäre ideal. Dann könnten wir vom Parkplatz aus unauffällig beobachten, was die beiden treiben.«

Gedankenverloren starrte Dante aus dem Fenster zu den Lichtern der Stadt.

»Dante, wenn wir das wirklich tun, benehmen wir uns wie ein eifersüchtiger Liebhaber, der seine Freundin bespitzelt.«

Energisch schüttelte Dante den Kopf, er wandte sich seinem Onkel zu.

»Wir sorgen uns doch nur um sie. Wir können beim besten Willen nicht wissen, ob dieser Kerl, dieser Mike, gefährlich ist oder irgendwelche Hintergedanken hat.«

Tom schwieg. Alles, was er dagegen sagen würde, würde Dante mit Sicherheit abschmettern und als unbegründete Sorge abtun. Hilflos sah Tom zu, wie Dante mit fester Stimme ohne zu zögern über das Telefon einen Tisch im noblen Restaurant „Bronxs" reservierte. Als Tom am darauffolgenden Morgen das Büro betrat, blieb er wie angewurzelt, in der offenen Tür stehen. Der Anblick, der sich ihm bot, schien ihn tiefer zu erschüttern, als er es sich jemals hätte vorstellen können. Der junge Mann, der hinter seinem Schreibtisch saß, sah schlichtweg fürchterlich aus. Die tiefen, dunklen Schatten unter seinen Augen waren jenseits von Gut und Böse, ein deutliches Zeichen einer schlaflosen Nacht. Auch der Rest seines äußeren Erscheinungsbildes war nicht viel besser. Er wirkte verwahrlost: Die Bartstoppeln waren stärker als üblich, das Haar ungepflegt und strähnig, als hätte er es ständig mit den Fingern durchwühlt. Tom war sich absolut sicher, dass Dante in dieser Nacht keine einzige Sekunde die Augen zugemacht hatte. Jedes Mal, wenn ihn die Verzweiflung oder die quälenden Gedanken übermannt hatten, war er mit aller Wahrscheinlichkeit wiederholt mit seinen Händen durch sein dichtes Haar gefahren, weshalb es nun auch diese unordentliche zerzauste Struktur aufwies. Mit großer Besorgnis setzte sich Tom seinem Neffen gegenüber, der seinen Kopf schwer auf beide Hände stützte. Vor ihm türmte sich ein Berg von Ordnern, Akten und Papieren. Doch Toms Sorge galt in diesem Moment weniger dem Projekt, den komplizierten Zahlen oder gar Joenn – nein, seine Sorge galt ganz alleine seinem Neffen Dante. Es war inzwischen nicht mehr länger abzustreiten, dass dieser Mann seine Tochter von ganzem Herzen liebte. Auch wenn Dante es sich selbst bislang nicht eingestanden hatte, war Tom sich zu hundert Prozent sicher, dass sein Neffe sich Hals über Kopf in Joenn verliebt hatte. Wenn ihn alleine schon der Gedanke so fertig machte, dass Joenn mit einem anderen Mann ausging, wie schlimm würde es dann erst werden, wenn Dante sich seiner misslichen Lage vollends bewusst wurde? Wenn er realisierte, dass er bald gehen musste und Joenn zurücklassen würde? Was war, wenn nur ein Funke des selbstzerstörerischen Verhaltens seines Vaters in ihm schlummerte? Die Kindheit von Dante war schließlich alles andere als unbeschwert gewesen. Die komplizierte Familiengeschichte und die schwierige Genkonstellation machten Tom zusätzlich Sorgen. Er wusste selbst, dass sich das gesponnen anhört, doch bei der Betrachtung von seinem Neffen und der Tatsache das im Grunde noch gar nichts passiert ist, lässt ihn zu dem Entschluss kommen, dass der Junge starke Tendenz dazu zeigt, die gleiche selbstzerstörende Ader zu besitzen, wie sein Bruder, Dantes Vater. Wenn er erst einmal in diesen Strudel geraten war, wusste Tom beim besten Willen nicht, wie er ihn jemals wieder daraus befreien sollte. Bei Gott, wie hatte er damals versucht, seinem Bruder zu helfen. Damals hieß es immer wieder, wenn wir das zugrunde liegende Problem erst einmal kennen würden, dann könnten wir es auch an der Wurzel packen. Da sie jedoch nie den wahren Hintergrund seines tiefen Selbsthasses erfahren hatten, konnte man ihm nur schwerlich, unzureichend helfen. Doch hier sah die Sache auch nicht viel anders aus. Zwar war der unmittelbare Auslöser, der dieses beunruhigende Verhalten bei

Dante auslöste, unbestritten Joenn, doch der junge Mann hatte sich dadurch ein inneres Problem auferlegt, bei dem ihm im Grunde niemand helfen konnte. Tom hatte sich einst geschworen, nie wieder bei einem solchen qualvollen Verfall eines Mannes hilflos zusehen zu müssen. Leider musste er nun niedergeschlagen mit schwerem Herzen zugeben, dass er es wieder hilflos tun würde und musste. Ihm wurde mit schmerzlicher Klarheit bewusst, dass es bei dem Anblick, den sein Neffe ihm bot, nicht wie er zuvor gedacht hatte noch viel Zeit gab, sondern dass die kritische Zeit bereits überschritten war. Er hatte es zu spät bemerkt. Viel zu spät. Das Einzige, was Tom jetzt tun konnte, war, wie bei einem Sterbenden dabei zuzusehen, wie die Welt für Dante immer grauer wurde, und ihm dabei so gut es ging die Hand zu halten. Tom machte sich nichts vor. Hoffnung gab es in dieser Situation kaum noch. Warum sollte er sich da selbst in die Tasche lügen? Zu viele Jahre hatte er genau das bereits getan. Es zerriss ihm das Herz, Dante so leiden zu sehen. Mehr über Dantes innere Gefühlswelt zu wissen und sich der Tatsache bewusst zu sein, wie drastisch sich sein Leben in kürzester Zeit verändern würde, machte die Situation noch unerträglicher. Tom schluckte den Kloß in seinem Hals hinunter, der mittlerweile eine so große schmerzhafte Form angenommen hatte, dass er mehrere Anläufe benötigte, um ihn überhaupt herunterzubekommen.

Kapitel 10

Dante blickte auf. Als er seinen Onkel Tom in der Tür stehen sah, huschte für einen winzigen Moment ein Leuchten in seine dunklen Augen, ein kurzes Aufblitzen von etwas, das wie Erleichterung wirkte, bevor dieser Ausdruck wieder von einer tiefen, fast stumpfen Melancholie überlagert wurde. Doch das Lächeln, das er seinem Onkel schenkte, war wenigstens aufrichtig, die feinen Lachfältchen um seine Augen verrieten ihn, sie verliehen seinem sonst so ernsten Gesichtsausdruck eine unerwartete Wärme. Selten zeigte er diese zarten Linien anderen Menschen. Tom freute sich sehr über diese unausgesprochene herzliche Begrüßung. Anfangs war Tom der festen Überzeugung gewesen, dass nur Joenn das besondere Privileg hatte, dieses seltene Lächeln zu sehen, das seine Augen von den feinen Lachfältchen umspielt wurden. Er spürte einen Anflug von Stolz in sich aufsteigen, dass er dem jungen Mann anscheinend doch mehr bedeutete, als er sich erhofft hatte. Tadelnd hob er jedoch mahnend einen Finger in die Höhe.

»Dante, du solltest wirklich dringend ins Hotel fahren und dich wenigstens einmal ordentlich duschen. Du siehst schrecklich aus, mein Junge. Hast du überhaupt auch nur für eine einzige Stunde heute Nacht die Augen zumachen können?«

Dante schüttelte nur stumm den Kopf, dabei rieb er sich die müden Augen.

»Wie hätte ich das machen sollen? Die ganze Nacht habe ich über den Akten gebrütet, jeden einzelnen Punkt akribisch unter die Lupe genommen. Parallel dazu habe ich alle aktuellen Unterlagen neu erfasst und säuberlich in den Computer übertragen. Dabei sind mir einige Zahlen in der Abschreibung aufgefallen, die stark von den üblichen Werten abweichen. Diese habe ich mit einem leuchtenden Textmarker hervorgehoben. Wenn ich so weitermache, könnte ich bis Ende der Woche alles durchgearbeitet haben.«

Nervös streicht sich Dante mit seinen Fingern durch sein ohnehin bereits abstehenden Haare.

»Du brauchst dringend Schlaf, Dante, wie jeder andere Mensch auch. So packst du das auf Dauer nicht. Außerdem schleichen sich in diesem übermüdeten Zustand nur unnötige Fehler ein.«

»Ich kontrolliere alles doppelt und dreifach! Ich passe auf wie ein Luchs, Onkel. Und wenn mir doch wieder Erwarten ein Fehler unterlaufen sollte, bist du doch zur Not auch noch da, um ihn zu entdecken und mich zu korrigieren.«

Tom setzte sich langsam auf einen Stuhl, um mit Dante auf Augenhöhe kommunizieren zu können. Er musste ihm dringend Vernunft einbläuen, ihm die Augen für seine eigene Gesundheit öffnen.

»So kannst du aber unmöglich weitermachen, Dante. Schau doch bitte einmal in den Spiegel. Du siehst wirklich erschreckend aus.«

Dante sprang abrupt von seinem Stuhl auf. Mit beiden Händen stützte er sich mit einem lauten Knall auf der Tischplatte ab, die dadurch leicht erzitterte. Seine Stimme schlug Tom wie ein kalter Wind entgegen, als Dante ihn verzweifelt mit aufgestauter Wut anschrie.

»Was zum Teufel soll ich denn deiner Meinung nach machen? Ich fühle mich, als würde ich sie dem Löwen direkt zum Fraß vorwerfen! Ich kann sie doch nicht einfach diesem Kerl überlassen!«

In einem ruhigen Ton antwortete Tom leise: »Dann lass uns Joenn aus dieser gefährlichen Situation wieder herausziehen.« Dante schüttelte jedoch vehement den Kopf.

»Das habe ich gestern schon alles versucht. Absolut keine Chance. Das Einzige, was ich geerntet habe, waren wütende Beschimpfungen, und dass sie danach wahrscheinlich den Stecker vom Telefon gezogen hat. Denn ich habe sie nach dem Telefonat nicht mehr erreichen können. Weder in ihrem Hotelzimmer noch auf ihrem Handy.«

Tom verkniff sich mühsam ein Lächeln, welches sich unweigerlich auf seinen Lippen ausbreiten wollte. Seine Tochter war schon immer stur gewesen, das musste er neidlos anerkennen.

»Gut, dann lass uns an die Arbeit gehen. Zeig mir, was du bisher herausgefunden hast. Je schneller wir mit dieser Sache fertig sind, desto beruhigter bin ich.«

Dante schenkte seinem Onkel ein kurzes, aber dankbares Nicken. Das war es, was er in diesem Moment hören wollte. Tom war schlichtweg verblüfft, was Dante in dieser einen Nacht alles erreicht hatte. Er hatte tatsächlich einige schwerwiegende Unregelmäßigkeiten in den Fi-

nanzunterlagen aufgedeckt. Da wurden unter anderem teure Steine bestellt, die laut Lieferantenangaben angeblich storniert worden waren,
doch anscheinend wurde die betreffende Firma trotzdem für die vermeintlich stornierte Lieferung bezahlt. Dante hatte mit allen beteiligten
Firmen, unabhängig von der Höhe des jeweiligen Betrags, Kontakt aufgenommen. Er bat höflich um Kopien jedes einzelnen Lieferscheins,
jeder Bestellung und jeder Stornierungsbestätigung. Er bat sogar jede
einzelne Sekretärin am Telefon um Verzeihung, falls er sie zeitnah noch
einmal mit weiteren Nachfragen behelligen würde. Tom war sich absolut
sicher, dass Dante seinen ganzen verfügbaren Charme bei jeder weiblichen Stimme am Hörer zum Besten gab, denn sein E-Mail-Postfach zeigte deutlich, dass die letzte E-Mail zu später Stunde am Abend noch eingegangen war. Dante hatte nicht nur alles neu erfasst, er erstellte
gewissermaßen im Alleingang komplett neue, übersichtliche Bücher in
detaillierte Tabellen – es war schlichtweg der Wahnsinn und grenzte an
eine Meisterleistung. Tom selbst schnappte schon nach knapp zwei Stunden angestrengter Nachprüfung nach Luft. Er rechnete jetzt schon eine
beträchtliche Summe von gut zweihunderttausend Dollar zusammen, die
auf mysteriöse Weise fehlten. Es gingen immer wieder beträchtliche
Geldsummen hinaus, entweder bei Bestellungen, die angeblich storniert
worden waren, oder es wurde fälschlicherweise als Vorauszahlung ver-
bucht, wovon die betreffenden Firmen jedoch nichts wussten oder in
ihren Unterlagen vermerkt hatten. Es war schlichtweg kurios, höchst
verdächtig, alles deutete auf gezielte Manipulation hin. Noch wussten sie
nicht genau, wo das Geld letztlich gelandet war, doch sie waren sich
ziemlich sicher, dass der unerfahrene Buchhalter kaum in der Lage gewesen wäre, solche komplexen Machenschaften so geschickt zu vertuschen.
Entweder er hatte Hilfe von jemandem bekommen, der sich mit solchen
Dingen auskannte, oder er war tatsächlich unschuldig. Sie mussten unbedingt herausfinden, wer die wahren Drahtzieher hinter diesen finanziellen
Unregelmäßigkeiten waren. Oder noch besser: Sie mussten herausfinden,
wo das verschwundene Geld war, was natürlich die optimale Lösung des
Problems darstellen würde. Am späten Nachmittag kam unerwartet Elisa
ins Büro gestürmt. Wie immer sah sie perfekt gestylt und elegant aus. Sie
wollte gerade zielstrebig auf Dante zusteuern, nachdem sie die Tür hinter
sich geschlossen hatte, als er den Blick von seinem Schreibtisch hob. Er
sah sie mit einem Blick an, der jeden in die sofortige Flucht getrieben

hätte. Tom saß nur da und beobachtete die Szene mit wachsamer Aufmerksamkeit. Elisa ließ einen kurzen, hohen Schrei der Überraschung und des Entsetzens hören, als sie Dante richtig ansah. Unsicher blieb sie abrupt stehen.

»Dante, wie siehst du denn aus? Was ist denn passiert?«

Dante knurrte leise, aber auf eine gefährliche Art und Weise, die Elisa erschaudern ließ.

»Ich habe einen sehr gründlichen Wirtschaftsprüfer an der Backe, der mir unangenehme Fragen stellt, die ich ihm momentan schlichtweg nicht beantworten kann. Ich war in letzter Zeit wohl etwas zu nachlässig und muss mich jetzt erst einmal intensiv mit den Büchern und den Finanzen auseinandersetzen, um alles aufzuklären. Also bitte verzeih mir, wenn mein Äußeres momentan nicht deiner hohen Etikette entspricht.«

Der Seitenhieb saß, doch Elisas Stolz war zu groß, als dass sie sich diese offene Kritik anmerken ließ.

»Möchtest du nicht deinen Buchhalter anrufen? Er könnte dir sicherlich behilflich sein.«

»Elisa, ich bitte dich. In welcher Hinsicht genau soll er mir denn behilflich sein? Soll er mir etwa erklären, wie es um unser gemeinsames Projekt steht, das ich ins Leben gerufen habe? Meinst du wirklich, er könnte den bohrenden Fragen eines erfahrenen Wirtschaftsprüfers standhalten?«

»Eigentlich sollte er es zumindest versuchen.«

Sie wich seinem Blick aus.

»Elisa, dir ist doch bewusst, dass wir hier gerade über deinen jüngeren Bruder reden? Ich mag ihn wirklich, er hat seinen Job bisher auch gut gemacht. Doch ich traue ihm beim besten Willen nicht zu, ein solches Kreuzverhör unbeschadet zu überstehen. Dazu fehlt ihm einfach noch einiges an Erfahrung und Routine. Ich möchte auch, um ganz ehrlich zu sein, nicht, dass irgendwelche falschen oder unüberlegten Aussagen getätigt werden, nur weil er versucht, sich aus einer unangenehmen Situation herauszureden, was am Ende nur uns allen noch mehr unnötige Arbeit aufhalst, nur damit am Ende doch nichts dabei herauskommt. Meine Firma und dieses Projekt sind sauber.«

Elisa nickte einsichtig. Sie machte noch einen zögerlichen Schritt auf Dante zu, dann beugte sie sich kurz zu ihm herunter, um ihm einen flüchtigen Kuss auf die Wange zu geben. Die Tür war schon eine Weile hinter Elisa ins Schloss gefallen, als Tom ihn darauf aufmerksam machte, dass er ihr immer noch mit einem wütenden Blick hinterherstarrte.

»Du weißt aber schon, dass du ihr unnötig viele Informationen geliefert hast, oder?«

Jetzt löste Dante endlich seinen Blick von der Tür, er wandte sich seinem Onkel zu. Das Lächeln, das sich nun auf seinen Lippen abzeichnete, war jedoch alles andere als freundlich, es wirkte eher gehässig.

»Nicht zu viele und auch nicht zu wenige, Tom. Genau die richtige Dosis. Wenn wir in unserer Annahme richtig liegen, wird Joenn heute Abend von dem guten Mike in ein Verhör gezogen, in dem es ganz sicher nicht nur um Romantik und schöne Worte gehen wird. Er wird versuchen, alles aus ihr herauszubekommen. Da Joenn aber weder dumm noch in diese Machenschaften eingeweiht ist, wird sie das Ganze zügig stutzig machen. Ich werde sie dann während des Essens einmal unauffällig anrufen und sie mit den Informationen füttern, die sie auch ohne Bedenken weitergeben kann. Das wird ein wirklich interessanter Abend, da bin ich mir ganz sicher.« Tom konnte es kaum glauben. Es war viel zu riskant, was Dante da trieb. Nur um die Aufklärung der Angelegenheit zu beschleunigen, riskierte er, dass ihr ganzer sorgfältig ausgearbeiteter Plan auffliegen könnte. Er riskierte, zu früh aufzufliegen, sodass die wirklich Verantwortlichen sich mit dem gestohlenen Geld unbemerkt aus dem Staub machen könnten. Einerseits handelte Dante sehr ritterlich gegenüber Joenn, andererseits benahm er sich gerade, wie ein vollkommener Idiot wobei er alles leichtfertig aufs Spiel setzte. Dante griff entschlossen zum Telefonhörer. Mit einem kurzen, bedeutungsvollen Blick zu Tom meinte er beiläufig:

»Wir haben ihr noch nicht mitgeteilt, wo sie heute Abend speisen soll.«

Tom schüttelte nur leicht den Kopf. Dante musterte seinen Anzug.

»Nach dem Anruf fahre ich dich zurück in dein Hotel. Ich fahre dann weiter in meines, um mich schnell frisch zu machen. Kommst du heute Abend mit, oder soll ich das lieber alleine übernehmen?«

»Ich komme selbstverständlich mit. Ich lasse dich in dieser Angelegenheit doch nicht alleine!«

»Gut, dann werde ich etwas früher da sein, damit wir uns unterwegs noch mit ein paar Burgern eindecken können. Die ganze Nacht über den Akten zu hängen, hat mich ziemlich hungrig gemacht.«

Er rieb sich theatralisch den knurrenden Magen.

»Wie willst du das denn genau anstellen? Hast du etwa vor, sie direkt vor dem Hotel abzufangen, um ihnen dann unauffällig zu verfolgen?«

Dante schüttelte erneut den Kopf.

»Nein, dieses unnötige Risiko müssen wir ganz sicher nicht eingehen. Joenn hatte mir gestern versichert, dass sie auf jeden Fall nur in das Restaurant gehen wird, das ich ihr im Vorfeld ausgesucht habe. Ich habe ihr gesagt, dass wir uns um ihre Sicherheit sorgen, wenn wir ihren genauen Aufenthaltsort nicht kennen würden. Von der tatsächlichen Beschattung habe ich ihr natürlich kein Wort gesagt. Ich bin doch nicht verrückt!«

Tom sah ihn überrascht an.

»Wieso verrückt? Was meinst du damit?«

Dante starrte ihn mit großen, ungläubigen Augen an.

»Sag bloß, du hast sie noch nie so richtig sauer gesehen?«

»Nein, dazu gab es bisher eigentlich nie wirklich einen Anlass. Sie war stets ein braves und vernünftiges Kind.«

Tom zuckte mit den Schultern. Dantes Gesichtszüge wurden weicher, als er in Erinnerungen an Joenn schwelgte.

»Dann scheine ich wohl der Einzige zu sein, der dieses ‚Vergnügen‘ schon des Öfteren hatte. Diese Frau ist der absolute Wahnsinn, wenn sie wütend wird. Ihre Augen funkeln dann regelrecht, sie selbst benimmt sich wie ein unaufhaltsamer Wirbelsturm. Ich bin jedes Mal aufs Neue fasziniert gewesen, dass dabei noch nie etwas zu Bruch gegangen ist.«

Tom musste daraufhin herzhaft lachen. Das war eine Beschreibung seiner Tochter, die er in dieser Form noch nie zuvor gehört hatte.

»Gut, dann lass uns endlich losfahren. Aber Dante… Wehe dir, das waren nur leere Versprechungen mit den Burgern. Ich habe nämlich einen mörderischen Hunger.«

»Na klar, wir wollen natürlich nicht, dass du uns noch vom Fleisch fällst, Onkelchen.«

Grinsend klopfte er seinem Onkel dabei neckisch auf seinen flachen Bauch, wobei er ihm noch verschwörerisch zuzwinkerte.

Dante holte seinen Onkel später frisch geduscht, rasiert und in einem eleganten, frischen Anzug in dessen Hotel ab. Dante hatte anscheinend an alles gedacht und nichts dem Zufall überlassen. Er hatte sogar ein paar ortsansässige Jugendliche dafür bezahlt, den Parkplatz direkt vor dem Restaurant, der sich optimal für ihre unauffällige Beobachtung eignete, zu „belagern", bis er und Tom sie später ablösen würden. Tom lief bereits das Wasser im Mund zusammen, als er an die bevorstehenden, saftigen Burger dachte. Es war schon Jahre her, dass Tom das letzte Mal Fast Food zu sich genommen hatte. Er wollte gerade seinen ersten Burger genüsslich auspacken, als Dante plötzlich unruhig auf seinem Autositz hin und her rutschte. Genervt, mit hochgezogenen Augenbrauen schaute Tom zu ihm rüber.

»Was hast du denn schon wieder? Ist etwas nicht in Ordnung?«

»Sie sitzen nicht auf ihrem Platz.«

Tom beugte sich leicht vor, um die Richtigkeit von Dantes Feststellung mit einem raschen Blick durch die Fensterfront des Restaurants zu überprüfen. Er hatte recht, der reservierte Tisch am Fenster war leer. Tom wollte unter allen Umständen verhindern, dass Dante nun die Fassung verlor.

»Vielleicht verspäten sie sich auch nur ein wenig. Das kleine Reserviert-Schildchen steht doch noch auf dem Tisch. Außerdem denke ich, dass Joenn sich mit Sicherheit bei uns melden würde, wenn es eine Planänderung gegeben hätte.«

Dante nickte zwar zustimmend, begann allerding mit den Fingern unruhig auf das Armaturenbrett des Wagens zu trommeln. Tom versuchte angestrengt, sich von Dantes Nervosität nicht anstecken zu lassen, was sich jedoch angesichts von Dantes zunehmender Unruhe als äußerst schwierig erwies. Daher atmete er innerlich erleichtert auf, als Dante plötzlich, lauter als gewollt, ausrief:

»Da sind sie ja endlich!«

Dante beobachtete angespannt, wie dieser aalglatte Mike eine blonde Schönheit in einem gewagt geschnittenen, feuerroten Kleid galant den Stuhl zurechtrückte. Tom biss endlich genüsslich in seinen Burger, um frustriert festzustellen, dass er mittlerweile kalt geworden war.

»Sag mal, hast du gewusst, dass deine Tochter ein solch aufreizendes Kleid tragen würde?«

Tom musste schmunzeln.

»Immer, wenn Joenn etwas gemacht hat, womit Amanda, ihre Mutter, nicht ganz zufrieden war, sagte sie stets zu mir: ‚DEINE Tochter.'« Tom kicherte leise in sich hinein, bevor er einen verstohlenen Blick auf Joenn warf. »Also, ich glaube, wir haben Joenn bisher gänzlich falsch eingeschätzt. Entweder will sie diesen Fall genauso schnell hinter sich bringen wie wir beide, oder sie will diesem Mike tatsächlich gefallen.«

Peng – diese Feststellung war wie ein Schlag in Dantes Magengrube. Ihm wurde schlecht, oder besser gesagt, speiübel. Er konzentrierte sich nun krampfhaft auf Joenn, auf jede noch so kleine Geste, die sie machte. Wenn sie lachte, wobei sie dabei den Kopf kokett zurückwarf, fragte er sich unwillkürlich, ob sie in seiner Gesellschaft auch so oft, so unbeschwert gelacht hatte wie hier bei diesem Mike. Er schaute angespannt zu, wie Mike versuchte, charmant zu wirken. Als eine Blumenverkäuferin an ihrem Tisch vorbeiging, kaufte Mike ihr eine einzelne rote Rose, woraufhin Dante leise murmelte:

»Idiot, das ist die völlig falsche Blume für eine Frau wie sie.«

Tom hörte Dantes Gemurmel, er konnte sich ein Kichern gerade noch verkneifen. Immer wieder dachte sich Tom wehmütig, wie schade es doch sei, Dante nicht dauerhaft in ihrer Familie behalten zu können. Je mehr Zeit er mit ihm verbrachte, desto mehr bemerkte er, wie gut Dante seine Tochter kannte, wie aufmerksam er auf ihre Bedürfnisse und Eigenheiten achtete. Auch jetzt wieder hatte er mit seiner Einschätzung recht. Eine Brocks kannst du nicht mit einer Rose beeindrucken. Die Blume muss etwas Aussagen. Sie sollte zum Charakter der Beschenkten passen. Wenn man eine Brocks wirklich liebte und es nur mit Rosen zeigen konnte, dann durfte die Blumenverkäuferin, die die Rose verkaufte, keine einzige weitere mehr besitzen, wenn man ernsthaft um eine solche Frau warb. Das hatte Tom seiner Tochter stets eindringlich eingeprägt. Lass dir von Männern den Hof machen, aber verlange oder erwarte keine materiellen Geschenke. Blumen zählten für Tom in diesem Zusammenhang nicht als Geschenk, sondern eher als eine kleine Aufmerksamkeit. Tom beobachtete nun aufmerksam die feinen Mimikveränderungen, die sich in Dantes Gesicht widerspiegelten. Er musste gar nicht selbst beobachten, was seine Tochter gerade tat. Dante war für ihn wie ein Spiegel ihrer Handlungen und Reaktionen. Er konnte genau sehen, wann Mike die Hand seiner Tochter berührte und wann er sie zum Lachen brachte, ohne auch nur einen einzigen direkten Blick auf sie werfen zu müssen. Ihm war bewusst, dass er dieses ungewohnte Mimikspiel bei Dante genießen musste, denn eigentlich war dieser junge Mann sehr verschlossen, stets darauf bedacht, sich nicht in die Karten schauen zu lassen. Dass es jemals jemand schaffen würde, ein so gewaltiges Loch in seine von ihm selbst errichtete innere Mauer zu schlagen, hätte sich Tom bei Dante niemals erträumen lassen. Dante riss Tom abrupt aus seinen tiefen, nachdenklichen Gedanken.

»Jetzt passiert etwas«, flüsterte er mit angespannter Stimme. »Joenn hat schon seit einiger Zeit nicht mehr gelacht, und wenn ich das richtig erkenne, spannen sich ihre Kieferknochen leicht an.«

Tom blickte an Dante vorbei zu dem Tisch am Fenster, wo Joenn mit Mike saßen.

»Wie kommst du denn darauf? Sie lächelt ihn doch an.«

Tom runzelte leicht die Stirn, da er keinerlei Anzeichen für Unbehagen bei seiner Tochter erkennen konnte.

»Oh ja, sie lächelt. Aber glaub mir, ich kenne dieses Lächeln nur zu gut. Es ist förmlich eingefroren, eine Maske. Ihre natürliche Höflichkeit lässt es nicht zu, anderen offen ihre Missbilligung oder ihren Unmut zu zeigen. Aber wenn ihr etwas wirklich nicht passt, dann mahlt sie unwillkürlich, kaum merklich mit dem Kiefer. Man sieht es kaum, es ist nur eine minimale Bewegung, doch ihre Gesichtszüge wirken dadurch etwas markanter. Ich muss auch feststellen, dass man diese subtile Veränderung von der Seite viel besser erkennen kann als von vorn. Du glaubst gar nicht, wie oft ich diese Anzeichen schon gesehen habe, leider immer erst zu spät. Immer kurz bevor sie mir dann die kalte Schulter zeigte.« Tom blickte seinen Neffen aufmerksam an, dieser zuckte dann jedoch nur mit den Schultern. »Frauen halt.«

»Du meinst also, du kannst jetzt deutlich erkennen, dass sich die Stimmung zwischen den beiden gerade verändert und sich etwas zusammenbraut?«

»Oh ja, auf jeden Fall. Mich wundert es nur, dass er ihr bis jetzt nicht mehr zu trinken angeboten hat. Ich hätte eigentlich erwartet, dass er versuchen würde, ihre Zunge mit etwas Alkohol zu lockern, wenn sie erst einmal ein wenig mehr getrunken hätte.«

Tom sah, wie sich Dante über die Entwicklung, die er zu erkennen glaubte, innerlich freute.

»Nein, ich glaube, er schätzt Joenn schon richtig ein. Er weiß genau, dass er erst ihr Vertrauen gewinnen muss, wenn er wirklich etwas von ihr erfahren will. Es würde ihm überhaupt nichts nützen, sie jetzt mit zu viel Alkohol zu einem Verhör zu drängen. Ihm ist sicherlich klar, dass sie momentan noch nicht allzu viele nützliche Informationen hat, und wenn er jetzt falsch reagiert und sie verprellt, dann würde sie ihm mit Sicherheit nie wieder vertrauen und ihm auch zukünftig nichts mehr berichten. Wieso also sollte er dieses unnötige Risiko eingehen, wenn er ohnehin der festen Überzeugung ist, dass sein Charme unübertroffen ist und er sie auf diese Weise für sich gewinnen kann?«

»Mh, okay, da muss ich dir wohl zustimmen.«

»Dante, schau! Sie verlassen gerade das Restaurant«, rief Tom plötzlich.

»Sehr gut, dann folgen wir ihnen unauffällig. Mal sehen, wo es die beiden jetzt hin verschlägt.«

Die anschließende Verfolgung war jedoch von kurzer Dauer, denn die Fahrt führte die beiden direkt zurück zu Joenns Hotel. Tom schaute Dante daraufhin vielsagend an.

»Ich glaube, es ist besser, wenn du mich jetzt auch nach Hause in mein Hotel bringst.«

»Sollen wir nicht lieber noch warten, bis Mike das Hotel wieder verlässt?«

Dantes Finger umklammerten das Lenkrad fest.

»Nein, ich glaube nicht, dass er noch lange bleiben wird. Du fährst mich jetzt zurück in mein Hotel. Wenn du später wieder hier am Hotel ankommst, gehst du einfach kurz bei Joenn vorbei. Sollte Mike wieder Erwarten immer noch bei ihr sein, glaube ich, dass er ohnehin schon freiwillig das Weite suchen wird, wenn er dich sieht. Sollte er jedoch schon gegangen sein, kann Joenn dir schon einmal berichten, was genau geschehen und besprochen wurde.«

Dante bedachte seinen Onkel mit hochgezogenen Augenbrauen.

»Du willst also, dass ich um diese späte Stunde noch zu Joenn auf ihr Zimmer gehe?«

»Das habt ihr beiden doch schon des Öfteren gemacht, da sehe ich kein Problem. Ich verlasse mich vollends auf deinen Instinkt und auf das tiefe Vertrauen, das ich stets in dich gesetzt habe. Ich denke mal, dass du meiner Tochter nichts antun würdest, was sie nicht auch selbst will, sonst würdest du sie nicht immer so beschützend wie ein großer Bruder behandeln.«

Wieder so ein Schlag in seine Magengrube. Vertrauen. Großer Bruder. In diesem Fall bedeutete diese Aussage im übertragenen Sinne wohl eher „Danke für das Gespräch". Tom sah, dass Dante die mentalen Schläge, die er ihm mit seinen Worten verpasst hatte, dieses Mal nicht so gut wegsteckte, wie er es für gewöhnlich tat. Aber jetzt konnte Tom wenigstens in Ruhe schlafen gehen. Er war sich ziemlich sicher, dass Dante insbesondere der letzte Satz von ihm noch lange verfolgen würde.

*

Vor Joenns Zimmertür blieb Dante abrupt stehen. Einen kurzen Moment lang hielt er inne, er versuchte angestrengt zu lauschen, ob ein Geräusch aus dem Inneren des Zimmers zu ihm drang. Doch es herrschte absolute Stille. Er klopfte zweimal kurz. Wieder lauschte er angestrengt, doch er hörte rein gar nichts. Als Joenn völlig unerwartet die Tür mit einem Schwung aufriss, zuckte Dante heftig zusammen, er schlug sich instinktiv mit der Faust auf die Brust. Er hatte sich so sehr erschrocken, dass er für einen kurzen Moment tatsächlich befürchtete, sein Herz würde vor lauter Schrecken stehen bleiben. Joenn schien sichtlich erfreut zu sein, ihn zu sehen, sie fiel ihm ohne Umschweife um den Hals. Dante atmete tief den vertrauten Duft ihres Haares ein, ein Geruch, der ihm so gut bekannt war.

»Komm rein, ich hatte gehofft, dass du noch kommen würdest. Ich habe vorhin schon einmal an deiner Tür geklopft, aber da warst du nicht da.«

Sie deutete ihm mit einer einladenden Geste an, das Zimmer zu betreten. Dante folgte ihr bereitwillig ins Zimmer. Er schien sich innerlich verpflichtet zu fühlen, ihr zu berichten, wo er den ganzen Abend verbracht hatte.

»Ich war mit deinem Vater unterwegs. Nachdem ich ihn in seinem Hotel abgesetzt hatte, bin ich wieder hierhergefahren, ich dachte mir, ich schaue mal nach, ob du schon wieder zurück bist. Erzähl mal, wie war es denn?«

Er zwang sich zu einem freundlichen Lächeln. Zum Glück bemerkte Joenn seine innere Anspannung nicht. Sie schien ihm unbedingt etwas erzählen zu wollen, sie wirkte aufgeregt. Dante setzte sich auf den Stuhl, der direkt am Fenster stand, schlug lässig seine Beine übereinander, lehnte sich entspannt zurück und verschränkte die Arme vor der Brust. Er war bereit, ihr aufmerksam zuzuhören, was er ihr mit seiner entspannten und offenen Körperhaltung auch deutlich vermittelte. Joenn tigerte während ihrer Erzählung unruhig im Zimmer auf und ab.

»Es war eigentlich ganz unspektakulär. Wir trafen uns, er holte mich ab. Ich sagte ihm, wo wir essen gehen sollten, was ihn anfangs etwas irritierte, aber er verzeiht mir meine kleine Eigenmächtigkeit schnell wieder. Beim Essen fragte er mich, wie es mir geht, wo ich war und was ich so gemacht habe. Alles ganz normal. Doch dann, beim Dessert, fing er plötzlich an, nachzufragen, warum der Wirtschaftsprüfer da ist, ob etwas nicht stimmen würde. Aber das Seltsamste war, dass er fragte, ob wir alle Unterlagen haben.«

Dante starrte sie an.

»Ja, und weiter?«

Sie zuckte nur mit den Schultern.

»Nichts weiter. Ich fragte ihn, wie er das meinte, doch er lachte nur und meinte, wenn etwas fehlen würde, würdest du dich schon bei ihm melden. Ich versuchte zaghaft nachzuhaken, doch das Einzige, was ich erfuhr, war, dass er alle Unterlagen als Kopie zu Hause hätte, womit er dir im Notfall aushelfen könnte.«

Dante zog die Augenbrauen zusammen.

»Hattest du das Gefühl, dass er etwas zu verbergen hat?«

»Und wie! Er wirkte sehr nervös und wich meinem Blick aus.«

»Also müssen wir einen Weg finden, in seine Wohnung zu gelangen.«

»Schon erledigt. Ich habe mich für morgen Abend noch einmal mit ihm verabredet. Er will für mich bei sich zu Hause kochen.«

Dante starrte sie daraufhin entsetzt an. Das konnte doch wohl nicht ihr Ernst sein? Er ermahnte sich innerlich, ruhig zu bleiben, wobei er ein paar tiefe Atemzüge nahm, bevor er mit barscher Stimme anfing:

»Du willst dich also tatsächlich noch einmal alleine mit ihm in seiner Wohnung treffen? Und dort willst du dann was genau machen? Während er in der Küche für dich versucht, etwas Anständiges zuzubereiten, willst du dann unbemerkt seine Wohnung auf den Kopf stellen und nach verdächtigen Dingen suchen? Wie genau willst du das denn anstellen? Was ist, wenn er dich dabei erwischt? Was willst du ihm dann sagen oder tun?«

Joenn lächelte ihn an.

»Das werde ich dann wohl spontan entscheiden müssen.«

Dante bemühte sich, sie nicht anzuschreien, er klammerte sich an den Armlehnen des Stuhls fest.

»Wann soll dieses Treffen stattfinden?«

»Morgen nach der Arbeit. Wir hatten sieben Uhr ausgemacht.«

Scheinbar ruhig erklärte Dante:

»Also, ich glaube, dieses Treffen kannst du morgen gleich wieder absagen.«

Joenn erstarrte in ihrer Bewegung. Sie verschränkte die Arme vor der Brust, um nicht in Versuchung zu geraten, wild mit ihnen herumzufuchteln.

»Und warum genau sollte ich das tun?«

»Weil Tom und ich dir das ganz einfach nicht erlauben werden.«

Joenns Stimme überschlug sich fast vor Empörung. Dante konnte deutlich sehen, wie sie nun genauso reagierte, wie er es Tom zuvor schon beschrieben hatte.

»Das ist doch wohl nicht dein Ernst? Erlauben? Ich bin doch kein kleines Kind, dem man etwas ‚erlauben‘ kann oder nicht. Und überhaupt, wie kommst du überhaupt dazu, über meinen Vater zu richten? Ich glaube, du solltest dir erst einmal seine Meinung zu dieser ganzen Angelegenheit einholen.«

»Ich weiß, dass er mir zustimmen wird. Abgesehen davon ist es meine Firma! Und wenn ich nicht möchte, dass im Namen meiner Firma auf diese riskante Art und Weise gehandelt wird, dann liegt es in meiner Entscheidung, dies zu untersagen.«

Joenn schnappte hörbar nach Luft.

»Du hast also keinen *richtigen* Grund?«, faucht sie ihn an.

»Doch! Ich möchte nicht, dass du dich in Gefahr begibst, nur um Informationen für die Firma zu beschaffen.«

»Es ist doch nur ein Essen, Dante. Ich bitte dich inständig, ich werde mich keineswegs in Gefahr begeben. Ich werde mich lediglich ein wenig umsehen.«

»Es ist mir völlig gleich, ob du dich nur ‚umsehen‘ oder ein gemütliches Essen mit ihm genießen willst. Du wirst dort nicht alleine hingehen!«

Joenn stieß ein kurzes, scharfes, sarkastisches Lachen aus, das die angespannte Stille im Raum noch verstärkte.

»Und was, denkst du, wird mich daran hindern? Etwa *du*?«, zischte sie die letzten beiden Worte giftig, mit einem herausfordernden Unterton in seine Richtung. Wie von einer unsichtbaren Kraft getrieben, schnellte Dante abrupt von seinem Stuhl auf. Er stand so unvermittelt vor ihr, dass sie vor Schreck unwillkürlich einen Schritt zurückwich. Doch dieser kurze Schritt verringerte den ohnehin schon geringen Abstand zwischen ihnen kaum, er reichte bei Weitem nicht aus, um die Distanz herzustellen, die sie benötigte, um ihren Willen durchzusetzen.

»Ich möchte nicht, dass du zu ihm nach Hause gehst! Wenn du dich so dringend noch einmal mit ihm treffen möchtest, dann tu es, wie es sich für ein anständiges Mädchen gehört: an einem öffentlichen Ort. Geht ein Eis essen, trefft euch in einem Café, oder wenn es etwas romantischer sein soll, dann geht wie gestern in ein anständiges Restaurant. Aber du betrittst keine privaten Räumlichkeiten, in denen ihr beide alleine seid. Habe ich mich da klar und deutlich ausgedrückt?«, donnerte Dante.

»Oh ja, das hast du. Mehr als deutlich. Aber ich verstehe trotzdem beim besten Willen nicht, warum du plötzlich so ein übertriebenes Interesse daran zeigst, wo genau ich mich mit Mike treffe. Er ist harmlos. Ich glaube absolut nicht, dass er in diese Machenschaften verwickelt ist.«

»Gerade eben hast du aber noch etwas vollkommen anderes behauptet!«

Nun war es an Dante, der die Beherrschung verlor und seine Stimme erhob.

»Das ist vollkommen richtig. Aber um ehrlich zu sein, glaube ich einfach, dass ihm die nötige Intelligenz fehlt, um so etwas Komplexes durchzuziehen. Es sei denn, er hätte einflussreiche Drahtzieher im Hintergrund, für die er arbeitet. Doch die einzigen Personen, die mir da spontan einfallen würden, verabscheut er zutiefst, das macht er auch gar nicht erst geheim. Deswegen halte ich seine Mittäterschaft, für die ihr beide ihn so vehement verantwortlich macht, für höchst unwahrscheinlich.«

Er wagte es, noch einen kleinen, aber bedeutsamen Schritt auf sie zuzugehen, sodass sie sich inzwischen fast berührten. Dann flüsterte er mit einer gefährlich leisen Stimme, die Joenn eine Gänsehaut über den Rücken jagte:

»Warum hast du dann überhaupt diesen riskanten und unnötigen Vorschlag gemacht? Wenn du doch selbst nicht daran glaubst, dass er etwas damit zu tun hat?«

»Ich wollte einfach nur auf Nummer sichergehen und alle Eventualitäten in Betracht ziehen. Aber in erster Linie… Genieße ich es einfach, einen Mann zu haben, der mir den Hof macht. Ist es denn wirklich so verwerflich, dass ich diese Aufmerksamkeit für einen kurzen Moment genießen möchte?«

»Gegenfrage. Warum willst du dich überhaupt mit einem Mann treffen, der dir intellektuell und emotional nicht das Wasser reichen kann?«

Joenn schluckte schwer. Langsam, aber sicher gingen ihr die passenden Ausreden aus, die unmittelbare Nähe zu Dante, durch die sie inzwischen sogar die Wärme seines Körpers wahrnehmen konnte, beeinträchtigte ihr ohnehin schon angespanntes Denkvermögen zusätzlich.

»Er ist charmant… Er ist sehr um mich bemüht, und er sieht gut aus«, stammelte Joenn, sie wich seinem intensiven Blick aus. Dante fixierte sie weiterhin, sein Blick war forschend.

»Und das soll dir wirklich genügen? Das ist alles, was du suchst? Oder willst du dich vielleicht einfach nur vergnügen? Willst du die spürbare, knisternde Spannung zwischen uns beiden an ihm ausleben?« Seine Stimme war nur noch ein leises Flüstern. Joenn verlor sich in seinen Augen, die plötzlich so intensiv wirkten.

»Sag mir«, flüsterte Dante mit rauer Stimme, »macht er dich so sehr an, dass du ihn küssen willst, so wie du mich geküsst hast? Begehrst du ihn genauso sehr, wie du mich begehrst?«

Bevor sie antworten konnte, beugte er sich vor und küsste sie. Seine Lippen glitten federleicht, kaum spürbar über ihre. Joenn konnte nicht anders, als ihm widerstandslos Einlass zu gewähren. Der Kuss vertiefte sich augenblicklich. Er umspielte ihre eigene, neckte sie mit sanften Berührungen. Eine unkontrollierbare Hitze breitete sich in Joenn aus. Ihre Hände wanderten wie von selbst an seiner Wirbelsäule entlang, krallten sich leicht in seinen Stoff, was seinen Griff um ihre Taille nur noch verstärkte. Er zog sie näher an sich, sodass ihre Körper sich vollständig berührten. In Dantes Kopf tobte ein Kampf. Sein Verstand schrie ihm zu, dass er sofort die Finger von ihr lassen und so schnell wie möglich weglaufen musste. *Verdammt schnell.* Doch seine Sinne waren schwach, von Joenns Nähe, ihr Duft benebelt ihn völlig. Sie wirkte wie ein Magnet auf ihn, zog ihn unwiderstehlich an. Er löste sich kurz von ihr, nur um ihr tief in die Augen zu schauen. Er wollte nur einen kurzen Blick in ihre Pupillen werfen, sehen, ob dort dasselbe Verlangen brannte wie in ihm. Er wollte die Begierde in ihren Augen gefangen sehen. Doch Joenn interpretierte seinen kurzen Rückzug falsch. Sie ging davon aus, dass sie ihm noch eine Antwort auf seine zuvor gestellten Fragen schuldete, eine Erklärung für ihr Verhalten. Mit einer leichten Bewegung schüttelte sie den Kopf. In diesem Moment war Dante wie von einem Bann befreit. Schlagartig war er wieder nüchtern. Joenn war wie eine Droge für ihn, eine gefährliche, unwiderstehliche Droge. Dieses kleine, verneinende Kopfschütteln riss ihn aus seiner Trance zurück in die Realität. Ihm fiel wieder ein, worum es in ihrem Gespräch eigentlich ging, welches Thema sie gerade diskutiert hatten. Er schob sie langsam von sich weg.

»Ich glaube, ich sollte jetzt gehen.«

An der Tür blieb er noch einmal stehen, den Blick starr auf die Türe gerichtet.

»Wirst du das Treffen morgen absagen?«

»Nein«

Er wagte es nicht, sich noch einmal zu ihr umzudrehen.

»Warum nicht?«

»Weil ich es so will und weil ich dir nicht gehöre.«

»Reiz mich nicht, Joenn«, zischte Dante mit einem gefährlichen Unterton, bevor er die Tür hinter sich zuzog. Joenn starrte auf die Tür, die gerade ins Schloss gefallen war. Was genau hatte er mit „Reiz mich nicht" gemeint? Sie hatte fest damit gerechnet, dass Dante nach ihrem Treffen mit Mike noch bei ihr vorbeischauen würde, weshalb sie sich nach dem Duschen über ihre knappe Schlafbekleidung eine bequeme Jogginghose und eine Strickjacke gezogen hatte. Während sie sich nun wieder ihrer Jogginghose entledigte, spielten ihre Gedanken mit dem verführerischen Gedanken, was wohl passiert wäre, wenn sie Dante die Tür nicht in diesem alltäglichen Outfit, sondern in ihren verführerischen Schlafsachen geöffnet hätte. Der dünne Stoff schmiegte sich sanft an ihre Haut. Sie hätte nur zu gerne gesehen, wie sich seine Pupillen weiteten, wenn er sie so gesehen hätte. Sie hätte nur zu gerne erfahren, wie weit er dann gegangen wäre. Hätte er sie dann vielleicht zärtlich berührt? Ihre Brüste sanft massiert? Was genau hatte er mit dieser eindringlichen, fast drohenden Warnung gemeint, sie solle ihn nicht reizen? Er konnte sie nicht besitzen. Niemals.

Der schrille Klingelton ihres Handys riss Joenn unsanft aus einem unruhigen, von wirren Träumen durchzogenen Schlaf. Sie tastete im Halbschlaf nach dem Gerät auf ihrem Nachttisch, mit halb geschlossenen Augen nahm sie das Gespräch an.

»Joenn? Sag bitte nicht, dass ich dich geweckt habe?«, hörte sie Elisas Stimme am anderen Ende der Leitung.

»Elisa? Guten Morgen«, murmelte Joenn mit noch leicht belegter Stimme. »Nein, nein, hast du nicht… Ich äh… War nur gerade beim Zähneputzen. Was gibt es denn so früh am Morgen?«

»Ich wollte dich nachher unbedingt treffen. Wir sollten uns noch einmal kurz die Kalkulation ansehen. Da müssen wir dringend etwas ändern.«

Joenn war schlagartig hellwach.

»Wirklich? Warum denn? Ist was passiert?«

»Man könnte es so sagen. Eigentlich wollte ich das ja zusammen mit Dante machen, aber seit dieser Wirtschaftsprüfer hier ist, findet er einfach keine Zeit mehr für mich, weder beruflich noch privat.«

Elisas Seufzer war deutlich zu hören.

»Das mag sein, aber der bleibt schließlich nicht ewig. Dann hast du ihn bald wieder ganz für dich alleine.«

Joenn konnte sich das zufriedene Grinsen vorstellen, das Elisa in diesem Moment auf den Lippen haben musste.

»Ich wollte mich aber auch mit dir zusammensetzen, weil ich gehofft habe, dass du mir bei einer Sache helfen könntest.«

»Klar, worum geht es denn?«

»Um Dante.«

Um was auch sonst?, dachte sich Joenn innerlich, mit einem Anflug von Bitterkeit.

»Oh, okay… Also, ich glaube, da muss ich leider passen, wenn es um Dante geht, kann ich dir beim besten Willen nicht weiterhelfen. Ich verstehe ihn ja selbst nicht wirklich.«

Joenn hörte ein helles, fröhliches Lachen von der anderen Seite der Leitung.

»Nein, in *der* Hinsicht kannst du mir sicherlich nicht helfen, das stimmt wohl. Ich glaube sogar, dass Dante sich selbst zum größten Teil

254

nicht versteht. Aber, wobei du mir wirklich helfen könntest, ist wegen seines Geburtstags.«

»Geburtstag?«

»Ja, er hat übermorgen Geburtstag. Hast du das etwa nicht gewusst?«

Verdammt, nein, das hatte sie tatsächlich nicht gewusst.

»Natürlich, die Zeit ist nur so gerannt, dass mir gar nicht bewusst war, dass es schon wieder so weit ist.«

»Also, wann könntest du zu mir ins Büro kommen?«

Joenn warf einen Blick auf ihre Armbanduhr.

»Ich würde sagen, dass ich so in etwa eineinhalb Stunden bei dir im Büro sein könnte.«

»Sehr gut. Und bring unbedingt Kaffee mit! Weißen, mit einem Hauch Zimt. Tschüs!«

Elisa beendete das Gespräch abrupt, ohne Joenn noch eine weitere Antwort oder einen Kommentar zu ermöglichen. Joenn schüttelte fassungslos den Kopf.

Natürlich, meine Königin, alles, was ihr Herz begehrt. Nicht einmal ein *„ bitte " hatte sie über ihre Lippen gebracht.*

Doch Joenn war einfach zu gutmütig, um sich darüber wirklich zu ärgern. So stand sie exakt eineinhalb Stunden später, pünktlich wie immer, mit dem gewünschten dampfenden Kaffee im Büro der Innenarchitektin. Sie überreichte das heiße Getränk mit einem freundlichen Lächeln, während sie sich ihrer Gesprächspartnerin gegenübersetzte.

»Also, Elisa, wie kann ich dir behilflich sein?«

Joenn musterte die Innenarchitektin. Elisa erhob sich von ihrem Schreibtisch, Joenn kam nicht umhin, die elegante Erscheinung der perfekten Frau vor sich innerlich zu bewundern. Sie trug ein marineblaues Kostüm mit zarten Rüschen an den Ärmeln. Joenn konnte sich kaum vorstellen, dass dieses Kostüm irgendjemandem so gut stehen könnte wie Elisa. Es schien, wie für sie geschaffen.

»Es geht um Dante. Da er ja bald Geburtstag hat, wäre die wichtigste Frage zuerst: Weißt du, wie lange der Wirtschaftsprüfer noch im Unternehmen sein wird?«

Aha, daher weht also der Wind, dachte Joenn innerlich. Hatte Dante mit seiner Vermutung über Elisas Motive vielleicht doch recht?

»Das weiß ich leider nicht genau. Aber Dante erwähnte beiläufig, dass der gute Mann wohl etwas länger bleiben wird als ursprünglich geplant.«

Elisa blickte sie daraufhin interessiert an.

»Wirklich? Aber warum? Hat er etwa Unstimmigkeiten in den Zahlen gefunden? Sonst hätte er ja keinen plausiblen Grund, die Prüfung soweit hinauszuzögern.«

»Vielleicht… Ich weiß es wirklich nicht.«

Joenn vermied es, Elisa direkt anzusehen. Sie fühlte sich plötzlich wie in einem Verhör. Sie wusste, dass sie bei Elisa auf der Hut sein musste. Die Innenarchitektin war nicht nur eine ausgesprochen attraktive Frau, sondern sie besaß auch einen messerscharfen Verstand.

»Was heißt ‚vielleicht‘? Komm schon, erzähl mir, was du weißt!« Elisas Stimme klang dabei fast schon drängend.

»Wirklich, Elisa, ich weiß es nicht. Dante hat nur eine vage Vermutung in den Raum gestellt, aber er hat keine konkreten Details genannt.«

Elisa nickte verstehend.

»Könntest du dann vielleicht mal vorsichtig bei ihm nachfragen? Jedes Mal, wenn ich Dante etwas auch nur in dieser Richtung frage, wird er sofort grummelig und blockt ab.«

»Wieso willst du das denn so dringend wissen?«

»Na, wegen seines Geburtstags! Ich habe mir nämlich ein wirklich wunderschönes Wochenende für ihn ausgedacht«, verriet Elisa mit einem verträumten Lächeln. »Um meine Pläne auch wirklich umsetzen zu können, sollte ich seinen genauen Zeitplan kennen. Aber Dante stellt mir immer nur Gegenfragen, wenn ich ihn nach seinen Terminen frage. Ich kann ihm ja schlecht direkt sagen, dass ich ihm eine Geburtstagsüberraschung plane, denn seien wir doch mal ehrlich: Dante hasst Überraschungen! Wenn er auch nur ansatzweise riecht, dass man eine Überraschung für ihn plant, dann verschwindet er auf unbestimmte Zeit, bis er sich wieder sicher ist, dass er der Überraschung entkommen ist.«

Joenn legte den Kopf leicht schief. Sie wusste gar nicht, dass Dante Überraschungen so vehement ablehnte. Diese Information würde sie sich auf jeden Fall merken. Vor allem würde sie sich merken, dass er in solchen Situationen gerne die Flucht ergriff. Dieses kleine, aber feines Detail über Dantes Persönlichkeit könnte ihr in Zukunft eventuell noch sehr nützlich sein.

»Das klingt fast so, als hättest du diesbezüglich schon einige – sagen wir – *einschlägige* Erfahrungen mit Dante gemacht.«

»Oh ja, das habe ich in der Tat. Er hat mich schon das ein oder andere Mal auf ziemlich unsanfte Weise sitzen lassen.«

Elisa lehnte sich mit einem nachdenklichen Ausdruck im Gesicht entspannt in ihrem Stuhl zurück.

»Wie lange arbeitet ihr denn schon zusammen?«

»Dante und ich? Oje, schon seit über zwei Jahren.«

Elisa beobachtete Joenns erstauntes Gesicht mit einem leicht amüsierten Blick. Als wolle sie noch etwas Salz in die offene Wunde streuen, fuhr Elisa mit ihrer Erzählung fort:

»Unser erstes Date… Nun ja, wenn man es überhaupt so nennen konnte, fand etwa nach einem halben Jahr unserer Zusammenarbeit statt. Ich war, ehrlich gesagt, völlig perplex und konnte nur stumm nicken, weil es mir schlichtweg die Sprache verschlagen hatte, als er damals in seinen komplett verschwitzten Joggingklamotten direkt vor meiner Haustür auftauchte. Als ich ihm die Tür öffnete, hielt er es nicht einmal für nötig, sein Lauftempo kurz zu verlangsamen oder gar anzuhalten. Er joggte einfach auf der Stelle weiter, während er mich ganz beiläufig und ohne Punkt und Komma fragte, ob wir am Abend zusammen ausgehen könnten. Er war damals so unglaublich dreist und von seiner eigenen Person so überzeugt, dass er nicht einmal meine Antwort abwartete, sondern einfach wieder auf der Straße seinen Weg weiter joggte. Ich machte mich natürlich besonders schick für diesen Abend, ging selbstverständlich davon aus, dass er mir, wie es sich bei einem ersten Date gehört, Blumen oder zumindest eine kleine Aufmerksamkeit mitbringen würde. Aber weit gefehlt. Absolut arrogant und von sich selbst zu hundert Prozent überzeugt, stand er dann einfach da und fragte mich nur mit einem einzigen fast schon befehlenden Satz: ‚Können wir?‘ Kein Hallo, kein nettes ‚Guten Abend‘, kein Küsschen auf die Wange zur Begrüßung – nein, nur dieser eine einzige, knappe und wenig charmante Satz.«

»Und wie ging es dann weiter?«

Elisa begutachtete ihre perfekt manikürten Fingernägel, als sie ihre Geschichte weitererzählte.

»Ich war so maßlos enttäuscht. Ich bestellte mir im Restaurant nur die teuersten Gerichte und Getränke, dabei war es mir vollkommen egal, ob sie mir überhaupt schmeckten oder nicht. Der Abend verlief dann ohne weitere romantische Zwischenfälle oder Höhepunkte und endete für mich schon, bevor er überhaupt richtig angefangen hatte. Das Schicksal wollte es anders: Wir arbeiteten zeitnah beruflich immer enger zusammen, dadurch lernte ich ihn auch auf seiner persönlicheren Ebene viel besser kennen. Ich musste widerwillig zugeben, dass er ein wirklich gut aussehender, charismatischer und attraktiver Mann mit einem gewissen unwiderstehlichen Sex-Appeal war. Eines Tages gingen wir dann wieder einmal aus, allerdings rein beruflich, da bemerkte ich zum ersten Mal, was für eine starke Anziehungskraft er auch auf andere Frauen ausübte. Ich war stolz darauf, an seiner Seite zu stehen. Wir trafen uns daraufhin öfter, er merkte allmählich, dass ich für ihn mehr sein konnte als nur eine Kollegin, mit der er zusammenarbeitete. Wir fingen eine lockere, zwanglose Affäre an. Eines Tages reichte mir diese lockere Beziehung nicht mehr aus, und so gingen wir schließlich eine feste Beziehung ein. Doch etwas lief von Anfang an schief. Er arbeitete immer extrem lange, wir sahen uns nur sporadisch, immer nur dann, wenn er mal Zeit oder überhaupt Lust auf mich hatte. Kurz gesagt: Ich fühlte mich überhaupt nicht wie in einer richtigen Beziehung, sondern immer noch wie in dieser anfangs so zwanglosen Affäre sprach ich ihn eines Abends auf meine Gefühle an. Doch er tat alles als nicht so schlimm ab und spielte meine Bedenken einfach herunter. Ich machte ihm klar, dass ich umworben werden möchte, dass ich Blumen oder Schmuck erwarte. Er tat dies jedoch mit einem kurzen Nicken ab. Bekommen habe ich natürlich rein gar nichts. Eines Tages hatte ich dann endgültig genug von dieser unbefriedigenden Situation, ich beendete die ganze Sache. Ich dachte ursprünglich, dass mein konsequentes Handeln ihn vielleicht endlich wachrütteln und zum Umdenken bewegen würde. Ich wartete daraufhin ganze zwei quälend lange Monate darauf, dass er mich anrufen oder einfach reumütig vor meiner Tür stehen würde. Doch er tat nichts von alledem. Absolut gar nichts. Kannst du dir das überhaupt vorstellen? Ich kam mir so unglaublich gedemütigt vor.«

»Wie lange ist das jetzt her?« Joenn fixierte Elisa mit einem aufmerksamen Blick, der nach weiteren Details in ihrer Mimik suchte.

»Fast ein Jahr.«

Elisas Blick verlor sich für einen kurzen Moment in der Vergangenheit.

»Und hat sich in der Zwischenzeit etwas geändert?«

Elisa verschränkte die Arme vor ihrer Brust. Aufmerksam betrachtet sie Joenn.

»Ich weiß es nicht. Sag du es mir.«

Joenn sah sie mit großen, fragenden Augen an, woraufhin Elisa in einem kurzen Lachen ausbrach.

»Ich denke, er hat sich verändert. Ich weiß zwar nicht genau, wieso oder was der genaue Auslöser für diese Veränderung war, aber ich habe das deutliche Gefühl, dass er zugänglicher geworden ist. Er sieht natürlich immer noch genauso fantastisch aus wie vor einem Jahr. Und ich würde es nur allzu gerne noch einmal mit ihm versuchen. Deswegen habe ich dich auch hierher gebeten. Ich würde ihm gerne zu seinem Geburtstag am Wochenende eine kleine, romantische Auszeit schenken, quasi den Reset-Knopf drücken. Meinst du, du könntest für mich in seinem Terminkalender nachschauen, ob ich mich um das kommende oder das darauffolgende Wochenende bemühen kann? Am liebsten wäre mir natürlich das kommende Wochenende, weil sein Geburtstag doch schon übermorgen ist.«

Joenn nickte zustimmend.

»Klar, das kann ich machen. Ich rufe dich heute Abend an, sobald ich mit ihm gesprochen habe.«

Elisa klatschte aufgeregt in die Hände.

»Super! Aber lass dir bloß nichts anmerken. Es soll schließlich eine Überraschung für ihn werden.«

Joenn zwang sich nach Elisas ausführlicher Geschichte ein möglichst natürliches Lächeln auf die Lippen.

»Natürlich werde ich absolut diskret sein und kein Wort darüber verlieren. Aber glaubst du wirklich, dass er sich freuen wird, wenn er doch angeblich keine Überraschungen mag?«

Elisa fuhr sich gerade mit ihrem Lippenstift in einem zarten Rosaton über die perfekt geformten Lippen.

»Aber natürlich wird er sich freuen. Ich habe mir speziell für diesen besonderen Anlass ganz besondere Unterwäsche besorgt. Sollte er deswegen wieder Erwarten sauer sein, wird dieser negative Gefühlszustand ganz sicher nicht von langer Dauer sein.«

Joenn wünschte sich im Stillen, sie hätte diese Frage nicht gestellt.

»Ich muss mich jetzt leider entschuldigen.«

Elisa griff nach ihrer eleganten Handtasche.

»Mein Bruder wartet schon auf mich. Wir wollten zusammen essen gehen. Du meldest dich dann ja heute Abend bei mir.« Auch Joenn erhob sich von ihrem Stuhl. Sie folgte Elisa zur Tür. Ihren mittlerweile leeren Pappbecher warf sie achtlos in den Papierkorb, der direkt neben der Tür stand. Zum Abschied reichte sie Elisa die Hand.

»Dann bis heute Abend.«

»Bis heute Abend, tschüs!«

Elisa verließ das Büro mit eleganten Schritten. Joenn war sich nun absolut sicher. Zwar glaubte sie Elisas Erzählungen über ihre vergangene Beziehung mit Dante, doch sie hegte indessen ernsthafte Zweifel an ihren aktuellen Absichten. Elisas Lächeln hatte ihre Augen nicht erreicht. Joenn fragte sich, ob sie sich das nur einbildete. War es vielleicht nur ihr eigener Wunsch, dass eine Frau, die sie für so perfekt hielt, keine echten Gefühle mehr für Dante hegte? Egal, was auch immer Elisas wahre Motive waren, sie musste Dante und ihren Vater so schnell wie möglich und bis ins kleinste Detail über dieses Gespräch informieren.

Ohne anzuklopfen, betrat sie entschlossen das Büro, wo Dante und ihr Vater stirnrunzelnd über einigen Unterlagen saßen. Dante und Tom blickten verdutzt auf, da sie mit ihrem plötzlichen Erscheinen überhaupt nicht gerechnet hatten. Joenn suchte Dantes Blick, sie fixierte ihn. War da etwa für einen winzigen Moment ein kaum merkliches Funkeln in seinen Augen zu sehen gewesen? Wenn ja, dann war es schon wieder verschwunden. Sein Gesichtsausdruck war nun wieder vollkommen geschäftlich. Joenn konnte sich soeben nur allzu gut vorstellen, wie dieses denkwürdige, erste Date zwischen Elisa und Dante abgelaufen sein musste. Sie blickte sich im Raum um, doch es war kein weiterer Stuhl in Sichtweite in diesem relativ kleinen Büro, auf den sie sich hätte setzen können. Dante bemerkte ihren suchenden Blick, er reagierte augenblicklich, indem er aufstand und seinen Bürostuhl kurzerhand vor sich um den Schreibtisch herumrollte. Er wollte sich eigentlich auf die Tischkante setzen, doch Tom kam ihm zuvor. Joenn nahm dankend auf dem freigewordenen Stuhl ihres Vaters Platz. Dante drehte seinen Stuhl in ihre Richtung, bevor auch er sich wieder setzte. So wie sie alle saßen, platzte es förmlich aus Joenn heraus.

»Ihr werdet nicht glauben, was heute Morgen passiert ist«, begann Joenn, sie konzentrierte sich ganz auf Dante, dessen Reaktion sie am meisten interessierte. »Mich hat heute Morgen Elisa angerufen, sie hat mich gebeten, zu ihr ins Büro zu kommen.«

Dante lehnte sich erstaunt in seinen Stuhl zurück, seine Aufmerksamkeit war sofort geweckt. Er war ganz Ohr. Tom seine Haltung, war eher angespannt. Für ihn spitzte sich die Lage zu schnell zu.

»Als ich dann bei ihr im Büro war, erzählte sie mir zunächst ganz beiläufig von eurem... Kleinen Intermezzo vor etwa einem Jahr.« Sie warf Dante einen kurzen, fast entschuldigenden Blick zu, als wolle sie sich für die Offenbarung entschuldigen. »Danach fragte sie mich ganz unvermittelt, wie lange der Wirtschaftsprüfer noch im Unternehmen sein würde. Sie kam dann aber selbst zu dem Schluss, dass er wohl nicht mehr allzu lange bleiben könne, und verlangte dann von mir, dass ich für sie diskret in deinem Terminkalender nachschaue, ob du an diesem oder am nächsten Wochenende Zeit hättest. Da du nämlich übermorgen Geburtstag hast, hat sie, wie sie sagte, ein Überraschungswochenende für euch beide geplant. An einem mir noch unbekannten Ort, wo sie dich... Verführen kann. Sie meinte, du hättest dich verändert, und dass sie dich unbedingt zurückgewinnen will. Dein bevorstehender Geburtstag kommt natürlich wie gerufen. Allerdings betonte sie ausdrücklich, dass ich dabei absolut diskret vorgehen und dir ja nichts davon erzählen solle, weil es ja schließlich eine Überraschung werden soll. Sie meinte auch, du magst keine Überraschungen und wärst einer von der Sorte Mensch, der, wenn er so etwas auch nur ansatzweise mitbekommt, sofort das Weite sucht. Ich habe ihr versprochen, sie heute Abend zurückzurufen.«

Dante stöhnte daraufhin leise und ließ den Kopf resigniert hängen. Mit einer müden Hand strich er sich über sein Gesicht. Tom brummte etwas vor sich hin, was die Aufmerksamkeit der beiden anderen sofort auf ihn zog. Sie schauten ihn so erwartungsvoll an, dass Tom sich gezwungen fühlte, seine Gedanken mit ihnen zu teilen.

»Für mich klingt das alles nach einem ausgeklügelten Plan. Findet ihr nicht auch?«

Dante wurde misstrauisch.

»Wie meinst du das genau? Was soll das für ein Plan sein?«

Tom kratzte sich nachdenklich an seiner Wange, die leicht stoppelig war, ihm hatte heute Morgen die Zeit zum Rasieren gefehlt.

»Ich glaube, dass da viel mehr dahintersteckt als nur ein harmloses Geburtstagsgeschenk und der Wunsch nach einer Wiederbelebung einer alten Beziehung. Wenn gleich noch Joenns Handy klingelt und Mark Lowes Nummer auf dem Display erscheint, dann ist die Sache für mich definitiv klar und es handelt sich zweifellos um einen perfiden Plan.«

Joenn reagierte prompt auf diese beunruhigende Aussage. Sie kramte ihr Handy aus ihrer Handtasche, sie warf einen schnellen Blick auf das Display. Es zeigte ihr, dass sie keinen Anruf verpasst hatte. Sie legte es demonstrativ auf den Tisch neben ihren Vater. Joenn öffnete den Mund, um etwas zu sagen, als ihr Handy tatsächlich klingelte. Ihr Vater nahm es sofort in die Hand, warf einen Blick auf das Display und seine zuvor getroffene Aussage wurde auf beunruhigende Weise bestätigt. Er reichte das Handy wortlos, mit ernster Miene, seiner Tochter. Joenn sah den blinkenden Namen „Mike" auf dem Bildschirm. Sie bedeutete den beiden anderen mit einer Handbewegung, still zu sein, dann nahm sie den Anruf entgegen.

»Hallo, Mike.« Joenn Stimme war ruhig, sie verriet nichts über ihre momentane Anspannung. Aus den Augenwinkeln beobachtete sie Dante, wie er sie mit zusammengekniffenen Augen musterte, was Joenn innerlich etwas nervös machte. Als sie das Gespräch beendete, sah sie ihren Vater an, der wissend, mit dem Kopf nickte. Dante bemühte sich sichtlich, ruhig zu bleiben, er ahnte bereits, was nun folgen würde. Mit zusammengebissenen Zähnen fragte er schließlich:

»Was wollte Mike?«

Joenn sah ihm kurz in die Augen, hielt es dann aber doch für besser, ihre Aufmerksamkeit auf ihren Vater zu richten. Sie war sich ziemlich sicher, dass Dante die genauen Details dessen, was Mike wollte, gar nicht wirklich hören wollte.

»Ich glaube, du hast recht mit deiner Vermutung. Sie haben definitiv einen Plan. Ich weiß zwar bislang nicht genau, wie Mike in diesen Plan hineinpasst, obwohl ich heute Abend eigentlich mit ihm zum Essen verabredet bin, ruft er mich gerade an, um mich ganz beiläufig zu fragen, ob ich am Wochenende schon etwas vorhabe. Als ich verneinte, lud er mich kurzerhand ein, das Wochenende mit ihm in einer Hütte direkt am Meer zu verbringen. Er meinte, wir beide hätten uns eine kleine Auszeit verdient.«

»Ihr seid für heute Abend zum Essen verabredet?«

Tom stellte die Frage eher an Dante als an Joenn. Dante antwortete stellvertretend für sie.

»Ja, stell dir das mal vor. Sie hatte die fixe Idee, sich in seiner Wohnung umzusehen und nach Beweisen zu suchen. Er hatte sie nämlich zu sich eingeladen. Er wollte für sie kochen.« Tom hörte den Unmut in Dantes Tonlage deutlich heraus, auch ihm gefiel diese riskante Idee ganz und gar nicht.

»Joenn, ich finde auch, dass das keine besonders gute Idee ist. Ich möchte ebenfalls nicht, dass du das tust. Die Gefahr, dass er dich erwischt und wir dadurch auffliegen, ist einfach viel zu hoch.«

»Habt ihr denn überhaupt kein Vertrauen in mich?«

Joenn starrte empört die beiden Männer an, die ihr, unabhängig voneinander, genau dasselbe predigten. Tom streckte beschwichtigend eine Hand nach ihr aus.

»So ist das doch nicht, mein Spatz. Natürlich vertrauen wir dir. Aber ich glaube einfach nicht, dass er dich auch nur für eine einzige Sekunde aus den Augen lassen wird, wenn du erst einmal in seiner Wohnung bist. Außerdem haben sich die beiden gerade ihre ganz eigene Falle gestellt, in die wir sie in aller Ruhe hineintappen lassen werden.«

»Es tut mir leid, aber ich kann dir im Moment nicht ganz folgen. Bitte erläutere deine Aussage etwas genauer.« Joenn runzelte die Stirn vor Verwirrung. »Außerdem kann ich das Treffen heute Abend auch nicht einfach so absagen, ohne Verdacht zu erregen.«

Dazu hatte Dante natürlich auch noch etwas zu sagen. Er wollte gerade seine ablehnende Haltung bezüglich Joenns Treffen am Abend mit Nachdruck zum Ausdruck bringen, als Tom beschwichtigend die Hand erhob, was Dante davon abhielt, sich einzumischen.

»Ich glaube, dass diese Elisa und dieser Mike unter einer Decke stecken. Ich vermute stark, dass das alles nur eine Inszenierung, eine reine Show ist und sie sich in Wirklichkeit keineswegs ‚nicht riechen können‘, wie es den Anschein hat. Ich glaube vielmehr, dass sie sich sehr gut kennen, vielleicht sogar viel besser, als wir uns vorstellen können, und dass sie gemeinsam den perfiden Plan verfolgen, dich und Dante für ein ganzes Wochenende so weit wie möglich weg vom Büro und den wichtigen Unterlagen zu schaffen. Aus diesem Grund möchte Elisa auch unbedingt, dass es eine Überraschung für Dante ist, sodass er sich nicht auf dieses Wochenende vorbereiten kann und somit alle relevanten Unterlagen und Bücher unberührt im Büro bleiben. Meiner Ansicht nach ist ihr Bruder der unbedarfte Handlanger, der ihren Plan vervollständigt. Ich könnte eine Menge Geld darauf verwetten, dass an genau dem Wochenende, an dem ihr beide ,zufälligerweise' nicht zugegen seid, hier eingebrochen wird und alle wichtigen Unterlagen auf mysteriöse Weise verschwinden oder aufwendig manipuliert werden. Im schlimmsten Fall wird hier sogar alles in Flammen aufgehen.«

Dante starrt seinen Onkel schockiert an. Am liebsten würde er wiedersprechen, doch es hörte sich in seinen Ohren so plausibel an, dass er es nicht konnte. Ein kalter Schauer lief ihm den Rücken hinunter.

»Verstehe ich das also, richtig? Du willst tatsächlich, dass ich und Dante die jeweiligen Einladungen annehmen und das gesamte Wochenende über bewusst nicht hier im Büro sind?«

Tom nickte seiner Tochter zustimmend zu.

»Ja, genau das wäre mein Plan.«

»Wie soll dein Plan dann weitergehen? Sollen wir direkt zur Polizeiwache fahren und Anzeige erstatten?« Dante ist während er sprach von seinem Stuhl aufgestanden. Er war unruhig, was aber keinen verwunderte.

»Nein, wir sollten auf keinen Fall direkt zur Polizeistation fahren. Ich glaube, dass sie uns möglicherweise schon im Visier haben. Es würde ganz sicher nicht unbemerkt bleiben, wenn wir uns dorthin begeben würden. Ich werde stattdessen meinen alten Freund anrufen. Er ist mittlerweile Polizeichef, allerdings nicht in dieser Gegend, sondern in einer anderen Stadt. Aber das macht überhaupt nichts, denn er könnte von dort aus alles Notwendige in die Wege leiten und die entsprechenden Maßnahmen delegieren.«

Dante verstand sofort, worauf Tom hinauswollte. Er war im Grunde mit diesem Plan einverstanden, mit einer einzigen Ausnahme: Er fand den Gedanken unerträglich, dass Joenn ein ganzes Wochenende alleine mit seinem aufdringlichen Vorarbeiter verbringen sollte. Doch um dieses Problem wollte er sich später noch kümmern. Ihre Aufmerksamkeit war ganz auf Toms Telefonat gerichtet: Sie lauschten angespannt, wie er seinem Freund die heikle Lage schilderte. Als er das Gespräch beendete, breitete sich ein zufriedenes Grinsen auf seinem Gesicht aus.

»Alles erledigt. Er wird sich persönlich darum kümmern. Ab Freitag wird das komplette Objekt unauffällig überwacht. Ich hoffe inständig, dass sie keine Lunte riechen oder auf eine andere Art und Weise etwas von unseren Vorkehrungen mitbekommen. Er hat mich gebeten, euch beiden seine private Handynummer zu geben, damit ihr sofort Bescheid bekommt, sobald die Falle zuschnappt oder die Polizei eingreifen muss. Dazu möchte er, dass ihr ihm eine kurze E-Mail schreibt, sobald ihr genau wisst, wohin euer kleiner Ausflug gehen wird, sodass die Beamten im Ernstfall schnell zugreifen können. Natürlich werdet auch ihr rechtzeitig über alle Entwicklungen informiert.«

Dante lachte daraufhin kurz erleichtert auf.

»Na, das hört sich doch nach einem vernünftigen Plan an.«

Dante hoffte inständig, dass der unbedarfte Idiot, der den Einbruch ausführen sollte, seine Tat noch am selben Tag verrichten würde, an dem sie ihren vermeintlichen „Überraschungsausflug" antreten würden. Ihm wurde ganz unwohl bei dem Gedanken, dass Joenn möglicherweise eine ganze Nacht alleine mit diesem aufdringlichen Mike verbringen sollte. Tom hatte anscheinend noch etwas Wichtiges zu sagen, denn er legte seine Hand auf seine Brust, dabei holte er tief Luft.

»Außerdem hat er mich gebeten, abzureisen. Er meinte, wir sollten die anderen in falscher Sicherheit wiegen. Deswegen werde ich schauen, dass ich einen Flug bekomme, entweder noch für heute Abend oder morgen früh.«

Dante nickte zustimmend. Obwohl ihm die Situation und die bevorstehende Trennung von seinem Onkel missfielen, sah er die Notwendigkeit dieses Schrittes ein.

»Was willst du denn noch machen, bis dein Flug geht?«

Tom lachte Dante freundlich an, er legt einen väterlichen Arm um seine Tochter.

»Ich dachte, ich werde den restlichen Tag mal ausgiebig mit meiner Tochter genießen.«

Joenn fand diesen Vorschlag wunderbar, sie freute sich über die unerwartete gemeinsame Zeit.

Kapitel 11

Ihr Vater hat noch einen Flug am späten Abend nach Hause char-
tern können. Sie war jedoch ein wenig betrübt darüber, dass sie ihn aufgrund ihrer bereits fest zugesagten Verabredung mit Mike nicht zum
Flughafen begleiten konnte. Nach einem schönen, entspannten Mittagessen, das sie mit angeregten Gesprächen gemeinsam verbrachten, verabschiedeten sie sich voneinander. Tom bat seine Tochter eindringlich, gut
auf sich achtzugeben und sich insbesondere nicht von Dante „unterbut-
tern" zu lassen, wie er es augenzwinkernd mit einem liebevollen Lächeln
formulierte. Joenn versprach es ihm, zwar nicht ohne ein leises Lachen,
doch sie versicherte ihm, ihr Bestes zu geben. Dante fuhr ihren Vater
anschließend zum Flughafen, während Joenn sich für ihr Treffen mit
Mike fertig machte. Einerseits war sie ganz froh darüber, dass er nicht
sah, wie sie zu Mike ging. Sie wollte keine weitere Auseinandersetzung
oder hitzige Diskussion mit ihm riskieren. Es hatte ihr schon gereicht,
wie er sie mit grimmigem Blick bedacht hatte, als sie sich von ihrem
Vater verabschiedete. Als sie bei Mike ankam, war sie positiv überrascht,
wie viel Mühe er sich für ihr Treffen gegeben hatte. Er öffnete ihr die Tür
zu einer kleinen, aber feinen Wohnung. Sie bestand aus einer offenen
Küche, die harmonisch in das Wohnzimmer integriert war, einem Badezimmer und seinem Schlafzimmer. Der Rundgang durch die Wohnung
war schnell beendet. Joenn musste innerlich zugeben, dass die Wohnung
sehr geschmackvoll eingerichtet war. Alles war in warmen, hellen Holz-
tönen gehalten, sowohl der elegante Holzboden als auch die stilvollen
Möbel, die darauf standen. Durch die clevere Einrichtung wirkte die
Wohnung optisch größer, als sie tatsächlich war. Joenn dachte sich beiläufig, dass selbst eine so stilbewusste Frau wie Elisa die Wohnung nicht
besser hätte einrichten können. Mit einem Anflug von Stolz betrachtete
sie den Mann, der gerade mit einer Schürze um die Hüften am Herd han-
tierte und offensichtlich mit den Vorbereitungen für das Abendessen
beschäftigt war. Es gab also doch noch Männer mit einem ausgeprägten
eigenen Geschmack, stellte sie erfreut fest. Der Esstisch, der ebenfalls im
selben hellen Holz gehalten war wie der Rest der Einrichtung, war auf
romantische, einladende Weise gedeckt. Zarte Rosenblüten waren elegant

auf dem Tisch verteilt, auf einem Teller lag sogar eine einzelne, wunderschöne Rose, die offensichtlich für sie gedacht war. Funkelnde Weingläser standen bereit, in der Mitte des Tisches stand eine Flasche leicht gekühlter Bordeaux, die bereits geöffnet war. Mike holte sie mit einer freundlichen Geste aus ihren Gedanken.

»Ich hoffe, du magst Spaghetti. Ich muss zu meiner eigenen Verlegenheit gestehen, dass ich mich kurz verflucht habe, als ich dich eingeladen habe, für dich zu kochen.«

Joenn sah ihn überrascht an.

»Oh, warum denn das?«

Mike schenkte ihr ein entwaffnend ehrliches Lächeln.

»Ich muss zu meinem eigenen Übel gestehen, dass ich überhaupt nicht kochen kann. Na ja, außer vielleicht Spaghetti mit Tomatensoße. Was es schlussendlich dann auch heute Abend geben wird.«

Joenn kicherte leise, sie fand seine offene, selbstironische Art äußerst sympathisch.

»Das hört sich doch wunderbar an! Gibt es dazu auch einen frischen Salat?«

Mike kratzte sich daraufhin etwas verlegen am Hinterkopf.

»Ähm, nein, leider keinen Salat. Salatsoßen sind für mich auch ein einziges Rätsel. Ich hatte zwar kurz daran gedacht, doch als ich vor dem Regal mit den unzähligen Soßen stand, war die Auswahl so überwältigend, dass ich den Gedanken schnell wieder verworfen habe. Ich muss allerdings auch ehrlich einräumen, dass ich innerlich gar nicht wirklich daran geglaubt habe, dass du meiner Einladung tatsächlich folgen würdest. Mir ist bewusst, dass Dante unsere heutige Zusammenkunft alles andere als gerne sieht. Dazu kommt noch, dass er der festen eigenwilligen Überzeugung ist, dass sich außer ihm selbst niemand mit den Leuten verabreden darf, mit denen man beruflich zusammenarbeitet.« Joenn nickte verstehend.

»Da hast du vollkommen recht. Er sieht das wirklich überhaupt nicht gerne, doch er weiß auch ganz genau, dass ich nicht unter sein Fuchteln stehe und mir von ihm nichts vorschreiben lasse.«

Mike trug die dampfenden, aufgeteilten Teller an den Esstisch, dann rückte er ihr galant den Stuhl zurecht. Als er sich ihr gegenübersetzte, beobachtete er aufmerksam, wie sie die erste Gabel Spaghetti zu sich nahm. Joenn tat so, als wäre es eine absolute Köstlichkeit, was ihn sicht-

lich zufrieden in seinem Stuhl zurücklehnen ließ. Doch als sie die verkochten und gänzlich versalzenen Spaghetti im Mund hatte, hatte sie alle
Mühe, den zähen Happen überhaupt hinunterzuschlucken. Die Soße war
offensichtlich auch ein Fertigprodukt, dazu noch eines von der absolut
scheußlichen Sorte. Sie schielte verstohlen zu dem bereitstehenden Wein,
der ihr hoffentlich helfen würde, jeden einzelnen Bissen dieser kulinarischen Katastrophe hinunterzuspülen. Sie schwiegen eine Weile, die unangenehme Stille wurde mit der aus den Boxen erklungene Musik der
neuesten Kuschelrock-Compilation, die er gezielt für diesen Abend ein-
gelegt hatte, unterstrichen. Irgendwann kamen dann die Fragen, auf die
Joenn innerlich schon gewartet hatte.

»Sag mal, weiß Dante eigentlich, dass du heute Abend hier bist?«

»Nein, warum sollte er?«

Joenn zuckte unschuldig mit den Schultern. Mike lachte daraufhin
leise auf.

»Nein, es ist wahrscheinlich wirklich besser, wenn er es noch nicht
weiß.«

»Was meinst du mit ‚noch nicht‘?«

Joenn runzelte leicht die Stirn, um ihre Verwirrung zu demonstrie-
ren.

»Na ja, ich würde gerne erst einmal schauen, wie sich das Ganze
zwischen uns entwickelt. Es ist sicherlich viel leichter, alles anzufangen,
ohne einen nervigen Mr. Brown im Rücken zu haben.«

Mike deutete mit einer abwertenden Handbewegung an, was er von
Dante hielt.

»Wie sieht es eigentlich aus? Hättest du Lust, mit mir übers Wochenende wegzufahren?«

»Sehr gerne. Eine kleine Pause und etwas Abstand vom Büro würden mir sicherlich sehr guttun.«

Sie schenkte ihm ein freundliches Lächeln. Mike schaufelte sich daraufhin noch eine weitere Gabel von den verkochten Spaghetti in den
Mund. Joenn beobachtete fasziniert, wie er kaute und das wirklich unge-
nießbare Essen anschließend hinunterschluckte.

»Ist denn der lästige Wirtschaftsprüfer mittlerweile endlich abgereist?«

»Ja, das ist er.«

»Das hört sich ja hervorragend an. Ich freue mich schon richtig auf unser gemeinsames Wochenende.«

Mike strahlte sie mit einem breiten Lächeln an. Joenn lächelte ihn ebenfalls an, wusste aber im Moment nicht wirklich, was sie darauf antworten sollte.

»Sag mal, ist dem Wirtschaftsprüfer eigentlich etwas Besonderes aufgefallen?«

Joenn zuckte mit den Schultern.

»Ich weiß es offen gesagt nicht genau. Dante redet nicht darüber, aber er hat seitdem eine ziemlich schlechte Laune.«

»Also wird er sich das ganze Wochenende über wahrscheinlich wieder hinter seinen Büchern verstecken?«

»Das könnte ich mir durchaus gut vorstellen. Wieso fragst du eigentlich?«

Joenn musterte ihn nun etwas genauer.

»Na, dann weiß ich wenigstens, ob wir unser Wochenende in Ruhe genießen können oder ob dein Handy die ganze Zeit unaufhörlich klingeln wird. Wirst du Mr. Brown eigentlich darüber informieren, wo genau du dich übers Wochenende aufhalten wirst?«

Mike fixierte sie mit seinem Blick.

»Ja, das werde ich ihm gezwungenermaßen mitteilen müssen, falls wirklich etwas Wichtiges sein sollte. Aber ich garantiere dir, dass er nicht ständig versuchen wird, mich zu erreichen.«

Mike sah sie unbeirrt mit einem verschmitzten Grinsen an.

»Also wirst du Dante ganz bewusst nicht erzählen, dass du das Wochenende mit mir genießen wirst?«

Jetzt musste Joenn lachen, sie schüttelte amüsiert den Kopf.

»Nein, ich glaube, dieses kleine Detail werde ich dann doch lieber auslassen.«

»Ich glaube, das ist eine ganz hervorragende Idee.«

Mike zwinkerte ihr zu, bevor er aufstand, um den Tisch abzuräumen. Das weitere Gespräch entwickelte sich zu Joenns angenehmer Überraschung in eine lockere, unbefangene Unterhaltung. Mike erzählte ihr amüsante Anekdoten aus seiner Kindheit, womit er sie oft zum Lachen brachte, sodass ihr am Ende des Abends die Wangen schmerzten. Joenn stellte im Verlauf des Abends fest, dass sie sich durchaus vorstellen konnte, sich noch einmal mit ihm auf ein richtiges Date zu treffen, sobald sich ihre Vermutung, dass Mike mit den dubiosen Machenschaften nichts zu tun hatte, endgültig bestätigen würde. Ein richtiges, ungezwungenes Date mit Mike, fernab von allen beruflichen Verpflichtungen, könnte ihr wirklich gut gefallen, dachte sie sich. Besonders positiv fiel ihr auf, dass es von seiner Seite aus keinerlei aufdringliche oder unangenehme Annäherungsversuche gab, was Joenn ihm hoch anrechnete. Als es Zeit für sie war zu gehen, rief Mike ihr bereitwillig ein Taxi, welches sie zurück in ihr Hotel bringen sollte. Sie hatten im Laufe des Abends bereits die zweite Flasche Wein geleert, was die Stimmung zusätzlich gelockert hatte. Er legte ihr einen Arm um die Schultern, als er sie vor seinem Haus, in dem sich seine Wohnung befand, zu dem bereits auf sie wartenden Taxi begleitete. Bevor sie ins Taxi stieg, gab er ihr einen kurzen, eher zurückhaltenden, leidenschaftslosen Kuss auf den Mund. Sie war innerlich froh, dass er es dabei beließ und keine weiteren Versuche startete. Sie winkte ihm noch einmal freundlich zu, als das Taxi losfuhr.

Joenn trat gerade aus der Dusche, das Handtuch locker um ihren Körper geschlungen, als ihr Handy auf dem Nachttisch zu klingeln begann. Auf dem Bildschirm leuchtete der Name ihres Vaters auf.

»Hallo Dad, bist du gut zu Hause angekommen? Wie geht es Mum?«

»Ich bin gut angekommen und deiner Mutter geht es auch gut, aber warum hast du dich bis jetzt nicht bei Dante gemeldet? Der Junge hat deine Mutter schon ganz verrückt gemacht. Fünfmal hat er bereits angerufen, um sich nach dir zu erkundigen. Er macht sich offensichtlich große Sorgen, was man ihm ja beim besten Willen nicht verübeln kann. Bitte geh doch mal schnell rüber und zeig dich ihm, damit er sich wieder beruhigt. Und am besten sagst du ihm mit keinem Wort, dass ich dich angerufen habe.«

»Okay, das mache ich sofort. Danke, Dad, es tut mir wirklich leid. Ich wollte euch keine unnötigen Sorgen bereiten. Sag Mum bitte, dass es mir gut geht.«

»Klar, das richte ich ihr aus. Bis dann mein Spatz.«

Tom legte auf. Joenn zog sich schnell ihren bequemen Jogginganzug an, rubbelte ihre noch feuchten Haare mit einem Handtuch etwas trocken und lief dann barfuß die kurze Strecke zu Dantes Zimmer. Sie klopfte kurz an die Tür, die sich daraufhin auch schon öffnete. Zuerst sah es so aus, als würde er sich über ihr plötzliches Erscheinen freuen, doch sein Gesichtsausdruck veränderte sich im nächsten Moment, dabei wurde es von einem misstrauischen, prüfenden Blick abgelöst.

»Du hast geduscht?«

Er ließ Joenn widerwillig eintreten. Ungeduldig wiederholte er seine Frage:

»Du hast geduscht?«

»Ja, warum denn? Ist das so ungewöhnlich oder gar verboten?«

»Was habt ihr denn getrieben, dass du danach duschen musstest?«

Joenn starrte ihn ungläubig mit offenem Mund an.

»Gar nichts! Ich habe geduscht, weil mir einfach danach war. Ich wollte mich frisch machen. Jetzt bin ich extra hierhergekommen, weil ich nicht wollte, dass du dir unnötige Sorgen um mich machst.«

»Wie kommst du überhaupt darauf, dass ich mir Sorgen um dich machen würde?«

Dante verschränkte die Arme vor der Brust.

»Na, zum einen an deiner besorgten Tonlage, die du gerade zutage legst und zum anderen hast du es mir auch oft genug selbst gesagt.«

Joenn verdrehte innerlich die Augen. Dante stellte sich ihr mit verschränkten Armen gegenüber. Seinen Kopf hatte er leicht schief gelegt. Das schlichte T-Shirt spannte sich über seiner muskulösen Brust, Joenn konnte ihren Blick kaum davon abwenden.

»Wenn du das alles weißt, warum gehst du dann erst duschen, bevor du dich bei mir zurückmeldest? Das widerspricht sich doch.«

Joenn wurde wütend, ihre Stimmlage wurde unwillkürlich lauter.

»Ich wollte eigentlich gar nicht erst zu dir hinüberkommen, weil ich genau das befürchtet habe – dass du wieder so reagierst und mir Vorwürfe machst.«

Sie deutete mit einer energischen Handbewegung auf ihn. Er ließ daraufhin die Arme resigniert sinken.

»Ist denn etwas vorgefallen, etwas, das mich derart in Rage versetzen könnte?«

Er sagte es ganz leise. Joenn musste laut lachen, was Dante dazu brachte, seine Augenbrauen in die Höhe schießen zu lassen.

»Nein, ganz im Gegenteil, eigentlich müsstest du mich zutiefst bemitleiden. Er kann absolut nicht kochen. Und selbst das vermeintlich simple Fertiggericht, das er mit sichtlich angestrengter Mühe zubereitet hat, hat er auf jämmerliche Weise vermasselt. Es war absolut versalzen, eine kulinarische Katastrophe, ich musste jeden einzelnen Bissen mit einem viel zu trockenen, säurebetonten Wein hinunterspülen, um ihn überhaupt mehr oder weniger ertragen zu können.«

Dantes Gesichtszüge entspannten sich merklich. Er ließ sich auf dem Bettrand nieder, wobei er sie nicht aus den Augen ließ, gespannt auf weitere Details ihrer Erzählung.

»Während des Essens fragte er mich ganz beiläufig, ob der Wirtschaftsprüfer noch im Haus sei. Ich sagte ihm wahrheitsgemäß, dass heute sein Abreisetag war. Ist das in Ordnung für dich?« Dante nickte zustimmend.

»Völlig in Ordnung. Was wollte er denn noch von dir wissen?«

»Er wollte wissen, ob dem Wirtschaftsprüfer Unregelmäßigkeiten oder Auffälligkeiten aufgefallen sind.«

»Ja, und was hast du ihm darauf geantwortet?«

Joenn stand immer noch im Raum. Sie schaute während der gesamten Unterhaltung zu ihm hinab.

»Ich sagte ihm, dass ich absolut keine Ahnung habe. Ich wüsste nur, dass deine Laune seit dem Besuch des Prüfers schrecklich sei und du deine Nase seitdem nur noch in die Bücher steckst. Er fragte mich auch, ob ich davon ausgehe, dass du das gesamte Wochenende über im Büro bleiben und arbeiten würdest, was ich bejahte.«

»Das hast du wirklich ausgezeichnet gemacht. Du hast weder zu viel noch zu wenig gesagt. Konntest du dich denn unauffällig in seiner Wohnung umsehen?«

Dante, sein Blick, wurde wieder etwas misstrauischer.

»Ja, das konnte ich tatsächlich. Allerdings war es eine so kleine und überschaubare Wohnung, dass ich selbst, wenn ich nur kurz aufs Klo gemusst hätte, ununterbrochen unter seiner Beobachtung gestanden wäre. Es gab absolut keine Möglichkeit, unbemerkt etwas zu suchen oder zu entdecken.«

Dante grinste breit. »So klein also?«

Joenn kicherte leise.

»Ja, winzig. Aber es scheint für seine Zwecke völlig auszureichen. Ansonsten war es ein recht unspektakulärer aber gemütlicher Abend. Wir haben uns über ganz belanglose alltägliche Dinge unterhalten.«

»Gut, das klingt schon mal beruhigend. Aber ich hätte da noch eine wichtige Frage an dich.« Sein Ton wurde ernst.

»Und die wäre?«

Dante stand von seinem Platz auf dem Bett auf, mit nur zwei schnellen Schritten war er bei ihr.

»Weiß ich denn, wo genau du dich dieses Wochenende aufhalten wirst?«

Er legte den Kopf leicht schief, während er sie intensiv musterte.

»Ja, das weißt du.«

»Weiß ich denn auch, dass er, Mike, bei diesem Wochenendausflug ebenfalls dabei sein wird?«

Dante kam noch einen kleinen Schritt näher. Sie konnte nun deutlich seine angenehme Körperwärme spüren.

»Nein, das weißt du nicht.«

Jetzt konnte sie sogar den schwachen, aber dennoch vertrauten Geruch seines frischen Duschgels wahrnehmen.

»Hat er dich geküsst?«

Joenn spürte, wie ihr die Röte ins Gesicht stieg.

»So, er hat dich also tatsächlich geküsst. Wie war es denn? Erzähl schon.«

Seine Augen funkelten neugierig. Joenn lachte nervös, sie wich seinem Blick aus.

»Wie soll man so etwas denn erklären? Das ist doch schwer in Worte zu fassen.« In diesem Moment spürte sie seinen warmen Atem auf ihren Lippen, als er sprach. Er vernebelte ihre Sinne, ohne sie auch nur zu berühren.

»Wenn du es mir nicht mit Worten erklären kannst, dann zeig es mir doch einfach.« Er beobachtete aufmerksam, wie sich ihre Pupillen für einen kurzen Moment weiteten. Es war ihr sichtlich unangenehm, sie wirkte verlegen. »Wenn es nichts Besonderes war, hast du bei mir nichts zu befürchten.«

Sie wollte ihn, das befürchtete sie insgeheim. Sie holte tief Luft, um sich zu sammeln, dann gab sie ihm einen kurzen, zögerlichen Kuss auf seine Lippen. Nach diesem kurzen, flüchtigen Kuss schaute Dante sie überrascht mit leicht geöffnetem Mund an.

»Wie? Das war alles?«

Sie nickte nur stumm. Sie war innerlich erleichtert, dass er ein kleines Stück von ihr abrückte. Zu ihrer großen Überraschung sah sie, wie Dante den Kopf zurückwarf, sie hörte, wie er ein tiefes, ehrliches Lachen ausstieß. Dann schaute er sie wieder an, auf seinen Lippen lag immer noch ein breites, amüsiertes Lächeln.

»Der Idiot ist ja absolut nicht im Bilde darüber, wie ein Mann eine Frau wie dich zu küssen hat.«

Joenn schnappte hörbar nach Luft, sie spürte, wie ihr Herz schneller schlug. Sie wusste, dass sie dazu besser nichts sagen sollte, dass sie die Konsequenzen tragen müsste, wenn sie nachfragen würde. Die leise Hoffnung, er könnte sie noch einmal so küssen, wie er es schon einmal getan hatte, trieb sie unwiderstehlich an. Und so tat sie es.

»Und wie sollte ein Mann mich deiner Meinung nach küssen?«

Dante funkelte sie mit einem intensiven Blick an.

»Ich kann dir das sehr gerne und mit dem größten Vergnügen zeigen.«

Er vergrub seine Hände in ihrem Haar. Vorsichtig zog er sie näher zu sich heran. Seine Lippen lagen zunächst hart auf ihren. Trotzdem gewährte sie ihm bereitwillig Einlass. Als sich ihre Münder endlich vereinten, konnte sie ein tiefes, kaum hörbares Stöhnen von ihm wahrnehmen. Der Kuss wurde weicher, leidenschaftlicher und immer fordernder. Joenns Beine gaben unter der überwältigenden Intensität des Kusses nach. Als er sich schließlich wieder von ihr abstieß, hatte sie Mühe, ihr Gleichgewicht zu halten. Seine Stimme war rau, belegt und voller Emotionen, als er wieder sprach:

»So küsst ein Mann eine Brocks.«

Joenn ließ sich von seinen Worten und seinem selbstgefälligen Blick nicht täuschen. Sie sah es deutlich in seinen dunklen, funkelnden Augen, dass er eigentlich noch viel mehr wollte, dass dieser Kuss nur ein kleiner, aber intensiver Vorgeschmack auf das war, was noch kommen könnte. Doch er ging wortlos mit einer abrupten Bewegung zurück zum Bettrand, auf den er sich wieder setzte. Als hätte er sie nicht soeben noch leidenschaftlich geküsst, wobei er ihren ganzen Körper in Aufruhr brachte, verwandelte er sich mit einem Mal wieder in den kühlen, distanzierten Geschäftsmann.

»Ich würde sagen, du kommst morgen nicht ins Büro. Ich muss noch die ganzen Bücher kopieren und die Originale anderswo unterbringen. Ich werde sie nicht hier ins Hotel bringen. Ich traue ihnen nicht. Die Gefahr, dass sie sich auch hier umsehen werden, ist mir zu hoch. Ich bringe sie in ein Lagerhaus, das mir die Polizei zur Verfügung stellt.« Joenn nickt zustimmend. Für sie war es an der Zeit zu gehen. Sie war im Begriff zu gehen, da ergriff Dante noch einmal das Wort.»Ich möchte, dass du dich auch bei mir meldest, wenn ihr angekommen seid. Ich möchte von dir den genauen Standort von euch beiden haben. Wenn ihr ausgeht, möchte ich ebenfalls darüber unterrichtet werden. Und wenn du dich in einer verzwickten oder gefährlichen Situation siehst, möchte ich, dass du mich sofort, ohne groß nachzudenken, anrufst. Ich glaube nicht, dass wir weit voneinander entfernt sein werden. Also, wenn was ist, dann rufst du mich sofort an, ja? Ich werde auch so schnell ich kann für dich da sein.« Wieder nickt Joenn, dann verlässt sie sein Hotelzimmer.

*

Joenn nutzte den Vormittag, um eine Weile bummeln zu gehen. Sie probierte gerade ein wunderschönes, rosafarbenes Kleid an, welches ihre erste Eroberung wäre, wenn sie sich dazu entschließen könnte, es zu kaufen, da klingelte plötzlich ihr Handy. Auf dem Bildschirm sah sie Dantes Namen aufleuchten. Ihr Herz machte einen kleinen Sprung, und ihre Hände wurden leicht feucht, als sie den Anruf entgegennahm.

»Joenn?«, meldete sich Dante am anderen Ende der Leitung.

»Dante, hallo! Was gibt es denn?«

»Du musst mir helfen. Du musst sofort herkommen und Mike von hier wegholen, bis ich alle Bücher erfolgreich weggebracht habe. Kannst du das für mich tun?«

Joenn drehte sich mit dem Kleid, das sie gerade anhatte, vor dem Spiegel.

»Na klar, mache ich das. Ich komme sofort vorbei.«

»Ich danke dir. Aber sei bitte vorsichtig dabei und lass dir nichts anmerken. Er soll keinen Verdacht schöpfen.«

»Ich weiß. Das bekomme ich bestimmt hin. Bis gleich.«

Joenn legte auf. Sie beschloss, das Kleid gleich anzubehalten. Es war sexy und süß zugleich, fand sie. Es passte perfekt zu ihrer heutigen Mission. Sie würde gleich Dante gegenüberstehen, er sollte sehen, was er sich eingebrockt hatte, wenn er sie jedes Mal küsste und sie dann wieder fallen ließ wie eine heiße Kartoffel. Beschwingt verließ sie den Laden.

Zwanzig Minuten später stand sie vor Dantes Vorarbeiter, Mike Lowe. Er pfiff anerkennend mit einem breiten Grinsen, als er sie sah.

»Du siehst wunderschön aus.«

Joenn machte daraufhin eine angedeutete, elegante Hofverbeugung.

»Das habe ich nur für dich angezogen. Vielen Dank für das Kompliment. Eigentlich bin ich hier, um dich zum Essen auszuführen. Als Revanche für gestern Abend und als kleine, freudige Überraschung und für morgen.« Sie lächelt ihn breit an.

»Oh, ich weiß nicht, ob das so eine gute Idee ist. Ich glaube nicht, dass ich mich hier gerade entbehren kann.«

Joenn tat daraufhin enttäuscht.

»Oh, wirklich? Komm, wir versuchen es einfach mal. Lass uns zu Dante gehen. Er wird dir bestimmt für ein kurzes, entspanntes Essen eine kleine Auszeit geben.«

Sie nahm ihn an der Hand, mir der sie versuchte, ihn hinter sich herzuziehen, doch er blieb wie angewurzelt stehen. Joenn drehte sich zu ihm um, sie hoffte, dass ihre Miene Enttäuschung widerspiegelte.

»Was hast du denn? Habe ich etwas falsch gemacht? Magst du mich vielleicht doch nicht?«

Abwehrend hob er beide Hände.

»Nein, das ist es nicht. Ganz im Gegenteil!«

»Was denn dann?«

»Ich ähm, na ja, also. Ich dachte nur, dass Mr. Brown so eine unglaublich schlechte Laune hat, dass ich ihm jetzt nicht in die Quere kommen möchte.«

Sie tat bestürzt. »So schlimm?«

»Ja, leider. Es tut mir wirklich leid. Es hat wirklich nichts mit dir persönlich zu tun.«

Joenn nickte verständnisvoll. Schnurstracks lief sie auf Dantes Büro zu. An seiner Tür blieb sie kurz stehen, sie drehte sich noch einmal nach Mike um. Er stand immer noch da und starrte sie ungläubig an. Er schüttelte leicht den Kopf, doch das interessierte sie in diesem Moment herzlich wenig. Sie ging hinein. Dante schaute überrascht auf.

»Wieso bist du denn schon wieder hier? Du solltest doch Mike Low von hier weglotsen.«

»Er weigert sich. Und jetzt hoffe ich, dass er mir nachläuft.«

In dem Moment ging die Tür auf, noch während Mike den Raum betrat, ratterte er seine Entschuldigung herunter.

»Mr. Brown, es tut mir leid. Ich habe ihr bereits gesagt, dass das jetzt wirklich nicht geht. Außerdem… «

Dante hob beschwichtigend die Hand, um ihn am Weiterreden zu hindern. Sein Blick ruhte auf Joenn, die ihn zuckersüß anlächelte. Dante hatte Mühe, ihr Lächeln nicht sofort zu erwidern.

»Was ist denn los?«

»Ich wollte dich fragen, ob ich Mr. Low für ein kleines, verspätetes Mittagessen entführen darf.«

»Ist er denn nicht in der Lage, das selbst zu entscheiden?«

Dante bedachte Mike mit einem fragenden Blick. Joenn beschloss, das Reden zu übernehmen, nicht dass Mike ihren Plan noch ungewollt verhinderte.

»Er ist überzeugt, dass du ihn jetzt so kurz vor dem Wochenende nicht gehen lassen würdest, da ihr gerade so viel zu tun habt und unter großem Zeitdruck steht.«

Dante sah wieder zu Mike.

»Natürlich können sie beide gerne gehen. Die Lage hat sich mittlerweile etwas beruhigt. Der Einzige, der jetzt noch Stress hat, bin ich selbst. Gönnen Sie sich eine kleine Auszeit. Der Tag wird heute ohnehin ein sehr langer werden. Ich würde es auch machen, wenn ich es mir zeitlich erlauben könnte.«

»Aber Mr. Brown, ich dachte, da ich das Wochenende frei habe … «

»Ja, ich weiß. Und das haben Sie sich auch redlich verdient. Sie haben bis jetzt hervorragende Arbeit geleistet und sich als sehr wertvoll für das Unternehmen erwiesen. Gehen Sie etwas Essen mit Miss Brocks. Lassen Sie sich doch nicht zweimal von der Dame bitten. Im Übrigen geht das Essen heute auf die Firma. Und jetzt entschuldigen Sie mich bitte. Lassen Sie es sich schmecken und genießen Sie die freie Zeit.«

Dante reichte Mike die Firmenkreditkarte, auf die das Essen gebucht werden sollte, dann wandte er sich mit einem kurzen Nicken zu Mike wieder seinem Laptop zu. Als er keine Reaktion vernahm, schaute er noch einmal auf, er warf den beiden einen fragenden, aber doch unmissverständlichen Blick zu, der sie dezent, aber bestimmt zum Gehen aufforderte. Joenn nahm Mike an der Hand, dieses Mal weigerte er sich nicht mehr, sondern folgte ihr bereitwillig aus dem Büro. Mike verschlang sein Essen in wenigen Sekunden. Joenn versuchte, mit ihrem mickrigen Salat Zeit zu schinden, doch Mike drängte so sehr zum Aufbruch, dass sie die Hälfte ihres Salats widerwillig stehen lassen musste. Auf dem Weg zum Auto schrieb sie Dante schnell eine kurze Nachricht, um ihn über ihre baldige Rückkehr in Kenntnis zu setzen. Sie hoffte inständig, dass ihm die Zeit gereicht hatte, um alles vorzubereiten. Vor dem provisorischen Büro auf der Baustelle stellte Mike sogleich fest, dass sein Chef abwesend war. Joenn zuckte nur ahnungslos mit den Schultern, als er sie fragte, ob sie wusste, wo er hin sei. Dante ließ nicht lange auf sich warten. Sein Auto kam mit quietschenden Reifen auf dem Kies zum Stehen. Als er ausstieg, sah Joenn, dass er sich umgezogen hatte. Dante bemerkte ihren fragenden Blick, bevor sie eine Frage stellen konnte, beantwortete er ihre Frage auch schon vor Mike.

»Ich habe mir den blöden Kaffee auf mein Hemd gekippt, deswegen bin ich schnell ins Hotel gefahren und habe mich umgezogen. Ich hatte keine Lust, den ganzen Tag mit dem nassen Hemd und der nassen Hose hinter dem Schreibtisch zu sitzen.« An Mike gewandt fügte er noch hinzu: »Das kratzt auf Dauer an den unmöglichsten Stellen.«

Mike nickte ihm wissend zu. Joenn wusste, dass der Zeitpunkt gekommen war, die Männer wieder alleine zu lassen. Sie freute sich schon, denn sie hatte in einem Schönheitssalon eine entspannende Massage und Pediküre gebucht, was sie auf keinen Fall verpassen wollte. An diesem Abend kam Dante nicht bei ihr vorbei, aber er rief sie an.

»Hey! Ich danke dir für das, was du heute für mich getan hast.«

»Keine Ursache. Aber ich konnte ihn wirklich nicht länger aufhalten.«

»Das habe ich bemerkt. Unser lieber Mark Low verhält sich wirklich sehr verdächtig. Als du mir geschrieben hast, war mir klar, dass ich nicht vor euch zurück sein werde. Aber zum Glück habe ich immer Ersatzkleidung im Kofferraum. Ich bin schnell rechts herangefahren und habe mich auf der Straße umgezogen.«

»Mitten auf der Straße?« Joenn lachte.

»Ja, mitten auf der Straße. Die Leute taten so, als hätten sie noch nie einen Mann in Boxershorts erlebt. Die Passanten blieben stehen und schauten zu, wie ich mich meiner Kleidung entledigte und andere wieder anzog.«

Joenn konnte gut verstehen, warum die Leute stehen blieben, um ihm dabei zuzuschauen. Sie hätte es nicht anders gemacht.

»Also, du meldest dich, wie abgemacht, morgen, ja?«

»Ja, natürlich.«

»Hervorragend. Dann wünsche ich dir eine gute Nacht. Schlaf gut.«

»Danke, du auch. Bye.«

Joenn legte enttäuscht von dem kurzen Gespräch auf.

Sie versuchte wirklich einzuschlafen, doch es wollte ihr einfach nicht gelingen. Ihre Gedanken wanderten immer wieder zu Dante. Sie versuchte, über den morgigen Tag nachzudenken, doch das Bild von cognacbraunen Augen drängte sich immer wieder in den Vordergrund. Ihre Gedanken fingen an, um den letzten Kuss zu kreisen. Die Gefühle, die jedes Mal, wenn er sie küsste, in ihr aufkamen, waren überwältigend und wurden von Mal zu Mal stärker.

*

Die Nacht war viel zu schnell vorbei. Joenn wurde von der Sonne geweckt, die durch das Fenster schien. Sie fühlte sich wie erschlagen, erst kurz vor der Dämmerung verfiel sie in einen leichten Schlaf. Jetzt musste sie aufstehen, sich richten und die Tasche für das Wochenende packen, welches sie mit Mike verbringen sollte. Ob Dante auch so wenig Lust verspürte, wie sie, ein Wochenende mit Elisa verbringen zu dürfen? Säure breitete sich in ihr aus bei dem Gedanken, Dante mit Elisa alleine für ein ganzes Wochenende in einem Zimmer mit nur einem Bett zu wissen. Sie war sich fast sicher, dass er diese Stunden mit ihr genießen würde, anders als sie mit Mike. Dieses Wochenende wird sie beide nicht näherbringen, dessen war sie sich sicher, obwohl sie es sich auf irgendeine Art und Weise wünschte. Mike war ein toller Mann. Er war zuverlässig, charmant, zuvorkommend und an ihr interessiert. Warum also konnte sie sich nicht für ihn erwärmen? Joenn konnte sich nicht vorstellen, dass Mike etwas damit zu tun hatte. Also warum?

Pünktlich zur Mittagsstunde, als die Sonne ihren Zenit erreichte und die Mittagshitze langsam einsetzte, klingelte die Rezeption in Joenns Hotelzimmer, um einen Mister Low zu melden, der im Foyer auf sie wartete. Joenn atmete noch einmal tief durch, um ihre innere Anspannung zu beruhigen, dann verließ sie ihr Zimmer. Während sie auf den Aufzug wartete, der sie in die Lobby bringen sollte, blieb ihr Blick unwillkürlich an Dantes Zimmertür haften. Doch sie öffnete sich nicht. Sie hatte insgeheim gehofft, noch einen flüchtigen Blick auf ihn erhaschen zu können, bevor sie abreiste. Doch er ließ sich nicht blicken. Enttäuscht wandte sie sich ab und betrat den Aufzug. Mit ihrem kleinen Trolley-Koffer traf sie schließlich auf Mike im eleganten Foyer des Hotels. Wie ein wahrer Gentleman, nahm er ihr leichtes Gepäck ab, nachdem er ihr einen zärtlichen Kuss auf die Wange gegeben hatte. Mit dem Trolley-Koffer in der einen und ihrer Hand in seiner anderen Hand, führte er sie hinaus zu seinem Auto, das vor dem Hotel geparkt war. Die Fahrt verlief ruhig, ohne große Vorkommnisse. Nach circa zwanzig Minuten bog Mike mit seinem Auto auf die holprige Zufahrt eines nicht mehr ganz so neuen Strandhauses ein. Das Haus hatte schon einige Jahre auf dem Buckel, der Putz bröckelte an vielen Stellen ab und es hätte dringend einen neuen Anstrich nötig. Joenn fragte sich insgeheim, was für eine fragwürdige Reiseveranstaltung ihren Gästen ein solches Haus zumuten konnte. Im Inneren sah es leider nicht viel besser aus. Die Möbel waren nicht nur alt, sie schienen direkt aus einem längst vergangenen Jahrhundert zu stammen, für Joenn gehörten sie eher in ein Museum als in ein Ferienhaus. Das Sofa im Wohnzimmer sah aus, als hätte es seine besten Jahre längst hinter sich, es lud nicht gerade zum verweilen ein. Mike bemerkte ihren skeptischen Blick, der über die Einrichtung wanderte. Er zwinkerte ihr aufmunternd zu und bedeutete ihr mit einer einladenden Geste, dass sie ihm folgen sollte. Gemeinsam stiegen sie die knarrenden Treppen hinauf, die bei jedem Schritt ein lautes Geräusch von sich gaben. Joenn spürte, wie sich ihre Nackenhaare aufstellten, ein ungutes Gefühl stieg in ihr auf. Die obere Etage hatte nur ein einziges Zimmer. Als Mike die Tür öffnete, sahen sie ein modern und stilvoll eingerichtetes Schlafzimmer, das in einem kompletten Kontrast zum Rest des Hauses stand. Das Schlafzimmer bestand aus einem großen, einladenden Bett, einem kleinen, aber praktischen Schrank und nur einem Nachttisch. Eine weitere Tür führte in ein kleines Badezimmer. Das Zimmer selber hatte einen kleinen Balkon, der einen atemberaubenden Blick direkt aufs azurblaue Meer freigab. Im Grunde war es ein wunderschönes, sauberes Zimmer, das zum Entspannen einlud, doch was Joenn störte, war die Tatsache, dass es nur ein einziges Bett gab. Das Haus bestand aus einem Wohnzimmer mit einem unbequemen Sofa, auf dem sich Joenn nicht einmal vorstellen konnte, sich nur kurz hinzusetzen. Einem kleinen, aber funktionalen Badezimmer, einer zweckmäßigen Küche und dem Schlafzimmer mit nur einem Bett. Joenn schluckte das ungute Gefühl hinunter, das sich in ihr breit machte. Sie wusste nicht, wie sie sich in dieser Situation verhalten sollte. Mike öffnete seine Reisetasche, die er dabei hatte, um den Inhalt in den wirklich kleinen Schrank zu räumen. Joenn ließ ihren Trolley-Koffer neben dem Bett, auf der Balkonseite stehen. Sie nutzte den Moment, in dem Mike noch mit dem Auspacken beschäftigt war, um unauffällig auf den Balkon zu gehen. Tief sog sie die frische, salzige Luft ein, die das Meer zu ihnen hinüberwehte. Mit einem verstohlenen Blick über ihre Schulter, um sicherzustellen, dass Mike noch mit dem Auspacken beschäftigt war, fischte sie ihr Handy aus ihrer Handtasche, um Dante dank Google Maps ihren genauen Standort zu schicken. Sobald Joenn die Nachricht abgeschickt hatte, sah sie, dass Dante sie auch schon gelesen hatte. Sie fragte sich gerade, wohin Elisa Dante wohl entführt hatte, als auch schon eine Nachricht von Dante selbst eintraf. Sie öffnete sie und sah, dass auch er ihr seinen genauen Standort gemailt hatte. Bevor sie jedoch nachschauen konnte, wie weit er von ihr entfernt war, erhielt sie noch eine weitere Nachricht von ihm. "Ich bin nur 10 Minuten mit dem Auto von dir entfernt. Halt mich auf dem Laufenden und pass auf dich auf." Joenn lächelte verträumt, während ihr Blick über das weite Meer schweifte. In diesem Moment gesellte sich Mike zu ihr auf den Balkon, was sie abrupt in die Realität zurückholte.

»Es scheint dir hier wirklich zu gefallen. Ich habe dieses atemberaubende Lächeln noch nie an dir gesehen.«

Joenn errötete leicht. Sie fühlte sich ertappt. Doch zum Glück interpretierte er ihr Lächeln falsch.

»Oh ja, es ist wirklich wunderschön hier.«

Sie wandte ihren Blick wieder dem beruhigenden Spiel der Wellen zu, die sanft ans Ufer schwappten. Mike legte seinen Arm um ihre Taille um sie kurz an seine Seite zu ziehen. Joenn ließ es geschehen, sie verspürte allerdings keinerlei Aufregung oder Kribbeln bei seiner Berührung. Er war zweifellos ein attraktiver Mann, doch er löste nicht einmal ansatzweise die intensiven Gefühle in ihr aus, die Dante regelmäßig in ihr entfachte.

»Ich würde jetzt kurz duschen gehen. In der Zeit könntest du schon einmal deinen Trolley auspacken, sonst vermittelst du mir noch das Gefühl, verschwinden zu wollen, sobald ich unter der Dusche stehe.«

Er lachte leise, woraufhin auch Joenn ein einstimmiges Lächeln nicht unterdrücken konnte.

»Das werde ich machen. Wie sieht denn deine Planung für heute noch aus?«

»Du bist ziemlich neugierig.«

Er ließ von ihr ab.

»Na ja, ich will einfach wissen, was ich anziehen kann, während du unter der Dusche stehst. Dazu sollte ich ja ein bisschen Bescheid wissen.«

»Glaubst du, es gibt unpassende Kleidung, wenn wir am Strand wohnen?«

Joenn kicherte leise hinter ihrer vorgehaltenen Hand.

»Ich würde das schon behaupten. Ich habe auf dem Weg hierher ein Schild gelesen, wo sie einen Jahrmarkt anpreisen, der dieses Wochenende ganz in dieser Nähe sein soll. Da wäre es ungeschickt, in einem Kleid hinzugehen.«

Überrascht schaute Mike sie an.

»Warum wäre das ungeschickt?«

»Weil ich unglaublich gerne Karussell fahre, doch das schickt sich nicht in einem Kleid. Was bedeuten würde, wenn ich in einem Kleid auf dem Jahrmarkt wäre, nur zuschauen könnte, wie sich die anderen Besucher amüsieren. Ich könnte dieses kleine Fest nicht genießen. Sollte ich aber heimlich hoffen können, heute einen Ausflug dahin zu machen, würde ich eine Jeans anziehen. Dies wäre aber sehr unangenehm, wenn wir einen Spaziergang am Strand machen würden. Das Meerwasser und der Sand würden auf Dauer anfangen, zu jucken und zu kratzen. Wir müssten heim, ich müsste duschen und mich umziehen. Und dabei werden unsere Mägen sich beschweren, weil sie hungrig sein werden.«

»Okay, ich gebe auf.« lachte Mike, wobei er sie in den Arm nahm. »Ich hatte mir gedacht, wir gehen am Strand spazieren, in die Richtung der Berge. Wir könnten dann schon einmal schauen, wo wir morgen eine Wanderung hinmachen könnten. Danach könnten wir vorne an der Promenade in eines der fantastischen Restaurants etwas essen gehen. Für den Jahrmarkt werden wir heute keine Zeit finden, aber ich empfinde es als sehr schön, dass dir so etwas gefällt. Der stand nämlich für morgen Abend bei mir auf der Liste. Nur heute möchte ich das ganz ruhig angehen und dich noch besser kennenlernen.«

Joenn lächelte ihn an. »Das hört sich wirklich wunderbar an.«

Mike verließ sie, um unter die Dusche zu springen. Joenn tat, wie es ihr geraten wurde, sie packte ihren Koffer aus.

*

Dante saß im Foyer des eleganten Hotels, als Mike Joenn abholte. Er war sichtlich erleichtert, beobachten zu können, wie Mike im Foyer auf sie wartete, anstatt sie aus ihrem Zimmer abzuholen, so wie er es getan hätte, wenn sie sein Date gewesen wäre. Kurz nachdem die beiden im Auto davongefahren waren, machte sich auch Dante auf den Weg zu seinem Büro. Er hatte sich kaum fünf Minuten hinter seinem Schreibtisch niedergelassen, als Elisa in seinem Büro auftauchte. Sie trug ein feminines Sommerkleid, das ihr, zugegebenermaßen, ausgezeichnet stand. Elisa redete nicht lange um den heißen Brei herum, sondern kam sofort auf den Punkt.

»Dante, Liebling. Was machst du denn hier?«

Dante schaute überrascht zu ihr auf. Fragend hob er seine dunklen Augenbrauen.

»Arbeiten. Es stellt sich doch eher die Frage, was du hier machst, wenn du mich hier eigentlich nicht erwartet hast.«

Theatralisch und mit einem gespielten Seufzer stöhnte sie laut auf.

»Immer diese Vorwürfe und Verdächtigungen.«

Elisa zog ihre perfekt geschminkten Lippen zu einem Schmollmund vor.

»Ich habe gehofft, dich hier zu finden. Ich dachte mir schon, dass du keinen Unterschied machen wirst, was für ein Wochentag heute ist oder ob heute dein Geburtstag ist, deine Arbeit geht dir einfach über alles.«

Dante lächelte sie verführerisch an, er lehnte sich zurück in seinem bequemen Bürostuhl nebenbei verschränkte er die Arme lässig hinter seinem Kopf.

»Du scheinst mich ja recht gut zu kennen.«

Jetzt lächelte Elisa, es schien, als würde ihr Plan, den sie sich ausgedacht hatte, leichter umzusetzen sein, als sie befürchtet hatte.

»Ich habe für uns beide, im Zeichen deines Geburtstags, eine wunderschöne Suite in einem der renommiertesten Hotels gebucht, die ich am Strand finden konnte. Ich möchte dich dazu einladen, mit mir ein fantastisches, unvergessliches Wochenende zu verbringen.« Dante tat, als müsse er darüber nachdenken, er zögerte absichtlich, um die Spannung zu erhöhen. Dann schaute er auf die verstreuten Papiere auf seinem Schreibtisch, als ob er wichtige Entscheidungen abwägen müsste. »Komm schon, Dante, gib dir einen Ruck. Lass dich nicht so lange bitten. Das mit uns war doch immer so schön und aufregend. Du hast in der letzten Zeit so viel gearbeitet. Joenn hat mir erzählt, wie spät du immer ins Hotel zurückkehrst und wie früh du dieses wieder verlässt. Du benötigst dringend eine Pause, du machst dich sonst noch kaputt.«

Elisa versuchte vehement, ihm ein schlechtes Gewissen einzureden. Dante blickte von den Unterlagen auf seinem Schreibtisch auf. Abwechselnd schaute er zu Elisa und wieder zurück zu den Papieren, als ob er innerlich mit sich rang. Plötzlich sprang er auf, er sammelte alle Papiere auf einen Stapel, danach schaute er sie auffordernd an.

»Du hast recht. Ich packe nur ein, zwei Ordner schnell zusammen, die ich mitnehmen kann, um auf dem Laufenden zu bleiben.«

Er tat, als wollte er seine Arbeit nicht ganz aufgeben. Elisa lief um den Schreibtisch, damit sie ihm ihre Hand auf die Schulter legen konnte. Aufmerksam beobachtete er ihr tun.

»Nein, Dante, du wirst nichts davon mitnehmen. Wenn du das machst, wirst du das Hotelzimmer nicht verlassen und nur über den Zahlen brüten. Du benötigst eine echte Pause, einen Tapetenwechsel, einen Kurzurlaub.« Sie zog ihn zu sich hinab. Ihr Kuss, den sie ihm gab, war ein Versprechen und eine Vorschau auf ein wunderschönes, sehr leidenschaftliches Wochenende, das alle Anstrengungen vergessen lassen sollte. Als sie sich wieder von ihm löste, gab Dante ihr die Antwort, die sie hören wollte.

»Also gut. Einverstanden. Aber ich fahre.« Elisa zuckte nur mit den Schultern. Wenn er das unbedingt wollte, könnte er das gerne machen. Ihr war nur wichtig, dass er mitkam.

Dante hatte seine ganz eigenen Gründe, warum er mit seinem Auto fahren wollte. Der erste Punkt war, dass Elisa ohne ihr Auto nicht so schnell abhauen konnte, wenn sie sich in Gefahr sehen würde. Der zweite Punkt war Joenn. Wenn sie doch seine Hilfe bräuchte, wäre es sehr hilfreich, ein Gefährt zu haben, das ihn schnell an sein Ziel bringen würde.

Im Hotel ließ er Elisa im Auto warten, trotz ihres Protestes, blieb sie sitzen. In seinem Zimmer griff er nach seiner Tasche. Wenige Minuten später lag sie im Kofferraum seines Wagens, direkt neben Elisas Koffer. Die beiden hatten ihr Gepäck vor der Abfahrt aus ihrem Auto in seines gepackt. Er setzte sich wieder hinters Steuer, dann startete er den Wagen.

»Das ging aber schnell. Hast du überhaupt etwas in diese Sporttasche getan?«

Dante schaute sie geschockt an. Verdammt, in der ganzen Eile hatte er ganz vergessen, sich ein bisschen Zeit zu lassen.

»Ich bin doch keine Frau. Ich muss nicht lange überlegen, was ich für solch ein Wochenende benötige.«

Elisa bestätigte seine Aussage mit einem leisen Lachen. Unter anderen Umständen hätte er dieses Lachen sogar als sexy empfunden. Es war genau richtig, nicht zu laut oder zu leise, es klang verführerisch, doch in diesem Moment empfand er es nur als nervend. Er hoffte inständig, dass sie die Fahrt über die Klappe hielt. Doch diesen Gefallen tat sie ihm nicht. Je mehr sie redete, umso mehr drückte er das Gaspedal durch. Ihr schien das nicht aufzufallen, oder es störte sie einfach nicht. Als er Mikes Wagen überholte, war er erleichtert, dass sie offensichtlich in dieselbe Richtung fuhren. Er zwang sich, bei der Geschwindigkeit zu bleiben und nicht in den Rückspiegel zu schauen. Dante bemerkte, wie sich Elisa anspannte, als sie die beiden mit dem Wagen überholten. Er spürte ihren Blick, der forschend war. Doch tat er so, als würde er weder ihren Blick bemerken, noch dass sie gerade an Mike Low und Joenn vorbeigerast waren. Als sie aus der Bildfläche verschwanden, entspannte sich Elisa sichtlich. Dante war sich jetzt zu hundert Prozent sicher, dass Tom recht behalten würde. Als sie im Hotel angekommen waren, wusste er genau, wie Elisa sich das Wochenende vorstellte. An Erholung war in seiner Sichtweise nicht zu denken. Sie wollte in eines der berühmtesten Restaurants essen gehen, das nicht mal in Strandnähe war. Am kommenden Tag wollte sie mit ihm shoppen gehen. Mit ihm? Er schüttelte vor Grauen den Kopf. Sie waren ein Wochenende am Strand, ohne dass sie ihn nur einmal genießen würden. Aber was machte er sich darüber einen Kopf? Selbst, wenn wäre es nicht relevant. Dazu würde es nämlich ohnehin nicht kommen. Sie checkten gerade in das Hotel ein, welches Elisa gebucht hatte, da klingelte sein Handy. Er schaute auf den Bildschirm. Es war Tom, da konnte er gerade nicht rangehen. Er drückte ihn weg. Die Suite, die sie zusammen betraten, war riesig und sehr luxuriös. Auf dem Tisch stand eine Schale mit Obst. Das Handy klingelte wieder. Wenn Tom so oft versuchte, ihn zu erreichen, dann war es von großer Wichtigkeit. Er entschuldigte sich, zeigte mit dem Finger auf seinen Mund, um ihr zu bedeuten, dass sie leise sein müsse. Um das Gespräch wenigstens ein wenig abseits von Elisa annehmen zu können, ging er auf den Balkon, der eine ausgesprochene Schönheit der Natur preisgab. Er nahm das Gespräch entgegen.

»Hallo?« Dantes Stimme hallte leicht auf dem Balkon wieder, während er das Handy ans Ohr presste.

Toms besorgte Stimme drang durch den Lautsprecher.»Dante, kannst du reden?«

»Zuhören eher.«

»Gut, das reicht. Pass auf. Mich hat die Polizei angerufen, da sie es nicht wagen, dich oder Joenn anzurufen, damit der Plan nicht gefährdet wird. Das glaubst du nie, diese Elisa und dieser Mike sind verheiratet.«

Die Nachricht traf Dante wie ein Schlag. Verheiratet? Das konnte nicht sein.

»Das kann nicht sein.«

»Doch, sie haben nur ihre Nachnamen behalten. Die Polizei vermutet, dass deine Firma eventuell nicht die Erste ist, die sie auf diese Art melken. Sie haben nachgeforscht und entdeckt, dass ein paar Firmen, für die sie auch schon gearbeitet haben, wegen veruntreuten Geldern hochgenommen wurden. Die Besitzer sagten alle das Gleiche aus, und zwar, dass sie nicht wüssten, weshalb sie angeklagt wurden, dass sie keine Gelder veruntreut hätten. Man fand nie die Gelder der einzelnen Firmen. Ein paar sind sogar bankrott gegangen. Aber man habe noch nie daran gedacht, Miss Mc Rain oder Mister Low zu verdächtigen. Unsere Vermutung hat dafür gesorgt, dass sie die alten Fälle wieder aufrollen wollen, wenn sich unsere Vermutung als wahr herausstellen sollte.«

Dante war fassungslos. Er wandte seinen Blick dem Hotelzimmer zu, wo Elisa gerade ihren Koffer auspackte. Sie sieht so unschuldig aus. Verheiratet? Er hat mit einer verheirateten Frau geschlafen, Mist!

»Okay, ich danke dir für die Information.« Leise fügte er noch hinzu: »Joenn werden wir davon vorerst nichts sagen.«

»Das war auch mein Plan. Bis bald, mein Junge. Pass gut auf dich auf. Ich drücke dir die Daumen, dass alles klappt. Bye.«

»Bye.«

Dante beobachtete Elisa von seinem Platz auf dem Balkon. Seine Gedanken überschlugen sich. Sie ist mit diesem Mike verheiratet. Verdammt, er hat vergessen zu fragen, wie lange sie schon verheiratet sind. Sie hat vor geraumer Zeit schon einmal an einem Projekt von ihm mitgearbeitet, sind diese Bücher auch manipuliert? Verdammt, wenn ja, steht ihm ein Haufen Arbeit bevor. Er zückte sein Handy. Er wollte seinen anderen Buchmacher anrufen und ein paar Vertraute seiner Firma, um das zu überprüfen, doch er besann sich, dass noch nicht zu machen. Die Erklärung, die sie verlangen würden, wäre zu lang und die Gefahr, dass Elisa dann doch die Lunte schnuppern würde, wäre zu hoch. Er biss sich auf die Unterlippe, bis er Blut schmeckte. Das war eine Geduldsprobe, die er jetzt meistern musste. Elisa bemerkte, dass Dante sie beobachtete. Sie schaute ihn fragend an.

»Was ist?«

Dante blinzelte. Hatten sie wirklich recht damit? War diese Frau, die ihn bereits vor einem Jahr mehrfach verführt hatte, diese Frau, die jetzt mit ihm in ein luxuriöses Hotel eingecheckt hatte, um sich dem Vergnügen das ganze Wochenende hinzugeben, verheiratet? Sie müsste sich doch anspannen, wenn sie ihm zu nahekommen würde. Dante ging auf sie zu, er nahm sie in seine Arme. Er hauchte ihr ins Ohr:

»Ich habe gerade deine Schönheit bewundert. Du bist unglaublich sexy, weißt du das?«

Elisa schmiegte ihren Körper an seinen. Mit sexy Hüftbewegungen rieb sie sich an ihm. Dante war schockiert. Vorsichtig schob er sie von sich. Er küsste sie nur, um festzustellen, dass sie ihn erwiderte. Ihr Kuss war klar und deutlich. Sie wollte mehr. Seine Hände glitten an ihrem Körper hinauf, umgriffen ihre Brüste, worauf sie ihren Kopf nach hinten warf. Er schaute zu, wie diese schöne Frau unter seinen Händen zu Butter wurde. Sie wollte ihn, doch er wollte sie nicht. Vorsichtig ging er einen Schritt zurück. Sie bedachte ihn verführerisch, in ihren Augen konnte er die Leidenschaft sehen.

»Dafür haben wir noch die ganze Nacht Zeit, meine Schöne. Das war nur ein Vorgeschmack auf das, was ich heute Nacht mit dir anstellen werde.«

Elisas Augen leuchteten auf. Dante hoffte inständig, dass es nicht so weit kommen wird. Er behauptete, duschen gehen zu wollen, da die Fahrt doch ein wenig schweißtreibend war. Elisa ließ ihn gehen. Unter der Dusche überkam Dante die Verzweiflung. Wenn Elisa derart gewissenlos handelte, würde ihr Mann sicherlich nicht anders sein. Die Sorge um Joenn und die quälende Angst, dass Mark sie um den Finger wickeln könnte, machten sich in seinen Knochen breit. Ein Klopfen an der Badezimmertür riss ihn aus seinen düsteren Gedanken.

»Willst du, dass dir Schwimmhäute wachsen?«, neckte Elisa von der anderen Seite der Tür. Ihre Stimme klang unbeschwert und fröhlich, ein scharfer Kontrast zu Dantes innerem Aufruhr.

»Ich komme ja schon.«

Er beeilte sich, das Wasser abzustellen und sich abzutrocknen. Wenige Minuten später stand er vor der umgezogenen Elisa, die ihn erwartungsvoll anlächelte.

»Wieso hast du Shorts an?«

»Ich dachte, wir gehen an den Strand. Er ist doch direkt vor der Tür, und zusammen könnte das ein sehr romantischer Nachmittag werden.«

Sein Blick auf ihre funkelnden Augen gerichtet. Elisa musterte ihn einen Moment, ein leichtes Lächeln umspielte ihre Lippen. Dann schnappte sie sich ihre Flip-Flops, dabei erklärte sie beiläufig:

»Ich muss nur schnell noch einer Freundin absagen, die gerade in der Stadt ist. Sie meinte, wenn wir auch kommen würden, könnten wir uns auf ein Getränk treffen.«

Dante ließ sich von ihrer gespielten Unschuld nicht täuschen. Er wusste genau, dass sie ihren Mann anrufen wollte, um ihn über die kurzfristige Planänderung zu informieren.

»Dann mach das.«

Er beobachtete sie genau, er sah, dass es ihr nicht gefiel, doch sie nahm ihr Handy und wählte eine Nummer.

»Hallo, Süße, es tut mir leid, wir kommen nicht in die Stadt«, flötete sie ins Telefon, ihre Stimme voller falscher Reue. »Er will einen romantischen Spaziergang mit mir am Strand machen. Ein andermal, okay?«

Dante musste innerlich grinsen. Das war alles, was Mike wissen musste, um sich vom Strand fernzuhalten. Er fragte sich nur, was Mark jetzt so kurzfristig anstellen würde, damit er nicht mit Joenn am Strand spazieren gehen musste. Der Nachmittag zog sich wie Kaugummi in die Länge, jeder Moment schien eine Ewigkeit zu dauern. Noch weit vor der Dämmerung kehrten sie schließlich in ihr Hotelzimmer zurück. Sie zogen sich für das Abendessen um, und während Elisa sich um ihr Outfit kümmerte, schickte Dante Joenn die Nummer des Polizisten, die er von Tom erhalten hatte, sowie auch ihr neues Ziel. Er gab sich die größte Mühe, Elisa gegenüber zuvorkommend und charmant zu sein, er schenkte ihr aufmerksame Blicke und achtete immer darauf, dass ihr Weinglas gefüllt war. Er hegte die Hoffnung, sie dadurch schläfrig zu machen, damit sie später einfach einschlafen und sich nicht weiter an ihn heranmachen würde. Doch der Wein schien seine Wirkung zu verfehlen, Elisa war hellwach und voller Energie. Er schlug noch einen Spaziergang vor, die Dämmerung fing gerade erst an, doch sie weigerte sich strikt. Auf ihrem Zimmer warf sie die Tür hinter sich zu, sie kam aufreizend auf ihn zu. Elisa schlang ihre Arme um seinen Hals, dann küsste sie ihn. Allein wie sie sich an ihm rieb, sorgte dafür, dass sein Körper reagierte, woraufhin er sich innerlich verfluchte. Elisa riss ihm das Hemd auf, das sie achtlos zu Boden gleiten ließ. Ehe Dante reagieren konnte, stand er nackt vor ihr. Sie ließ ihren Blick auf seiner männlichen Gestalt ruhen, ein vielsagendes Lächeln umspielte ihre Lippen. Dann schlüpfte sie aus ihren eigenen Kleidern. Dante beobachtete sie. Ihr Körper war wohlgeformt, trainiert und straff. Sie schien nicht nur auf ihr hübsches Gesicht Wert zu legen, sondern auch auf einen durchtrainierten Körper. Sie kam auf ihn zu, ihre Hand auf seiner nackten Brust, und führte ihn rücklings zum Bett. Dante saß da und fragte sich, wie er diese Frau aufhalten sollte, ohne seine wahre Mission zu gefährden. Elisa beugte sich zu ihm herunter, sie küsste ihn erneut. Ihre Küsse wanderten langsam seinen Hals hinunter, zu seiner Brust. Dantes Verstand schaltete sich aus. Er war schließlich auch nur ein Mann. Mit einer Hand drückte sie ihn zurück in die Kissen, sie kniete sich vor ihm nieder. Ihr Blick fixierte sein erregtes Glied, das sie in ihre Hand nahm. Langsam bewegte sie ihre Hand an seinem Schaft auf und ab. Dante legte seinen Kopf in die Kissen er konnte nicht anders, er genoss die Berührung. Sie umkreiste seine Eichel mit der Zunge, bis sie ihn in den Mund nahm. Ganz langsam bewegte sie ihren Kopf auf und ab. In

Dantes Kopf formte sich ein Gedanke: Sie ist eine Schlampe! Dann soll sie auch wie eine behandelt werden. Er packte sie an den Schultern, mit einem kräftigen Ruck zog er sie mit sich hinauf zum Kopfende des Bettes. Dort ließ er sie los. Er deutete ihr, dass sie weitermachen sollte, wo sie aufgehört hatte. Wieder nahm sie ihn in den Mund. Doch Dante wollte nicht, dass sie ihn verwöhnte. Er nahm ihr langes Haar in eine Hand, sodass er ihren Kopf fest im Griff hatte. Jetzt gab er das Tempo vor. Von langsam konnte keine Rede mehr sein. Er schloss die Augen und ließ die Zügel los. Vor seinem geistigen Auge tauchte Joenn auf. Er sah, wie sie sich küssten, er spürte die Anziehung zwischen ihnen. Er stellte sich vor, wie er in sie eindrang. Unvermittelt kam er direkt in Elisas Mund. Ein lautes Stöhnen entfuhr seiner Kehle. Elisa stand auf, ihr Blick verriet Wut und Enttäuschung. Ohne ein Wort verschwand sie im Badezimmer. Dante konnte nicht anders, er lachte laut los. Ihm war egal, welche Gefühle er mit dieser Reaktion in ihr auslöste. Splitterfasernackt und immer noch sichtlich stinksauer kam Elisa aus dem Badezimmer, als es an ihrer Tür klopfte. Sie wollte nur kurz den Kopf zur Tür hinausstrecken, weshalb sie es nicht für nötig hielt, sich etwas über zuziehen. Doch kaum hatte sie die Tür einen Spalt geöffnet, wurde sie von zwei Beamten aufgestoßen.

»Miss Mc Rain?«

»Ja? Was soll das denn?«

Elisa versuchte, sich mit ihren Händen zu bedecken. Ihre Stimme war ein zerrissenes Kreischen.

»Sie sind verhaftet. Bitte ziehen Sie sich etwas über und begleiten Sie uns aufs Revier.«, erklärte einer der Beamte. Elisa warf einen Blick zu Dante, der immer noch, wie Gott ihn schuf, auf dem Bett lag. Er grinste sie breit an und zuckte nur mit den Schultern. Die Polizistin, die sie abführte und darauf wartete, dass Miss Mc Rain sich anzog, konnte ihren Blick nicht von Dante wenden, was diesem natürlich auffiel. Er schenkte ihr ein Augenzwinkern, bevor er sich mit einem Laken bedeckte. Elisa zog sich hastig etwas an, während sie Dante immer wieder wütend anfunkelte. Zu seinem Glück beschloss sie zu schweigen. Als die Beamten Elisa abführten, blieb einer der Männer zurück.

»Mister Brown? Bitte melden Sie sich kommende Woche bei uns auf dem Revier.«

»Klar, mache ich. Ist er also eingebrochen, ja?«

Der Beamte lächelt leicht.»Ja, heute Mittag. Wir sind nicht gleich eingeschritten, weil wir überzeugt waren, dass wir diesen Mann noch heute ‚brechen' und ein Geständnis bekommen könnten.«

»Und hat er gestanden?«

»Ja, Mister Brown, hat er, und zwar mehr als wir uns erhofft hatten. Wir wollten schon früher bei Ihnen erscheinen, doch wir konnten vor der Tür hören, dass es doch recht ungünstig ist. Wir dachten, dass wir Ihnen noch ein paar Minuten geben könnten.«

Das Lächeln des Beamten wurde zu einem breiten Grinsen. Dante riss die Augen auf. Ihm dämmerte, dass die Situation für ihn unangenehm werden könnte.

»Scheiße! He, das muss doch Miss Brocks nicht erfahren, oder?«

Der Beamte grinste Dante breit an.

»Von mir nicht, Sir, aber für andere kann ich da leider nicht sprechen.« Dante verfluchte insgeheim den Mann vor ihm.

»Haben eure Kollegen schon Mike Low hochgenommen?«

Jetzt senkte der Polizist seinen Kopf, was Dante ein ungutes Gefühl verschaffte. Er sprang von seiner Position auf, wobei er sich drohend dem Beamten gegenüberstellte. Das Laken, das er sich um seine Hüfte gelegt hatte, fiel unbeachtet zu Boden. Dante starrte den Beamten ungläubig an, seine Augen funkelten vor aufgestauter Wut.

»Sie haben ihn doch, oder?«

»Ja, wir haben ihn, allerdings sollte diese Festnahme nicht ganz so glimpflich abgelaufen sein.« Der Beamte wich nervös, Dantes bohrenden Blick aus.

»Was soll das heißen?«

Dante verlor die Beherrschung, weshalb er unbeabsichtigt den Beamten vor lauter unterdrückter Wut anbrüllte.

»Na ja, es scheint, als habe ihn der Übergriff ziemlich aus der Fassung gebracht«, stammelte der Beamte, sichtlich unwohl unter Dantes grimmigem Blick. »Er hat sich gewehrt. Miss Brocks ist in die Rangelei geraten. Mehr weiß ich leider auch nicht, Sir.«

»Wo ist sie?« Dante, seine Augen verengten sich zu Schlitzen.

»Sie ist noch dort in der Hütte.«

Dante starrte den Mann eine kleine Weile ungläubig an, unfähig, die Information zu verarbeiten.

»Alleine?« Seine Stimme war kaum mehr als ein Flüstern.

»Ja, Sir. Aber zu unserer Verteidigung, sie wollte das so.«

Dante zog sich bereits an, er hatte genug gehört. Er packte seine Tasche, die er bislang nicht ausgepackt hatte, und schmiss die Sachen, die er im Bad hatte, achtlos hinein. Dann verließ er rennend das Hotel. Er fuhr so schnell, wie er es noch nie getan hatte, der Motor heulte unter seiner rücksichtslosen Fahrweise auf. Warum zum Teufel hatte sie ihn nicht angerufen, wie sie es abgemacht hatten? Was war passiert? Als er auf die Zufahrt der Hütte abbog, klingelte sein Handy. Er sah ihren Namen auf dem Bildschirm aufleuchten.

Kapitel 12

»Ich bin gleich da, Joenn, hast du gehört? Ich bin gleich da.«

Er legte eine Vollbremsung ein, die paar Schritte zum Haus rannte er. Auf der Veranda saß sie wie ein Häufchen Elend auf der Bank, die Knie angezogen. Tränen liefen ihr über die Wangen, er sah Blut in ihrem Gesicht. Dante ließ sich auf die Knie vor ihr fallen, er nahm ihr Gesicht in seine Hände.

»Ich bin da, Joenn. Schau mich an, ich bin da.«

Erleichtert schlang sie ihre Arme um seinen Hals, sie vergrub ihr Gesicht in seiner Halsbeuge. Dante hob sie behutsam auf, um sie ins Haus zu tragen. Während er die Treppe ins obere Stockwerk zum Schlaf-zimmer hinaufstieg, musterte er flüchtig das Haus. Was für eine Bruch-bude! Das Schlafzimmer hingegen war zum Glück in einem besseren Zustand, sauber und ordentlich, was er sofort erleichtert registrierte. Vor-sichtig setzte er sie auf dem Bett ab. Er hatte vorhin Blut gesehen jetzt wollte wissen, woher es kam. Dante hoffte inständig, dass es nicht ihr Blut war, doch der rote Fleck auf ihrer Wange verhieß nichts Gutes. Er holte ein feuchtes Handtuch aus dem Bad, vorsichtig wischte er das be-reits getrocknete Blut sowie auch ihre Tränen weg. Ihm fiel auf, dass sie sofort aufgehört hatte zu weinen, als er da war. An ihrer rechten Augen-braue entdeckte er dann die Platzwunde, die zum Glück bereits aufgehört hatte zu bluten. Behutsam tupfte er auch dort das restliche Blut drumher-um weg, während sie ihm unentwegt ins Gesicht schaute. Als er sie nun ganz ansah, trafen sich ihre Blicke. Mit gesenkter Stimme wollte er wis-sen, was vorgefallen war.

»Wie ist das passiert, und warum wurdest du nicht verarztet?«

»Ich habe sie weggeschickt.« Joenns Stimme war erstaunlich fest, überhaupt nicht zittrig, wie es normalerweise bei weinenden Frauen der Fall war. »Ich wusste, dass es nicht so schlimm ist, und ich wusste, dass du bald kommen würdest, so wie du es versprochen hast.«

Er war so stolz auf sie.

»Warum hast du nicht früher angerufen?«

»Die Beamten haben mich gebeten, darauf zu warten, bis sie mir grünes Licht geben, dich anrufen zu können. Sie wollten nicht, dass ich mit dem Anruf die Operation gefährde.«

Okay, das verstand Dante. Sie hatte ihn ja angerufen, nur war er da schon auf dem Weg zu ihr.

»Wie ist das denn passiert? Wieso bist du verletzt?«

Seine Hände suchten nach weiteren Verletzungen an ihrem Körper.

»Die Polizisten sind hier hereingestürzt, als wären wir Schwerverbrecher. Wir haben uns zu Tode erschreckt. Sie nahmen Mike fest. Doch als er sich von dem Schock des Überraschungsangriffs erholt hatte, hat er sich losgerissen. Die Beamten hatten wohl nicht damit gerechnet, dass er sich so heftig gegen die Festnahme wehren würde. Es ging alles so rasant. Er war stinksauer und griff mich an, während er immer wieder brüllte, warum ich ihm das antun würde. Die Beamten wollten eingreifen sie versuchten ihn von mir wegzuholen. Er wehrte sich natürlich, dabei schlug er um sich, ohne mich loszulassen. Als ich einen seiner Schläge abbekam, wurde ich ohnmächtig. Die Beamten hatten ihn bereits überwältigt, als ich mein Bewusstsein wiedererlangte. Zwei Polizisten drückten ihn zu Boden, während ein anderer ihm die Handschellen anlegte und ihm seine Rechte sowie die Begründung der Festnahme vortrug.«

»Oh Joenn, es tut mir so leid. Ich wollte nicht, dass du da mit hineingezogen wirst. Und schon gar nicht, dass du dabei verletzt wirst.«

Voller Besorgnis wischte er mit seinem Daumen eine schon leicht angetrocknete Träne von ihrem Gesicht. Behutsam gab er ihr einen Kuss auf ihre Platzwunde. So wie sie seine Lippen auf ihrem Körper spürte, auch wenn es auf ihrer Wunde war, spürte sie keinen Schmerz mehr. Ihr ganzer Körper reagierte auf diese harmlose Geste mit einem mächtigen Feuer, das sich in ihrer Brust ausbreitete. Als er ihr wieder in die Augen sah, die seinen Blick gefangen hielten, wünschte sie sich nichts sehnlicher, als dass er sie endlich richtig küssen würde.

»Kann ich dir etwas Gutes tun? Möchtest du etwas?«

Joenn konnte sich nicht von diesen Augen losreißen. Sie sah die Sorge in ihnen, aber auch etwas, das sie nicht zuordnen konnte, eine Sehnsucht vielleicht? Schüchtern nickte sie, unfähig, ein Wort herauszubringen. Da sie nicht sprach, stand Dante auf, um ihr einen Moment Zeit zu geben, sich zu sammeln. Eigentlich wollte er ihr ein Glas Wasser holen, doch zu seiner Überraschung stand sie ebenfalls auf, ihre Bewegungen etwas zögerlich. Sie sah so zerbrechlich und gleichzeitig so unglaublich sexy aus, wie sie da vor ihm stand. Er konnte nicht anders. Er beugte sich leicht zu ihr hinunter, um ihr einen kurzen Kuss zu geben, ein Zeichen, dass er gleich wieder für sie da sein würde. Sobald sich ihre Lippen berührten, schlang Joenn ihre Arme um Dantes Nacken, sie zog ihn noch näher an sich. Sie war es, die diesen unbedeutenden Kuss mit Leidenschaft erfüllte. Er wollte sich zurückziehen, doch sie sog gerade seine Unterlippe in seine. Wie erstarrt hielt er in seiner Bewegung inne. Joenn nutzte die Gelegenheit. Vorsichtig knappert sie an seinen Lippen. Als sich seine Lippen leicht öffneten, ließ sie ihre Zunge hineingleiten, sie erkundete seinen Mund. Dante, überwältigt von ihren Berührungen, zog sie sanft an sich. Sie verloren sich in einem Kuss, der mit jeder Sekunde intensiver und leidenschaftlicher wurde. Sein Blut begann zu kochen, seine Berührungen wurden kühner. Joenn vergrub eine Hand in seinem Haar am Hinterkopf, sie signalisierte ihm mit leichtem Druck, dass sie nicht wollte, dass er sich zurückzog. Ihr Körper bewegte sich leicht an seinem, ihre andere Hand streichelte seinen Rücken. Dante stöhnte während des Kusses in ihren Mund, was sie noch mutiger machte. Sie schmiegte sich noch enger an ihn, während seine Hände an ihrer Seite hinabglitten. Mit seinen Daumen strich er zärtlich an ihrer Brust vorbei er spürte, wie sie dabei den Atem anhielt. Er wollte mehr spüren. Mit seinem Arm auf ihrem Rücken, sodass er ihren Hinterkopf hielt, drückte er sie noch enger an sich. Seine andere Hand wanderte auf Tuchfühlung. Von ihrer Hüfte aus glitt er mit leichtem Druck über ihre Seite, auf Brusthöhe hielt er inne. Sein Daumen strich immer wieder wie zufällig an ihr vorbei. Joenn reagierte, indem sie ihre Hüfte noch enger an sein bereits erregtes Glied drückte. Es konnte ihr nicht entgangen sein, so wie er in seiner Hose pochte. Er bog sie leicht nach hinten, ohne den Kuss zu unterbrechen. Seine Hand fand ihre Brust, die er mit Bedacht vorsichtig knetete. Sein Daumen fand ihre Brustwarze, die sich bei der kleinsten Berührung aufstellte und nach mehr verlangte. Er strich mit seiner Hand über die harte Knospe, was Joenn dazu brachte, den Kuss zu unterbrechen. Sie gab ein stöhnendes Geräusch von sich, während sie ihren Kopf leicht nach hinten sinken ließ. Fasziniert beobachtete er sie dabei, wenn er mit seinen Daumen fest über ihre steifen Nippel strich. Sie war bereit, sich ihm hinzugeben. Ein ungeahnter Gefühlsschwall übermannte ihn, sein Kopf setzte aus. Er wollte einfach nur noch sehen, wie ihr Begehren unter seinen Händen wuchs. Er knöpfte die zwei Knöpfe an der Vorderseite ihres Kleides auf, um seine Hand hineingleiten zu lassen. Er griff in ihren Büstenhalter und umfasste ihre Brust, die genau in seine Hand passte. Ihre Knospe reckte sich hart an seine Innenfläche. Sein Mund fand den Weg zu ihrem Ohr, dann zu ihrem Nacken, was Joenn anscheinend gefiel, denn sie legte ihren Kopf noch weiter nach hinten. Während er mit der einen Hand ihre eine Brust massierte und dabei ihre Brustwarze reizte, holte er mit der anderen Hand ihre andere Brust an die Oberfläche. Dante gönnte sich einen kurzen Augenblick, den Anblick ihrer frei liegenden Brust zu betrachten, bevor er seinen Mund fast schon andächtig auf ihrer Brustwarze platzierte. Er saugte, Joenn reagierte mit einem gehauchten Stöhnen. Er lächelte sie kurz an, bevor er sich dem anderen Nippel mit seinem Mund hingab. Ihre Hände wanderten unablässig an seinem Körper entlang, es machten ihn verrückt. Er öffnete den Reißverschluss ihres Kleides an ihrem Rücken, als er ihre Ärmel langsam von ihren Schultern gleiten ließ, beobachtete er ihr Gesicht genau. Würde er nur eine winzige Spur von Unsicherheit in ihrem Gesicht sehen, würde er seine ganze Kraft zusammennehmen, um sich von ihr abzuwenden. Er wollte nicht, dass sie etwas bereute, bevor es überhaupt angefangen hatte. Doch Joenns Blick, den sie nicht von seinem abwandte, war voller Leidenschaft ohne Reue. Sie ließ zu, dass er ihr das Kleid abstreifte, auch als er ihren BH öffnete und abstreifte, schaute sie ihn nur unentwegt an. Er schaute sie sich genau an. Er wollte alles in seinem Gedächtnis speichern, wie sie da so vor ihm stand, nur mit diesem zarten rosa Höschen bekleidet. Ihre Brustwarzen waren noch steif und forderten ihn auf, mit seiner Liebkosung fortzufahren. Er spürte ihren Blick auf sich, während er, noch voll bekleidet, ihre Schönheit bewunderte. Als er seine Hände an den obersten Knopf seines Hemdes legte, um es zu öffnen, biss sich Joenn auf die Unterlippe. Ein schelmisches Grinsen huschte über sein Gesicht. Nachdem er sein Hemd ausgezogen hatte, kam sie auf ihn zu. Langsam und zögernd legte sie ihm ihre Hand auf die Brust. Sein Magen krampfte sich bei dieser Berührung zusammen, während sein Herz, das bereits wild pochte, einen noch schnelleren Rhythmus annahm. Langsam ließ sie ihre Finger über seine Brusthaare gleiten, hinab zu seinem Bauch und wieder hinauf. Dante hatte das Gefühl, gleich zu explodieren. So etwas hatte er noch nie gespürt. Er packte sie an der Hüfte, damit er sie vorsichtig auf das weiche Bett hinter ihm ablegen konnte. In Windeseile schälte er sich aus seiner Hose. Seine Shorts ließ er an, er wollte nicht, dass es zu schnell passierte. Außerdem fühlte er sich sicherer, wenn er sie anbehielt. Er beugte sich zu ihr hinunter. Der Kuss, den er ihr gab, fachte ihre Gefühle und die Leidenschaft nur noch weiter an. Seine Arme, die er links und rechts neben ihrem Kopf hatte, um sich abzustützen, damit er sie nicht unter seinem Gewicht erdrückte, fingen an zu zittern, sie zwangen ihn, seine bisherige Stellung aufzugeben. Er löste sich aus ihrem Kuss, Joenn schaute ihn mit großen, ängstlichen Augen an. Er wusste genau, was sie dachte. Leicht schüttelte er mit dem Kopf, bevor er sich neben sie auf das Bett legte. Mit seinem Oberkörper beugte er sich wieder über sie, auf keinen Fall sollte sie denken, er könnte einen Rückzug in Erwägung ziehen. Seine Finger glitten wie eine Feder über ihren Körper, erkundeten jede Kurve. Spielerisch und langsam wanderte seine Hand hinunter zu ihrem flachen Bauch, dann noch tiefer. Zart streifte er über ihr Höschen, spürte die Wärme und Feuchtigkeit darunter. Es war ganz offensichtlich, dass sie bereit für ihn war, die Vorstellung, sie zu kosten, raubte ihm fast den Verstand. Der Anblick, wie sie sich unter seinen Berührungen wand, kostete ihn einiges an Willenskraft, sie nicht sofort zu nehmen. Er senkte seinen Kopf, um endlich die Knospen, die sich ihm so sehnsüchtig entgegenstreckten, mit seinem Mund zu verwöhnen. Zärtlich umkreiste er sie mit der Zunge, knabberte sanft an ihnen, während Joenn begann, ihre Hüfte ihm entgegenzustrecken. Ohne sich von ihren Brüsten abzuwenden, ließ er seine Hand wieder zu ihrem Höschen wandern. Immer wieder streifte er sanft über den feuchten Stoff, spürte, wie ihre Haut darunter nach seiner Berührung verlangte. Ihre Hüfte drängte sich immer mehr in seine Hand, ihre Atmung wurde schneller und flacher. Mit seinem Mund hinterließ er eine Spur der Lust, als er sich langsam küssend einen Weg zu ihrem Höschen bahnte. Er küsste die Innenseite ihres Oberschenkels hinauf bis zu der feuchten Stelle, wo sie ihn am meisten wollte. Durch das Höschen hindurch knabberte und zog er, an der Stelle, wo er wusste, dass es ihr gefällt. Joenn stöhnte unter diesen Empfindungen. Dante liebte dieses Geräusch, wie er eben feststellen musste.

Lächelnd hob er den Kopf, um sie anzusehen, dabei zog er ihr, ihr Höschen aus. Der kühle Lufthauch an ihrer pulsierenden Mitte holte sie ein wenig aus ihrer nebelhaften, Situation. Sie hob den Kopf, sie sah, wie Dante sie ansah. Bevor jedoch ein beschämendes Gefühl in ihr aufkommen konnte, senkte er seinen Kopf schon wieder. Mit seiner Zunge erkundete er die süße Frucht, die sich ihm nun ganz und gar präsentierte. Joenn konnte nicht anders, als ihm immer und immer wieder die Hüfte entgegenzustrecken, sich seiner Berührung hinzugeben. Sie stöhnte erneut, und Dante schaute auf. Ihr Kopf lag auf dem Kissen, sodass er sie leicht sehen konnte, während er sie verwöhnte. In seinen Augen lag so viel Begierde und Leidenschaft, als er langsam zwei Finger in sie einführte.

Joenn drückte ihr Rückgrat durch, als sie dieses ausfüllende Gefühl in sich spürte. Langsam glitt er rein und wieder raus, ihr Atem ging schneller. Sie wusste nicht mehr, wie sie sich winden sollte, so lustvoll waren seine Berührungen. Mit großen Augen sah sie zu, wie er seine Finger immer wieder in sie hineingleiten ließ, während er sie dabei unentwegt beobachtete, wie sie sich darunter wand. Als sein Mund anfing, sie wieder zu verwöhnen, wobei er seine Finger unaufhörlich immer wieder hinein- und hinausgleiten ließ, konnte sie nicht anders, sie stöhnte laut auf, immer wieder. Normalerweise wäre ihr das jetzt peinlich gewesen, doch der Blick, den Dante ihr auf ihre Reaktion schenkte, ließ sie vergessen, peinlich berührt zu sein. Er machte weiter, mit der anderen Hand drückte er ihre Hüfte kraftvoll in die Matratze. Joenns Atem ging schneller, ihr Stöhnen kam öfter, sie war kurz davor, mächtig zu kommen. Sie wollte nicht auf diese Weise kommen. Sie fasste mit ihren Händen nach seinem Kopf um ihn hochziehen. Er reagierte, in dem er sie voller Verlangen ansah. Sie schüttelte den Kopf, während er weiter mit seinen Fingern in sie hineinstieß. Er lächelte sie wissend an, dann senkte seinen Kopf wieder. Mit der Hand, mit der er sie in die Matratze gedrückt hatte, drückte er jetzt nur sanft ihre Hand, die sie in seinen Haaren vergraben hatte. Er machte weiter, und Joenn konnte ihn nicht mehr zurückziehen, sie kam dem Orgasmus immer näher, dabei drückte sie seinen Kopf immer fester hinunter. Ihre Hüfte bäumte sich auf, ihr Stöhnen kam laut aus ihrem tiefsten Inneren, als sie explodierte. Sie sah Sterne, ein Feuerwerk der Gefühle. Er merkte sehr wohl, dass sie kam, er schmeckte ihren Saft, und er empfand es als wunderbar. Er wollte nicht aufhören, egal, wie sehr er sie wollte, er wollte sie noch einmal so weit bringen. Als auch die Nachbeben aufhörten, hob er wieder den Kopf, seine Finger machten unbeirrt weiter, mit dem Daumen verrieb er den Rest ihres Saftes auf ihrer empfindlichen Stelle. Joenn wollte, dass er aufhörte, die Qualen der Lust waren zu hoch, doch er tat es nicht. Joenn packte Dante entschlossen, sie zog ihn zu sich hinauf. Ihre Lippen fanden sich in einem leidenschaftlichen Kuss wieder, in dem sie sich selbst schmeckte. Sein Kuss war so leidenschaftlich, so gierig, dass ihre Hüfte mit seinem kräftigen Glied in einen rhythmischen Tanz verfiel. Sie spürte, dass sie weiterhin nicht genug hatte, was sie nach dem gerade Erlebten in Erstaunen versetzte. Während des Kusses versuchte sie, ihm in ihrer Position die Shorts auszuziehen. Dante wusste, was sie wollte, er hielt kurz inne, um ihr, ihr Tun zu erleichtern. Immer bedacht darauf, dass er nicht in sie eindrang, neckte er sie, indem er mit seinem pochenden Glied an ihrer Mitte entlang streifte. Vereinzelt ließ er ab, um mit seiner Spitze mit leichtem Druck gegen die Stelle zu drücken, wo sie ihn unbedingt haben wollte. Joenn hatte das Gefühl, verrückt zu werden, wenn er sie nicht bald ausfüllte. Sie griff zwischen sich, dann hatte sie ihn in der Hand. Mit leichtem Druck rieb sie sanft an seinem Schaft. Dante hörte augenblicklich auf, sie zu küssen, er warf den Kopf nach hinten und verharrte knurrend in seiner Stellung. Joenn ließ ihre Hand noch einmal auf und ab gleiten, dann sah er sie an. »Nicht«, knurrte er zwischen zusammengebissenen Zähnen. Er packte ihre Hände, er hielt sie fest links und rechts neben ihrem Kopf in die Kissen gedrückt. Mit gesenktem Kopf suchte er ihre rosafarbenen Nippel. Als er sie fand, zog er einen in seinen Mund. Joenn drückte ihren Kopf in das weiche Kissen, sie bog sich ihm entgegen. Vorsichtig biss er ihr in den Nippel, als er sie aufkeuchen hörte, versenkte er sein Glied langsam in ihre warme Höhle. Beide stöhnten auf, als er in sie eindrang. Langsam bewegte er sich in ihr, während sie sich tief in die Augen schauten und ihren Rhythmus fanden. Er küsste sie wieder und wieder, ließ ihre Arme dabei aber nicht los. Er wollte spüren, wie ihr Körper sich unter ihm wand, was er nicht so intensiv spüren würde, wenn er ihre Hände freigeben würde. Doch als er sich dem Höhepunkt näherte, vergrub er seine Hände hinter ihrem Kopf, dabei ließ er sie frei. Sie klammerte sich an seinen Körper, das Kratzen ihrer Fingernägel törnte ihn nur noch mehr an. Er wollte nicht vor ihr kommen. Er löste sich von ihren Lippen und beobachtete sie aufmerksam. Genau im richtigen Moment sah er, wie sie innerlich bei ihm ankam. Ihr Griff auf seinem Rücken wurde fester, er spürte, dass er es nicht mehr lange zurückhalten konnte. Sie stöhnte, ihre Augenlider fingen an zu flattern. Ihre Hände glitten seinen Rücken hinunter. Er spürte, wie er noch mehr in ihr anschwoll, um sich dann mit voller Wucht in ihr zu entladen. Joenn ließ einen kleinen Schrei los, da wusste er, dass sie mit ihm kam. Auch wenn er nicht mehr konnte, machte er weiter, Joenn gab Geräusche von sich, die er noch nie zuvor gehört hatte. Es war so heiß, mit ihr vereint zu sein. Sie zuckte, während er weiter stieß. Sein Körper war schweißgetränkt, doch er stieß immer weiter zu. Es zuckte in ihm, er war so empfindlich, fast schmerzhaft, doch er genoss ihr Nachbeben. Er stieß wieder und wieder zu, und zu seinem Erstaunen folgte mit ihrem Nachbeben ein weiterer Orgasmus, der sie seinen Namen rufen ließ, bevor sie matt in die Kissen zurückfiel. Dieser Orgasmus war so heftig, dass er gespürt hatte, wie sie seinen Rücken verkratzte. Er hörte auf, sich zu bewegen. Joenns Atem ging schnell, auch sie hatte einen Schweißfilm auf ihrem Gesicht und ihrem Körper. So etwas hatte er noch nie bei einer Frau geschafft. Er wusste gar nicht, dass so etwas geht. Er war immer noch in ihr, während er beobachtete, wie sich ihr Atem beruhigte.

Am liebsten hätte er sich auf ihr niedergelassen, doch er zögerte. Sein Gewicht könnte ihr Schwierigkeiten bereiten, den nötigen Sauerstoff zu bekommen, den sie jetzt gerade so dringend brauchte. Er wollte sich gerade aus ihrem Inneren entfernen, als sie ihn mit großen, dunklen Augen ansah, die voller Zärtlichkeit und Verlangen glänzten. Er wagte es nicht, sich unter diesem Blick zu bewegen, zu intim war die Verbindung zwischen ihnen, zu tief die Gefühle, die in diesem Moment zwischen ihnen herrschten. Zögernd hob sie ihre Arme, die sie um seinen Nacken schlang, sie zog ihn sanft, aber bestimmt wieder auf sich herab. Es war eine Bewegung, die keine Widerrede duldete, ein stilles Einverständnis, dass sie noch nicht genug voneinander hatten. So lag er nun auf ihr, bemüht, sich leicht zu machen, um ihr nicht zur Last zu fallen. Sie nahm seinen Kopf, zog ihn an sich und küsste ihn zärtlich, ein Kuss, der Dankbarkeit und ein stilles Versprechen aussagte, dass dies nicht das Ende sein sollte. Nach diesem Kuss der Zärtlichkeit ließ sie ihn los, er rollte sich auf die Seite. Kurz blickte er zu ihr hinüber, dann setzte er sich auf, nahm die Decke, die am Fußende des Bettes lag, erzog sie zu sich in seine Arme, um sie beide zuzudecken. Joenn, erschöpft von den sinnlichen Strapazen, schlief schnell ein, und Dante genoss das Gefühl, sie in seinen Armen zu halten und zu wissen: Der Sex war unglaublich, unvergesslich, eine Erfahrung, die sie beide für immer verbinden würde. Ein Lächeln der Zufriedenheit umspielte seine Lippen, als auch er einschlief, geborgen in der Wärme ihrer Nähe. Als sein Handy klingelte, wurde er unsanft aus seinem Schlaf gerissen. Joenn lag noch immer in seinen Armen, was ihm erneut ein zufriedenes Lächeln entlockte. Noch nie war er mit einer Frau aufgewacht und hatte sich dabei so glücklich und erfüllt gefühlt. Das Klingeln weckte auch Joenn, die schlaftrunken sich aufsetzte, verschlafen lächelt sie ihn an. Dante nahm das Gespräch an, es war Tom. In der ganzen Aufregung und den nachfolgenden Ereignissen hatten sie tatsächlich vergessen, Tom Bescheid zu geben. Dante schaute unentwegt auf Joenn, während er mit Tom sprach. Sie hatte sich in ein Laken gehüllt und ihre Haare zu einem lockeren Knoten gebunden. Sie sah bezaubernd aus, fand er.

»Hallo Tom. Bitte verzeih mir, in der ganzen Aufregung haben wir dich vollkommen vergessen.«

»Zumindest bist du ehrlich. Geht es euch gut?«

»Mir geht es gut. Joenn, geht es dir gut?«

Joenn nickte, dabei lächelte sie ihm beruhigend zu.

»Joenn geht es auch gut. Es war nur für sie ein großer Schock. Bei mir ist alles glattgelaufen, doch bei Joenn gab es eine unschöne Auseinandersetzung. Dieser Mistkerl hat sich ganz schön gewehrt. Joenn hat diesen Schock aber gut überstanden.«

»Das wollte ich hören. Wie sieht euer Plan jetzt aus?«

Dante ließ Joenn nicht aus den Augen, die sich gerade in ein Laken gehüllt hatte und sich auf den Weg ins Bad machte.

»Wir werden das Wochenende hierbleiben und uns von dem Schock erholen.«

Er musste über ihre Schüchternheit lächeln, die sie an den Tag legte, obwohl ihr durchaus bewusst war, dass er jeden Zentimeter ihres Körpers gesehen, geküsst und geschmeckt hatte. Als Joenn die Badezimmertür hinter sich schloss, fügte Dante noch hinzu: »Ich glaube, Joenn benötigt das jetzt. Einfach mal eine andere Umgebung, weg von all dem. Ich werde sie auf andere Gedanken bringen, mich um sie kümmern.« Tom räusperte sich.

»Dante, mach aber nichts Unüberlegtes. Ich weiß, wie gern du sie hast, das habe ich gesehen.« Tom seine Stimme klang warnend.

Dante schluckte schwer, aber das half nichts, er musste ehrlich sein.

»Ich werde nichts machen, was sie nicht auch will.«

»Das weiß ich, mein Junge. Ich will nur nicht, dass ihr euch weh tut.«

»Ich könnte ihr niemals wehtun!«

»Und wie sieht es bei dir aus?«

Dante überlegte, wie ehrlich er mit seinem Onkel reden konnte. Er beschloss, dass es ohnehin keinen Unterschied machen würde.

»Die Antwort kennst du doch schon.«

Am anderen Ende der Leitung war es eine Weile still.

»Dante, ich …«

»Nein, ist gut«, unterbrach Dante ihn.

»Joenn wird Anfang kommender Woche zurück nach Hause fliegen. Ich allerdings sage Lebwohl.« Dante wollte nicht auf die Reaktion seines Onkels warten, so legte er auf. Er hatte nur dieses eine Wochenende. Er starrte auf die verschlossene Badezimmertür. Nur dieses eine Wochenende. Ihm wurde bewusst, wie wenig Zeit er mit ihr hatte. Ein Gedanke, der ihn innerlich seufzen ließ. Er öffnete die Badtür. Joenn stand unter der Dusche, das Wasser umspülte ihren Körper wie ein Schleier. Eine Weile stand er nur da, er schaute zu, wie das Wasser von ihrem nassen Haar ihren Rücken in großen Rinnen hinunterlief. Er entdeckte blaue Flecken auf ihrem Rücken, die nicht von ihrer gemeinsamen Leidenschaft stammen konnten. Ein Stich der Sorge durchfuhr ihn. Kurzerhand öffnete er die Duschkabine und schlüpfte hinein. Joenn starrte ihn erschrocken mit ihren großen Augen an. Er reagierte nicht auf ihren erschrockenen Gesichtsausdruck, sondern drehte sie sanft um, um ihren Rücken und die blauen Flecken genauer zu begutachten. Er beugte sich hinab, er küsste jeden einzelnen blauen Fleck, als wollte er den Schmerz, den sie erlitten hatte, mit seinen Lippen aufsaugen. Dann drehte er sie wieder zu sich herum, schlang seine Arme um sie, behutsam drückte er sie an seinen Körper. Das warme Wasser rieselte weiter über sie herab. Mit rauer, belegter Stimme flüstert er ihr ins Ohr: »Es tut mir so leid.« Er schob sie ein wenig von sich, um auch den Rest ihres Körpers nach weiteren blauen Flecken abzusuchen. An ihrem Arm entdeckte er einen gewaltigen blauen Fleck, der die Form von fünf Fingern und einer Hand darstellte. Geschockt starrte er den Arm an. Mit beiden Händen umfasste er ihr Gesicht, seine Berührungen waren sanft. »Es tut mir so leid.« Er wusste das er sich wiederholte, aber was anderes, wollte ihm, einfach nicht einfallen. Joenn stellte sich auf die Zehenspitzen, um ihm einen Kuss auf seine vollen, sinnlichen Lippen zu geben. Dante erwiderte den Kuss, während er ihren nackten, nassen Körper zaghaft an seinen eigenen drückte. Joenn spürte an ihrem Bauch, wie sein Verlangen erneut erwachte, eine Welle der Lust überkam sie. Sie sank vor ihm auf die Knie. Sie wollte ihn, und das wollte sie ihm beweisen. Mit ihrer Hand umfasste sie sein Glied und küsste seine Eichel. Dante hielt sein Gesicht ins Wasser, ein Knurren machte sich aus seiner Kehle breit, ein Zeichen seiner Erregung. Als sich ihr Mund um ihn schloss, stöhnte Dante auf. »Oh mein Gott, Joenn.« Sie ließ sich nicht beirren, sie spürte, wie sein Glied dicker und fester wurde. Es freute sie ungemein, solch eine Wirkung auf ihn zu haben. Dante beugte sich zu ihr hinunter, um sie aufzustellen. Er packte sie sanft an den Schultern und küsste sie, ein Kuss voller Verzweiflung und Leidenschaft, den er um jeden Preis stillen wollte. Er berührte sie zwischen den Beinen und spürte, dass sie, obwohl sie unter der Dusche standen, schon ganz für ihn bereit war. Er ging vor ihr auf die Knie, sie umfasste ihn mit einem Bein, seine Hände fanden Halt an ihren Pobacken, und sie verschmolzen miteinander. Sie klammerte sich an ihn wie eine Ertrinkende, während er sie an ihrem Hintern festhielt, damit sie nicht zu Boden sank, während er immer schneller und fester in sie hineinstieß. Als Joenn dieses Mal kam, rief sie seinen Namen zum zweiten Mal, ihr Stöhnen war laut und leidenschaftlich. Dante lächelte sie an, als er sich weiter langsamer bewegte, damit sie die Nachbeben genießen konnte. Joenn löste sich von ihm, sie ließ sich wieder auf die Knie fallen, sie zögerte nicht lange und nahm ihn gleich wieder in den Mund. Dante stöhnte, er war kurz davor zu kommen. Doch er wollte nicht in ihren Mund kommen, sondern in ihr. Er wollte sie spüren, jede Faser ihres Körpers.

»Joenn, ich will in dir kommen. Bitte, bitte, nicht in deinem Mund. In dir.«

Joenn ließ ab, ihre Hand rieb weiter an seinem Schaft. »Oh mein Gott!«, stöhnte Dante, als er kurz vor dem Höhepunkt war. Er stieß sie von sich weg, fing sie aber gleichzeitig auf, bevor sie sich verletzen konnte. Er packte sie, sie schlang die Beine um seine Hüfte, und er glitt in sie hinein. Ohne das Wasser abzudrehen, verließ er im schnellen Schritt mit ihr die Dusche. Sie bewegte aufreizend ihre Hüfte, was sein Glied tief in ihr anheizte. Er schmiss sich mit ihr auf das Bett, sodass ihr die Luft wegblieb. Er bewegte sich schnell in ihr, ihre Körper klatschten geräuschvoll aufeinander. Als Dante kam, war es laut und wild. Laut rief er wieder nach Gott, was Joenn ebenfalls zum Explodieren brachte. Keuchend rollte er sich von ihr ab, keuchend, mit geschlossenen Augen auf dem Rücken liegend, die Hände hinter seinem Kopf verschränkt, lächelte er befriedigt.

»Sag mal, kommst du eigentlich immer so schnell oder so oft?«

Joenn drehte sich zu ihm um, um ihn anzuschauen.

»Nein, eigentlich nicht. Du bist der Erste, der mich so oft und schnell zur Ekstase treibt.«

Dante lächelte sie stolz an, wissend, dass er etwas ganz Besonderes mit ihr geteilt hatte.

»Ich glaube, wir sollten schnell duschen gehen, bevor unsere Körper sich erholt haben.«

Joenn nickte zustimmend. Sie duschten zusammen, seiften sich ein, neckten sich und teilten Zärtlichkeiten aus. Als sie den ganzen Schaum voneinander abgeduscht hatten, betrachtete Joenn sein steifes Glied. Auch für Dante war es ein Rätsel, wie er schon wieder so erregt sein konnte. Er küsste sie leidenschaftlich, was ihn dazu brachte, zu allem Überfluss auch noch zu pochen. Dann schob er sie sanft aus der Dusche. Lächelnd beobachtete sie, wie Dante das Wasser auf kalt stellte und so lange darunter nach Luft schnappte, bis sein Glied sich wieder beruhigt hatte. Als er schließlich aus der Dusche kam und sie immer noch nackt vor ihm stand, schüttelte er den Kopf.

»Raus aus dem Bad! Zieh dir was an. Ich will nicht noch einmal unter die kalte Dusche müssen.«

Joenn lachte, tat aber, was er ihr sagte. Als Dante endlich herauskam, schaute er sie skeptisch an. Er zog sich wieder Shorts und ein weißes Hemd an, dazu seine Tommy Hilfiger Flip-Flops. Dann setzte er sich auf das Bett.

»Du solltest dich lieber noch mal umziehen. Ich empfehle eine Hose.«

Joenn schaute ihn fragend an, beschloss aber, sich überraschen zu lassen, wieso er das wollte. Sie spürte seine Blicke, während er ihr zusah, wie sie sich aus dem Kleid schälte, um gleich darauf in eine verbleichte Jeanshose zu steigen.

»Warum bist du vorhin noch mal unter die kalte Dusche gegangen?«

Dante lachte rau. Es war ein ehrliches, ansteckendes Lachen, das sie immer wieder aufs Neue verzauberte.

»Du hast es doch gesehen, warum.«

»Ja, schon, aber was hat dagegen gesprochen?«

Mit einem versunkenen Lächeln auf den Lippen antwortete er:

»Ich habe deinen Magen vorhin unter der Dusche gehört. Wir sollten erst etwas essen. Ich habe selbst einen Mordshunger. Diese Runde wäre definitiv länger gegangen als die davor. Ich würde es mir nicht verzeihen können, wenn wir danach feststellen müssten, dass es für uns keine Möglichkeit mehr gibt, in dieser Nacht schmackhafte Nahrung zu bekommen. Daher dachte ich, ich genieße den Nachmittag noch mit dir. Schließlich habe ich dich ja noch die ganze Nacht.« Ein gefährliches Glitzern in seinen Augen ließ Joenn vor Vorfreude erschauern. Das war ein Versprechen ganz nach ihrem Geschmack.

»Wohin gehen wir denn?«

Joenn schaute fragend zu Dante, der ihre Hand in seine genommen hatte, um Händchen haltend ihre momentane Unterkunft zu verlassen.

»Ach, ich dachte, wir gehen ein wenig am Strand spazieren.«

Joenn lachte und knuffte ihm in die Seite, woraufhin er sie an sich zog, um Arm in Arm mit ihr weiterzulaufen. Seine Hand ließ er in ihrer hinteren Hosentasche versinken.

»Ich dachte, du hättest einen solchen Mordshunger?«

Er drückte sie kurz noch etwas fester an sich. »Hast du vielleicht gehört, dass hier in der Nähe ein Jahrmarkt sein soll?«

»Ja, warum?«

»Weil wir gerade dahinlaufen. Dort gibt es reichlich Essen, alles, was das Herz begehrt, und es macht auch Spaß, darüber zu laufen. Oder würdest du lieber in ein Restaurant gehen? Da laufen wir jetzt auch an einigen vorbei.«

Freudig strahlte sie den Mann an ihrer Seite an.

»Auf keinen Fall. Ich liebe Jahrmärkte. Essen, bis einem schlecht wird. Die ganzen Lichter, die Karussells und Schießstände. Welches Restaurant kann schon solch eine Vielfalt bieten?«

Dante bedachte sie mit einem zärtlichen Blick. Sie schlenderten schweigend die Promenade entlang, vorbei an Souvenirshops, die mit kitschigen Andenken lockten, und an edlen Designerboutiquen, deren Auslagen funkelten und glänzten. Joenn blieb nicht einmal stehen, ihr Blick glitt achtlos über die glitzernden Auslagen. Sie interessierte sich nicht einmal für den Juwelier, an dem sie vorbeigingen, dessen Schaufenster mit Diamanten und Goldketten besetzt waren. Dante konnte es nicht glauben, er war verwundert über ihr Desinteresse. War sie wirklich so anspruchslos? Er musste es genauer herausfinden.

»Sag mal, willst du eigentlich auch mal in eines der Geschäfte, an denen wir hier permanent vorbeilaufen?«

Joenn schaute ihn erstaunt an. »Eigentlich nicht. Ich habe alles, was ich benötige. Aber wenn du mal in eines hineinschauen möchtest, können wir das gern machen.« Wieder schüttelte Dante innerlich den Kopf. Das musste er genauer testen.

»Dann lass uns doch kurz in den Juwelier hineinlaufen.« Er deutete auf das glitzernde Geschäft neben ihnen.

»Okay.«

Dante und Joenn betraten den Juwelier. Hier ließ er sie los, er und ging zu den vielen Vitrinen, die darin alle möglichen Schmuckstücke ausstellten. Er musterte die Auslagen, von edlen Colliers bis hin zu teuren Uhren, doch sein Blick verweilte nicht lange. Er war nicht hier, um etwas für sich zu finden, sondern um Joenn zu beobachten.

»Was suchst du denn?«

Sie stand vor einer Vitrine und betrachtete aufmerksam die Auslage. »Vielleicht, etwas für mein Armgelenk. Was weiß ich auch nicht so genau. Ne neue Uhr oder Ähnliches in der Art.«

Sie nickte ihm zu, dann ließ sie ihn alleine suchen. Dante schaute sich um. Eigentlich interessierte ihn nichts davon, doch er war sich sicher, dass Joenn etwas für sich finden würde, was sie haben wollte. Nach einer Weile ging er wieder zu ihr. Sie stand schon eine geraume Zeit vor einer Vitrine.

»Na, hast du was gefunden?« Unsicher schaute sie zu ihm auf.

»Ich bin mir nicht sicher, aber ich glaube, dir könnte so ein Lederarmband, wie sie hier drin ausgestellt sind, gut stehen.«

Dante schaute auf. Tatsächlich, sie stand vor einer Vitrine, die bestückt war mit Armbändern aus Leder für Männer.

»Sag mal, hast du dich denn gar nicht für dich umgeschaut?«

»Nein, warum?«

Dante schüttelte wieder den Kopf, dieses Mal allerdings nicht nur im Geiste.

»Nur so. Komm, lass uns weitergehen.«

Als sie wieder auf der Promenade waren und ein paar Schritte gegangen waren, bat Joenn ihren Begleiter, kurz auf sie hier zu warten. Sie müsse schnell für kleine Mädchen. Dante gab ihr einen Klaps auf ihren Hintern, dann drehte er sich zum Meer um, um darauf hinauszuschauen. Er genoss die frische Brise und den Blick auf das weite Meer. Joenn eilte zurück zum Juwelier. Als sie hinauskam, stellte sie sicher, dass Dante nicht in ihre Richtung schaute, dann eilte sie zurück zu ihm. Dante tat, als wäre sie schnell zurück. Er hatte genau gesehen, wie sie aus dem Juweliergeschäft kam. Was auch immer sie sich gekauft hatte, hatte sie in ihre Handtasche gesteckt, die sie bei sich trug. Zumindest hat sie ihn nicht gefragt, ob er ihr das kauft. Zumindest das musste er ihr zugute rechnen. Er war gespannt, was sie wohl gekauft hatte. Vielleicht würde er es ja noch an diesem Abend herausfinden.

Auf dem Jahrmarkt schlenderten sie Arm in Arm von einem Stand zum nächsten, die bunten Lichter und die fröhliche Musik um sie herum unterstützten ihre momentane Unbeschwertheit. Sie probierten allerlei Köstlichkeiten, teilten sich süße und herzhafte Snacks dabei fütterten sie einander mit einem Lächeln. Beim Autoskooter lieferten sie sich ein amüsantes Rennen, beim Riesenrad kuschelten sie sich eng aneinander und genossen die atemberaubende Aussicht. Im Spiegellabyrinth amüsierte sich Dante köstlich, als er es geschafft hatte, den Ausgang zu finden, und von außen zusehen konnte, wie Joenn immer verzweifelter den Weg aus dem verwirrenden Irrgarten suchte. Der Jahrmarkt war ein voller Erfolg. Beide genossen es, zusammen zu sein, sie hatten so viel Spaß. Dante überredete Joenn, mit ihm mit der Geisterbahn zu fahren, er hoffte, sie würde sich in der Dunkelheit und bei den gruseligen Überraschungen an ihn kuscheln, als wäre er ihr größter Held. Sein Plan ging auf, Joenn klammerte sich an ihn, eng umschlungen verließen sie die Bahn. Joenn schlug vor, eine Zuckerwatte zu holen und sich auf einer der diversen Parkbänke, die überall auf dem Jahrmarkt standen, niederzulassen. Er willigte ein, während Joenn eine in rosa holte, bezahlte er. Als sie auf der Parkbank saßen und die süße Zuckerwatte teilten, bat Joenn Dante, die Zuckerwatte kurz zuhalten. Sie kramte in ihrer Tasche und holte etwas heraus. Dann schaute sie ihm tief in die Augen.

»Ich wollte dir danken für alles, was du für mich getan hast. Dann hattest du gestern auch noch Geburtstag, wozu ich dir alles Gute wünsche. Zusätzlich zu diesem wunderschönen Abend hier, auf dem Jahrmarkt. Heute warst du zumindest so freundlich und hast mir einen Hinweis gegeben, was dir gefallen könnte. Das hier ist für dich und es kommt von ganzem Herzen.«

Joenn hielt ihm ihre Hand hin, ihre Finger umfassten ein kleines Päckchen. Er starrte sie immer noch erstaunt an. Sie hatte etwas für ihn als ein Dankeschön? Er schaute hinab auf ihre Hand, die sie ihm hinstreckte. Ein dicker Kloß machte sich in seinem Hals breit, seine Kehle fühlte sich eng an. Sein Magen fühlte sich wie mit Bleikugeln gefüllt an, so überwältigt war er von ihrer Geste. Er öffnete die Schachtel in ihrer Hand, darin befand sich ein Lederarmband für Männer, wie er sie in der Vitrine beim Juwelier mit ihr zusammen gesehen hatte. Sie war in den Juwelierladen gegangen, um ihm etwas zu kaufen, um ihm und nicht sich selbst eine Freude zu machen. Zögernd nahm er das Armband aus der Schachtel in ihrer Hand, seine Finger berührten sanft ihre. Er hob es hoch, um es sich ganz genau anzuschauen, das schlichte, elegante Design gefiel ihm auf Anhieb. Dante senkte den Kopf, um sie zu küssen, ein Gefühl der Dankbarkeit und Zuneigung überwältigte ihn. So einen Kuss hatte Joenn bislang nicht von Dante bekommen. Dieser war anders, so ehrlich, dass sie das Gefühl hatte, darin zu versinken, sich in seinen Armen zu verlieren. Joenn legte ihm das Armband an, das er stolz an seinem Handgelenk begutachtete. Noch einmal drückte er sie an sich, um sie zu küssen, dieser Kuss war noch intensiver, noch leidenschaftlicher als der zuvor. Beide merkten, wie die Leidenschaft in diesem Kuss langsam wieder geweckt wurde, so beschlossen sie einstimmig, den Weg zurück zu ihrer momentanen Unterkunft anzutreten, um die Nacht zusammen zu verbringen. Das letzte Stück zu dem Haus legten sie mit einem Wettrennen zurück, das Dante eindeutig mit großem Vorsprung gewann. Joenn flog lachend und keuchend in seine Arme, ihre Wangen waren gerötet, ihre Augen glänzten. Dante schmiss sie wie einen nassen Sack über seine Schulter und spurtete ins Haus, die Treppe zum Schlafzimmer hinauf. Joenn lachte und kreischte, dabei wedelte sie mit den Füßen, doch Dante störte das nicht. Schwungvoll, aber behutsam ließ er sie auf dem Bett nieder. Sie schauten sich tief in die Augen, ein Flackern der Leidenschaft verband ihre Blicke, bevor sie wie zwei Verhungernde aufeinander losgingen, ihre Lippen fanden sich in einem stürmischen Kuss. Sie trieben es schnell, ohne langes Vorspiel, ihre Bewegungen waren ungestüm, bis sie sich erschöpft, aber erfüllt auf den Matratzen niederließen, ihre Atemzüge waren schwer und unregelmäßig. Nachdem sie wieder zu Atem gekommen waren, drehte sich Dante zu ihr um, sein Blick war ernst.

»Joenn, ich... ich muss dir etwas sagen.«

Auch Joenn drehte sich zu ihm um. Sie musterte sein wunderschönes, markantes Gesicht, in das sie sich so sehr verliebt hatte. Ja, sie liebte ihn, das hatte sie mit hundertprozentiger Sicherheit sagen können, als sie das erste Mal mit ihm geschlafen hatte. Da hatte sie gespürt, dass das, was sie schon lange geahnt hatte, Wirklichkeit war. Sie liebte ihn wie noch keinen zuvor.

»Was denn?«

»Dein Vater hat mich gebeten, dich nach diesem Wochenende zurückfliegen zu lassen.« Joenn schluckte.

Sie spürte, wie sich der Schmerz in ihrem ganzen Körper ausbreitete.

»Wann geht mein Flieger?«

Dante schloss die Augen, als er ihr antwortete.

»Morgen Abend.«

Joenn sah wohl, dass es ihm auch schwerfiel.

»Wie du gesagt hast, wenn es passiert, dann haben wir nur diesen einen Moment. Dieser Moment ist länger, als wir ihn uns je erträumt hätten.«

Dante schlug die Augen wieder auf. Sie sah die Traurigkeit darin. Sie wollte sie nicht sehen, so küsste sie ihn, um sich danach an ihn heranzukuscheln, seine Wärme und Nähe suchend. Dante wusste, dass sie recht hatte, sie hatten diesen einen Moment, und er war länger und intensiver, als sie es sich hätten vorstellen können. Doch der Gedanke, sie morgen für immer zu verlieren, schmerzte zu sehr, er riss eine Wunde in sein Herz. Während Joenn in seinen Armen gekuschelt seine Nähe genoss, wirbelten Dantes Gedanken umher, verzweifelt suchte er nach einem Ausweg, einer Lösung für diese ausweglose Situation. Egal, wie sehr er nachdachte, er fand keinen Ausweg, keine Möglichkeit, sie zu behalten. Er konnte nur das Jetzt und Hier genießen, die kostbare Zeit, die ihnen noch blieb.

»Wir wissen beide, was das bedeutet. Auch wenn es mir nicht wirklich in den Kram passt, was ich zugeben muss.«

Dante spürte, wie seine Brust feucht wurde, was nur bedeuten konnte, dass Joenn weinte.

»Sollen wir nicht die Zeit, die wir noch haben, genießen?«

Weil Joenn nicht antwortete, zog er sie zu sich hinauf. Er nahm ihren Kopf und legte seine Stirn an ihre, dann küsste er sie.

Die ganze Nacht schliefen sie mehrmals miteinander, einander hingebend in einer Symphonie der Liebe. Wenn sie nicht in den Armen des anderen lagen, tauschten sie Zärtlichkeiten aus, zärtliche Küsse, sanfte Berührungen, bis die Sehnsucht und das Verlangen erneut entfacht wurden und sie sich in einer weiteren Runde der Leidenschaft verloren. In den frühen Morgenstunden fielen sie schließlich erschöpft, aber glücklich in einen tiefen Schlaf, ihre Körper eng umschlungen, ein Ausdruck ihrer tiefen Verbundenheit. Gegen Mittag erwachte Dante, sein Blick fiel auf die Uhr, er erkannte, dass die Zeit davonrann. Vorsichtig weckte er Joenn, die auf seiner Brust ruhte, ihre Beine waren mit seinen verschlungen, ihre Hand lag da, wo sein Herz schlug. Er zog sie fest in seine Arme, sein Mund küsste zärtlich ihre Stirn, bis sie langsam die Augen aufschlug. Ihr wissender Blick, den sie ihm schenkte, schmerzte ihn tief in der Brust. Dieser Abschied würde nicht einfach werden, er würde eine klaffende Wunde in ihre Herzen reißen. Dante starrte auf die verschlossene Badezimmertür, hinter der Joenn duschte. Als sie aus dem Bad erschien, war sie in ein großes Handtuch gehüllt. Dante verspürte ein überwältigendes Verlangen, sie noch einmal zu berühren, sie ein allerletztes Mal in seinen Armen zu halten, ihre Haut auf seiner zu spüren. Er ging auf sie zu, er zog kurz an ihrem Handtuch, das ohne Widerstand zu Boden fiel, sie wollte es also auch. Ihre Augen funkelten vor Verlangen, ihre Brustwarzen stellten sich ihm verlockend entgegen. Dante beugte sich zu ihnen hinab, seine Lippen berührten ihre Haut, er nahm sie in seinen Mund und sog an ihnen, ein Schauer der Lust durchfuhr ihren Körper. Joenn gab wieder eines dieser lüsternen Laute von sich, die er mittlerweile nur zu gut kannte, ein Zeichen ihrer Erregung. Er drängte sie an die kühle Wand. Seine Hand glitt zwischen ihre Beine, fand den Weg zu ihrer Mitte, in Sekunden war sie feucht, bereit für ihn. Er drückte sie mit der Hand auf ihrem Bauch an die Wand, dort fixierte er sie sanft. Er selbst ließ sich auf die Knie sinken und vergrub seinen Mund in ihr feuchtes Gebiet, seine Lippen und seine Zunge verwöhnten sie mit einer Hingabe, die sie fast um den Verstand brachte. Seine Finger fanden den Eingang zu ihrer warmen Höhle, dehnte und reizte sie, bis sie leicht in die Knie ging, ihre Beine zitterten vor Verlangen. Ihr Atem wurde immer schneller und ihr Stöhnen immer lauter. Als sie schließlich kam, ihre Muskeln sich verkrampften, vergrub sie ihre Hände in seinen Haaren. Sie wollte gerade zu Boden sinken, ihre Muskeln verweigerten ihr einen sicheren Stand, da stand Dante auf, er nahm sie in seine Arme, ihre Haut war heiß und feucht, ihre Augen waren glasig vor Glück. Sie wurde noch von ihren Nachbeben gequält, als Dante sie zum Bett trug, sie sanft auf die Matratze legte und langsam in sie eindrang. Das Gefühl, das er in ihr auslöste, konnte sie nicht in Worte fassen, es war eine Mischung aus Lust, Zärtlichkeit und Vertrautheit, ein Band, das sie für immer miteinander verbinden würde. Langsam und gemächlich fand er seinen Rhythmus, ihre Körper bewegten sich im Einklang. Joenn ließ ihre Hände überall an seinem Körper wandern, erkundete jede Kontur, jeden Muskel, jede Narbe, die seine Haut zierte. Er steigerte ihre Lust, bis sie ihn anflehte, schneller zu werden, ihre Stimme war ein flehendes Flüstern. Er kam ihrer Bitte nach, erhöhte das Tempo und trieb sie zu einem unglaublichen Höhepunkt. Seine Augen brannten, nachdem er sich in ihr entleert hatte, seine Haut war überhitzt, sein Herz raste. Er wollte sie noch nicht freigeben, er wollte diesen Moment der Verschmelzung noch so lange wie möglich festhalten, so blieb er in ihr, ihre Körper waren eins. Langsam ließ er sich auf ihr nieder, darauf bedacht, nicht sein ganzes Gewicht auf sie zu legen, er wollte sie nicht erdrücken. Die ganze Zeit hatte er sie nicht aus den Augen gelassen, er sah in ihren Augen, wie sie sich verschleierten, als sie kam, ein Ausdruck der vollkommenen Hingabe. Er wollte sich alles ganz genau einprägen, jede Einzelheit dieses Moments der Intimität, um ihn für immer in seinem Herzen zu bewahren. Sie lagen lange so da, ihre Atemzüge wurden langsam und ruhig, ihre Körper entspannten sich. Später fing sie an, ihre Hand über seinen Rücken streifen zu lassen und ihn zärtlich am Hals zu küssen. Er spürte, wie sein Blut wieder in Wallung geriet, seine Leidenschaft war noch lange nicht gestillt. Mit großen, Augen, die voller Verlangen glänzten, schaute sie ihm ins Gesicht, als sie spürte, wie seine Erektion in ihr wuchs, ein Zeichen seiner unbändigen Lust. Dante lächelte sie entschuldigend an, doch als er seine Hüfte leicht bewegte, merkte er, wie sehr es sie angemacht haben musste, das zu spüren, denn sie war schon wieder ganz feucht, bereit, eine weitere Runde mit ihm zu starten. Ihre Sehnsucht kannte keine Grenzen. Er küsste sie, ein Kuss, der ihre Leidenschaft neu entfachte, und noch einmal, mit kleinen Unterbrechungen ihrer Küsse, damit sie Luft bekamen, trieb er sie zu einer weiteren Explosion der Lust, ihre Körper bebten im Einklang ihrer Gefühle. Dieses Mal allerdings verließ er sie danach und rollte sich auf die Seite.

»Wir sollten uns langsam aufmachen.«

Wehmütig stimmte sie ihm zu, der Gedanke an den Abschied beschwerte ihr das Herz, eine dunkle Wolke legte sich über ihre Stimmung.

»Ich weiß.« Ihre Stimme war kaum mehr als ein Flüstern, ihre Augen waren voller Trauer. Joenn schaute ihm tief in die Augen, ihre Blicke waren voller Emotionen, bevor sie aufstand und wieder einmal im Bad verschwand, um sich frisch zu machen. Dante hörte, wie sie die Dusche aufdrehte, das Geräusch des Wassers erinnerte ihn an die flüchtige Zeit, die ihnen noch blieb. Auch dieses Mal folgte er nicht dem verlockenden Ruf des Wassers, er wusste, dass er jetzt stark sein musste. Als sie fertig war, sprang auch er schnell unter die Dusche, um sich für die Abreise bereitzumachen. Die Fahrt zum Hotel zurück verbrachten sie schweigend, ihre Gedanken waren bei dem bevorstehenden Abschied. Dante beschloss, im Auto auf sie zu warten, er traute sich nicht, mit ihr hochzugehen, schließlich stand auch da ein großes Bett, das ihre Sehnsüchte erneut entfachen könnte. Die Fahrt zum Flughafen wurde begleitet von einem bedrückten Schweigen, die Atmosphäre war schwer, die Minuten schienen wie Stunden zu vergehen. Dante lud den Koffer aus und begleitete sie so weit, wie er konnte und durfte, bis zu dem Schalter, an dem sie einchecken musste, jeder Schritt brachte sie dem Abschied näher. Die ganze Zeit über hielt er ihre Hand in seiner fest umschlossen, als wollte er sie niemals loslassen, seine Finger klammerten sich an ihre, als würde er versuchen, die Zeit anzuhalten. Als der Augenblick kam, den sie beide so sehr fürchteten, war ihm ganz schlecht, sein Herz zog sich schmerzhaft zusammen, als würde es in seiner Brust zerreißen. Der Abschiedskuss schmeckte so, wie er sich fühlte, er war bitter und süß zugleich, ein Abschiedskuss voller Leidenschaft und Verzweiflung, ein letzter Versuch, die Zeit anzuhalten, ein letzter Kuss, der alles sagte, was sie nicht in Worte fassen konnten. Er schaute ihr nach, bis sie hinter der Wand verschwunden war, sein Blick verlor sich in der Menge der abreisenden Passagiere, er konnte sie nicht mehr sehen, aber er spürte ihre Anwesenheit noch in seinem Herzen. Dante wusste bis zu dem heutigen Tag nicht, wie sehr ein Abschied schmerzen kann, er spürte ihn in seinem ganzen Körper.

Joenn wurde zu Hause empfangen, als wäre sie jahrelang verschwunden gewesen. Die herzliche Umarmung ihrer Eltern tat gut, doch der Schmerz des Abschieds von Dante nagte tief in ihrem Herzen. Sie bemühte sich, ihre Trauer zu verbergen, doch es fiel ihr sichtlich schwer. Mit der Ausrede, sie habe Kopfschmerzen, zog sie sich frühzeitig in ihr Zimmer zurück. Den ganzen Tag hatte sie sich tapfer geschlagen und keine Träne vergossen, doch nun, in der Stille der Nacht, konnte sie ihre Gefühle nicht länger unterdrücken. Ein lautes Schluchzen entfuhr ihr, verzweifelt drückte sie ihr Gesicht in die Kissen, um ihren Schmerz zu ersticken.

Amanda, die spürte, dass etwas mit ihrer Tochter nicht stimmte, bereitete eine Tasse Tee zu und beschloss, sie Joenn aufs Zimmer zu bringen. Vor der Tür hörte sie das leise Schluchzen ihrer Tochter. Kurz überlegte sie, ob sie sofort hineingehen sollte, da ihre Tochter sie offensichtlich benötigte, doch dann entschied sie sich, zuerst ihren Mann zu fragen, ob er wusste, warum Joenn so schrecklich weinte. Auf dem Weg die Treppe hinunter, fiel Amanda ein, dass ihr Mann sich in letzter Zeit sehr nervös und unruhig verhalten hatte. Im Wohnzimmer fand sie ihn. Er war vertieft in eine Zeitung, die er allerdings schon am Morgen gelesen hatte. Amanda setzte sich ihm gegenüber auf das Sofa.

»Tom, was ist hier los?«

Tom faltete in aller Ruhe die Zeitung zusammen, eine langsame, fast gequälte Bewegung, bevor er sich seiner Frau zuwandte.

»Was soll denn los sein?«

»Stell dich nicht dumm. Du liest die Zeitung zum zweiten Mal heute! Du warst die letzten Tage sehr unruhig, und unsere Tochter liegt oben in ihrem Bett und weint sich die Seele aus dem Leib. Und ich weiß, dass du weißt, warum! Also bitte, verrate mir, was hier los ist.« Tom seufzte schwer.

»Joenn hat sich in Dante verliebt.«

Amanda hielt sich erschrocken mit beiden Händen den Mund zu, ihre Augen waren weit aufgerissen.

»Oh mein Gott.« Tom nickte nur traurig.

»Und Dante?« Amandas Stimme zitterte.

»Der auch.«

»Aber warum weint sie dann so schrecklich?«

»Ich nehme an, dass sie sich Lebewohl gesagt haben.«

Er konnte seiner Frau nicht in die Augen schauen.

»Können wir denn gar nichts machen?«

Tom schüttelte wieder seinen gesenkten Kopf, seine Schultern sackten zusammen.

»Nein, nicht ohne großen Schaden anzurichten. Sie müssen jetzt beide lernen, damit umzugehen.«

»Oh, mein armes Kind. Hast du das denn nicht kommen sehen?« Ihre Stimme war voller Vorwurf. Toms Kopf schnellte nach oben. Warf sie ihm jetzt etwa die Schuld für dieses Schlamassel zu?

»Um ehrlich zu sein, habe ich es vom ersten Tag an, als ich die beiden zusammen gesehen habe, schon befürchtet. Sie kamen von der ersten Minute an zu gut miteinander aus. Dante hat sich ihr geöffnet, was er bei sonst niemandem macht. Sie sehen nebeneinander wirklich aus, wie füreinander geschaffen.«

»Wieso hast du das dann nicht verhindert?«

Sich seiner Schuld nur zu stark bewusst strich sich Tom mit beiden Händen durch sein graudurchsetztes Haar.

»Zum einen, weil ich es einfach nicht glauben wollte! Und zum anderen war es ohnehin schon zu spät. Sie verliebten sich ineinander, als sie sich das erste Mal sahen. Ich dachte, wenn sie sich kennenlernen und Dante so unzugänglich bleibt, wie er immer war, würde sie erkennen, dass sie nicht zueinanderpassen. Doch es scheint, dass das ein Fehler war. Dante würde sein Leben für sie geben.«

»Woher willst du das wissen?«

Amandas Augen waren voller Tränen.

»Du hättest sehen sollen, wie er ausgeflippt ist, als sie ein harmloses Essen mit einem anderen Mann hatte. Ich habe ihn noch nie so gesehen.«

»So schlimm?«

Amanda stand auf, um zu ihrem Mann die zwei Schritte zu gehen.

»Ja, Amanda. Dante war meiner Meinung nach noch nie verliebt. Ich dachte immer, dass er einfach unzugänglich ist für so kräftige Gefühle. Doch Joenn hat sie in ihm ausgelöst. Er hat mit ihr alles durchgemacht. Eifersucht, Freude, Schmerz, Leid und Wut.«

»Aber Dante ist doch so schwer umgänglich! Wie konnte sich da Joenn in ihn verlieben?«

Sie nahm eine Hand von ihrem Mann, die er in seinem Schoß ruhen ließ, in ihre.

»Sie konnte bei ihm durchdringen. Sie ist die einzige Person, die ich je gekannt habe, die ihn verstanden hat und wahrscheinlich immer noch versteht.«

»Glaubst du, dass sie sich auch so nahegekommen sind?«

»So wie die beiden sich angeschaut haben, als ich das letzte Mal da war, wäre es ein Wunder, wenn nicht.« Tom drückt dabei die Hand seiner Frau leicht.

»Oh mein Gott, das geht doch nicht«, flüsterte Amanda entsetzt, ihre Hände zitterten.

»Ich glaube, das ist ihnen auch bewusst, sonst wäre Joenn nicht hier und würde auch nicht so bitterlich weinen.«

»Das arme Kind.«

Ihr Mitgefühl für ihre Tochter nahm langsam die Oberhand. Ihre Augen fingen an zu brennen, und das Schlucken fiel ihr immer schwerer, sie konnte die Tränen nicht mehr zurückhalten.

»Liebling, da muss sie jetzt durch. Wir können ihr nicht helfen. Auch du kannst nichts machen. Außer, wenn sie zu dir kommt! Dann kannst du sie trösten. Aber du kannst nichts dagegen unternehmen!«

Tom nimmt seine mittlerweile schluchzende Frau in seine Arme. Eigentlich würde sie am liebsten Dante verfluchen, ihm die Schuld für den Schmerz ihrer Tochter geben. Aber ihr Mann versicherte ihr gerade, dass es ihm nicht besser erging, er litt genauso wie sie. Wie sollte sie da auch wütend auf jemanden sein, der das Gleiche durchmachte?

Zwei Wochen waren vergangen, in denen Amanda mit ansehen musste, wie ein Geist anstelle ihrer Tochter durch das Haus schlich. Joenn, einst ein Wirbelwind voller Lebensfreude, war zu einem blassen Schatten ihrer selbst geworden. Jede Nacht, wenn Amanda sich an ihre Zimmertür schlich, um zu lauschen, hörte sie ihre Tochter gedämpft wimmern, ein herzzerreißendes Geräusch, das Amanda den Schlaf raubte. Es zerbrach ihr das Herz, ihrer Tochter nicht helfen zu können, nicht helfen zu dürfen. Amanda hatte genug. Sie telefonierte mit ein paar Freundinnen, um Rat zu suchen, und fasste einen Entschluss. Kurz darauf suchte sie ihre Tochter in ihrem Zimmer auf, wo diese apathisch an die Wand starrte.

»Joenn, so kann das nicht weitergehen.« Joenn sah ihre Mutter traurig an. »Du solltest dich nach einem neuen Job umsehen. Ich habe gerade mit ein paar Freundinnen telefoniert, und eine von ihnen bräuchte eine Innenarchitektin. Sie hat mich gefragt, ob du diesen Job nicht annehmen möchtest. Joenn wollte gerade antworten, als auch ihr Vater den Kopf durch die Tür steckte, seine Miene war ernst.

»Ich erachte das für eine hervorragende Idee.« Pflichtete Tom seiner Frau bei. »Es ist wichtig, dass du wieder unter Leute kommst und eine Aufgabe hast, die dich erfüllt. Ein neuer Job könnte dir helfen, deine Gedanken in andere Bahnen zu lenken.«

Joenn holte tief Luft, sie spürte den Druck ihrer Eltern, sie wollten ihr helfen, aber sie wusste nicht, ob sie dazu bereit war.

»Das ist lieb von euch, Mum, Dad, aber ich möchte wirklich nicht mehr als Innenarchitektin fungieren.«

Tom nickte verständnisvoll, er spürte den Widerstand seiner Tochter, aber er wusste auch, dass sie einen Anstoß benötigte, um aus ihrer Lethargie zu erwachen.

»Das ist kein Problem. Bei mir in der Firma ist noch ein Schreibtisch frei. Ich erwarte dich morgen pünktlich um acht Uhr hinter diesem Tisch.« Seine Tonlage ließ keinen Widerspruch zu. Er wollte ihr keine Wahl lassen, er wollte, dass sie wieder einen Sinn in ihrem Leben findet. Joenn schaute ihn an, sie erkannte den entschlossenen Ausdruck in seinen Augen. Ihre Eltern ließen sie wieder alleine in ihrem Zimmer, und alleine mit ihren quälenden Gedanken. Joenn konnte nicht anders, als ihre Gedanken nur auf Dante und die letzten Stunden mit ihm kreisen zu lassen, und das schon seit Wochen, seit dem Abschied, der ihr das Herz gebrochen hatte. Am kommenden Morgen saß sie pünktlich, wie es ihr Vater von ihr wünschte, hinter dem Schreibtisch, sie sortierte Ordner und alles andere, was sich auf ihrem Schreibtisch häufte. Mit ihren Arbeitskolleginnen redete sie kein Wort. Wenn sie sie etwas fragten, bekamen sie nur eine kurze, knappe Antwort. Über ihr Privatleben ließ sie sich nicht aus, egal wie sehr sich ihre Kollegen und Kolleginnen um sie bemühten, irgendwie mit ihr in Kontakt zu kommen, sie schottete sich ab. Tom beobachtete dieses Spiel ganze zwei Monate. Seine Tochter machte ihren Job zu seiner vollen Zufriedenheit. Sie war pünktlich, zuverlässig und erledigte ihre Aufgaben tadellos, allerdings hatte er gehofft, dass sie in der Arbeit ein wenig aufgehen würde, oder sich zumindest wieder etwas öffnete, dass sie aus ihrer Starre erwachen würde. Doch das tat sie nicht. Sie war wie ein Roboter ohne Gefühle, nur auf die Arbeit programmiert, ein Schatten ihrer selbst.

Kapitel 13

Wie jeden Tag suchte Tom im Internet nach Neuigkeiten über Dantes neuestes Hotelprojekt, das in der lokalen Stadtzeitung ausführlich vorgestellt wurde. Seit Wochen versuchte er, Dante telefonisch zu erreichen, doch dieser wimmelte ihn jedes Mal ab. Also blieb ihm nichts anderes übrig, als sich über die Zeitung auf dem Laufenden zu halten, um wenigstens ein kleines bisschen Kontrolle über die Situation zu behalten, die ihn so sehr beunruhigte. Sein Blick fiel auf ein Bild, das auf der zweiten Seite prangte, sein Neffe war darauf abgelichtet. Der Bericht darunter beschrieb die Neueröffnung seines neuesten Hotels, ein weiteres Prestigeprojekt des jungen Unternehmers. Auf den ersten Blick sah der Junge gut aus, wie immer, doch Tom kannte ihn zu gut, um sich von Äußerlichkeiten täuschen zu lassen. Für ihn sah er eingefallen und sehr mürrisch aus, seine Augen waren stumpf und leer, und das zaghafte Lächeln, das er für die Kamera auf sein Gesicht hatte, sah erzwungen aus. Tom las sich den Artikel aufmerksam durch, in dem auch seine Tochter namentlich als Innenarchitektin ausführlich gelobt wurde, ihre Arbeit wurde als herausragend und stilvoll beschrieben. Das Hotel wurde als ein wahrer Traum und Schmuckstück beschrieben, ein Ort der Eleganz und des Wohlbefindens. Kurzerhand druckte er diesen Artikel aus, er hatte eine Idee, wie er seiner Tochter vielleicht einen kleinen Anstoß geben konnte. Als Joenn gerade nicht auf ihrem Platz saß, legte er die ausgedruckte Seite auf die Tastatur ihres Computers, sodass der Ausschnitt ihr direkt ins Auge fallen würde, wenn sie zurückkam. Er beobachtete durch die Glaswand seines Büros, wie sie die Seite nahm und das Bild anstarrte, ihr Blick war wie gefesselt, sie schien in dem Foto versunken zu sein. Sie verharrte so in ihrer Bewegung, dass Tom das Gefühl beschlich, etwas übersehen zu haben, er hatte das Gefühl, dass es mehr gab, als das bloße Bild. Er schaute auf seinen Computer, wo er den besagten Artikel noch offen hatte, doch er konnte nichts Ungewöhnliches entdecken, es war ein normaler Zeitungsartikel. Er sah nur Dante, wie er seinen linken Arm ausstreckte, um der Reporterin oder dem Reporter etwas zu zeigen, dabei schaute er in die Kamera, ein professionelles Lächeln auf den Lippen. Joenn ließ sich auf den Stuhl nieder, immer noch hatte sie das Bild mit dem Artikel in der Hand, ihr Blick war auf den Arm von Dante gerichtet. Dante sah anders aus als sonst, aber immer noch sehr attraktiv, seine Ausstrahlung war ungebrochen. Was allerdings ihren Blick so fesselte, war sein linker Arm, der mit abgelichtet war, an seinem Handgelenk trug er das Lederarmband, das, das sie ihm damals geschenkt hatte, ein kleines Zeichen ihrer Verbundenheit. Sie fragte sich, ob er an sie dachte, weil er es trug, ob er sie vielleicht vermisste, oder ob es einfach nur ein zufälliges Accessoire war. Sie faltete das Papier so, dass das Bild keinen Knick abbekam, sie behandelte es wie einen Schatz. Vorsichtig schob sie es in die Innentasche ihrer Handtasche. Sie versuchte, sich auf ihre Arbeit zu konzentrieren, doch sie konnte es einfach nicht mehr, ihre Gedanken waren ständig bei Dante, bei dem Armband, bei ihrer gemeinsamen Vergangenheit. Als sie aufschaute, erblickte sie ihren Vater, er stand in der Tür und lächelte sie ermutigend an. Er nickte ihr zu, ein stummer Befehl.

»Geh nach Hause und erhol dich. Wir sehen uns am Montag.«

Es war Freitag, morgens um zehn, und er schickte seine Tochter ins Wochenende, er wollte, dass sie sich erholte, dass sie zur Ruhe kam. Sie nickte ihrem Vater dankbar zu, sie war froh, dass er sie verstand, dass er ihr diese Auszeit gönnte, und verließ das Gebäude, um nach Hause zu fahren, sie sehnte sich nach ihrem Bett. So wie sich der Aufzug schloss, in dem Joenn stand, ging Tom wieder in sein Büro, er hatte einen Entschluss gefasst. Er wählte die Nummer von Dante, er musste mit ihm reden, er musste eine Lösung finden. Dante meldete sich mit einem mürrischen:

»Hallo.« Seine Stimme war kalt und abweisend.

»Wie geht es dir?«

»Gut, danke. Du, Tom, ich muss dich gleich wieder abwimmeln. Ich stecke hier in einem Haufen von Arbeit, die Deadlines rücken immer näher. Lass uns ein andermal miteinander sprechen, wenn ich etwas mehr Luft habe.«

Dieses Mal war Tom allerdings nicht gewillt, sich wieder einmal abwimmeln zu lassen, er spürte eine innere Unruhe, die er nicht länger ignorieren konnte.

»Mein Junge, du siehst schlecht aus. Bist du krank?«

Tom hörte, wie Dante genervt stöhnte, er wollte das Gespräch offensichtlich beenden.

»Nein, ich bin nicht krank. Und woher willst du wissen, dass ich schlecht aussehe?« Seine Stimme war gereizt. Dante ahnte schon, dass er die Frage nicht hätte stellen sollen, er wusste, dass Tom sich nicht so leicht abwimmeln lassen würde.

»Ich habe gerade den Artikel über dich und dein Hotel gelesen, der in der Zeitung war.«

»Und?«

»Hast du den Artikel gelesen?«

»Ja, natürlich.«

»Hast du auch das Bild gesehen, das mit abgedruckt wurde?«

»Ja, natürlich. Was stimmt denn damit nicht? Tom, bitte, ich bin wirklich im Zeitdruck, ich habe wichtige Meetings und Konferenzen, ich kann jetzt nicht lange telefonieren.«

»Du siehst nicht gut aus. Du siehst krank aus. Machst du denn auch gelegentlich eine Pause? Isst du genug?«

»Ja und ja.« Tom wusste, dass er seinen Neffen nicht anlügen sollte, doch er wollte endlich mal mehr von Dante hören, er wollte wissen, wie es ihm wirklich ging.

»Ich habe den Artikel vorhin Joenn gegeben. Sie war meiner Meinung.«

»Sie hat gesagt, dass ich schlecht aussehe?«

Tom wischte sich mit seiner freien Hand über den Nacken. Ihm ist aufgefallen, dass sobald er den Namen seiner Tochter aussprach, Dantes Tonlage sogleich veränderte, sie wurde weicher.

»Ja, das hat sie, mein Junge.«

Wieder stöhnte Dante auf, er schien keine Lust zu haben, über sein Aussehen zu diskutieren. »Gut, und was bringt sie zu dieser Annahme?«

»Das weiß ich nicht, aber ...« Tom wollte gerade ansetzen, um ihm seine Sorgen zu schildern, doch Dante unterbrach ihn.

»Tom, ich muss jetzt wirklich das Gespräch abwürgen. Ich habe jetzt eine Besprechung, die ich nicht verpassen darf. Danke für deinen Anruf, bye.«

Dante legte auf. Damit hatte er jetzt nicht gerechnet. Tom konnte nur noch mit dem Kopf schütteln, er war frustriert und besorgt. Dante gab sich wirklich die größte Mühe, sich von der Familie fernzuhalten, er schottete sich ab und ließ niemanden an sich heran. Wenn es so weitergeht, müsste er was unternehmen, er konnte nicht länger zusehen, wie

320

sein Neffe sich selbst zerstörte. Nein, er musste jetzt etwas unternehmen, er durfte nicht länger warten. Wieder nahm er das Telefon und tippte die Nummer von Bella ein, er benötigte ihre Hilfe.

»Hallo, Mister Brocks, wie komme ich zu diesem Vergnügen?« Bellas Stimme war richtig erfreut, was Tom lächeln ließ, ihre positive Art tat ihm gut.

»Ich wollte dich fragen, ob du übers Wochenende zu uns kommen möchtest! Ich würde dir auch gleich dein Ticket besorgen.«

»Das ist aber lieb, Herr Brocks, aber ich bin bereits in der Stadt, ich bin schon eine ganze Weile hier.«

Tom war erstaunt über diese Neuigkeit, er hatte keine Ahnung, dass Bella in der Stadt war. Wieso wusste er nichts davon?

»Oh, weiß Joenn denn schon Bescheid?«

»Nein, ich kann sie seit zwei Monaten nicht erreichen, sie geht nicht an ihr Telefon. Ich dachte, sie hat vielleicht zu viel zu tun in Dantes Hotel.« Tom stöhnte innerlich.

»Joenn ist seit zwei Monaten zu Hause.«

Es entstand eine kleine Pause, bevor Bella weiterfragte, ihre Stimme war voller Besorgnis.

»Ist nicht wahr. Stimmt etwas nicht?«

»Bella, ich glaube, sie braucht jetzt eine Freundin, sie ist gerade auf dem Heimweg.«

»Okay, ich habe verstanden. Ich bin schon auf dem Weg. Und danke, Mister Brocks.«

Leider beruhigte es Tom gar nicht, dass Bella jetzt auf dem Weg zu Joenn war. Sie wusste nicht, dass Joenn wieder zu Hause war, und Joenn nahm die Anrufe von Bella nicht einmal entgegen. Es war schlimmer, als er es sich gedacht hatte, seine Tochter hatte sich völlig zurückgezogen.

Bella stürmte in Joenns Zimmer, wo diese auf ihrem Bett lag, den besagten Artikel in der Hand. Überrascht und mit großen Augen schaute sie zu Bella auf.

»Du siehst nicht gesund aus. Was ist los? Und warum gehst du nicht ans Telefon, wenn ich anrufe, oder rufst wenigstens zurück? Ich mache mir solche Sorgen!«

»Ich konnte nicht.« Die Worte waren ein leises Flüstern. Bella bedachte sie mit einem skeptischen Blick. Sie entdeckte den Artikel in Joenns Hand, den sie ihr mit einer schnellen Bewegung entriss.

»Lass mal sehen.«

Bella setzte sich mit dem Zeitungsartikel in der Hand zu Joenn auf die Bettkante. Erst studierte sie das Bild von Dante, ihr Blick verweilte kurz auf seinem Gesicht, dann las sie den Artikel aufmerksam durch. Als sie fertig war, schaute sie wieder ihre Freundin an.

»Sag mal, hast du dir diesen Artikel mal durchgelesen?« Joenn schüttelte stumm mit ihrem Kopf. »Aber warum nicht? Du wirst sehr lobend darin namentlich genannt, deine Arbeit wird in den höchsten Tönen gelobt.«

Joenn starrte sie nur an, sie fand keine Worte, um ihre Gefühle auszudrücken. Endlich fand sie wieder ihre Stimme, ihre Stimme war brüchig und leise.

»Was tust du hier?«

Bella machte eine abwinkende Handbewegung, sie wollte das Thema nicht wechseln.

»Das erzähle ich dir später. Joenn, was ist los? Was bedrückt dich so sehr?«

Tränen stiegen Joenn wieder in den Augen.

»Ach, mir geht es gut.« Bella lachte bitter auf, sie ließ sich nicht von Joenns Ausreden täuschen.

»Ist klar! Und deswegen sitzt du hier, starrst auf ein Zeitungsbild von Dante und hast Tränen in den Augen. Du hast dich in ihn verliebt, richtig?«

Joenn nickte, ihre Tränen liefen ihr nun über die Wangen, sie konnte ihre Gefühle nicht länger verbergen. Bella nahm sie in den Arm, sie drückte ihre Freundin fest an sich und ließ ihr Zeit, sich in aller Ruhe auszuweinen, bis sie wieder in der Lage war zu reden, um ihr alles zu erzählen. Doch Joenn schwieg, nachdem ihre Tränen versiegt waren, sie schien sich nicht öffnen zu wollen.

»Joenn, warum redest du nicht mit mir? Warum vertraust du dich mir nicht an?«

»Das mache ich doch. Nur nicht über Dante. Ich muss ihn vergessen, er darf nicht mein Leben bestimmen.«

Bella schlug ihre Hände vor den Mund, ihre Augen waren voller Überraschung. Im Flüsterton fragte sie:

»Ihr habt es getan! Nicht wahr?«

Sie konnte es kaum glauben. Joenn nickte, ihre Wangen wurden rot.

»Fühlt er denn genauso wie du? Liebt er dich auch so, wie du ihn liebst?«

Darauf zuckte Joenn nur mit den Schultern, sie wusste es nicht, sie wusste nicht, wie Dante wirklich empfand.

»Okay, aber ist er denn der Eine? Ist er der Mann, mit dem du dein Leben verbringen möchtest?«

Joenn brauchte Bella nicht zu antworten, die Tränen, die wieder liefen, antworteten für sie. Bella legte sich neben ihrer Freundin aufs Bett und streichelte ihr über den Rücken, sie wollte ihr Trost spenden, ihr zeigen, dass sie für sie da war. So lagen sie lange da, bis Joenn eingeschlafen war. Bella schlich sich aus ihrem Zimmer, hinunter ins Wohnzimmer, wo sie auf Tom traf, er wartete auf sie, er wollte wissen, wie es Joenn ging.

»Und?«

Bella schüttelte nur den Kopf, ihre Miene war traurig.

»Es tut mir leid, aber da kann keiner von uns ihr helfen. Sie muss ihren eigenen Weg finden, ihren Schmerz zu verarbeiten.«

Tom nickte zustimmend, er hatte es bereits geahnt, er wusste, dass er machtlos war.

»Glaubst du, sie wird darüber hinwegkommen?«

Jetzt war es Bella, die mit den Schultern zuckte, sie wusste es nicht, sie konnte es nicht vorhersagen.

»Sie wird es müssen, sie hat keine andere Wahl. Aber ganz vergessen wird sie ihn wohl nie.«

»So schlimm?« Wieder nickte sie.

»Wie lange bist du denn in der Stadt?«

Tom wollte das Thema wechseln, er benötigte eine Ablenkung. Jetzt lächelte sie ihn breit an, ihre Augen funkelten vor Freude.

»Ich hoffe für immer.«

»Wie das?«

Er verstand nicht, was sie meinte.

»Sie kennen doch Brain? Der, mit dem Dante befreundet ist.«

Tom nickte, er konnte sich an den netten jungen Mann erinnern, der immer so fröhlich und aufgeschlossen war.

»Nun also, wir sind zusammen. Wir wollten keine Fernbeziehung führen, das wäre für uns beide zu schwer gewesen. Deswegen habe ich mich hier beworben, und wie ein Wink des Schicksals habe ich auch sofort die Zusage bekommen. Demzufolge habe ich gekündigt, bin zu Brain gezogen und habe meinen neuen Job angenommen. Das alles war vor zwei Monaten, es war eine aufregende Zeit. Und es läuft richtig gut in unserer Beziehung und in dem neuen Job, ich bin sehr glücklich.« Sie strahlt Joenns Vater an.

»Das freut mich jetzt aber zu hören. Dann werden wir dich oder besser gesagt euch wohl zukünftig öfter hier willkommen heißen dürfen?«

»Das hoffe ich doch.«

Tom nickte ihr zu, was für Bella das Okay war, gehen zu können. Sie wollte gerade loslaufen, da hielt Tom sie auf, er hatte noch eine Frage.

»Du sagtest, dein Freund ist mit Dante befreundet?«

Bella blieb stehen und drehte sich wieder zu dem Vater ihrer besten Freundin um.

»Ja, warum?«

»Ich glaube, ich könnte bald seine Hilfe gut gebrauchen.«

»Wenn es um Dante geht, ist Brain stets zur Stelle. Die zwei haben in der kurzen Zeit ein ziemlich starkes Band miteinander verknüpft.«

»Haben die beiden den Kontakt miteinander?«

Neugierig betrachtet er Bella. Sie überlegte kurz, wie ehrlich sie sein sollte, sie wollte Tom nicht enttäuschen. Doch in Anbetracht der momentanen Situation, in der sich Joenn befand, beschloss sie, alles preiszugeben, was Tom wissen wollte, er hatte ein Recht darauf, die Wahrheit zu kennen.

»Ja, regelmäßig.«

»Was heißt regelmäßig?«

»Erst gestern haben sie miteinander telefoniert.«

»Soso, das ist gut zu wissen.«

Tom strich sich nachdenklich mit seiner Hand über sein frisch rasiertes Kinn.

»Es freut mich, wenn wir helfen konnten und helfen können. Wir stehen euch jederzeit zur Verfügung, ihr könnt immer auf uns zählen.«

»Ich danke dir, Bella, und grüße mir deinen Freund recht herzlich.«

Bella lächelte verlegen.

»Das mache ich. Danke, Mister Brocks. Zusammen schaffen wir das.«

324

Tom nickte ihr zu, er hoffte dies inständig, er benötigte einen Hoffnungsschimmer.

Amanda gesellte sich zu ihrem Mann auf das Sofa, als sie von der Küche aus sah, wie Bella aus dem Wohnzimmer kam und ihr Haus verließ. Als sie ihm ihre Hand auf den Schoß legte, beobachtete er seine Frau mit zusammengekniffenen Augen, er spürte ihre Anspannung. Er wusste, dass sie die Situation so nicht mehr lange durchhalten wollte, sie litt mit ihrer Tochter.

»Was wäre, wenn du deine Freunde noch einmal zusammentrommelst?«

Amanda verspannte bei der Frage, die sie ihrem Mann stellte, unbewusst ihre Finger auf seinem Schoß. Tom nahm seine Frau in seine Arme, er spürte ihren Schmerz, ihren Kummer. Auch für ihn war es schwer, mit der Situation klarzukommen, er hatte das Gefühl, machtlos zu sein. Und auch er hatte schon darüber nachgedacht, seine Freunde um Rat zu fragen, sie waren wie eine Familie für ihn.

»Und was soll das bringen? Was soll ich zu ihnen sagen?«

»Ich weiß nicht. Vielleicht findet ihr gemeinsam eine Lösung, vielleicht habt ihr eine Idee, wie wir Joenn helfen können.«

Tom schaute auf seine Frau hinunter, ihre Augen waren voller Tränen, er spürte ihre Verzweiflung. Vielleicht hatte sie ja recht, vielleicht konnten sie gemeinsam etwas erreichen. Was sollte es schon schaden, es war einen Versuch wert. Tom küsste seine Frau auf die Stirn, bevor er sich in sein Heimbüro begab, er musste seine Freunde informieren. Nach einer halben Ewigkeit, die sie auf ihren Mann im Wohnzimmer nervös wartete, kam er wieder zu ihr ins Zimmer, seine Augen funkelten.

»Wir bekommen morgen Gäste.«

Amanda sprang vom Sofa auf, um ihrem Mann um den Hals zu fallen. Es war ein Hoffnungsschimmer, kein großer, aber es war einer. Amanda vertraute blind auf ihren Mann, er hatte immer für alles eine Lösung gefunden, er war ihr Fels in der Brandung. Dieses Mal wird er es auch wieder lösen, er war ihr Held, ihr Ritter in der glänzenden Rüstung. Am kommenden Tag war Amanda in großer Aufruhr. Amanda stand fast den ganzen Tag in der Küche, nachdem sie ihren Großeinkauf für die kommenden zwei Tage erledigt hatte, um die hungrige Meute am Abend satt zu bekommen. Joenn spannte sie mit ein. Amanda hatte fast den Eindruck, dass ihre Tochter sich ein wenig auf ihre möchtegerne Onkel´s freute, ein kleines Lächeln huschte über ihr Gesicht. Amanda musste immer lächeln, wenn die Herren, und besten Freunde ihres Mannes, denen sie so viel zu verdanken hatte, hier waren und auf Joenn trafen. Alle liebten sie abgöttisch, Joenn nannte jeden einzelnen immer liebevoll Onkel, plus deren Vornamen, sie waren wie eine Familie für sie. Sie kamen an diesem Abend einzeln bei ihnen an, immer im Abstand von circa einer halben Stunde, sodass jeder die Möglichkeit hatte, sich kurz mit Amanda und Tom zu unterhalten. Das Haus war schnell erfüllt von Männergelächtern und Zigarrenrauch, eine Atmosphäre der Vertrautheit und Gemütlichkeit kehrte ein. Keiner von ihnen rauchte, doch wenn sie aufeinandertrafen, zogen sie ihre Zigarren hervor, es war ein Ritual, eine Tradition. Nach dem Essen klingelte es erneut an der Türe, es war Bella, die Joenn entführen wollte, die sich strikt dagegen wehrte, sie wollte bei ihre Onkel bleiben.

»Meine Onkel sind da. Ich möchte lieber hierbleiben und ein bisschen Zeit mit ihnen verbringen.«

Doch ihre Onkel winkten ab, sie wollten eine Männerrunde machen, mit Pokern und so, sie wollten ungestört sein. Joenn stimmte missmutig zu, sich von Bella entführen zu lassen, sie wusste, dass sie keine andere Wahl hatte. Die Herren gingen auf die Terrasse, wo Tom bereits den Pokertisch aufgestellt hatte, es war ein gemütlicher Abend geplant. Tom gab die Karten aus, sein Freund, der Polizeichef, beobachtete Tom aufmerksam, während er seinen Einsatz des Big Blindes setzte.

»Was ist mit Joenn los? Sie ist so apathisch. Sie wirkt wie ein Schatten ihrer selbst.«

»Sie hat sich in Dante verliebt«, antwortete Tom leise. Wie im Chor fragten alle am Tisch sitzenden Männer sichtlich geschockt:

»Deinen Neffen?«

Tom nickte nur, er brachte kein Wort heraus. Sein Freund, der Psychologe, sprach das laut aus, was alle dachten.

»Scheiße. Wie ernst ist es denn?« Jetzt schaute Tom auf.

»Ihr habt sie doch gesehen. Und dabei hat sie das erste Mal in den vergangenen zwei Monaten heute kurz gelächelt.«

»Das Lächeln sah aber nicht sehr erfreut aus«, bemerkte sein Freund und vielleicht bald Mithäftling.

»Es scheint, sie beide sehr erwischt zu haben. Dante ist, seit sie wieder hier ist, sehr mürrisch und gibt sich alle Mühe, sich von uns fernzuhalten, er schottet sich ab. Joenn ist nicht anders, sie ist verschlossen, sie lässt niemanden an sich heran. Nicht einmal ihre beste Freundin dringt zu ihr durch.«

»Bella? Wie kann das sein?«

Tom sah seinen Freund Kevin Bold, der dies ausrief, an, er konnte es kaum fassen, dass nicht einmal Bella zu Joenn durchdringen konnte, sie waren doch so eng.

»Sie sehen perfekt zusammen aus, sie passen perfekt zueinander. Sie kommen super miteinander klar und sie dringen aneinander durch, sie verstehen sich blind. Sie öffnen sich, wenn sie zusammen sind, sie sind wie füreinander geschaffen. Bella ist überzeugt, dass, auch wenn Joenn jemals in der Lage sein wird, ihn einigermaßen zu vergessen, ganz vergessen wird sie ihn wohl nie, dafür ist die Verbindung zu tief. Und ich befürchte, dass es auch bei Dante so sein wird, er wird sie auch nie vergessen. Nur bezweifle ich, dass er sich jemals wieder öffnen wird. Dazu ist zu viel in seiner Kindheit passiert.«

Alle an dem Tisch nickten, sie verstanden, was Tom meinte, sie kannten Dantes Geschichte.

»Full House«, sagte der rothaarige Mann, dessen Haar jetzt mit viel Grau gesprenkelt ist, er hatte das Spiel gewonnen. Nachdem er seine Chips ordentlich in Reihen gestapelt hatte, richtete er seine Aufmerksamkeit wieder Tom zu, er wollte das Gespräch nicht unterbrechen.

»Also sind wir hier, um eine Lösung zu finden? Ich weiß nur nicht, wie du dir das gedacht hast. Wenn wir uns auffliegen lassen, sind wir alle dran, dann sind wir verloren. Sieben Menschen für eine Liebe? Das ist doch Wahnsinn!«

Tom bedachte seinen Freund, er verstand seine Sorge.

»Ich habe euch nicht hierher gebeten, um euch und mich ans Messer zu liefern, das ist nicht meine Absicht. Ich hatte nur die Hoffnung, dass wir zusammen vielleicht einen Plan hinbekommen könnten, wie wir den beiden helfen können, wie wir sie aus ihrer Isolation holen können.«

Kevin, der Polizeichef, flüsterte: »Schwebt dir denn etwas vor? Hast du einen Plan?«

Tom schüttelte nur den Kopf, er hatte keinen Schimmer, er war genauso ratlos wie die anderen. Sein Freund, der Psychologe, meldete sich zu Wort.

»Ich glaube, Joenn könnte es packen, sie ist eine starke junge Frau, sie hat das Potenzial, ihren Schmerz zu überwinden. Doch die Frage ist eigentlich eine andere, und zwar die, wie du zu Dante stehst. Dein Neffe scheint die gefährdete Person in dieser Geschichte zu sein.«

»Ich liebe ihn wie mein eigenes Kind, er ist mir sehr wichtig. Doch wenn es um Joenn geht, würde ich auch über seine Leiche gehen.«

Kevin lachte grölend auf, er glaubte ihm nicht.

»Nein, das würdest du nicht! Sonst wären wir nicht hier! Ich glaube, ich weiß, wie dein Gedanke war, du willst Dante die Wahrheit erzählen, damit er lernt, leichter damit umzugehen, damit er sich seinen Gefühlen stellen kann.«

Tom nickte schüchtern, er bestätigte seine Vermutung. Doch sein Freund, der Psychologe, war nicht einverstanden, er hatte Bedenken.

»Wie soll das dem Jungen helfen? Er weiß, dass die Frau, die er liebt, im Grunde in Reichweite wäre. Aber er kann sie doch nicht haben, weil sein Onkel, der wie eine Vaterfigur für ihn ist, dafür bluten müsste, sowie seine Tante auch. Und die Frage stellt sich dann auch noch, ob Joenn ihn wöllte, wenn sie alles verlor, was ihr heilig ist, nur für die Liebe. Ich glaube, da würde Joenn nicht mitspielen. Sie würde niemals wollen, dass ihre Familie für ihre Liebe leidet. Das ist zu viel von ihr verlangt.«

John Sparks, der Anwalt der Familie, der Joenn ebenfalls sehr am Herzen lag, rutschte bei seiner Erläuterung unruhig auf seinem Stuhl herum. Er hatte recht, Tom hatte nicht weit genug gedacht. Er merkte, wie alles aus dem Ruder geriet, seine Emotionen drohten, die Kontrolle zu übernehmen. Natürlich hatte John Sparks damit recht, er hatte die Situation realistisch eingeschätzt. Er müsste jetzt mit Bedacht an die Sache herangehen, er durfte keine Fehler machen.

»Die Frage ist, wie ihr zu meinem Neffen steht. Ihr habt sein Leid miterlebt, ihr kennt seine Geschichte. Der eine war dabei, wenn er im Krankenhaus mit Knochenbrüchen lag, er hat seine Schmerzen gesehen. Der andere bei jeder Verhaftung meines Bruders, er hat seine Verzweiflung erlebt. Und wieder ein anderer seiner Freunde war bemüht, dem Jungen durch das Trauma zu helfen, das er durch die vielseitigen Misshandlungen bekommen hat. Er hat ihm geholfen, seine seelischen Wunden zu heilen. Ich meine, jeder von euch hat Kraft und Energie in ihn und für ihn eingesetzt, er ist uns allen wichtig.«

Wieder meldete sich sein rothaariger Freund, der Psychologe, zu Wort:

»Ich glaube, ich spreche für alle, wenn ich sage, dass wir diesen Jungen in unser Herz geschlossen haben, er ist ein Teil unserer Familie geworden.«

Kevin lehnte sich zurück, er war bereit, eine Entscheidung zu treffen.

»Also von mir bekommst du das Okay, wenn du es Dante erklären möchtest. Ich kenne den Jungen gut genug, um mit Sicherheit sagen zu können, dass er nichts machen wird, was uns gefährdet, er wird uns nicht verraten.«

Die anderen Männer stimmten dem zu, sie hatten Vertrauen in Dante. Jetzt kam der schwierige Teil, der Moment der Wahrheit. Tom räusperte sich, er war nervös.

»Wir haben da nur ein kleines Problem. Dante redet nicht mit mir, er blockt mich ab. Er ignoriert, soweit es ihm möglich ist, meine Anrufe. Sollte ich ihn doch an sein Telefon bekommen, würgt er mich schnellstmöglich ab, er hat keine Zeit für mich. Er hört mir einfach nicht zu, er unterbricht mich immer mit derselben Ausrede und beendet das Gespräch in kürzester Zeit, er lässt mich nicht zu Wort kommen.«

»Jetzt kommen wir der Sache schon näher, jetzt wird es interessant. Was willst du wirklich, Tom? Und bitte rede nicht um den heißen Brei herum, sei ehrlich zu uns.«

Tom sah seinen Freund, den Arzt, eine Weile lang nur ruhig an, er suchte nach den richtigen Worten.

»Ich dachte, dass wir Dantes besten Freund einweihen könnten. Es ist ein vertrauenswürdiger junger Mann, der nichts machen würde, was dieser Familie schaden könnte, er würde uns niemals verraten.« Tom sah seine Freunde flehend an.

»Gut, dann hol den Jungen her. Wir entscheiden dann, ob er vertrauenswürdig ist. Im Notfall streiten wir alles ab, was Dante dann als Lügner dastehen lässt, wir werden uns schützen. Wenn du dem Jungen so viel Vertrauen schenkst, um dieses Risiko einzugehen, bitte ich dich, lass ihn kommen.«

Tom schaute sich in der Runde um, er suchte nach Zustimmung. Alle nickten dem zu, was sein Anwalt sagte. Sie waren bereit, dieses Risiko einzugehen. Eine Weile blieb er sitzen, um darüber nachzudenken, er

wog die Vor- und Nachteile ab. Dann stand er doch auf, um Bella anzurufen. Er war sich sicher, dass, wenn dieser Brain etwas Falsches tun würde, würde Dante ihm den Arsch aufreißen. Und Gott sei dem Jungen
gnädig, wenn er Dantes Reaktion dann überleben würde. Bella ging
schon nach dem ersten Klingeln ran.

»Hallo?«, meldete sich Bella fröhlich am Telefon.

»Bella, hier ist Tom Brocks. Bitte tu so, als wäre ich jemand anderes, sollte Joenn gerade in deiner Nähe sein, sie darf nichts mitbekommen.«

»Klar, Dad. Was gibt es denn?« Tom musste über Bellas „Dad" lächeln, es war schön, wie sie ihn in ihre Familie integriert hatte.

»Der Augenblick ist gekommen. Ich benötige Brain hier. Es ist
wichtig und sehr dringend. Bitte ruf ihn an und schicke ihn zu uns nach
Hause. Mach das so, dass Joenn nichts davon mitbekommt. Und halte sie
von zu Hause fern, bis ich dir grünes Licht gebe, du musst sicherstellen,
dass sie nicht in der Nähe ist, wenn Brain kommt.«

»Okay, mache ich. Ist denn alles in Ordnung? Geht es allen gut?«

»Wir versuchen alles, soweit es in unserer Macht steht, um die Situation zu verbessern. Aber Bella?«

»Ja?«

»Versprich mir, dass du deinen Freund nicht versuchst, zu überreden, dir zu erzählen, weshalb er hier war oder worum es ging. Versprich
es mir, es ist sehr wichtig, dass du dich daran hältst.« Die Dringlichkeit in
Toms Stimme machte Bella ein bisschen Angst, sie spürte, dass es um
etwas Ernstes ging, aber sie versprach es ihm.

»Natürlich, wenn ihr die Situation verbessern wollt, reicht mir diese
Information. Mehr brauche ich nicht zu wissen. Außerdem würde ich aus
Brain ohnehin nichts herausbekommen, er ist in der Hinsicht stur und
verschwiegen wie ein Buch mit sieben Siegeln. Der Kerl bringt mich
damit manchmal zur absoluten Weißglut, ich verstehe nicht, wie er so
dicht halten kann. Also da kann ich dir das Versprechen geben, da es
hoffnungslos wäre, es überhaupt nur zu versuchen, ich würde kläglich
scheitern.«

Tom beendete das Gespräch mit einem Lächeln, er war froh, dass er
sich auf Bella verlassen konnte. Sie spielten weiter Poker, bis Brain im
Garten stand.

»Guten Abend, die Herren. Sie wollten mich sprechen?«

Tom stand auf, um ihm entgegenzugehen, er bot ihm einen leeren Stuhl am Pokertisch an. Mit einer Hand auf seinem Rücken stellte er die Männer in der Runde Brain und Brain ihnen vor. Gespannt ließ sich Brain auf seinem Stuhl nieder, doch die Freude der Einladung sank augenblicklich, als er die streng auf ihn gerichteten Augenpaare spürte. Sekunden später fühlte er sich wie ein Schwerverbrecher im Kreuzverhör, er wurde nervös. Sie fragten ihn abwechselnd über seine Familienverhältnisse aus, dazu, wie er zu Bella und Joenn stand, und wie ernst es ihm mit Bella sei, sie wollten alles über ihn wissen. Brain stieg der Schweiß auf die Stirn. Immer wieder schaute er kurz zu Tom, der schweigend mit vor der Brust verschränkten Armen das Spektakel beobachtete. Zu Brains Überraschung hörte er, wie er selbst den Männern verkündete, dass er Bella zur Frau wollte. Er hatte es laut ausgesprochen, ohne darüber nachzudenken. Das saß. Für ein paar Wimpernschläge lang konnte man nur die Grillen wahrnehmen. Alle Augenpaare waren auf ihn mit offenen Mündern gerichtet. Dann standen sie alle auf. Brain sprang ebenfalls von seinem Stuhl, er wusste nicht, was jetzt passieren wird. Die Angst, er habe jetzt etwas Falsches gesagt, ließ ihn in Kampfstellung gehen, er war bereit, sich verteidigen zu müssen, er rechnete mit dem Schlimmsten. Doch sie umarmten ihn, klopften ihn lobend auf die Schulter und den Rücken. Brain wurde langsam bewusst, was geschehen ist, er hatte seine Gefühle offenbart, er hatte ausgesprochen, was sein Herz schon lange wusste. Er wusste es bereits, als er Bella das erste Mal gesehen hat, er war von ihrer Schönheit und Ausstrahlung fasziniert. Er wollte sie, er wollte sie für sich haben. Jetzt, Jahre später, hatte er sie, sie war an seiner Seite. Und jetzt wollte er sie behalten. Er wollte Bella ehelichen, er wollte für sie der Einzige sein, der sie besaß. Kein anderer würde sie bekommen, er würde sie niemals wieder gehen lassen, er würde um sie kämpfen. Diese Gedanken erschreckten ihn. Sie waren noch gar nicht lange zusammen, und er dachte daran, ihr einen Antrag zu machen. Nervös befeuchtet er seine Lippen. Tom holte ihn aus seinen Gedanken. Endlich sprach auch er mit ihm, er wandte sich ihm zu.

»Wir alle haben ein gemeinsames Geheimnis und bezwecken, dies mit dir zu teilen.«

»Warum?«

Tom nickte innerlich. Seine Einschätzung gegenüber diesem Brain schien richtig zu sein. Er war nicht dumm, jeder andere hätte dem zugestimmt, ohne den Hintergrund wissen zu wollen.

»Weil du Dantes Freund bist, weil er dir vertraut. Er redet leider nicht mit mir oder mit einem anderen von uns. Er kapselt sich komplett ab. Kurz, Dante isoliert sich von allen. Außer von dir, du bist die einzige Person, zu der er noch Kontakt hat. Im Grunde wollen wir dich als Sprachrohr benutzen, nicht aber ohne ein Risiko, es ist ein Wagnis. Alles, was du jetzt erfährst, darfst du an niemanden, außer an Dante, weitergeben. Selbst zu deiner zukünftigen Verlobten, Bella, bitten wir dich um absolute Verschwiegenheit. Unser aller Leben, so wie es momentan ist, hängt an einem seidenen Faden, wenn wir es an dich weitergeben.«

Brain gefiel das nicht, was er hörte.

»Bitte entschuldigt, wenn ich euch das frage, aber warum seht ihr euch genötigt, diese drastischen Maßnahmen zu erwägen, wenn ihr das im Grunde gar nicht möchtet?« Brain, seine Stirn war in Falten gelegt. Die Männer nickten, als hätte er was extrem Schlaues gesagt, dabei fühlte sich Brain in dieser Runde ziemlich dumm.

»Du hast doch in der letzten Zeit häufiger mit Dante gesprochen, oder?«

»Ja, das ist richtig, wir telefonieren regelmäßig.«

»Was für ein Gefühl hattest du jedes Mal, wenn du mit ihm gesprochen hast, wie war er drauf?«

Brain schwitzte. Schon wieder fühlte er sich wie in einem Kreuzverhör. Alle Augen der am Tisch sitzenden Männer waren auf ihn gerichtet.

»Um ehrlich zu sein, hatte ich immer das Gefühl, dass, wenn er mich anrief, er was auf dem Herzen hatte. Aber er rückte nie mit der Sprache heraus. Er hört sich nicht gut an. Jeden Tag arbeitet er bis spät in die Nacht hinein, er ist immer beschäftigt. Ich hatte immer das Gefühl, dass es nicht an der Arbeit lag, weshalb er anrief, dass es einen anderen Grund gab.«

»Worüber habt ihr denn so geredet, worum ging es in euren Gesprächen?«

Brain wischt sich den Schweis mit dem Handrücken von seiner Stirn.

»Ach, um dies und das, über Gott und die Welt. Er fragte mich immer, wie es mir geht, wie es mit Bella vorangeht, wie unsere Beziehung läuft. Er hat sich für uns gefreut, als er hörte, dass wir zusammengezogen sind. Am Ende jedes Telefonates schweigt er eine Weile. Ich hatte immer so ein Gefühl, dass er hoffte, was von Joenn zu hören, dass er sich nach ihr erkundigen wollte, doch da Bella sie nie erreichte, sagte ich auch nichts.«

»Du hast also gewusst, dass Joenn wieder zu Hause ist?« Brain runzelt die Stirn.

»Ja, das wusste ich, Dante hat es mir erzählt.«

»Warum hast du Bella nichts davon erzählt?«

Brain zuckte mit seinen Schultern.

»Ich war und bin immer noch der Auffassung, dass die Damen das unter sich klären sollten. Ich wollte mich da nicht hineinhängen. Außerdem hatte ich die Befürchtung, dass Bella irrational handeln könnte, wenn ich ihr davon erzählen würde. Sie kann sehr impulsiv sein. Die Gefahr, sie könnte Dante anrufen, anstatt zu Joenn zu fahren und ihn mit Fragen zu löchern, um herauszufinden, warum ihre beste Freundin ihre Anrufe ignoriert, das würde ich Dante sehr gerne ersparen. Dante hört sich so schon bei jedem Gespräch extrem niedergeschlagen an.«

»Ich halt das für eine gute Entscheidung.«

Anerkennend klopft Kevin Bold, der neben ihm sitzt, auf seine Schultern. Brain versteift darauf seine Schultern. Mit festem Blick auf Tom gerichtet, ist er bereit, ihm das zu sagen, was er wirklich denkt.

»Tom, ganz ehrlich, ich glaube, Dante hat sich in ihre Tochter verliebt, und das auf eine so heftige Art und Weise, dass ich mir Sorgen um ihn mache, er ist besessen von ihr. Nur kann ich ihm leider nicht helfen.«

Tom nickte, er verstand seine Sorge. Er schaute zu seinen Freunden, die ihm mit einem kurzen Nicken zu verstehen gaben, dass er anfangen dürfte.

»Also, wir wissen von den Gefühlen, die Dante für Joenn hegt.«

»Woher?«

Brain war so überrascht, dass das keine überraschende Neuigkeit für die Herren an dem Tisch war, dass er sich die Frage nicht verkneifen konnte.

»Brain, ich bin nicht blind.«

Brain nickte. Er verstand, er sollte jetzt den Mund halten.

»Wir machen uns Sorgen, dass er sich der ganzen Welt verschließt. Wir haben Bedenken, dass er sich in Zukunft Hilfe suchen wird, aber nicht auf die gesündeste Art, wie beispielsweise einen Spezialisten oder seine Familie. Daher haben wir uns gedacht, dass es ihm vielleicht hilft, besser damit klarzukommen und es besser verarbeiten zu können, wenn er weiß, dass er nichts Unrechtes getan hat.« Brain konnte nicht anders.

»Ihr glaubt, Dante und Joenn sind ihren Gefühlen gefolgt und hätten sie miteinander geteilt? Verstehe ich das richtig?«

»Ja, das vermuten wir.«

»Oh Gott, das ist nicht richtig.«

Brain sah die Herren, die ganz ruhig auf ihren Stühlen saßen, nacheinander an. Tom sprach weiter.

»Um bei der Wahrheit zu bleiben, Joenn ist ein Findelkind.«

Brain war baff. Ihm klappte die Kinnlade herunter, fassungslos hörte er zu, wie Tom ihm in aller Ruhe das Geschehene berichtete. Das Joenn auf ihrer Treppe abgelegt wurde und Amanda sie fand. Dass Amanda zu diesem Zeitpunkt sehr labil war und dass sie alle, wie sie hier am Tisch sitzen, eine Urkunde gefälscht hatten und dafür gesorgt haben, dass Joenn als ihr Kind, als eine Brocks, durchging. Als Tom fertig war, ruhten alle Augenpaare auf ihm. Sie warteten auf seine Reaktion. Ungläubig schaute Brain sich in der Runde um. Er konnte das Gehörte nicht fassen.

»Hätten Sie mir bitte einen harten Drink? Ich muss das erst einmal verdauen.«

Tom stand auf und brachte ihm ein Glas, gefüllt mit Eiswürfeln und Scotch. Brain zog es in einem Zug hinunter. Die Wärme, die sich in seinem Magen umgehend breit machte, verfehlte ihre Wirkung nicht. Sie half ihm aus seiner Starre.

»Okay, danke. Also, das ist hart. Und Joenn oder Dante wissen nicht Bescheid?«

»Nein, und Joenn soll es auch nie erfahren.«

»Aber ihr wollt, dass Dante es erfährt?«

»Genau.«

»Ihr habt die Hoffnung, dass ihm das hilft? Ich meine, wie soll das helfen, wenn man weiß, dass man seine Traumfrau haben könnte und dann doch nicht?«

Toms Stimme war leise, aber klar:

»Wie soll sich ein Mann fühlen und damit klarkommen, wenn er das Gefühl hat, er habe seine Familie betrogen?«

»Gutes Argument. Dante scheint mir der Typ Mann zu sein, der sich mit so einem Wissen selbst zerstört. Aber ich finde auch, wenn ich ihm das erzähle, könnte man nicht darauf bauen, dass es Dante helfen könnte.«

»Das wissen wir. Es ist das Einzige, was wir für ihn unternehmen können. Alles andere lässt uns einfach nur hoffen. Wir alle lieben Dante. Wir wollen wenigstens das Gefühl haben, alles, was in unserer Macht steht, getan zu haben, Dante daran zu erinnern, wie wir zu ihm stehen und ihn vielleicht dadurch daran zu hindern, sich selbst zu zerstören.«

Brain verstand. »Mister Brocks, ich glaube, ich sollte Dante gleich anrufen, um ein Treffen zu arrangieren. Vielleicht haben wir Glück und Sie behalten Recht. Ich für meinen Teil würde alles tun, damit es meinem Kumpel besser geht.«

»Gut, dann mach das.«

Brain überlegte kurz. Wenn diese Männer hier an diesem Tisch ihm so viel Vertrauen entgegenbringen, obwohl sie ihn im Grunde nicht kannten, dann müsste er ihnen doch auch entgegenkommen und ihnen beweisen, dass auch er mit offenen Karten spielt.

»Stört es die Herren, wenn ich hier bleibe, während ich ihn anrufe?«

Die Herren schüttelten einstimmig die Köpfe. Brain holte sein Handy heraus und rief Dante an.

»Hey, altes Haus. Wie geht es dir?«

Brain lauschte auf Dantes Antwort. Er hatte das Gefühl, dass die Herren am Tisch den Atem anhielten, um Dantes Worte zu erhaschen. Brain drückte die Lautsprechertaste, damit das Gespräch für alle hörbar war, was ihm ein Grinsen von allen Beteiligten einheimste.

»Bei mir ist alles in Ordnung. Ich war heute vor Gericht, da sie die Täter auf frischer Tat ertappt haben, werden die Aussagen von Tom und Joenn wahrscheinlich nicht benötigt. Sie vermuten, dass die Verhandlung in den kommenden zwei Monaten zustande kommt. Ist bei euch auch alles in Ordnung? Oder hast du den Rotfuchs geärgert?«

Brain lachte laut auf. »Nein, meiner Bella geht es gut, so wie mir auch. Mir ist heute nur klar geworden, dass ich sie für immer behalten will. Was so viel heißen soll, dass ich ihr einen Heiratsantrag machen möchte.«

»Das ist doch wunderbar. Ihr passt wirklich ausgezeichnet zusammen.«

»Danke. Du noch etwas, Bella war gestern bei Joenn.«

An der anderen Leitung war es stumm, sie hörten, wie Dante schluckte.

»Und wie geht es ihr?«

»Ganz ehrlich? Gar nicht gut. Sie hat deinen Zeitungsartikel gelesen.«

»Ist sie deswegen nicht so gut gelaunt?«

»Gut, darauf ist gut. Dante, angeblich ist sie schon seit zwei Monaten in sich gekehrt und traurig.«

»Und was hat das dann mit dem Artikel zu tun?«

»Ich weiß es nicht. Sag du es mir. Bella sagt, sie würde dein Bild auf eine Art anschauen, als würden wir etwas übersehen. Ich habe es mir angeschaut, aber ich finde den Fehler in dem Bild nicht.«

Sie hörten, wie es auf der anderen Seite der Leitung raschelte. Dantes Stimme war belegt, als er wieder sprach.

»Sie hat mir an unserem letzten Abend zum Geburtstag und als ein Dankeschön für alles, was ich für sie getan haben soll, so sagte sie es, ein Lederarmband geschenkt. Ich habe es auch an, auf dem Foto. Es wurde mit abgelichtet.«

»Wann hast du es denn wieder angezogen?«

»Als ich am Flughafen wieder im Auto alleine saß. Warum? Ist das relevant?«

»Für mich schon. Was hältst du davon, wenn ich zu dir rüberfliege und wir einen Männerabend verrichten?«

Brain schaut zu Tom, der gerade in seinem Handy herumtippt.

»Klar, für meinen Kumpel habe ich immer Zeit. Wann hattest du denn gedacht?«

Tom hielt Brain sein Smartphone unter die Nase, worauf eine Buchung für ein Ticket, eines Fluges, der am kommenden Morgen starten würde, auf eine Bestätigung wartet.

»Wie wäre es mit morgen? Bella beschäftigt sich dieses Wochenende lieber mit Joenn als mit mir.« Dante lachte auf.

»Alles klar, mein Freund. Ich hole dich dann vom Flughafen ab. Schick mir per Mail einfach die Daten, damit ich pünktlich bin.«

»Super, dann bis morgen.«

»Jo, bye.«

Er legte auf, seine Augen beobachteten, wie Tom auf seinem Smartphone auf Buchen tippt. Sekunden später vibriert sein Handy in seiner Hosentasche mit einer Nachricht, deren Inhalt nur das von Tom gebuchte Ticket sein kann. Brain nickt Tom zu, ohne sich auf seinem Handy davon zu überzeugen. Die Herren standen auf, um Brain zum Abschied die Hand zu reichen. Brain verstand die Geste, er war nicht beleidigt, er empfand es als eine höfliche Art, ihm ohne Worte einen kurzen Abschied zu ermöglichen. Mit Sicherheit wollten sie sich untereinander ohne ihn weiter beraten. Brain stand immer noch unter Schock, durch die ihm zugetragene Aufgabe, dem entgegengebrachten Vertrauen und seiner eigenen überzeugten Aussage von seinen zukünftigen Plänen mit Bella. Bella wartete schon auf ihn. Zu seiner Überraschung fragte sie nicht nach. Verwundert über seine Bella, die selbst, nachdem er ihr von dem Plan am kommenden Tag zu Dante zu fliegen erzählt hatte, keine Fragen stellte, küsste er sie dankbar, bis sie sich in ihrem gemeinsamen Schlafzimmer wiederfanden. Als er in dieser Nacht seine Bella liebte und sie gemeinsam den Höhepunkt erreichten, wusste er, was er außerdem noch tun würde, wenn er bei Dante ist. Er schaute seiner Bella tief in die Augen, bevor er seine Lippen langsam auf ihren bereits rot geschwollenen Mund legte. An ihren Lippen hauchte er ein „Ich liebe dich" darauf, während er sich langsam aus ihr zurückzieht. Seine Bella reagierte, indem sie ihn aufhielt, sich zurückzuziehen. Ihre Arme, die sie um seinen Nacken legte, ziehen ihn kraftvoll an ihren wundervollen Körper herunter. Auch wenn sie noch nie zu ihm gesagt hat, dass sie ihn liebte, spürte Brain, dass dies der Fall war.

Dante holte seinen Kumpel am Flughafen ab. Er freute sich, seinen Freund wiederzusehen. Zudem freute er sich darüber, mal ein bisschen Ablenkung zu haben und gleichzeitig ein paar Dinge von Joenn zu erfahren. Er bekam sie einfach nicht aus dem Kopf. Nicht einmal, wenn er schlief, konnte sie ihn in Ruhe lassen. Sie beherrschte sein ganzes Sein. Brain stieg mit einem breiten Grinsen in Dantes Schlitten ein.

»Hey, alter Freund, was treibt dich in meine Gegend?«

Brain schüttelte seinem Kumpel die Hand.

»Du wirst es mir nicht glauben, aber du wirst mir heute helfen, einen Verlobungsring auszusuchen.«

Dante starrte seinen Freund an.

»Ist nicht wahr? Du hast es also ernst gemeint gestern?«

»Oh ja, das habe ich.«

Dante startete den Wagen und fuhr los.

»Dann weiß ich genau, wohin wir gehen. Willst du zuerst dein …« Er schaut auf die Rückbank und grinst breit. »Deinen Rucksack in meine Wohnung bringen?«

»Nein, das brauchen wir nicht. Ich habe das Gefühl, meine Suche nach dem einen Ring, der alles aussagt, wozu ich wahrscheinlich nicht die richtigen Worte finden werde, wenn es so weit ist, wird eine Weile dauern, mein Freund.«

Dante grinste seinen Freund breit an, der auch am Grinsen war. Es fühlte sich wirklich gut an, mal wieder lächeln zu können. Dante parkte seinen Wagen in einem Parkhaus, ihr Ziel war nur ein paar Schritte von ihnen entfernt. Sie betraten den marmorgefliesten Boden des renommiertesten Juweliers der Gegend. Eine adrett gekleidete junge Frau, kam, so wie die Tür hinter ihnen mit einem dezenten klingelnden Geräusch ins Schloss zurückschwang, mit einem freundlichen Lächeln auf sie zu.

»Willkommen. Kann ich den Herren vielleicht schon behilflich sein?«

Dante schaute auf seinen Kumpel, der sich staunend umsah. Er beschloss, für ihn zu sprechen.

»Es wäre aufmerksam, wenn Sie uns zeigen würden, wo wir hier die Verlobungsringe finden.« Die junge Dame wechselte ihren Blick von Dante zu Brain und wieder zu Dante. Um Missverständnisse auszuschließen, fügte er noch hinzu: »Ich bin sein Berater, damit die zukünftige Braut auch ihr Ja-Wort gibt.«

Er zwinkerte der jungen Frau zu, der die Röte langsam ins Gesicht stieg. Freundlich, wie bei ihrem Empfang, begleitete sie die beiden Männer zu einer langen Vitrine, wo gefühlte tausend Ringe ausgelegt waren. Dante nickte der Frau freundlich zu. Sie verstand den Wink und ließ sie erst einmal alleine dastehen. Brain sah sich die Ringe an.

»Ich wusste gar nicht, dass es solch eine riesige Auswahl gibt.«

Verzweifelt schaut Brain seinen Freund an. Dante grinste amüsiert weiter. Freundschaftlich klopfte er ihm auf den Rücken.

»Das bekommen wir schon hin. Hast du eigentlich eine Ahnung, was für eine Ringgröße sie hat?«

Brain gruschelte in seiner Hosentasche und holte einen Ring mit einer großen schwarz-roten Rose darauf hervor.

»Ich habe mir erlaubt, einen ihrer Ringe aus ihrem Schmuckkästchen mitgehen zu lassen.«

»Und da hast du den auffälligsten mitnehmen müssen?«

Dante starrte das monströse Ding in seiner Hand an. Brains Blick ging an Dante vorbei, während er sich erinnerte.

»Als ich mein erstes, man könnte es romantisches Treffen nennen, mit Bella hatte, da trug sie diesen Ring. Ich kann mich so genau daran erinnern, weil sie mich an dem Tag mit einem Fausthieb fast K. O. geschlagen hätte. Auch kann ich mit Sicherheit sagen, dass sie ihn am Ringfinger getragen hatte. Denn als ich sie am nächsten Tag sah, war ihr Ringfinger in einer Mulde verpackt. Ich hatte einen blauen Fleck auf meiner Wange, in der Form einer Rose, und sie hat sich fast den Finger bei der Aktion gebrochen.«

»Wow. Nicht schlecht. Ich hätte diesen Ring, an deiner Stelle, auch nicht mehr vergessen können. Was hast du getan, dass sie sich zur Verteidigung gedrängt gefühlt hat?«

»Oh, eigentlich nichts. Ich stand nur hinter ihr, als Steve ihr den weiten Rock, den sie trug, lupfte, um zu sehen, welche Farbe ihr Höschen hatte. Den Ersten, den sie sah, als sie sich umgedreht hat, war ich. Steve ist schnell weitergelaufen. Was soll ich sagen? Ich war von ihren funkelnden Augen so sehr fasziniert. Ich starrte sie einfach nur an, dabei vergaß ich komplett, was geschehen ist. Der Moment war schnell vorbei, in dem ich mich verbal hätte verteidigen können.« Dante schnaufte verächtlich.

»Dieser Steven ging mir schon bei unserer ersten Begegnung mächtig gegen den Strich. Der verursacht doch nur Ärger. Dass du mit so jemaden befreundet bist?«

»Das bin ich nicht. Zumindest nicht mehr. Er war meine Brücke zu Bella. Für sie habe ich wirklich einiges in Kauf genommen.«

Beide konzentrierten sich wieder auf die Auslage vor ihnen. Brain fing an, laut zu denken.

»Meinst du, so ein klassischer Ring wäre das Beste für sie? Oder was mit Geschnörkel? Oder einer mit mehreren kleinen Diamanten?«

Dante schaute sie sich an, er wusste es selbst nicht.

»Ich glaube, wir benötigen eine Beratung.«

Er winkte der jungen Frau zu, die die beiden aus der Entfernung nicht aus den Augen ließ. Brain klickte ein Bild von seiner Geliebten auf seinem Handy an, um es der Frau vor ihm zu zeigen.

»Diese Frau soll mir ihr ‚Ja‘-Wort geben. Solche Ringe …« Er legte den Ring, den er dabeihatte, auf die Vitrine »… trägt sie. Was würden Sie mir vorschlagen?«

Die Frau schaute sich das Bild und dann den Ring an. Ihr Lächeln wurde immer breiter. Dann holte sie ein paar Ringe heraus, um die Entscheidung leichter zu machen. Brain war wirklich sehr unentschlossen. Dante stand sich treu, wie es ein wahrer Freund macht, die Beine in den Bauch. Seine Augen schweiften zum x-ten Mal über die Auslage, bis sein Blick an einem Ring hängen blieb. Es war ein schlichter Ring mit einem mittelgroßen Diamanten, welcher hervorstach. Es war solch ein Ring, wie sie ihn gerne in den alten Filmen aus den Fünfzigern zur Verlobung überreichte. So einen würde er Joenn überreichen, wenn er das könnte. Brain sah auf den Ring. Brain musste nicht in Dantes Gesicht schauen, um zu wissen, an wen sein Freund gerade dachte. Aus dem Augenwinkel beobachtete er voller Mitgefühl, wie sein Freund den Ring langsam wieder auf der Auslage ablegte. Dann nahm Dante einen, der so ähnlich war, nur dass der Ring zusätzlich leicht geschwungen aussah. Er hielt ihn Brain unter die Nase.

»Ich glaube, der könnte ihr gefallen. Der Stein sagt aus, was du fragen möchtest, und der Ring, der in sich selbst gedreht ist, passt hervorragend zu ihrer Persönlichkeit. An ihrer Hand sieht er bestimmt sehr feminin und doch auffällig aus.«

Brain nahm ihm den Ring ab. Er drehte ihn in seiner Hand hin und her. Er musste Dante recht geben, von all den Ringen hier ist das einer, der wirklich zu seiner Bella passen würde.

»Den nehmen wir.«

Die Verkäuferin nahm ihm den Ring ab, sie verstaute ihn in einer kleinen Verlobungsschachtel, die Brain ab jetzt, bis er sich trauen würde, stets bei sich tragen wird. Brain bedachte seinen Freund mit einem dankbaren Blick. Überschwänglich glücklich verließ Brain den Laden. Dante lief schmunzelnd hinter ihm her.

»Hey, Brain, was hast du jetzt noch vor?«

Brain drehte sich zu ihm um, blieb aber nicht stehen, sondern lief rückwärts weiter.

»Ich habe gedacht, wir holen uns was zu essen, fahren zu dir und machen einen gemütlichen Männerabend.«

Dante war erleichtert über diesen Vorschlag. Er hatte schon befürchtet, dass sein Freund, so euphorisch wie er gerade ist, mit ihm die Bars unsicher machen wollte.

»Das hört sich verdammt gut an.«

In einem Supermarkt holten sie sich ein Sixer Bier, unterwegs hielten sie bei KFC und einer Pizzabude. Sie kauften ein, als würden sie heute Abend noch Besuch bekommen. Beiden war klar, dass sie entschieden zu viel orderten, doch es war ihnen egal. Sie setzten sich mit den gekauften Sachen in Dantes Penthauswohnung auf das Sofa und schalteten den Sportkanal ein. Während sie aßen, unterhielten sie sich über die bevorstehende Gerichtsverhandlung. Sie räumten nicht auf, sondern legten einfach die Füße dazwischen auf den Tisch. Eine Weile schauten sie dem Boxkampf schweigend zu, dann unterbrach Dante das Schweigen. Ohne Brain dabei anzuschauen, stellte er ihm die Frage, die ihm schon den ganzen Tag durch den Kopf ging.

»Warum bist du noch hierhergekommen, Brain?«

Brain schaute Dante an, der ihn ignorierte, stur verfolgte er den Boxkampf auf dem Flachbildschirm. Brain holte tief Luft, bevor er anfing.

»Ich wurde gebeten, mit dir zu reden.«

Dante drehte sich zu ihm herum. Seine langsamen Bewegungen beunruhigten Brain ein wenig. Diese Bewegungen hatten etwas Gefährliches an sich.

»Und dazu hast du dich breit schlagen lassen?«

Brain nahm die Fernbedienung, um den Fernseher auszuschalten.

»Ich bitte dich. Ich glaube, du weißt ganz genau, dass man mich nicht breit schlagen kann. Doch wenn ich etwas erfahre, was du wissen solltest, dann fliege ich auch zu dir.«

»Und übers Telefon hättest du es mir nicht sagen können?«

Brain schüttelte den Kopf.

»Nein, das nicht.«

Dante setzte sich in eine bequemere Sitzposition. Er sah wohl, dass es seinem Freund wichtig war, dass er ihm seine ganze Aufmerksamkeit schenkte.

»Gut, ich bin ganz Ohr. Lass hören, was dich in ein Flugzeug steigen lässt.«

»Es geht um Joenn.«

Dantes Blick blieb ruhig, doch sein Lächeln war verschwunden. Brain mustert immer noch beunruhigt seinen Freund, der ihm seine ganze Aufmerksamkeit widmet. Brain hat den Schmerz in Dantes Augen gesehen, als er Joenns Namen erwähnt hat. Es hilft nicht, dieses Gespräch weiter hinauszuzögern. Er war gekommen, um seinem Freund beizustehen. Um ihm etwas zu berichten, was ihm unter Umständen helfen wird, sein Leben wieder in ein Lebenswertes zu verwandeln. So erzählte er ihm, was er am Abend zuvor erfahren hatte. Er ließ nichts aus. Er fing da an, wo er gebeten wurde, bei den Brocks vorbeizukommen und wer alles anwesend war. Bis zu dem Punkt, dass er ihn anrief und Tom gleichzeitig das Flugticket orderte. Außer dass Dante stellenweise nach Luft schnappte, gab er keine weiteren Reaktionen von sich, bis Brain seine Erzählung beendet hatte. Ungläubig schüttelte Dante den Kopf.

»Und auf welche Weise soll mir dieses Wissen jetzt helfen?«

Brain zuckte nur hilflos mit den Schultern.

»Tom meinte, es könnte dir zumindest helfen zu wissen, dass ihr nichts Unethisches getan habt. Er meinte, du könntest eventuell nicht so leicht mit dem Gedanken leben, deine Familie hintergangen zu haben, was, wenn man den Hintergrund kennt, nicht der Fall war.« Stöhnend nickte Dante seinem Freund zustimmend zu.

»Und Joenn weiß davon wirklich nichts?«

Wieder schüttelte er den Kopf. Dante stand auf, um sich und seinem Kumpel einen Scotch einzuschenken. Er musste die Neuigkeiten erst einmal verdauen.

»Also haben sie sich getroffen, um alle Möglichkeiten in Betracht zu ziehen, eine Lösung für mich und Joenn zu finden?«

»Ja, ich glaube, das war der ursprüngliche Gedanke.«

Dantes Stimme war lauter als gewollt, als er noch einmal zusammenfasste, was er gerade erfahren hatte. »Aber sie fanden keine, deswegen haben sie dich geschickt, damit ich wenigstens die Wahrheit erfahre? Damit sie sich alle besser fühlen können? Damit sie sich der Illusion hingeben können, an meinem in ihrer Sicht baldigen Zusammenbruch, bei dem ich mich ihrer Meinung nach selbst zugrunde richten könnte, sie hätten zumindest rechtzeitig versucht zu helfen?«

Brain verstand wohl, wie seinem Freund gerade zumute, sein musste, es machte ihn stocksauer, mit diesem Wissen jetzt leben zu müssen. Es ist sicher einfacher, mit dem Gedanken zu leben, ihr niemals gerecht werden zu können. Niemals in ihrem Leben irgendwo auf der Welt mit Joenn zusammen sein zu können. Jetzt die Wahrheit zu kennen, eine Wahrheit, die besagt, dass es nur eine Lüge ist, die ein Zusammensein verhindert. Eine Lüge, die so viel Macht besitzt, dass sich an ihrer aktuellen Situation trotz dieses Wissens nicht ändern wird. Brain fand es nicht gerecht, dass Dante auf diese sarkastische Art die Bemühungen seiner Familie heruntermachte.

»Dante, das ist unfair, findest du nicht? Du stellst sie ja gerade als absolut egoistisch dar.«

Dante funkelte seinen Freund wütend von oben herab an.

»Hört sich das etwa für dich anders an?«

Brain blieb ruhig, er ließ sich nicht von ihm einschüchtern.

»Sie machen sich Sorgen um dich. Ich glaube, sie wollen nur, dass du weißt, wie sehr sie dich lieben, wie sehr sie euch helfen wollen, sie wissen nur nicht, wie sie das anstellen sollen. Außerdem vermute ich mittlerweile, dass es noch einen anderen Grund gibt, weshalb sie mich mit ins Vertrauen gezogen haben und warum ich dir die Wahrheit erzählen soll.«

»Und der wäre?«

Dante stand wütend aufgebaut vor ihm. In der Hand seinen Scotch, den er mit einem Zug leer trank.

»Brain, ich warte.« Er schaute zu ihm auf.

»Ich glaube, sie haben sich gedacht, dass dir oder uns vielleicht eine Lösung einfallen würde. Entweder, wie du und Joenn zusammenkommen könntet, oder wie du am besten jetzt damit klarkommen kannst, ohne in ein zerstörerisches Selbstmitleid zu verfallen.«

Dante ließ sich wieder auf das Sofa plumpsen.

»Ich bin müde, Brain. Ich glaube nicht, dass es für diese Lage eine Lösung gibt.«

Seine Hände fuhren immer wieder verzweifelt durch sein Haar, was so typisch für Dante in verzwickten Situationen war.

»Okay, dann geh mal schlafen. Morgen sieht die Welt schon wieder anders aus.«

Dante bedachte seinen Freund mit einem missgünstigen Blick, worauf Brain lachen musste.

»Ich bin morgen früh ja noch da. Wer weiß, was uns heute Nacht im Schlaf alles einfällt.«

Dante lächelt ihn traurig an. Auf dem Weg in sein Schlafzimmer blieb er noch einmal stehen.

»Brain?«

Brain schaute zu Dante übers Sofa.

»Danke.«

Jetzt lächelte Brain ihn leicht an.

»Kein Problem, Bro.«

Dante verschwand nickend in seinem Gemach. Unruhig wälzte sich Dante im Schlaf hin und her. Er träumte von Joenn, wie sie lächelnd in einem weißen Kleid auf ihn zukam. Sein Herz schlug schnell und stark bei ihrem Anblick in seiner Brust. Er spürte, wie eine Hand auf seiner Schulter lag. Als er den Kopf drehte, sah er Tom, der hinter ihm stand und ihn breit anlächelte. Es war ein warmes, echtes Lächeln. Der Druck auf seiner Schulter wurde kräftiger. Er schlug die Augen auf. Brain stand vor ihm. Brain hatte seine Hand auf seiner Schulter, nicht Tom. Er hatte nur geträumt.

»Bitte entschuldige, ich dachte, dich plagt ein Albtraum.«

Schlaftrunken setzte sich Dante auf. Mit den Händen fuhr er sich über seinen Haarschopf, bevor er Brain anblinzelte.

»Eigentlich war es kein Albtraum.« Brain wich zurück.

»Oh, das wollte ich nicht.«

Jetzt musste Dante lachen.

»Nein, nicht so, wie du denkst. Aber es kann gut sein, dass ich eine Eventualität gefunden habe.«

Brain starrt ihn ungläubig an. »Nicht dein Ernst! Lass mal hören.«

Dante schüttelt nur den Kopf, während er sich den Nacken reibt.

»Nein, noch nicht. Ich will etwas probieren. Wenn es klappt, wirst du der Erste sein, der es erfahren wird.«

»Okay. Wenn ich dir helfen kann, sag Bescheid.«

Dante lächelt ihn dankbar an.

»Glaub mir, mein Freund, das werde ich.«

Brain verließ Dante wieder. Als er sich auf das Sofa legte, schlief er schnell wieder ein. Sein letzter Gedanke galt Dante. Er hoffte wirklich, dass er eine Lösung gefunden hatte. Hoffentlich eine gute, die auch funktionierte.

Kapitel 14

Dante lud seinen Freund am nächsten Morgen zum Brunchen ein. Schmunzelnd hört er schweigend seinem Freund zu, wie er nervös verschiedene Szenarien aufzählt, in denen er seine Freundin bittet, seine Frau zu werden. Immer wieder wiederholt er, wie wichtig ihm es ist, Bella schnellstmöglich zu seiner rechtmäßigen Frau zu machen. Nach dem Brunch fuhr Dante seinen sichtlich nervösen Freund zum Flughafen. So wie Brain in dem Gebäude verschwunden war, rief er seinen Onkel während der Fahrt zurück in seine Wohnung über die Freisprechanlage an. Tom ging nach dem ersten Klingeln ran.

»Dante?« Dante musste schmunzeln.

Er konnte seinem Onkel nicht böse sein. Er und seine Freunde haben wirklich alles richtig gemacht. Sie hatten alle zusammen dafür gesorgt, dass die Frau, die er liebte, ein gutes Zuhause hat. Sie lieben sie abgöttisch, zeigen ihm aber auch, dass sie ihn liebten. Sie wollten ihm helfen, indem er die Wahrheit kennt. Dafür sind sie alle ein großes Risiko eingegangen. Tom hat sichtlich auf seinen Anruf gewartet. Die Unsicherheit in der Stimme seines Onkels konnte er nur zu gut hören.

»Ja, Tom, ich bin es.«

»Wie geht es dir, mein Junge?«

Dante musste tief einatmen.

»Mir geht es gut. Ich wollte mich bei euch bedanken. Ihr seid wirklich ein großes Risiko eingegangen, indem ihr einen für euch fremden Mann ins Vertrauen gesetzt habt. Doch ich glaube, das größte Risiko, das ihr eingegangen seid, ist, es mir ebenfalls zu erzählen. Ich werde euch nicht verraten. Ihr habt genau richtig gehandelt, auch wenn die Wahrheit weh tut, könnte ich euch und Joenn niemals wehtun. Ich wollte, dass du das weißt. Die Wahrheit wird mir helfen, damit umgehen zu können. Ihr müsst mir nur ein bisschen Zeit geben, damit klarzukommen. Ich hoffe, ihr versteht das.«

»Ist gut. Wir werden dir die Zeit lassen. Du musst uns nur versprechen, dass du uns nicht ganz aus deinem Leben ausschließen wirst. Du gehörst zu unserer Familie, und wir wollen ein Teil deines Lebens sein. Auch wenn dies jetzt natürlich nicht mehr so intensiv sein wird, wie wir es gerne gehabt hätten. Ruf einfach gelegentlich an. Geh an dein Telefon, wenn ich dich anrufe, und lass uns wissen, dass es dir gut geht. Kannst du mir das versprechen, mein Junge?«

»Das kann ich dir versprechen, Tom. Ich werde mich melden. Jetzt muss ich aber los. Wir hören uns die Tage, okay?«

Ohne auf ein weiteres Wort von Tom zu warten, beendete er das Gespräch. Sein Versprechen war ehrlich gemeint. Er wollte Tom nicht die Gelegenheit geben, dies zu hinterfragen.

Dante hatte einen Plan. Für ihn fühlte es sich an, als würde er ab jetzt nur noch für die Umsetzung seines Planes leben.

Brain wurde nicht von Bella abgeholt, wie er es erhofft hatte, sondern unerwarteterweise von Tom Brocks. Brain konnte sich denken, warum. Er setzte sich auf den Beifahrersitz und Tom fuhr los.

»Dante hat angerufen, nicht wahr?«

»Korrekt. Er hatte sich bedankt und gemeint, dass er so besser leben könnte.«

»Mehr nicht?«

Tom schaute den Mann auf dem Beifahrersitz nachdenklich an.

»Nein, mehr nicht. Aber ich kenne den Jungen. Er hat einen Plan, das konnte ich an seiner Stimme hören. Es lag wieder Leben darin.«

Brain nickt zustimmend. »Dante erwähnte tatsächlich einen Plan, mehr wollte er mir aber nicht verraten. Dante würde nie etwas tun, was euch in Schwierigkeiten bringen könnte.«

»Das hört sich wirklich nach Dante an. Ich kenne meinen Neffen. Ich weiß, dass er nichts tun wird, was uns schadet.«

Die restliche Zeit verbrachten die Herren schweigend im Auto. Jeder war für sich in seinen Gedanken versunken. Tom bedankte sich bei Brain, als er ihn vor seiner Haustüre absetzte. In der Wohnung, die er mit Bella bewohnte, atmete er tief durch. Der Duft von Bella war überall, ein Blick auf die Garderobe in die leere Schüssel, wo Bella es pflegt, ihren Hausschlüssel abzulegen, wenn sie zu Hause war, sagt ihm, dass seine geliebte, hoffentlich bald Verlobte nicht zu Hause ist. Er klopft lächelnd auf die Innentasche seiner dünnen Jacke, in der er die kleine schwarze Schatulle aufbewahrt, bevor er sie an der Garderobe aufhängt. Erschöpft schleift er sich ins Wohnzimmer, um sich auf dem Sofa auszuruhen, während er auf die Rückkehr von Bella wartet. Bella fand ihren tollen Freund schlafend auf dem Sofa. Sie bedachte ihn einen Moment lang. Nie hätte sie es für möglich gehalten, jemals für einen Mann so starke Gefühle haben zu können. Sie liebte ihn, so wie er war. Vor allem liebte sie ihn, weil er immer für sie da war. Selbst für ihre Freunde setzte er sich mit allem, was er hatte, ein. Wie konnte es nur sein, dass so ein wundervoller Mann sie liebte? Liebte er sie denn wirklich? Er sagt es zwar immer wieder, wenn sie zusammen schliefen, aber nie nur einfach so. Liebte er sie oder nur den Sex mit ihr? Was war eigentlich nur in der letzten Zeit mit ihr los? Alles, was er für sie tat, hinterfragte sie. So wie jetzt. Er schlief. Er hat nicht auf sie gewartet. Natürlich schlief er, weil die Zeit, die er mit Dante verbracht hat, auf dem ausdrücklichen Wunsch von Herrn Brocks anstrengend gewesen sein musste, trotzdem störte sie sich daran, dass er sie jetzt nicht freudig in seine Arme schließt. Egal, wie sehr sie sich daran störte, siegte doch die Vernunft, ihren Brain weiter auf dem Sofa schlafen zu lassen. In den kommenden zwei Wochen rief Tom Brocks Brain täglich an, um nachzuhaken, ob er etwas von Dante gehört hatte. Brain versicherte ihm jedes Mal, dass er ihm sofort Bescheid geben würde, wenn er sich bei ihm meldet. Dann war es so weit. Es war ein Sonntagmorgen, als Dante Brain anrief.

»Hey Bro, alles klar?«

Brain musste in sich hinein grinsen. Dante hat sich gemerkt, dass er ihn einmal Bro genannt hat.

»Brain, du musst sofort rüber zu den Brocks. Hindere Tom daran, etwas Falsches zu sagen oder zu denken. Ich komme heute Abend zu dir. Und sag Amanda, sie soll seine Freunde anrufen und ihnen versichern, dass ihr Geheimnis nicht verraten wurde! Sie soll ihnen sagen, dass sie ruhig bleiben sollen. Sie sollen, wenn es ihnen möglich ist, auch auf morgen Abend oder übermorgen hierherkommen. Joenn darf nicht erfahren, dass ich komme, denk daran.«

»Was ist denn passiert?«

Dantes schrie förmlich in das Telefon: »Brain, bitte, du musst dich beeilen.«

Panik breitete sich in Brain aus.

»Okay, ich bin schon weg.«

Bella saß neben ihm am Frühstückstresen in ihrer gemeinsamen Küche.

»Baby, ich muss zu den Brocks. Dante war sehr aufgebracht. Ich muss mich beeilen. Bitte bleib du hier, ich bin bald wieder zurück.« Er gab ihr einen schnellen Kuss und sprang von seinem Hocker auf. An der Türe blieb er noch einmal kurz stehen. »Ach Schatz? Dante kommt morgen zu uns zu Besuch. Bitte verrate Joenn nichts davon.«

»Was, aber warum?«

»Das weiß ich auch noch nicht. Bis gleich.«

Schon war er verschwunden. Bella blieb zurück, was sie ihm gerade sehr krummnahm. Ihre Geduld hatte ihre Grenzen. Doch sie bemühte sich, Ruhe zu bewahren. Aber morgen Abend, wenn Dante kam, würde sie mehr wissen wollen.

Brain sah schon von Weitem das Polizeiauto in der Auffahrt von den Brocks. Brain haute die Handbremse hinein. Er wollte gerade zum Haus rennen, da konnte er gerade noch sehen, wie Tom die Polizeibeamten ins Haus bat. Tom sah Brain mit zusammengezogenen Augenbrauen an. Doch der schüttelte nur den Kopf und machte ihm ein Zeichen, schweigen zu müssen. Brain entschied, an seinem Auto zu warten, bis die Beamten wieder aus dem Haus der Brocks kamen. Tom hat Amanda hinaus zu Brain geschickt, die zielstrebig auf ihn zusteuerte. Sie war aufgebracht, das konnte er schon von Weitem sehen. Er lief ihr entgegen.

»Miss Brocks! Dante hat mich gerade angerufen. Er bat mich, Ihnen auszurichten, dass ihr Ruhe bewahren sollt, lasst die Beamten reden. Sie wissen nichts.«

»Was hat das zu bedeuten?«

»Ich weiß es nicht. Miss Brocks, ich weiß es wirklich nicht, aber wir sollten ihm vertrauen.« Brains Stimme überschlug sich, als er weiterredete. »Dante versicherte mir, dass euer Geheimnis sicher ist. Er wird morgen im Laufe des Abends anreisen, um alles zu erklären. Sorgen Sie bitte dafür, dass alle Beteiligten von damals auch morgen Abend anwesend sind.«

»Mehr hat er nicht gesagt?«

»Nein, es tut mir leid.« Hilflos zuckte er mit den Schultern. »Bitte gehen Sie jetzt wieder rein. Hindern Sie Tom daran, falsch über Dante zu denken oder etwas Falsches zu sagen.«

Sichtlich schockiert legte Amanda beide ihrer zierlichen Hände auf ihren offenen Mund. Mit hocherhobenem Haupte und mit fester Stimme sagt sie:

»Mein Mann ist kein dummer Mann. Er weiß, dass uns Dante niemals ans Messer liefern würde.«

Brain konnte sie nur fassungslos anstarren. Diese Familie erstaunt ihn immer wieder. Ob Dante sich dessen bewusst ist, dass sogar Amanda Brocks ihm blind vertraute?

»Okay, ich werde, so wie es mir möglich ist, die anderen anrufen. Mach es gut, Brain. Bis morgen.«

»Bis morgen? Miss Brocks, ich bitte Sie, rufen Sie mich bitte an, wenn SIE weg sind.«

»Ja, ja, mache ich.«

Amanda Brocks joggte zu ihrem Haus zurück. Sie kam gerade rechtzeitig, um zu sehen, wie sich die Beamten und Tom im Wohnzimmer niederließen. Sie setzte sich neben ihren Mann, nahm seine Hand in ihre, wobei sie ihre Finger mit seinen verflechtet. Zaghaft drückt Tom die Hand seiner Frau, die ihn mit großen Augen flehentlich anschaut.

»Sagt Ihnen Dante Brown etwas?«

Tom sah den Beamten erschrocken an.

»Ja, natürlich! Das ist mein Neffe. Ist etwas mit ihm passiert?«

»Nicht direkt, bewahren Sie bitte Ruhe. Wir haben nur ein paar Fragen an Sie. Wie standen Sie zu Ihrem Bruder und seiner Frau?«

»Nicht sehr nahe, muss ich leider zugeben.«

»Wussten Sie, dass ihr Bruder als Mister Brown noch ein Kind war, misshandelt, also gewalttätig gegen ihn war?«

»Ja, aber das steht auch in euren Akten. Wir haben immer versucht, den Jungen zu schützen.«

Der Beamte nickte nur und fuhr mit seiner Befragung fort.

»Haben Sie ihren Bruder und seine Frau durch die Schwangerschaft begleitet?«

»Was soll diese Frage?«

»Haben Sie, oder haben Sie nicht?«

»Zuerst möchte ich wissen, warum Sie mich das fragen. Oder weshalb Sie mich anklagen wollen.«

»Wir möchten Sie nicht anklagen! Wir wollen nur die Wahrheit herausbekommen.«

»Worüber denn? Ich verstehe nicht, worum es geht. Mein Bruder und seine Frau sind tot.«

»Ja, das wissen wir. Zu unserem Bedauern. Denn dann könnten wir sie selbst befragen.«

»Um was zum Himmel geht es? Hat der Junge etwas verbrochen? Ist er in eine Schlägerei geraten? Ist er im Krankenhaus? Lebt er denn überhaupt noch?«

Tom sprang unruhig auf. Die Sorge um seinen Neffen bedachten die Beamten mit einem beruhigenden Nicken. Sie warteten mit ihrer Befragung, bis Tom sich wieder neben seine Frau setzte, die sogleich ihre Hand beruhigend auf seinen Oberschenkel legte.

»Mister Brocks, bitte beruhigen Sie sich. Wir haben nur erfahren, dass Mister Brown bei zwei Menschen groß geworden ist, die nicht seine leiblichen Eltern waren.«

Jetzt war Tom baff. Er starrte die Beamten ungläubig an. Dann schaltete er. Dieser gerissene Drecksack.

»Das kann doch nicht sein. Ich meine, nachdem der Kleine geboren war, haben wir uns ein Haus in ihrer Gegend gekauft, und ich habe mich mit meinem Bruder wieder versöhnt. Wir hatten vor der Geburt von Dante über mehrere Jahre keinen Kontakt.«

»Also haben Sie nicht gesehen, wie oder ob seine Frau schwanger war?«

»Doch das haben wir. Dante wurde im Krankenhaus auf die Welt gebracht. Man wusste zu dem Zeitpunkt nicht, ob er es schaffen würde. Wir selbst haben den kleinen Dante erst Wochen nach seiner Entlassung aus dem Krankenhaus kennenlernen dürfen.«

»Ja, das steht auch in unseren Unterlagen. Leider ist die besagte Hebamme und der damals behandelnde Arzt mittlerweile verstorben. Die Aufzeichnungen aus dem Krankenhaus ergaben, dass es in der besagten Nacht eine Geburt von einem Jungen gab, der es aber bedauerlicherweise nicht geschafft hat. Die Vermutung liegt nahe, dass es sich hierbei um das besagte Kind von ihrem Bruder handeln könnte, wenn man die Umstände bedenkt, wie er auf die Welt gekommen ist. Die Eltern des verstorbenen Babys wurden in den Unterlagen nicht festgehalten. Damals nahm man solche Angelegenheiten wohl nicht allzu genau.«

Tom musste innerlich lachen. Dante war gründlich, das musste man ihm lassen.

»Wie sind der Arzt und die Hebamme gestorben?«

Der Beamte beachtete ihn argwöhnisch.

»Die Hebamme war schon über fünfzig, und der behandelte Arzt war bereits über sechzig, als Dante Brown auf die Welt kam.«

Tom atmete langsam und unauffällig aus. Ein natürlicher Tod war ihm am liebsten.

»Hat ihr Bruder jemals eine Andeutung gemacht, dass das nicht sein Kind war?«

»Nein, das hat er nicht.«

»Haben Sie sich nie Gedanken gemacht, warum er den kleinen Jungen regelmäßig zusammenschlug?«

»Natürlich haben wir das. Allerdings haben wir es nie in Betracht gezogen, dass er nicht sein Sohn sein könnte. Er war spiel- und alkoholsüchtig. Er war ein guter Vater, außer wenn er getrunken hat. Hätten wir gewusst, dass Dante nicht sein Kind ist, glauben Sie, wir hätten dann nicht versucht, ihm Dante wegzunehmen?« Tom wurde laut, und die Beamten zuckten zusammen. »Wie kommen Sie zu dieser absurden Annahme? Wie kann das sein, dass, wenn das stimmen sollte, Sie keiner verdächtigt haben soll? Wie kommen Sie überhaupt an so ein kleines Baby?«

»Nun ja, sie haben es gemacht wie Sie. Sie sind umgezogen, sobald sie das Kind hatten.«

»Was wollen Sie damit andeuten?«

Tom funkelte die Beamten so böse an, dass sie ins Stocken kamen.

»Nichts, gar nichts. Es tut mir leid. Ich muss doch fragen.«

»Aber Sie sollten keine dummen Behauptungen in den Raum werfen.«

»Es tut mir leid. Wir sind nur hier, um nachzuforschen, ob Sie was davon wussten.«

»Das kann ich Ihnen beantworten. Nein, haben wir nicht.« Die Beamten standen auf.

»Gut, ich danke Ihnen. Ich hoffe, es wird nichts an ihren Familienverhältnissen ändern.«

Tom stand ebenfalls auf. Er konnte sich den gereizten Unterton nicht verkneifen.

»Natürlich wird es das nicht. Für uns bleibt er ein Familienmitglied, wie zuvor auch. Aber ich hätte noch eine Frage.«

Die Beamten schauten ihn erwartungsvoll an.

»Ja, bitte?«

»Was wollen Sie jetzt noch unternehmen? Ich meine, wie beabsichtigen Sie, diesen Fall abzuschließen?«

Einer der Beamten zuckte nur mit den Schultern. »Wir werden noch ein paar Routinefragen stellen, aber für gewöhnlich verläuft sich so etwas im Sand.«

Tom nickt ihnen zu. »Wenn ich ehrlich sein soll, wäre mir das sogar recht. Der Junge hat viel mitmachen müssen. Ich denke nicht, dass mein Neffe überhaupt das Bedürfnis hegt, in Erfahrung zu bringen, wer seine leiblichen Eltern in Wirklichkeit sind.«

»Das sagte er unseren Kollegen auch. Er hatte sich gesträubt, als er erfuhr, dass wir Ermittlungen dagegen führen würden. Er sagte wortwörtlich, es sei ihm scheißegal, wer diese Menschen sind, er wollte nur Gewissheit, damit er verstand, warum sein Vater ihm das antat.«

Mit diesen Worten verabschiedeten sich die Beamten von den Brocks. Sobald Amanda mit ihrem Mann alleine war, ließ sie ihre Tränen laufen. Tom nahm sie fest in den Arm. Er hielt seine Frau fest, bis sie sich in seinen Armen beruhigt hatte, dann erzählte sie ihm von der Geschichte, die Brain ihr zuvor erzählt hatte. Tom eilte sogleich in sein Arbeitszimmer, um seine Freunde anzurufen.

Brain wartete daheim gespannt auf einen Anruf von Mister Brocks, doch er rief nicht an. Schweigend beobachtete Bella, wie ihr Schatz unruhig immer wieder vom Sofa aufstand, das Handy fest in seiner Hand, welches er wie hypnotisiert unentwegt anstarrte. Nach einer gefühlten Ewigkeit, sein Herumtigern steckte sie mittlerweile an, stellt er sich ihr gegenüber, wobei er von einem Fuß auf den anderen wippt.

»Weißt du, ob Joenn zu Hause war, als ich zu den Brocks gefahren bin?«

Misstrauisch legt Bella ihren Kopf schief, während sie zu ihm hinauf schaut.

»Ich weiß es nicht sicher. Sie wollte nach unserem Treffen noch an den Strand gehen. Meine Begleitung lehnte sie allerdings ab.«

Brain nickt, wieder nimmt er die Route auf, die er schon seit einer geraumen Zeit in ihrem gemeinsamen Wohnzimmer abläuft.

»Brain, magst du mir nicht doch lieber sagen, was hier los ist? Was war bei den Brocks los? Du scheinst erleichtert zu sein, von mir zu hören, dass Joenn mit aller Wahrscheinlichkeit nicht zu Hause war, als du so überstürzt zu ihnen aufgebrochen bist.«

Brain kniet sich auf den hellgrauen, weichen Teppich vor Bellas Füßen nieder, um mit ihr auf Augenhöhe zu sein. Seine Hände legt er ihr auf die Oberschenkel. Es sollte eine beruhigende Geste sein, doch Bella spürte das leichte Zittern in ihnen.

»Bitte vertrau mir. Nur Dante selbst hat das Recht, seine Geschichte zu erzählen.«

Bella schnauft: »Wenn Dante morgen kommt, muss er mir Rede und Antwort stehen, sobald er einen Fuß in unsere Wohnung macht. Ich werde sonst noch verrückt. Ich bin nervös und weiß gar nicht, warum.«

Brain schüttelt den Kopf. Unwillkürlich spürt Bella, wie sich in ihr Wut anstaut.

»Brain, warum zum Henker schüttelst du mit dem Kopf?«

Seine Hände umschließen ihre Oberschenkel fester.

»Sobald Dante gelandet ist, wird er mir seine Ankunftszeit schicken. Du musst, bevor er hier ist, zu den Brocks und Joenn herausholen oder auf ihrem Zimmer beschäftigen. Sie darf auf keinen Fall davon etwas mitbekommen oder zu uns, wenn er eintrifft.«

»Ich soll bitte was? Wie soll ich das denn anstellen?«

Bella schrie Brain an, der erschrocken auf seinen Hintern plumpste. »Sie wird morgen das Haus nicht verlassen. Seit dem Tag, als du zu den Brocks gerufen wurdest, an dem Tag, wo all ihre Onkel auch bei ihr Zuhause waren, ist sie misstrauisch. Außerdem schuldet Dante mir eine Erklärung, die ich verlange, bevor ich noch einmal unwissend meine beste Freundin ablenke, obwohl diese ganze Sache mit ihr zu tun hat.«

Mit einer fahrigen Bewegung rückt Brain seine Brille auf seiner Nase zurecht. Er spricht zu ihr, während er sich mit beiden Händen auf dem Teppich abstützt, um wieder auf seine Füße zu kommen.

»Bitte glaub mir, wenn ich dir deine Zeit mit Dante verspreche. Er schuldet uns beiden eine Erklärung. Aber auch wir, als seine Freunde und die Freunde von Joenn, sind in der Pflicht, wenn es uns möglich ist, in dieser unglaublich verfahrenen Geschichte behilflich zu sein, sie in ihrem Plan zu unterstützen. Auch wenn das bedeutet, für eine gewisse Zeit lang im Ungewissen leben zu müssen. Dante wird es dir erklären, so gut er kann. Gib ihm bitte erst einmal Zeit, den Grund für sein Herkommen mit seiner Familie zu klären, bevor er sich mit uns auseinandersetzt.«

Bella biss ihre Lippen zusammen. Ihrem sturen Freund wird sie nicht mehr entlocken können, als so viel, wie er ihr bereits sagte. Um dem bevorstehenden spürbaren Streit aus dem Weg zu gehen, entschied Bella sich, frühzeitig ins Bett zu gehen. Brain gab ihr eine gute Nacht

Kuss auf die Schläfe. Geknickt legt sich Bella in ihr gemeinsames leeres Bett. Brain wird heute Nacht definitiv nicht zu ihr ins Bett kommen, das wusste sie. Der kommende Tag war anstrengend. Bella und Brain quälten sich durch den Arbeitstag, nahmen sich aber unabhängig voneinander für den kommenden Tag frei. Bella fuhr noch, bevor Dante bei ihnen war, zu Joenn. Als Brain Dante die Tür öffnete, dachte er, er sah nicht richtig. Dante stand vor ihm. Er sah gut aus und er lächelte. Er ließ ihn eintreten.

»Wie kannst du nur am Lächeln sein? Was hast du getan? Die Polizei war gestern bei den Brocks.« Dante lächelte immer weiter.

»Ich weiß, aber was wichtiger ist, hat Joenn was davon mitbekommen?«

»Nein, sie war am Strand. Zumindest glaube ich das.«

»Du weißt es also nicht sicher?«

»Nein, warum?«

»Es wäre praktisch gewesen, wenn sie dabei gewesen wäre.«

Brain konnte nicht anders. Er schrie Dante an:

»Was bist du nur für ein elender Sack! Du hast sie verraten. Sie haben dir vertraut.«

Dante packte seinen Kumpel an den Schultern, doch er schüttelte ihn ab. Wütend starrt er ihn an.

»Du bist ein wahrer Freund, mein Freund. Ich habe sie nicht verpfiffen. Ich habe nur dafür gesorgt, dass meine Eltern, die bereits tot sind, als Diebe oder Kidnapper dastehen. Kurz gesagt, ich habe für einen falschen DNA-Test gesorgt.« Brain konnte nicht anders als den Mann, der vor ihm in seinem Flur stand, weiter anzustarren.

»Du hast was?«

»Ich habe einen DNA-Test machen lassen, mit der Aussage, ich wäre der Vermutung, dass ich adoptiert sei. Die Begründung war einfach, da mein Vater mich als Kind immer als Boxsack, wenn er betrunken war, benutzt hat. Der DNA-Test sagte genau das aus, was ich bezweckt hatte, und zwar, dass sie nicht meine leiblichen Eltern sind.«

»Wie hast du das angestellt?«

Dante ging um Brain herum. Sie hatten sich während des Gesprächs in die Küche bewegt. Dante hatte noch seine Schuhe und seine dünne Jacke an. Beides schien er nicht demnächst ausziehen zu wollen. Gelassen setzt sich Dante auf einen der zwei Barhocker, der an der Kücheninsel stand.

»Das war einfach. Ich habe Klamotten aus der Altkleidersammlung genommen und sie mit meiner DNA vergleichen lassen. Da es keine Adoptionspapiere gab, gingen sie von Kidnapping aus. Ich betonte klipp und klar, dass ich keinerlei Interesse daran habe, zu erfahren, wer meine leiblichen Eltern sind. Deswegen wird sich die ganze Geschichte nach der Routinebefragung im Sand verlaufen. Kein Auftrag und tote Verbrecher, da gibt es keinen Grund, weiterzuforschen.«

»Du bist ein Mistkerl.« Dante lachte laut auf.

»Wäre dir ein besserer Einfall gekommen?«

Brain konnte nicht antworten, er stand immer noch wie vom Donner getroffen vor Dante, als es an der Tür klingelte. Dieses Geräusch holte Brain aus seiner Erstarrung. Er öffnete die Eingangstüre und Tom stürmte an ihm vorbei. Bevor Dante reagieren konnte, spürte er auch schon die Faust auf seinem Gesicht. Er verlor das Gleichgewicht und fiel rücklings von seinem Barhocker auf die kalten Fliesen. Schockiert schaut er zu Tom auf, der wütend vor ihm stand. Der Sturz selbst tat zwar nicht weh, doch der Faustschlag seines Onkels blieb nicht unbemerkt von Dante, er schmeckte Blut. Wahrscheinlich war seine Lippe leicht aufgerissen.

»Wie konntest du nur? Es waren deine Eltern.«

Dante blieb so liegen, doch sein Blick war ernst.

»Ihr wart meine Eltern.« Toms Wut verpuffte im Nichts. Ein Satz, aber er sagte alles aus.

»Warum hast du das getan?«

»Weil ich sie liebe, und das weißt du.«

Langsam rappelte sich Dante auf, um seinem Onkel in Augenhöhe gegenüberzustehen. Er unterdrückte den Drang, mit seiner Rückhand über seinen Mund zu wischen, um zu spüren, wie schlimm ihn der Schlag mitgenommen hat.

»Aber das ist eine zu drastische Maßnahme.«

Toms Augen funkelten ihn an. Dante rückte vorsichtiger halber einen Schritt von seinem Onkel zurück.

»Im Grunde verändert es nichts und doch so viel. Tom, du und Amanda wart immer für mich da. Ich konnte sie nicht aufgeben, bitte verstehe mich. Ich könnte euch nie verraten. Aber ich wollte und will sie nicht aufgeben oder verlieren. Ich kann den Gedanken nicht ertragen, dass sie jemals einen anderen Mann lieben könnte als mich. Ich hatte keinen Lebenswillen mehr, als sie aus meinem Leben verschwunden war. Nenn mich egoistisch, aber bitte versuche, mich zu verstehen.«

Tom ging auf seinen Neffen zu, er nahm ihn in seine Arme. Dann spürte Dante, wie Tom, sein Onkel, anfing zu weinen. Er drückte ihn fest an sich. Brain schluckte den Kloß runter, den dieses rührselige Familiendrama in ihm auslöste.

Es klingelte wieder an Brains Tür. Brain ließ die Herren herein, die davor standen. Jetzt waren sie alle komplett. Dante lief ins Wohnzimmer, wohin ihm die restlichen Besucher inklusive Brain folgten. Dort angekommen stellte er sich mitten in den Raum, sodass ihn alle sehen konnten, wenn sie sich entschließen sollten, sich endlich zu setzen.

»Guten Abend, die Herren. Euren Blicken zu urteilen, werde ich euch erst einmal nicht zu nahekommen. Den Fehler habe ich bei Tom schon gemacht.«

Er zeigte mit seinem Zeigefinger auf seine aufgeplatzte Unterlippe. Die Herren mussten schmunzeln, doch ihre Haltung sagte Dante aus, dass sie auf eine gute Erklärung warteten, sonst könnte er anfangen zu laufen. Er deutete auf die Sitzmöglichkeiten auf dem Sofa und am kleinen Esstisch, der ebenfalls in dem gemütlich eingerichteten Wohnzimmer mit vier Stühlen stand. Nur zögerlich setzten sich die Besucher. Tom und Kevin Bolt blieben stehen. Dante holte tief Luft, bevor er anfing zu sprechen.

»Ich danke euch zum einen, dass ihr alle erschienen seid, zum anderen an euer Vertrauen, welches ihr mir geschenkt habt, indem ihr euer Geheimnis mit mir geteilt habt.« Dante macht eine Pause, um jeden einzelnen von ihnen genau anzuschauen. Sie mussten wissen, wie dankbar er für diese wichtigen Informationen war, die jedem von ihnen, sollte dieses Geheimnis jemals an die Öffentlichkeit kommen, das bestehende Leben zerstören würde. »Die Polizei hielt mich unter Beschuss mit ihren Fragen, während sie gleichzeitig weitere Beamte zu einigen von euch schickten. Ich kann nicht sagen, wie erleichtert ich bin, euch alle hier zu sehen, was mir sagt, dass euer Vertrauen in mich bei euch tiefer sitzt, als ich es mir jemals erträumt hätte. Nur um Missverständnissen vorzubeugen, möchte ich euch erzählen, was ich in den vergangenen Tagen getrieben habe. Ich habe eine fixe Idee entwickelt, wie ich es schaffen könnte, ohne euch zu verraten, ohne meine Familie zu verlieren, welche nur die Brocks sind, und ohne ein Leben mit Joenn verbringen zu müssen. Ich liebe sie, das kann und will ich einfach nicht mehr leugnen. Nicht nach dem, was ich weiß. Alleine der Gedanke, sie könnte eines Tages einen anderen Mann lieben, womöglich sogar heiraten, bringt mich um.«

Alle in dem Raum nickten ihm zustimmend zu.

»Ich habe alle Fotoalben durchforstet, alles, was ich finden konnte. Ich bin in unseren alten Wohnort geflogen und habe mich bemüht, zu jedem einzelnen Kontakt aufzunehmen, der jemals den Weg meiner Eltern gekreuzt hat. Die alte Arbeitsstelle von meinem Vater wusste nicht einmal, dass er ein Kind hat. Der Arzt, der meine Geburt beglaubigte, ist bereits an einem natürlichen Tod gestorben. Mein Vater war ein Säufer und ein Spieler, da er in jeder Spelunke, in die er einkehrte, nach nicht allzu langer Zeit Hausverbot bekommen hat aufgrund seines aggressiven Verhaltens, habe ich mich darum nicht weiter bemüht. Die Freunde meiner Familie, soweit man diese Personen als Freunde betiteln kann, konnte man, soweit mein Wissensstand, an einer Hand abzählen. Da sie allesamt drogenabhängig waren, sind vier von ihnen bereits ebenfalls tot, einer von den fünf ist in einer Einrichtung für psychisch Kranke. Ich war bei ihm. Sein Zustand ist so schlimm, dass er nicht einmal seinen eigenen Namen richtig aussprechen kann.«

Tom unterbrach ihn entsetzt.

»Mein Bruder und meine Schwägerin waren drogenabhängig?«

Dante schaute seinen Onkel unsicher an.

»Das weiß ich leider nicht. Zumindest waren es ihre Freunde.« Tom winkte ab.

»Das werden wir wohl nie herausbekommen, obwohl ich das nur schwerlich glauben kann. Du siehst nicht aus wie ein Kind von einer Drogensüchtigen.«

Kevin Bold meldet sich zu Wort, während er sich von der weißen Wand abstieß.

»Das kann ich mir auch nicht vorstellen. Aber ich habe schon oft bei mir auf dem Revier gesehen, dass Menschen, die so aggressiv und unberechenbar waren, wie dein Bruder Tom, sich gerne mit Drogenabhängigen umgeben. Denn diesen Schlag von Menschen interessiert es nicht wirklich, ob du deine Familie regelmäßig halb tot schlägst.«

Tom nickt seinem Freund zustimmend zu. John Sparks wedelte mit den Händen in die Richtung von Dante.

»Dann haben wir das nun auch aufgeklärt. Jetzt lasst den Jungen doch weitererzählen! Ich platze sonst noch vor Neugierde.«

Der Rest der Mannschaft in dem Wohnzimmer stimmte mit einem Gemurmel dem Anwalt zu. Dante nickte und erzählte weiter.

»Dann habe ich einen DNA-Test machen lassen, dazu habe ich ein Kleidungsstück aus der Altkleidersammlung genommen, das einzige wirkliche Verbrechen, welches ich für meinen Plan vollbringen musste. Ein solches Schloss wie vor der Altkleiderspende ist wahrlich nicht einfach zu knacken.«

Dante sah die Belustigung in den Augen seiner Zuhörer.

»Mit dem Attest ging ich schließlich zur Polizei. Ihnen erzählte ich von dem Gefühl, adoptiert zu sein. Meine Begründung waren die körperlichen Misshandlungen. Sie fragten mich, warum ich bei ihnen bin. Ich stellte mich natürlich dumm und fragte sie, was ich mit dem Wissen anfangen soll. Ich wollte auf keinen Fall weiter diesen Namen behalten, doch während der Unterhaltung widerrief ich diese Aussage mit der Begründung, mein Name ist auch meine Karriere. Es würde sich auf jeden Fall als schwierig darstellen, meinen Investoren zu erklären, warum es eine Namensänderung gibt. Dazu kommt, dass sich diese Geschichte in der Presse breit treten würde, was meinem Image enormen Schaden würde. Ich erwähnte ausdrücklich, dass ich jetzt mit diesem Wissen im Grunde zufrieden bin. Für mich ist meine Kindheit nun selbsterklärend, was mir hilft, damit abzuschließen. Die wirklich nette Polizistin riet mir, einen Privatdetektiv zu arrangieren, um meine wahren Eltern ausfindig zu machen, da sie selbst in so einem Fall nur die üblichen Routinefragen stellen können, bei denen nach so vielen Jahren meistens nicht herumkommen würde. Ich bedankte mich höflich für diesen Rat, sagte ihr aber auch ehrlich, dass ich das nicht tun werde. Wenn sie bei ihren Routineermittlungen nichts herausbekommen, ist es offensichtlich, dass nicht nach mir gesucht wurde. Ich habe mir ein gutes Leben aufgebaut, welches so schon meine ganze Aufmerksamkeit bedarf. Eine Suche nach meinen leiblichen Eltern, welche offensichtlich keinerlei Interesse an mir hatten, interessiert mich nicht. Ich könnte bei meinen Nachforschungen definitiv nichts Erfreuliches herausfinden und somit nur mein Geld aus dem Fenster schmeißen, wozu ich nicht gewillt bin. Mir ist nur wichtig, dass ich jetzt freigesprochen bin von Schuldgefühlen, die mich mein ganzes Leben lang begleitet haben. Die Beamten, mit denen ich sprach, versicherten mir, dass ich ihr Verständnis habe. Die Ermittlungen werden sich also zügig im Sand verlaufen.«

Dante machte eine Pause. Er schaute sich in dem Raum um. Alle in diesem Raum starrten ihn an, keiner sprach ein Wort. Dante ließ seine Schulter, die durch die körperliche Anspannung anfing zu schmerzen, langsam kreisen, bevor er mit fester Stimme weitersprach.

»Es tut mir aufrichtig leid, wenn ich euch enttäuscht habe, weil ich mich gezwungen gefühlt habe, solche drastischen Maßnahmen ergreifen zu müssen. Ich habe einfach keine andere Lösung gefunden. Niemals würde ich im Traum daran denken, zu einer anderen Menschenseele nur ein Sterbenswörtchen von dem, was damals getan wurde und mir erzählt wurde, zu verlieren. Es ist die einzige Möglichkeit, und jetzt nennt mich egoistisch, eine Chance zu bekommen, endlich glücklich zu werden. Ich liebe Joenn. Mein ganzes Denken dreht sich um sie. Ich kann es nicht ertragen, ohne sie zu sein. Also, können die Herren mir verzeihen? Mein Onkel hat bereits den Anfang gemacht.«

Alle schauen zu Tom, dessen Augen noch gerötet waren. Der Älteste der Runde, der liebe Doc, kam als Erster zu Dante. Er umarmte ihn, und Dante atmete erleichtert aus. Die anderen taten es ihm gleich. Gemeinsam beschlossen sie, zu Tom zu fahren, um den nächsten Schritt zu wagen. Joenn sollte den wichtigsten Teil erfahren, da waren sie sich einig. Dante und Brain blieben unschlüssig stehen. Doch die älteren Männer wollten sie bei dem Gespräch beide dabeihaben. Geschlossen liefen sie gemeinsam die drei Querstraßen schweigend zu den Brocks. Sie nahmen den Vordereingang.

Bei den Brocks bat Tom Amanda, Joenn zu holen. Dante bat er, im dunklen Teil des Wohnzimmers versteckt zu bleiben. Joenn kam mit Bella und Amanda von der Terrasse aus hindurch ins dunkle Wohnzimmer. Sie blieb kurz stehen, damit sich ihre Augen an die plötzliche, lichtgedämpfte Umgebung gewöhnen können. Bei Joenn stellten sich beim Betreten des Wohnzimmers die Nackenhaare zu Berge. Es lag der Duft von Dante in der Luft. Sie schloss für einen kurzen Moment die Augen. Er beherrschte ihre Gedanken seit Wochen, jetzt konnte sie ihn sogar riechen, als wenn er hier wäre. Ihre Nerven fingen an zu zittern, ihr Kopf schrie sie an. Er kann nicht hier sein. Dieser Geruch, den sie angeblich riecht, entspringt nur aus ihren Erinnerungen. Niemals wieder wird Dante dieses Haus aus freien Stücken betreten, nicht so lange er weiß, dass sie hier ist. Als sie im Wohnzimmer die Freunde ihres Vaters erblickte, machte sich ein beklommenes Gefühl in ihr breit. Sie schaute zu ihrem Vater, neben dem auch Brain stand.

»Ist etwas passiert?«

»Könnte man so sagen. Bitte setze dich zu uns, wir müssen mit dir reden.«

Bella verstand. »Also gut, ich gehe dann mal. Es war schön, sie alle wieder gesehen zu haben. Chiao.«

Tom hob die Hand, um sie aufzuhalten.

»Bella, bitte bleib. Brain wird auch bleiben. Wir wissen um deine Verschwiegenheit, wenn es darauf ankommt.«

Jetzt erst sieht sie Brain, der zwischen Kevin Bold, dem Polizeichef, und John Sparks, dem Anwalt der Brocks, auf dem Sofa sitzt. Sein Blick ruht auf ihr. Sie kann Unsicherheit darin erkennen. Langsam setzt sie sich auf das zweite leere, lange Sofa. Eigentlich ist es genau das, was sie wollte, doch jetzt würde sie am liebsten das Haus verlassen und sich alles später von Brain erzählen lassen. In der Luft lag Unbehagen, ein Unbehagen, was sie nichts angehen sollte. Ihr Blick wandert zu Joenn, die sich neben sie gesetzt hat. Die Angst in ihren Augen war nicht zu übersehen. Amanda, Joenns Mutter, setzte sich rechts neben Joenn. Bella beobachtet, wie sie die Hand ihrer Tochter in ihre nehmen möchte, doch Joenn verspannt sich bei der Berührung. Sie zieht sie wieder zurück. Joenn legt ihre beiden Hände zu Fäusten geballt auf ihren Schoß, worauf ihr Mutter von ihr abrückte, in die Ecke vom Sofa. Ihr ganzer Körper ist angespannt. Bella kannte ihre Freundin, sie wusste, weshalb sie Angst hatte. Sie dachte an Dante. Ist ihm etwas passiert, weshalb sie alle hier sind und weshalb sie als ihre Freundin bei diesem Gespräch dabei sein soll, um ihrer Freundin den Rücken zu stärken, wenn ihre Ängste in ihrem Kopf zur Wirklichkeit werden? Tom stand als einziger. Dr. Rosweld saß im Sessel. Alle schauten zu Tom, der mit dem Rücken zur Wand stand und warteten darauf, dass er anfing zu sprechen. Tom öffnete gerade den Mund, als er von seinem Freund Kevin Bold unterbrochen wurde.

»Freunde, ich stelle diese Frage nur ungern, doch sollen wir Teil eins mit hinzufügen?«

Die Herren nickten einstimmig, doch Amanda schrie laut auf.

»Nein, bitte nicht.«

Tom eilte zu ihr, er legte beruhigend seine Hand auf ihre Schultern.

»Liebling, ich glaube, es ist an der Zeit.«

Er gab ihr einen Kuss auf die Stirn. Joenn beobachtete geschockt, wie ihre Mutter in Tränen ausbrach, den Rest der Anwesenden schien es nicht zu interessieren. Alle schauten nickend zu ihrem Vater auf. Tom holte tief Luft, seine Augen ruhten auf seiner Tochter, als er anfing, ihr davon zu erzählen, wie Amanda sie auf ihrer Treppe fand, wie sie allesamt beschlossen, sie auf dem Papier zu einer Brocks zu machen. Welche Risiken sie alle auf sich genommen hatten und was in der Erklärung stand, welcher bereits seit über zwei Jahrzehnten in dem Safe von John Sparks ruht, in dem er alles auf sich nimmt. Den Teil, was Dante getan hat, ließ Tom vorerst aus. Während er sprach, begleitet von einem nicht enden wollenden Schluchzen seiner Frau, unterbrach ihn Joenn nicht ein einziges Mal. Er schwieg eine Weile, nachdem er ihr erzählt hatte, wie sie in ihre Familie kam. Aufmerksam beobachtet Tom, wie sich Tränen in den Augen seiner Tochter sammeln. Als sie aufsteht, beschleicht ihn auch die Angst, welche seine Frau zum Schluchzen bringt. Hatten sie doch einen Fehler gemacht, Joenn das alles zu erzählen? Bella knapperte an ihrem Daumennagel, was Brain noch nie an ihr gesehen hatte. Joenn stützt sich kurz auf den Schultern ihrer Freundin mit einer Hand ab, was sie dazu brachte, den Blick von Tom zu lösen und mit dem Nägelkauen aufzuhören. Joenn lief um den kleinen, ovalen Glastisch herum zu ihrer Mutter. Sie beugte sich zu ihr hinunter und nimmt sie in den Arm. Unter Tränen küsste sie ihre Mutter auf die Wange.

»Du bist die beste und einzige Mum, die ich habe. Der Weg, wie ich zu euch gekommen bin, ist doch egal. Ihr liebt mich, und ich liebe euch! Mehr brauche ich nicht.«

Amanda schluchzte. Sie hatte so große Angst, ihre Tochter verloren zu haben. Doch Joenn versicherte ihr, dass sie sie nie verlieren würde. Mit zittrigen Fingern umarmt sie ihre Tochter, die sie trotz ihres Wissens immer noch Mum nannte. Tom atmete hörbar erleichtert aus. Alles schwieg, während sich die zwei Frauen schluchzend umarmten. Bella wagte es nicht, ihre Fragen, die sie in ihrem Kopf hatte, laut auszusprechen. Der intensive Blick von ihrem Freund warnte sie davor, es scheint noch nicht vorbei zu sein. Nach einer Weile versiegte das Schluchzen der Frauen. Joenn drehte sich noch in der hockenden Haltung zu den anderen in den Raum um. Sie öffnete den Mund, um etwas zu sagen, die angespannten Gesichter, die sie alle anschauten, ließen sie jedoch nur hart schlucken. Wenn keiner von ihnen ihr ein Lächeln schenkt oder erleichtert aussieht, dann kann das nur bedeuten, dass noch etwas kommen muss. Mit wackligen Knien steht sie unsicher auf. Sie schaut Brain an, der Einzige in der Runde, der nicht in das Erzählte passt. Dieser neigte den Kopf, um seine Schuhe zu fixieren. Sie biss sich auf die Unterlippe. Was hat Brain hier zu suchen. Was hat er mit der ganzen Geschichte zu tun! Ohne den Blick von ihm zu wenden, geht sie wieder auf ihren Platz. Brain spürt ihren Blick. Unbehaglich rutscht er auf seinem Sitz hin und her. Er betet inständig in seinem Kopf zu Gott. Wenn Tom die Geschichte mit Dante falsch anfängt, wird Joenn nur hören, dass er mit Dante in Kontakt steht und er ihr nichts davon gesagt hat. Sie wird ihn anfallen wie eine Raubkatze ihre Beute, dessen war er sich sicher.

»Was hat eigentlich Brain damit zu tun.«

Auf Brains Stirn bildeten sich Schweißtropfen. Er wappnet sich darauf, gleich Schmerzen erfahren zu müssen, ohne sich wehren zu können. Niclas Bays, der Psychologe, antwortete für Tom. Er hatte von seinem Platz aus alle bestens im Blick. Brains Ängste, die in seinen Augen nur berechtigt waren, wollte er nicht in die Tat umgesetzt sehen. Die nächsten Worte müssen mit Bedacht gewählt werden. Joenn könnte irrational denken, wenn sie die enge Bindung von Brain und Dante erfährt, bevor sie die wahren Hintergründe ihres Erscheinens heute hier in diesem Haus erfahren hat.

»Dazu kommen wir gleich. Denn jetzt geht es um Dante.«

Joenn wurde bleich wie die Wand.

»Ist ihm etwas passiert?« Ihre Stimme war erfüllt von Panik. Wieder antwortete der rothaarige Freund ihres Vaters, Dr. Rosweld.

»Nein, aber deine Reaktion sagt mir gerade, dass er die richtige Entscheidung getroffen hat.«

Joenn wurde nervös, das hörte sich nicht gut an.

»Was ist los? Was ist mit ihm?«

Ihr Vater schenkt ihr ein leichtes Lächeln.

»Ganz ruhig, mein Spatz, wir wollten einfach nur wissen, ob du ihn liebst.«

Joenn ließ den Blick durch die Runde gleiten.

»Was macht das schon für einen Unterschied? Ich weiß zwar jetzt, dass es gehen würde, aber nicht ohne euch zu verraten, und das würde ich niemals tun.«

Missmutig lässt sie ihre Schultern fallen. Tom lächelte sie gütig an.

»Höre mir einfach bitte weiter zu. Wir alle hier im Raum möchten dir die Geschichte weitererzählen. Es gibt noch mehr, was du wissen solltest. Zumindest sind wir dieser Meinung.«

Mit einer ausladenden Geste zeigt er auf die Anwesenden im Raum.

»Vor zwei Wochen beschlossen wir gemeinsam, Dante die Wahrheit über dich zu erzählen. Wir wollten auf diese Weise Dante schützen. Wir beide wissen, dass er in dem Zeitungsartikel nicht gut aussah. Wir wollten ihm dieses Leid nicht länger zumuten und berieten uns deshalb, ob wir Dante ins Vertrauen ziehen sollten. Dabei ging es vor allem um die Frage, ob es für ihn von Vorteil wäre, dieses Wissen zu besitzen – abgesehen davon, dass wir uns dadurch in seine Hände begeben würden.«

Joenn sagte leise, aber bestimmt: »Dante würde euch niemals schaden.«

Niclas Bay nickte ihr zustimmend zu. Tom sprach weiter, ohne auf den Einwand seiner Tochter einzugehen.

»Leider umging Dante jeden Versuch, den ich anstrebte, mit ihm zu reden. So beschlossen wir, Brain in dieses Wissen einzubinden. Er bekam von uns den Auftrag, sich mit Dante in Verbindung zu setzen. Wir buchten ihm einen Flug, und Brain flog zu Dante, um mit ihm zu reden. Wir hatten mit allem gerechnet, nur nicht damit. Dante hat etwas unglaubliches, vielleicht sogar etwas dummes getan.«

Oh mein Gott, das hört sich gar nicht gut an. Hat er sich was angetan? Liegt er im Krankenhaus? Ist er tot? Es muss etwas Schreckliches passiert sein, wenn alle mitten in der Woche hierher erschienen. Joenn war den Tränen nahe. Diese Gedanken machten sie verrückt. Sie zwang sich, ihrem Vater zuzuhören.

»… Dante hat einen DNA-Test gefälscht und seine toten Eltern gewissermaßen angezeigt.«

Fassungslos starrt sie ihren Vater an. Sie benötigte eine Weile, um die Bedeutung der Worte zu verstehen.

»Warum?«

Dante trat aus dem Schatten, in dem er sich versteckt hatte, hervor. Joenns Herz schlug schneller, als sie ihn sah. Vor Überraschung war sie ganz starr.

»Um bei dir sein zu können. Dich aus meinem Leben gehen lassen zu müssen, war das Schwerste, was ich jemals in meinem Leben tun musste. Du beherrschst meine Gedanken in jeder wachen Sekunde. Mit dieser Maßnahme, die ich ergriffen habe, kann ich die Barriere zwischen uns überwinden, ohne dass jemand zu Schaden kommt.«

Dante ging vor Joenn auf die Knie, er umfasste ihre feuchten Hände und schaute in ihr schönes, von Tränen befeuchtetes Gesicht.

»Joenn, ich liebe dich. Ich habe mich in dich verliebt, als ich dich das erste Mal gesehen habe. Alle Versuche, dich aus meinem Herzen zu verbannen, sind fehlgeschlagen. Jetzt, wo ich die Chance habe, bei dir sein zu können, weiß ich, dass ich dich für immer bei mir haben möchte. Deshalb…« Dante legte eine Pause ein.

Er suchte was in seine Sakkotasche. Hervor zog er eine schwarze Schmuckschatulle, die er öffnete. Darin war ein wunderschöner Verlobungsring, den Brain sofort wiedererkannte. Brain musste lächeln. Dante muss noch einmal in das Geschäft gefahren sein und den Ring, den er zuerst in der Hand hatte, zu kaufen. Dante schaute wieder zu Joenn, sie schaute den Ring an, dann wieder ihn. Sie verlor sich in seinen Augen, die sie so sehr anbeteten.

»Joenn, ich möchte dich fragen, ob du meine Frau werden möchtest? Möchtest du für immer bei mir bleiben?«

Eine Weile hörten sie nur die Grillen surren, dann flüsterte sie:

»Du liebst mich?«

Dante war es jetzt, der Tränen in den Augen hatte.

»Ja, ich liebe dich.«

»Ja, ich will.«

Das war das Schönste, was er je gehört hatte. Er riss sie in seine Arme, seine Lippen fanden ihre. Sie schmeckten salzig von ihren Tränen, doch für ihn war es der schönste Geschmack, den er je geschmeckt hat. Ein Klopfen auf seiner Schulter erinnerte Dante daran, mit Joenn nicht alleine zu sein. Widerwillig löste er sich von Joenn. Sein Herz schlug wie wild. Sie hatte Ja gesagt. Sie wird seine Frau. Er konnte sein Glück kaum fassen. Mit zittrigen Gliedern nahm er die Glückwünsche entgegen, die ihm die Männer im Raum entgegenbrachten. Aus dem Augenwinkel beobachtete er, wie seine Joenn von ihrer besten Freundin gestützt mit ihrer Mutter vor Freude um die Wette weinten. Mit einem Schritt war er bei ihr. Mit einer Armbewegung zog er sie an seine Brust und entließ somit ihre Freundin von der Aufgabe, sie zu halten. Jetzt, wo er sie bei sich hatte, würde er sie nie wieder hergeben. Immer wieder schaute er in ihre glücklichen Augen. Er konnte sein Glück gar nicht fassen.

*

Die Hochzeit war ein Traum und fand schon nach zwei Monaten in einer kleinen Kapelle statt. Dante stand am Altar und wartete darauf, dass seine Zukünftige den kurzen Gang zu ihm antreten würde. Sein Trauzeuge und bester Freund Brain stand hinter ihm, ungeduldig schaute er immer wieder auf seine Uhr. Dante sprach im Flüsterton:

»Beruhig dich, sie werden schon kommen. Es ist meine Hochzeit, schon vergessen? Wie kannst du da nervöser sein als ich?«

Brain flüsterte aufgebracht zurück:

»Wie kann man nur so ruhig sein, wie du es bist?«

Dante lachte leise. »Ganz einfach. Ich habe sie heute Morgen geliebt und so lange geküsst, bis sie mir zum hundertsten Mal versicherte, dass sie mich liebt und mich nicht vor dem Altar stehen lässt.«

»Das werde ich mir merken. Das werde ich auch so machen, wenn es bei mir so weit ist.«

Dante dreht seinen Kopf zu seinem Freund und Trauzeugen.

»Hast du sie denn immer noch nicht gefragt?«

Nervös nestelt er an seiner Krawatte.

»Nein, das habe ich nicht. Es war einfach noch nicht der perfekte Zeitpunkt da.«

»Brain, du bist ein Schisser.«

Brain wollte gerade was erwidern, da ertönten die ersten Orgeltöne im Saal. Dante baute sich in seiner ganzen Größe auf. Gespannt schaute er zur offenen Klappentür. Da kam sie, begleitet von ihrem Vater, der ihren Arm fest auf seinem hielt. Er strahlte Stolz aus. Als Dantes Blick auf Joenn schwankte, stockte es ihm den Atem. Sie war wunderschön. Seine zukünftige Frau trug ein Meerjungfrauenhochzeitskleid mit Schleier. Als Tom sie ihm überreichte, legte er seine Hand auf seine Schulter, ganz wie es Dante einst geträumt hatte. Doch er konnte sich nicht erinnern, dass er solche Glücksgefühle dabei hatte. Seine Hände zitterten, als er ihren Schleier hob. Sie nahm seine Hand und küsste sie, ihre Blicke verschmolzen miteinander, bis sich die Frau, die die freie Trauung vollzog, räusperte, um ihre Aufmerksamkeit auf sich zu lenken. Die Zeremonie war kurz, aber alle im Raum weinten. Dante versuchte mit aller Macht, seine Tränen, die so dicht an der Oberfläche schlummerten, zu unterdrücken, doch als er sich zu ihr hinabbeugte, um sie zu küssen, verloren sich doch zwei Tränen, die auf Joenns Wange landeten. Sie spürte die Feuchtigkeit, und genau das machte alles perfekt. Die Feier hielten sie in dem großen Garten der Brocks ab. Sie hatten eine Bühne und eine Live-Band. Nach dem Vater-Tochter-Tanz verschwand Dante kurz. Als er wiederkam, wusste sie, das konnte sie in seinen Augen sehen, dass er wieder etwas ausheckte.

Wenn ich jemals Kinder mit ihm habe, wird es sicher nicht langweilig, wenn sie nur annähernd so werden wie er, werden das ganz schöne Lausbuben. Sie musste lächeln über ihre Gedanken. Die zwei Monate waren der absolute Wahnsinn. Und jetzt, seine Frau zu sein, erfüllte sie von einem unglaublichen Stolz. Dante sprang auf die Bühne. Die Live-Band hörte auf zu spielen und machte ihm Platz. Hinter ihm liefen die Bandmitglieder umher und bauten etwas auf, was die Angehörigen nicht aufzufallen schien. Alle Aufmerksamkeit war auf Dante gerichtet.

»Hallo, werte Gäste, Freunde und Familie«, flötete er. »Ich danke euch für euer Kommen. Meine bezaubernde Frau kennt ihr ja bereits schon.«

Die Geste rief Jubellaute hervor und Applaus dazu. Mit einem breiten Lächeln fuhr er fort.

»Ich habe euch ein paar Ankündigungen zu machen. Ich liebe meine neu erworbene Frau so sehr, dass ich ihr jeden Wunsch erfüllen würde und werde, soweit es mir möglich ist. In den vergangenen zwei Monaten konnte ich beobachten, wie sehr meine Frau diese Stadt, ihre Familie und ihre Freunde liebt. Ich muss zugeben, dass auch ich mich hier mehr als nur wohlfühle. Somit habe ich beschlossen, dass ihr uns, mich mit eingeschlossen, für immer am Hals haben dürft. Schatz.«

Dante schaute von der Tribüne hinunter, nach hinten, wo seine hübsche Braut stand. Er schaute ihr in die Augen. Joenn hätte dahinschmelzen können.

»Liebling, ich möchte nicht, dass du von irgendetwas oder jemandem getrennt wirst, den oder was du liebst! Deswegen habe ich das Haus in der Parallelstraße gekauft, das Haus mit der Aussicht vom Garten aus, auf das Meer. Damit…«

Weiter kam er nicht. Amanda stürmte die Bühne und fiel ihm vor Freude lachend in die Arme. Sie war so stürmisch, dass er Mühe hatte, das Gleichgewicht zu halten. Das Publikum jubelte und lachte. Joenn blieb, wo sie war. Ihr liefen die Tränen herunter, sie hielt die Hand ihrer Freundin. Leise, ohne den Blick von ihm zu wenden, flüsterte sie zu ihr:

»Ist er nicht das Beste, was mir jemals passieren konnte?«

Bella konnte nur kräftig nicken. Ihr liefen ebenfalls die Tränen an den Wangen herunter. Als Amanda von Tom wieder von der Bühne entfernt wurde, lachte Dante noch, als er wieder ins Mikrofon sprach.

»Ich habe noch etwas Wichtiges zu berichten. Und zwar benötige ich dazu meinen besten Freund und Trauzeugen hier oben. Brain, komm her, ich brauche dich jetzt.«

Brain stieg zu ihm auf. Lachend stand er neben Dante.

»Wie kann ich dir denn schon wieder helfen, mein Freund?«

Wieder lachten die Gäste. Dante gab ein Zeichen, und die Bandmitglieder stellten ein Herz hinter Brain auf. Einer von ihnen zündete es an. Brain drehte sich um und schaute das brennende Herz an, dann wieder Dante. Dante drückte ihm das Mikrofon in die Hand und flüsterte:

»Das, mein Freund, ist der richtige Augenblick.«

Aus Brains Gesicht verschwand die Farbe, Hilfe suchend, schaute er zu Dante, der jedoch die Bühne verließ und zu seiner Frau eilte, um sie an sich zu drücken. Brain spürte, wie alle ihn anstarrten. Mit zittriger Stimme begann er.

»Also, na ja, hier stehe ich nun. Aber ich sollte nicht alleine stehen.«

Er schaute sich bei den Gästen um, dann sah er Bella, die wie gebannt zu ihm schaute. Unsicher lächelte er, schaute sie aber weiter unentwegt an.

»Ich trage schon seit geraumer Zeit…«

»Eine Ewigkeit!« Schrie Dante von hinten. Eine verlegene Röte stieg Brain ins Gesicht.

»Okay, vielleicht auch eine halbe Ewigkeit, was bei mir. Bella, ich habe dir schon oft gesagt, dass ich dich liebe. Und das meine ich auch so. Ich liebe dich schon unendlich lange. Du besitzt mein Herz, und auch wenn du es mir noch nie gesagt hast, zweifle ich nicht daran, dass du mich nicht lieben würdest. Daher möchte ich dich fragen, Bella…« Brain schluckt den dicken Kloß in seinem Hals herunter. Die Angst, er könnte ihre Gefühle für ihn falsch gedeutet haben, legt sich wie eine eiserne Hand um seinen Hals. Seine Stimme ist gegen seinen Willen kratzig.

»Bella, willst du mich heiraten und zum glücklichsten Mann der Welt machen?«

Bella rannte los. Sie erklomm die drei Stufen zur Bühne hinauf und fiel ihm in die Arme, um ihn stürmisch zu küssen. Als sie sich wieder von ihm losmachte, nahm sie ihm das Mikrofon aus der Hand und rief laut hinein:

»Ja, ja, ich will.«

Wieder küsste Brain seine neue Verlobte. Doch Bella gab das Mikrofon nicht aus der Hand. Sie ging zwei Schritte zurück, um ihn besser zu sehen. Er lächelte sie glücklich an. Die Gäste jubelten und klatschten noch, als sie anfing, ins Mikrofon zu reden.

»Du sagst, du liebst mich?«

Brain schrie so laut er konnte:

»Ja, über alles in der Welt.«

»Du willst mit mir ein gemeinsames Leben? Ein Haus und einen Hund?«

»Ja, und Kinder. Ich will unbedingt Kinder mit dir haben!«

Bella weinte, als sie weiter sprach:

»Ich liebe dich auch.«

Brain wollte gerade wieder auf sie zulaufen, um sie in seine Arme zu schließen, doch sie hob die Hand, um ihn aufzuhalten.

»Du liebst mich, obwohl ich so störrisch und zickig bin, wie ich in der letzten Zeit war?«

»Ja, natürlich, mein Liebling.« Jetzt lachte Bella.

»Gut, denn mit diesen Launen musst du noch ungefähr sieben Monate auskommen.«

Brain stand da wie vom Blitz gerührt, er benötigte eine Weile, um zu begreifen, aber danach schrie er, und seine Stimme überschlug sich.

»Willst du mir gerade sagen, dass du schwanger bist? Dass wir beide ein Kind erwarten?«

Bella nickt mit ihrem tränenüberlaufenen Gesicht. Brain lief auf sie los. In weißer Voraussicht ließ Bella das Mikrofon fallen. Brain umarmte seine Verlobte, küsste sie überschwänglich und drehte sich mit ihr immer wieder im Kreis. Die Gäste jubelten und klatschten weiter, sie wollten gar nicht mehr aufhören.

Dante beugte sich zu seiner Frau herunter.

»Willst du auch Kinder mit mir haben, meine geliebte Frau?«

Joenn genoss es, wie Dante sie seine Frau nannte. Das hörte sich aus seinem Mund so sexy an.

»Oh ja, das will ich. Eine ganze Horde, die genauso verrückt und intelligent sind wie du.«

Dante packte seine Frau. Er wollte sie in ihr neues Zuhause tragen.

»Dann sollten wir gleich damit anfangen.«

---- Ende---------------

Nachwort

Liebe Leserinnen und Leser,
die Geschichte von Joenn und Dante ist eine Geschichte, die über die größte Kraft die uns Menschen verbindet, erzählt.

Ich hoffe, diese Geschichte hat Sie verzaubert und Ihnen ein Lächeln auf die Lippen gezaubert.

In Liebe,

Loreen June

Danksagung

Manchmal sind es die kleinen Dinge, die den größten Unterschied machen. Ich möchte mich bei allen bedanken, die mich auf meinem Weg unterstützt haben, sowohl bei den großen als auch bei den kleinen Dingen.

Meinem Partner danke ich für seine Geduld und sein Verständnis. Du hast mich auf dieser Reise begleitet, Höhen und Tiefen mit mir geteilt und mich immer wieder ermutigt, weiterzumachen.

Meiner Familie danke ich für ihre Unterstützung und ihren Zuspruch. Ihr habt mir den Rücken gestärkt und mir gezeigt, dass ich immer auf euch zählen kann.

Meinen Freunden danke ich für ihre Freundschaft und ihren Zuspruch. Ihr habt mir geholfen, den Kopf freizubekommen und neue Energie zu tanken.